唐诗学书系之六

唐诗汇评

增订本

四

书系主编 陈伯海

副主编 朱易安 查清华

主编 陈伯海

副主编 孙菊园 刘初棠

上海古籍出版社

第四册篇目表

卢　纶

卢纶(约743—约799),字允言,河中蒲(今山西永济)人,郡望出范阳(今河北涿县)。安史乱起,寄居鄱阳。大历初,举进士不第。元载荐以为阌乡尉。迁密县令。建中初,为昭应令。浑瑊任京城西面副元帅,召为判官。瑊镇河中,纶亦随之,检校户部郎中。贞元十四年,其舅太府卿韦渠牟得幸德宗,表其才,召见禁中,令和御制诗。居无何,卒。纶工诗,为"大历十才子"之一。有《卢纶诗集》十卷,已佚。有《卢纶诗集》三卷行世。《全唐诗》编诗五卷。

【汇评】

大历中,诗人李端、钱起、韩翃辈能为五言诗,而辞情捷丽,纶作尤工。至贞元末,钱、李诸公凋落,纶尝为怀旧诗五十韵,叙其事曰:"吾与吉侍郎中孚、司空郎中曙、苗员外发、崔补阙峒、耿拾遗沣、李校书端,风尘追游,向三十载。数公皆负当时盛称,荣耀未几,俱沉下泉。伤悼之际,畅博士当追感前事,赋诗五十韵见寄,辄有所酬,以申悲旧,兼寄夏侯审侍御。"其历言诸子云:"侍郎文章宗,杰出淮楚灵,掌赋若吹籁,司言如建瓴。郎中善馀庆,雅韵与琴清,郁郁松带雪,萧萧鸿入冥。员外真贵儒,弱冠被华缨,月香飘桂实,乳溜沥琼英。补阙思冲融,巾拂艺亦精,彩蝶戏芳圃,瑞云滋翠屏。拾遗兴难偋,逸调旷无程,九酝贮弥洁,三花寒转馨。校书才智雄,举世一娉婷,赌墅鬼神变,属辞鸾凤惊。差肩曳长裾,总辔奉和铃,共赋瑶台雪,同观金谷笙。倚天方比剑,沉水忽如瓶。君持玉盘珠,写我怀袖盈,读罢涕交颐,愿言跻百龄。"纶之才思,皆此类也。(《旧唐书》本传)

卢纶、李益善为五言绝句,意在言外。(《后村诗话》)

卢纶与李益中表,唱酬交赞,在大历十才子中号为翘楚。(《吴礼部诗话》引时天彝《唐百家诗选评》)

纶与吉中孚、韩翃、耿沣、钱起、司空曙、苗发、崔峒、夏侯审、李端,联藻文林,银黄相生,且同臭味,契分俱深,时号"大历十才子"。唐之文体,至此一变矣。纶所作特胜,不减盛时,如三河少年,风流自赏。(《唐才子传》)

卢诗开朗,不作举止,陡发惊彩,焕尔触目,篇章亦富埒钱、刘。以古体未道,屈居二氏亚等。(《唐音癸签》)

唐云:卢诗尚朴,别是一种风味,恨篇各有瑕,似乏全力。钟爱其僻,所选独富,要不可作正法门。(《汇编唐诗十集》)

周珽曰:允言才情雄灏,律诗煮古为饵,服以石浆,气之所嘘,俱成金鹊脑,中唐词坛赤帜也。(《唐诗选脉会通评林》)

陈继儒曰:卢诗奇悍之中,自饶雅致。(同上)

七言古,卢气胜于刘,才胜于钱,故稍为轶荡而有格,但未能完美耳。(《诗源辩体》)

大历、贞元,国几于亡,音乃乱矣。卢纶、耿沣当为风气所摄。(《唐诗评选》)

刘长卿外,卢纶为佳。其诗亦以真而入妙。如"少孤为客早,多难识君迟"、"貌衰缘药尽,起晚为山寒"、"语少心长苦,愁深醉自迟"、"颜衰重喜归乡国,身贱多惭问姓名"、"高歌犹爱《思归引》,醉语惟夸漉酒巾"、"故友九泉留语别,逐臣千里寄书来",皆能使人情为之移,甚者歔欷欲绝。写景之工,则如"估客昼眠知浪静,舟人夜语觉潮生"、"上方月晓闻僧语,下界林疏见客行"、"孤村树色昏残雨,远寺钟声带夕阳"、"折花朝露滴,漱石野泉清"、"泉急鱼依藻,花繁鸟近人"、"路湿云初上,山明日正中"、"人随雁迢递,栈与云重叠",悉如目见也。(《载酒园诗话又编》)

卢允言诗意境不远,而语辄中情,调亦圆劲,大历妙手。(《大历诗略》)

大历诸子兼长七言古者,推卢纶、韩翃,比之摩诘、东川可称具体。(《读雪山房唐诗序例》)

大历十才子,卢纶第一,吾乡吉侍郎中孚第二。卢诗清高,可以与刘文房匹,不愧称首。吉尝荐卢于朝,卢集忆吉诗甚多,两人盖尤相契也。(《养一斋诗话》)

纶诗五绝时作劲健语;七律则情致深婉,有一唱三叹之音。(潘德舆《唐诗评选》)

其源出于王筠、庾信。七古为优,明茂相宣,在君虞之亚;《冬日登城》一首,太白之遗也。绝句清英独秀,工写神情。排律端凝,尚见陈隋实力。(《三唐诗品》)

送韩都护还边

好勇知名早,争雄上将间。
战多春入塞,猎惯夜登山。
阵合龙蛇动,军移草木闲。
今来部曲尽,白首过萧关。

【汇评】

《瀛奎律髓》:诗律响亮整齐。

《瀛奎律髓汇评》：纪昀：意注末二句，前六句反面烘托，便回身一掉，倍为凄惋耳。但以"响亮整齐"取之，殊失作者之意。

送吉中孚校书归楚州旧山

原注：中孚自仙官入仕。

青袍芸阁郎，谈笑挹侯王。
旧篆藏云穴，新诗满帝乡。
名高闲不得，到处人争识。
谁知冰雪颜，已杂风尘色！
此去复何如？东皋岐路多。
藉芳临紫陌，回首忆沧波。
年来倦萧索，但说淮南乐。
并楫湖上游，连樯月中泊。
沿流入阊门，千灯夜市喧。
喜逢邻舍伴，遥语问乡园。
下淮风自急，树杪分郊邑。
送客随岸行，离人出帆立。
渔村绕水田，澹澹隔晴烟。
欲就林中醉，先期石上眠。
林昏天未曙，但向云边去。
暗入无路山，心知有花处。
登高日转明，下望见春城。
洞里草空长，冢边人自耕。
寥寥行异境，过尽千峰影。
露色凝古坛，泉声落寒井。
仙成不可期，多别自堪悲。

为问桃源客,何人见乱时!

【汇评】

诗末按语:一本此篇分作绝句十一首。

《唐诗归》:钟云:只写景到极象处,情便难堪。　　谭云:别情说向幽景上去,情更深。

《唐诗选脉会通评林》:周珽曰:第三句顶上二句,总指送别时事言。末句写出旧山可归之趣,调法新爽("林昏"四句下)。唐汝询曰:索漠中出此玄想,亦送别妙境。

《石园诗话》:"名高闲不得,到处人争识",名士出门,大都如是。接云"谁知冰雪颜,已杂风尘色"两句,又无限感叹矣。

送畅当还旧山

常逢明月马尘间,是夜照君归处山。

山中松桂花尽发,头白属君如等闲。

【汇评】

《唐诗归》:钟云:调古甚,入绝句尤难。

同吉中孚梦桃源

其一

春雨夜不散,梦中山亦阴。

云中碧潭水,路暗红花林。

花水自深浅,无人知古今。

【汇评】

《唐诗归》:钟云:只六句,境、趣、理俱在内,而皆指不出,妙至于此。又云:十字浑沦,无处可入(末二句下)。

《唐诗归折衷》：唐云：钟但爱其不说明耳，细味之，实无深想。

《唐诗选脉会通评林》：周珽曰："云中"二语，写梦境入微。"花水"二语，写梦情超异。桃花源事，原属幻景；梦桃源中，幻中之幻。子安《梦游仙》、常建《梦太白峰》、青莲《梦游天姥》，各极变幻、摹写之妙；而此寥寥数语，景物幽美，兴致慨切，简秀清远，幻化高华；何初、盛、中之有分也！

《唐诗快》：此三十字足抵渊明一篇诗纪矣。末二句尤妙在似梦中语。

《古唐诗合解》：命题固奇，诗意亦奥。后二语浑沦，令人莫测。

其二

夜静春梦长，梦逐仙山客。
园林满芝术，鸡犬傍篱栅。
几处花下人，看予笑头白。

酬李益端公夜宴见赠

戚戚一西东，十年今始同。
可怜歌酒夜，相对两衰翁。

【汇评】

《容斋随笔》：李益、卢纶，皆唐大历十才子杰者。纶于益为内兄，尝秋夜同宿，益赠纶诗曰："世故中年别，馀生此会同。却将愁与病，独对朗陵翁。"纶和曰："戚戚一西东，……"二诗虽绝句，读之使人凄然，皆奇作也。

《汇编唐诗十集》：唐云：情景俱惨。

《唐风定》：悲凄含蓄。

《渌水亭杂识》：句律凄惋，如出一口（按指李、卢二人赠和之作）。

逢病军人

行多有病住无粮，万里还乡未到乡。

蓬鬓哀吟古城下，不堪秋气入金疮。

【汇评】

《对床夜语》：赵微明《回军跛者》之诗，只读起句，不必看题目，亦必知为此诗矣。……卢纶《逢病军人》诗云："行多有病住无粮，……"驱驾虽未及前，而凄苦之意，殆无以过。起句亦尽。

《唐人绝句精华》：凡战阵伤残兵士，理应有抚恤。此诗所写伤兵之苦如此，则其时军政之窳败自在言外。吟，呻吟也。

村南逢病叟

双膝过颐顶在肩，四邻知姓不知年。

卧驱鸟雀惜禾黍，犹恐诸孙无社钱。

【汇评】

《唐诗选脉会通评林》：方回曰：尽老态之常。大历诗格，壮丽悲感。　　吴山民曰：首句病叟肖像，末句病叟实心。

《批点唐音》：太露。

宴席赋得姚美人拍筝歌

原注：美人曾在禁中。

出帘仍有钿筝随，见罢翻令恨识迟。

微收皓腕缠红袖，深遏朱弦低翠眉。

忽然高张应繁节，玉指回旋若飞雪。

凤箫韶管寂不喧，绣幕纱窗俨秋月。

有时轻弄和郎歌，慢处声迟情更多。

已愁红脸能伴醉，又恐朱门难再过。

昭阳伴里最聪明，出到人间才长成。

遥知禁曲难翻处，犹是君王说小名。

【汇评】

《大历诗略》：其纤丽元人能之，恐无此矜贵也。唐人擅场在此，只六朝乐府烂熟耳。

腊日观咸宁王部曲娑勒擒豹歌

山头瞳瞳日将出，山下猎围照初日。

前林有兽未识名，将军促骑无人声。

潜形踠伏草不动，双雕旋转群鸦鸣。

阴方质子才三十，译语受词蕃语揖。

舍鞍解甲疾如风，人忽虎蹲兽人立。

欻然扼颡批其颐，爪牙委地涎淋漓。

既苏复吼拗仍怒，果协英谋生致之。

拖自深丛目如电，万夫失容千马战。

传呼贺拜声相连，杀气腾凌阴满川。

始知缚虎如缚鼠，败房降羌生眼前。

祝尔嘉词尔无苦，献尔将随犀象舞。

苑中流水禁中山，期尔攫搏开天颜。

非熊之兆庆无极，愿纪雄名传百蛮。

【汇评】

《唐诗别裁》：人虎互形，毛发生动（"人忽虎蹲"句下）。

中间搏兽数语，何减太史公叙巨鹿之战？

宫中乐二首（其二）

台殿云深秋色微，君王初赐六宫衣。
楼船泛罢归犹早，行遣才人斗射飞。

【汇评】

《诗境浅说续编》：首二句言：云凉台殿，秋意初生，六宫已拜赐衣之宠。后二句言：液池晴涨，戏泛楼船，极中流箫鼓之娱；归时尚早，更遣才人，射飞逐走。盘游无度，不闻折槛之争，较"晋阳已陷休回顾，更请君王猎一围"仅差胜一筹，……此诗盖有规谏之意也。

和张仆射塞下曲（选四首）

其一

鹫翎金仆姑，燕尾绣蝥弧。
独立扬新令，千营共一呼。

【汇评】

《唐诗笺注》：此首写其装束气概。下二句与"宁为百夫长，胜作一书生"，意趣略同。

《诗境浅说续编》：前二句言弓矢精良，见戎容之暨暨，三句状阃帅之尊严，四句状号令之整肃。寥寥二十字中，有军容荼火之观。

其二

林暗草惊风，将军夜引弓。

平明寻白羽，没在石棱中。

【汇评】

《载酒园诗话又编》：《塞下曲》六首俱有盛唐之音，"平明寻白羽，没在石棱中"一章尤佳。人顾称"欲将轻骑逐，大雪满弓刀"，虽亦矫健，然殊有逗遛之态，何如前语雄壮！

《诗法易简录》：暗用李广事，言外有边防严肃、军威远振之意。

《养一斋诗话》：诗之妙全以先天神运，不在后天迹象。……卢纶"林暗草惊风"，起句便全是黑夜射虎之神，不至"将军夜引弓"句矣。大抵能诗者无不知此妙，低手遇题，乃写实迹，故极求清脱，而终欠浑成。

《诗境浅说续编》：此借用李广事，见边帅之勇健。李广射虎事，仅言射石没羽，纪载未详。夫弓力虽劲，没镞已属难能，而况没羽。作者特以"石棱"二字表出之，盖发矢适射两石棱缝之中，遂能没羽，于情事始合。卢允言乃读书得间也。

其三

月黑雁飞高，单于夜遁逃。

欲将轻骑逐，大雪满弓刀。

【汇评】

《唐诗训解》：李攀龙曰：中唐音律柔弱，此独高健，得意之作。　此见边威之壮，守备之整，而惜士卒寒苦也。允言语素卑弱，独此绝雄健，堪入盛唐乐府。

《唐诗选脉会通评林》：周敬曰：中唐高调，句句挺拔。　顾璘曰：健。所谓古乐府者，此篇可参。

《诗源辩体》：纶五言绝"月黑雁飞高"一首，气魄音调，中唐所无。

《唐风定》：音节最古，与《哥舒歌》相似。

《唐诗摘钞》：言虽雪满弓刀，犹欲轻骑相逐。一顺看，即似畏寒不出矣，相去何啻天渊！"夜"字一本作"远"，不惟句法不健，且惟乘月黑而夜遁，方见单于久在围中，若远而后逐，则无及矣。止争一字，语意悬远若此；甚矣，书贵善本也！

《诗法易简录》：上二句言匈奴畏威远遁。下二句不肯邀开边之功，而托言大雪，便觉委婉，而边地之苦亦自见。

《诗境浅说续编》：前二首仅闲叙军中之事，此首始及战事。言兵威所震，强虏远逃，月黑雁飞，写足昏夜潜遁之状。追奔逐北者，宜发轻骑蹑之，而弓刀雪满，未得穷追，见漠北之严寒，防边之不易也。

《诗式》：首句对景兴起。次句入正意。三句追进一层，承次句意。四句确是逐时情景，"雪"字映上"月"字。　　　　[品]壮健。

其四

野幕敞琼筵，羌戎贺劳旋。
醉和金甲舞，雷鼓动山川。

【汇评】

《诗境浅说续编》：边氛既扫，乃宏开野幕，犒士策勋。醉馀起舞，金甲犹擐，击鼓其镗，雷鸣山应。玉关生入，不须"醉卧沙场"矣。唐人善边塞诗者，推岑嘉州。卢之四诗，音词壮健，可与抗手。宜其在大历十子中，与韩翃、钱起齐名也。

【总评】

《唐人万首绝句选评》：允言《塞下曲》，意警气足，格高语健，读之情景历历在目，中唐五言之高调，此题之名作也。

《唐人绝句精华》：此题共六首，乃和张仆射之作，故诗语皆有颂美之意，与他作描写边塞苦寒者不同。

从军行

二十在边城，军中得勇名。
卷旗收败马，占碛拥残兵。
覆阵乌鸢起，烧山草木明。
塞闲思远猎，师老厌分营。
雪岭无人迹，冰河足雁声。
李陵甘此没，惆怅汉公卿。

【汇评】

《诗人玉屑》：寒苦（"雪岭"二句下）。

《唐诗解》：唐人赋从军，不述思家，必称许国。此独为叛将之辞，语讥藩镇，非泛然作也。"败马"、"残兵"，下字不苟。

《唐诗选脉会通评林》：吴山民曰："师老戒分营"，五字有用。结有深意。陆时雍曰：三、四语有气决。　　周珽曰：德宗之世，内多奸小，边臣解体，藩镇之祸日盛。此篇疑时有覆军之将，收其残兵啸聚边地，故允言述其意以为词。"思远猎"、"戒分营"确得战守之策。末以李陵甘没虏廷为况，见在朝公卿忌功，致边地有不还之将，深可"惆怅"者也。讥刺之词，甚于刑讨。

《诗源辩体》：纶五言排律有《从军行》，在中唐颇为矫俊。

《唐诗笺要》：古题出以时调，唐数百年边陲矜张情状已尽毫端。"烧山草木鸣"，恰是中唐妙手。

代员将军罢战后归旧里赠朔北故人

结发事疆场，全生俱到乡。
连云防铁岭，同日破渔阳。

牧马胡天晚，移军碛路长。

枕戈眠古戍，吹角立繁霜。

归老勋仍在，酬恩虏未亡。

独行过邑里，多病对农桑。

雄剑依尘橐，阴符寄药囊。

空馀麾下将，犹逐羽林郎。

【汇评】

《唐诗选脉会通评林》：周珽曰：此诗与《从军行》篇，奇藻异想，如波翻浪叠，总厥体中之铿锵者。

早春归螯屋旧居却寄耿拾遗沣李校书端

野日初晴麦垅分，竹园相接鹿成群。

几家废井生青草，一树繁花傍古坟。

引水忽惊冰满涧，向田空见石和云。

可怜荒岁青山下，惟有松枝好寄君。

【汇评】

《三体唐诗》：前实后虚体。

《唐诗选脉会通评林》：汪道昆曰：全篇气缓，诵之凄然。周敬曰：次联形出哀怨，乱后实景，人说不到。　　周珽曰：此盖史思明、吐蕃乱后之作，荒凉凄楚，不堪终读。松枝可赠，取坚贞不改也。

《诗源辩体》：句法音调，已入晚唐。

《唐风定》：精思妙语，一诵百回。

《贯华堂选批唐才子诗》：前解：写兵荒之后，已无旧居。看他次第自述：初归周至，恰值春晴。由"麦陇"过"竹园"到"村巷"，纯是"鹿群"，一望无人。于是先寻庐井，次展坟墓，真是久客远归、魂魄未招光景也。后解：写困穷虽极，誓报晚节。"冰涧"、"石田"，非向二子诉穷，正是极表"松枝"在抱也。

《碛砂唐诗》：敏曰："分"字从"晴"字来。韵不论新旧，只要自在。诚哉，是言也！

《唐律偶评》：苦语，却通首清丽。

《诗式》：发句上句切早春，起野外日初晴，正分麦垄之候；下句入旧居，惟竹园相与接，而鹿引众，此旧居之情景。颔联写景，都就眼前指点，唯废井之中，青草方生，繁花之发，古坟相对，旧居外描写。颈联上句言冰方解，故满涧；下句尤切"归"字，方人出外，田多未耕，田中只见石和云而已，均切定早春。落句就欲寄着想，言早春归至青山下，尚是荒岁，无物可寄，惟有松枝耳。通篇写鳌屋旧居，均从旧居以外生发，又妙在处处不脱"早春"二字。此题若无"早春"二字，则应抱定早春方为切题。且无"早春"二字，则通首可就居以内着想，做诗与做文总贵相题也。　　　［品］细切。

夜中得循州赵司马侍郎书因寄回使

瘴海寄双鱼，中宵达我居。

两行灯下泪，一纸岭南书。

地说炎蒸极，人称老病馀。

殷勤报贾傅，莫共酒杯疏。

【汇评】

《风骚旨格》：诗有四十门：……三曰悲喜，诗云："两行灯下泪，一纸岭南书。"

《对床夜语》：诗在意远，固不以词语丰约为拘。然开元以后五言，未始不自古诗中流出。虽无穷之意，严有限之字，而视大篇长什，其实一也。如"旧里多青草，新知尽白头"，又"两行灯下泪，一纸岭南书"，则久别乍归之感，思远怀旧之悲，隐然无穷。

《唐诗选脉会通评林》：何新之列此诗为"平淡体"。　　徐用吾曰：次联口头语，不难亦不易。　　周珽曰：五、六即书中寄语，所以中宵灯下闻之，不胜悲泪。结以贾傅比赵，欲其孤开怀抱，勿以瘴地恶劣、宦游衰病自苦也。允言诗朴厚浑雅，辄多悲调。摹情处如"两行灯下泪，一纸岭南书"，已极伤心。

《全唐风雅》：黄绍夫云：故人迁谪之情，哀老久别之感，万里愿望之意，于数句内尽之，可谓能言其所欲言矣。

《大历诗略》：如题起止，无一语溢出。

《唐诗笺注》：不假雕镂，如同话语，诗到真率处自然有味。

《网师园唐诗笺》：情至语，出于自然（"两行"联下）。

《诗式》：发句上句从赵司马寄书起，此乃对面著笔；下句言得书，而又切"夜中"。颔联写情，上句承发句下句，切"夜"字；下句承发句上句，切"循州"。颈联写事，述书中所云者，上句就地说，下句就人说。落句上句以贾傅比赵司马，下句言交情。前半首写得赵司马书，带定"夜"字；后半首写书中语，而以酒杯结"疏"字，妙！惟迹疏，故用书，此所谓得题之神者。　　［品］温厚。

赠李果毅

向日磨金镞，当风著锦衣。
上城邀贼语，走马截雕飞。

【汇评】

《精选评注五朝诗学津梁》：四句皆对偶，且皆褒奖之辞，无深意。

过玉真公主影殿

夕照临窗起暗尘，青松绕殿不知春。

君看白发诵经者，半是宫中歌舞人。

【汇评】

《唐语林》：政平坊安国观，明皇时玉真公主所建。门楼高九十尺，而柱端无斜。殿南有精思院，……院南池引御渠水注之，叠石像蓬莱、方丈、瀛洲三山。女冠多上阳宫人。其东与国学相接。咸通中，有书生云："尝闻山池内，步虚、笙磬之音。"卢尚书有诗云："夕照纱窗起暗尘，……"

曲江春望（选二首）

其一

菖蒲翻叶柳交枝，暗上莲舟鸟不知。

更到无花最深处，玉楼金殿影参差。

【汇评】

《诗境浅说续编》：此首虽无深意，而当日曲江风景，可想其大概。

其二

翠黛红妆画鹢中，共惊云色带微风。

箫管曲长吹未尽，花南水北雨濛濛。

长安春望

东风吹雨过青山，却望千门草色闲。

家在梦中何日到？春生江上几人还。

川原缭绕浮云外，宫阙参差落照间。

谁念为儒逢世难，独将衰鬓客秦关！

【汇评】

《瀛奎律髓》：能言久客都城之意。

《唐诗品汇》：刘云：三、四自在。

《批点唐音》：中唐中宽徐者（首二句下）。

《唐诗解》：此长安遭吐蕃之乱，代宗幸陕，纶时在京而作。

《唐诗训解》：伤乱之意，溢于言外。

《唐诗镜》：三、四语，初盛人不出。此岑参"愁窥白发羞微禄，悔别青山忆故蹊"，隐隐已开大历之渐。

《唐诗选》：以淡致胜。

《唐诗选脉会通评林》：何新之列此诗为"奇隽体"。　　周敬曰：起得自在，颔联情妙。王子安诗"山川云雾里，游子几时还"，何如此二句有言不尽意之巧！唐汝询曰：首联与右丞"秋槐"之句一般凄楚。"浮云"、"落照"，意甚不浅。周珽曰：无意求工，自能追雅，盛唐人不过此。

《唐诗评选》：好！七言须有此，方不昧所自来（"家在梦中"联下）。不纤（"川原缭绕"联下）。　　一结本色尽露。

《贯华堂选批唐才子诗》："东风"七字，人谓只是写春，不知便是写望，如云此雨自我家中来也。"闲"字骂草，妙！如云无谓也，扯淡也。三恨自不得归，四又妒他人得归，活写尽不归人心口咄咄也。"川原"七字中有无数亲故，"宫阙"七字中止夕阳一人。"谁"字便是无数亲故也，"独"字便是夕阳一人也。

《五朝诗善鸣集》：不愧为大历十才子之冠。

《唐诗摘钞》：起调和缓，接联警亮，五、六悲壮，结处点明情事，终含凄怨之声。布格调律，盛唐不过也。　　五、六写景，初嫌其宽泛，不知此二句深寓乱后之感；调愈壮，气愈悲。且隐隐接出"世难"，局不伤促，词不伤露耳。起联即老杜"城春草木深"意，五、六即老杜"国破山河在"意。诗尾见地点，醒一篇之意。

《初白庵唐诗评》：大历中诗家只是平稳。

《删订唐诗解》：三、四得自然之趣。

《唐诗贯珠》：飘然而起，三、四神情俊逸。

《唐诗成法》：句虽熟滑，情真挚可耐。

《唐诗笺要》：结句怨悱不怨，其味深长，或谓能言久客之意，犹属皮相。

《唐诗别裁》：遭乱意，上皆蕴含，至末点出。　　夷犹绰约，风致天成（末句下）。　　诗贵一语百媚，大历十才子也；尤贵一语百情，少陵、摩诘是也。

《山满楼笺注唐诗七言律》：山外雨痕，门前草色，总是望中所见，却分上下两截，句法使然也。一"闲"字，写雨中草色，妙得其神，不必强疏作"世难后千门皆空"也。

《历代诗发》：不以纤巧取胜，伤乱之意溢于言外。

《网师园唐诗笺》：绰约多姿（"家在梦中"联下）。　　首联点题，三、四言情，五、六正写"望"字，末二句总收。

《瀛奎律髓汇评》：纪昀：诗至大历十子，浑厚之气渐尽，惟风调胜后人耳。此诗格虽不高，而情韵特佳。

《唐诗选胜直解》：末句正见春望感怀之意。为儒而逢世难，已足悲矣，衰白客途，可胜悼哉！

《北江诗话》：（盛唐七律）门径始开，尚未极其变也。至大历十数子，对偶始参以活句，尽变化错综之妙。如卢纶"家在梦中何日到？春来江上几人还"……开后人多少法门。

《昭昧詹言》：此诗用意，全在三、四，梦家未还，为一诗关键主意。起与五、六，平平常语。收句承明三、四，尚沉足。

与畅当夜泛秋潭

萤火飏莲丛，水凉多夜风。
离人将落叶，俱在一船中。

泊扬子江岸

山映南徐暮，千帆入古津。
鱼惊出浦火，月照渡江人。
清镜催双鬓，沧波寄一身。
空怜莎草色，长接故园春。

【汇评】

《唐诗分类绳尺》：二诗（按指祖咏《泊扬子津》与本诗）景象敌手，而卢意觉胜。

《唐诗选脉会通评林》：周珽曰：写景寓意，不徒以声响成律者。

晚次鄂州

云开远见汉阳城，犹是孤帆一日程。
估客昼眠知浪静，舟人夜语觉潮生。
三湘衰鬓逢秋色，万里归心对月明。
旧业已随征战尽，更堪江上鼓鼙声。

【汇评】

《艇斋诗话》："估客"一联，曲尽江行之景，真善写物也。予每诵之。

《批点唐诗》：第四句尤妙，但对上句却浅。五、六迥别。一结宛转，极悲。

《唐诗正声》：吴逸一评：次联老江湖语，三联语忽不测，结悲，酷入情。

《批选唐诗》：清通熟爽，是近体佳篇。

《唐诗选脉会通评林》：何景明曰：二联妙。　　田艺衡曰：乱后之辞，可怜。陈继儒曰：旅思动人。伤感却不作异调，故佳。

郭濬曰：情景不堪萧瑟。

《唐诗鼓吹笺注》：总是彻夜未眠急归情绪也；后四句一气赶下，是倒卷文法（"估客昼眠"二句下）。

《唐风定》：初联世所共称，不知次联更胜。

《贯华堂选批唐才子诗》：前解写尽急归神理。言望见汉阳，便欲如隼疾飞，立抵汉阳，而无奈计其远近，尚必再须一日也。三、四承之，言虽明知再须一日，而又心头眼底，不觉忽忽欲去。于是厌他估客，胡故昼眠；喜他舟人，斗地夜语。盖昼眠，便是不思速归之人；夜语，便有可以速去之理也。若只作写景读之，则既云"浪静"，又云"潮生"，此成何等文法哉！后解言吾今欲归所以如此急者，实为鬓对三湘，心驰万里，传闻旧业，已无可归，而连日江行，鼓鼙不歇，谁复能遣？尚堪一朝乎哉！

《五朝诗善鸣集》：诗有高静之气，故白描而绝远于俚。

《唐诗贯珠》："浪静"映"云开"，"夜语"由于"晚次"。三、四构句，曲尽水程情景，气度大方精妙。

《唐三体诗评》：何焯云：惊魂不定，贪程难待，合下四句读之，其意味更长。

《唐律偶评》：前半极写归心之迫，却不露所以"次"之故，至结句方说明，读之但觉其如画耳。　　浪静则可以兼程，潮生更宜夜发，乃胡为淹此留也？发"次"字，暗呼起江上兵阻，非无眼之铺叙。

《唐体肤诠》：与刘长卿"汀州"之什，若出一手。盖大历齐名诸贤，其商榷既同，故臭味相通如此（末句下）。

《唐诗成法》：屈复云：一归心急，二有咫尺千里意。中四"衰鬓"、"归心"，人眼中耳中无限悲凉，故客眠人语，秋色月明，种种堪愁。用意深妙，全以神行，若与题无涉者。结言归亦无益，将来不知作何景象，愁无已时也。

《唐诗别裁》：读三、四语，如身在江舟间矣，诗不贵景象耶！

《大历诗略》：有情景，有声调，气势亦足，大历名篇。

《山满楼笺注唐诗七言律》：第六句中"归心"二字，是一篇之眼。前五句写归心之急，后二句写归心所以如此急之故。　　"万里逢秋色"则愁鬓不胜憔悴，"对月明"则归心愈觉凄惶，字字真情，字字实理。

《网师园唐诗笺》：写景亲切（"舟人夜语"句下）。

《昭昧詹言》：起句点题。次句缩转，用笔转折有势。三、四兴在象外，卓然名句。五、六亦兼情景，而平平无奇。收切鄂州，有远想。

《诗境浅说》：作客途诗，起笔须切合所在之境，而能领起全篇，乃为合作。此诗前半首尤佳。其起句言：江天浩莽，已远见汉阳城郭，而江阔帆迟，尚费行程竟日。情景真切，句法亦纡徐有致。三句言：浪平舟稳，估客高眠。凡在湍急处行舟，篙橹声终日不绝，唯江上扬帆，但闻船唇啮浪，吞吐作声，四无人语，水窗倚枕，不觉寐之酣也。四句言：野岸维舟，夜静闻舟人相唤，加缆扣舷，众声杂作，不问而知为夜潮来矣。诵此二句，宛若身在江船容与之中。可见诗贵天然，不在专工雕琢。

夜投丰德寺谒液上人

半夜中峰有磬声，偶逢樵者问山名。

上方月晓闻僧语，下路林疏见客行。

野鹤巢边松最老，毒龙潜处水偏清。

愿得远公知姓字，焚香洗钵过浮生。

【汇评】

《云溪友议》：卢员外纶作拟僧之诗，僧清江作七夕之咏，刘随州有眼作无眼之句，宋雍无眼作有眼之诗。诗流以为四背，或云四倒，然辞意悉为佳致乎！

《东岩草堂评订唐诗鼓吹》：玩首二句，不特不知有上人，并不知有寺。若闻磬声而知有寺，问樵夫而知有山，入寺中而知有上人，见上人而始动其愿也。前四句，写夜投丰德寺，后四句，写谒液上人。

《唐诗选脉会通评林》：周珽曰：非有慧心静理者难言。

《唐风定》：幽细又极闲雅。

《瀛奎律髓汇评》：纪昀：清妥。四句在僧一边眼中写出。

《唐诗成法》：非闻磬声，半夜中何处投寺？非偶逢，半夜中安得有樵者？下字斟酌，意深法密，气味深厚。

《大历诗略》：起结具乏风调，而品格自高。

《小清华园诗谈》：诗明净。

《诗境浅说》：上句言山头孤寺，万籁沈沈，晓风残月之时，惟闻僧语；下句言俯视下方，偶于林隙见早行之客，此言山巅寺院之高也。苏颋诗"宫中下见南山尽，城上平临北斗悬"，乃言长安城阙之高。元稹诗"星河似向檐前落，鼓角惊从地底回"，乃言越中州宅之高。同一登临之作，所在之地不同，各写其见闻也（"上方月晓"二句下）。

酬李端公野寺病居见寄

野寺钟昏山正阴，乱藤高竹水声深。

田夫就饷还依草，野雉惊飞不过林。

斋沐暂思同静室，清羸已觉助禅心。

寂寞日长谁问疾？料君惟取古方寻。

【汇评】

《三体唐诗》：前实后虚体。

《唐音癸签》：盛唐人和诗不和韵，……至大历中，李端、卢纶《野寺病居》酬答，始有次韵。

《唐诗选脉会通评林》：周敬曰：起调绝似嘉州；中联新响，右丞不能多让。如此等诗，何分中、盛？　　顾璘曰：次联几近有道。三联苦思方得，又复平易。周珽曰：铲除魔气，洗涤尘腔，有独啗胡麻、不屑俗糗之致。

《唐诗贯球》：韵调与李相类，总之大历十才子气味，而卢比原唱更增色泽、精劲少许。上解写"野"字，下解兼"病"、"寺"串合，所以尤觉灵活。而起处亦自不同：山中岚雾多昏，所以呼下"阴"字。"就饷"，用餐也；"还依草"，即藉地而坐。极平常事，然有意无意，自觉清韵。且"就"字早先引下，妙。"不过林"，得雉飞之情。善写淡处，晚唐不能及，便费力，落二义耳。病则静摄，如同斋沐，所居亦"同静室"。病体"清羸"，诸念不起，已"助禅心"耳。两句俱双关"野寺病居"，更入腻境，高出一层，妙。

长安疾后首秋夜即事

九重深锁禁城秋，月过南宫渐映楼。

紫陌夜深槐露滴，碧空云尽火星流。

清风刻漏传三殿，甲第歌钟乐五侯。

楚客病来乡思苦，寂寥灯下不胜愁。

《唐诗评选》：纶七言近体极富，乃全入伧父。世所艳称如"东风吹雨"者，亦蹇薄。唯此作差为条达耳。

《唐律偶评》：逼出末二句寂寞意（"清风刻漏"句下）。

至德中途中书事却寄李僴

乱离无处不伤情，况复看碑对古城。

路绕寒山人独去，月临秋水雁空惊。

颜衰重喜归乡国，身贱多惭问姓名。

今日主人还共醉，应怜世故一儒生。

【汇评】

《东岩草堂评订唐诗鼓吹》：一先开一笔。二写入本题。三、四写途中景物："人独去"，言旅况之凄凉也；"雁空惊"，言时序之惊心也。五、六一"喜"一"惭"：惟衰颜而归，故喜；惟身残而归，故惭。即以起下"共醉"、"应怜"之意，写题中"寄"字耳。

《唐诗镜》：四语凄清，六语哀怨，似带骚情。

《唐律偶评》：乱后独行，顾见其影，惊为寇盗追逼。第四比喻工妙。

《一瓢诗话》：卢允言"颜衰重喜归乡国"，是自幸语；"身贱多惭问姓名"，是世故语；"估客昼眠知浪静"，是看他得意语；"舟人夜语觉潮生"，是唯我独醒语。余因向老无成，最怕人问尊庚几何，同此可怜。

《网师园唐诗笺》：人人意中所有，独能道出（"身贱多惭"句下）。

《小清华园诗谈》：以句求韵而尚妥适者（"路绕寒山"二句下）。

春江夕望

洞庭芳草遍,楚客莫思归。

经难人空老,逢春雁自飞。

东西兄弟远,存没友朋稀。

独立还垂泪,天南一布衣。

【汇评】

《近体秋阳》:语甚凄而意甚傲,然傲一分却凄十分。一"还"字几使读者掩袂矣。

晚到盩厔耆老家

老翁曾旧识,相引出柴门。

苦话别时事,因寻溪上村。

数年何处客,近日几家存?

冒雨看禾黍,逢人忆子孙。

乱藤穿井口,流水到篱根。

惆怅不堪住,空山月又昏。

【汇评】

《唐诗分类绳尺》:叙事道情,甚不费力。

《唐诗归》:钟云:(起数语)只似一句。

《唐诗选脉会通评林》:周珽曰:允言诗识见卓而渊,气脉沉而粹。此与《酬李叔度》篇俱妙在一气呵成。　　唐汝询曰:寄慨浑雄,未落浅调。

落第后归终南别业

久为名所误，春尽始归山。

落羽羞言命，逢人强破颜。

交疏贫病里，身老是非间。

不及东溪月，渔翁夜往还。

【汇评】

《唐诗品汇》：刘云：怨极自然（"交疏"二句下）。

《唐诗选脉会通评林》："少孤为客早，多难识君迟"、"交疏贫病里，身老是非间"，俱实境语，何痛彻之动人也！

《唐诗摘钞》：尾联换意。三、四道心事极真，五、六写世情极透。名士落第，时名顿减，故六云云。七、八另换一意，言不及东溪渔翁在夜月中往还，自由自便，是非之所不到也。

《唐诗快》：落第诗无有不感慨者。此独怨而不怒，寄托悠然。

裴给事宅白牡丹

长安豪贵惜春残，争玩街西紫牡丹。

别有玉盘承露冷，无人起就月中看。

【汇评】

《北江诗话》：白牡丹诗，以唐书端己"入门惟觉一庭香"及开元明公"别有玉盘承露冷，无人起向月中看"为最。

《诗式》：做牡丹诗，若以富贵门面语铺排，毫不足观。植物中及菊花、梅花等题，实已难于出新。凡遇此等题，必须脱尽前人窠臼，自标新义，方合；否则，何贵此陈陈相因、人云亦云之作哉？牡丹上冠一"白"字，则尤宜贴切"白"字。然切"白"字处，若出以雕琢之笔,则又落小样,且绝无意趣,令人阅之生厌,又何贵此死句哉!惟切"白"字在不脱不粘之际,有一种神妙吐于毫端,斯足引阅者兴趣。袁氏简斋论做诗主性灵,诚然诚然。此首起承衬起,用笔甚活。二句三句切"白"字,借玉盘形容之,绝不露斧凿之痕,而自然含有"白"字在内。且白牡丹在裴给事宅,亦须切主人身份,以"玉盘承露"等字点染,自切给事分际。如戎昱《红槿花诗》:"今日惊秋自怜客,折来持赠少年人",又薛能《黄蜀葵诗》:"记得玉人春病起,道家装束厌禳时",做"红"字、"黄"字均在有意无意之间,他题皆可隔反。　　[品]超诣。

山　店

登登山路行时尽,决决溪泉到处闻。
风动叶声山犬吠,一家松火隔秋云。

【汇评】

《唐诗绝句类选》:杜牧《山行》:"白云深处有人家"句,与卢纶此句,结语意同,卢更胜("一家松火"句下)。

《唐诗选脉会通评林》:周珽曰:写山行之景,宛然画出。

《三体唐诗评》:何焯曰:发端是暮程倦客,亟望有店;"何时尽",又直贯注"隔秋云"三字。第二句疑若路穷,妙能顿挫。第四句仍用"隔秋云"三字,欲透复缩。　　犬吠尚是因风远传,与下句"隔"字一线。

《网师园唐诗笺》:画所不到(末二句下)。

《唐人绝句精华》:寻常景色一入诗人之笔便不同。此诗无一奇特之事物而有非画所能画出者,读之如身临其境,故是佳作。

章八元

　　章八元，生卒年不详，睦州桐庐（今属浙江）人。少喜为诗，尝于邮亭偶题数语，严维见而异之，亲为指谕，数年间，诗赋精绝。大历六年（771）登进士第。复应制科举。德宗朝，任句容主簿。有《章八元诗》一卷，已佚。《全唐诗》存诗六首。

【汇评】

　　八元尝于都亭偶题数言，盖激楚之音也。会稽严维到驿，问八元曰："尔能从我学诗乎？"曰："能。"少顷遂发，八元已辞家，维大异之，遂亲指喻，数年词赋擢第。如"雪晴山脊见，沙浅浪痕交"，此得江山之状貌矣。（《中兴间气集》）

　　文宗朝，元稹、白居易、刘禹锡唱和千百首，传于京师，诵者称美。凡所至寺观台阁林亭，或歌或咏之处，向来名公诗板潜自撤之，盖有愧于数公之咏也。会元、白因传香于慈恩寺塔下，忽睹章先辈八元所留之句，命僧拂去埃尘，二公移时吟味，尽日不厌。悉令除去诸家之首，唯留章公一首而已。乐天曰："不谓严维出此弟子！"由是二公竟不为之。诗流自慈恩息笔矣。（《鉴诫录》）

新安江行

江源南去永，野渡暂维梢。
古戍悬鱼网，空林露鸟巢。
雪晴山脊见，沙浅浪痕交。
自笑无媒者，逢人作解嘲。

【汇评】

《唐诗镜》：三、四清出。

《五七言今体诗钞》：中二联果为佳句，起结乃是辏成。凡才力不足者，易有此病。

王 表

王表，生卒年里贯均不详，平卢节度使李纳婿，军中呼为"驸马"。大历十四年(779)擢进士第，贞元间，官至秘书少监。《全唐诗》存诗三首。

成德乐

赵女乘春上画楼，一声歌发满城秋。

无端更唱关山曲，不是征人亦泪流。

【汇评】

《唐诗直解》：自然成韵，与戴叔伦《夜发袁江作》句法绝相似，看"更"字、"不是"字、"亦"字。

《诗辩坻》：王表诗"一声歌发满城秋"，赵嘏又云"一声留得满城春"，邹子之吹黍谷，庶女之召飞霜，亦词人不用事之用事耳。

李 益

李益(746—约829)，字君虞，陇西姑臧(今甘肃武威)人。大历四年(769)登进士第。六年，登制科举，授郑县主簿。历参渭北臧希让、朔方李怀光、灵州杜希全、邠宁张献甫幕。元和中召为都官郎中、中书舍人，出为河南少尹，复入为秘书少监、集贤学士，历太子右庶子。元和末，迁右散骑常侍。大和初，以礼部尚书致仕，三年八月卒，享年八十四，赠太子少师。益风流有文词，诗名早著，其诗或画工图绘，或唱为乐曲，流播一时。有《李益集》(一名《李君虞集》)二卷行世。《全唐诗》编诗二卷。

【汇评】

李益诗名早著，有"征人歌且行"一篇，好事者画为图障。又有云："回乐峰前沙似雪，受降城外月如霜。不知何处吹芦管，一夜征人尽望乡。"天下亦唱为乐曲。(《国史补》)

李益：清奇雅正主。(《诗人主客图》)

(益)长为歌诗，贞元末，与宗人李贺齐名。每作一篇，为教坊乐人以赂求取，唱为供奉歌词。(《旧唐书》本传)

益录其从军诗赠左补阙卢景亮，自序云：从事十八载，五在兵

间,故为文多军旅之思。或因军中酒酣,或时塞上兵寝,投剑秉笔,散怀于斯文。率皆出乎慷慨意气,武毅果厉。(《唐诗纪事》)

(益)风流有词藻,与宗人贺相埒,每一篇就,乐工赂求之,被于雅乐,供奉天子。如《征人》、《早行》篇天下皆施之绘画。二十三受策秩,从军十年,运筹决胜,尤其所长。往往鞍马间为文,横槊赋诗,故多抑扬激厉悲离之作,高适、岑参之流也。(《唐才子传》)

君虞生习世纷,中遭顿抑,边朔之气,身所经闻。故《从军》、《出塞》之作,尽其情理,而慕散投林,更深遐思。古诗郁纡盘薄,姿态变出,自非中唐之致。其七言小诗,与张水部作等,亦《国风》之次也。(《唐诗品》)

岑参、李益诗语不多,而结法撰意雷同者几半,始信少陵如韩淮阴"多多益善"耳。(《艺苑卮言》)

李益五古,得太白之深,所不能者澹荡耳。太白力有馀闲,故游衍自得,益将矻矻以为之。(《诗镜总论》)

李君虞生长西凉,负才尚气;流落戎旃,坎壈世故。所作从军诗,悲壮宛转,乐人谱入声歌,至今诵之,令人凄断。(《唐音癸签》)

唐人诗谱入乐者,初、盛王维为多,中、晚李益、白居易为多。(同上)

李益,贞元时人。五言古多六朝体,效永明者,酷得其风神。七言古,气格绝类盛唐。……五言律,气格亦胜,《白马羽林儿》一篇,可配开、宝;"霜风先独树,瘴雨失荒城"一联,雄伟亦类初唐。七言绝,开、宝而下,足称独步。(《诗源辩体》)

李益、权德舆在大历之后,而其诗气格有类盛唐者,乃是其气质不同,非有意复古也。(同上)

七言绝句,中唐以李庶子、刘宾客为最,音节神韵,可追逐龙标、供奉。(《唐诗别裁》)

李尚书益久在军戎,故所为诗多风云之气。其视钱、刘,犹岑

参之于王、孟，鲍照之于颜、谢也。七绝尤高，在大历间无与颉颃者。（《大历诗略》）

此公下笔，总无弱调。自是天宝以后有数人物，其名噪一时，有以也夫。（《山满楼笺注唐诗七言律》）

大抵益诗深于七绝，律体乃其所短。（《养一斋诗话》）

迹汉以来，仲宣赋从军，只贡颂谀；灵运送秀才，徒述怀思。唯君虞以爽飒之气，写征戍之情，览关塞之胜，极辛苦之状。当朔风驱雁，荒月拜狐，抗声读之，恍见士卒踏冰而鞍瘃，介马停秣而悲鸣，讵非才之所独至耶？其他章句，亦清丽绝伦，宜与长吉齐名，无所愧让。（张澍《李尚书诗集序》）

若论绝句，则李十郎之雄浑高奇，不特冠冕十子，即太白、龙标亦当退让。（《越缦堂读书记》）

其源出于邱希范、吴叔庠，而参宗于摩诘。长于托咏，朗润风华，正如落花依草，妍然妩媚。馀作少衰，开晚唐之派。大历十人，固其杰也。（《三唐诗品》）

其诗辞藻秀发，自然清丽，源出齐梁，而独多高致，但少古耳。近体七律如《马嵬》诸作，虽格高调逸，晚唐莫及，然已为西昆"三十六体"之宗矣。（《诗学渊源》）

杂　曲

妾本蚕家女，不识贵门仪。
薰砧持玉斧，交结五陵儿。
十日或一见，九日在路岐。
人生此夫婿，富贵欲何为？
杨柳徒可折，南山不可移。
妇人贵结发，宁有再嫁资？

嫁女莫望高，女心愿所宜。

宁从贱相守，不愿贵相离。

蓝叶郁重重，蓝花若榴色。

少妇归少年，华光自相得。

谁言配君子，以奉百年身。

有义即夫婿，无义还他人。

爱如寒炉火，弃若秋风扇。

山岳起面前，相看不相见。

丈夫非小儿，何用强相知！

不见朝生菌，易成还易衰。

征客欲临路，居人还出门。

北风河梁上，四野愁云繁。

岂不恋我家，夫婿多感恩。

前程有日月，勋绩在河源。

少妇马前立，请君听一言。

春至草亦生，谁能无别情？

殷勤展心素，见新莫忘故。

遥望孟门山，殷勤报君子。

既为随阳雁，勿学西流水。

尝闻生别离，悲莫悲于此。

同器不同荣，堂下即千里。

与君贫贱交，何异萍上水。

托身天使然，同生复同死。

【汇评】

《升庵诗话》：李益集有乐府《杂体》一首云："蓝叶郁重重，蓝花石榴色。少女归少年，光华自相得。……既为随阳雁，勿学西流水。"此诗比兴有古乐府之风，唐人鲜及。或云：非益诗，乃无名氏代霍小玉寄益之诗也。

《载酒园诗话又编》：余尤爱其入情之句，如《游子吟》"莫以衣上尘，不谓心如练"，《杂曲》"爱如寒炉火，弃若秋风扇。山岳起面前，相看不相见"、"尝闻生别离，悲莫悲于此。同器不同荣，堂下即千里"，殊有汉魏乐府之遗。

赋得早燕送别

碧草缦如线，去来双飞燕。
长门未有春，先入班姬殿。
梁空绕不息，檐寒窥欲遍。
今至随红萼，昔还悲素扇。
一别与秋鸿，差池讵相见？

【汇评】

《辍锻录》：咏物题极难，初唐如李巨山多至百首，但有赋体，绝无比兴，痴肥重浊，止增厌恶。惟子美咏物绝佳，如咏鹰、咏马诸作，有写生家所不到。贞元、大历诸名家，咏物绝少。唯李君虞《早燕》云："梁空绕复息，檐寒窥欲遍。"直是追魂摄魄之语，馀无所见。元和以后，下逮晚唐，咏物诗极多，纵极巧妙，总不免描眉画角，小家举止，不独求如杜之咏马、咏鹰不可得见，即求如李之《早燕》大方而自然者，亦难之难矣。

春晚赋得馀花落

原注：得起字。

留春春竟去，春去花如此。
蝶舞绕应稀，鸟惊飞讵已？

衰红辞故萼，繁绿扶凋蕊。

自委不胜愁，庭风那更起。

【汇评】

《载酒园诗话又编》：此篇与"应门照绿苔"作体格相似，皆有横波回睬之妙。

《大历诗略》：次句情韵生于语妙，五、六尤细丽绝伦，阴铿、庾信不过是也。

观回军三韵

行行上陇头，陇月暗悠悠。

万里将军没，回旌陇树秋。

谁令呜咽水，重入故营流！

夜发军中

边马枥上惊，雄剑匣中鸣。

半夜军书至，匈奴冠六城。

中坚分暗阵，太乙起神兵。

出没风云合，苍黄豺虎争。

今日边庭战，缘赏不缘名。

【汇评】

《载酒园诗话又编》：李以边辞名。余以"边马枥上惊，雄剑匣中鸣"犹未足奇，如《再赴渭北使府留别》曰："报恩身未死，识路马还嘶"，信为悲壮。

莲 塘 驿

原注：在盱眙界。

五月渡淮水，南行绕山陂。
江村远鸡应，竹里闻缲丝。
楚女肌发美，莲塘烟露滋。
菱花覆碧渚，黄鸟双飞时。
渺渺溯洄远，凭风托微词。
斜光动流睇，此意难自持。
女歌本轻艳，客行多怨思。
女萝蒙幽蔓，拟上青桐枝。

【汇评】

《诗镜总论》：《莲塘驿》、《游子吟》自出身手，能以意胜，谓之善学太白，可。

登夏州城观送行人赋得六州胡儿歌

六州胡儿六蕃语，十岁骑羊逐沙鼠。
沙头牧马孤雁飞，汉军游骑貂锦衣。
云中征戍三千里，今日征行何岁归？
无定河边数株柳，共送行人一杯酒。
胡儿起作和蕃歌，齐唱呜呜尽垂手。
心知旧国西州远，西向胡天望乡久。
回头忽作异方声，一声回尽征人首。
蕃音虏曲一难分，似说边情向塞云。
故国关山无限路，风沙满眼堪断魂。

不见天边青作冢,古来愁杀汉昭君。

【汇评】

《唐诗别裁》:君虞最长边塞诗,不独"回乐峰前"一绝,足以动人。

《历代诗发》:声韵铿锵入古。

野田行

日没出古城,野田何茫茫。

寒狐啸青冢,鬼火烧白杨。

昔人未为泉下客,行到此中曾断肠。

【汇评】

《批点唐诗正声》:情景俱惨,何必《蒿里》、《薤露》耶?

《唐诗广选》:顾华玉曰:断肠语,复委曲,不堪多读。

《唐诗镜》:意语足色,自当得简。

《唐诗评选》:平平起四语,怨送佳句,如白云乍开,碧峰在目。

《网师园唐诗笺》:思曲情遥(末二句下)。

效古促促曲为河上思妇作

促促何促促,黄河九回曲。

嫁与桦船郎,空床将影宿。

不道君心不如石,那教妾貌长如玉?

【汇评】

《载酒园诗话又编》:读此,觉李嘉祐"花落黄鹂不复来,妾老君心亦应变"下语殊浅。但君虞能体贴人情至此,何以使胜业衔冤,崇敬生劫?

《大历诗略》：兴调古，节拍又甚急，乃为肖题真乐府也。

竹窗闻风寄苗发司空曙

微风惊暮坐，临牖思悠哉。

开门复动竹，疑是故人来。

时滴枝上露，稍沾阶下苔。

何当一入幌，为拂绿琴埃。

【汇评】

《优古堂诗话》：唐李益《竹窗闻风早发寄司空曙》诗……《异闻集·霍小玉传》为"开帘复动竹"，改一"门"字，遂失诗意。然此句乃袭乐府《华山畿》词耳。词云："夜相思，风吹窗帘动，言是所欢来。"

《韵语阳秋》："敲门风动竹，疑是故人来"，李益以是得名。

《升庵诗话》：尤延之诗话云：《会真记》"隔墙花影动，疑是玉人来"，本于李益"开门风动竹，疑是故人来"。然古乐府"风吹窗帘动，疑是所欢来"，其词乃齐梁人语，又在益先矣。

《载酒园诗话又编》：中唐人故多佳诗，不及盛唐者，气力减耳。雅淡则不能高浑，雄奇则不能沉静，清新则不能深厚。至贞元以后，苦寒、放诞、纤缛之音作矣。唯李君虞风气不坠，如《竹窗闻风》、《野田行》，俱中朝正始之音。

喜见外弟又言别

十年离乱后，长大一相逢。

问姓惊初见，称名忆旧容。

别来沧海事，语罢暮天钟。

明日巴陵道,秋山又几重。

【汇评】

《对床夜语》:"马上相逢久,人中欲认难","问姓惊初见,称名忆旧容","乍见翻疑梦,相悲各问年";皆诗人会故人诗也。久别倏逢之意,宛然在目,想而味之,情融神会,殆如直述。前辈谓唐人行旅聚散之作,最能感动人意,信非虚语。

《诗镜总论》:盛唐人工于缀景,惟杜子美长于言情。人情向外,见物易而自见难也。司空曙"乍见翻疑梦,想悲各问年",李益"问姓惊初见,称名识旧容",抚衷述怀,馨快极矣。因之思《三百篇》,情绪如丝,绎之不尽,汉人曾道只字不得。

《载酒园诗话又编》:司空文明每作得一联好语,辄为人压占。如"乍见翻疑梦,相悲各问年",可谓情至之语;李益曰:"问姓惊初见。称名忆旧容",则情尤深,语尤怆,读之几于泪不能收。

《唐诗别裁》:一气旋折,中唐诗中仅见者。

《网师园唐诗笺》:形容刻至("问姓"二句下)。

同崔邠登鹳雀楼

鹳雀楼西百尺樯,汀洲云树共茫茫。
汉家箫鼓空流水,魏国山河半夕阳。
事去千年犹恨速,愁来一日即为长。
风烟并起思归望,远目非春亦自伤。

【汇评】

《梦溪笔谈》:河中府鹳雀楼三层,前瞻中条,下瞰大河。唐人留诗者甚多。唯李益、王之涣、畅诸三篇能状其景。

《唐诗鼓吹注解》:此因登楼而有感也。……望风烟之色,感怀乡之思,目穷千里,不因春色而亦自悲伤矣。

《唐诗选脉会通评林》：周敬曰：赋景新切，寓感宏深。　　陈继儒曰：登眺情景，口边眼边。

《贯华堂选批唐才子诗》：登楼对景，更不别睹，斗地出手便先写一槛，下即急写汀洲，又急写云树，并不问此槛属何人，到何处，早已一片心魂弥梨麻罗，一递一递，竟自归去也。因言当时何等汉魏，已剩流水夕阳，人生世间，大抵如斯，迟迟不归，我为何事耶（首四句下）？　　此即趁势转笔，写是日归心刻不能待也。人见是春色，我见是风烟，即俗言"不知天好天暗"也。唐人思归诗甚多，乃更无急于此者（末四句下）。

《唐诗贯珠笺释》：通身线索相通。

《唐诗成法》：声调高亮，情致缠绵，十郎固是才子。

《大历诗略》：是诗颔联用事真切有味也。读书、远游，岂两事哉！

《山满楼笺注唐诗七言律》：倏而魏，倏而汉，又倏而至于今，千年犹恨速，亦事之无可如何者也。欲住不可，欲归不能，欲不住不归又无所之，一日即为长，此真善于言愁者矣。

《历代诗发》：对此茫茫，百端交集。

《养一斋诗话》：较之吴融《鹳雀楼》诗"鸟在林梢脚底看，夕阳无际戍烟残"诸句，稍有诗局。然前半平适落套，后半粗率任情，去王、畅二诗，终不可以道里计。

盐州过胡儿饮马泉

绿杨著水草如烟，旧是胡儿饮马泉。[①]
几处吹笳明月夜，何人倚剑白云天？
从来冻合关山路，今日分流汉使前。
莫遣行人照容鬓，恐惊憔悴入新年。

【原注】

① 鹲鹈泉在丰州城北,胡人饮马于此。

【汇评】

《唐诗选》:玉遮曰:末句极言其清,兼影边塞意。

《唐诗直解》:三、四中唐壮语,结亦趣。

《汇编唐诗十集》:结极有致。

《唐诗选脉会通评林》:周敬云:通篇慷慨悲壮,结就题上生感慨,有趣。周启琦云:此诗可谓探源昆仑,雄才浩气,更笼络千古。

《唐诗评选》:才称七言小生,不知必且以"几处"、"何人"、"从来"、"今日"讥其尖仄。

《五朝诗善鸣集》:诵此诗如执玉擎珠,不敢作寻常近玩。

《删订唐诗解》:三、四感慨殊深。

《唐七律选》:赋题能把捉,且尚有高健之气,稍振卑习。

《唐三体诗评》:落句不能振起全篇。然诗以各言其伤,不妨结到私情也。

《唐诗贯珠笺释》:的确是中唐面目。气度色泽,自然另是一种。若令晚唐为之,令人泪下而气索矣。

《唐诗成法》:"行人"即自己,容鬓已衰,空有"倚剑白云"之心,而日月逝矣,岁不我与。四有时无英雄之叹。

《近体秋阳》:如丝垂珠贯,继续生姿,结句感慨致别。

《唐诗别裁》:"几处吹笛明月夜,何人倚剑白云天?"言备边无人,句特含蓄。

《大历诗略》:三、四飏开,慨守边之无良将也。后半仍扼定"泉"字,语不泛。

《山满楼笺注唐诗七言律》:首句七字,先将鹲鹈泉上太平风景一笔描出,想当年饮马之时,安能有此?次句倒落题面,何等自然!于是三四遂用凭吊法,遐企古人开疆辟土之功,笛吹月中,剑倚天外，写得十分豪迈，千载下犹堪令壮士色飞也。"从来"一纵，"今日"一擒，此二句是咏叹法；而"冻合"、"分流"，觉犹是泉也，南北一判，寒暖顿殊，天时地气，宜非人力所能转移，而转移者已如此，写得何等兴会！七、八只就自己身上闲闲作结，妙在不脱"泉"字。

《网师园唐诗笺》：亦悲壮，亦流丽。

《唐诗笺要》：中唐最苦软直无婉致，此首人皆称中二联之明快悲壮，予独赏其起结虚婉，与君虞五绝"殷勤驿西路，此去是长安"一样体格。

《昭昧詹言》：起句先写景，次句点地。三、四言此是战场，戍卒思乡者多，以引起下文自家，则亦是兴也。五、六实赋，带入自家"至"字（按诗题一作《盐州过五原至饮马泉》）。结句出场，神来之笔，入妙。此等诗，有过此地之人、有命此题之人、有作此题诗之人之性情面目流露其中，所以耐人吟咏。

江南词

嫁得瞿塘贾，朝朝误妾期。
早知潮有信，嫁与弄潮儿。

【汇评】

《唐诗归》：荒唐之想，写怨情却真切。

《载酒园诗话》：诗又有无理而妙者，如李益"早知潮有信，嫁与弄潮儿"，此可以理求乎？然自是妙语。

《大历诗略》：俚语不见身分，方是贾人妇口角，亦《子夜》、《读曲》之遗。

《唐诗笺注》：不知如何落想，得此急切情至语，乃知《郑风》"子不我思，岂无他人"，是怨怅之极词也。

《诗法易简录》：极言夫婿之无情，借潮信作翻波，便有无限曲折。

《诗境浅说续编》：潮来有信而郎去不归，喻巧而怨深。古乐府之借物见意者甚多，皆喻曲而有致，此诗其嗣响也。

《唐人绝句精华》：此写商人妇之怨情也。商人好利，久客不归，其妇怨之也。人情当怨深时，有此想法，诗人为之道出。

幽州赋诗见意时佐刘幕

征戍在桑乾，年年蓟水寒。

殷勤驿西路，北去向长安。

【汇评】

《批点唐诗正声》：久戍塞下，如此岂不怨？妙在不言。

《唐诗直解》：客思在言表见。

《增订唐诗摘钞》："殷勤"二字，唐人用之每妙。不言人不能归长安，但言驿路悠悠，如殷勤待人从此西去，立言之妙如此。

山鹧鸪词

湘江斑竹枝，锦翅鹧鸪飞。

处处湘云合，郎从何处归？

【汇评】

《唐人万首绝句选评》：斑竹血泪以自比，鹧鸪行不得以喻郎，比兴深远，语意缥缈，神品也。

《诗境浅说续编》：前二句兴体也，后二句赋体也，皆美人香草之寓言。沈休文诗："梦中不识路"，言梦去之无从。此云"处处湘云合"，言郎归之莫辨。相思无际，寄怀于水重云复之乡，乐府遗音也。

水宿闻雁

早雁忽为双,惊秋风水窗。

夜长人自起,星月满空江。

【汇评】

《秋窗随笔》:李益诗"早雁忽为双……"所谓"不著一字,尽得风流"者邪?

《唐人绝句精华》:将一瞬间耳闻目见者以二十字写出,光景犹新。

度破讷沙二首(其二)

破讷沙头雁正飞,鸊鹈泉上战初归。

平明日出东南地,满碛寒光生铁衣。

【汇评】

《批点唐音》:不见此景,安得此言?

《越缦堂读书简端记》:此(按指《听晓角》)与《暖川》及《度破讷沙》两首,又所谓"积健为雄"者。

《唐人万首绝句选评》:诚非身亲其景,不能为此言。

汴河曲

汴水东流无限春,隋家宫阙已成尘。

行人莫上长堤望,风起杨花愁杀人。

【汇评】

《优古堂诗话》:唐朱放《赠魏校书》诗云:"长恨江南足别离,几回相送复相随。杨花撩乱扑流水,愁杀行人知不知?"李益《隋堤》诗……盖学朱也,然二诗皆佳。

《唐诗直解》:说得亡隋景象,令人不敢为乐矣。

《唐诗训解》:前以侈贬,后可为鉴。

《唐人万首绝句选评》:情格绝胜,那得不推高调!

塞下曲（其一）

蕃州部落能结束,朝暮驰猎黄河曲。

燕歌未断塞鸿飞,牧马群嘶边草绿。

夜上西城听梁州曲二首

其一

行人夜上西城宿,听唱梁州双管逐。

此时秋月满关山,何处关山无此曲?

【汇评】

《诗薮》:七言绝,开元以下,便当以李益为第一。如《夜上西城》、《从军北征》、《受降》、《春夜闻笛》诸篇,皆可与太白、龙标竞爽,非中唐所得有也。

《唐诗笺注》:"此时"二句,不言关山明月,听《凉州曲》之哀惨,乃偏说何处无此,则此时此际,同一悲凉,不言自喻矣。笔墨入微。

其二

鸿雁新从北地来,闻声一半却飞回。

金河戍客肠应断,更在秋风百尺台。

【汇评】

《唐诗笺注》:"鸿雁"二句,起得陡兀。"闻声一半却飞回","一半"二字,妙不可说,物犹如此,人何以堪?"更在秋风百尺台",妙在托起一笔,分明是"一夜征人尽望乡"、"一时回向月中看"意,而故以托笔为缩笔,令人味之弥旨。此二首之用笔,真不可思议。

从军北征

天山雪后海风寒,横笛偏吹行路难。

碛里征人三十万,一时回首月中看。

【汇评】

《唐诗归》:钟云:全是王龙标气调。

《唐诗训解》:词意俱足。

《全唐风雅》:此首隐说。

《诗辩坻》:七绝,李益、韩翃足称劲敌。李华逸稍逊君平,气骨过之,至《从军北征》,便不减盛唐高手。

《唐诗摘钞》:"回首",望乡也,却藏一"乡"字。闻笛思乡,诗中常事,硬说三十万人一时回首,便使常意变新。

《唐诗笺注》:"碛里征人",妙在不说着自己,而己在其中。

《网师园唐诗笺》:描写入神(末二句下)。

《诗法易简录》:即"一夜征人尽望乡"之意,而措语又别。

《唐人万首绝句选评》:情景两绝。

《岘佣说诗》:"天山雪后"一首、"回乐峰前"一首,皆边塞名作,意态绝健,音节高亮,情思悱恻,百读不厌也。

听晓角

边霜昨夜堕关榆,吹角当城汉月孤。

无限塞鸿飞不度,秋风卷入小单于。

《批点唐诗正声》：句佳，意更浑涵，必如此方是作者。

《唐诗直解》：无限凄其。

《唐诗训解》：借鸿以形人悲，诗多用此。

《唐诗镜》：落意高远。

《唐诗别裁》：塞鸿闻角声尚不能飞度，况《小单于》吹入征人耳乎？与《受降城》一首相印。

《唐诗笺注》：一片悲凉，却纯用白描法写照，画意无痕，几不着纸。风吹塞雁，却与霜堕关榆相映。

《唐人万首绝句选评》：鸿闻不度，人更何如？较《闻笛》、《从军》之作，意更微妙。

《诗境浅说续编》：首句言严霜一夕，榆林万叶飞堕关前，时在破晓之前。次句言霜天拂晓，有独立城头寒吹画角者，用"当"字固妙，接以"片月孤"三字，尤善写苍莽之神，宜其佳句流转，播为图画也。后二句之意，或谓无限塞鸿，闻角声悲奏，回翅南飞，声音之感物，如六马仰秣，游鱼出听也。或谓地处极边，更北则为小单于之境，塞鸿避其严寒，至此不能飞度，唯有呜咽角声，随秋风远送，吹入单于。此两层之意，皆极言边地荒寒，而征人闻角生悲，不言而喻矣。

宫　怨

露湿晴花春殿香，月明歌吹在昭阳。
似将海水添宫漏，共滴长门一夜长。

【汇评】

《批点唐诗正声》：宫怨宜在浑厚，诗虽佳，而意甚刻削。

《唐诗解》：以昭阳之歌吹，比长门之漏声，是以弥觉其长耳。

《大历诗略》：兴调已是龙标，又加沉着。

《唐人绝句精华》：不过"愁人知夜长"之意，却将昭阳歌与长门宫漏比说，便觉难堪。

春夜闻笛

寒山吹笛唤春归，迁客相看泪满衣。
洞庭一夜无穷雁，不待天明尽北飞。

【汇评】

《大历诗略》：意深于太白。

隋宫燕

燕语如伤旧国春，宫花一落已成尘。
自从一闭风光后，几度飞来不见人。

【汇评】

《大历诗略》：凄丽脱洒，不减青莲。

《唐人万首绝句选评》：末句中正含情无限，通首不嫌直致。

《唐人绝句精华》：吊古之情由偶见春燕引起，即代燕说，构思颇巧。

上汝州郡楼

黄昏鼓角似边州，三十年前上此楼。
今日山城对垂泪，伤心不独为悲秋。

【汇评】

《批点唐诗正声》：调苦，绝处极有意。新亭堕泪，恐亦尔尔。

《唐诗绝句类选》：感慨含蓄。

《唐诗选脉会通评林》：周珽曰：益边塞诸诗，掀开千百年宿案，笔胆能踏泰山使东，倒黄河使西。吾畏其舌神齿骨之贵，即王、李复生，不能前驱也。

《唐诗笺注》："似"字见风尘满地，三十年中，乱离飘荡，山川如故，风景已非。"伤心不独为悲秋"，俱含在内。

写　情

水纹珍簟思悠悠，千里佳期一夕休。

从此无心爱良夜，任他明月下西楼。

【汇评】

《唐人万首绝句选评》：极直极尽，正复情味无穷。

《灵芬馆诗话》：李益"水纹珍簟思悠悠……"含思凄惋，命意忠厚，殊不类薄幸人。

《诗境浅说续编》：诗题曰"写情"，实即崔国辅《怨词》之意。因此生已休，虽有馀情，不抵深怨也。

夜上受降城闻笛

回乐峰前沙似雪，受降城下月如霜。

不知何处吹芦管，一夜征人尽望乡。

【汇评】

《艺苑卮言》：绝句李益为胜，韩翃次之。……"回乐烽前"一章，何必王龙标、李供奉？

《唐诗训解》：起语雄壮悲切，末接便。

《全唐风雅》：此首显说。

《增订唐诗摘钞》：沙飞月皎，举目凄其，于此而闻笳声，安有不思乡念切者。

《唐诗笺注》：李君虞绝句，专以此擅场，所谓率真语，天然画也。

《历代诗发》：如空谷流泉，调高响逸。

《网师园唐诗笺》：蕴藉宛转，乐府绝唱。

《诗法易简录》：征人望乡，只加一"尽"字，而征戍之苦，离乡之久，胥包孕在内矣。

《唐绝诗钞注略》：首二句写景，已为"望乡"二字钩魂摄魄，是争上流法，亦倒装法。

《越缦堂书简端记》：高格、高韵、高调，司空侍郎所谓"反虚入浑"者。下"天山雪后海风寒"一首，佳处正同。

《诗境浅说续编》：对苍茫之夜月，登绝塞之孤城，沙明讶雪，月冷疑霜，是何等悲凉之境！起句以对句写之，弥见雄厚。后二句申足上意，言荒沙万静中，闻芦管之声，随朔风而起，防秋多少征人，乡愁齐赴，则己之郁伊善感，不待言矣。李诗又有《从军北征》，……意境略同。但前诗有夷宕之音，北征诗用抗爽之笔，均佳构也。

长干行

忆妾深闺里，烟尘不曾识。
嫁与长干人，沙头候风色。
五月南风兴，思君下巴陵。
八月西风起，想君发扬子。
去来悲如何？见少离别多。
湘潭几日到，妾梦越风波。
昨夜狂风度，吹折江头树。

渺渺暗无边，行人在何处？

好乘浮云骢，佳期兰渚东。

鸳鸯绿浦上，翡翠锦屏中。

自怜十五馀，颜色桃花红。

那作商人妇，愁水复愁风！

【汇评】

《苕溪渔隐丛话》：山谷云：太白集中《长干行》二篇，"妾发初覆额"，真太白作也。"忆妾深闺里"，李益尚书作也，所谓"痴妒尚书李十郎"者也。词意亦清丽可喜，乱之太白诗中，亦不甚远。大儒曾子固刊定，亦不能别也。

《唐诗别裁》：设声缀词，宛然太白。

《大历诗略》：音韵犹晋乐府之《西洲曲》也，青莲多似之。……古今盛称此公七绝，不知五古亦深得乐府意，与钱仲文分道扬镳，非馀子所及。

《网师园唐诗笺》：青莲嗣音（"去来悲如何"八句下）。

李 端

李端，生卒年不详，赵州（今河北赵县）人。李嘉祐从侄。大历五年（770）登进士第，授秘书省校书郎。以病辞官，居终南山草堂寺。出为杭州司马。卒于建中、贞元之际。端为诗工捷，为"大历十才子"之一。有《李端诗集》三卷。《全唐诗》编诗三卷。

【汇评】

李生养望未隆，含声亟发，词华既艳，节调亦谐。今观郑（赠）都尉二首，迴驾时髦，绰有风人之旨，始疑终信，无怪人然。其在大历诸子，置列最微，数分亦薄，而声望遽华，几与允言相并，虽坎缀江外，亦复慕于中朝矣。（《唐诗品》）

李司马端任胸多疏，七字俊语亮节，开口欲佳，故当以捷成表长。（《唐音癸签》）

初读李端集，苦于平熟，遇其时一作态，即新警可喜。……但细观之，终有折腰龋齿之态，暂见则妍，效颦即丑。李诗自有正大而佳者，如《雪夜寻太白道士》："出游居鹤上，避祸入羊中"，不在摩诘"饮人聊割酒，送客乍分风"之下。《瘦马行》颇有少陵之遗。《杂歌》长篇，宛似太白，中曰："酒沽千日人不醉，琴弄一弦心已悲。"最

为警策。(《载酒园诗话又编》)

中唐自刘、钱主风会，专务闲雅，不理奇杰，不咨高深，漠漠数十年。二皇甫差强人意，然诗不多。至端而翩然遒上，如《山下泉》、《过宋州》，奇逸高空，一时绝调，七言尤妙。庶几司空曙得相与颉颃，顾至于七言，则又远不逮是矣。(《近体秋阳》)

李司马正己思致弥清，径陌迥别，品第在卢允言、司空文明上。(《大历诗略》)

李端写景极清幽，而意味却少。(《唐诗笺注》)

古别离二首

其一

水国叶黄时，洞庭霜落夜。
行舟闻商估，宿在枫林下。
此地送君还，茫茫似梦间。
后期知几日，前路转多山。
巫峡通湘浦，迢迢隔云雨。
天晴见海樯，月落闻津鼓。
人老自多愁，水深难急流。
清宵歌一曲，白首对汀洲。

其二

与君桂阳别，令君岳阳待。
后事忽差池，前期日空在。
木落雁嗷嗷，洞庭波浪高。
远山云似盖，极浦树如毫。
朝发能几里，暮来风又起。

如何两处愁，皆在孤舟里？
昨夜天月明，长川寒且清。
菊花开欲尽，荠菜泊来生。
下江帆势速，五两遥相逐。
欲问去时人，知投何处宿？
空令猿啸时，泣对湘潭竹。

【汇评】

《升庵诗话》：李端《古别离》诗，……端集不载。古乐府有之，然题目二首，非也，本一首耳。其诗真景实情，婉转惆怅，求之徐、庾之间且罕，况晚唐乎？大历以后，五言古诗可选者，惟端此篇与刘禹锡《捣衣曲》、陆龟蒙"茱萸匣中镜"、温飞卿"悠悠复悠悠"耳。

《唐诗镜》：风味绝近何逊。

《唐诗选脉会通评林》：周珽曰：古缋披纷，恍有轩辕车驾，驱入巉岩。

《龙性堂诗话初集》：古乐府《西州曲》，唐人李端《古别离》格调祖之，而语意尤妙。

《大历诗略》：二诗清音古致，乐府之遗。大历间五古及此者盖寡。

野亭三韵送钱员外

野菊开欲稀，寒泉流渐浅。
幽人步林后，叹此年华晚。
倚杖送行云，寻思故山远。

【汇评】

《大历诗略》：淡远已极，何以多为！

过谷口元赞善所居

入谷访君来,秋泉已堪涉。
林间人独坐,月下山相接。
重露湿苍苔,明灯照黄叶。
故交一不见,素发何稠叠!

【汇评】

《大历诗略》:锻琢清新,而意境自远。

《王闿运手批唐诗选》:恰到好处。

芜 城

昔人登此地,丘陇已前悲。
今日又非昔,春风能几时?
风吹城上树,草没城边路。
城里月明时,精灵自来去。

【汇评】

《全唐诗》注:洪迈取后四句为绝句。

《唐诗别裁》:明远赋意,能以数言该括。

《精选评注五朝诗学津梁》:鲍明远赋博引繁征,此独以数句该括,收句尤精。

《唐人绝句精华》:宋鲍照有《芜城赋》,写广陵乱后景象以警临海王子顼。诗题用其赋名,非指广陵也。二十字(按指后四句)读之阴森逼人。唐自天宝乱后,藩镇弄兵,天下郡县,荒芜者多,故诗人作诗哀之。

胡腾儿

胡腾身是凉州儿，肌肤如玉鼻如锥。
桐布轻衫前后卷，葡萄长带一边垂。
帐前跪作本音语，拾襟搅袖为君舞。
安西旧牧收泪看，洛下词人抄曲与。
扬眉动目踏花毡，红汗交流珠帽偏。
醉却东倾又西倒，双靴柔弱满灯前。
环行急蹴皆应节，反手叉腰如却月。
丝桐忽奏一曲终，呜呜画角城头发。
胡腾儿，胡腾儿，故乡路断知不知？

瘦马行

城傍牧马驱未过，一马徘徊起还卧。
眼中有泪皮有疮，骨毛焦瘦令人伤。
朝朝放在儿童手，谁觉举头看故乡？
往时汉地相驰逐，如雨如风过平陆。
岂意今朝驱不前，蚊蚋满身泥上腹。
路人识是名马儿，畴昔三军不得骑。
玉勒金鞍既已远，追奔获兽有谁知？
终身枥上食君草，遂与驽骀一时老。
倘借长鸣陇上风，犹期一战安西道。

【汇评】

《载酒园诗话又编》：《瘦马行》颇有少陵之遗。

乌栖曲

白马逐朱车，黄昏入狭斜。

狭斜柳树乌争宿，争枝未得飞上屋。

东房少妇婿从军，每听乌啼知夜分。

巫山高

巫山十二峰，皆在碧虚中。

回合云藏月，霏微雨带风。

猿声寒过涧，树色暮连空。

愁向高唐望，清秋见楚宫。

【汇评】

《唐诗纪事》：蜀路有飞泉亭，中诗板百馀篇。后薛能佐李福于蜀，道过此，题云："贾椽曾空去，题诗岂易哉！"悉去诸板，唯留端《巫山高》一篇而已。

《瀛奎律髓》：工而稳。

《唐诗选脉会通评林》：周敬曰：开口不凡，如天马行空。

《唐诗矩》：尾联见意格。　　起语浑成，亦复响亮。　　意在言外（末二句下）。

《唐诗成法》：一、二破题，中四景，结出"望"字应起，有气势，晚唐出色者。　　"碧虚"承上起下，云雨题中本事，以"回合"、"霏微"斡旋出之，又以"风"、"月"陪衬，则不呆板。

《瀛奎律髓汇评》：冯舒：清华。　　何义门：点化"云"、"雨"两字，皆有"高"字意，所以佳。　　纪昀：一"稳"字尽此诗所长。

又云：三、四点化"云"、"雨"字无迹。　　李光垣："空"字复。

过宋州

睢阳陷虏日,外绝救兵来。
世乱忠臣死,时清明主哀。
荒郊春草遍,故垒野花开。
欲为将军哭,东流水不回。

【汇评】

《围炉诗话》:李端《过宋州》诗,言情叙景为第一。

江上逢司空曙

共尔髫年故,相逢万里馀。
新春两行泪,故国一封书。
夏口帆初落,浔阳雁已疏。
唯当执杯酒,暂食汉江鱼。

【汇评】

《瀛奎律髓》:诗律明莹。

《唐诗选》:真意历落,清气逼人。

《瀛奎律髓汇评》:纪昀:是蕴藉,非明莹,虚谷但论皮毛耳。　又云:极感慨而极和平,犹有开、宝之遗。

题崔端公园林

上士爱清辉,开门向翠微。
抱琴看鹤去,枕石待云归。
野坐苔生席,高眠竹挂衣。

旧山东望远,惆怅暮花飞。

【汇评】

《唐诗别裁》：自然处犹近摩诘（"抱琴"二句下）。

《网师园唐诗笺》：风格独超（"抱琴"二句下）。

《近体秋阳》：以己论终篇,似亦一变体。顾不用所题意,而转用题人意临已,深以为人高。盖变而不变,不特无损气格,而转觉漂忽不常。

云际中峰居喜见苗发

自得中峰住,深林亦闭关。

经秋无客到,入夜有僧还。

暗涧泉声小,荒村树影闲。

高窗不可望,星月满空山。

【汇评】

《唐诗选脉会通评林》：周敬曰：平调怡雅,得山中幽隐之趣。

《大历诗略》：落句境地清奇。

赠郭驸马

其一

青春都尉最风流,二十功成便拜侯。

金距斗鸡过上苑,玉鞭骑马出长楸。

熏香荀令偏怜少,傅粉何郎不解愁。

日暮吹箫杨柳陌,路人遥指凤凰楼。

其二

方塘似镜草芊芊,初月如钩未上弦。

新开金圹看调马,旧赐铜山许铸钱。

杨柳入楼吹玉笛,芙蓉出水妒花钿。

今朝都尉如相顾,愿脱长裾学少年。

【汇评】

《旧唐书·李虞仲传》:大历中,(端)与韩翃、钱起、卢纶等文咏唱和,驰名都下,号"大历十才子"。时郭尚父少子暧尚代宗女升平公主,贤明有才思,尤喜诗人,而端等十人多在暧之门下。每宴集赋诗,公主坐视帘中,诗之美者,赏百缣。暧因拜官,会十子曰:"诗先成者赏。"时端先献,警句云:"熏香荀令偏怜小,傅粉何郎不解愁。"立即以百缣赏之。钱起曰:"李校书诚有才,此篇宿构也。愿赋一韵正之,请以起姓为韵。"端即襞笺而献曰:"方塘似镜草芊芊,……"暧曰:"此愈工也。"起等始服。

《诗源辩体》:句法音调,亦入晚唐。

《山满楼笺注唐诗七言律》:此等诗不难于有色有声,而难于有韵致,存此以为落笔板重者之顶门一针。

宿淮浦忆司空文明

愁心一倍长离忧,夜思千重恋旧游。

秦地故人成远梦,楚天凉雨在孤舟。

诸溪近海潮皆应,独树边淮叶尽流。

别恨转深何处写? 前程唯有一登楼。

【汇评】

《批选唐诗》:意浅情深。

《汇编唐诗十集》:吴逸一云:情致委曲,音律清婉。

《唐诗选脉会通评林》：离思凄清，结似浅。

《贯华堂选批唐才子诗》："长"字去声，即"长物"之长字，言一倍是自己愁心，又长一倍，是朋友离忧也。"夜思"七字，独承"离忧"，言翻来复去，更睡不得，即更放不得也。"秦地"十四字，再承"夜思"，言才睡得，即又梦，才梦得，即又觉，迷迷离离，恰似家中握手，淅淅沥沥，早是船背雨声也，真写尽"千重"二字矣。

《五朝诗善鸣集》："诸溪近海"一句，写了多少境界，小家不能。

《删订唐诗解》：登楼止是想望故人，不言作赋。

《唐诗贯珠》：赋、比、兴皆具，非止于呆赋景也。所以下言因此别恨转深，前程唯有登楼望远。聊慰怀思耳。"转"字不可忽。

《近体秋阳》：如走穷崖，耆逢异境，迥绝，快绝。

《唐诗别裁》：如仲宣作《登楼赋》（末句下）。

《大历诗略》：起联先写别恨，承接处倒出故人，转入宿淮浦，用笔之妙，兼篇法也。五、六造句新挺，篇中倚此作骨。

《山满楼笺注唐诗七言律》：如此四句一气呵成，五、六遂趁势纵笔。

《唐诗笺要》：第四句缥缈已臻绝顶，第五句却又接得奇横；若"独树边淮"，便扭捏无味矣。

《昭昧詹言》：起二句破题，意平平。三、四叙题面，周旋圆足。五、六写淮浦，卓然名句。收敷衍平竭。

《诗式》：正己后移疾江南，以不得志而客此地。故发句上句曰"愁心一倍"，此对己言；曰"长离忧"，却属自己一面，亦对人言，皆从不得志来。下句曰"夜思千重"，写愁之日长，故思亦无穷，夜思并切题中"宿"字；曰"恋旧游"，言恋旧游之友，亦夜思中一事，非单为旧游也。两句已定题位，是对起格。领联上句言秦地皆朝贵所聚，凡此类故人，迹已远矣，徒成一梦，此所以独忆文明也，此句承"离忧"。下句言楚天凉雨之候，而在孤舟独宿，易于怀人，此所以忆文明也,此句承"夜思千重"。颈联写淮浦:上句言淮浦近海,潮水一至,诸溪皆应。下句言独树在淮浦边,林叶下时,随水流尽。此句并有所托,直谓孤身飘泊,何以异此,正己暗中自况,且起落句;故落句上句言因此故忆文明,而别恨转深,然愁心如此,何处可写,正言难写也。下句言此去前程,倘逢有楼必登,惟学王粲之怀旧作赋乎? 此句并抒旅思,不徒忆友矣。上句"何处"二字,叫起下句"惟有"二字。　　　〔品〕清远。

题故将军庄

曾将数骑过桑乾,遥对单于饮马鞍。
塞北征儿谙用剑,关西宿将许登坛。
田园芜没归耕晚,弓箭开离出猎难。
唯有老身如刻画,犹期圣主解衣看。

拜新月

开帘见新月,便即下阶拜。
细语人不闻,北风吹裙带。

【汇评】

《批点唐诗正声》:末句无紧要,用之便佳绝佳绝。

《增定评注唐诗正声》:郭云:语语幽细。末句无紧要,自好。

《唐诗正声》:吴逸一评:乐府贵浑厚,此闺情中之幽细者。

《唐诗选脉会通评林》:周敬:有古意,闺情中幽细者。　　江若镜:含不尽之态于十字之中,可谓善说情景者。

《唐诗镜》:有古意。

《唐诗解》:心有所怀,故见月即拜,以情诉月,而人不闻,独风吹裙带耳。此《子夜歌》之遗声也。

《唐风怀》：季贞曰：含情言外，结得古乐府之妙。

《唐诗摘钞》："北风"字老甚！风吹裙带，有悄悄冥冥之意。此句要从旁人看出才有景，若直说出所语何事，便是钝汉矣。画家射虎，但作弯弓引满之状；洗砚图，但画清水满池，而弃一砚于中，与此同一关捩。

《唐诗别裁》：对月诉情，人自不闻语也。近《子夜歌》。

《而庵说唐诗》："便即"来得紧凑，"细语"又来得稳贴。

《唐诗笺要》：六朝乐府妙境，从太白《玉阶怨》、《静夜思》脱胎。

《唐诗笺注》：上三句写照，心事已是传神，但试思"细语人不闻"下如何下转语？工诗者于此用离脱法，"北风吹裙带"，此诗之魂，通首活现矣。

《网师园唐诗笺》：隽不落佻（末二句下）。

《唐人绝句精华》：三四颇具风致，用意少而含意多也。

听　筝

鸣筝金粟柱，素手玉房前。

欲得周郎顾，时时误拂弦。

【汇评】

《唐诗归折衷》：唐云：翻弄在"欲"、"误"二字。　　吴敬夫云：用事非诗家所贵，似此脱化乃佳。

《唐诗别裁》：吴绥眉谓因病致妍，故佳。

《诗境浅说续编》：此诗能曲写女儿心事：银筝玉手，相映生辉，尚恐未当周郎之意，乃误拂冰弦，以期一顾。……希宠取怜，大率类此，不独因病致妍以贡媚也。

闺　情

月落星稀天欲明,孤灯未灭梦难成。

披衣更向门前望,不忿朝来鹊喜声?

【汇评】

《载酒园诗话又编》:初读李端集,苦于平熟,遇其时一作态,即新警可喜。如"月落星稀天欲明,……",何其多姿也!

长门怨

金壶漏尽禁门开,飞燕昭阳侍寝回。

随分独眠秋殿里,遥闻语笑自天来。

【汇评】

《批点唐诗正声》:气象浑成,绝处极有味。

《唐诗选脉会通评林》:周珽曰:不说怨而怨自见,有藏剑于匣之妙。

《网师园唐诗笺》:安命语,得风人一体(末二句下)。

听夜雨寄卢纶

暮雨萧条过凤城,霏霏飒飒重还轻。

闻君此夜东林宿,听得荷池几番声?

畅 当

畅当,生卒年不详,河东(今山西永济)人。大历七年(772)登进士第。十三年左右授校书郎。建中末,李希烈据淮西叛,以世家子弟被召参军。贞元初,曾至河中。三年,为太常博士。后归隐,复出为果州刺史。贞元后期,谢郡游澧州,后不知所终。当有诗名,与韦应物、卢纶、李端、司空曙、耿沣等交游唱和。有《畅当诗》二卷,已佚。《全唐诗》存诗十七首。

【汇评】

当诗平淡多佳句,如《钓渚亭》云:"花发多远意,凫雁有闲情。迟晖耿不暮,平江寂无声。"《天柱隐所》云:"荒径饶松子,深萝绝鸟声。阳崖全带日,宽嶂偶通耕。"……皆有远意。(《唐诗纪事》)

(畅当)词名籍甚,表表凌云。(《唐才子传》)

钟云:此君诗少,而别有清骨妙情。(《唐诗归》)

唐云:畅诗刻意求新,大合钟调,虽非正音,要是僻中之秀。(《汇编唐诗十集》)

山居酬韦苏州见寄

孤茅泄烟处，此中山叟居。
观云宁有事，耽酒讵知馀。
水定鹤翻去，松歆峰俨如。
犹烦使君问，更欲结深庐。

【汇评】

《唐诗纪事》：《山居》云："水定鹤翻去，松歆峰俨如。"又："寒林苞晚菊，风絮露垂杨。湖畔闻渔唱，天边数雁行。"皆有远意。

《唐诗归》：谭云："泄烟"二字，形容荒破入微（首句下）。

《唐诗归折衷》：敬夫云："泄烟"两字，可榜茅屋（首句下）。

军中醉饮寄沈八刘叟

酒渴爱江清，馀酣漱晚汀。
软莎歆坐稳，冷石醉眠醒。
野膳随行帐，华音发从伶。
数杯君不见，都已遣沈冥。

【汇评】

《唐诗选脉会通评林》：盖畅诗刻意求新，出口便多奇响。此篇兴高调亦足，有盛唐风味。

蒲中道中二首（其一）

苍苍中条山，厥形极奇魄。
我欲涉其崖，濯足黄河水。

别卢纶

故交君独在，又欲与君离。

我有新秋泪，非关宋玉悲。

【汇评】

《批点唐诗正声》：感慨痛切，悲之何待秋气？

畅 诸

畅诸,生卒年不详,汝州(今河南临汝)人。开元初登进士第,九年(721)中拔萃科。官至许昌尉。《全唐诗》存诗一首,然其名篇《登鹳雀楼》则误入畅当诗。

登鹳雀楼

迥临飞鸟上,高出世尘间。

天势围平野,河流入断山。

【汇评】

李翰《河中鹳鹊楼集序》:前辈畅诸,题诗上层,名播前后。山川景象,备于一言。

《唐诗别裁》:不减王之涣作。

《唐诗笺注》:王之涣诗上二句实,下二句虚;此诗上二句虚,下二句实,工力悉敌。然王诗妙在虚,此妙在实。

《唐诗笺要》:与王之涣诗词同妙,"河流入断山"更饶奇致。

《养一斋诗话》:王之涣"白日依山尽"一绝,市井儿童皆知诵之,而至今崭然如新。畅当诗"迥临飞鸟上"云云(按此诗一作畅当诗),兴之深远,不逮之涣作,而体亦峻拔,可以相亚。

《唐人绝句精华》:前二句写楼之高,后二句写楼上所见之广。

杨　凭

杨凭(? —817)，字虚受，一字嗣仁，虢州弘农(今河南灵宝南)人。大历九年(774)登进士第。屡佐使府，入为起居舍人，历礼部郎中、太常少卿。贞元十八年，出为湖南观察使。永贞元年，迁江西观察使。元和初，授京兆尹。四年，以江西任上赃罪被劾，贬临贺尉。迁杭州长史，入为恭王傅、分司东都，迁太子詹事，卒。凭与弟凝、凌皆善文辞，时号"三杨"。与穆质、许孟容、李鄘友善，时称"杨穆许李"。《全唐诗》编诗一卷。

晚泊江戍

旅櫂依遥戍，清湘急晚流。
若为南浦宿，逢此北风秋。
云月孤鸿晚，关山几路愁。
年年不得意，零落对沧洲。

【汇评】

《瀛奎律髓汇评》：纪昀：两"晚"字，五句"晚"字恐是"远"字。

春　情

暮雨朝云几日归，如丝如雾湿人衣。
三湘二月春光早，莫逐狂风缭乱飞。

杨　凝

杨凝(？—803)，字懋功，虢州弘农(今河南灵宝南)人。大历十三年(778)登进士第，授秘书省校书郎。兴元初，为山南东道节度使府掌书记。入朝为协律郎，三转御史。贞元初为起居郎，又为司封员外郎，改吏部员外郎。十二年以检校吏部郎中为宣武军节度判官。十五年，汴州乱，走还京师，托病居家。十八年，起为兵部郎中。次年正月卒。凝与兄凭弟凌皆以文名，时号"三杨"。有《杨凝集》二十卷，权德舆为之序，已佚。《全唐诗》存诗一卷。

【汇评】

权德舆序云：君所著文一百四十篇，而歌诗倍之。词含雅，言中论，洁净夷易，得其英华。(《唐诗百名家集》)

初次巴陵

西江浪接洞庭波，积水遥连天上河。

乡信为凭谁寄去？汀洲燕雁渐来多。

送客入蜀

剑阁迢迢梦想间，行人归路绕梁山。

明朝骑马摇鞭去，秋雨槐花子午关。

【汇评】

《唐诗笺注》："秋雨槐花"句，点染行路景色入妙。

《诗法易简录》：末句不言离情，而自在言外得之。

杨　凌

杨凌,生卒年不详,字恭履,虢州弘农(今河南灵宝南)人。进士及第。为协律郎。兴元元年前后客滁州。官终大理评事。与兄凭、凝俱有文名,人称"三杨",凌文名尤高。有《杨评事文集》,柳宗元为之序,已佚。《全唐诗》存诗一卷。

【汇评】

凌,字恭履,最善文章。大历中,与兄冯(凭)、凝踵进士第,时号"三杨"。(《唐诗纪事》)

送客往睦州

水阔尽南天,孤舟去渺然。
惊秋路旁客,日暮数声蝉。

秋原野望

客雁秋来次第逢,家书频寄两三封。
夕阳天外云归尽,乱见青山无数峰。

司空曙

司空曙(? —约790),字文明,一字文初,广平(今河北永年)人,一说京兆(今陕西西安)人。安史乱起,避难寓居江南。后登进士第,官主簿。大历末,自左拾遗贬长林丞。贞元初佐剑南西川节度使韦皋幕,检校水部郎中。官终虞部郎中。曙乃卢纶表兄,与纶同为"大历十才子"之一。有《司空曙诗集》(一作《司空文明集》)二卷。《全唐诗》编诗二卷。

【汇评】

司空文明结思尤精。(《吴礼部诗话》)

(司空曙)多结契双林,暗伤流景。寄暕上人诗云:"欲就东林寄一身,尚怜儿女未成人。柴门客去残阳在,药圃虫喧秋雨频。近水方同梅市隐,曝衣多笑阮家贫。深山兰若何时到?羡与闲云作四邻。"闲园即事,高兴可知,属调幽闲,终篇调畅,如新花笑日,不容熏染。锵锵美誉,不亦宜哉!(《唐才子传》)

文明诗气候清华,感赏至到,中唐作者前有继躅,后罕联肩,诵之口吻调利,情意触发,可谓风人之度矣。如"雨(云)白当山雨,风清满峡波"、"澹日非云映,清风似雨馀",景象依然,模写切至。如

"酒杯同寄世,客棹任销年"、"他乡生白发,归国见青山",情寄宛转,绰有馀思。如"连雁下时秋水在,行人过尽暮烟生",景物萧然,含思凄惋,虽桓大司马汉南之叹,无是过矣。(《唐诗品》)

七言律最难,迄唐世工不数人,人不数篇。初则必简、云卿、廷硕、巨山、延清、道济,盛则新乡、太原、南阳、渤海、驾部、司勋,中则钱、刘、韩、李、皇甫、司空,此外蔑矣。(《诗薮》)

司空虞部婉雅闲淡,语近性情,抗衡长文不足,平视茂政兄弟有馀。(《唐音癸签》)

曙五言律如"中散诗传画,将军扇续书",七言律如"云生客到侵衣湿,花落僧禅覆地多"、"讲席旧逢山鸟至,梵经初向竺僧求",乃晚唐奇僻之渐,学者所当慎始。(《诗源辩体》)

曙诗清气刻思,著手便不同,似其一逞飘萧,几将逸正,已而过之,诚中唐之人杰也。(《近体秋阳》)

司空文明诗亦以情胜,真到处与卢允言可云鲁、卫。(《大历诗略》)

其源出于沈、宋,而音思就短,弥近晚唐,在大历十人之中,亚于卢、李。七言稀见,"丝结"一歌,媚娟赠雅。五言则《分流水》、《关山月》,古情跌宕,清言隽永,足以参孟方王。(《三唐诗品》)

过庆宝寺

黄叶前朝寺,无僧寒殿开。
池晴龟出曝,松暮鹤飞回。
古井碑横草,阴廊画杂苔。
禅宫亦销歇,尘世转堪哀。

【汇评】

《瀛奎律髓》:此必武宗废寺之后有此诗。句句工,尾句尤不露。

《唐诗品汇》：刘云：起结皆好。

《载酒园诗话》："池晴龟出曝，松瞑鹤飞翔"，写景亦佳。

《瀛奎律髓汇评》：冯舒：首联"经废"。　　何义门：此假废寺以寓天宝乱后，两都禾黍，百姓虫沙。落句即仲宣之《七哀》也。文明，大历才子，当论其世。　　纪昀：六句如画。结拓开，好。

《诗式》：发句切废寺入，上句"黄叶"，下句"无僧"，系从废寺设想。领联赋物，"龟出曝"、"鹤飞回"见寺已废，不见人，只见池上龟、松间鹤而已，句奇而趣。颈联赋寺宇，"碑横草"、"画杂苔"见一种圮毁之象。落句有凭吊之意，上句是进一步写法，言寺本方外所居，何与人间事，而亦有废兴之感；下句是放一句结法，言寺犹如此，尘世之盛衰不重堪叹耶？"转"字与上"亦"字对照。　　［品］感慨。

贼平后送人北归

世乱同南去，时清独北还。
他乡生白发，旧国见青山。
晓月过残垒，繁星宿故关。
寒禽与衰草，处处伴愁颜。

【汇评】

《唐诗分类绳尺》：中唐雅调。领联甚不费力，甚不浅促。观其结句，犹不免有悲伤之意，其与《诗经》"鸿雁于飞，哀鸣嗷嗷"，同一用意。

《唐诗选脉会通评林》：此与"旧时闻笛泪"一章，悲调自饶神韵，不必深远。

《唐诗别裁》：四语与"残阳见旧山"同妙（末句下）。

《增订唐诗摘钞》：刘文房《穆陵关作》独三、四两语居胜，全首雅润，尚不及此篇。

云阳馆与韩绅宿别

故人江海别，几度隔山川。
乍见翻疑梦，相悲各问年。
孤灯寒照雨，湿竹暗浮烟。
更有明朝恨，离杯惜共传。

【汇评】

《对床夜语》："故人江海别，几度隔山川……"，"暮蝉不可听，落叶岂堪闻……"，前一首司空曙，后一首郎士元，皆前虚后实之格，今之言唐诗者多尚此。

《瀛奎律髓》：三、四一联，乃久别忽逢之绝唱也。

《四溟诗话》：诗有简而妙者……戴叔伦"还作江南会，翻疑梦里逢"，不如司空曙"乍见翻疑梦"。

《诗镜总论》：司空曙"相悲各问年"，更自应手犀快。风尘阅历，有此苦语。

《全唐风雅》：黄云：叙别后再会之情，且悲且喜，宛然在目。

《唐诗解》：此诗本中唐绝唱，然江海、山川未免重叠。

《唐诗成法》：情景兼写，不失古法。

《唐诗别裁》：三、四写别久忽遇之情，五、六夜中共宿之景，通体一气，无馀钉习，尔时已为高格矣。

《大历诗略》：真情实语，故自动人。

《网师园唐诗笺》：真景真情（"乍见"一联下）。

《瀛奎律髓汇评》：纪昀：四句更胜。

《唐宋诗举要》：吴北江曰：三、四千古名句，能传久别初见之神。

《诗式》：发句先叙别况，曰"几度"，见相见之难矣。颔联叙相见：曰"乍见"，言别久忽见也；曰"翻疑梦"，言未信为真，反疑是梦也；曰"相悲"，言相叙别情，不觉悲感也；曰"各问年"，言别久人亦老大，不能记其年岁，故各须相问也。颈联写云阳馆之景况。夜本凄清，况是孤灯，又相照雨中乎？故曰"寒"。夜本迷茫，况是深竹，何能见烟浮乎？故曰"暗"。落句想到又别日，更有系缴上意，言此情此景，相对本是寡欢，况来朝又欲别乎？故更添恨事，今夜传杯相劝，即是离杯，只共惜离情而已。落到题后，尤妙在托空也。　　　〔品〕悲慨。

题暕上人院

闲门不出自焚香，拥褐看山岁月长。
雨后绿苔生石井，秋来黄叶遍绳床。
身闲何处无真性？年老曾言隐故乡。
更说本师同学在，几时携手见衡阳？

【汇评】

《贯华堂选批唐才子诗》：前解写暕公闭门，便是彻底闭门，不唯自家不出，人亦莫得而入。"雨后绿苔"言无一人行处，"秋来黄叶"言无一人坐处，盖其门风孤峻则有如此者。后解写暕公游行，又是彻底自在。五或云摄化各处，六或云还归本乡，七、八或又云师友情缘眷恋不舍，某年某日又见在于某处，盖其分身无碍又有如此者。

长安晓望寄程补阙

迢递山河拥帝京，参差宫殿接云平。

风吹晓漏经长乐,柳带晴烟出禁城。

天净笙歌临路发,日高车马隔尘行。

独有浅才甘未达,多惭名在鲁诸生。

【汇评】

《诗薮》:中唐如钱起《和李员外寄郎士元》、皇甫曾《早朝》、李嘉祐《登阁》、司空曙《晓望》,皆去盛唐不远。

《批选唐诗》:清空流丽。

《唐诗解》:言山河之固,宫阙之丽,漏声之远,御柳之郁,天下之壮观也。

《删订唐诗解》:此诗极为清丽,无衰飒之态。

《唐诗绎》:末二转入己之不遇,言之黯然。须知前文却为"独有"二字蓄势,递到末二,倍觉神伤。

《唐诗别裁》:极形山河宫阙之壮丽,而己之虚名不遇,益觉可伤。

《大历诗略》:虽不逮钱仲文《赠裴舍人》作,颔联亦兴调绝佳。

《山满楼笺注唐诗七言律》:大凡遇冠冕题目,最易涉痴肥一边,而此偏能以轻秀见长。

南原望汉宫

荒原空有汉宫名,衰草茫茫雉堞平。

连雁下时秋水在,行人过尽暮烟生。

西陵歌吹何年绝?南陌登临此日情。

故事悠悠不可问,寒禽野水自纵横。

【汇评】

《贯华堂选批唐才子诗》:"何年",妙!"此日",妙! 彼别不知何年,我来则是此日。盖前之人,当时定如我之此日;后之人更至，复不审我何年。此处更无可以着语，亦更无可以堕泪，只好闲闲然说个"悠悠不可问"五字而已。再写水禽纵横，不是冷眼相笑，亦不是慈眼等观。《庄子》云：知其不可奈何而安之为命。如是云尔！

题凌云寺

春山古寺绕沧波，石磴盘空鸟道过。
百丈金身开翠壁，万龛灯焰隔烟萝。
云生客到侵衣湿，花落僧禅覆地多。
不与方袍同结社，下归尘世竟如何？

【汇评】

《唐诗摘钞》：寺曰"凌云"，以山高故得名。首句是春山绕沧波，却插入"古寺"二字。只此句安顿得有法，以后写山处便是写寺，写寺处便是写山，皆两相映合，益见此句穿插之妙。

《唐体馀编》：题寺诗充栋，此联杰出（"百丈金身"联下）。

咏古寺花

共爱芳菲此树中，千跗万萼裹枝红。
迟迟欲去犹回望，覆地无人满寺风。

【汇评】

《竹庄诗话》：《瑶溪集》云：《古寺花》一首，见爱慕佳景之情。

金陵怀古

辇路江枫暗，宫庭野草春。

伤心庾开府,老作北朝臣。

【汇评】

《批点唐音》:讽刺有体。

《删定唐诗解》:怀古如此,用意极妙。

《诗境浅说续编》:此诗当是易代后所作,借兰成以自况。"北去萧综,惟闻落叶;南来苻朗,只见江流。"文人之沦落天涯者,宁独《哀江南》一赋耶!

发渝州却寄韦判官

红烛津亭夜见君,繁弦急管两纷纷。

平明分手空江转,唯有猿声满水云。

峡口送友人

峡口花飞欲尽春,天涯去住泪沾巾。

来时万里同为客,今日翻成送故人。

【汇评】

《批点唐诗正声》:气格丧尽。盛唐后每以如此声调为佳,世运使然耳,司空此诗更堕晚唐矣。

《唐诗训解》:"翻成"二字当味。

《唐诗别裁》:客中送客,自难为情,况又"万里"之远耶,况又"同为客"耶?

《诗境浅说续编》:唐人送友诗最善言情,诵之觉言愁欲愁。司空此作于后二句作折笔,……其诗境转深一层,情味弥永。

竹里径

幽径行迹稀，清阴苔色古。
萧萧风欲来，乍似蓬山雨。

田　鹤

散下渚田中，隐见菰蒲里。
哀鸣自相应，欲作凌风起。

留卢秦卿

知有前期在，难分此夜中。
无将故人酒，不及石尤风。

【汇评】

　　《唐诗镜》：四语安顿，许意古人，有意如无。

　　《唐诗归》：钟云：情语带嗔，妙！妙！

　　《唐诗归折衷》：唐云：留客苦言，非多情者想不及此。

　　《唐诗摘钞》：五言绝不着景物，单写情事，贵在绵密真至，一气呵成，廿字中增减移动一字不得，始为绝唱。如此诗，虽不及"白日依山尽"之雄浑，而精切灵动，乃为过之，自是中唐第一首。

　　《围炉诗话》：诗有以谑为妙者，如"无将故人酒，不及石尤风"是也。诗固不必尽庄。

　　《唐诗笺注》：起句突兀，将后会有期翻作衬托，末二句情味更深矣。

　　《诗法易简录》：此相送置酒而欲其少留也。直说便少精致，借"石尤"作比,而词意曲折有味矣。

《缀锻录》:仅二十字,情致绵渺,意韵悠长,令人咀含不尽。似此等诗,熟读数十百篇,又何患不能换骨?

《唐诗近体》:此亦四语皆对,而婉折情深,味之不尽,与《登鹳雀楼》体裁又别。

《诗境浅说续编》:凡别友者,每祝其帆风相送,此独愿石尤阻客,正见其恋别情深也。

《唐人绝句精华》:三、四句故人置酒劝留而客不留,岂不及石尤风犹能阻行邪?"无将"者,得无将也。

江村即事

> 钓罢归来不系船,江村月落正堪眠。
> 纵然一夜风吹去,只在芦花浅水边。

【汇评】

《唐诗解》:全篇皆从"不系船"三字翻出,语极浅,兴味自在。

《唐诗归》:钟云:达甚。

《唐诗归折衷》:唐云:兴趣可嘉,不止于达。　　敬夫云:不言乐,其乐无穷矣。

《历代诗发》:口头语,意趣自别。

《诗式》:首句以"罢钓"二字作主,则以下纯从"罢钓"着笔。顾"罢钓"以后,从何处着笔?盖从钓船言,既已罢钓,正当系船,乃以"不系船"三字承之,则诗境翻空,出人意外。二句值江村月落之时,眠于船上,任其所之,便有洒然无拘滞之意。……凡做诗,意贵翻陈出新,如此首是。若于"不系船"三字,非著一"不"字,则"罢钓"以后,便系船矣,以下无论如何刻划,总落恒蹊,断难如此灵妙。　　〔品〕超诣。

《唐人绝句精华》：此渔家乐也。诗语得自在之趣。

酬李端校书见赠

绿槐垂穗乳乌飞，忽忆山中独未归。
青镜流年看发变，白云芳草与心违。
乍逢酒客春游惯，久别林僧夜坐稀。
昨日闻君到城阙，莫将簪弁胜荷衣。

【汇评】

《唐诗评选》：温润为中唐首唱。

《贯华堂选批唐才子诗》：相其七、八，乃是李端校书新来都城，有所投赠，而司空赋此酬之。乃人且新来，而我反欲去，且言无不尽去，深嫌只有我未曾去，真令新来人兜头一杓冷水也。

《唐诗别裁》：四语言已系于一官，不能遂"白云芳草"之心。末勉其坚守初服，勿萦情于簪弁也。与前一首（按指《长安晓望寄程补阙》）似两种心事，意既得官后，知宦途之无味耶？

《诗式》：发句上句切初夏，系写时令，下句"忽忆山中"四字，言校书在野，所以触景而忆也。"忽"字承上句来，"独未归"三字，言心虽忆校书在山中，而己独未归，言外若承校书见赠，因之感触，而似怨不归者，玩"独"字便得其神理矣。颔联上句言对著青镜，即知流年，此何以故？但看己发变白，己况可知。下句言天边白云，天涯之芳草，俱杳然自远者，文明徒心忆山中，身不得归，与白云、芳草俱远也。此联情景兼到。颈联上句言逢酒客以游春，亦山中事；"乍"字有偶见逢著即游之意，"惯"字有习惯之意。下句言曩在山中与林僧夜坐，于今别僧已久，夜坐只是难期。此联写景。落句言本在山中与酒客、林僧居，春与游，夜与坐，乃昨日忽闻已到城阙，得毋有意于簪弁乎？下句言若簪弁为荣，何如以荷衣为乐,只怨校书以彼物胜此物;"莫将"二字有勉之之意,盖勉其栖隐也。　　[品]高旷。

拟百劳歌

朱丝纽弦金点杂,双蒂芙蓉共开合。
谁家稚女著罗裳,红粉青眉娇暮妆。
木难作床牙作席,云母屏风光照壁。
玉颜年几新上头,回身敛笑多自羞。
红销月落不复见,可惜当时谁拂面。

【汇评】

《唐诗归》:真细心体贴人(末句下)。

《汇编唐诗十集》:唐云:浓艳似六朝语,结有深情。

送王闰

相送临寒水,苍然望故关。
江芜连梦泽,楚雪入商山。
话我他年旧,看君此日还。
因将自悲泪,一洒别离间。

【汇评】

《唐诗镜》:后四语写意流动。

《唐诗矩》:梦泽分手之地,商山所归之地,"楚雪入商山"写一路有雪,语特深秀。　　送人还乡,本不当坠泪,却因自己不得还乡,不禁悲泪流涟,用意最是曲折。

送史泽之长沙

谢朓怀西府，单车触火云。

野蕉依戍客，庙竹映湘君。

梦渚巴山断，长沙楚路分。

一杯从别后，风月不相闻。

【汇评】

《瀛奎律髓》：两司空所言永嘉、长沙风土（按另一首指司空图《寄永嘉崔道融》），各极新丽。所联二联，又皆下句胜。凡诗以下句胜上句为作家，先一句好而后一句弱，或不称，则败兴矣。

《唐诗镜》：三、四清颖，下语更炼。

《近体秋阳》：四句一气。七句一刀截断，藏凄恋意于丈夫气概中，直欲举袂掩面矣。

《唐诗矩》：四与"湘娥倚暮花"同妙。七、八言从此别后，纵有好风凉月，两地不复相闻，能不为我尽此一杯乎？读此，觉"劝君更进一杯酒，西出阳关无故人"语直率矣。千古留彼遗此，为之一叹。

《瀛奎律髓汇评》：纪昀：结句似相忆不似相送，病在"从"字。

玩花与卫象同醉

衰鬓千茎雪，他乡一树花。

今朝与君醉，忘却在长沙。

【汇评】

《批点唐音》：便胜仲文《伤秋》之作，为其宛转耳。

喜外弟卢纶见宿

静夜四无邻，荒居旧业贫。

雨中黄叶树，灯下白头人。

以我独沉久，愧君相见频。

平生自有分，况是蔡家亲。

【汇评】

《对床夜语》：诗人发兴造语，往往不约而合。如"雨中山果落，灯下草虫鸣"，王维也。"树初黄叶日，人欲白头时"，乐天也。司空曙有云："雨中黄叶树，灯下白头人"，句法王而意参白，然诗家不以为袭也。

《四溟诗话》：韦苏州曰"窗里人将老，门前树已秋"。白乐天曰："树初黄叶日，人欲白头时"。司空曙曰："雨中黄叶树，灯下白头人"。三诗同一机杼，司空为优，善状目前之景，无限凄感，见乎言表。　　又：晚唐人多用虚字，若司空曙"以我独沉久，愧君相见频"，……此皆一句一意，虽瘦而健，虽粗而雅。

《唐诗选脉会通评林》：周珽曰：深情剀切。

《历代诗发》：得浩然之神髓。

《唐诗三百首》：十字八层（"雨中"一联下）。

《唐宋诗举要》：三、四名句，"雨中"、"灯下"虽与王摩诘相犯，而意境各自不同，正不为病。

关山月

苍茫明月上，夜久光如积。

野幕冷胡霜，关楼宿边客。

陇头秋露暗，碛外寒沙白。

唯有故乡人，沾裳此闻笛。

【汇评】

《大历诗略》：五言小古锻琢太工，便非高品。

寒　塘

晓发梳临水，寒塘坐见秋。

乡心正无限，一雁度南楼。

崔峒

崔峒，生卒年不详，博陵（今河北定县）人。安史乱起，避地江淮。大历初由崔圆荐任左拾遗，奉使赴江淮搜求图书。后为集贤院学士，迁右补阙。建中中，因事谪潞府功曹参军，卒。峒与戴叔伦、韦应物、司空曙、卢纶、严维、皇甫冉、丘丹等唱和，为"大历十才子"之一。有《崔峒诗》一卷。《全唐诗》编诗一卷。

【汇评】

崔拾遗文彩炳然，意思方雅。如"清磬度山翠，闲云来竹房"；又"流水声中视公事，寒山影里见人家"：斯亦披沙拣金，往往见宝。（《中兴间气集》）

崔补阙诗结体疏淡，似不欲锻炼为功，品第当在韩君平之上，而才调则逊之。（《大历诗略》）

登蒋山开善寺

山殿秋云里，香烟出翠微。

客寻朝磬至，僧背夕阳归。

下界千门见，前朝万事非。

看心兼送目，葭菼暮依依。

【汇评】

《瀛奎律髓》：方回：三、四已佳，五、六尤佳，以第六句出于不测也。

《唐诗选》：结句浅而有怀，淡而阔。　　端俨浩洁，登临至作。

寄上礼部李侍郎

吴楚相逢处，江湖共泛时。

任风舟去远，待月酒行迟。

白发常同叹，青云本要期。

贵来君却少，秋至老偏悲。

玉佩明朝盛，苍苔陌巷滋。

追寻恨无路，唯有梦相思。

【汇评】

《唐诗笺要》：涟漪似水，出没如云，才气都已销铄。拾遗为大历巨手，此诗笔意又迥出时流之上。

题桐庐李明府官舍

讼堂寂寂对烟霞，五柳门前聚晓鸦。

流水声中视公事，寒山影里见人家。

观风竞美新为政，计日还知旧触邪。

可惜陶潜无限酒，不逢篱菊正开花。

《唐诗选脉会通评林》：周敬曰：三、四写书舍景如画，比张正言"竹里藏公事，花间隐使车"更是灵秀。高仲武所谓"亦披沙拣金，时时见宝"者也。

《唐诗鼓吹评注》：三、四只似直书即目，而操之洁，县之偏皆在焉。落句惜其将去，以足上美其新政之意。"观风"、"计日"四字，又上下之缩结也。

《唐诗成法》：五、六俗甚，不为全璧。

《小清华园诗谈》："讼堂寂寂对烟霞，五柳门前聚晓鸦。……"不谓之穷陬县令不可也。

清江曲内一绝

八月长江去浪平，片帆一道带风轻。

极目不分天水色，南山南是岳阳城。

卫　象

　　卫象，生卒年里贯均未详。德宗建中年间任长林令，官终侍御。象与李端、司空曙友善，以诗名于大历间。《全唐诗》存诗二首。

【汇评】

　　段成式云："大历末，禅师元鉴住荆州陟岵寺，道高有风韵，人不可得而亲。张璪尝画松于斋壁，符载赞之，象咏之，时号'三绝'，悉加垩焉。人问之，曰：无事疥吾壁也。……"乃知象大历间江陵诗人也。（《唐诗纪事》）

古　词

　　鹊血雕弓湿未干，鸊鹈新淬剑光寒。

　　辽东老将鬓成雪，犹向旄头夜夜看。

【汇评】

　　《唐诗选脉会通评林》：周敬曰：雄壮。　　周珽曰：烈士暮年，壮心尚自不已，怀才未试者，可不思乘时策志乎？此于调法中，另出一番心口，故可横峙古今。

张南史

张南史，生卒年不详，字季直，幽州（今北京西南）人。善弈棋，中岁苦节学文，遂入诗境。曾任左卫仓曹参军。安史乱起，避难居婺州，后寓居扬子。大历十一年前后，移居宣城。曾再被征召，因病，未赴任，卒，窦常、李端有诗悼之。南史与刘长卿、钱起、皇甫冉、耿沛、灵一、朱放等交往唱酬，与李纾尤善。有《张南史诗》一卷。《全唐诗》存诗一卷。

【汇评】

南史好弈棋，其后折节读书，遂入诗境。李端哭之云："谏草文犹在，围棋智不如。"（《唐诗纪事》）

中岁感激，始苦节学文，无希世苟合之意，数年间稍入诗境。调体超闲，情致兼美，如并、燕老将，气韵沉雄，时少及之者。（《唐才子传》）

季直五言高格，可匹懿孙（张继），非戎昱诸人所及。（《大历诗略》）

富阳南楼望浙江风起

南楼渚风起，树杪见沧波。

稍觉征帆上，萧萧暮雨多。

沙洲殊未极，云水更相和。

欲问任公子，垂纶意若何？

送司空十四北游宋州

九拒危城下，萧条送尔归。

寒风吹画角，暮雪犯征衣。

道里犹成间，亲朋重与违。

白云愁欲断，看入大梁飞。

【汇评】

《唐诗选脉会通评林》：周珽曰：词意差劲畅。

《大历诗略》：警拔起句，千钧笔力。第五亦炼极自然。

陆胜宅秋暮雨中探韵同作

同人永日自相将，深竹闲园偶辟疆。

已被秋风教忆鲙，更闻寒雨劝飞觞。

归心莫问三江水，旅服徒沾九日霜。

醉里欲寻骑马路，萧条几处有垂杨。

【汇评】

《中兴间气集》：张君弈棋者，中岁感激，苦节学文。数载间，稍入诗境。如"已被秋风教忆鲙，更闻寒雨劝飞觞"，可谓物理俱美，情致兼深。

《唐诗训解》：忆鲙事切己。颈联流活可爱。

《贯华堂选批唐才子诗》：此写君子在野，无处告诉，遂托杯斝纵心行乐也。看其"同人"字，"永日"字，"自相将"字，字字欢笑，字字眼泪。"同人",言济济诸贤,不须惜才也。"永日",言迟迟良日,大堪戮力也。"自相将",言并无一人蒙被收目也。深竹闲园,即其自相将之地。已被风教,妙!更闻雨劝,妙!写得风雨一片情理,一段兴致,正复诸公一段牢骚,一片败坏也(首四句下)。他诗不得意则亟思归,今此诗并不思归,真不辨其此日竹园是欢笑,是眼泪也。"莫问",妙!"从沾",妙!"是处有",妙!不知者便谓如此真是快活。呜呼!受父母身,读圣贤书,上承圣君,下寄苍生,我将自处何等,而取如此快活哉(末四句下)!

《唐诗成法》:前四已完题,后四只言自己情怀,然"已被"、"更闻"已将后四呼动,则下"莫问"、"徒沾"方有来历。七收上甚轻妙,八结"九日"、"三江"亦不费力。"秋风"、"忆鲙"、"寒雨"、"飞觞"本成语,着"教"、"劝"等字将题中"秋暮雨中"从容点出,令人不觉,在宴会类中颇能脱套。

《唐诗别裁》:言归心乍动,然闻雨中飞觞,则仍且淹留矣。下承上作转语。

月

月,月。

暂盈,还缺。

上虚空,生溟渤。

散彩无际,移轮不歇。

桂殿入西秦,菱歌映南越。

正看云雾秋卷,莫待关山晓没。

天涯地角不可寻,清光永夜何超忽!

王　建

　　王建(约766—?)，字仲初，颖川(今河南许昌)人。贞元初，往山东求学，与张籍同窗数年。贞元后期，先后入幽州和岭南幕为从事。元和初，留寓荆州，后佐魏博节度使田弘正幕。八年，为昭应丞。入为太府寺丞。转秘书郎，迁秘书丞。大和二年自太常丞出为陕州司马。后卜居咸阳原上。建与李益、韩愈、白居易、刘禹锡、姚合、贾岛、孟郊、杨巨源等交往。与张籍皆擅长乐府，世称"张王乐府"。有《王建集》八卷(或为十卷)行世，其中颇羼入他人作品。《全唐诗》编诗六卷。

【汇评】

　　诗人之作丽以则，建为文近之矣，故其所著章句，往往在人口中，求之辈流，亦不易得。(白居易《授王建秘书郎制》)

　　唐人亦多为乐府，若张籍、王建、元稹、白居易以此得名。其述情叙怨，委曲周详，言尽意尽，更无馀味。及其末也，或是诙谐，便使人发笑，此曾不足以宣讽恕之情，况欲使闻者感动而自戒乎？甚者或谲怪，或俚俗，所谓恶诗也，亦何足道哉！(《临汉隐居诗话》)

　　诗之作也，穷通之分可观：王建诗寒碎，故仁终不显。(《诗话

总龟》）

张籍、王建，乐府宫词皆杰出，所不能追逐李、杜者，气不胜耳。（《彦周诗话》）

唐人乐府，惟张籍、王建古质。（《艇斋诗话》）

唐王建以宫词名家。（《韵语阳秋》）

以人而论，则有王建体。（《沧浪诗话》）

大历后，……张籍、王建之乐府，我所深取耳。（同上）

建与张籍契厚，唱答尤多。工为乐府歌行，格幽思远。二公之体，同变时流。建性耽酒，放浪无拘。《宫词》特妙前古。……又于征戍迁谪、行旅离别、幽居宫况之作，俱能感动神思，道人所不能道也。（《唐才子传》）

王、张乐府体发人情，极于纤悉，无不至到，后人不及者正在此，不及前人者亦在此。（《批点唐音》）

张籍、王建略去葩藻，求取情实，渐入晚唐，又一变也。（《诗薮》）

王建七言稳得情事，兼带风味得佳。（《唐诗镜》）

王建七言律，入录者仅得四五，其他句奇拗，遂为大变，宋人之法多出于此。（《诗源辩体》）

七言律，王建尚奇而昧于正，尚意而略于辞。（同上）

中唐诗至王建、刘禹锡、杜牧，一变十才子之陋，眉目乃始可辨。（《唐诗评选》）

王建歌行，才思佻浅，便开《花间》一派，不待温、李诸公也。（《诗辩坻》）

仲初妙于不含蓄，亦自有晓钟残角之韵。后人徒称其《宫词》百首，此如食熊咉股，何尝得其美处。（《载酒园诗话又编》）

司马律不能佳，排律尤劣，故昔人谓其俗。方回亦以为一体，列之为式，陋矣。（同上）

中唐刘梦得、王仲初调响词炼，高华深稳。（《古欢堂集杂著》）

王建、张籍外厌藻缋,内反精实。(《唐诗品汇删》)

王仲初长篇、小律,具有妙处,不可以宫词、乐府拘定其声价。(《一瓢诗话》)

张、王乐府妙绝一时,其精警处远出乐天、微之之上。元、白长庆篇虽滔滔不竭,然寸金丈铁,其间岂容无辩?惟近体则卑率寒陋,俱非所长也。(《唐七律隽》)

其词之妙,则自在委曲深挚处,别有顿挫,如仅以就事直写观之,浅矣!(《石洲诗话》)

世之称仲初者,但知其七言古与《宫词》耳。即张、王并列,亦止于乐府,若五七律则概不相许。至谓司马律不能工,或病其俗。……俗情入诗,直寻天妙,固是风雅之本。世唯认错"俗"字,并"雅"亦失之,而所谓不俗者,乃真俗矣。按仲初律诗,实与司业合调,第司业妙于清丽,司马偏于质厚,不无微分。(《重订中晚唐诗主客图》)

王建、张籍以乐府名,然七律亦有人所不能及处。(《北江诗话》)

建诗唯乐府可贵,宫词已浮冗,律诗尤浅俚不入格。(《养一斋诗话》)

其源出于汉代歌谣,能以俚语成章,而自然新妙。七言由兹推广,自造新声。宫词妙绝时人,后来所祖。(《三唐诗品》)

建思致委曲,韵语如流,情真意挚,体会不尽。古诗体格乃属建安一派,不仅以乐府见胜也。近体专尚气质,不工自工。惟七绝、宫词,虽风神秀出,顾已非盛唐之旧矣,盖其取法太白而自有未至者也。然中唐诗人足冠冕一时者,亦惟顾况、李益、王建而已。韩、柳、元、白固当别论,张籍齐名,终属虚构耳。(《诗学渊源》)

古从军

汉家逐单于，日没处河曲。
浮云道旁起，行子车下宿。
枪城围鼓角，毡帐依山谷。
马上悬壶浆，刀头分颊肉。
来时高堂上，父母亲结束。
回首不见家，风吹破衣服。
金疮在肢节，相与拔箭镞。
闻道西凉州，家家妇女哭。

江南杂体二首 (其二)

处处江草绿，行人发潇湘。
潇湘回雁多，日夜思故乡。
春梦不知数，空山兰蕙芳。

【汇评】

《唐诗镜》：二首（按指此首与"江上风翛翛"）似觉古淡。

凉州行

凉州四边沙皓皓，汉家无人开旧道。
边头州县尽胡兵，将军别筑防秋城。
万里人家皆已没，年年旌节发西京。
多来中国收妇女，一半生男为汉语。
蕃人旧日不耕犁，相学如今种禾黍。

驱羊亦著锦为衣，为惜毡裘防斗时。

养蚕缲茧成匹帛，那堪绕帐作旌旗。

城头山鸡鸣角角，洛阳家家学胡乐。

【汇评】

《唐风定》：此篇气骨顿高，讽刺深婉。

《载酒园诗话又编》：《凉州行》曰："驱羊亦著锦为衣，为惜毡裘防斗时。"《温泉宫行》曰："禁兵去尽无射猎，日西麇鹿登城头。梨园子弟偷曲谱，头白人间教歌舞。"……亦透快而妙。

促刺词

促刺复促刺，水中无鱼山无石。

少年虽嫁不得归，头白犹著父母衣。

田边旧宅非所有，我身不及逐鸡飞。

出门若有归死处，猛虎当衢向前去。

百年不遣踏君门，在家谁唤为新妇。

岂不见他邻舍娘，嫁来常在舅姑傍。

【汇评】

《对床夜语》：古乐府当学王建，如《凉州行》、《促刺词》、《古钗行》、《精卫词》、《老妇叹镜》、《短歌行》、《渡辽水》等篇，反复致意，有古作者之风，一失于俗则俚矣。

《载酒园诗话又编》："妙绝《江南曲》，凄凉怨女词"，姚秘书之评张司业也。此言甚当。王（建）之《当窗织》、《簇蚕词》、《去妇》、《老妇叹镜》、《促刺词》，若令出司业手，必当倍为可观。

北邙行

北邙山头少闲土，尽是洛阳人旧墓。

洛阳人家归葬多，堆著黄金无买处。

天涯悠悠葬日促，冈坂崎岖不停毂。

高张素幕绕铭旌，夜唱挽歌山下宿。

洛阳城北复城东，魂车祖马长相逢。

车辙广若长安路，茜草少于松柏树。

涧底盘陀石渐稀，尽向坟前作羊虎。

谁家石碑文字灭，后人重取书年月。

朝朝车马送葬回，还起大宅与高台。

【汇评】

《唐诗品汇》：刘（须溪）云：长处自然，不用口语，口语甚长。

温泉宫行

十月一日天子来，青绳御路无尘埃。

宫前内里汤各别，每个白玉芙蓉开。

朝元阁向山上起，城绕青山龙暖水。

夜开金殿看星河，宫女知更月明里。

武皇得仙王母去，山鸡昼鸣宫中树。

温泉决决出宫流，宫使年年修玉楼。

禁兵去尽无射猎，日西麋鹿登城头。

梨园弟子偷曲谱，头白人间教歌舞。

【汇评】

《唐诗选脉会通评林》：前半叙温泉宫全盛之日，台池游幸极
有欢乐；后半悲玄宗逐升之后，宫苑声曲极其凄凉。以感慨之词寓
讽诫之意，赋故宫者甚多，无如此悲怆。

《唐风定》：顾云：此即是仲初眼目，否则流向俗去矣。　　悲
凄婉曲，亦胜他篇。

秋千词

长长丝绳紫复碧，袅袅横枝高百尺。
少年儿女重秋千，盘巾结带分两边。
身轻裙薄易生力，双手向空如鸟翼。
下来立定重系衣，复畏斜风高不得。
傍人送上那足贵，终赌鸣珰斗自起。
回回若与高树齐，头上宝钗从堕地。
眼前争胜难为休，足踏平地看始愁。

田家留客

人家少能留我屋，客有新浆马有粟。
远行僮仆应苦饥，新妇厨中炊欲熟。
不嫌田家破门户，蚕房新泥无风土。
行人但饮莫畏贫，明府上来何苦辛。
丁宁回语屋中妻，有客勿令儿夜啼。
双冢直西有县路，我教丁男送君去。

【汇评】

《唐诗品汇》：刘（须溪）云：起得甚浓（首句下）。　　又云：情至语，尽歌舞有不能。

《唐诗归》：似直述由父口中语，不添一字。

《唐风定》：较高常侍《田家》相去几何？正变之风，于此了然。

《载酒园诗话又编》：写主人情事，亦复如见。

《历代诗发》：殷勤周到，曲尽款洽。

精卫词

精卫谁教尔填海,海边石子青磊磊。

但得海水作枯池,海中鱼龙何所为。

口穿岂为空衔石,山中草木无全枝。

朝在树头暮海里,飞多羽折时堕水。

高山未尽海未平,愿我身死子还生。

【汇评】

《唐诗镜》:结语本色直至,不烦外去。

《唐诗选脉会通评林》:周珽曰:造物缺陷无涯,而吾人之精力有限。欲运有限以补无涯,徒劳矣。盖世知精卫者岂少哉!此结二句,暗用愚公移山,语意深细。顾华玉云:说到此,极妙。

望夫石

望夫处,江悠悠。

化为石,不回头。

山头日日风复雨,行人归来石应语。

【汇评】

《优古堂诗话》:陈无己诗话:望夫石在处有之,古今诗人惟用一律,惟刘梦得云:"望来况是几千岁,只是当年初望时",语虽拙而意工。黄叔达,鲁直之弟也。以顾况为第一,云:"山头日日风和雨,行人归来石应语",语意皆工。江南望夫石,每过其下,不风即雨,疑况得句处也。予家有《王建集》,载《望夫石》诗,乃知非况作。……岂无己、叔达偶忘建作邪?

《唐诗选脉会通评林》:周珽曰:寥寥数语,如山夜姑妇谈棋,不数着而局了然。

《续唐三体诗》：遁叟曰：文章穷于用古，矫而用俗，如《史》、《汉》后六朝史之入方言俗语是也。籍、建诗之用俗亦然，王荆公题籍集云："看是寻常最奇崛，成如容易却艰辛。"凡俗言俗事入诗，较用古更难，知两家诗体大费铸合在。

《网师园唐诗笺》：极苦语，极趣语（末句下）。

《历代诗评注读本》：总是海枯石烂而情不灭之意，虽寥寥二十馀字，却极顿挫有致。王尧衢曰：此篇用三字起，而以七字终，短章促节，犹诗馀中之小令也。

白纻歌二首（其二）

　　馆娃宫中春日暮，荔枝木瓜花满树。
　　城头乌栖休击鼓，青娥弹瑟白纻舞。
　　夜天瞳瞳不见星，宫中火照西江明。
　　美人醉起无次第，堕钗遗珮满中庭。
　　此时但愿可君意，回昼为宵亦不寐，
　　年年奉君君莫弃。

【汇评】

《批点唐音》：一首格律并拟六朝，亦得其蹊径者也，颇有鲍照风骨。

《诗辩坻》：仲初《白纻》二首，冶思波属，足俪中师。喜其能不作戒荒及越兵沼吴等语，乃为近古。一着此等，便落下格。他体也忌见正面，乐府尤难之耳。

短歌行

　　人初生，日初出。

上山迟，下山疾。

百年三万六千朝，夜里分将强半日。

有歌有舞须早为，昨日健于今日时。

人家见生男女好，不知男女催人老。

短歌行，无乐声。

【汇评】

《唐诗品汇》：刘（须溪）云：妙合人意，结语更妙。

《汇编唐诗十集》：唐云：说透人情是乐府本色，然去汉魏不啻径庭。

《选批唐诗》：浑沦太朴。

《唐诗别裁》：古乐府神理（首二句下）。　　读此辞，觉世人一生碌碌为儿孙作马牛者，真痴绝也。

簇蚕辞

蚕欲老，箔头作茧丝皓皓。

场宽地高风日多，不向中庭晒蒿草。

神蚕急作莫悠扬，年来为尔祭神桑。

但得青天不下雨，上无苍蝇下无鼠。

新妇拜簇愿茧稠，女洒桃浆男打鼓。

三日开箔雪团团，先将新茧送县官。

已闻乡里催织作，去与谁人身上着。

【汇评】

《唐诗别裁》：意亦他人同有，然此觉入情。

渡辽水

渡辽水，此去咸阳五千里。

来时父母知隔生，重着衣裳如送死。

亦有白骨归咸阳，茔冢各与题本乡。

身在应无回渡日，驻马相看辽水傍。

【汇评】

《唐诗镜》：深着处是其所长。

空城雀

空城雀，何不飞来人家住？

空城无人种禾黍。

土间生子草间长，满地蓬蒿幸无主。

近村虽有高树枝，雨中无食长苦饥。

八月小儿挟弓箭，家家畏向田头飞。

但能不出空城里，秋时百草皆有子。

报言黄口莫啾啾，长尔得成无横死。

当窗织

叹息复叹息，园中有枣行人食，

贫家女为富家织。

翁母隔墙不得力，水寒手涩丝脆断，

续来续去心肠烂。

草虫促促机下啼，两日催成一匹半。

输官上顶有零落，姑未得衣身不着。

当窗却羡青楼倡，十指不动衣盈箱。

【汇评】

《唐诗品汇》：刘（须溪）云：古（首二句下）。

《批点唐音》：起四句有古词遗风。

《中晚唐诗叩弹集》：《乐府诗集·梁横吹曲折杨柳》曰："门前一株枣，岁岁不知老。阿婆不嫁女，那得孙女抱。""唧唧复唧唧，女子临窗织，不闻机杼声，只闻女叹息。"《当窗织》盖取诸此。

《唐诗别裁》：本意薄之，但"羡"字失言（末二句下）。

水夫谣

> 苦哉生长当驿边，官家使我牵驿船。
> 辛苦日多乐日少，水宿沙行如海鸟。
> 逆风上水万斛重，前驿迢迢后渺渺。
> 半夜缘堤雪和雨，受他驱遣还复去。
> 夜寒衣湿披短蓑，臆穿足裂忍痛何。
> 到明辛苦无处说，齐声腾踏牵船出。
> 一间茅屋何所直，父母之乡去不得。
> 我愿此水作平田，长使水夫不怨天。

【汇评】

《石园诗话》：王仲初……歌行诸结句，尤有余蕴。《荆门行》云："壮年留滞尚思家，况复白头在天涯？"《田家行》云："田家衣食无厚薄，不见县门身即乐。"《当窗织》云："当窗却羡青楼倡，十指不动衣盈箱。"《水运行》云："远征海稻供边食，岂如多种边头地？"《水夫谣》云："我愿此水作平田，长使水夫不怨天。"《望夫石》云："山头日日风复雨，行人归来石应语。"《短歌行》云："人家见生男女好，不知男女催人老。"

田家行

> 男声欣欣女颜悦，人家不怨言语别。

五月虽热麦风清,檐头索索缲车鸣。

野蚕作茧人不取,叶间扑扑秋蛾生。

麦收上场绢在轴,的知输得官家足。

不望入口复上身,且免向城卖黄犊。

回家衣食无厚薄,不见县门身即乐。

【汇评】

《批点唐音》:《田家》二首,愈鄙愈切,然无乐府浑厚气。

《唐诗镜》:王建古词正直,此曲不厌村朴。

《唐诗别裁》:守此语,便为良农(末二句下)。

海人谣

海人无家海里住,采珠役象为岁赋。

恶波横天山塞路,未央宫中常满库。

行见月

月初生,居人见月一月行。

行行一年十二月,强半马上看盈缺。

百年欢乐能几何,在家见少行见多。

不缘衣食相驱遣,此身谁愿长奔波。

篮中有帛仓有粟,岂向天涯走碌碌。

家人见月望我归,正是道上思家时。

【汇评】

《唐贤小三昧集续集》:接法好("行行一年"句下)。　　淡宕多姿
(末二句下)。

《石园诗话》:王仲初(建)乐府歌行,思远格幽。《送人》云:"人生足

着地,宁免四方游?"《行见月》云:"百年欢乐能几何? 在家见少行见多。……家人见月望我归,正是道中思家时。"

寄远曲

美人别来无处所,巫山月明湘江雨。

千回相见不分明,井底看星梦中语。

两心相对尚难知,何况万里不相疑。

【汇评】

《批点唐诗正声》:二首(按指本诗与《望夫石》)俱佳,然《寄远曲》略浑厚。

《诗薮》:李、杜外,短歌可法者:……王建《望夫石》、《寄远曲》……虽笔力非二公比,皆初学易下手者。

《批选唐诗》:宛然古乐府。

《唐诗镜》:"井底"一语古拙。

《唐风定》:文昌、仲初体制略同,仲初气胜文昌,文昌雅驯胜仲初。

镜听词

重重摩挲嫁时镜,夫婿远行凭镜听。

回身不遣别人知,人意丁宁镜神圣。

怀中收拾双锦带,恐畏街头见惊怪。

嗟嗟嚓嚓下堂阶,独自灶前来跪拜。

出门愿不闻悲哀,郎在任郎回未回。

月明地上人过尽,好语多同皆道来。

卷帷上床喜不定,与郎裁衣失翻正。

可中三日得相见,重绣锦囊磨镜面。

《唐诗别裁》：摹写儿女子声口，可云惟肖。

《诗法易简录》：通首音节，如黄鹂巧啭，圆滑尖新。

《唐诗归》：钟云："嫁时"二字有意（首句下）。　　又云：口齿情事在目（"好语多同"句下）。

羽林行

长安恶少出名字，楼下劫商楼上醉。

天明下直明光宫，散入五陵松柏中。

百回杀人身合死，赦书尚有收城功。

九衢一日消息定，乡吏籍中重改姓。

出来依旧属羽林，立在殿前射飞禽。

《批点唐诗正声》：气侠独胜诸作。

《唐诗选脉会通评林》：周珽曰：叙述恶少放纵恣肆行径，盖有所指而作也。刘后村评此诗"可与韦苏州《逢杨开府》篇同看"，可知当年托迹羽林，凭借宠灵横行可恶。

射虎行

自去射虎得虎归，官差射虎得虎迟。

独行以死当虎命，两人因疑终不定。

朝朝暮暮空手回，山下绿苗成道径。

远立不敢污箭镞，闻死还来分虎肉。

惜留猛虎着深山，射杀恐畏终身闲。

《唐诗归》：钟云：有激之言，字字痛切，似为千古朝事、边事，写一招状。

《唐诗选脉会通评林》：周珽曰：冷刺热喝，使人毛骨俱悚。

《唐风定》：直直说透，有讽刺而罕酝藉，两家伎俩自是如此，舍此即无处着手也。

《唐诗归折衷》：敬夫云：为千古任事之人，画出面目，可以益读史者之识。

《载酒园诗话又编》：张（籍）咏《猛虎》，故摹写怯弱以见负嵎之威；王咏《射虎》，故曲尽狡狯之态。用意不同，俱为酷肖。《诗归》评王诗曰："似为千古朝事、边事写一供状。"此论妙甚。张诗虽工，仅词人之言，王诗意深远矣。

寻橦歌

人间百戏皆可学，寻橦不比诸馀乐。
重梳短鬓下金钿，红帽青巾各一边。
身轻足捷胜男子，绕竿四面争先缘。
习多倚附敧竿滑，上下蹁跹皆着袜。
翻身垂颈欲落地，却住把腰初似歇。
大竿百夫擎不起，袅袅半在青云里。
纤腰女儿不动容，戴行直舞一曲终。
回头但觉人眼见，矜难恐畏天无风。
险中更险何曾失，山鼠悬头猿挂膝。
小垂一手当舞盘，斜惨双蛾看落日。
斯须改变曲解新，贵欲欢他平地人。
散时满面生颜色，行步依前无气力。

铜雀台

娇爱更何日,高台空数层。

含啼映双袖,不忍看西陵。

漳水东流无复来,百花辇路为苍苔。

青楼月夜长寂寞,碧云日暮空裴回。

君不见邺中万事非昔时,古人不在今人悲。

春风不逐君王去,草色年年旧宫路。

宫中歌舞已浮云,空指行人往来处。

【汇评】

《唐诗镜》:气格稍挺。张、王七古喑哑逼侧,每到真处,一如儿啼、女哭所为。故诗以清远为佳,不以苦刻为贵。

《此木轩论诗汇编》:此诗有三"空"一"唯","唯"亦空之替身也。

《历代诗发》:感慨淋漓,"春风不逐君王去"语甚新快。

《唐诗别裁》:不必嘲笑老瞒,淡淡写去,自存诗品。

《大历诗略》:不必沉至尽题之精义,而结体疏淡,令人把玩不置。

塞上逢故人

百战一身在,相逢白发生。

何时得乡信,每日算归程。

走马登寒垅,驱羊入废城。

羌笳三两曲,人醉海西营。

【汇评】

《瀛奎律髓》:第五句最好,非边上则此句未为奇也。

《瀛奎律髓汇评》:纪昀:结得悠然不尽。

《近体秋阳》：以思家望乡为颔联，而反以吹笛醉眠为结束，气奇法变。盖仲初拟题而作，诗情所在即为诗，体气以奇而更老，法以变而愈高。

《重订中晚唐诗主客图》：对法全是司业（"何时"联下）。

南　中

天南多鸟声，州县半无城。
野市依蛮姓，山村逐水名。
瘴烟沙上起，阴火雨中生。
独有求珠客，年年入海行。

【汇评】

《瀛奎律髓》：与张籍相上下，中四句佳好。

《瀛奎律髓汇评》：冯班：张清而远，王浓而近，王自不如张。　　陆贻典：落句好。　　纪昀：起句突兀无绪，三、四朴而确。

《重订中晚唐诗主客图》：结法亦是司业（末二句下）。

饭　僧

别屋炊香饭，熏辛不入家。
温泉调葛面，净手摘藤花。
蒲鲊除青叶，芹斋带紫芽。
愿师常伴食，消气有姜茶。

【汇评】

《唐风怀》：南屯曰：王建最善宫词，"海棠花下打流莺"是其本色。今此二诗（按指本诗与《赠洪哲师》），另有一种清真鲜洁之气出其笔端，乃知慧业文人胸次迥不可测。

县丞厅即事

宫殿半山上,人家高下居。

古厅眠受魇,老吏语多虚。

雨水洗荒竹,溪沙填废渠。

圣朝收外府,皆自九天除。

【汇评】

《瀛奎律髓》:建为昭应丞,故有《丞厅即事》之作。……三、四新。

《初白庵诗评》:三、四警联。警联不在多,可压武功三十首。

《唐诗成法》:中四极写丞厅荒凉,则丞之卑贱自在言外。结言除自九天不应卑贱至此也,意甚含蓄。

《瀛奎律髓汇评》:纪昀:三、四境真语鄙,五、六亦太质。末句慨丞虽卑秩,亦朝迁除授之命官,不应居此荒凉也。　　无名氏(甲):次联名句。

原上新居十三首（选二首）

其三

长安无旧识,百里是天涯。

寂寞思逢客,荒凉喜见花。

访僧求贱药,将马市豪家。

乍得新蔬菜,朝盘忽觉奢。

【汇评】

《瀛奎律髓汇评》:纪昀:诗情全是武功一派。

其五

春来梨枣尽,啼哭小儿饥。

邻富鸡常去，庄贫客渐稀。

借牛耕地晚，卖树纳钱迟。

墙下当官路，依山补竹篱。

华清宫感旧

尘到朝元边使急，千官夜发六龙回。

辇前月照罗衫泪，马上风吹蜡烛灰。

公主妆楼金锁涩，贵妃汤殿玉莲开。

有时云外闻天乐，知是先皇沐浴来。

【汇评】

《唐诗鼓吹评注》：结句"来"字与"回"字呼应，刺其死犹不悟，极有笔力。

《贯华堂选批唐才子诗》：起句只是"边使急"之三字，二、三、四三句只是"千官夜发六龙回"之七字耳。必又故加"尘到朝元"，写边使之急至于如此，必又故加"月照衮衣"、"风吹蜡烛"，写夜发之窘至于如此者，此非闲笔闲描，正复备列其状，以为后世炯鉴也。

《山满楼笺注唐诗七言律》："月照罗衣泪，风吹蜡炬灰"写一时仓皇窘促之况如见。

从军后寄山中友人

爱仙无药住溪贫，脱却山衣事汉臣。

夜半听鸡梳白发，天明走马入红尘。

村童近去嫌腥食，野鹤高飞避俗人。

劳动先生远相示，别来弓箭不离身。

《贯华堂选批唐才子诗》：一、二看他从军人，却写出如此十四字告诉知己，呜呼哀哉！因他一、二先写出如此十四字，便令人诵其三、四，不觉字字流出泪来，所谓我哭之尚恐不及，其又孰敢笑之？既已至此，又复何言！然生平之心不敢没也，因反托童、鹤、自明本色。末又自笑自哭，言童亦离身，鹤亦离身，却反有弓箭不离于身，真乃羞杀平生也。

《唐体肤诠》：但结从军，忆山意已隐然言外。

《山满楼笺注唐诗七言律》：三、四自写汉臣近况，上句最伤心是一"听"字，有唯恐失时意，知其前半夜亦未尝安寝也；下句最伤心是一"走"字，有不遑缓辔意，知其总一日总未少憩也。……七折一笔稍致感谢，八再补一笔，见童去矣，鹤飞矣。而所不离身者，独有弓箭耳。嗟嗟，人生至此亦穷矣。

故梁国公主池亭

平阳池馆枕秦川，门锁南山一朵烟。
素柰花开西子面，绿榆枝散沈郎钱。
装檐玳瑁随风落，傍岸鸂鶒逐暖眠。
寂寞空馀歌舞地，玉箫声绝凤归天。

【汇评】

《贯华堂选批唐才子诗》：写故主池亭，不十分作荒凉败意之语，只轻轻下"门锁"二字，便已无意不尽。"枕秦川"，妙！言欲看池馆，一路行来也。"南山一朵烟"，妙！言不意前看门锁，因而转身回看，反见南山也。"柰花"、"榆荚"微缀西子、沈郎，妙！言门前凄凉花木，色色皆为公主旧物也。一解四句中，全写池馆门前一人彷徨叹息（首四句下）。　　　"玳瑁"，水中介虫，故得与"鸂鶒"为对。此五、六,正写七之"寂寞"二字也。"空馀歌舞地",言只有一片地在,其馀箫已无,风亦无,一切都无也(后四句下)。

自 伤

衰门海内几多人,满眼公卿总不亲。
四授官资元七品,再经婚娶尚单身。
图书亦为频移尽,兄弟还因数散贫。
独自在家长似客,黄昏哭向野田春。

【汇评】

《唐诗快》:其言孤苦乃尔,诗能穷人,果不谬耶!

李处士故居

露浓烟重草萋萋,树映阑干柳拂堤。
一院落花无客醉,半窗残月有莺啼。
芳筵想像情难尽,故榭荒凉路欲迷。
风景宛然人自改,却经门外马频嘶。

【汇评】

《贯华堂选批唐才子诗》:一、二,露自浓,烟自重,草自萋萋,树自映栏杆,柳自拂堤,会有何字带得悲凉之状?却无奈作者眉毛咳唾之间,早有存亡之感,于是读者读未终口,亦便于眉毛咳唾之间,先领尽其眉毛咳唾之感也。三、四,逐字皆人手边笔底寻常惯用之字,而合来便成先生妙诗。若知果然学做不得,便须千遍烂熟读之也。

《山满楼笺注唐诗七言律》:此诗前半先写故居,后半乃是悼征君也。勿谓起手十四字何曾有悲凉之状,予读之,早已觉其悲凉满目矣。

《唐诗笺注》：诗思恻恻动人。

《昭昧詹言》：起句写本居之景。三、四兴在象外，凄然耐想。五、六平滞。收佳，又绕回说凄怆。

寄贾岛

尽日吟诗坐忍饥，万人中觅似君稀。
僮眠冷榻朝犹卧，驴放秋田夜不归。
傍暖旋收红落叶，觉寒犹着旧生衣。
曲江池畔时时到，为爱鹡鸰雨后飞。

【汇评】

《唐体馀编》：映起结句（"尽日吟诗"四字下）。　映起四句（首句下）。起句立案，以下不用关锁，真为奇横。

田　家

啾啾雀满树，霭霭东坡雨。
田家夜无食，水中摘禾黍。

新嫁娘词三首（其三）

三日入厨下，洗手作羹汤。
未谙姑食性，先遣小姑尝。

【汇评】

《后村诗话》：王建《新嫁娘》："未谙姑食性，先遣小姑尝。"张文潜《寄衣曲》："别来不见身长短，试比小郎衣更长。"二诗当以建为胜。

《唐诗绝句类选》：前辈教人作绝句，令诵"三日入厨下"、"打起黄莺儿"、"画松一似真松树"，皆自肺腑中流出，无牵强斧凿痕。

《唐诗摘钞》：极细事，道出便妙，只是一真。

《增订唐诗摘钞》：词朴语庄，不作丽语。得酒食是议意。

《唐诗别裁》：诗至真处，一字不可移易。

《说诗晬语》：五言绝句，右丞之自然，太白之高妙，苏州之古淡，并入化机。……他如崔颢《长干曲》、金昌绪《春怨》、王建《新嫁娘》、张祜《宫词》等篇，虽非专家，亦称绝调。

《唐诗笺注》：新妇与姑未习，小姑易亲，转圜机绪慧甚。入情入理，语亦天然。

《读雪山房唐诗钞序例》：王建之《新嫁娘》，即其乐府。

《唐人绝句精华》：佳处在朴素而又生动，有民间歌谣之趣。

江南三台词四首（选二首）

其一
扬州桥边少妇，长安城里商人。
二年不得消息，各自拜鬼求神。

其二
青草湖边草色，飞猿岭上猿声。
万里湘江客到，有风有雨人行。

宫前早春

酒幔高楼一百家，宫前杨柳寺前花。

内园分得温汤水，二月中旬已进瓜。

【汇评】

《诗境浅说续编》：诗咏华清宫之盛，皆从宫外侧面写出，升平熙皞之象自可想见。

江陵道中

菱叶参差萍叶重，新蒲半折夜来风。

江村水落平地出，溪畔渔船青草中。

【汇评】

《唐人绝句精华》：此两首（按指本诗及《雨过山村》）皆诗人就道路即目所见人物风俗，各以二十八字记之，遂觉千载犹新。

宫人斜

未央墙西青草路，宫人斜里红妆墓。

一边载出一边来，更衣不减寻常数。

【汇评】

《唐人绝句精华》：此诗三、四句讥讽之意甚明。

夜看扬州市

夜市千灯照碧云，高楼红袖客纷纷。

如今不似时平日，犹自笙歌彻晓闻。

【汇评】

《唐人绝句精华》：扬州为南北交通枢纽，商货云集，因之歌楼舞榭亦极多，唐代诗人每艳称之。天宝之乱，尤赖东南财富，支援西北。故中晚以后诗人如张祜有"人生只合扬州死，禅智山光好墓田"，徐凝有"天下三分明月夜，二分明月在扬州"之句。又如杜牧之"二十四桥明月夜，玉人何处教吹箫"、"春风十里扬州路，卷上珠帘总不如"、"十年一觉扬州梦，赢得青楼薄幸名"，尤传诵人口之作。王建此诗说扬州市不似时平日，犹笙歌彻晓，可见其繁盛景象。

雨过山村

雨里鸡鸣一两家，竹溪村路板桥斜。
妇姑相唤浴蚕去，闲看中庭栀子花。

寄蜀中薛涛校书

万里桥边女校书，枇杷花里闭门居。
扫眉才子知多少，管领春风总不如。

江陵使至汝州

回看巴路在云间，寒食离家麦熟还。
日暮数峰青似染，商人说是汝州山。

【汇评】

《唐人万首绝句选评》：布置匀净，情味悠然，此是七绝妙境。人多以平易置之，独阮亭解赏此种，真高见也。

《诗境浅说续编》：诗言行役江陵，迨东返已阅三月之久。遥见暮山横黛，商人指点，知已到汝州。游子远归，未见家园，先见天际乡山一抹，若迎客有情，宜欣然入咏也。

十五夜望月寄杜郎中

中庭地白树栖鸦，冷露无声湿桂花。

今夜月明人尽望，不知秋思在谁家？

【汇评】

《唐诗直解》：难描难画。

《唐诗训解》：落句有怀。

《唐诗选脉会通评林》：周敬曰：妙景中含，解者几人？

《唐诗摘钞》：《秋思》，琴曲名。蔡氏《青溪五弄》之一，非自注（按题下自注：时会琴客），则末句不知其所谓矣。　　通首平仄相叶，无一字参差，实为七言绝之正调。凡音律谐，便使人诵之有一唱三叹之意。

《唐诗别裁》：不说明己之感秋，故妙。

《唐诗从绳》：琴客在此地作《秋思》曲，月下听琴者，不知在谁家也。

《网师园唐诗笺》：性情在笔墨之外（末二句下）。

《诗镜浅说续编》：自来对月咏怀者不知凡几，佳句亦多。作者知之，故着想高踞题颠，言今夜清光，千门共见，《月子歌》所谓"月子弯弯照九州，几家欢乐几家愁"，秋思之多，究在谁家庭院？诗意涵盖一切，且以"不知"二字作问语，笑致尤见空灵。前二句不言月，而地白疑霜，桂枝湿露，宛然月夜之景，亦经意之笔。

《唐人绝句精华》：三、四见同一中秋月夜，人之苦乐各别。末句以唱叹口气出之，感慨无限。

宫词一百首（选十首）

其三

龙烟日暖紫曈曈，宣政门当玉殿风。

五刻阁前卿相出，下帘声在半天中。

【汇评】

《唐才子传》：建初与枢密使王守澄有宗人之分，守澄以弟呼之。谈间故多知禁掖事，作《宫词》百篇。后因过燕饮，以相讥谑，守澄深衔之，忽曰："吾弟所作《宫词》，内庭深邃，何由知之？明当奉上。"建作诗以谢，末句云："不是姓同亲说向，九重争得外人知？"守澄恐累己，事遂寝。

其十七

罗衫叶叶绣重重，金凤银鹅各一丛。

每遍舞时分两向，太平万岁字当中。

【汇评】

《唐诗归》：钟云：事浅而慧。

《池北偶谈》：王建《宫词》"每遍舞时分两向，太平万岁字当中"，今外国犹传其制。郑麟趾《高丽史》：教坊女子奏《王母队歌舞》，一队五十五人，舞成四字，或"君王万岁"，或"天下太平"。此其遗意也。

《唐诗笺注》：上二句舞者之妆束，下二句舞时之结象。"太平万岁字当中"，大约令舞者变现结采，团成四字。曰"每遍"，凡以此为节也。

其二十二

射生宫女宿红妆，把得新弓各自张。

临上马时齐赐酒，男儿跪拜谢君王。

【汇评】

《唐诗归》：爽而媚。

《唐人万首绝句选评》：景事情词俱入妙。

其三十二

红蛮杆拨贴胸前，移坐当头近御筵。

用力独弹金殿响，凤凰飞下四条弦。

【汇评】

《唐人万首绝句选评》：此写幸宠意入妙，语调亦高。

其四十四

御厨不食索时新，每见花开即苦春。

白日卧多娇似病，隔帘教唤女医人。

其五十四

私缝黄帔舍钗梳，欲得金仙观里居。

近被君王知识字，收来案上检文书。

【汇评】

《诗筏》：伯敬云：王建《宫词》非宫怨也，唯"树头树底觅残红，……"，颇有怨意。余谓怨之深者必浑，无论宫词、宫怨，俱以深浑为妙。且宫词亦何妨带怨？如王建"私缝黄帔舒钗梳，……"，此非宫词中宫怨乎？然急读不知其悲，非咏讽数过，方从言外得之。此真深于怨者，不独"树头树底"一首也。

其六十九

宫人早起笑相呼，不识阶前扫地夫。

乞与金钱争借问，外头还似此间无。

【汇评】

《唐诗笺注》：一入宫中，内外隔绝，惊呼借问，情事宛然。

其八十三

教遍宫娥唱遍词，暗中头白没人知。

楼中日日歌声好，不问从初学阿谁。

其九十

树头树底觅残红，一片西飞一片东。

自是桃花贪结子，错教人恨五更风。

【汇评】

《陈辅之诗话》：王建《宫词》，荆公独爱其"树头树底觅残红，……"，谓其意味深婉而悠长也。

《注解选唐诗》：说到落花，气象便萧索。独有此诗"自是桃花贪结子，错教人恨五更风"，从落花说归"结子"，便有生意。此四句诗解者不一，多是就宫嫔颜色上说，可以意会。前二句喻其华落色衰也。

《唐诗归》：钟云：翻得奇，又是至理（"自是桃花"句下）。又云：王建宫词，非宫怨也，此首微有怨意，然亦深。

《唐诗选脉会通评林》：周敬曰：比而兴也。用情用调，不拘拘掩袭宫词旧套子。　　意新奇，词清脆，前无古人。

《唐诗摘钞》：语兼比兴，宫人必有先幸而后弃者，故用此体影其事。

《唐诗选胜直解》：极伤心事，却说得不败兴，妙甚妙甚！

《唐诗笺要》：玲珑引跃,如银汉星桥,莫能迹象。须知诗意不粘着花说,宋人谓说到结子便不萧索,究浅浅论诗。

《唐人万首绝句选评》：仲初此百首,为宫词之祖,然宫词非比宫怨,皆就事直书,无庸比兴,故寄托不深,终嫌味短。就中只"树头树底觅残红"一首,饶有深致。

《读雪山房唐诗钞凡例》：《宫词》始于王仲初,后人仿为之者,总无能掩出其上也。"树头树底觅残红",于百篇中宕开一首,尤非浅人所解。

其九十九

后宫宫女无多少,尽向园中笑一团。

舞蝶落花相觅着,春风共语亦应难。

【总评】

《六一诗话》：王建《宫词》一百首,多言唐宫禁事,皆史传小说所不载者,往往见于其诗。

《诗人玉屑》引《唐王建宫词旧跋》：《宫词》凡百首,天下传播。仿此体者虽有数家,而建为之祖。

《唐诗镜》：王建《宫词》俱以情事见奇。

《石洲诗话》：欧阳《诗话》云：王建《宫词》言禁中事,皆史传小说所不载。《唐诗纪事》乃谓王建为渭南尉,赠内官王枢密云云以解之。然其诗实多秘记,非当家告语所能悉也。其词之妙,则自在委曲深挚处有顿挫,如仅以就事直写观之,浅矣。

刘　商

　　刘商,生卒年不详,字子夏,彭城(今江苏徐州)人。登进士第。大历元年,官合肥令。后历汴州观察判官、检校虞部郎中。辞官返扬州。晚岁好神仙,隐于义兴张公洞,约贞元末、元和初卒。商性好山水,妙极丹青,初师吴郡张璪,后自成一家。工诗,尤擅乐府,早年所著《胡笳十八拍》,传诵甚广。有《刘商诗集》十卷,已佚。《全唐诗》编诗二卷。

【汇评】

　　著歌行等篇,皆思入窅冥,势含飞动,滋液琼瓖之朗润,濬发绮绣之浓华。触境成文,随文变象,是谓折繁音于孤韵,贯清济于洪流者也。(武元衡《刘商郎中集序》)

　　乐府歌诗,高雅殊绝。拟蔡琰《胡笳曲》,脍炙当时。(《唐才子传》卷四)

　　七言源出李巨山,虽泛散音多,而宫商中铎,固当出短李一头。《胡笳拍》意往托古,词来切今,幽魄之音,端然易好。(《三唐诗品》)

秋夜听严绅巴童唱竹枝歌

巴人远从荆山客，回首荆山楚云隔。
思归夜唱竹枝歌，庭槐叶落秋风多。
曲中历历叙乡土，乡思绵绵楚词古。
身骑吴牛不畏虎，手提簔笠欺风雨。
猿啼日暮江岸边，绿芜连山水连天。
来时十三今十五，一成新衣已再补。
鸿雁南飞报邻伍，在家欢乐辞家苦。
天晴露白钟漏迟，泪痕满面看竹枝。
曲终寒竹风袅袅，西方落日东方晓。

【汇评】

《大历诗略》：弦急柱促，张王乐府无此气调。结法亦淡简
有力。

胡笳十八拍（选八首）

第一拍

汉室将衰兮四夷不宾，动干戈兮征战频。
哀哀父母生育我，见离乱兮当此辰。
纱窗对镜未经事，将谓珠帘能蔽身。
一朝胡骑入中国，苍黄处处逢胡人。
忽将薄命委锋镝，可惜红颜随房尘。

第二拍

马上将余向绝域，厌生求死死不得。

戎羯腥膻岂是人，豺狼喜怒难姑息。
行尽天山足霜霰，风土萧条近胡国。
万里重阴鸟不飞，寒沙莽莽无南北。

第三拍
如羁囚兮在缧绁，忧虑万端无处说。
使余刀兮剪余发，食余肉兮饮余血。
诚知杀身愿如此，以余为妻不如死。
早被蛾眉累此身，空悲弱质柔如水。

第七拍
男儿妇人带弓箭，塞马蕃羊卧霜霰。
寸步东西岂自由，偷生乞死非情愿。
龟兹觱篥愁中听，碎叶琵琶夜深怨。
竟夕无云月上天，故乡应得重相见。

第十拍
恨凌辱兮恶腥膻，憎胡地兮怨胡天。
生得胡儿欲弃捐，及生母子情宛然。
貌殊语异憎还爱，心中不觉常相牵。
朝朝暮暮在眼前，腹生手养宁不怜。

第十二拍
破瓶落井空永沉，故乡望断无归心。
宁知远使问姓名，汉语泠泠传好音。
梦魂几度到乡国，觉后翻成哀怨深。
如今果是梦中事，喜过悲来情不任。

第十六拍

去时只觉天苍苍,归日始知胡地长。

重阴白日落何处,秋雁所向应南方。

平沙四顾自迷惑,远近悠悠随雁行。

征途未尽马蹄尽,不见行人边草黄。

第十八拍

归来故乡见亲族,田园半芜春草绿。

明烛重燃煨烬灰,寒泉更洗沉泥玉。

载持巾栉礼仪好,一弄丝桐生死足。

出入关山十二年,哀情尽在胡笳曲。

【汇评】

　　武元衡《刘商郎中集序》:早岁著《胡笳十八拍》,出入沙塞之勤,崎岖惊畏之患,亦云至矣。

　　《太平广记》引《续仙传》:(商)少好学强记,精思攻文。有《胡笳十八拍》盛行于世,儿童妇女,咸悉诵之。

　　《郡斋读书志》:《胡笳十八拍》一卷,右唐刘商撰。汉蔡邕女琰为胡骑所掠,因胡人吹芦叶以为歌,遂翻为琴曲,其辞古淡。商因拟之,叙琰事,盛行一时。

春日卧病

楚客经年病,孤舟人事稀。

晚晴江柳变,春暮塞鸿归。

今日方知命,前身自觉非。

不能忧岁计,无限故山薇。

《对床夜语》：若刘商"晓晴江柳变,春梦塞鸿归。今日方知命,前年自觉非",则下句几为上句压倒。

《瀛奎律髓》："知命"、"觉非"四字细润,尾句脱洒。

《瀛奎律髓汇评》：冯班：腹联只是五十讲谈耳,颔联好。

纪昀：气韵亦极修洁。　　无名氏(乙)：浩浩自适,有谁羁得?

行营即事

万姓厌干戈,三边尚未和。

将军夸宝剑,功在杀人多。

《唐人绝句精华》：末句讽意甚切而用字不多,所谓一针见血也。

送元使君自楚移越

露冕行春向若耶,野人怀惠欲移家。

东风二月淮阴郡,唯见棠梨一树花。

《批点唐音》：音律、格调何忝中唐正音?

《增订唐诗摘抄》：仕宦诗无仕宦气,只觉风趣可掬,与李颀《寄韩鹏》作,俱可为法。然今人与仕宦酬唱,恐非寥寥一绝能塞其意耳。

《碛砂唐诗》：谦曰：直令怀惠野人欲移家,以为之氓。因春风和煦,惟见棠梨荣茂也。绝不道破赞美,而赞美极至矣。

《三体唐诗评》："移"字出得变化,第四仍暗藏"行春",咏应致密。

送王永二首（其一）

君去春山谁共游，鸟啼花落水空流。

如今送别临溪水，他日相思来水头。

【汇评】

《唐诗选脉会通评林》：周明辅曰：别时山水，每过必思，何以堪此！　　吴山民曰：寄情"他日"，更深。　　周珽曰：以相送之处，想出别后情绪。

《碛砂唐诗》：敏曰：有不得随水相送之情，而措词曲曲如此，曲则所以厚也。修龄吴先生尝谓敏云：作诗如蚕作茧，须要做得厚。

《三体唐诗评》：上二句先透出相思，末句以相望足上相送意。"君问归期未有期"一篇，与此正意度相似。

醉　后

春草秋风老此身，一瓢长醉任家贫。

醒来还爱浮萍草，漂寄官河不属人。

【汇评】

《唐才子传》：商性好酒，苦家贫。尝对花临月，悠然独酌，亢音长谣，放适自遂。赋诗曰："春草秋风老此身，……"

《唐诗选脉会通评林》：何仲德（列）为奇隽体。　　周珽曰：前二句已得无拘无绊之乐。后二句更深一步，见此身终未能脱然世局。果能超越醉醒两境，方是达生。

刘 复

刘复,生卒年里贯均未详。大历中,登进士第。贞元中,为东台侍御。后官至水部员外郎。《全唐诗》存诗十六首。

【汇评】

刘水部诗肌理细腻,气味恬雅,殆无一字类唐人,真绝尘品也。
(《大历诗略》)

出东城

步出东城门,独行已彷徨。
伊洛泛清流,密林含朝阳。
芳景虽可瞩,忧怀在中肠。
人生几何时,苒苒随流光。
愿得心所亲,尊酒坐高堂。
一为浮沈隔,会合殊未央。
双戏水中凫,和鸣自翱翔。
我无此羽翼,安可以比方。

《大历诗略》：气韵在典午之世，唐五言及此者亦不多见。

长相思

长相思，在桂林，苍梧山远潇湘深。

秋堂零泪倚金瑟，朱颜摇落随光阴。

长宵嘹唳鸿命侣，河汉苍苍隔牛女。

宁知一水不可渡，况复万山修且阻。

彩丝织绮文双鸳，昔时赠君君可怜。

何言一去瓶落井，流尘歇灭金炉前。

【汇评】

《大历诗略》：古藻似晋乐府，可匹左司歌行。

冷朝阳

冷朝阳,生卒年不详,江宁(今江苏南京)人。大历四年(769)登进士第,东归省亲,李嘉祐、韩翃、钱起等作诗饯送,于邵为之序。曾客游相州,为薛嵩座客。兴元元年,官太子正字。贞元中,兼监察御史。《全唐诗》存诗十一首。

【汇评】

冷朝阳在大历才子中为最下。(《沧浪诗话》)

朝阳工诗,在大历诸才子,法度稍弱,字韵清越不减也。(《唐才子传》)

送红线

采菱歌怨木兰舟,送客魂销百尺楼。

还似洛妃乘雾去,碧天无际水空流。

【汇评】

《甘泽谣》:(红线本潞州节度使薛嵩青衣,后为薛嵩解难后,欲飘然远去。)嵩知不可驻,乃广为饯别,悉集宾客,夜宴中堂。嵩以歌送红线,请座客冷朝阳为词曰:"采菱歌怨木兰舟,送客魂销百尺楼。还似洛妃乘雾去,碧天无际水空流。"歌毕,嵩不胜悲。红线拜且泣,因伪醉离席,遂亡其所在。

《升庵诗话》:红线,薛嵩之青衣也。有剑术,夜飞入横海军解围。嵩留之不得,会幕下诗人送之,冷朝阳此诗为冠。

《唐诗选脉会通评林》:杨慎列为神品。　　周珽曰:语意天然,有响遏行云之态。

《大历诗略》:词调极佳,渔洋诸绝句所本。

柳　郴

柳郴，生卒年里贯均未详。一作柳郊，或以为即柳淡。大历中进士，与李端、卢纶辈相酬和。有《柳郊集》一卷，已佚。《全唐诗》存诗二首，残句一。

【汇评】

郴与李端、卢纶友善，有《贼平后送客还乡》诗云："他乡生白发，旧国有青山。"最有思致。尤长于短句，如《赠别》云："江浦程千里，……"又云："何处最悲辛，……"（《唐诗纪事》）

赠别二首（其二）

何处最悲辛？长亭临古津。
往来舟楫路，前后别离人。

朱　湾

> 朱湾，生卒年不详，自号沧州子。肃宗时，在苏、湖诸州，干谒崔论、韦之晋等。后隐居，逍遥云山，放情江湖，郡国交辟，不起。大历末，永平军节度使李勉辟为从事。曾假摄池州刺史，后归隐宣州。有《朱湾诗集》四卷，已佚。《全唐诗》存诗一卷。

【汇评】

　　从事率履正素，放情江湖，郡国交辟，潜跃不起，有唐高人也。诗体幽远，兴用洪深，因词写意，穷理尽性，于咏物尤工。如"受气何曾异，开花独自迟"。所谓哀而不伤，《国风》之深者也。（《中兴间气集》）

　　工诗，格体幽远，兴用弘深，写意因词，穷理尽性，万精咏物，必含比兴，多敏捷之奇。（《唐才子传》）

秋夜宴王郎中宅赋得露中菊

众芳春竞发，寒菊露偏滋。
受气何曾异，开花独自迟。

晚成犹待赏，欲采未过时。

忍弃东篱下，看随秋草衰。

【汇评】

《四溟诗话》：高仲武谓朱湾《菊》诗曰："受气何曾异，开花独自迟。"哀而不伤，深得风人之旨。末曰："忍弃东篱下，看随秋草衰。"不如"过时而不采，将随秋草萎"，温厚有气。

《唐音癸签》：一菊诗也，陈叔达云："但令逢采摘，宁辞独晚荣。"婉厚乃尔。朱湾云："受气何曾异，开花独自迟。"费较量矣。

《唐诗选脉会通评林》：周珽曰：秋花晚香，人器晚成，物情或异，事理惟一。读《观菊》一诗，见天之栽培原无私，人何可因有迟暮，便为过时而忍相弃遗之也！

《围炉诗话》：朱湾《露中菊》，自道也。

平陵寓居再逢寒食

几回江上泣途穷，每遇良辰叹转蓬。

火燧知从新节变，灰心还与故人同。

莫听黄鸟愁啼处，自有花开久客中。

贫病固应无挠事，但将怀抱醉春风。

寻隐者韦九山人于东溪草堂

寻得仙源访隐沦，渐来深处渐无尘。

初行竹里唯通马，直到花间始见人。

四面云山谁作主，数家烟火自为邻。

路傍樵客何须问，朝市如今不是秦。

【汇评】

《贯华堂选批唐才子诗》:看起句,用"寻得"字,便是早费推觅。乃二句犹有"渐来渐深"字,如三之"初行竹里",四之"直到花间",彼则诚有何所痛恶于世,而避之惟恐不力,一至是哉!是不可不用后解问之。五,如云普天皆王土;六,如云率土皆王臣也。四面谁主,而乃数家为邻耶?七、八因与极言古之君子,所以亦有绝人远去者,彼皆遭时不仁,然后万不得已而或出于此。今韦九则胡为而至是乎?胡为而至是乎?

《五朝诗善鸣集》:人称巨川诗体幽远,泂然。

《网师园唐诗笺》:"初行"二句,隐居光景如画。

《小清园诗谈》:七言之自然者,如……沧州子(朱湾)之"寻得仙源访隐沦,……"等作是也。

《唐诗近体》:上四字写"寻"字(起四句下)。　　　二句草堂("四面云山"句下)。　　　起用桃花源事,末句正与相应;今不是"秦",山人可以出而仕矣。

丘 丹

丘丹,生卒年不详,苏州嘉兴(今浙江嘉兴)人。丘为弟。大历中,任诸暨县令,与僧神邕、诗人皇甫曾、严维、吕渭等赋诗往复,为邑中故事。后官检校户部员外郎,兼侍御史。入朝,为祠部、仓部员外郎。贞元中,返苏州,与刺史韦应物、韦夏卿唱和。《全唐诗》存诗十一首。

和韦使君听江笛送陈侍御

离樽闻夜笛,寥亮入寒城。
月落车马散,凄恻主人情。

鲍　防

鲍防(722—790),字子慎,洛阳(今属河南)人。幼孤贫,笃志好学。天宝十二载(753)登进士第,授太子正字。肃宗时,为薛兼训从事。大历初,兼训观察浙东,又以侍御史、尚书郎佐幕。入朝为职方员外郎。十二年,自太原少尹、河东节度行军司马擢北都留守、河东节度使。历京畿、福建、江西观察使。朱泚之乱,从驾至奉天,擢礼部侍郎。后以工部尚书致仕,卒。防有诗名,大历中在越与谢良辅、丘丹、严维等唱和,与良辅并称"鲍谢"。有《鲍防集》五卷,又《杂感诗》一卷,均佚。《全唐诗》存诗八首,杂有鲍溶诗。

【汇评】

防于诗尤工,有所感发,以讥切世弊,当时称之。与中书舍人谢良弼友善,时号"鲍谢"云。(《新唐书》本传)

防工于诗,兴思优足,风调严整,凡有感发,以讥切世弊,正国音之宗派也。与谢良弼为诗友,时亦称"鲍谢"云。(《唐才子传》)

皇甫冉、鲍防、二张诗,在唐中叶,所谓铁中铮铮者。(《吴礼部诗话》)

杂　感

汉家海内承平久,万国戎王皆稽首。

天马常衔苜蓿花,胡人岁献葡萄酒。

五月荔枝初破颜,朝离象郡夕函关。

雁飞不到桂阳岭,马走先从林邑山。

甘泉御果垂仙阁,日暮无人香自落。

远物皆重近皆轻,鸡虽有德不如鹤。

【汇评】

　　《韵语阳秋》:鲍防《杂感》诗云:"五月荔枝初破颜,朝离象郡夕函关。雁飞不到桂阳岭,马走皆从林邑山。"则当时征求之急,亦可见矣。

　　《四溟诗话》:鲍防《杂感》诗曰:"五月荔枝初破颜,朝离象郡夕函关。"此作托讽不露。

杜　奕

　　杜奕，生卒年里贯均未详。大历前期，在越州与诗人鲍防、谢良辅、严维、吕渭、道士吴筠等联句唱和。《全唐诗》存诗一首。

忆长安

三月

忆长安，三月时，上苑遍是花枝。

青门几场送客，曲水竟日题诗。

骏马金鞭无数，良辰美景追随。

张志和

张志和(约744—约773),始名龟龄,诏改志和。字子同,号玄贞子。婺州金华(今浙江金华)人。约于乾元年间明经擢第。曾献策肃宗,受赏识,命待诏翰林,授左金吾卫录事参军,寻贬南浦尉。得量移,不之任,乃归隐,自称"烟波钓徒"。志和善诗、画,与颜真卿、陆羽友善。有《太易》十五卷,《玄贞子》十二卷,又二卷。宪宗诏求访,已不能致。《全唐诗》存诗九首。

渔 父

八月九月芦花飞,南溪老人垂钓归。
秋山入帘翠滴滴,野艇倚槛云依依。
却把渔竿寻小径,闲梳鹤发对斜晖。
翻嫌四皓曾多事,出为储皇定是非。

【汇评】

《唐诗归》:钟云:亦作七言律看,方妙。

《唐诗镜》:三、四清绽,结意不尽。

《唐诗评选》：钟伯敬评：作七言律看，方妙。自然是律诗，不必云作律看方妙。

《唐诗归折衷》：唐云：老杜拗体句法。

《贯华堂选批唐才子诗》：两岸先衬芦花，中分溪水一道，秋山远远送翠，老人闲闲看云。四句诗，便是一幅秋溪罢钓图（首四句下）。　　上解，渔父在船；此解，渔父上崖也。"把渔竿"，言所持甚狭；"寻小径"，言所安甚陋；"梳鹤发"，言所存甚短；"对斜晖"，言所与甚暂。既有如此五、六两句，便自然必笑四皓无疑耳（末四句下）。

《唐七律隽》：玄真自称烟波钓徒，此盖借渔父以自写照，而成绝妙好辞。语意惊拔，有目空千古之慨。与少陵暮归之作，同一格调，而尤觉超妙，以襟度洒落故也。然少陵是用世人，玄真是出世人。出世用世原有两种不同，出世者本无用世心，用世人作不得出世语。

《历代诗发》：清矫不群。

《唐诗笺要》：作者浮家泛宅，品格最高，宜其吐属潇洒乃尔。

《湘绮楼说诗》：全开宗派，却是晚唐名家之祖，不许苏、陆拟议。

陆 羽

陆羽(约733—约804),字鸿渐,一名疾,字季疵,自号竟陵子。复州竟陵(今湖北天门)人。竟陵龙盖寺僧智积,俗姓陆,得初生儿于堤上,收育之,遂以陆为姓。及长,耻从削发,师怒,使执苦役。亡去,匿为优人。天宝中,李齐物守竟陵,见而异之,亲授诗集。上元中,隐湖州苕溪,自称桑苎翁,又号东岗子。大历中,居湖州妙喜寺,与皎然为忘年交,预颜真卿《韵海镜源》修撰事。授太子文学,不就。移居上饶,复授太常寺太祝,仍不就。贞元三年,徙居洪州,旋入岭南李复幕。后不知所终。羽工诗,嗜茶,创煎茶法,著《茶经》三卷,今存。其他著述多种,大多亡佚。《全唐诗》存诗二首。

【汇评】

　　(羽)工古调歌诗,兴极闲雅。(《唐才子传》)

歌

不羡黄金罍,不羡白玉杯。

不羡朝入省,不羡暮入台。

惟羡西江水，曾向金陵城下来。

【汇评】

《因话录》：余幼年尚记识一复州老僧，是陆僧弟子，常讽其歌云："不羡黄金罍，不羡白玉杯。不羡朝入省，不羡暮入台。千羡万羡西江水，曾向竟陵城下来。"

李　约

李约，生卒年不详，字存博，陇西成纪（今甘肃秦安）人，居于洛阳（今属河南）。李勉之子。贞元末，以大理评事为润州李锜从事，见锜贪猾无状，与从事裴度、卢坦等相继引去。后入朝为谏官。元和四年，官起居舍人，迁兵部员外郎。约少好图书，耽奇嗜古，曾于润州得梁萧子云壁书飞白"萧"字，载以归洛，因名其室曰"萧斋"。《全唐诗》存诗十首。

【汇评】

李存博贵公子，亦豪亦恬，虽篇什无多，疏野可赏。（《唐音癸签》）

李存博（约）雅度简约，诗亦清旷。《从军行》云："路长唯算月，书远每题年。"更耐人寻味。（《石园诗话》）

观祈雨

桑条无叶土生烟，箫管迎龙水庙前。
朱门几处看歌舞，犹恐春阴咽管弦。

【汇评】

《唐诗绝句类选》：徐子扩曰：讥切世情。

《升庵诗话》：与聂夷中二丝五谷诗(即《咏田家》)并观,有《三百篇》遗意。

《唐人绝句精华》：三、四句讥富贵人家全不知民生疾苦。旱甚至桑叶都枯,土亦生烟,则禾黍之槁死可知,而朱门之人尚恐春阴,致管弦潮润,有妨行乐,此辈不知是何心肠,此诗人所以深痛而切讥之也。约本唐宗室之裔孙,能为此言,当时称其至行雅操,观此诗益信。

过华清宫

君王游乐万机轻,一曲霓裳四海兵。
玉辇升天人已尽,故宫犹有树长生。

【汇评】

《注解选唐诗》：君王所重者游乐,所轻者万机,此天下所以乱,"一曲霓裳四海兵"绝妙。

《唐诗绝句类选》：此类首二句与"凭君莫话封侯事,一将功成万骨枯",皆警策妙句,足以感动千古,唐诗中亦不多得。

《唐人绝句精华》：唐诗人每喜作诗讥讽明皇,约此诗犹措词微婉者。由此可知唐代文网犹疏,若宋明之世,必致得祸矣。

于　鹄

于鹄，生卒年里贯均未详。初，隐居汉阳山中。贞元中，为荆南节度使樊泽从事。后复归隐，约贞元末卒，张籍有诗哭之。有《于鹄诗》一卷，《全唐诗》编诗一卷。

【汇评】

（鹄）大历中尝应荐历诸府从事，出塞入塞，驰逐风沙。有诗甚工，长短间作，时出度外，纵横放逸，而不陷于疏远，且多警策云。（《唐才子传》）

鹄隐汉阳，多高人之意，故其诗能有景象。《山中访道》诸大篇，遂与松桧同幽，云霞混迹，不疑世外人作也。（《唐诗品》）

读于鹄诗，惟恨其少。（《载酒园诗话又编》）

于鹄亡其字，出处亦不其可考。传者但知为大历、贞元间诗人而已。五古气格沉雄，绝近岑嘉州。七言律亦轩爽。独五言近体，则绝似原本水部，而窥其律格之秘者。但水部贞元十五年进士，至元和中，其名始重。若在大历、贞元间，乃为水部前辈。既不可考，姑就其诗次在王仲初下，为入室第二人。（《中晚唐诗主客图》）

江南曲

偶向江边采白蘋，还随女伴赛江神。

众中不敢分明语，暗掷金钱卜远人。

【汇评】

《唐诗纪事》：《江南曲》云："偶向江边采白蘋，……"韦庄取为《又玄集》。

《唐诗选脉会通评林》：周珽曰：摹古不为古所役。　又曰：诗人托意，微而婉。

《载酒园诗话又编》：摹写一段柔肠慧致，自是化工之笔。读此则前篇"秦女"（按指《题美人》）仅有貌耳，深情大不如。

《网师园唐诗笺》：体贴入微（末二句下）。

《唐诗笺注》：一片心情只自知。曰"偶向"，曰"还随"，分明是勉强从事，却就赛神，微露于金钱一卜，妙极形容。

《唐人绝句精华》：此亦乐府遗声也。

题邻居

僻巷邻家少，茅檐喜并居。

蒸梨常共灶，浇薤亦同渠。

传屐朝寻药，分灯夜读书。

虽然在城市，还得似樵渔。

【汇评】

《围炉诗话》：于鹄《题邻居》，体异陶而情则同。

《近体秋阳》：真绝矣，却不少趣逸。

《重订中晚唐主客图》：似全学水部《赠同溪客》诗（首句下）。

南谿书斋

茅屋往来久，山深不置门。

草生垂井口，花落拥篱根。

入院将鸲鸟，寻萝抱子猿。

曾逢异人说，风景似桃源。

【汇评】

《载酒园诗话又编》：刻划处无不形神俱似。

《网师园唐诗笺》：写尽幽斋之景。

《唐诗矩》：尾联见意格。"山深不置门"，明人迹不到。故草任垂井，花任拥篱，鸟性不惊，猿情亦熟，如此风景，何必远羡桃源！然若信口说，手笔便庸。今乃托言曾逢异人云云，真似此人曾在桃源处来，风景得之目击。此人道，似千真万真，更无一毫不似，使观者皆为之心怡神往，岂非极奇极巧之笔乎？

送张司直入单于

若过并州北，谁人不忆家。

塞深无伴侣，路尽有平沙。

碛冷唯逢雁，天春不见花。

莫随征将意，垂老事轻车。

【汇评】

《网师园唐诗笺》：突然而来（首二句下）。

《重订中晚唐诗主客图》：气味已是水部。

送宫人入道归山

十岁吹箫入汉宫，看修水殿种芙蓉。

自伤白发辞金屋，许着黄衣向玉峰。

解语老猿开晓户，学飞雏鹤落高松。

定知别后宫中伴，应听缑山半夜钟。

【汇评】

《唐诗鼓吹注解》：此言宫人十载吹笙于汉宫，久居禁近，常看修水殿而乘凉，种芙蓉于太液已。今者自伤白发，无复金屋之贮，但戴黄冠往事玉峰之师。

《唐诗选脉会通评林》：周珽曰：《送宫人入道》，唐人多有此作。荆公止选项斯一首，以未脱唐体。予澹斋翁取此，谓蕴藉、风致殊胜，若比"舍宠求仙畏色衰"又更远矣。　田艺衡云："金屋"、"雪峰"不切，何不对"玉峰"（按"玉"一作"雪"），又本色语？"学"、"鹤"、"落"，又病；"晓"对"高"犯。

《贯华堂选批唐才子诗》：十五入宫，只加"吹箫"二字，便早具仙意。"看修水殿"，是纪其入宫之年。如问绛县甲子，却云叔仲惠会却成，叔孙庄败长狄，即用此法。然亦殊画娇憨之甚也。"自伤"，一气贯下十二字成一句，言颇闻有人蒙被主上恩私，御前无求不许，独我入宫至今，曾未尝有是事，只有昨日一辞一许，算是一生至恩特荣，故伤之也。若解作"伤白发"，此岂复成语？五、六写世外另一天地，若不出得宫来，几乎全然不知。七、八又反写未出宫者，以极形其自在解脱，盖言相慕，非言相思也。

《唐诗贯珠笺释》：五言山寂寞，六以其初入道比为"雏鹤"也。

《增订唐诗摘钞》：五、六言其与"猿"、"鹤"为群，正与下"宫中伴"字反映。

《山满楼笺注唐诗七言律》：题是《送宫人入道》，看他一落笔，直追至初入宫时，说起吹箫也。

巴女谣

巴女骑牛唱竹枝，藕丝菱叶傍江时。
不愁日暮还家错，记得芭蕉出槿篱。

【汇评】

《随园诗话》：宋人《渔父词》云"归来月下渔舟暗，认得山妻结网灯"，又云"不愁日暮还家错，认得芭蕉出槿篱"，二语相似，余寓西湖放生庵，夜深断桥独步，常恐迷路，望僧庵灯影而归，方觉二诗之妙。

公子行

少年初拜大长秋，半醉垂鞭见列侯。
马上抱鸡三市斗，袖中携剑五陵游。
玉箫金管迎归院，锦袖红妆拥上楼。
更向院西新买宅，月波春水入门流。

【汇评】

《唐诗选脉会通评林》：周敬曰：颇有古意，起结甚佳。中联豪放骄侈，状得出。　　陈继儒曰：形容公子行景，横来竖去，语语真际。　　周珽曰：前四句言公子以早年膺宠，每藐视尊贵；凡游侠之地，快意之事，无所不至。后四句言其恣享富贵，而侈心并第上林，罗其胜景。词简而丽，意婉而彻，比刘希夷《公子行》篇虽长似不多让。

题美人

秦女窥人不解羞，攀花趁蝶出墙头。

胸前空带宜男草，嫁得萧郎爱远游。

【汇评】

《唐诗选脉会通评林》：周珽曰：胸带宜男草，期宠爱也；所嫁乃好远游夫婿，虚却一生情志矣，虽带何益！攀花趁蝶，女子不解愁姿态，至空带宜男，不言愁而愁自深也。此与李义山《为有》、《赠畏之》二诗音调相似而此作觉多蕴蓄，得风人不怒微旨。

《载酒园诗话又编》：首二句即王江宁"闺中少妇不知愁，春日凝妆上翠楼"意。但见柳色而悔，是少妇自悔，此却出于旁观者之矜惜。然语意含蓄，较之"自惭输厩吏，馀爝在香鞯"，可谓好色不淫也。

古词三首

其一

素丝带金地，窗间掬飞尘。

偷得凤凰钗，门前乞行人。

其二

新长青丝发，哑哑言语黠。

随人敲铜镜，街头救明月。

其三

东家新长儿，与妾同时生。

并长两心熟，到大相呼名。

《唐诗归》：钟云：与"两小无嫌猜"语异，而情想则同（"并长"句下）。

【总评】

《唐诗归》：钟云：三诗皆以极近情事发出古调，乃是真古。

《唐人绝句精华》：五言绝句前人多谓其出于古乐府，如《子夜》之类，而以张籍、王建为得其遗意。实则唐诗家多有之，如崔国辅、元结、杜甫皆然。于鹄此诗亦乐府体也。

秦越人洞中咏

扁鹊得仙处，传是西南峰。
年年山下人，长见骑白龙。
洞门黑无底，日夜唯雷风。
清斋将入时，戴星兼抱松。
石径阴且寒，地响知远钟。
似行山林外，闻叶履声重。
低碍更俯身，渐远昼夜同。
时时白蝙蝠，飞入茅衣中。
行久路转窄，静闻水淙淙。
但愿逢一人，自得朝天宫。

【汇评】

《唐诗归》：谭云：三字写出幽境（"但愿"句下）。　　钟云：洞壑诗不难于幽奇，而难于浑沦，须有一片理气行于其间。

《唐诗选脉会通评林》：周敬曰：实景实情，非身历不能尽状。此诗写洞中幽异入细，讽咏间自饶仙气矣。　　周珽曰：言此洞自秦越人得道后,常传有仙驭往来。我今适得斋人,所历惟深邃幽异,令人见闻爽然欲仙,若上朝天帝有不难者,特未缘遇一人,为我引接也。

郑 常

郑常（？—787），荥阳（今属河南）人。肃、代宗时，有诗名，高仲武《中兴间气集》选录其诗三首。贞元初，以殿中侍御史为申光蔡节度使吴少诚判官。时少诚已萌反意，日事完聚，不奉朝廷。三年五月，常与大将杨冀、申州刺史张伯之等谋逐少诚，事泄，被害。有《郑常诗》一卷。已佚。《全唐诗》存诗三首。

【汇评】

常诗婉靡，虽未弘远，已入文流。如"儒衣荷叶老，野饭药苗肥"，足见丘园之趣也。（《中兴间气集》）

寄邢逸人

美君无外事，日与世情违。
地僻人难到，溪深鸟自飞。
儒衣荷叶老，野饭药苗肥。
畴昔江湖意，而今忆共归。

窦　参

> 窦参（733—792），字时中，平陵（今陕西咸阳西北）人。少以门荫入仕，历官万年尉、大理司直、监察殿中御史、仓部员外郎、刑部郎中、御史中丞。正直强干，不避权贵，理狱以严称。贞元五年，拜中书侍郎、同平章事，领度支、盐铁。引用亲党，恃权贪利，好恶任情。八年，贬郴州别驾，再贬骧州司马，赐死于道。《全唐诗》存诗三首。

【汇评】

窦君诗，亦祖沈千运，比于孟云卿，尚在廊庑间。如"万丈水声落，四时松色寒"，又"人生年几齐，忧苦亦先老"，虽其羽翼未齐，而筋骨已具。（《中兴间气集》）

迁谪江表久未归

一自经放逐，裴回无所从。
便为寒山云，不得随飞龙。
名岂不欲保，归岂不欲早。
苟无三月资，难适千里道。

离心与羁思，终日常草草。
人生年几齐，忧苦即先老。
谁能假羽翼，使我畅怀抱。

韦 皋

韦皋(745—805)，京兆(今陕西西安)人。大历初，为华州参军，后屡辟使府。建中四年，为凤翔陇右营田判官，权知陇州行营留后事。朱泚反，皋拒伪命，诏以为陇州刺史，置奉义军节度以旌之。乱平，征为左金吾卫将军。寻迁大将军。贞元元年，出为剑南西川节度使，在蜀二十一年，和南诏，拒吐蕃，以功屡进检校司徒、中书令、太尉，同平章事，封南康郡王。卒于镇。《全唐诗》存诗三首。

天池晚棹

雨霁天池生意足，花间谁咏采莲曲。
舟浮十里芰荷香，歌发一声山水绿。
春暖鱼抛水面纶，晚晴鹭立波心玉。
扣舷归载月黄昏，直至更深不假烛。

朱 放

朱放(？—约788)，字长通，襄州(今湖北襄樊)人，郡望吴郡(今江苏苏州)。初，居于襄州汉滨，后移家越州，在山阴有别业，与刘长卿、皇甫冉、皇甫曾、顾况及诗僧灵一、皎然等为诗友。建中中，嗣曹王李皋镇江西，辟为节度参谋，未几罢归。贞元二年，诏举韬晦奇才，召为左拾遗，赴命上都，然终未莅职，卒于广陵之舟中。有《朱放诗》一卷。《全唐诗》编诗一卷。

【汇评】

朱君能以烟霞风景，补缀藻绣，符于自然。山深月清，中有猿啸，复如新安江水，文鱼彩石，历历可数。其杳琼儵飒，若有人衣薜荔隐女萝，立意皆新，可创离声乐友之什，情思最切。(顾况《右拾遗吴郡朱君集序》)

放工诗，风度清越，神情萧散，非寻常之比。(《唐才子传》)

铜雀妓

恨唱歌声咽，愁翻舞袖迟。

西陵日欲暮，是妾断肠时。

题竹林寺

岁月人间促，烟霞此地多。
殷勤竹林寺，能得几回过。

【汇评】

《唐诗广选》：钟情语，却淡然。

《唐诗解》：因游寺而起忧生之嗟，语极局促，几同花落诗谶。

《唐诗选脉会通评林》：蒋一葵曰：虽方外亦不可易到，乃见其
促。

乱后经淮阴岸

荒村古岸谁家在，野水浮云处处愁。
唯有河边衰柳树，蝉声相送到扬州。

【汇评】

《艇斋诗话》：唐人诗云："惟有河边衰柳树，蝉声相送到扬州。"东
坡诗云："夜半潮来风又熟，卧吹箫管到扬州。"参寥诗云："波底鲤鱼来
去否，尺书寄汝到扬州。"皆用"到扬州"三字，各有思致。

《唐诗选脉会通评林》：徐用吾曰：亦平妥不俗。　　周珽曰：
乱后人烟断绝，云水萧条，一路所见所闻，惟有衰柳哀蝉，经行者岂
无国破民亡之感！

送魏校书

长恨江南足别离，几回相送复相随。

杨花撩乱扑流水,愁杀人行知不知?

【汇评】

《优古堂诗话》:唐朱放《赠魏校书》诗云:"长恨江南足别离……愁杀行人知不知?"李益《隋堤》诗云:"碧水东流无限春,隋家宫苑已成尘。行时莫上长堤望,吹起扬花愁杀人。"李盖学朱也。然二诗皆佳。

武元衡

武元衡(758—815),字伯苍,河南缑氏(今河南洛阳东南)人。建中四年(783),登进士第。累辟使府。贞元中,历监察御史、华原令、比部员外郎。贞元末,迁御史中丞。永贞中,贬右庶子,复为御史中丞。元和二年正月,自户部侍郎拜门下侍郎、平章事。十月,授剑南西川节度使。八年,复征为相。十年六月,因力主对藩镇用兵,被藩镇遣刺客杀害。元衡工五言诗,当世流传,往往被于管弦。有《武元衡集》十卷,已佚。《全唐诗》存诗二卷。

【汇评】

瑰奇美丽主:武元衡。(《诗人主客图》)

元衡工五言诗,好事者传之,往往被于管弦。(《旧唐书》本传)

武元衡律诗胜古诗。(《岁寒堂诗话》)

元衡诗,虽时见雕镂,不动机构,要非高矿之所深忌。(《唐才子传》)

伯苍词锋艳发,如青萍出匣,所向辄利;意度鲜华,如芳兰独秀,采思绵绵。五言长调,当时竟称绝艺。其在元和诸子,自权相而下,丰美孤高,此当独步。(《唐诗品》)

权德舆、武元衡、马戴、刘沧五言,皆铁中铮铮者。(《艺苑卮言》)

武相宦达后工诗,虽致理未绵,时复露鲜华之度。(《唐音癸签》)

送唐次

都门去马嘶,灞水春流浅。
青槐驿路长,白日离尊晚。
望望烟景微,草色行人远。

长相思

长相思,陇云愁,单于台上望伊州。
雁书绝,蝉鬓秋。
行人天一畔,幕雨海西头。
殷勤大河水,东注不还流。

幕中诸公有观猎之作因继之

刀州城北剑山东,甲士屯云骑散风。
旌旆遍张林岭动,豺狼驱尽塞垣空。
衔芦远雁愁萦缴,绕树啼猿怯避弓。
为报府中诸从事,燕然未勒莫论功。

【汇评】

《唐体馀编》:不作铺张语,而为勉励之词,其得体(末二后下)。

《诗法易简录》:末二句拓开一层,倍见收揽有力。

酬严司空荆南见寄

金貂再领三公府，玉帐连封万户侯。
帘卷青山巫峡晓，烟开碧树渚宫秋。
刘琨坐啸风清塞，谢朓题诗月满楼。
白雪调高歌不得，美人南国翠蛾愁。

【汇评】

《韵语阳秋》：武元衡诗不多，集中有《酬严司空荆南见寄》诗两篇，一云"金貂再领三公府，玉帐连封万户侯"。一云"汉家征镇委条侯，虎节龙旌居上头"，皆续以"帘卷青山巫峡晓，烟开碧树渚宫秋"。第三联一云"刘琨坐啸风清塞，谢朓题诗月满楼"，一云"金笳尽掩故人泪，丽句初传明月楼"，皆续以"白雪调高歌不得，美人相顾翠蛾愁"。人讶其太同。余谓乃元衡删润之本，集中两存之尔。当以前篇为正，后篇诚未工也。

《诗薮》：刘长卿《献李相公》、《送耿拾遗》、《李录事》，韩翃《题仙庆观》、《送王光辅》，郎士元《赠钱起》，杨巨源《和侯大夫》，武元衡《荆帅》，皆中唐妙唱。

《唐诗选脉会通评林》：周敬曰：体裁并雅。　　　陈继儒曰：宏整有台阁风。

《唐诗鼓吹注解》：此美荆帅贵显而有才华也。

《贯华堂选批唐才子诗》：答寄诗，乃于出手先盛述其入相出将一段异样荣贵者，直为世间有等先辈，得志一旦，尽弃生平，甚至开眼不见巫峡，岂惟秋来不念云树，故特于司空寄诗，大书其官，以志感也。三、四"帘卷"、"云微"，顿挫又妙，"帘卷"还是每日晓色，"云微"方是此日秋心，其间并不平对也。五、六本意，只感其"裁诗月满"，而又先补其"坐啸风清"者，一以见军务倥偬，尚劳垂注，一以见悠优坐镇，不废啸歌也。下句"美人"谓司空，"翠娥"，武自谓也。

《唐诗贯珠》：起二句颂其官爵之尊。三、四言治内清宁气象与寄诗之时候。五、六言坐镇无事，雅供啸咏，扣至题面。结承之，赞其调高，借美人之叹歌以叹美之。

《唐诗摘钞》：一、二语势甚重，若即接五、六，意便有板滞之嫌，故三、四写景作一开一合。且三、四见地方，是唐人诗。结处美其诗，见酬和意，古人和答之体必如此，今人不讲矣。

《唐诗笺注》：首联叙严之爵位。次联说荆南。三联以刘琨、谢朓比之。"白雪"句指严诗，"美人"句谓徒深想象而已。

《山满楼笺注唐诗七言律》：一是入相，二是出将，酬和诗，先盛述其功名富贵、震耀一时者如此，非艳之也。

《唐七律隽》：气格超健，才法两尽，中唐高手。非如元白等以卑格、穷相、小家数、验俗气，如秋晴氏所云者。

崔敷叹春物将谢恨不同览时余方
为事牵束及往寻不遇题之留赠

九陌迟迟丽景斜，禁街西访隐沦赊。
门依高柳空飞絮，身逐闲云不在家。
轩冕强来趋世路，琴尊空负赏年华。
残阳寂寞东城去，惆怅春风落尽花。

【汇评】

《贯华堂选批唐才子诗》：访隐沦，写是日九陌丽景，既用"迟迟"字，又用"斜"字，真得访隐沦妙理也。盖迟迟者，春日渐长，不便得斜也。斜者，迟迟既久，不能更迟也。今又言"迟迟"，又言"斜"，则是本意出门欲访隐沦，而心闲步款，一路留赏，殆于到门，不觉傍晚也。因此"斜"字句,便早有崔君不复在家之理。三、四似更妙于右丞蓝本一层,不信则试可共读之。五补为事牵求,六补春物将尽,恨不同览。七、八补因题留赠也。

《唐体肤诠》:统括全题之意,其气浑然("身逐闲云"句下)。虽写残春,而怀人意已寓,其致悠然(末句下)。

秋灯对雨寄史近崔积

坐听宫城传晚漏,起看衰叶下寒枝。
空庭绿草结离念,细雨黄花赠所思。
蟋蟀已惊良节度,茱萸偏忆故人期。
相逢莫厌尊前醉,春去秋来自不知。

【汇评】

《贯华堂选批唐才子诗》:坐听者,坐而无所事事,因闲听也。起看者,起而无所事事,因闲看也。坐而闲听,不必欲听晚漏,而适听晚漏,因而遽惊今日则已夕也。起而闲看,不必欲看落叶,而适看落叶,因而更惊不惟今日已夕,乃至今年则已秋也。三、四承之,言我行空度,天适细雨,绿草黄花,萧然尽暮,此即后解更无别法惟有一醉之根因也。   故人茱萸之期,当在去年重九,意谓遥遥正隔,何期奄然忽至。嗟乎!嗟乎!人非金铁,遭此太迫,不入沉冥,奈何得避!通篇只是约二子共醉意,可知。

《唐体肤诠》:写景共五句,怀人只三句,妙在四能虚击,六为转关。

秋日台中寄怀简诸僚

宪府日多事,秋光照碧林。

干云岩翠合，布石地苔深。

忧悔耿遐抱，尘埃缁素襟。

物情牵局促，友道旷招寻。

颓节风霜变，流年芳景侵。

池荷足幽气，烟竹又繁阴。

簪组赤墀恋，池鱼沧海心。

涤烦滞幽赏，永度瑶华音。

【汇评】

《唐诗选脉会通评林》：周珽曰：次联承第二句言，"忧悔"四语承首句言，"池荷"联顶"颓节"二语，总咏台中秋景。末四句见怀简诸寮。布局设色，化俚为雅，排律如此，不愧名手。

春　兴

杨柳阴阴细雨晴，残花落尽见流莺。

春风一夜吹香梦，梦逐春风到洛城。

【汇评】

《唐诗笺注》：旅情黯黯，春梦栩栩，笔致入妙。

《诗境浅说续编》：诗言春尽花飞，风吹乡梦，虽寻常意境，情韵自佳。三、四句"乡梦"、"东风"，循环互用，句法颇新。

重送卢三十一起居

相如拥传有光辉，何事阑干泪湿衣。

旧府东山馀妓在，重将歌舞送君归。

【汇评】

《批点唐诗正声》：佳，送远如此，亦足自慰。

《唐诗直解》：起得新，结得妙。

《唐诗训解》：叙昔之荣，以壮行色。

题嘉陵驿

悠悠风旆绕山川，山驿空濛雨似烟。

路半嘉陵头已白，蜀门西上更青天。

【汇评】

《增定评注唐诗正声》：唐云：次句便惨。"头已白"三字苦，"更"字愈苦。

《唐诗直解》：即景亦悲，即事亦苦。

《唐诗训解》："已"、"更"虚字，更有血脉。

《唐诗选脉会通评林》：周敬曰：读此诗知王阳多弃归之叹也。用意不凡。蒋一葵曰：本李供奉《蜀道难》来。

《唐风定》：气雄，略近岑嘉州。此诗《品汇》遗之，仅入李选。

《唐人万首绝句选评》：上二句景象俨然，下二句悲苦无极，意工调高格峻，不厌百回读矣。

渡　淮

暮涛凝雪长淮水，细雨飞梅五月天。

行子不须愁夜泊，绿杨多处有人烟。

汴河闻笳

何处金笳月里悲，悠悠边客梦先知。

单于城下关山曲，今日中原总解吹。

【汇评】

　　《唐诗选脉会通评林》：周敬曰：调转闻角之中,思出闻角之外。　　　周珽曰：结句有伤中原沦濡之意。见得角乃胡乐,惟边客惯闻,梦里先能辨其声。无何其曲向奏于胡地者,今汴州总解吹之,以边疆失守,夷狄乱华故也。

　　《唐诗笺注》：唐时边患之久,戍边之多,俱在言外。

　　《唐人万首绝句选评》：只将闻笳之愁轻轻点过,下截命意更深更远。

李　观

李观(766—794),字元宾,陇西(今属甘肃)人。贞元八年(792),与韩愈、欧阳詹、王涯等同登进士第。又与裴度同举博学宏辞科,授太子校书郎。卒,孟郊以诗哭吊,韩愈为作墓志铭。观工文能诗。唐末陆希声辑其遗文,为《李观文集》三卷,北宋赵昂复辑遗文为《外编》,今存。《全唐诗》存诗四首。

【汇评】

高古奥逸主:孟云卿。……升堂六人:李观、贾驰、李宣古、曹邺、刘驾、孟迟。(《诗人主客图》)

宿裴友书斋

卧君山窗下,山鸟与我言。
清风何飐飐,松柏中夜繁。
久游失归趣,宿此似故园。
林烟横近郊,黪月落古原。
穉子不待晓,花间出柴门。

【汇评】

《唐诗归》：钟云：幽恬澹永。

《唐诗归折衷》：唐云：极恬适，非倦客不知（"久游"二句下）。

权德舆

权德舆(761—818)，字载之，秦州略阳（今甘肃秦安东北）人，居润州丹阳（今江苏丹阳）。建中中，为包佶转运从事。贞元初，以大理评事摄监察御史，佐江西李兼幕。七年，召为太常博士，改右补阙。迁起居舍人、驾部员外郎、司勋郎中，均知制诰。除中书舍人，十八年，兼知贡举。迁礼部侍郎，转户、兵、吏三部侍郎、太子宾客，复为兵部，迁太常卿。元和五年，拜礼部尚书、同平章事。八年，留守东都。复历太常卿、刑部尚书。十一年，出镇兴元。卒。德舆工诗善文，掌诰九年，三知贡举，位历卿相，故时人尊为宗匠。达官名人碑志集序，多出其手。有《权德舆集》五十卷，今存。又《制集》五十卷、《童蒙集》十卷，均佚。《全唐诗》编诗十卷。

【汇评】

德舆在唐不以诗名，然词亦雅畅。（《石林诗话》）

德舆，字载之，元和中为相。其文雅正赡缛，动止无外饰，其酝藉风流，自然可慕。（《唐诗纪事》）

权德舆之诗，却有绝似盛唐者。权德舆或有似韦苏州、刘长卿处。（《沧浪诗话》）

德舆能赋诗,工古调,乐府极多情致。积思经术,无不贯综,手不释卷。虽动止无外饰,其酝藉风流,自然可慕。(《唐才子传》)

权公幼有令度,神情超越,遂专词艺,为时所慕。贞元以后,近体既繁,古声渐杳,公乃独专其美,取隆高代。五言近体,亦先气格而后词藻,然气候既至,藻亦自丰,其在开元名手,亦堂奥之间者也。(《唐诗品》)

权德舆,贞元时人,五言古虽不甚工,然杂用律体者少,中有四、五篇,气格绝类盛唐。七言古语虽绮艳,而格亦不卑。律诗,五言声气实胜,而七言则未为工。(《诗源辩体》)

元和诗响,不振已极,唯权文公乃颇见初唐遗构,亦一奇也。(《诗辩坻》)

权文公以文章名世,而诗多丰缛修整,无可动人。惟《敷水驿》一绝:"空见水名敷,秦楼昔事无。临风驻征骑,聊复将髭须。"颇有风趣。《清明弋阳》云:"自叹清明在远方,桐花覆水葛溪长。家人定是持薪火,点作孤灯照洞房。"亦清婉有致。此种甚少也。权公《危语》诗:"被病独行逢乳虎,狂风骇浪失棹橹。举人看榜闻晓鼓,屠夫孽子遇妒母。"皆有矛头淅米之意,然无如"举人看榜"一语之妙,身历其境者当知之也。(《灵芬馆诗话》)

其源出于陆韩卿,而远祖嵇叔夜,风流典赡,累在才多,下笔不休,取评冗散。乃如"浩歌坐虚室,庭树生凉风",亦自工意发端,通体神远。律裁清稳,七言绮丽;离合建除,称名六府;梁陈小体,亦拟简文,而艳炼不如也。(《三唐诗品》)

古　兴

月中有桂树,无翼难上天。

海底有龙珠,下隔万丈渊。

人生大限虽百岁，就中三十称一世。
晦明乌兔相推迁，雪霜渐到双鬓边。
沉忧戚戚多浩叹，不得如意居太半。
一气暂聚常恐散，黄河清兮白石烂。

田家即事

闲卧藜床对落晖，翛然便觉世情非。
漠漠稻花资旅食，青青荷叶制儒衣。
山僧相访期中饭，渔父同游或夜归。
待学尚平婚嫁毕，渚烟溪月共忘机。

【汇评】

《唐诗鼓吹评注》：第二句是一篇之主。

《唐诗选脉会通评林》：徐用吾曰：颔联切实清可。颈联失之细小。结用缓语，有趣。　周珽曰：能悟世情之非，便当拂衣自去。若必待婚嫁事毕，鸡肋之味，恐终负彼烟月也。

《贯华堂选批唐才子选》：一、二"暂"字、"便"字，妙！言此理本在眼前，何故人都不省！三、四承写"非"字，言稻花漠漠，便拟救饥，荷叶青青，妄思制服，真画尽儒衣旅食人无量饥寒苦恼也。

待漏假寐梦归江东旧居

十年江浦卧郊园，闲夜分明结梦魂。
舍下烟萝通古寺，湖中云雨到前轩。
南宗长老知心法，东郭先生识化源。
觉后忽闻清漏晓，又随簪珮入君门。

《贯华堂选批唐才子诗》：前解写待漏院中，忽梦郊园，妙！
"十年"七字，是梦之宿根；"舍下"十四字，是梦之现量。……后解
忽然请两位原梦先生，妙！……末句请得原梦人后，竟随簪佩入
朝，妙绝！妙绝！此方是"我与点也"秘密心印，若更葛藤上文，便
成宋人笔墨。

《唐体肤诠》：急点梦，有眉目（"闲夜分明"句下）。　　倒出
待漏，与唐彦谦《春阴》诗同法（末二句下）。

送李处士归弋阳山居

暂来城市意何如，却忆菖阳溪上居。

不惮薄田输井税，自将嘉句著州闾。

波翻极浦樯竿出，霜落秋郊树影疏。

想到家山无俗侣，逢迎只是坐篮舆。

【汇评】

《贯华堂选批唐才子诗》："意何如"三字，记得高达夫问李王
二少府后，直至今日，又有此问也。言"菖阳溪上"，诚然可念，但
"暂来城市"，却是何如？而顾不能终朝，望望必去如此。三、四
便承处士胸前何如之意，言既辞升斗之禄，即不得不自耕自食，
既无特达之知，即不得不自吟自赏。所谓世既弃我，我亦弃世，
此是不肯暂来之原故也。看他特下"不惮"字，"自将"字，皆带愤
愤之色。　　此解写"送"也。"樯竿出"，写尽极浦波翻。"树影
疏"，写尽秋郊霜落。此二句，是言处士一路竟去，从自别处直至到
家也。乃到家之后，虽无俗侣，又有逢迎者，又表处士门生众盛，以
反映城市中人，不能尽其学也。

岭上逢久别者又别

十年曾一别，征路此相逢。
马首向何处，夕阳千万峰。

【汇评】

《评注精选五朝诗学津梁》：此诗从别时着想，末句言别后不可见也。

《葚原诗说》：以十字道一字（事）者，拙也，约之以五字则工矣；以五字道一事者，拙也，见数事于五字则工矣。如韦应物"浮云一别后，流水十年间"，权德舆则以"十年曾一别"五字尽之。……此所谓炼字、炼句尤不如炼意也。

古离别

人生天地间，暼若六辔驰。
天寿既常数，奈何生别离。
迹当中人域，正性日已衰。
是非千万境，杳霭情尘滋。
出门事何常，暂别亦难期。
冉冉叹流景，悠悠限山陂。
尽此一夕欢，华樽会前墀。
鸡鸣东方曙，凤驾临通逵。
欲出强移步，欲留难致辞。
两情不得已，念此留何为。
天明去已远，寂默居人归。
入门复上堂，恍恍生惊疑。

经覆同游处,犹言常相随。

览物或临盘,翻怪来何迟。

乃知前日欢,本为今日悲。

特此别后心,宁及未见时。

则知交疏分,久久翻易持。

报君未别后,别后当自知。

【汇评】

《唐诗镜》：深怨中多情语,故宜娓娓不已。　　古意。

严陵钓台下作

绝顶耸苍翠,清湍石磷磷。

先生晦其中,天子不得臣。

心灵栖浩气,缨冕犹缁尘。

不乐禁中卧,却归江上春。

潜驱东汉风,日使薄者醇。

焉用佐天子,特此报故人。

人知大贤心,不独私其身。

弛张有深致,耕钓陶天真。

奈何清风后,扰扰论屈伸。

交情同市道,利欲相纷纶。

我行访遗台,仰古怀逸民。

矰缴鸿鹄远,雪霜松桂新。

江流去不穷,山色凌秋旻。

人世自今古,清辉照无垠。

【汇评】

《唐诗归》：钟云：千古特识具眼,以厚力深骨出之。　　谭云：说出处士深心妙用，严陵知己。

《唐诗归折衷》：吴逸一云：探出高隐本领。

《唐诗别裁》：东汉节义，严陵潜驱之，不止高其隐逸而已。议论正大，独著此篇。

《网师园唐诗笺》：阐发幽潜，得未曾有，解此乃可尚论，乃可咏古（"潜驱"四句下）。

《养一斋诗话》：权文公《严子陵钓台》诗："潜驱东汉风，日使薄者醇。……人世自今古，清辉照无垠。"此诗议论风格俱到，当为钓台诗压卷，即范文正《严先生祠堂记》所本也。容斋谓：文正本作"先生之德，山高水长"，李泰伯改"德"字作"风"字，文正殆欲下拜。不知此字亦权文公诗句所及也。

月夜江行

扣船不得寐，浩露清衣襟。
弥伤孤舟夜，远结万里心。
幽兴惜瑶草，素怀寄鸣琴。
三奏月初上，寂寞寒江深。

【汇评】

《唐诗归》：钟云：情深而古。

《唐诗选脉会通评林》：唐汝询曰：语练而气雄，绝不落中唐。严沧浪论，信不诬。

《唐诗归折衷》：敬夫云：气调幽古，似张曲江。

晓

晓风摇五两，残月映石壁。

稍稍曙光开，片帆在空碧。

与沈十九拾遗同游栖霞寺上方于亮上人院会宿二首（其一）

摄山标胜绝，暇日谐想瞩。

萦纡松路深，缭绕云岩曲。

重楼回树杪，古像凿山腹。

人远水木清，地深兰桂馥。

层台耸金碧，绝顶摩净绿。

下界诚可悲，南朝纷在目。

焚香入古殿，待月出深竹。

稍觉天籁清，自伤人世促。

宗雷此相遇，偃放从所欲。

清论松枝低，闲吟茗花熟。

一生如土梗，万虑相枉梏。

永愿事潜师，穷年此栖宿。

【汇评】

《唐诗别裁》：诗品高洁，在语言外领取。

观葬者

涂刍随昼哭，数里至松门。

贵尽人间礼，宁知逝者魂。

笳箫出古陌，烟雨闭寒原。

万古皆如此，伤心反不言。

《唐风怀》：张（南邨）曰：题前下一"观"字，令人茫然。三、四语如冷水浇背，是大棒喝。

玉台体十二首（选四首）

其六

泪尽珊瑚枕，魂销玳瑁床。

罗衣不忍着，羞见绣鸳鸯。

其七

君去期花时，花时君不至。

檐前双燕飞，落妾相思泪。

其十一

昨夜裙带解，今朝蟢子飞。

铅华不可弃，莫是藁砧归。

【汇评】

《批点唐诗正声》：风思极佳，意外意。

《唐诗摘钞》：极似儿女家常卜兆之语，末句本即接前二句，但此诗二十字宜一气急道，方象惊喜自疑之意。插"铅华"句在中，自是口角。

《唐诗快》：如听小窗喁喁。

《诗境浅说续编》：此写闺中望远之思。观第三句，当其未占吉兆，当有"岂无膏沐，谁适为客"之感，忽喜罗裙夜解，蟢子朝飞，倘谚语之有征，必佳期可待，遂尔亲研螺黛，预贮兰膏，一时愁喜并上眉头，有盘龙玉镜留待郎归之望。作者曲体闺情，《金荃》之隽咏也。

《唐人绝句精华》：此写思妇念归人之情，前首（按指"泪尽珊瑚枕"）言人去后之思，后首（按指本诗）写望归之切。"裙带解"、"蟢子飞"，皆俗传有喜事之兆也。不弃铅华者，妆饰以待其归也。

其十二

万里行人至，深闺夜未眠。

双眉灯下扫，不待镜台前。

【汇评】

《删订唐诗解》：吴昌祺曰：入情语，却新隽。

【总评】

《诗薮》：（唐五言绝）开元以后，句格方超。如……权德舆《玉台体》、王建《新嫁娘》、王涯《赠远曲》、施肩吾《幼女词》，皆酷得六朝意象。高者可攀晋宋，平者不失齐梁。唐人五言绝佳者，大半此矣。

《诗辩坻》：胡元瑞举唐五言绝句凡十六首，云佳者大半在此。余观权德舆《玉台体》二首，语意佻浅。

舟行夜泊

萧萧落叶送残秋，寂寞寒波急暝流。

今夜不知何处泊，断猿晴月引孤舟。

【汇评】

《增定评注唐诗正声》：太白"两岸青山"、"轻舟已过"，此诗"断猿晴月"、"孤舟自引"同一意，但"过"字深浑，"引"字浅露。

《唐诗解》：沧浪谓载之诗有盛唐风骨，读之信然。此虽步骤岑嘉州，终是优孟以上人。

《唐诗选脉会通评林》：杨慎列为能品。　　吴山民曰："引"字应"不知"字说来。

羊士谔

羊士谔（约762—约820），字谏卿，洛阳（今属河南）人。贞元元年（785），登进士第，授常州义兴尉。九年，以右威卫兵曹参军佐浙东皇甫政幕。贞元末，充宣歙巡官。永贞元年至长安，因言王叔文之非，贬汀州临化尉。福建观察使阎济美奏为大理评事。元和初，擢为监察御史，迁侍御史内供奉。三年，坐与窦群、吕温倾陷李吉甫，贬资州刺史，未行，再贬巴州刺史。历资、洋、睦三州刺史，入为户部郎中，卒。有《羊士谔诗集》一卷。《全唐诗》编诗一卷。

【汇评】

广大教化主：白居易。……入室三人：张祜、羊士谔、元稹。（《诗人主客图》）

士谔工诗，妙造梁《选》，作皆典重。（《唐才子传》）

文章尚论其世，……羊士谔刺王、韦远贬，亦有气节。《十贤集》，士谔亦在其中。（《吴礼部诗话》）

士谔诗气格昂然，不落卑调，然例之能品，亦萧然微尔。予谓谔诗如素障子，虽无烂目之华，欲摘其瑕，亦无处下手。（《唐诗品》）

诗有美不胜收,品居中下者;亦有无一言可举,不得不称为胜流者,以风度论也。知此可以定羊资州诗矣。贞元后,集中有佳诗易,无恶诗难。羊士谔诗虽不甚佳,却求一字之恶不可得。(《载酒园诗话又编》)

登　楼

槐柳萧疏绕郡城,夜添山雨作江声。

秋风南陌无车马,独上高楼故国情。

【汇评】

《唐诗绝句类选》:"山雨作江声",有景色。

《唐诗直解》:写景语,有情致。

《唐诗训解》:抚景寥寂,兼无友好,乡思可知。

《唐诗解》:此亦在郡感秋,而起故园之思。

《诗法易简录》:此亦思归之作,三句写景,末句点到登楼,笔力自高。

《历代诗发》:第二造语新秀。

《唐人万首绝句选评》:见闻如此,摇落萧飒甚矣。此际登楼,那能无故国之思!

郡中即事三首（其二）

红衣落尽暗香残,叶上秋光白露寒。

越女含情已无限,莫教长袖倚阑干。

【汇评】

《增定评注唐诗正声》:歊歔不在长短,只在刺心。

《唐诗训解》:莲与越女有照映。起句已结全篇之局。

《唐诗解》：士谔以监察御史出刺资州，感时物之衰，故以托兴。

《唐诗选脉会通评林》：汪道昆曰：逸思佳语。　　敖英曰：三、四题外生意，可与李义山《咏槿花》同看。

《载酒园诗话又编》：此诗最流传人口，然仅是赏其标致耳。题是《郡中即事》，固是感秋而作。但"越女含情"，与太守何涉，而莫教倚栏也？此正喻孤臣于思妇之意，借以写留滞周南之感耳。唐时重内而轻外，羊以与吕温善而谪外，故发于语言者如此。然虽感慨，而含蓄不露，颇得风人之遗。

《围炉诗话》：唐人之命意，宋、明或有暗合者，至于措词，则如北出开原、铁岭，五官虽同，迥非辽左之语言矣。郡中即事，若宋、明人为之，必是直陈本意。羊士谔云："红衣落尽暗香残……"，余友贺黄公曰："是以思妇比孤臣，寓留滞周南之感耳。"

《唐诗摘钞》：言越女已含红颜易老之情，莫教倚栏更睹红衣零落，益增其感也。诗中多以花比人，此则以人比花，与李商隐咏《槿花》作同法。此诗寓意深至，有无限新故之感在其中。

《唐诗笺注》：摇落之悲，殊难寓目，况以含情越女，岂能相对堪此！"莫教"二字，凄惋入神。

《唐人万首绝句选评》：忽惊迟暮，后二语含情无限。

《诗境浅说续编》：渚莲香尽，露气初泠，此时越女伤秋，已觉乱愁无次，若更曳长袖而倚回栏，对此凄清池馆，将添得愁思几许？此诗善用曲笔，如竟言惆怅凭阑，便觉少昧矣。

泛舟入后溪（其二）

雨馀芳草净沙尘，水绿滩平一带春。
唯有啼鹃似留客，桃花深处更无人。

《诗境浅说续编》：凡山水佳处，每在幽深之境，屐齿所不到，山容水态，弥觉静趣招人。此诗先言过雨之景，后言行至桃花深处，寂无人迹，啼鸟忘机，似解声声留客，勿辜负溪山，朱湾诗所谓"渐来深处渐无人"也。同时刘商有《题黄陂夫人祠》云："东风三月黄陂水，只见桃花不见人"，与此诗第四句相似。但一纪清游，一怀灵迹，句同而意殊也。

《唐人绝句精华》：一种极幽静之境为诗人所得，写来如见。

西郊兰若

云天宜北户，塔庙似西方。
林下僧无事，江清日复长。
石泉盈掬冷，山实满枝香。
寂寞传心印，玄言亦已忘。

【汇评】

《瀛奎律髓》：五、六有夏间山居之景。眼前事，只他人自难道也。

《瀛奎律髓汇评》：纪昀：此尚非人不能道语。三、四自然，绰有远致。

林塘腊候

南国冰霜晚，年华已暗归。
闲招别馆客，远念故山薇。
野艇虚还触，笼禽倦更飞。
忘言亦何事，酣赏步清辉。

郡楼怀长安亲友

残暑三巴地，沉阴八月天。
气昏高阁雨，梦倦下帘眠。
愁鬓华簪小，归心社燕前。
相思杜陵野，沟水独潺湲。

【汇评】

《近体秋阳》：上句沉浑，下句幽折，折亦有别致，然竟不如浑之妙（“气昏”二句下）。　　凄浑灏洁，庶几盛朝之遗。

夜听琵琶三首（其三）

破拨声繁恨已长，低鬟敛黛更摧藏。
潺湲陇水听难尽，并觉风沙绕杏梁。

【汇评】

《唐诗选脉会通评林》：周珽曰：弹琵琶者，不胜柔情惨戚；听琵琶者，更多转意深沉；诵琵琶诗者，又不禁幽念凄楚。

《唐人绝句精华》：首句写弹，次句写弹琵琶之人，三、四句写听。陇水、风沙，皆所听之声也。

斋中咏怀

无心唯有白云知，闲卧高斋梦蝶时。
不觉东风过寒食，雨来萱草出巴篱。

【汇评】

《唐诗笺注》：闲趣淡景，写状得“无心”二字出。

郡中言怀寄西川萧员外

功名无力愧勤王，已近终南得草堂。
身外尽归天竺偈，腰间唯有会稽章。
何时腊酒逢山客，可惜梅枝亚石床。
岁晚我知仙客意，悬心应在白云乡。

【汇评】

《贯华堂选批唐才子诗》：吐口便说"功名无力"四字，此便是真心实意人，真心实意语也。盖"功名"虽是每人初心，然"无力"实是各人天分。如果力有不及，便应愧有不免，如何世上乃有靦然素餐之夫，又有矫语高尚之夫也。"已近终南得草堂"，妙！言身虽未去，去计已成。三、四即重宣此七字也。　　此五、六，妙于"何时逢山客"，中间硬入"腊酒"；又妙于"腊酒逢山客"，下句撇然竟对"梅枝亚石床"，真为潇洒不群之笔也。结言此非强来相拉，实已久信高怀，又硬加"岁晚"二字，使此意旁见侧出也。

杨巨源

杨巨源（755—832?），字景山，河中（今山西永济）人。贞元五年（789）登进士第，授校书郎。元和中，以监察御史为张弘靖河中幕从事。入朝，自秘书郎迁太常博士，再迁虞部员外郎。出为凤翔少尹，复召为国子司业。长庆四年，年七十致仕返乡，执政奏以为河中少尹，不绝其禄。后以国子祭酒致仕。巨源以诗闻于元和、长庆间，为韩愈、张籍、元稹、白居易等知重。与令狐楚、李逢吉尤善。有《杨巨源诗》一卷。《全唐诗》编诗一卷。

【汇评】

清奇雅正主：李益。……入室十人：刘畋、僧清塞、卢休、于鹄、杨洞美、张籍、杨巨源、杨敬之、僧无可、姚合。（《诗人主客图》）

刘公梦得、杨公巨源，亦各有胜会。（司空图《与王驾评诗书》）

巨源在元和中，诗韵不造新语，体律务实，用功颇深。且暮摇首，微咏不辍，年老成疾。（《郡斋读书志》）

杨巨源始与元、白学诗，而诗绝不类元、白。……巨源清新明严，有元、白所不能至者。（《吴礼部诗话》）

巨源才雄学富，用意声律，细挹得无穷之源，缓隽有愈永之味。

长篇刻琢,绝句清泠,盖得于此而失于彼者矣。(《唐才子传》)

此君中唐格调最高,神情少减耳。(《诗薮》)

唐大历后,五、七言律尚可接翅开元,惟排律大不竞。钱、刘已降,气味总薄。元、白中兴,铺叙转凡。所见中唐杨巨源、晚唐李商隐、李洞、陆龟蒙三家。杨则短韵不失前矱,三家则长什尤饶新藻。(《唐音癸签》)

此公七言,平远深细,是中唐第一高手,《纪事》称其不为新语,律体务实。所云新语者,十才子以降,枯枝败梗耳。虚实在神韵,不以兴比有无为别。如此空中构景,佳句独得,讵不贤于硬架而无情者乎?以此求之,知此公之奏雅于郑、卫之滨,曲高和寡矣。(《唐诗评选》)

余谓七律法至于子美而备,笔力至于子美而极。后此如杨巨源、刘梦得甚有工夫。(《贞一斋诗话》)

杨少尹情致缠绵。(《读雪山房唐诗序例》)

杨花落

北斗南回春物老,红英落尽绿尚早。
韶风澹荡无所依,偏惜垂杨作春好。
此时可怜杨柳花,荥盈艳曳满人家。
人家女儿出罗幕,静扫玉庭待花落。
宝环纤手捧更飞,翠羽轻裾承不着。
历历瑶琴舞金陈,菲红拂黛怜玉人。
东园桃李芳巳歇,独有杨花娇暮春。

【汇评】

《唐诗归》:钟云:花怜人,情便不同("菲红拂黛"句下)。

钟云:深情婉娈,而不露纤丽手脚。　　　谭云:有静思。

《网师园唐诗笺》：写时景切（首四句下）。　　写"落"字新词艳态（"静扫玉庭"句下）。

长城闻笛

　　孤城笛满林，断续共霜砧。
　　夜月降羌泪，秋风老将心。
　　静过寒垒遍，暗入故关深。
　　惆怅梅花落，山川不可寻。

【汇评】

　　《瀛奎律髓汇评》：纪昀：后六句有情致。唯起调"林"字趁韵。且长城不应有砧声，"砧"字亦不免趁韵。　　许印芳：按三、四沉雄，不但有情致。

　　《网师园唐诗笺》：紧切长城（"夜月"二句下）。

赠张将军

　　关西诸将揖容光，独立营门剑有霜。
　　知爱鲁连归海上，肯令王翦在频阳。
　　天晴红帜当山满，日暮清笳入塞长。
　　年少功高人最羡，汉家坛树月苍苍。

【汇评】

　　《唐诗品汇》：郝新斋曰：言汉将之坛已为陈迹，不若将军年少功高，抑彼扬此之意也。

　　《唐诗鼓吹注解》：此疑叹将军归隐，而赋此以赠之，盖表其前日之功也。

　　《贯华堂选批唐才子诗》：关西，固上将之薮也，今将军乃令关西诸将尽承下风,则其独擅登坛之望,久已人人目摄也。次句画之,言其昔日未还将印之先,躬督三军,手提一剑,信赏必罚,凛若秋霜,实有至今使人色变者。奈何一日家居,竟成频年闲住。在将军,固如鲁连之归去;在当时,得毋王翦之已弃乎!前解如"知爱"、"可令"等字,此犹婉讽也,后解竟切讥之。言目今红帜满山,是何等军兴?清笳入塞,是何等边报?而如此少年将军,竟终置之脑后,回思炎汉筑坛故事,真使人心目苍茫矣!

《唐七律选》:情致俨然。

《唐诗别裁》:神骨俱王。　　言当时急于用人,必不令如王翦之在频阳也。

《山满楼笺注唐诗七言律》:七一振,总应前半首;八一落,用感慨作收。真觉欷歔欲绝。

和侯大夫秋原山观征人回

两河战罢万方清,原上军回识旧营。
立马望云秋塞静,射雕临水晚天晴。
戍闲部伍分歧路,地远家乡寄旆旌。
圣代止戈资庙略,诸侯不复更长征。

【汇评】

《唐诗鼓吹注解》:此言两河战罢,万方无事,故原上之兵各认旧垒焉。……"寄旆旌"者,是以旆旌寄归也。

《贯华堂选批唐才子诗》:读其出手七字,便有喜不自胜之意。言比来只有两河之兵未息,今又战罢,则是而今而后,万方其永清矣。"识旧营",言观者犹记出师之日,此为前后左右,某某诸营,而今幡帜宛然,全师而还也。"立马"、"射雕",言马犹前日之马,射犹前日之射,而今已皆意思闲畅,无复前日之苍皇也。

《唐诗笺要》：起语清出不混，馀俱不苟为炳烺，犹见盛唐格韵。

送人过卫州

忆昔征南府内游，君家东阁最淹留。
纵横联句长侵晓，次第看花直到秋。
论旧举杯先下泪，伤离临水更登楼。
相思前路几回首，满眼青山过卫州。

【汇评】

《唐诗鼓吹评注》：末句举目伤情，妙在言有尽而意无穷。

《贯华堂选批唐才子诗》：此诗又奇！此何尝欲送此人。只是昔日曾与此人同客征南，而征南故里却在卫州。今日恰值此人以事必过卫州，于是满肚痛思征南，满眼遥望卫州，一时便要此人为我寄眼泪滴卫州，于是乃特作此诗送之也。（前解奋快笔）又追写昔日两人同客征南，称心称意如此者，正是要明此皆受何人之萌复、皆仗何人之推扶也。　举杯是为此人，下泪是为卫州；临水是为此人，登楼是为卫州。相思者，此人亦思联句看花之日也。夫诚亦思联句看花之日，则满眼青山，此是卫州，便应注目独看，不应又回首看我也。

《唐体馀编》：言去者之思更有味。

《山满楼笺注唐诗七言律》：妙在于第二句中先暗下"最淹留"三字，见君之被恩，视我为尤久，以寓微讽之意焉。下乃及送。"论旧"二字是上下过脉，举杯送人也，先下泪也，思征南也，临水送人也，更登楼望卫州也，其中线索，不可不知。七、八故作摇曳之致。

《唐诗笺注》：结二语，别后之思。

《五七言今体诗钞》：此必旧臣之子失志而投河北藩镇者，故不出其名。卫州乃魏博管内,非中朝士大夫往来仕宦之路,过卫州则几如异域矣,此其意最凄怆处。

《昭昧詹言》:六句皆叙旧恩,收二句送。

寄江州白司马

> 江州司马平安否,惠远东林住得无。
> 湓浦曾闻似衣带,庐峰见说胜香炉。
> 题诗岁晏离鸿断,望阙天遥病鹤孤。
> 莫谩拘牵雨花社,青云依旧是前途。

【汇评】

《唐诗鼓吹笺注》:朱东岩曰:一起先作通候语。随以"惠远东林"询之,已含讽意。三、四就江州绝胜而言,正所谓"住得无"也。后四句招之也。五,招以友生之至情;六,招以君臣之大义,故曰"青云依旧"也。

《贯华堂选批唐才子诗》:本是极萧散之笔,偏自写来字字成对捉对。佛言"不经烧打磨,决不成精金。"试想其烧打磨之多,岂特一遍而已哉!

《唐体肤诠》:是诗起伏照应,句句有着落,然又参差融洽,不拘故方,惟纯熟之候乃有此境。 斗作问询之词,便带起"离鸿"句意(首二句下)。

《唐宋诗举要》:寄白即用白体,而一气折转中自见风骨,故尔可喜。

送章孝标校书归杭州因寄白舍人

> 曾过灵隐江边寺,独宿东楼看海门。

潮色银河铺碧落，日光金柱出红盆。

不妨公事资高卧，无限诗情要细论。

若访郡人徐孺子，应须骑马到沙村。

【汇评】

《贯华堂选批唐才子诗》：送人诗，此为最奇。看他更不作旗亭握别套语，却奋快笔，斗然直写自己当时亲自曾过其地，亲眼曾看其景，其奇奇妙妙，非世恒睹，有不可以言语形容也者。而今日校书别我归去，则正归到其处。真是令我身虽在此送君，心已先君到杭州也。看他后解又奇！终更无一句半句，复与别客盘桓，竟自一直寄语白傅，言有郡人章校书者，"公事"亦可咨问，诗律又可"细论"，直宜自到沙村，此人非可坐致。作如此送人诗，真令所送之人，通身皆是亢爽也！　　传称先生作诗"不为新语，律体务实，工夫颇深"，如此等诗，岂非"律体务实，工夫颇深"之明验耶？彼惟骛新语之徒，夫恶足以知之！

《唐诗鼓吹评注》：日出海中，海水尽赤。望日光如金柱捧出红盆耳，此最模写妙处（"日光金柱"句下）。

《唐诗鼓吹笺注》：朱东岩曰：看他前四句写送人，绝无一语握别套话。竟自直写自己昔日曾过其寺，曾宿其地，看海门潮色，望海门之日光。极写杭州景致，遂令所送之人异样出色。看他后四句写寄人，绝无一语作寄怀套话，竟自一直寄语白公，……极写校书之重，遂令治杭之人又异样出色。此真送人诗之又一格也。

述旧纪勋寄太原李光颜侍中二首（其一）

玉塞含凄见雁行，北垣新诏拜龙骧。

弟兄间世真飞将，魏虎归时似故乡。

鼓角因风飘朔气，旌旗映水发秋光。

河源收地心犹壮，笑向天西万里霜。

【汇评】

《唐诗鼓吹评注》：结语雄迈，遂使全篇俱振。

《唐诗鼓吹笺注》："飘朔气"、"发秋光"，出笔极其雄迈，即七之"心犹壮"也。

古意赠王常侍

绣户纱窗北里深，香风暗动凤凰簪。

组纰常在佳人手，刀尺空摇寒女心。

欲学齐讴逐云管，还思楚练拂霜砧。

东家少妇当机织，应念无衣雪满林。

【汇评】

《贯华堂选批唐才子诗》：昔人有志未伸，每托闺人自见。故先生欲干常侍援手，而有难于显言，因亦用此体，而以古意名篇也。"绣户纱窗"，言我实想见其地也；"北里深"，言虽可得而想见，而身固未得而到也。"香风"七字，言北里深处，则有一人，其富贵方如此也。"在手"之为言，世间所有一切黼黻文章，悉听其裁割也。"空劳"之为言既是裁割悉听其命，则夫一时寒女，皆操刀尺以待下风，而彼方不顾也。　　"欲学"、"还思"，妙，妙！言寒女既不蒙顾，于是不免变计，将自炫以求售，而又自思必宜终保其洁白也。"东家少女"直指常侍；"当机杼"，言正值得言所欲言之时也。"应念"之为言固不可又辞为异人任也。

《唐诗鼓吹评注》：昔人之诗每托古意以明志，而古意多假闺人以为词，盖始于"青青河畔草"、"西北有高楼"等章也。此诗巨源欲干侍御荐拔，故托贫女以自喻耳。……首二句言仕宦之荣光；三、四句因富贵而感贫贱，五、六句诉其未致通显之意，末则属望荐拔也。

和大夫边春呈长安亲故

严城吹笛思寒梅,二月冰河一半开。

紫陌诗情依旧在,黑山弓力畏春来。

游人曲岸看花发,走马平沙猎雪回。

旌旆朝天不知晚,将星高处近三台。

【汇评】

《贯华堂选批唐才子诗》:此诗极写边城苦寒,而勉大夫卒成大功也。"吹笛",言思春而久不见春也;"冰开",言春动而还不似春也。"诗情"、"弓力",言主将方将切望春来而踏陌寻诗,而边人反又切恐春至而风吹角解也。前解写边城地气人情,其与中原色色不同,诚有如此。 后解写边城地气人情如此,而大夫竟夷然安之。言当彼中原之人曲岸看花之时,正我边城之人平沙猎雪之时。夫彼曲岸看花固乐,而我平沙猎雪亦何者不乐,而又必用春为也耶?抑亦不宁唯是,便使今年不见春,明年复不见春,而我之心终亦不以入塞为晚。何则?戍愈久,功愈大,则将星愈高,此时朝天便晋公孤,夫岂不快?而又肯以游春乱我心曲哉!

《唐诗评选》:虚实在神韵,不以兴比有无为别。如此空中构景,佳句独得,讵不贤于硬架而无情者乎?以此求之,知此公之奏雅于郑卫之滨,曲高和寡矣。

《湘绮楼说诗》:此等全讲对联转换回斡,乃律诗之上乘,而亦衰于此。

折杨柳

水边杨柳曲尘丝,立马烦君折一枝。

惟有春风最相惜,殷勤更向手中吹。

【汇评】

《苕溪渔隐丛话》:《复斋漫录》:予读唐杨巨源"江边杨柳曲尘丝"之句,不知所本。后读刘梦得《杨柳枝》词云:"风阙轻遮翡翠帏,龙池遥望曲尘丝。御沟春水相辉映,狂杀长安年少儿。"乃知巨源取此。

《鹤林玉露》:唐人柳诗"水边杨柳曲尘丝,……",朱文公每喜诵之,取其兴也。

《唐诗选脉会通评林》:唐孟庄曰:遇物生情,才得作绝三昧。

《删订唐诗解》:唐云:柳如烟丝,折以赠别,而春风吹拂,更是有情;此就题翻意法。　　吴云:言春风之不忍于柳,以见离别之苦。

《古今词统》:徐士俊:他人说风妒花,此翻说风惜花。

《湘绮楼说诗》:因景造情,婉而多致。

《唐人绝句精华》:宋谢枋得评曰:"杨柳已折,生意何在,春风披拂如有殷勤爱惜之心焉,此无情似有情也。仁人君子常以天地生物之心为心,兴哀于无用之地,垂德于不报之所,与春风吹断柳何异!"按谢氏此评,于诗人用意推阐至极,读诗中三、四句,确有寓意。谢氏以比仁人君子应物之心,虽不免过高,然亦题中所有之义也。

城东早春

诗家清景在新春,绿柳才黄半未匀。
若待上林花似锦,出门俱是看花人。

令狐楚

令狐楚(766—837),字悫士,祖籍敦煌(今属甘肃),实居并州(今山西太原)。贞元七年(791)登进士第。授校书郎。桂管观察使王拱辟为从事。佐太原节度使府,历掌书记、节度判官。元和初,入为右拾遗、礼部员外郎。丁父忧。免丧,为职方员外郎、知制诰,充翰林学士。十三年出为华州刺史,转河阳怀节度使。十四年拜相,十五年贬为宣歙观察使,再贬衡州刺史,量移郢州。长庆四年,自河南尹迁宣武军节度使。大和二年,入为户部尚书,历东都留守及天平、河东二镇。入为吏部尚书,迁尚书左仆射、领盐铁转运事。开成初,出为山南西道节度使,卒。楚工诗,长于乐府。有《漆奁集》一百三十卷,又与刘禹锡唱和诗《彭阳唱和集》三卷,与李逢吉唱和诗《断金集》一卷,均佚。元和中编《御览诗》一卷进呈,今存。《全唐诗》存诗一卷。

【汇评】

武元衡、令狐楚皆以将相之重,声盖一时,其诗宏毅阔远,与灞桥驴子上所得者异矣。(《吴礼部诗话》)

令狐楚与王涯、张仲素同时为中书省舍人,其诗长于绝句,号"三舍人诗",同为一集。(《升庵诗话》)

远别离二首

其一

杨柳黄金穗，梧桐碧玉枝。

春来消息断，早晚是归期。

【汇评】

《唐诗摘钞》：对景怀人，本是常意，妙在首二语将春色装点得极浓至，便觉盼归期者情事难堪。此唐人神境所在，非肤冒唐人者所知。　　"春来"字紧接上二句，针线极密。

其二

玳织鸳鸯履，金装翡翠篸。

畏人相问着，不拟到城南。

【汇评】

《唐诗摘钞》：古乐府《陌上桑》："采桑城南隅"，梁姚翻拟此题"日照茱萸岭，风摇悲翠篸"，陈张正见拟此题"人多羞借问"。题本《远别离》，此却融会《陌上桑》诸诗语意成诗，所以为远。若拟《陌上桑》题作此四语，便不免拾前人破草鞋也。

《诗境浅说续编》：题既云《远别离》，宜铅华不御，深闺芳踪，乃前二句金履翠簪，炫妆丽服，何为其然耶？故三句接以"畏人相问"，不敢至城南繁盛之区，颇似朱竹垞咏履词："假饶无意把人看，又何用明金压绣！"作者其借以寓讽耶？

从军词五首（其四）

胡风千里惊，汉月五更明。

　　　　　纵有还家梦,犹闻出塞声。

【汇评】

　　《增定评注唐诗正声》:郭云:如此风月,已自难堪。边声更惨。

　　《唐诗选脉会通评林》:徐用吾曰:旅魂摇摇可怜。　　吴山民曰:景中有情,情中有景。　　唐汝询曰:后二句又深一层。

　　周珽曰:风惊月皎,对此景已难成梦,况复有笳声聒耳耶!"纵有"二字深刻动人。

　　《唐人绝句精华》:前首(按指《长相思》)写征人妇念征人,后首(按指本诗)写征人思家。两首皆从梦说,征人妇梦醒犹似梦中,征人则梦中犹闻出塞声,均善体人情之作。

思君恩

　　　　小苑莺歌歇,长门蝶舞多。
　　　　眼看春又去,翠辇不经过。

【汇评】

　　《批点唐诗正声》:怨调,极有风刺。

　　《增定评注唐诗正声》:村学板对("小苑"二句下)。　　李云:写出怨望,情如泣如诉。

　　《唐诗广选》:蒋仲舒曰:写出望幸之情,如怨如诉。

　　《评注精选五朝诗学津梁》:起二句对偶。此写宫妃望主之情也。

　　《诗境浅说》:凡作宫闱诗者,每借物喻怀,词多幽怨。此作仅言翠辇不来,质直言之,有初唐浑朴之格,殆以题为《思君恩》,故但念旧恩,不言幽恨也。

年少行四首（选二首）

其一

少小边州惯放狂，骣骑蕃马射黄羊。

如今年老无筋力，犹倚营门数雁行。

【汇评】

《唐人绝句精华》：此以老少对照说，自然感慨。"数雁行"，思归南也。

其二

家本清河住五城，须凭弓箭得功名。

等闲飞鞚秋原上，独向寒云试射声。

【汇评】

《唐人万首绝句选评》：气格好，落句更有气象。

裴　度

裴度(765—839),字中立,河东闻喜(今山西闻喜)人。贞元五年(789)登进士第。又登宏辞科,补校书郎。举贤良方正异等,调河阴尉。元和初,迁监察御史、剑南西川节度掌书记。四年,召为起居舍人。自司封员外郎知制诰历中书舍人、御史中丞。十年拜相。十二年率师平淮西吴元济,以功封晋国公。后为皇甫镈所构,出为河东节度使。长庆二年,守司徒,复知政事。又为李逢吉所陷,出为山南西道节度使。宝历二年,复知政事。大和四年,出镇襄州。八年,徙东都留守,加中书令。时宦官擅权,度乃治第洛阳集贤里,号绿野堂,与白居易、刘禹锡以诗酒琴书相乐。开成二年,复授河东节度使。四年,诏许还朝,卒。有《裴晋公集》二卷。《全唐诗》存诗一卷。

【汇评】

晋公文字世不传,晚年与刘、白放浪绿野桥,多为唱和。间见人文集,语多质直浑厚,计应似其为人,如"灰心缘忍事,霜鬓为论兵"之句,可谓深婉。(《蔡宽夫诗话》)

中书即事

有意效承平,无功答圣明。

灰心缘忍事，霜鬓为论兵。

道直身还在，恩深命转轻。

盐梅非拟议，葵藿是平生。

白日长悬照，苍蝇谩发声。

高阳旧田里，终使谢归耕。

【汇评】

《唐诗选脉会通评林》：周敬曰：端人识度，大臣声口。　　周珽曰：快才异调，自足横绝千古。

《唐诗归》：钟云：无此五字，不能作元老（"灰心"句下）。谭云：大老何尝无骨，一味顽软（"道直"句下）。　　钟云：端厚竖凝，居然元老，有厚力而无钝气。

《删正二冯评阅才调集》：纪昀：此等诗直是气象不同，不以文字论。

溪　居

门径俯清溪，茅檐古木齐。

红尘飘不到，时有水禽啼。

【汇评】

《唐诗选脉会通评林》：周珽曰：心以居闲，诗以人传，如武伯苍有厌尘之想，求为令公溪居不可得矣。按《唐书》：文宗时，阉竖擅威，天子拥虚器，裴度不复有经济之意，乃治第东都集贤里，作别墅，具燠馆凉台，号绿野堂，（水）激其下。此令公自叙溪居之幽，盖罢相后所作也。

《删订唐诗解》：萧然尘表，化簪缨于无有。

韩　愈

韩愈(768—824)，字退之，河南河阳(今河南孟县)人，郡望昌黎(今属河北)。贞元八年(792)登进士第。后连辟为宣武军董晋、徐泗张建封二幕节度推官。十八年，授四门博士，迁监察御史。因论事，贬阳山令。顺宗即位，移江陵府法曹参军。元和元年，召为国子博士。旋分教东都。为河南令，召为职方员外郎，复为国子博士分司。后历都官员外郎、比部郎中、史馆修撰、考功郎中知制诰、中书舍人、太子右庶子等职。十二年为彰义军节度使裴度行军司马，淮西平，迁刑部侍郎。十四年，因上书谏迎佛骨获罪，贬潮州刺史。量移袁州。穆宗即位，征为国子祭酒。历兵部侍郎、京兆尹、吏部侍郎。卒，谥文。世称韩文公，又称韩昌黎、韩吏部。愈在古文、诗歌的理论和创作上都有重大成就，对后世有巨大影响。门人李汉编其遗文为《韩愈集》四十卷。今有《昌黎先生集》四十卷并《外集》行世。《全唐诗》编诗十卷。

【汇评】

愚尝览韩吏部歌诗累百首，其驱驾气势，若掀雷抉电，奔腾于天地之间，物状奇变，不得不鼓舞而徇其呼吸也。(司空图《题柳柳州集后序》)

退之笔力，无施不可，而尝以诗为文章末事，故其诗曰"多情怀酒伴，馀事作诗人"也。然其资谈笑，助谐谑，叙人情，状物态，一寓于诗，而曲尽其妙。此在雄文大手固不足论，而余独爱其工于用韵也。盖其得韵宽，则波澜横溢，泛入傍韵，乍还乍离，出入回合，殆不可拘以常格，如《此日足可惜》之类是也。得韵窄则不复傍出，而因难见巧，愈险愈奇，如《病中赠张十八》之类是也。余尝与圣俞论此，以谓譬如善驭良马者，通衢广陌，纵横驰逐，惟意所之；至于水曲蚁封，疾徐中节，而不少蹉跌，乃天下之至工也。(《六一诗话》)

柳子厚诗，在陶渊明下，韦苏州上；退之豪放奇险则过之，而温丽靖深不及也。(苏轼《评韩柳诗》)

诗文各有体，韩以文为诗，杜以诗为文，故不工尔。(《后山诗话》)

退之于诗本无解处，以才高而好尔。(同上)

退之诗豪健雄放，自成一家，世特恨其深婉不足。(《蔡宽夫诗话》)

沈存中、吕惠卿吉甫、王存正仲、李常公择，治平中在馆中夜谈诗。存中曰："退之诗，押韵之文耳，虽健美富赡，然终不是诗。"吉甫曰："诗正当如是。吾谓诗人亦未有如退之者。"正仲是存中，公择是吉甫，于是四人者相交攻，久不决。……予尝熟味退之诗，真出自然，其用事深密，高出老杜之上。如《符读书城南》诗"少长聚嬉戏，不殊同队鱼"，又"脑脂盖眼卧壮士，大招挂壁何由弯"，皆自然也。(《冷斋夜话》)

韩退之诗，山立霆碎，自成一法，然譬之樊侯冠佩，微露粗疏。(《苕溪渔隐丛话后集》)

韩退之诗，爱憎相半。爱者以为虽杜子美亦不及，不爱者以为退之于诗本无所得。……退之诗大抵才气有馀，故能擒能纵，颠倒崛奇，无施不可。放之则如长江大河，澜翻汹涌，滚滚不穷；收之则藏形匿影，乍出乍没，姿态横生，变怪百出，可喜可愕，可畏可服也。苏黄门子由有云：唐人诗当推韩、杜，韩诗豪，杜诗雄，然杜之雄亦可以兼韩之豪也。此论得之。诗文字画，大抵从胸臆中出。子美笃于忠义，深于经术，故其诗雄而正；李太白喜任侠，喜神仙，故其诗豪而逸；退之文章侍从，故其诗文有廊庙气。退之诗正可与太白为敌，然二豪不并立，当屈退之第三。（《岁寒堂诗话》）

今观昌黎之博大而文，鼓吹六经，搜罗百氏，其诗骋驾气势，崭绝崛强，若掀雷决电，千夫万骑，横骛别驱，汪洋大肆，而莫能止者。又《秋怀》数首及《暮行河堤上》等篇，风骨颇逮建安，但新声不类，此正中之变也。（《唐诗品汇》）

钟云：唐文奇碎，而退之春融，志在挽回。唐诗淹雅，而退之艰奥，意专出脱。诗文出一手，彼此犹不相袭，真持世特识也。至其乐府，讽刺寄托，深婉忠厚，真正风雅。读《猗兰》、《拘幽》等篇可见。（《唐诗归》）

韩公挺负诗力，所少韵致，出处既掉运不灵，更以储才独富，故犯恶韵斗奇，不加拣择，遂致丛杂难观，得妙笔汰用，瑰宝自出。第以为类押韵之文者过。（《唐音癸签》）

唐人之诗，皆由于悟入，得于造诣。若退之五七言古，虽奇险豪纵，快心露骨，实自才力强大得之，固不假悟入，亦不假造诣也。然详而论之，五言最工，而七言稍逊。（《诗源辩体》）

退之五七言古，字句奇险，皆有所本，然引用妥帖，殊无扭捏牵率之态。其论孟郊诗云："横空盘硬语，妥帖力排奡。"盖自况也。（同上）

退之五七言律，篇什甚少，入录者虽近中晚，而无怪僻之调；七言"三百六旬"一篇，则近宋人。排律咏物诸篇，偶对工巧，摹写细碎，尽失本相，兹并不录。（同上）

昌黎诗笔恢张而不遗贾岛、孟郊，故人皆山斗仰之。（《楚天

樵话》)

唐诗为八代以来一大变,韩愈为唐诗之一大变,其力大,其思雄,崛起特为鼻祖。宋之苏、梅、欧、苏、王、黄,皆愈为之发其端,可谓极盛,而俗儒且谓愈诗大变汉、魏,大变盛唐,格格而不许,何异居蚯蚓之穴,习闻其长鸣,听洪钟之响而怪之,窃窃然议之也。(《原诗》)

举韩愈之一篇一句,无处不可见其骨相棱嶒,俯视一切,进则不能容于朝,退又不肯独善于野,疾恶甚严,爱才若渴,此韩愈之面目也。(同上)

杜甫之诗,独冠今古。此外上下千馀年,作者代有,惟韩愈、苏轼,其才力能与甫抗衡,鼎立为三。韩诗无一字犹人,如太华削成,不可攀跻。若俗儒论之,摘其杜撰,十且五六,辄摇唇鼓舌矣。(同上)

唐自李杜崛起,尽翻六朝窠臼,文章能事已尽,无可变化矣。昌黎生其后,乃尽废前人之法,而创为奇辟拙拗之语,遂开千古未有之面目。(《唐音审体》)

昌黎豪杰自命,欲以学问才力跨越李、杜之上,然恢张处多,变化处少,力有馀而巧不足也。独四言大篇,如《元和圣德》、《平淮西碑》之类,义山所谓句奇语重、点窜涂改者,虽司马长卿亦当敛手。(《说诗晬语》)

善使才者当留其不尽,昌黎诗不免好尽。要之,意归于正,规模宏阔,骨格整顿,原本雅颂,而不规规于风人也。品为大家,谁曰不宜?(《唐诗别裁》)

韩昌黎学力正大,俯视群蒙;匡君之心,一饭不忘;救时之念,一刻不懈;惟是疾恶太严,进不获用,而爱才若渴,退不独善,尝谓直接孔孟薪传,信不诬也。(《一瓢诗话》)

韩昌黎生平所心摹力追者,惟李杜二公。顾李杜之前,未有李杜,故二公才气横恣,各开生面,遂独有千古。至昌黎时,李杜已在前,纵极力变化,终不能再辟一径。惟少陵奇险处,尚有可推扩,故一眼觑定,欲从此辟山开道,自成一家。此昌黎注意所在也。然奇险处亦自有得失。盖少陵才思所到,偶然得之;而昌黎则专以此求胜,故时见斧凿痕迹。有心与无心,异也。其实昌黎自有本色,仍在"文从字顺"中,自然雄厚博大,不可捉摸,不专以奇险见长。恐昌黎亦不自知,后人平心读之自见。若徒以奇险求昌黎,转失之矣。(《瓯北诗话》)

昌黎诗中律诗最少,五律尚有长篇及与同人唱和之作,七律则全集仅十二首,盖才力雄厚,惟古诗足以恣其驰骤。一束于格式声病,即难展其所长,故不肯多作。然五律中如《咏月》、《咏雪》诸诗,极体物之工,措词之雅;七律更无一不完善稳妥,与古诗之奇崛判若两手,则又极随物赋形、不拘一格之能事。(同上)

韩昌黎在唐之中叶,不屑趋时,独追踪李杜。今其诗五七言古,直逼少陵,馀体亦皆硬笔屈盘,力大气雄,而用意一归于正,得雅颂之遗,有典诰之质,非同时柳子厚、刘梦得所能及,鼎足李、杜,非过论也。(《唐诗正声》)

韩公当知其"如潮"处,非但义理层见叠出,其笔势涌出,读之拦不住,望之不可极,测之来去无端涯,不可穷,不可竭。当思其肠胃绕万象,精神驱五岳,奇崛战斗鬼神,而又无不文从字顺,各识其职,所谓"妥贴力排奡"也。(《昭昧詹言》)

韩公诗,文体多,而造境造言,精神兀傲,气韵沈酣,笔势驰骤,波澜老成,意象旷达,句字奇警,独步千古,与元气侔。(同上)

韩公笔力强,造语奇,取境阔,蓄势远,用法变化而深严,横跨古今,奄有百家,但间有长语漫势,伤多成习气。(同上)

韩诗无一句犹人,又恢张处多,顿挫处多。韩诗虽纵横变化不逮李、杜,而规摩堂庑,弥见阔大。(同上)

谓昌黎以文为诗者,此不知韩者也。谓昌黎无近文之诗者,此不知诗也。《谢自然》、《送灵惠》,则《原道》之支澜;《荐孟郊》、《调张籍》,乃谭诗之标帜。以此属词,不如作论。世迷珠椟,俗骇骆驼。语以周情孔思之篇,翻同《折杨》、《皇荂》之笑。岂知排比铺陈,乃少陵之碙砆;联句效体,宁吏部之《韶濩》? 以此而议其诗,亦将以诔墓而概其文乎? 当知昌黎不特约六经以为文,亦直约风骚以成诗。(《诗比兴笺》)

诗文一源。昌黎诗有正有奇,正者所谓"约六经之旨而成文",奇者即所谓"时有感激怨怼奇怪之辞"。(《艺概》)

昌黎诗陈言务去,故有倚天拔地之意。(同上)

昌黎七古出于《招隐士》,当于意思刻画、音节遒劲处求之。使第谓出于《柏梁》,犹未之尽。(同上)

昌黎诗往往以丑为美,然此但宜施之古体,若用之近体则不受矣。是以言各有当也。(同上)

退之五古,横空硬语,妥帖排奡,开张处过于少陵,而变化不及。中唐以后,渐近薄弱,得退之而中兴。(《岘傭说诗》)

韩孟联句,字字生造,为古来所未有,学者不可不穷其变。(同上)

七古盛唐以后,继少陵而霸者,唯有韩公。韩公七古,殊有雄强奇杰之气,微嫌少变化耳。(同上)

少陵七古,多用对偶;退之七古,多用单行。退之笔力雄劲,单行亦不嫌弱,终觉钤束处太少。(同上)

少陵七古,间用比兴;退之则纯是赋。(同上)

其源出于陆士衡,而骞其体貌。盘空硬语,抉奥险词,雅音璆然,独造雄古。郊、岛、卢同,相与并作。五言长篇,嫌见排比之迹耳。(《三唐诗品》)

其诗格律严密,精于古韵。全集所载,《琴操》最佳。古诗硬语盘空,奇崛可喜,唯以才气自雄,排阖过甚,转觉为累,又善押强韵,故时伤于粗险。诗至汉魏以降,属文叙事,或取一端,以简为贵,颇不尚奇。及盛唐诸人开拓意境,始为铺张,然亦略工点缀,未以此为能事也。至愈而务其极,虚实互用,类以文法为诗,反复驰骋,以多为胜,篇什过长,辞旨繁冗,或失之粗率。其律诗典雅,则仍大历之旧,较之古诗,面目全非矣。绝句以五言为胜,七言质实,故少风致,综其敝则务在必胜,故时有过火语,令人莫耐。《潼关》之作,格尤凡下。赵宋诗人,每宗师之,取法乎中,则斯下矣。(《诗学渊源》)

元和圣德诗 并序

　　臣愈顿首再拜言:臣伏见皇帝陛下即位已来,诛流奸臣,朝廷清明,无有欺蔽。外斩杨惠琳、刘辟以收夏蜀;东定青齐积年之叛,海内怖骇,不敢违越。郊天告庙,神灵欢喜,风雨晦明,无不从顺。太平之期,适当今日。臣蒙被恩泽,日与群臣序立紫宸殿陛下,亲望穆穆之光。而其职业,又在以经籍教导国子,诚宜率先作歌诗以称道盛德,不可以辞语浅薄不足以自效为解。辄依古作四言《元和圣德诗》一篇,凡千有二十四字。指事实录,具载明天子文武神圣,以警动百姓耳目,传示无极。其诗曰:

　　　　皇帝即阼,物无违拒,曰旸而旸,曰雨而雨。

　　　　维是元年,有盗在夏,欲覆其州,以踵近武。

　　　　皇帝曰嘻! 岂不在我? 负鄙为艰,纵则不可。

　　　　出师征之,其众十旅,军其城下,告以福祸。

　　　　腹败枝披,不敢保聚,掷首陴外,降幡夜竖。

　　　　疆外之险,莫过蜀土。韦皋去镇,刘辟守后。

　　　　血人于牙,不肯吐口。开库啖士,曰随所取:

汝张汝弓,汝鼓汝鼓,汝为表书,求我帅汝。

事始上闻,在列咸怒。皇帝曰然,嗟远士女,

苟附而安,则且付与。读命于庭,出节少府,

朝发京师,夕至其部。辟喜谓党:汝振而伍,

蜀可全有,此不当受。万牛脔炙,万瓮行酒,

以锦缠股,以红帕首。有恇其凶,有饵其诱,

其出穰穰,队以万数。遂劫东川,遂据城阻。

皇帝曰嗟!其又可许!爰命崇文,分卒禁御。

有安其驱,无暴我野。日行三十,徐壁其右。

辟党聚谋,鹿头是守。崇文奉诏,进退规矩,

战不贪杀,擒不滥数。四方节度,整兵顿马,

上章请讨,俟命起坐。皇帝曰嘻!无汝烦苦;

荆并洎梁,在国门户,出师三千,各选尔丑。

四军齐作,殷其如阜,或拔其角,或脱其距,

长驱洋洋,无有齟齬。八月壬午,辟弃城走,

载妻与妾,包裹稚乳。是日崇文,入处其宇,

分散逐捕,搜原剔薮。辟穷见窘,无地自处,

俯视大江,不见洲渚,遂自颠倒,若杅投盂。

取之江中,枷脰械手。妇女累累,啼哭拜叩。

来献阙下,以告庙社。周示城市,咸使观睹。

解脱挛索,夹以砧斧。婉婉弱子,赤立伛偻,

牵头曳足,先断腰膂。次及其徒,体骸撑拄。

末乃取辟,骇汗如写,挥刀纷纭,争刌脍脯。

优赏将吏,扶珪缀组,帛堆其家,粟塞其庾。

哀怜阵没,廪给孤寡,赠官封墓,周币宏溥。

经战伐地,宽免租簿。施令酬功,急疾如火。

天地中间,莫不顺序。幽恒青魏,东尽海浦,

南至徐蔡,区外杂虏,怛威赧德,趹踏蹈舞。
掉弃兵革,私习篯篯,来请来觐,十百其耦。
皇帝曰吁! 伯父叔舅,各安尔位,训厥畎亩。
正月元日,初见宗祖,躬执百礼,登降拜俯。
荐于新宫,视瞻梁桷,戚见容色,泪落入俎,
侍祠之臣,助我恻楚。乃以上辛,于郊用牡。
除于国南,鳞笋毛虡,庐幕周施,开揭磊砢。
兽盾腾拏,圆坛帖妥。天兵四罗,旂常婀娜。
驾龙十二,鱼鱼雅雅。宵升于丘,奠璧献罝。
众乐惊作,轰豗融冶。紫焰嘘呵,高灵下堕。
群星从坐,错落侈哆。日君月妃,焕赫婐妎。
渎鬼濛鸿,岳祇岊峨。饫沃膻芗,产祥降嘏。
凤凰应奏,舒翼自拊。赤麟黄龙,逶陀结纠。
卿士庶人,黄童白叟,踊跃欢呀,失喜噎欧。
乾清坤夷,境落褰举。帝车回来,日正当午,
幸丹凤门,大赦天下。涤濯刬硗,磨灭瑕垢。
续功臣嗣,拔贤任耇。孩养无告,仁滂施厚。
皇帝神圣,通达今古。听聪视明,一似尧禹。
生知法式,动得理所。天锡皇帝,为天下主。
并包畜养,无异细巨。亿载万年,敢有违者?
皇帝俭勤,盥濯陶瓦。斥遣浮华,好此绨纻。
敕戒四方,侈则有咎。天锡皇帝,多麦与黍。
无召水旱,耗于雀鼠。亿载万年,有富无窭。
皇帝正直,别白善否。擅命而狂,既剪既去。
尽逐群奸,靡有遗侣。天锡皇帝,厖臣硕辅,
博问遐观,以置左右。亿载万年,无敢余侮。
皇帝大孝,慈祥悌友。怡怡愉愉,奉太皇后。

决于族亲，濡及九有。天锡皇帝，与天齐寿。

登兹太平，无怠永久。亿载万年，为父为母。

博士臣愈，职是训诂。作为歌诗，以配吉甫。

【汇评】

《栾城集·诗病五事》：诗人咏歌文武征伐之事，其于克密曰：
"无矢我陵，我陵我阿；无饮我泉，我泉我池。"其于克崇曰："临冲闲
闲，崇墉言言，执讯连连，攸馘安安。是类是祃，是致是附，四方以
无侮。"其于克商曰："维师尚父，时惟鹰扬。谅彼武王，肆伐大商，
会朝清明。"其形容征伐之盛，极于此矣。韩退之作《元和圣德诗》，
言刘辟之死，曰："宛宛弱子，赤立伛偻，牵头曳足，先断腰膂，次及
其徒，体骸撑拄。末乃取辟，骇汗如泻，挥刀纷纭，争切脍脯。"此李
斯颂秦所不忍言，而退之自谓无愧于《雅》、《颂》，何其陋也！

《后山诗话》：少游谓《元和圣德诗》于韩文为下，与《淮西碑》
如出两手，盖其少作也。

《许彦周诗话》：韩退之《元和圣德诗》云："驾龙十二，鱼鱼雅
雅。"其深于《诗》者耶！

《新刊五百家注音辨昌黎先生文集》：穆修《校定韩文》：韩《元
和圣德诗》、《平淮西碑》，柳《雅章》之类，皆辞严义伟，制作如经，能
卓然耸唐德于盛汉之表。　　樊汝霖《韩文公年谱》注：公时年四
十，不可谓少。大抵德不足则夸，宪宗功烈固伟，比文、武则有间
矣。王荆公尝论《诗》曰："《周颂》之词约，约所以为严，德盛故也。
《鲁颂》之词侈，侈所以为夸，德不足故也。"是诗也，其亦《鲁颂》之
谓欤？宪宗平夏、平江东、平泽潞、平蔡、平淄青、而平蜀、平蔡之
功，尤卓卓在人耳目者，以公此诗及《平淮西碑》，学者争诵之习且
熟故也。

《昌黎先生集》：张栻曰：退之笔力高，得斩截处即斩截。他岂
不知此？所以为此言者，必有说。盖欲使藩镇闻之，畏罪惧祸，不

敢叛耳。

《黄氏日钞》：《元和圣德诗》典丽雄富。前辈或谓"挥刀纷纷，争切脍脯"等语，异于文王"是致是附"气象。愚谓亦各言其实，但恐于"颂德"之名不类。或云公之意欲使藩镇知惧。

郝经《临川集·一王雅序》：李唐一代，诗文最盛，而杜少陵、韩吏部、柳柳州、白太傅等为之冠。如子美诸怀古及《北征》、《潼关》、《石壕》、《洗兵马》等篇，发秦州、入成都、下巴峡、客湖湘、《八哀》九首，伤时咏物等作，太白之《古风》篇什，子厚之《平淮雅》，退之之《圣德诗》，乐天之讽谏集，皆有风人之托物，二雅之正言，中声盛烈，止乎礼义，抉去污剥，备述王道，驰骛于月露风云花鸟之外，直与"三百五篇"相上下。惜乎，著当世之事，而及前代者略也！

《文章辨体序说》：《国风》、《雅》、《颂》之诗，率以四言成章；若五、七言之句，则间出而仅有也。《选》诗四言，仅有韦孟一篇。魏晋间作者虽众，然惟陶靖节为最，后村刘氏谓其《停云》等作突过建安是也。宋齐而降，作者日少。独唐韩、柳《元和圣德诗》、《平淮夷雅》脍炙人口。先儒有云："二诗体制不同，而皆词严气伟，非后人所及。"自时厥后，学诗者日以声律为尚，而四言益鲜矣。

《薛文清公读书录》：韩文公《元和圣德诗》，终篇颂美之中，多继以规戒之词，深得古诗遗意。

《唐音癸签》：柳州之《平淮西》，最章句之合调；昌黎之《元和圣德》，亦长篇之伟观，一代四言有此，未觉风雅坠绪。　　韩愈最重字学，诗多用古韵，如《元和圣德》及《此日足可惜》诗，全篇一韵，皆古叶兼用。

《辑注唐韩昌黎集》：退之《元和圣德诗》，列铭颂体中，文尚质实可观。若论四言诗，则韦、曹诸人，已失前规，三唐间安复论此？

《牧斋有学集·彭达生晦农草序》：昔者有唐之文，莫盛于韩、柳，而皆出元和之世，《圣德》之颂、《淮西》之雅，铿锵其音，灏汗其气,晔然与三代同风。

《牧斋有学集·顾麟士诗集序》：唐之诗人，皆精于经学。韩之《元和圣德》，柳之《平淮夷雅》，雅之正也。玉川子之《月蚀》，雅之变也。

《批韩诗》：朱彝尊曰：若规模《雅》、《颂》，其实全仿李丞相，或又落《文选》。起处犹近《雅》，微有一二不似。大约中间凡典雅处似《毛诗》，质峭处似秦碑，华润处似《文选》，然通首纯是质峭调。《序》无文章，止直叙，然却亦腴峭有法。　　只就质语加锤炼，炼到文处。是《文选》句（"腹败"句下）。　　此等偶句，《三百篇》亦有之。但如此排来，则全觉是《选》体（"有怩"二句下）。　　此段全是本《楚茨》化来，追琢可谓极工，所恨者未浑然。若《南海碑》则浑然矣。秦少游谓此系少作，未敢谓然。然《南海》后此十年，要见亦是年力（"乾清"二句下）。　　禄位名寿，分四大节。"皇帝"字作纲。全是祖《琅琊刻铭》，下字亦多效李（"亿载"二句下）。

《带经堂诗话》：元和之世，削平僭乱，于时韩愈氏则有《圣德诗》，柳宗元则有《平淮西雅》，昔人谓其辞严义伟，制作如经，能萃然耸唐德于盛汉之表，所谓"鸿笔之人，为国云雨"者也。

《初白庵诗评》：通章以"皇帝"二字作主，即《荡》八章冠以"文王曰咨"章法也，特变《雅》为《颂》耳。

《韩柳诗选》：力洗芜词，超出魏晋以上，间似《峄山》、《会稽》诸颂而绝不袭一《雅》、《颂》语，正其笔之高，力之厚，如此才可以追踪《雅》、《颂》耳。一气旋转，历落参差，是太史公笔法。　　醴郁缥缈，极似汉《郊祀》、《房中》诸作。有此衬笔，与前段相应入妙，便觉韦、班诸诗，未免为《雅》、《颂》所拘，不见精采（"日君"句下）。

前段极开拓，笔致自磊落不羁，收处极其紧炼，便自典重肃穆，须看其用笔之妙，收放有法（末句下）。

《义门读书记》：二句锁上起下（"掉弃"二句下）。

《唐诗别裁》：昌黎四言，唐人中无与俪者。　　典重峭奥，体则《二雅》、《三颂》，辞则古赋、秦碑，盛唐中昌黎独擅。

《韩昌黎诗集编年笺注》：苏、张（按指苏辙与张栻）二说皆有理，张更得成《春秋》而乱臣贼子惧之义。《甘誓》言不共命者则拏戮之，而况乱臣耶？言虽过之，亦昭法鉴。

《援鹑堂笔记》：《元和圣德诗》八"语"、九"麌"、十"姥"、三十三"哿"、三十四"果"、三十五"马"、四十四"有"，凡所用皆上声。若据协韵，何无一韵滥入三声耶？

《唐宋诗醇》：诛辟一段，借以悚动藩镇，前人论之详矣。至幽、恒、青、魏一段，写诸道震慑，而朝廷慰安镇抚，得体有威，尤是最着意处。

《瓯北诗话》：《元和圣德诗》叙刘辟被擒，举家就戮，情景最惨。……苏辙谓其"少酝藉，殊失《雅》、《颂》之体"，张栻则谓"正欲使各藩镇闻之畏惧，不敢为逆"。二说皆非也。才人难得此等题以发抒笔力，既已遇之，肯不尽力摹写，以畅其才思耶？此诗正为此数语而作也。

《读杜韩笔记》：《皇矣》言"执讯连连，攸馘安安"，《泮水》言"在泮献馘，在泮献囚"。昌黎特从而敷衍之，以警示藩镇。子由议之，非也。　　《元和圣德诗》，语、麌、哿、马、有五韵通押，即平韵之鱼、虞、歌、麻、尤也。

《纯常子枝语》：夫藩镇之祸，与唐相弊矣，岂退之极写惨毒之刑所能慑乎？

《韩诗臆说》：此一段乃纪实之词，无庸讳之。诚不必如子由所讥，然如南轩之说，又恐近于宰我之言周社也（"挥刀"二句下）。　　后石介作《庆历圣德诗》，即本此。此诗虽颂武功，而其意则在宪宗初政，贬斥伾、文、执谊等，故序中即从诛流奸臣说起。而诗中于别白善否一段，尤切切言之。可知主意所在，非只胪成功告庙之词也。

《春觉斋论文》：韩昌黎之《元和圣德诗》，厥体如《颂》。其曰：
"取之江中……先断腰膂。"读之令人毛戴。……子由以为李斯颂秦
所不忍言，而退之自谓"无愧于风雅"，何其陋也。南轩曰："盖欲使藩
镇闻之，畏罪惧祸不敢叛。"愚诵南轩之言，不期失笑。……叛逆至
于数世，而魏博最久，此岂畏罪惧祸？鄙意终以昌黎之言为失体。
盖昌黎蕴忠愤之气，心怒贼臣，目睹俘囚伏辜，振笔直书，不期伤雅，
非复有意为之。但观《琴操》之温醇，即知昌黎非徒能为此者也。

琴操十首（选四首）

将归操

> 孔子之赵闻杀鸣犊作。

> 秋之水兮，其色幽幽。

> 我将济兮，不得其由。

> 涉其浅兮，石啮我足。

> 乘其深兮，龙入我舟。

> 我济而悔兮，将安归尤？

> 归兮归兮！无与石斗兮，

> 无应龙求。

【汇评】

《音注韩文公文集》：不遇其时，虑人之忌害我者，故将归也。

《诗人玉屑》：朱熹曰：韩愈所作十操，如《将归》、《龟山》、《拘
幽》、《残形》四操近《楚辞》，其六首似《诗》。愈博学群书，奇辞奥
旨，如取诸室中物，以其所涉博，故能约而为此也。夫孔子于《三百
篇》皆弦歌之，《操》亦弦歌之辞也。其取兴幽眇，怨而不言，最近

《离骚》，本古诗之衍者，至汉而衍极，故《离骚》亡。操与诗赋同出而异名，盖衍复于约者，约故去古不远。然则后之欲为《离骚》者，惟约犹迨之。

《唐诗品汇》：刘云：词意浅浅，宜以调适当然者，自不可及（"秋之水兮"句下）。

《批韩诗》：朱彝尊曰：四语近《骚》，而稍加陕快（"乘其深兮"二句下）。

《初白庵诗评》：得《未济》九二之义（末句下）。

《唐宋诗醇》：喻意奇警。

《韩昌黎诗集编年笺注》：涉浅乘深四句，从屈原《九章》"令薛荔而为理兮，惮举趾而缘木。因芙蓉而为媒兮，惮褰裳而濡足。登高吾不说兮，入下吾不能"化出。

《诗比兴笺》：公《秋怀》诗欲罾南山之寒蛟，《炭谷》诗欲刃牛蹄之湫龙，说者皆谓其指斥权幸，证以此诗益明。盖龙谓窃弄威福者，石谓馀党附和者。言我将小试其道，则群小龃龉；将深论大事，则权贵侧目，吾力其能胜彼乎？恐道未行而身先不保矣。公阳山之谪，新旧书谓因论宫市，《行状》及《碑》则谓为幸臣专政者所恶，《年谱》谓为李实所谗。而公诗云："或自疑上疏，上疏岂其由？或虑言语泄，传之落冤仇。"又云："前年出官由，此祸最无妄。奸猜畏弹射，斥逐恣欺诳。"则其为权幸忌而逐之矣。又《忆昨行》云："伾文未揣崖州炽，虽得赦宥常愁猜。"是其为韦执谊、王叔文等所排明矣。"无应龙求"，即《炭谷》、《秋怀》二诗所指也。

猗兰操

孔子伤不逢时作。

兰之猗猗，扬扬其香。

不采而佩，于兰何伤？

今天之旋，其曷为然？

我行四方，以日以年。

雪霜贸贸，荠麦之茂。

子如不伤，我不尔觐。

荠麦之茂，荠麦之有。

君子之伤，君子之守。

【汇评】

《音注韩文公文集》：兰、荠、麦自喻，我不用，于我何伤乎？"霜雪贸贸"之时，荠麦乃茂，喻己居乱薄之世，自修古人之道。

《唐诗解》：刘云：篇中三"伤"字，正与题下"伤不逢时"相应。

《唐诗归》：钟云：声气在汉魏上。　　有品有识之言，即所谓"草木有本心，何求美人折"也（"不采"二句下）。

《唐诗选脉会通评林》：陆时雍曰：有黯色而无愠情，抑何言之蕴藉。　　周珽曰：意匪人在位，君子必至见弃，如荠麦既茂，兰木有不伤者？然荠麦之茂，乃自有荠麦之性；惟君子不与荠麦等。故兰为君子所伤，乃见君子之守也。

《批韩诗》：朱彝尊曰：三四太显，少味。　　夫子伤兰守，总是"不为莫服而不芳"意（末二句下）。

《初白庵诗评》："雪霜贸贸"，荠麦之时也。荠麦得时，猗兰断无不受伤之理。"子"字、"尔"字，与末两"君子"，皆指兰而言。得其解者，不烦辞费。

《唐宋诗醇》："荠麦"二语，妙于和平。"君子"二语，妙于斩截。写得安土乐天意出。

《韩昌黎诗集编年笺注》：此作在诸操中最为奥折，旧注多未得其解。孙汝听云："言我如荠麦之茂，当霜雪之时，不改其操。子如见伤而用我可也；子如不伤，我亦无自贬以见子之义。"又云："茂而能傲霜雪，荞麦之固有。"韩醇云："君子居可伤之时，不易其守，亦犹荞麦之有也。"此两说以荞麦自比，而竟抛荒猗兰，不知题义何居？刘履云："篇中三'伤'字正与题下'伤不逢时'相应。"亦为蹲驳唯謇者。唐汝询云："兰之含芳，喻己之抱道。不采而佩，未见用也。芬芳自有，于己何伤？且当法天之健，周流四方，以行吾道，不自掩其芳也。及涉霜雪而睹荞麦之茂，则世乱益甚，在位皆匪人，兰于此能无伤乎？假令不伤而与荞麦等，则我无用见汝矣。彼荞麦之茂，荞麦所自有之性。兰为君子所伤，谓其有君子之守也。荞麦感阴而生，故以为匪人之喻。兰芳以时，不群众草，故取为有守之比。然始云'何伤'，末竟不能无伤者，遁世固可以无闷，对麟不能不掩涕耳。"此说于义为近，然犹未尽善也。窃推之，兰有国香固宜佩服，然无人自芳，要亦何损？特天之生兰，不宜如是置之耳。今天道不可知，而我亦终老于行，唯见邦无道富且贵焉者累累若，若于此而不伤，则亦无以见兰为矣！虽然，彼荞麦故无足怪也，所谓适时各得所也。若夫君子之伤，则谓生不逢时，处非其地，为世道慨叹耳。要其固穷之守，岂与易哉？荞麦即指众草。"今天之旋"四句，即旧《操》"何彼苍天"四句之意。"子如不伤"，"子"字即指兰，如"篝兮篝兮，风其吹汝"之"汝"也。诸家之说，盖未向旧《操》推求耳。

《读韩记疑》：孙、韩旧注，皆以荞麦当霜雪时不改其操，比君子之有守。余谓托兴猗兰，忽复下侪荞麦，孤芳与群蔓无分，语殊不称。唐汝询谓"荞麦感阴气而生，故以为匪人之喻。猗兰不与荞麦争茂，故取为有守之比"，此论独为超越。以此推之，"雪霜"二句，言世乱而群小盈朝；"荞麦之有"，言荞麦自有其时，如鼠之乘昏肆窃，蚊之候夜嘬人，公所谓嗟嗟乎鄙夫是也。甘处可伤之地，不与荞麦争荣，是则君子之守也。

《石洲诗话》："雪霜贸贸，荞麦之茂。"按傅玄《董逃行历九秋篇》:"荞与麦兮夏零,兰桂践霜逾馨。"董仲舒《雨雹对》:"荞麦始生,由阳升也。"荞麦正当寒冬所生,故曰:"雪霜贸贸",只惟荞麦之是茂也。与傅玄同用以托兰,而意有正反。"子如不伤"二句,在篇中为最深语。盖有不妨听汝独居之意,较"不采何伤"更进一层。然说着"不伤",而伤意已深矣,此亦妙脱本词也。前曰"何伤",后曰"之伤",回环婉挚。评家或以"子"指夫子,"我"指兰,非是。

《诗比兴笺》:"霜雪"以下,说者多昧。盖荞麦得阴气以生,故以喻小人。猗兰无人而自芳,故以况君子。诗中所谓"子"、所谓"尔"者,皆指猗兰也。"霜雪贸贸"者,荞麦之时。荞麦既得时,猗兰自无不受摧伤之理。如使亦乘时竞荣,而与荞麦无异,则我亦何由见尔之真乎!何则?受气于天,物各有性。彼荞麦之以此时茂者,乃荞麦之所固有,则君子之以此时伤者,亦正君子之所自守也。公当李实、韦执谊等用世时,不肯附之骤进,而甘受其中伤,所以高于刘、柳欤?

履霜操

尹吉甫子伯奇无罪,为后母谮而见逐,自伤作。

> 父兮儿寒,母兮儿饥。
>
> 儿罪当笞,逐儿何为?
>
> 儿在中野,以宿以处。
>
> 四无人声,谁与儿语?
>
> 儿寒何衣?儿饥何食?
>
> 儿行于野,履霜以足。
>
> 母生众儿,有母怜之。
>
> 独无母怜,儿宁不悲?

【汇评】

《音注韩文公文集》：追帝舜之事,明怨其身之不父母怜也。言人之不得于父母者,当益亲也。

《唐诗解》：伯奇被放,呼其父母而诉以饥寒,且言己之罪当笞而不当逐;今逐之中野,孤伤无依,饥寒迫身,履霜之足,穷亦甚矣!因言众儿皆见怜于后母,己独不然,岂能无悲?上文兼呼其母,此以"独无母怜"悟其父,虽不敢明言母之谮,而失爱之由隐然见矣。昌黎善体古人之心哉!

《唐诗广选》：刘会孟曰:不怨,非情也,乃怨也,此乃《小弁》之志欤! 只饥寒履霜,反复感切,真可以泣鬼神。此所以为《琴操》也。

《辑注唐韩昌黎集》：退之十《操》,唯此最得体。语近古而意含蓄有味,绝无摹仿痕迹。

《汇编唐诗十集》：仲言云:退之诸《操》,《猗兰》最古,此篇辞觉稍肤而有深情。

《唐诗选脉会通评林》：陆时雍曰:视《小弁》之恻为深。
周珽曰:必如退之此作,斯不失性情之正。

《载酒园诗话又编》：十《操》为韩诗之最,然尤妙于《拘幽》。……至《履霜操》:"父兮儿寒,母兮儿饥。儿罪当笞,逐儿何为?"亦复不减。末云:"母生众儿,有母怜之。独无母怜,儿宁不悲?"未免浅露矣。

《批韩诗》：朱彝尊曰:通首精工。末四句略指大意,却不伤露。　　何焯曰:凄切。

《韩柳诗选》：清语自足感人,言之清者未必非情之至深者也。于此可悟立言之法。

《唐诗笺要》：辞浅近而意惋密,恫疑饥寒涉历,反复感怆,真可以泣鬼神,斯为《操》体。

《唐宋诗醇》：结处独呼母怜，更得神解。

《诗比兴笺》：此即《至潮州谢表》所谓"臣负罪婴衅，自拘海岛，瞻望宸极，神魂飞去。伏望陛下天地父母哀而怜之"者也。盖批鳞冒死者，忠鲠之素心；恋主怀阙者，臣子之至谊。

《韩诗臆说》：妙在质，妙在稚。"逐儿何为"、"独无母怜"，正是学《小弁》之怨。

别鹄操

商陵穆子娶妻五年无子，父母欲其改娶。其妻闻之，中夜悲啸。穆子感之而作。

> 雄鹄衔枝来，雌鹄啄泥归。
> 巢成不生子，大义当乖离。
> 江汉水之大，鹄身鸟之微。
> 更无相逢日，且可绕树相随飞。

【汇评】

《音注韩文公文集》：《商陵操》，言人情义浇薄也。

《唐诗归》：钟云：便难堪（首二句下）。　　谭云："大义"二字悲甚（"巢成"二句下）。　　钟云：二语合来便是乐府（"江汉"二句下）。

《批韩诗》：朱彝尊曰：水大鸟微，语迂拙。中著"之"字，更缓弱。

《初白庵诗评》：读此，觉《孔雀东南飞》一首未免冗长。

《诗比兴笺》：逐臣弃妇同情也。水大如江汉，则始分终合。今我微如禽鸟，而一分尚有合时乎？既不可必，且尽吾依恋之情而已。

《韩诗臆说》：更无可说，含悲无穷。古今多少去妇词，皆不及此深厚而凄恻也。

【总评】

《唐子西文录》：《琴操》非古诗，非骚词，惟韩退之为得体。退之《琴操》，柳子厚不能作；子厚《皇雅》，退之亦不能作。

《碧鸡漫志》：吾谓西汉后，独《敕勒歌》暨韩退之十《琴操》近古。

《沧浪诗话》：韩退之《琴操》极高古，正是本色，非唐贤所及。

《后村先生大全集·钟甫佀四友除授制》：世皆以列于《楚辞》者为骚，殊不知荀卿之《相》，贾、马之赋，韩之《琴操》，柳之《招海贾》、《哀溺》、《乞巧》诸篇，皆骚也。同一脉络，同一关键，而融液点化，千变万态，无一字相犯，至此而后可以言笔力。

《后村诗话》：谢康乐有《拟邺中诗》八首，江文通有《拟杂体》三十首，名曰"拟古"，往往夺真，亦犹退之《琴操》，真可以弦庙瑟，子厚《天对》，真可以答《天问》。

《黄氏日钞》：《琴操》大抵意味悠长，拱把不已。将古圣贤之作而述之耶？抑述古圣贤之意而作之耶？

《古赋辨体》：晁（补之）氏曰：愈学群书，奇辞奥旨，如取诸室中物。以其所涉博，故能约而为此。其取兴幽眇，怨而不言，最近《离骚》。十《操》取其四，以近《楚辞》，其删六首者皆《诗》也。愚谓：晁氏所取诚近《骚》，今从之。此篇（《将归操》）则比而赋也。

《四溟诗话》：（斛律）金不知书，同于刘、项，能发自然之妙。韩昌黎《琴操》虽古，涉于摹拟，未若金出性情尔。

《诗薮》：退之《琴操》，子厚《鼓吹》，锐意复古，亦甚勤矣。然《琴操》于文王列圣，得其意不得其词；《鼓吹》于《铙歌》诸曲，得其调不得其韵，其犹在晋人下乎？　　唐人诸古体，四言无论。为骚者，太白外，王维、顾况三二家，皆意浅格卑，相去千里。若李、杜五言大篇，七言乐府，方之汉魏正果，虽非最上，犹是大乘。韩《琴曲》,柳《铙歌》,仿佛声闻阶级,此外,蔑矣。

《唐诗选脉会通评林》:退之《琴操》十篇,俱有妙想,唯《残形操》无味。若《猗兰》、《履霜》、《岐山》皆见四言。　　陈继儒曰:文公《琴操》经而简,雅而文,人不可及,唐贤皆雅重之,岂后世能仰窥万一!

《诗辩坻》:昌黎《琴操》,以文为诗,非绝诣,昔人赏之过当,未为知音。至其拟《越裳操》,"我祖"、"四方"语奇,收斩截古劲,又复浑然。《龟山操》奇而朴,语意工妙。　　钟目韩退之《琴操》为真风雅,未敢信。三唐乐府中当称杰耳。然古《琴操》多伪作,佳者自少。

《批韩诗》:朱彝尊曰:《琴操》果非《诗》、《骚》,微近乐府,大抵稍涉散文气。昌黎以文为诗,是用独绝。

《带经堂诗话》:退之《琴操》上追三代,……今人号为学唐诗者,语以退之《琴操》、东野五言,能举其目者盖寡矣。

《师友诗传续录》:王士禛曰:中唐如韩退之《琴操》,直溯两周。

《义门读书记》:刘向《别录》云:"君子因雅琴之适,故从容以致思焉。其道闭塞,悲愁而作者,名其曲曰《操》,言遇灾害不失其操也。"十篇皆得"不失其操"本意。

《剑溪说诗》:退之《琴操》、《罗池庙》诗,李、杜不能作,何论子厚!

《韩昌黎诗集编年笺注》:按《琴操》十章,未定为何年所作。但其言皆有所感发,如"臣罪当诛"二语,与《潮州谢上表》所云"正名定罪,万死犹轻"之意正同,盖入潮以后,忧深思远,借古圣贤以自写其性情也。若《水仙》、《怀陵》二操,于义无取,则不复作矣。

《随园诗话补遗》:郑夹漈诋昌黎《琴操》数篇为兔园册子,语似太妄。然《羑里操》一篇,文王称纣为"天王圣明",余心亦不以为然，与《大雅》诸篇不合，不如古乐府之《琴操》曰："殷道溷溷，浸浊烦兮；炎炎之虐，使我愆兮。"其词质而文。要知大圣人必不反其词以取媚而沽名，余文集中辨之也详。

《小瀣草堂杂论诗》：韩退之诗有论气，"风雅"二字都用不着。其《琴操》诸作，浸淫向汉、魏上去矣。

《石洲诗话》：唐诗似《骚》者，约言之有数种：韩文公《琴操》，在《骚》之上；王右丞《送迎神曲》诸歌，《骚》之匹也；刘梦得《竹枝》，亦《骚》之裔；卢鸿一《嵩山十志》诗最下。

《诗比兴笺》：予读《琴操》，而知古人之用意，旷世不遇知音者，何多也！夫昌黎词必己出，不傍古人，故集中从无乐府、骚、七之篇，假设摹仿之什。乃忽无病效颦，代情拟古，言匪由衷，例徒自乱，果何为者耶？古操十二，止取其十，《怀陵》、《水仙》，删而不拟，何为者耶？《将归》、《猗兰》，以孔子而先文、周；《越裳》、《岐山》，一周公而分两处，宋本沿于唐集，此必公所手定，又何为者耶？贸贸悠悠，寻声奚益，惟知为《咏怀》、《感遇》之作，乃测其时世先后之由。前之四操，盖作于阳山谪黜之时；后之六操，乃在潮、海窜逐之后。既匪作于一时，自难循其故序。且前谪止由萋菲，故岩岩然疾邪守正之思；后窜因触龙鳞，故悄悄兮引咎恋主之意。比类以观，洵非逆志无以达其辞，非论世不可诵其诗已。

《静居绪言》：《琴操》诸篇，气味逼真《雅》什，不第辞句耳。

《养一斋诗话》：昌黎《琴操》，高古绝特，唐人无及之者。

《说韩》：《琴操》、《皇雅》一类诗，皆非深于文者不能作。退之、子厚皆文章之宗匠也。惟退之湛深于经诰，子厚则惟渊源于《骚》、《雅》。使子厚作《琴操》必如《骚》，退之未尝不能作《皇雅》也。

《韩诗臆说》：《琴操》十首，皆胜原词，有汉、魏乐府所不能及者。惟《越裳》、《岐山》二操，不逮周公《雅》、《颂》耳。

南山诗

吾闻京城南，兹惟群山囿。
东西两际海，巨细难悉究。
山经及地志，茫昧非受授。
团辞试提挈，挂一念万漏。
欲休谅不能，粗叙所经觏。
尝升崇丘望，戢戢见相凑。
晴明出棱角，缕脉碎分绣。
蒸岚相颎洞，表里忽通透。
无风自飘簸，融液煦柔茂。
横云时平凝，点点露数岫。
天空浮修眉，浓绿画新就。
孤撑有巉绝，海浴褰鹏噣。
春阳潜沮洳，濯濯吐深秀。
岩峦虽嵂崒，软弱类含酎。
夏炎百木盛，荫郁增埋覆。
神灵日歊歘，云气争结构。
秋霜喜刻轹，磔卓立癯瘦。
参差相叠重，刚耿陵宇宙。
冬行虽幽墨，冰雪工琢镂。
新曦照危峨，亿丈恒高袤。
明昏无停态，顷刻异状候。
西南雄太白，突起莫间篎。
藩都配德运，分宅占丁戊。
逍遥越坤位，诋讦陷乾窦。

空虚寒兢兢，风气较搜漱。
朱维方烧日，阴霾纵腾糅。
昆明大池北，去觐偶睛昼。
绵联穷俯视，倒侧困清沤。
微澜动水面，踊跃躁猱狖。
惊呼惜破碎，仰喜呀不仆。
前寻径杜墅，岔蔽毕原陋。
崎岖上轩昂，始得观览富。
行行将遂穷，岭陆烦互走。
勃然思坼裂，拥掩难恕宥。
巨灵与夸蛾，远贾期必售。
还疑造物意，固护蓄精祐。
力虽能排斡，雷电怯呵诟。
攀缘脱手足，蹭蹬抵积甃。
茫如试矫首，堛塞生怐愗。
威容丧萧爽，近新迷远旧。
拘官计日月，欲进不可又。
因缘窥其湫，凝湛阒阴兽。
鱼虾可俯掇，神物安敢寇。
林柯有脱叶，欲堕鸟惊救。
争衔弯环飞，投弃急哺鷇。
旋归道回睨，达枿壮复奏。
吁嗟信奇怪，峛崺能化贸。
前年遭谴谪，探历得邂逅。
初从蓝田入，顾盼劳颈脰。
时天晦大雪，泪目苦矇瞀。
峻涂拖长冰，直上若悬溜。

褰衣步推马，颠蹶退且复。
苍黄忘遐眺，所瞩才左右。
杉篁咤蒲苏，杲耀攒介胄。
专心忆平道，脱险逾避臭。
昨来逢清霁，宿愿忻始副。
峥嵘跻冢顶，倏闪杂鼯鼬。
前低划开阔，烂漫堆众皱。
或连若相从，或蹙若相斗，
或妥若弭伏，或竦若惊雊，
或散若瓦解，或赴若辐辏，
或翩若船游，或决若马骤，
或背若相恶，或向若相佑，
或乱若抽笋，或嵲若炷灸，
或错若绘画，或缭若篆籀，
或罗若星离，或蓊若云逗，
或浮若波涛，或碎若锄耨。
或如贲育伦，赌胜勇前购，
先强势已出，后钝嗔诟譆。
或如帝王尊，丛集朝贱幼，
虽亲不羁狎，虽远不悖谬。
或如临食案，肴核纷饤饾，
又如游九原，坟墓包椁柩。
或累若盆罂，或揭若登豆，
或覆若曝鳖，或颓若寝兽，
或婉若藏龙，或翼若搏鹫，
或齐若友朋，或随若先后，
或迸若流落，或顾若宿留，

或戾若仇雠，或密若婚媾，

或俨若峨冠，或翻若舞袖，

或屹若战阵，或围若蒐狩。

或靡然东注，或偃然北首。

或如火熹焰，或若气饙馏。

或行而不辍，或遗而不收，

或斜而不倚，或弛而不彀。

或赤若秃鬝，或熏若柴樗。

或如龟坼兆，或若卦分繇。

或前横若剥，或后断若姤。

延延离又属，夬夬叛还遘，

喁喁鱼闯萍，落落月经宿，

间间树墙垣，嶾嶾架库厩，

参参削剑戟，焕焕衔莹琇，

敷敷花披萼，阘阘屋摧霤，

悠悠舒而安，兀兀狂以狃，

超超出犹奔，蠢蠢骇不懋。

大哉立天地，经纪肖营腠。

厥初孰开张？黾俛谁劝侑？

创兹朴而巧，戮力忍劳疚。

得非施斧斤？无乃假诅咒？

鸿荒竟无传，功大莫酬僦。

尝闻於祠官，芬苾降歆嗅。

斐然作歌诗，惟用赞报酏。

【汇评】

《潜溪诗眼》：孙莘老尝谓老杜《北征》诗胜退之《南山》诗，王平甫以谓《南山》胜《北征》，终不能相服。时山谷尚少，乃曰："若论工巧，则《北征》不及《南山》；若书一代之事，以与《国风》、《雅》、《颂》相为表里，则《北征》不可无，而《南山》虽不作未害也。"二公之论遂定。

《艇斋诗话》：韩退之《南山》诗，用杜诗《北征》诗体作。

《苕溪渔隐丛话前集》：《雪浪斋日记》云：读谢灵运诗，知其揽尽山川秀气。读退之《南山》诗，颇觉似《上林》、《子虚》赋，才力小者不能到。

《猗觉寮杂记》：退之《南山》诗，每句用"或"字，"或连若相从，或蹙若相斗"而下，五十句皆用"或"字。《诗·北山》之什，自"或燕燕居息"而下用"或"字廿有二，此其例也。

《韩文考异》：盖此但言登山之时，丛薄蔽翳，方与虫兽群行，而忽至山顶，则豁然见前山之低，虽有高陵深谷，但如皱物微有襞摺之文耳。此最为善形容者。非登高山临旷野，不知此语之为工也。况此句"众皱"为下文诸"或"之纲领，而诸"或"乃"众皱"之条目。其语意接连，文势开阖，有不可以毫厘差者。若如方说，则不唯失其统纪，乱其行列，而鼫鼬动物，山体常静，绝无相似之理。石蟆之与堆阜，虽略相似，然自高顶下视，犹若成堆，则亦不为甚小，而未足见南山之极高矣。其与下文诸"或"，疏密工拙，又有迥然不侔者。未论古人，但使今时举子稍能布置者，已不为此，又况韩子文气笔力之盛，关键纪律之严乎？大抵今人于公之文，知其力去陈言之为工，而不知其文从字顺之为贵，故其好怪失常，类多如此（"前低"二句下）。

《黄氏日钞》：《南山诗》险语层出，合看其布置处。

《对床夜语》：退之《南山诗》云："延延离又属……蠢蠢骇不懋。"连十四句皆用双字起，盖亦《古诗》"青青河畔草，郁郁园中柳"之意。

《后村诗话》：韩《南山诗》设"或"、"如"者四十有九，辞义各不相犯，如缫瓮茧，丝出无穷。

《唐诗镜》：穷搜极想，语多生气炎炎，故能绚人耳目而不厌。　少陵《北征》随情披写，《南山诗》则着意铺排矣。

《唐诗选脉会通评林》：周珽曰：读此诗如入市肆，酒帐肉簿，纷然盈案，未饮先醉，不味先饫矣。

《辑注唐韩昌黎集》：《南山》之不及《北征》，岂仅仅不表里《风》、《雅》乎？其所言工巧，《南山》竟何如也？连用"或"字五十馀，即恐为赋若文者，亦无此法。极其铺张山形峻险，叠叠数百言，岂不能一两语道尽？试问之，《北征》有此曼冗否？翘断不能以阿私所好。

《围炉诗话》：《咏怀》、《北征》，古无此体，后人亦不可作，让子美一人为之可也。退之《南山诗》，已是后生不逊。诗贵出于自心，《咏怀》、《北征》出于自心者也；《南山》，欲敌子美而觅题以为之者也。山谷之语，只见一边。

《批韩诗》：朱彝尊曰：炼语工妙（"清明"二句下）。　如此说大话，亦未见佳，以无所取义。若龟山蔽鲁，便有味（"雷电"句下）。　此境奇甚（"争衔"二句下）。　"或连若相从"以下，琢句虽工，然不甚切实，自觉味短，且翻更说得太板了（"或后"句下）。　以韩公高才，到此亦乏出场。虽强为驰骋，终见才竭（"超超"二句下）。　此诗雕镂虽工，然有痕迹，且费排置。若《北征》则出之裕如，力量固胜。　何焯曰：刻画奇秀（"海浴"句下）。　体物幽细至此（"争衔"二句下）。　此段一开，妙甚（"前年"句下）。

《韩柳诗选》：《南山诗》格奇而词老，其运用处亦是赋家手法，然脱换入化，耳目一新。　此诗章法极奇极老，一变从前长篇之格，另开一境，所更难者不用事实，不假物产点缀，只铺叙所经靓，便已浩瀚如此了。

《放胆诗》：此诗向之论者以比少陵《北征》，余尝谓奇纵过之，而恳切正大不及也。

《说诗晬语》：《鸱鸮》诗连下十"予"字，《蓼莪》诗连下九"我"字，《北山》诗连下十二"或"字，情至不觉音之繁、词之复也。后昌黎《南山》用《北山》之体而张大之，下五十馀"或"字，然情不深而侈其词，只是汉赋体段。

《唐宋诗醇》：入手虚冒开局。"尝升崇丘"以下，总叙南山大概。"春阳"四段，叙四时变态。"太白"、"昆明"两段，言南山方隅连亘之所自。"顷刻异状候"以上，只是大略远望，未尝身历。瞻太白，俯昆明，眺望乃有专注，而犹未登涉也。"径杜墅"、"上轩昂"，志穷观览矣。蹭蹬不进，仅一窥龙湫止焉。遭贬由蓝田行，则又跋涉艰危，无心观览也。层层顿挫，引满不发，直至"昨来逢清霁"以下，乃举凭高纵目所得景象，倾囊倒箧而出之。叠用"或"字，从《北山》诗化出，比物取象，尽态极妍，然后用"大哉"一段煞住。通篇气脉逶迤，笔势竦峭、蹊径曲折，包孕宏深，非此手亦不足以称题也。

《昌黎先生诗集注》：此等长篇，亦从骚赋化出。然却与《焦仲卿妻》、杜陵《北征》诸长篇不同者，彼则实叙事情，此则虚摹物状。公以画家之笔，写得南山灵异缥缈，光怪陆离，中间连用五十一"或"字，复用十四叠字，正如骏马下冈，手中脱辔。忽用"大哉立天地"数语作收，又如柝声忽惊，万籁皆寂。

《韩昌黎诗集编年笺注》：古人五言长篇，各得文之一体。《焦仲卿妻》，诗传体；杜《北征》，序体；《八哀》，状体；白《悟真寺》，记体；张籍《祭退之》，诔体；退之《南山》，赋体。赋本六义之一，而此则《子虚》、《上林》赋派。长短句任华寄李白、杜甫二篇，书体；卢仝《月蚀》，议体；退之《寄崔立之》，亦书体，《谢自然》，又论体。触类而成，不得不然也。又按：《南山》、《北征》，各为巨制，题义不同，诗体自别,固不当并较优劣也。此篇乃登临纪胜之作,穷极状态,雄奇纵恣,为诗家独辟蚕丛。无公之才,则不能为。有公之才,亦不敢复作。固不可无一,不可有二者也。近代有妄人,讥其曼冗,且谓连用"或"字为非法,不知"或"字本《小雅·北山》,连用叠字本屈原《悲回风》、《古诗十九首》,款启寡闻,而轻有掎摭,多见其不知量也。

《龙性堂诗话》:中间连用五十馀"或"字,又连用叠字十馀句,其体物精致,公输释斤,道子阁笔矣。

《援鹑堂笔记》:宋人评论,特就事义大小言之耳。愚谓但就词气论,《北征》之沉壮郁勃,精采旁魄,盖有百番诵之而味不穷者,非《南山》所并。《南山》仅形容瑰奇耳,通首观之,词意犹在可增减之中。杜公诗诵之,古气如在喉间。《南山》前作冒子,不好。诗中用五十一"或"字。按:《华严法界品》言"三昧光明",多用"或"字文法。然公自本《小雅》,兼用《说卦》传耳。陆鲁望《和皮袭美千言诗》多用"谁"字,文法同此。

《读雪山房唐诗序例》:不读《南山诗》,那识五言材力,放之可以至于如是,犹赋中之《两京》、《三都》乎?彼以囊括苞符,此以镌镵造化。

《瓯北诗话》:究之山谷所谓工巧,亦未必然。凡诗必须切定题位,方为合作。此诗不过铺排山势及景物之繁富,而以险韵出之,层叠不穷,觉其气力雄厚耳。世间名山甚多,诗中所咏,何处不可移用,而必于南山耶?而谓之"工巧"耶?则与《北征》固不可同年语也。　　又《北征》、《南山》皆用仄韵,故气力健举。

《大云山房文稿补编·沿霸山图诗序》:余少读退之《南山诗》及子厚《万石亭记》、《小丘记》,喜其比形类情,卓诡排荡。及长,始知其法自周秦以来,体物者皆用之,非退之、子厚诗文之至者也。……至退之以重望自山阳改官京曹,方有大行之志,故其诗恢悦;子厚负衅远谪,故其文清浏而迫隘。

《灵芬馆诗话》:余最厌宋人妄议昔贤优劣。……山谷以杜《北征》为有关系之作,昌黎《南山》虽不作亦可,以此定《北征》为胜于《南山》诗。宁可如此说耶?余少时有论诗绝句数首,其一云:"一首《南山》敌《北征》,昔人意到句随成。江湖万古流天地,不信涪翁论重轻。"

《昭昧詹言》:《北征》、《南山》体格不侔,昔人评论以为《南山》可不作者,滞论也。论诗文政不当如此比较。《南山》盖以《京都赋》体而移之于诗也。《北征》是《小雅》、《九章》之比。 读《北征》、《南山》,可得满象,并可悟元气。

《求阙斋读书录·韩昌黎集》:《南山诗》:"西南"十句,赋太白山;"昆明"八句,赋昆明池。清沤为微澜所破碎,故猱狖躁而惊呼,呀而不仆,此述昆明池所见。"前寻"下二十二句,言从杜陵入山,因群峰之拥塞,不得登绝顶而穷览也。恶群峰之拥塞,思得如巨灵夸娥者,擘开而坼裂之。以雷电不为先驱,终不能擘。遂有攀缘蹭蹬之困。"因缘"以下十二句,因观龙湫而书所见。"前年"以下十二句,谓谪阳山时曾经此山,不暇穷探极览也。"昨来"以下至"蠢蠢骇不懋",谓此次始得穷观变态。前此游太白,游昆明池,游杜陵,游龙湫,本非一次,即谪贬时亦尝经过南山,俱不如此次之畅心悦目耳。

《岘佣说诗》:《南山》一首,昔人以拟《北征》,其实不类。《北征》抒写情境,不可不作;《南山》刻画山水,可以不作。 《南山》诗五十馀"或"字,与《送孟东野序》二十馀"鸣"字一例,大开后人恶习。学诗学文者宜戒。

《石遗室诗话》:涛园说诗,时有悟入处。近年在上海,与苏堪诸人作温经会,不止胸有左癖矣。尝云:昌黎《南山》诗连用五十一"或"字,少陵《北征》已有"或红如丹砂,或黑如点漆"之句,实则莫先于《小雅·北山》"或燕燕居息，或尽瘁事国"十二句，连用十二"或"字。余谓《北山》诗将苦乐不均，两两比较，视《南山》专状山之形态，有宽窄难易之不同。《北山》到底竟住，斩截可喜。《南山》则不免辞费，故中多复处。如"或庞若仇雠"，非即"或背若相恶"乎？"或密若婚媾"，非即"或向若相佑"乎？"或随若先后"，非即"或连若相从"乎？其余"或赴若辐辏"与"或行而不辍"，"或妥若弭伏"与"或颓若寝兽"，大同小异之处尚多。故昔人谓"《北征》不可无，《南山》可以不作"也。且其迭用"若"字、"如"字、"或"字，又本于《高唐赋》之"湫兮如风，凄兮如雨"，"若生于鬼，若出于神"；《神女赋》之"耀乎若白日初出照屋梁"，"皎若明月舒其光"，"晔乎如华，温乎如莹"；《洛神赋》之"翩若惊鸿，婉如游龙"，"仿佛兮若轻云之蔽月，飘飘兮若流风之回雪"，"皎若太阳升朝霞，灼若芙蕖出绿波"，"肩若削成，腰如约素"，"或戏清流，或翔神渚，或采明珠，或拾翠羽"诸句来也。等而上之，《淇澳》之"如切如磋，如琢如磨"，"如金如锡，如圭如璧"，《板》之"如埙如篪，如圭如璋，如取如携"，《荡》之"如蜩如螗，如沸如羹"，《三百篇》早有之矣。　　　昌黎《南山诗》，固未甚高妙。然论诗者必谓《北征》不可不作，《南山》可以不作，亦觉太过。《北征》虽忧念时事，说自己处居多。南山乃长安镇山，自《小雅》"秩秩斯干，幽幽南山"后，无雄词可诵者。必谓《南山》可不作，《斯干》诗不亦可不作邪？

《谭嗣同全集·思篇四六》：宋人以杜之《北征》，匹韩之《南山》，纷纷轩轾，闻者惑焉。以实求之，二诗体与篇幅，各有不同，未当并论。夷岸于谷，雌鸣求牡，岂有当乎？杜之《北征》，可匹韩之《赴江陵》及《此日足可惜》等诗。韩之《南山》，惟白之《悟真寺》乃劲敌耳，情事既类，修短亦称矣。

《韩诗臆说》：读《南山诗》，当如观《清明上河图》，须以静心闲眼，逐一审谛之，方识其尽物类之妙；又如食五侯鲭，须逐一咀嚼之,方知其极百味之变。昔人云赋家之心包罗天地者,于《南山诗》亦然。《潜溪诗眼》载山谷语,亦未尽确。然则《北征》可谓不工乎?要知《北征》、《南山》本不可并论。《北征》,诗之正也,《南山》乃开别派耳。公所谓与李、杜精诚交通、百怪入肠者,亦不在此等。

《南山诗评释》:以韵语刻画山水,原于屈、宋。汉人作赋,铺张雕绘,益臻繁缛。谢灵运乃变之以五言短篇,务为清新精丽,遂能独辟蹊径,擅美千秋。昌黎《南山》,取杜陵五言大篇之体,摄汉赋铺张雕绘之工,又变谢氏轨躅,亦能别开境界,前无古人。顾嗣立谓之光怪陆离,方世举称其雄奇纵恣,合斯二语,庶几得之。自宋人以比《北征》,谈者每就二篇较絜短长。予谓《北征》主于言情,《南山》重在体物,用意自异,取材不同,论其工力,并为极诣,无庸辨其优劣也。

谢自然诗

果州南充县,寒女谢自然,
童騃无所识,但闻有神仙。
轻生学其术,乃在金泉山,
繁华荣慕绝,父母慈爱捐。
凝心感魑魅,慌惚难具言。
一朝坐空室,云雾生其间,
如聆笙竽韵,来自冥冥天。
白日变幽晦,萧萧风景寒,
檐楹暂明灭,五色光属联。
观者徒倾骇,踯躅讵敢前。
须臾自轻举,飘若风中烟。
茫茫八纮大,影响无由缘。

里胥上其事，郡守惊且叹，
驱车领官吏，氓俗争相先。
入门无所见，冠履同蜕蝉，
皆云神仙事，灼灼信可传。
余闻古夏后，象物知神奸，
山林民可入，魖魅莫逢旃。
逶迤不复振，后世恣欺谩。
幽明纷杂乱，人鬼更相残。
秦皇虽笃好，汉武洪其源，
自从二主来，此祸竟连连。
木石生怪变，狐狸骋妖患。
莫能尽性命，安得更长延？
人生处万类，知识最为贤，
奈何不自信，反欲从物迁？
往者不可悔，孤魂抱深冤；
来者犹可诫，余言岂空文！
人生有常理，男女各有伦，
寒衣及饥食，在纺绩耕耘。
下以保子孙，上以奉君亲，
苟异于此道，皆为弃其身。
噫乎彼寒女，永托异物群。
感伤遂成诗，昧者宜书绅。

【汇评】

《韵语阳秋》：白日升天之说，上古无有也。老子为道家之祖，未尝言飞升。后之学道者，稍知清虚寡欲，则好事者必以白日上升归之，见于仙记者，抑何多耶？……韩退之集载《谢自然诗》曰："须臾自轻举，飘若风中烟。"人多以为上升，而不知自然为魅所着也。

故其末云："噫乎彼寒女，永托异物群。"

《黄氏日钞》：《谢自然诗》，指其轻举之事，为幽明杂乱，人鬼相残，不知人生常理而弃其身。卓哉，正大之见乎！

《批韩诗》：何焯曰：四语为后半篇议论伏案（"慌惚"句下）。　　描写似太史公《封禅书》（"来自"句下）。　　切寒女（"寒衣"二句下）。　　朱彝尊曰：率尔漫写，不见作手。

《义门读书记》：阮公《咏怀》云："王子十五年，游衍伊洛滨。朱颜茂春华，辨慧怀清真。焉见浮邱公，举手谢时人。轻荡易恍惚，飘飘弃其身。飞飞鸣且翔，挥翼且酸辛。"退之此篇，盖从之出。

安溪先生云："世固有仙道，自韩子言之，则皆鬼魅所为也，信乎？"曰：其入于鬼魅者多矣，故首曰："凝心感魑魅。"后曰："木石生怪变，狐狸骋妖患。"而中叙其升举之候，风寒幽晦，则非休徵可知。然韩子本意，虽视仙道犹鬼道也。故曰："莫能尽性命，安得更长延？"其《记梦》云："安能从汝巢神山？"则直谓世无仙道，但窟宅岩崖，群彼异物耳！韩子之距邪也严，故于仙佛皆以鸟兽号之。若朱子《感兴》二诗，则探其本原之论也。

《读书记疑》：谢自然，贞元十年十一月十二日辰时白昼上升，见于郡守李坚之奏，又赐诏褒谕，其事自非诬。昌黎诗云："皆云神仙事，灼灼信可传。"盖纪其实也。是时举世莫不崇信，而公独谓："木石生怪变，狐狸骋妖患"，而有"孤魂抱深冤"、"永托异物群"之叹，其卓识不惑如此，与《论佛骨表》同，世之人未有表而出之者也。余尝见王凤洲所撰《昙阳子传》，正所谓木石怪变、狐狸妖患者，而乃为之张大其事以传。其视昌黎公，当愧死无地矣。

《昌黎先生诗集注》：公排斥佛老，是生平得力处。此篇全以议论作诗，词严义正，明目张胆，《原道》、《佛骨表》之亚也。

《唐宋诗醇》：前叙后断，排斥不遗余力，人诧其白日飞升，吾独为孤魂冤痛，警世至深切矣。　　"凝心感魑魅"一语，包括半部

《楞严》。

《读韩记疑》：按谢自然事，当日俱奉为神仙，公谓此特为妖魅所惑。末言人生常理，不但议论宏伟，其一片至诚恻怛之心，尤足令人感悚。

《昌黎诗增注证讹》：公五言古诗如"在纺织耕耘"及"乃一龙一猪"、"夫平生好乐"等句，其句脉皆上一下四，亦古人所未有，直从《三百篇》来（"在纺"句下）。

《韩诗臆说》：二语说理极高妙，然是文体，非诗体也（"莫能"二句下）。　韩集中惟此及《丰陵行》等篇，皆涉叙论直致，乃有韵之文也，可置不读。篇末直与《原道》中一样说话，在诗体中为落言诠矣。

秋怀诗十一首（选六首）

其一

窗前两好树，众叶光薿薿，

秋风一拂披，策策鸣不已。

微灯照空床，夜半偏入耳。

愁忧无端来，感叹成坐起。

天明视颜色，与故不相似。

羲和驱日月，疾急不可恃。

浮生虽多涂，趋死惟一轨。

胡为浪自苦？得酒且欢喜。

【汇评】

《艇斋诗话》：陶渊明诗"白日沦西阿，素月出东岭"一篇，说得秋意极妙。韩退之《秋怀》"窗前两好树"、"策策鸣不已"一篇亦好，虽不及渊明萧散，然说得秋意出。予每至秋，喜诵此二诗及欧公

《秋声赋》。

《雨航杂录》：退之《秋怀诗》："窗前两好树，众叶光蘽蘽。……胡为浪自苦？得酒且欢喜。"词雅淡而骨遒上，骎骎建安矣。

《唐诗镜》：五言古每觉语致崛屈。

《唐风定》：哀伤太露，为变风之始。

《批韩诗》：朱彝尊曰：起四语常意，却写得流快（"策策"句下）。　何焯曰：接得妙（同上）。　逐层衬出（"微灯"句下）。　顶"策策"（"夜半"句下）。　顶"蘽蘽"。妙从秋声入耳，写得惊心动魄，然后转出颜色凋瘁来。若于"光蘽蘽"下径接凋瘁，便嚼蜡矣（"天明"二句下）。　结放开（末句下）。

《义门读书记》："悲哉，秋之为气也，草木摇落而变衰"，发端祖此。　反结放开（"胡为"二句下）。

《韩柳诗选》：其音节在《咏怀》、《感遇》之间，然戛戛乎陈言之务去矣，特其朴老处弥见深永。

《诗比兴笺》：此章则晨起念忧之伤人而自遣也。"浮生虽多途，趋死唯一轨。"凡人极忧无益，每作此想，始知徒以不赀之躯，殉无涯之患也。

其四

秋气日恻恻，秋空日凌凌。
上无枝上蜩，下无盘中蝇。
岂不感时节，耳目去所憎。
清晓卷书坐，南山见高棱。
其下澄湫水，有蛟寒可罾。
惜哉不得往，岂谓吾无能。

【汇评】

《唐诗品汇》：刘云："恻恻"、"凌凌"，亦是自道（首二句下）。 可与《古诗十九首》上下，而气复过之。

《唐诗镜》：气格峻嶒。

《唐诗归》：钟云：孤衷峭性，触境吐出（"岂不"二句下）。
谭云：直得妙（末句下）。

《唐诗选脉会通评林》：吴山民曰："上无"四句，真快情；"有
蛟"句，入想奇壮。 周珽曰：唐解此为：宪宗之世，朝政渐肃，
宜讨不廷，而己无权，故有是叹，然自任亦不浅。

《牧斋有学集·题遵王秋怀诗后》：余苦爱退之《秋怀》诗云：
"清晓卷书坐，南山见高棱。"高寒凄警，与南山相栖泊，警绝于文字
之外。能赏此二言，味其玄旨，斯可与谈胎性之说矣。

《批韩诗》：何焯曰：清神高韵，会心不远（"清晓"二句下）。

《义门读书记》：从悲秋意又翻出一层。"沉寥兮天高而气清，
寂寥兮收潦而水清"，是首所祖。原本前哲，却句句直书即目，所以
为至。"清晓卷书坐"以下，不但去所憎，霏开水澄，尤秋之可喜也。
末又因不得手揽蛟龙，触动所怀，此固丈夫之猛志，奈何为一博士
束缚也！

《初白庵诗评》：妙在随事多有指斥。

《载酒园诗话又编》：《秋怀诗》曰："清晓卷书坐……"凛然有
驱鳄鱼、焚佛骨之气。

《唐宋诗醇》：用意与《同谷六歌》略同。

《读韩记疑》：读此二语，清寒莹骨，肝胆为醒（"清晓"二
句下）。

《诗比兴笺》：蝇蝇之去，可憎之小者也。寒蛟之瞥，可图之大
者也。内而宦幸权奸，外而藩镇叛臣，手无斧柯，掌乏利剑，其若之
何？公《南山诗》云："因缘窥其湫，凝湛闷阴兽。"《湫堂》诗云："吁
无吹毛刃，血此牛蹄殷。"皆指此也。

《王闿运手批唐诗选》：专押窄韵，所以避熟，亦有生峭处。

《增评韩苏诗钞》：菊池三溪曰：句法字法皆自陶诗来，而不类陶诗，此昌黎所以为昌黎，虽坡公不获，不让一筹。　　又曰：秋气秋空，叠且二"秋"字，再用上下二字对缩双收，虽廑廑有韵，短篇自有万言之概。

《韩诗臆说》：郁怀直气，真可与老杜感至诚者。

其五

离离挂空悲，戚戚抱虚警。

露泫秋树高，虫吊寒夜永。

敛退就新懦，趋营悼前猛。

归愚识夷涂，汲古得修绠。

名浮犹有耻，味薄真自幸。

庶几遗悔尤，即此是幽屏。

【汇评】

《韵语阳秋》：韩退之《秋怀诗》十一篇，其一云："敛退就新懦，趋营悼前猛。"此陶渊明觉今是昨非之意，似有所悟也。然考他篇，有曰："低心逐时趋，苦勉只能暂。"又曰："尚须勉其顽，王事有朝请。"则进退之事尚未决也。至第十篇云："世累忽进虑，外忧遂侵诚"，"诘屈避语阱，冥茫触心兵。败虞千金弃，得比寸草荣"，其筹虑世故尤深。

《唐诗品汇》：刘云：起二语，又胜（首二句下）。　　又怨（"名浮"二句下）。

《唐诗归》：钟云："吊"字得秋夜之神（"虫吊"句下）。　　谭云：闻道之言（"名浮"二句下）。

《唐诗选脉会通评林》：周敬曰：思致沉着。　　王伯大曰："露泫"于"虫吊"，对偶尤切。　　陆时雍曰：多警句。

《批韩诗》：何焯曰：字字生造，新警之极（"虫吊"句下）。

朱彝尊曰：如此琢句，是学谢，然意却比谢精深（"汲古"句下）。

《义门读书记》：发端即虚喝下二句，"悼前猛"应"揽蛟龙"。"就新懦"，仍归于阅书史。

《初白庵诗评》：独抒怀抱，一字不犹人。朱子谓《秋怀诗》学《文选》体，浅之乎论昌黎矣。

《唐诗别裁》：此即今是昨非之意，连下章颇近谢公。

《唐宋诗醇》：此首特多见道之言。

《龙性堂诗话初集》：韩昌黎"敛退就新懦，趋营悼前猛。归愚识夷途，汲古得修绠"，又"古声久埋灭，无由见真滥。低心逐时趋，苦勉只能暂"，又"世累忽进虑，外忧遂侵诚。强怀张不满，弱念缺易盈"，与士衡"怀往欢绝端，悼来忧成绪"，"规行无旷迹，矩步岂逮人"，"远期鲜克及，盈数固希全"，"无迹有所匿，寂寞声必沉"，"肆目眇不及，缅然若双湝"，沉思郁响，同一关柈。东坡谓诗之变格自韩始，孰知固有由来也？

《诗比兴笺》：前此猛于趋营，则各常苦其不足。今此敛就新懦，则名尚耻其有馀。至是而始识夷途矣，知不幸中之幸矣。文集《五箴》，克己惩创，即是时作耶？

《岘佣说诗》：《秋怀诗》，古人尺度。如"露泫秋树高，虫吊寒夜永"，宛然晋宋人语也。"敛退就新懦"四语，则效大谢之削炼，而理致较胜。

《韩诗臆说》：写忧谗畏讥、旷疏无聊之况，可谓极致。

其八

卷卷落地叶，随风走前轩。
鸣声若有意，颠倒相追奔。
空堂黄昏暮，我坐默不言。
童子自外至，吹灯当我前。

问我我不应,馈我我不餐。

退坐西壁下,读诗尽数编。

作者非今士,相去时已千,

其言有感触,使我复凄酸。

顾谓汝童子,置书且安眠,

丈夫属有念,事业无穷年。

【汇评】

《唐诗品汇》:刘云:谓童子不喻,退而诵诗耳("我坐"句下)。　　耿耿如在目前,荆公"抛书还少年",不如此畅(末句下)。

《唐诗归》:钟云:写出幽凉难堪("卷卷"八句下)。

《榕村诗选》:言诵古人诗,与古人相感,默然安寝,而志乎无穷之业。《诗》所谓"独寐晤宿,永矢弗告"者欤?

《义门读书记》:"君不知兮可奈何?蓄怨兮积思,心烦憺兮忘食事。愿一见兮道余意,君之心兮与余异。"诗意似本于此。我之所以诵诗读书者,岂惟空言无施之为哉!学古之文,期于行古之道。日月逾迈,事业之有无不可知,前日变衰者,今已摇落矣,安得不后顾无穷,怆然兴怀也。

《诗比兴笺》:此与上篇(按指"霜风侵梧桐"篇),俱以落叶起兴,不言、不应、不餐,即上章指之所忧也。忧之无益,则置之而寻书;书复生感,又置之而就枕。然所感何事,终不能言也。

《韩诗臆说》:此首在十一篇中,最为显畅。然情兴感触,亦正无端。

《唐宋诗举要》:吴北江曰:结语兀鼻,韩公本色。

其九

霜风侵梧桐,众叶著树干。

空阶一片下,琤若摧琅玕。

谓是夜气灭，望舒贾其团。

青冥无依倚，飞辙危难安。

惊起出户视，倚楹久汍澜。

忧愁费晷景，日月如跳丸。

迷复不计远，为君驻尘鞍。

【汇评】

《唐诗品汇》：刘云：甚无紧要，造此奇崛（"空阶"二句下）。

《唐风定》：摧伤反复，愈出而愈无穷，而辞气瑰丽，苦而不寒，所以异于孟也。

《批韩诗》：朱彝尊曰：桐叶落，常事耳，写得如此奇峭，不知费多少营构工夫！

《义门读书记》："白露既下百草兮，奄离披此梧楸。"王逸谓：以茂美树兴于仁贤早遇霜露，故此篇复独以梧桐起兴也。下半篇亦从"仰明月而太息兮，步列星而极明"意变化而出。　卿士惟月，此篇必有所指（"望舒"句下）。　岂不高明？或以孤立难安，亦公自比也。惊心动魄之句（"青冥"二句下）。　言君自忧愁，日月自飞行不顾，晷景空费，迷复转赊，望舒司御，从此果为君驻鞍安驱乎（末四句下）？

《唐宋诗醇》：一叶之落，写得如许奇峭，此等蹊径，从何处开出？联句云："肠胃绕万象。"可想见落笔时意思。

《唐诗笺要》：荣入必悴，盛极必衰，无边阅历，于夜景中仿佛，若但描绘新寒气象，读之义韵奈然。

《读韩记疑》：谓月西沉也。上云夜气灭，下又承以飞辙跳丸之云，则是因其没匿而叹时运转移之速，不吾待也。注谓"闻叶声琤然，误谓望舒之贾其团"，则是以琤然者为月坠声耶？愚亦甚矣！然上句"谓是"二字不可解，或云恐是"须臾"二字之讹，未知是否？

《诗比兴笺》：闻落叶而误疑望舒之陨团，因误疑而忧及青冥之危辙,忧国恍惚,如梦如醉,决澜倚户,而冀迷复之不远,念及时之尚可为也。

《求阙斋读书录》:此首因落叶而疑为月霣,志士固有非常之感触也。

《韩诗臆说》:大臣忧国,心神恍惚,真骚雅之嗣也。

其十一

鲜鲜霜中菊,既晚何用好。

扬扬弄芳蝶,尔生还不早。

运穷两值遇,婉娈死相保。

西风蛰龙蛇,众木日凋槁。

由来命分尔,泯灭岂足道。

【汇评】

《韵语阳秋》:则似有不遇时之叹也。

《唐诗品汇》:刘云:甚悲惋自足,有守死不易之志,陈去非以为躁,岂其然哉? 又云:十韵皆豪壮感激,不类《选》体,最后诗气短,然极耿切也。

《唐风定》:此篇纯乎东野诸诗。皆当三上宰相书及四门博士时。

《义门读书记》:菊有黄华,则九秋矣,故秋怀以是终也。"蛰龙蛇"或自谓,一云即赋众木之凋,其枝干如龙蛇之蛰也,乃倒装句法("西风"二句下)。 归之于命,言盛衰不足道,及时进德修业,则有死而不亡者存矣(末二句下)。

《诗比兴笺》:此章则安命之思。以下诸章皆反己自修为其归。

《唐诗笺要》:起四语,"知止"、"乘时",两义俱到。蒋楚稚云:《秋怀》诗语意耿切,有志复古,晚唐人不能为。

《求阙斋读书录》：此首有安贫知命，致死不变，确乎不拔之意。

《韩诗臆说》：此首或谓指妻子言，初从之，及后细味，亦不必然。

【总评】

《竹庄诗话》：樊汝霖云：《秋怀诗》十一首，《文选》体也。唐人最重《文选》学，公以六经之文为诸儒倡，《文选》弗论也。而公诗如"自许连城价"、"傍砌看红药"、"眼穿长讶双鱼断"之句，皆取诸《文选》，此诗亦往往有其体。

《新刊五百家注音辨昌黎先生文集》：韩醇曰：此诗多自感，其趋尚不与世合，故有"避语阱"、"触心兵"之句（按见第十首），又以霜菊自叹，可见一时直道之不容也。

《黄氏日钞》：《秋怀诗》寄兴悠远，多感叹自敛退之意。

《唐诗品汇》：刘云：《秋怀诗》终是豪宕，非近语也。　　　　肮脏愈高。

《诗薮》：常建《太白峰》、韦左司《郡斋》、柳仪曹《南涧》、顾况《桑妇》、李端《洞庭》、昌黎《秋怀》、东野《感兴》，皆六朝之妙诣，两汉之馀波也。

《唐诗选脉会通评林》：周珽曰：大开唐奥，别建旗鼓，倒河倒峡，无能喻退之《秋怀》之作。

《辑注唐韩昌黎集》：退之《秋怀》十一诗，语意恳切，有志复古，此晚唐人不能作也。

《牧斋初学集·秋怀倡和诗序》：钱塘卓方水作《秋怀诗》十七首，桐乡孙子度从而和之。二子者高才不偶，坎壈失职，皆秋士也。……余告之曰：子读韩退之之《秋怀》乎？叹秋夜之不晨，悼萧兰之共悴，此悲秋者之所同也。"清晓卷书坐，南山见高棱"，"归愚识夷涂，汲古得修绠"，此四言者，退之之为退之，俨然在焉，亦思所以求而得之乎！夫悲忧穷蹇，蛩吟而虫吊者，今人之秋怀也；悠悠亹亹，畏天而悲人者，退之之秋怀也。求秋怀于退之，而退之之秋怀在焉；求退之于秋怀，而退之在焉。则夫为二子者，自此远矣。退之不云乎："志乎古，必遗乎今。"吾诚乐而悲之。夫志乎古者未有不遗乎今，未有不遗乎今而能志乎古者也。

《批韩诗》：以精语运淡思，兼陶、谢两公。

《唐宋诗醇》：《秋怀诗》抑塞磊落，所谓"寒士失职而志不平"者。昔人谓东野诗读之令人不欢，观昌黎此等作，真乃异曲同工，固宜有臭味之合也。

《韩昌黎诗集编年笺注》：昌黎短篇，以此十一首为最。樊、刘二说皆有可取，盖学《选》而自有本色者也。《文选》之学，终唐不废，但名手皆有本色。如李，如杜，多取材取法其中，而豪宕不践其迹。韩何必不如是耶？《荐士》诗之所斥者，但谓齐、梁、陈、隋耳，非谓汉、魏、晋、宋之载在《文选》者也。吾家不蓄《文选》，只李德裕放言高论。而德裕《会昌一品集》之诗文具在也，其与《文选》何如耶？孟郊《秋怀》十六首，与此勃敌，且有过而无不及。

《批顾嗣立韩诗注》：韩公诗号状体，谓有铺叙而无含蓄。如《秋怀诗》，岂得谓之状体乎？

《援鹑堂笔记》：《秋怀诗》十一首注云：《文选》诗体也。余谓此诗清特峭露，自是盘硬旧格，非《选》体也。

《昭昧詹言》：(陶渊明)《饮酒》二十首：据序，亦是杂诗，直书胸臆，直书即事，借饮酒为题耳，非咏饮酒也。阮公《咏怀》、杜公《秦川杂诗》、退之《秋怀》，皆同此例，即所谓遣兴也。人有兴物生感，而言以遣之，是必有名理名言，奇情奇怀奇句，而后同于著书。不拘一事，不拘一物、一时、一地、一人，悲愉辛苦，杂然而陈，而各有性情，各有本色，各有天怀、学识、才力，要必各自有其千古，而后为至者也。　　韩公亦是长篇易知，短篇用意深微，文法奇变，隐藏难识，尤莫如《秋怀》十一首矣。　　《秋怀》终是豪宕，非《选》体也。此元和十年，公由员外郎降为国子博士时作，即作《进学解》之意。有怨意，有敛退自策厉意，而直书目前，即事指点，惝恍迷离，似庄似讽。朱子言孟子说义理"精细明白，活泼泼地"，可以状此诗意境。　　《秋怀》始于宋玉，以摇落自比，此其本旨也。谢惠连作，一往清绮，真味益如，然犹未若韩公之奇恣，根本渊浩，无不包也。

《诗比兴笺》：《秋怀诗》始于忧世，终于忧学，所异于秋士之悲者在此。世人但赏音节，莫讨旨归，故学韩学杜千百家，徒得其皮与其骨也。

《说韩》：《秋怀诗》十一首，可与阮步兵《咏怀诗》颉颃。荆公《两马齿俱壮》廿八篇效之，但气味有时代之分别。合读可悟学古之方，与夫变化之道。樊汝霖说《秋怀诗》十一首《文选》诗体也云云。予按此说非也。昭明《文选》，汉、魏、六朝之诗皆入选，退之《秋怀》效阮籍，《文选》亦不弃阮籍也。《文选》所取之诗，退之固亦有取之者，非二物也。

《韩诗臆说》：《秋怀诗》当与东野所作同读，然亦难以轩轾，盖各有其至处。后来王龟龄所拟，便格平而味浅矣。读《秋怀诗》，须于闲闷无聊时长讽百过，自见其言外之意无穷也。

赴江陵途中寄赠王二十补阙李十一拾遗李二十六员外翰林三学士

孤臣昔放逐，血泣追愆尤，
汗漫不省识，况如乘桴浮。
或自疑上疏，上疏岂其由？
是年京师旱，田亩少所收，

上怜民无食，征赋半已休。
有司恤经费，未免烦征求。
富者既云急，贫者固已流。
传闻闾里间，赤子弃渠沟。
持男易斗粟，掉臂莫肯酬。
我时出衢路，饿者何其稠！
亲逢道边死，伫立久咿嚘。
归舍不能食，有如鱼中钩。
适会除御史，诚当得言秋，
拜疏移阁门，为忠宁自谋？
上陈人疾苦，无令绝其喉；
下陈畿甸内，根本理宜优。
积雪验丰熟，幸宽待蚕耰。
天子恻然感，司空叹绸缪，
谓言即施设，乃反迁炎州。
同官尽才俊，偏善柳与刘。
或虑语言泄，传之落冤仇。
二子不宜尔，将疑断还不。
中使临门遣，顷刻不得留。
病妹卧床褥，分知隔明幽，
悲啼乞就别，百请不颔头。
弱妻抱稚子，出拜忘惭羞。
俛偭不回顾，行行诣连州。
朝为青云士，暮作白头囚。
商山季冬月，冰冻绝行輈。
春风洞庭浪，出没惊孤舟。
逾岭到所任，低颜奉君侯。

酸寒何足道，随事生疮疣。
远地触途异，吏民似猿猴，
生狞多忿很，辞舌纷嘲啁。
白日屋檐下，双鸣斗鹍鹠。
有蛇类两首，有蛊群飞游。
穷冬或摇扇，盛夏或重裘。
飓起最可畏，訇哮簸陵丘。
雷霆助光怪，气象难比侔。
疠疫忽潜遘，十家无一瘳。
猜嫌动置毒，对案辄怀愁。
前日遇恩赦，私心喜还忧。
果然又羁縻，不得归锄耰。
此府雄且大，腾凌尽戈矛。
栖栖法曹掾，何处事卑陬？
生平企仁义，所学皆孔周。
早知大理官，不列三后俦，
何况亲犴狱，敲搒发奸偷。
悬知失事势，恐自罹置罘。
湘水清且急，凉风日修修。
胡为首归路，旅泊尚夷犹？
昨者京使至，嗣皇传冕旒，
赫然下明诏，首罪诛共吺。
复闻颠夭辈，峨冠进鸿畴。
班行再肃穆，璜珮鸣琅璆。
仁继贞观烈，边封脱兜鍪。
三贤推侍从，卓荦倾枚邹。
高议参造化，清文焕皇猷。

协心辅齐圣，致理同毛牦，

小雅咏鹿鸣，食苹贵呦呦。

遗风邈不嗣，岂忆尝同裯。

失志早衰换，前期拟蜉蝣。

自从齿牙缺，始慕舌为柔。

因疾鼻又塞，渐能等薰莸。

深思罢官去，毕命依松楸。

空怀焉能果？但见岁已遒。

殷汤闵禽兽，解网祝蛛蝥。

雷焕掘宝剑，冤氛消斗牛。

兹道诚可尚，谁能借前筹？

殷勤答吾友，明月非暗投。

【汇评】

《新刊五百家注音辨昌黎先生文集》：《笔墨闲录》曰：此等语可谓怨诽而不乱矣（"不列"句下）。

《后村诗话》：《江陵道中寄三翰林》云："同官多才隽，偏善柳与刘。或疑言语泄，传之落冤雠。"按退之阳山之贬，此诗及史皆云因论宫市，似非刘、柳漏言之故。当时乃有此说，市朝风波，可畏久矣。然退之与刘、柳豁然不疑，故有"二子不宜尔"之句，庶几不怨天、不尤人矣。

《黄氏日钞》：《赴江陵途中》诗，次叙明密，是记事体。内有云："早知大理官，不列三后传。何况亲犴狱，敲揉发奸偷。"此语可警世俗。

《辑注唐韩昌黎集》：此诗详切恳恻，其述饥荒、离别二段，亦仿佛工部，较胜《南山》数筹。

《批韩诗》：朱彝尊曰：意奇妙，然却以无心得之（"渐能"句下）。　此却近《北征》，其笔力驰骋，亦不相上下。但气脉犹觉生硬,杜则浑然。　　　张鸿曰:曲折而达("或自"二句下)。
戛戛独造,真陈言之务去也("归舍"二句下)。　　　描写真确,无不
尽之情("弱妻"二句下)。　　　此二联可窥造句之妙("自从"四句
下)。　　　此诗直追少陵。玩其描写,真有不可及处。梅宛陵极力
摹仿,而无其雄杰。　　　何焯曰:老杜家数("弱妻"二句下)。

转接自己无痕("遗风"二句下)。　　　双关语("因疾"二句下)。

汪琬曰:以寄赠收(末句下)。

《初白庵诗评》:四句用事得体("早知"四句下)。　　　又深一
层("因疾"二句下)。

《唐宋诗醇》:此自阳山量移江陵而寄王涯、李建、李程,意在
牵复耳。有求于人,易涉贬屈,而"齿缺"、"鼻塞"等语,借失志衰换
写,意似有惩创,然只以诙谐出之,固知倔强犹昔,不肯折却腰骨
也。意缠绵而词凄婉,神味极似小雅。

《瓯北诗话》:(韩)先与柳宗元、刘禹锡交好;及自监察御史贬
阳山令,实以上疏言事,柳、刘泄之于王伾、王叔文等,故有此迁谪。
然其《赴江陵》诗云:"同官尽才俊,偏善柳与刘。或虑言语泄,传之
落冤仇。二子不宜尔,将疑断还不?"是犹隐约其词,而不忍斥言。

《韩诗臆说》:开口言追愆尤,而其下绝不愆尤,正如《诗》所谓
"我罪伊何"也("血泣"句下)。　　　明理人亦作此糊涂语耶?然真
悃正自可爱。此与《答柳子厚书》中语参看("不列"句下)。　　　公
于伾、文之败,皆痛快彰明言之,所谓雄直气也("首罪"句下)。

直从《九歌》、《九辩》来。

此日足可惜赠张籍

此日足可惜,此酒不足尝。
舍酒去相语,共分一日光。

念昔未知子，孟君自南方，
自矜有所得，言子有文章。
我名属相府，欲往不得行，
思之不可见，百端在中肠。
维时月魄死，冬日朝在房，
驱驰公事退，闻子适及城。
命车载之至，引坐于中堂，
开怀听其说，往往副所望。
孔丘殁已远，仁义路久荒，
纷纷百家起，诡怪相披猖。
长老守所闻，后生习为常。
少知诚难得，纯粹古已亡。
譬彼植园木，有根易为长。
留之不遣去，馆置城西旁，
岁时未云几，浩浩观湖江。
众夫指之笑，谓我知不明，
儿童畏雷电，鱼鳖惊夜光。
州家举进士，选试缪所当，
驰辞对我策，章句何炜煌。
相公朝服立，工席歌鹿鸣。
礼终乐亦阕，相拜送于庭。
之子去须臾，赫赫流盛名。
窃喜复窃叹，谅知有所成。
人事安可恒，奄忽令我伤。
闻子高第日，正从相公丧，
哀情逢吉语，恼怅难为双。
暮宿偃师西，徒展转在床。

夜闻汴州乱，绕壁行彷徨。

我时留妻子，仓卒不及将，

相见不复期，零落甘所丁。

骄儿未绝乳，念之不能忘，

忽如在我所，耳若闻啼声。

中途安得返，一日不可更。

俄有东来说，我家免罹殃，

乘船下汴水，东去趋彭城。

从丧朝至洛，还走不及停。

假道经盟津，出入行洞冈。

日西入军门，羸马颠且僵。

主人愿少留，延入陈壶觞。

卑贱不敢辞，忽忽心如狂。

饮食岂知味，丝竹徒轰轰。

平明脱身去，决若惊凫翔。

黄昏次汜水，欲过无舟航，

号呼久乃至，夜济十里黄。

中流上滩滞，沙水不可详，

惊波暗合沓，星宿争翻芒。

辕马踯躅鸣，左右泣仆童。

甲午憩时门，临泉窥斗龙。

东南出陈许，陂泽平茫茫。

道边草木花，红紫相低昂，

百里不逢人，角角雄雉鸣。

行行二月暮，乃及徐南疆。

下马步堤岸，上船拜吾兄。

谁云经艰难，百口无夭殇。

仆射南阳公，宅我睢水阳。

箧中有馀衣，盎中有馀粮。

闭门读书史，窗户忽已凉。

日念子来游，子岂知我情？

别离未为久，辛苦多所经。

对食每不饱，共言无倦听。

连延三十日，晨坐达五更。

我友二三子，宦游在西京，

东野窥禹穴，李翱观涛江，

萧条千万里，会合安可逢？

淮之水舒舒，楚山直丛丛，

子又舍我去，我怀焉所穷？

男儿不再壮，百岁如风狂。

高爵尚可求，无为守一乡。

【汇评】

《明道杂志》：韩吏部《此日足可惜》诗，自"尝"字入"行"字，又入"江"字、"崇"字。虽越逸出常制，而读之不觉。信奇作也。

《唐子西文录》：韩退之作古诗，有故避属对者，"淮之水舒舒，楚山直丛丛"是也。

《新刊五百家注音辨昌黎先生文集》：蔡梦弼曰：此诗与《元和圣德诗》多从古韵，读之者当始终以协声求之，非所谓杂用韵也。押二"光"字，二"鸣"字，二"更"字，二"狂"字。胡仔谓退之好重叠用韵，以尽己之意，盖不恤其为病也。

《唐音癸签》：韩愈最重字学，诗多用古韵，如《元和圣德》及《此日足可惜》诗，全篇一韵，皆古叶兼用。

《诗源辩体》：退之五言古《此日足可惜》一篇，措语与众不同。此篇故为拙朴，字字有金石声。学者必先读子美《杜鹃》、《义鹘》、

《彭衙》诸作,乃可读此,否则不免惊异耳。张籍《祭退之》仿此,而庸鄙处实多。后惟欧阳公《送吴生》一篇,足以嗣响。

《批韩诗》：朱彝尊曰：奇句奇壮,意高远(首二句下)。　　叙事觉太详、太实、太拙("有根"句下)。　　自己跋涉辛苦,又闻此变,叙来稍觉有味。大抵文生于情是本等("夜闻"二句下)。要知此闲点景,方是诗家趣味。《北征》诗"或红如丹砂"等句,亦是此意("百里"二句下)。　　添一"之"字,故避对,乃更古健。然《秋怀诗》何尝不对？此要看上下调法如何("淮之"二句下)。汪琬曰：惜别之意,似从"勿言一樽酒,明日难重持"二句翻出(首二句下)。　　何焯曰：真("耳若"句下)。

《昌黎先生诗集注》：俞玚曰：此诗中间叙次,亦仿佛《彭衙》、《北征》光景。

《义门读书记》：注："去",当作"须"。按"须"字是。所以饮酒不乐者,乃亟待张之至也。"去"字真无理尔。《诗》："卬须我友"("舍酒"句下)。　　少有所知,便是"根"也("有根"句下)。韩、苏诗病("儿童"二句下)。二"窃"字,暗与众夫指笑对照("窃喜"句下)。　　非屡涉江湖,不知其真("惊波"四句下)。　　只此句用一故实趁韵,非当时情理("临泉"句下)。　　惊魂初复,不觉及秋,二语神助("闭门"二句下)。　　谓自五更起坐达晨也,本老杜"午时起坐自天明"来("晨坐"句下)。　　结归"此日可惜"。结挺拔("百岁"句下)。

《初白庵诗评》：才难一言,千古同叹("少知"二句下)。

《韩柳诗选》：此段从读书旅次而忽念离索,笔法惊绝。用"三十日"句正为此日之可惜也,并及二三子、东野,正与前应而兼入李翱,文法极活。"男儿"句又与"此日"作应,章法整密,最近少陵,而排荡之气,则尤见公之笔力也("连延"句下)。

《唐宋诗醇》：追溯与籍结交之始,至今日重逢别去。而其中历叙己之崎岖险难,意境纡折,时地分明,摹刻不传之情,并觑缕不必详之事,倥偬杂沓,真有波涛夜惊、风雨骤至之势。若后人为之,鲜不失之冗散者。须玩其劲气直达处,数十句如一句。尤须玩其通篇章法,搏控操纵,笔力如一发引千钧,庶可神明于规矩之外。

《批顾嗣立韩诗注》:长篇叙情事,无对偶语,而不觉其冗漫,此见笔力。

《韩昌黎诗集编年笺注》:此篇用韵,全以《三百篇》为法。此诗用东、冬、江、阳、庚、青六韵,盖古韵本然耳。至于叠韵,亦非始于老杜。自老杜以前,《焦仲卿诗》叠用甚多,而亦本于《三百篇》。

《昌黎诗增注证讹》:此篇颇似老杜《北征》,第微逊其纤馀卓荦耳。

《评注韩昌黎诗集》:惜别是道情之文,然须字字从心坎流出,写得淋漓尽致,便是大家手笔。况既非律言,用韵错杂,无足瑕疵。评家多就用韵为上下手,毋乃蛙聒。

《十八家诗钞评点》:雄直之体,浑转之气,奇崛之句,杂沓并驱诗中,异观也。

《韩诗臆说》:慨然以起,与《醉赠张秘书》同(首二句下)。

中间愈琐愈妙,正得杜法("耳若"句下)。　　叙次妙处,真得老杜《北征》、《彭衙》遗意("左右"句下)。　　百忧中有此古兴,妙绝("甲午"二句下)。　　公云"上与甫、白感至诚",如《南山诗》,乃变杜之体而与相抗者也;如此篇,乃同杜之体而与相和者也。

幽　怀

幽怀不能写,行此春江浔。
适与佳节会,士女竞光阴。
凝妆耀洲渚,繁吹荡人心。

间关林中鸟，亦知和为音。

岂无一尊酒，自酌还自吟。

但悲时易失，四序迭相侵。

我歌君子行，视古犹视今。

【汇评】

《诗源辩体》：退之五、七言古虽奇险豪纵，然五言如"幽怀不能写"，稍类建安。

《批韩诗》：朱彝尊曰：起是裁嗣宗"独坐空堂上"四句为两句，却近自然（首二句下）。　　是《选》调，此自是诗正派。

归彭城

天下兵又动，太平竟何时？

讦谟者谁子？无乃失所宜。

前年关中旱，闾井多死饥。

去岁东郡水，生民为流尸。

上天不虚应，祸福各有随。

我欲进短策，无由至形墀。

剖肝以为纸，沥血以书辞。

上言陈尧舜，下言引龙夔，

言词多感激，文字少葳蕤。

一读已自怪，再寻良自疑。

食芹虽云美，献御固已痴。

缄封在骨髓，耿耿空自奇。

昨者到京城，屡陪高车驰。

周行多俊异，议论无瑕疵，

见待颇异礼，未能去毛皮，

到口不敢吐,徐徐俟其巇。

归来戎马间,惊顾似羁雌,

连日或不语,终朝见相欺。

乘间辄骑马,茫茫诣空陂,

遇酒即酩酊,君知我为谁?

【汇评】

《潜溪诗眼》:唐诸诗人,高者学陶、谢,下者学徐、庾,惟老杜、李太白、韩退之早年皆学建安,晚乃各自变成一家耳。……韩退之《孤臣昔放逐》、《暮行河堤上》、《重云》、《赠李观》、《江汉》、《答孟郊》、《归彭城》、《醉赠张秘书》、《送灵师》、《惠师》并亦皆此体,但颇自加新奇。

《唐诗镜》:韩诗语带粗颣痕。

《初白庵诗评》:一肚皮不合时宜,无所发泄,于此章吐之。究竟不能尽吐,一起一结,感叹何穷! 　　查晚晴曰:结语奇。连上数句读,觉公亦有不满于建封也。

《唐宋诗醇》:忧时伤乱,感愤无聊,骑马空陂,不减途穷之哭。"周行"、"俊异"数语,风刺微婉,所谓"中朝大官老于事,讵肯感激徒媕婀"也。"刳肝"、"沥血"句,从少陵《凤凰台》诗化出。又庾信《经藏碑》有"皮纸骨笔"之句。退之虽不喜用释典,然运化前人词语,自无嫌也。

《评注韩昌黎诗集》:人人惊公多险句,余谓险字工夫,实从夷字经验而来。读此首,可以悟关巧。

《韩诗臆说》:不到"二雅"不肯捐,似此真是矣。

醉赠张秘书

人皆劝我酒,我若耳不闻。

今日到君家,呼酒持劝君。

为此座上客,及余各能文。

君诗多态度,蔼蔼春空云。

东野动惊俗,天葩吐奇芬。

张籍学古淡,轩鹤避鸡群。

阿买不识字,颇知书八分,

诗成使之写,亦足张吾军。

所以欲得酒,为文俟其醺,

酒味既冷冽,酒气又氛氲,

性情渐浩浩,谐笑方云云,

此诚得酒意,馀外徒缤纷。

长安众富儿,盘馔罗膻荤,

不解文字饮,惟能醉红裙。

虽得一饷乐,有如聚飞蚊。

今我及数子,固无菟与薰。

险语破鬼胆,高词媲皇坟。

至宝不雕琢,神功谢锄耘。

方今向太平,元凯承华勋,

吾徒幸无事,庶以穷朝曛。

【汇评】

《石林诗话》:古今论诗者多矣,吾独爱汤惠休称谢灵运为"初日芙蕖",沈约称王筠为"弹丸脱手",两语最当人意。……韩退之《赠张籍》云:"君诗多态度,蔼蔼春空云。"司空图记戴叔伦语云:"诗人之词,如蓝田日暖,良玉生烟。"亦是形似之微妙者,但学者不能味其言耳。

《扪虱新话》:孟嘉、李白皆谓酒中有趣,而世少有知之者。予爱韩退之之诗云:"所以欲得酒,为文俟其醺。酒味既冷冽,酒气又氤氲。性情渐浩浩，谐笑方云云。此诚得酒趣，此外徒缤纷。"此八句便道尽酒中情状，然又尝恨其漏泄天机。此趣岂容世间得闻？以此知杜子美之《咏八仙》，犹是未得酒中之趣。

《猗觉寮杂记》：退之云："长安富豪儿……有如聚飞蚊。"《楞严经》云："一切众生，如一器中聚百蚊蚋，啾啾乱鸣于方寸中，鼓发狂闹。"退之虽辟佛，然亦观其书。

《黄氏日钞》：《醉赠张秘书》谓座客能文，性情浩浩，为得酒意；而"富儿"、"红裙"之醉，如聚飞蚊，可谓逸兴。卒章有云："至宝不雕琢，神功谢锄耘。"此谓文字混然天成之妙也。公之自得盖如此。

《批韩诗》：朱彝尊曰：只说文字饮，与杜《简薛华醉歌》同，但少逊其超逸。

《义门读书记》："避"当作"辟"，言"轩鹤"一至，"鸡群"辟易也，犹《孟子》"行辟人"之"辟"，与上"惊俗"语意相类也（"轩鹤"句下。）

穿作一事（"所以"八句下）。　　此耳不闻志也（"长安"六句下）。　　对上"文"字。三君之为文，上既言之，此四语乃终"及余各能文"之意。笔势错综，不见其夸，然于公实不愧也（"险语"四句下）。　　对上"饮"字（"吾徒"二句下）。

《寒厅诗话》：韩昌黎诗句句有来历，而能务去陈言者，全在于反用。如《醉赠张秘书》诗，本用嵇绍"鹤立鸡群"语，偏云："张籍学古淡，轩鹤避鸡群。"……学诗者解得此秘，则臭腐化为神奇矣。

《雨村诗话》：韩昌黎诗云："险语破鬼胆，高词媲皇坟。"此是公自赞其诗，不可徒作赞他人诗看。然皆经籍光芒，故险而实平。

《昭昧詹言》：《醉赠张秘书》句法精造，亦山谷所常模。《醉赠张秘书》与《赠无本》，特地做成局阵，章法参差迷离，读者往往忽之，不能觉也。然此等皆尚有迹可寻。

《历代诗发》：造语创辟，一字不肯犹人。

《问花楼诗话》:《赠张籍》诗曰:"张籍学古淡。""古淡"者,简素之极致,籍固未之能逮焉。一"学"字,可见古人论文,分寸不苟,非若今人信口揄扬已也。

《评注韩昌黎诗集》:屏去险硬本能,纯以和易出之。结末自感身世,有意在言外之妙。

《增评韩苏诗钞》:三溪曰:东野、张籍一一品藻,不失斤两。"春云"、"天葩",句句警拔,移可以评昌黎之诗也。

送惠师

惠师浮屠者,乃是不羁人。
十五爱山水,超然谢朋亲。
脱冠剪头发,飞步遗踪尘。
发迹入四明,梯空上秋旻,
遂登天台望,众壑皆嶙峋。
夜宿最高顶,举头看星辰,
光茫相照烛,南北争罗陈。
兹地绝翔走,自然严且神。
微风吹木石,澎湃闻韶钧。
夜半起下视,溟波衔日轮。
鱼龙惊踊跃,叫啸成悲辛。
怪气或紫赤,敲磨共轮囷。
金鸦既腾翥,六合俄清新。
常闻禹穴奇,东去窥瓯闽。
越俗不好古,流传失其真。
幽踪邈难得,圣路嗟长堙。
回临浙江涛,屹起高峨岷。

壮志死不息，千年如隔晨。
是非竟何有？弃去非吾伦。
凌江诣庐岳，浩荡极游巡。
崔嵂没云表，陂陀浸湖沦。
是时雨初霁，悬瀑垂天绅。
前年往罗浮，步戛南海漘。
大哉阳德盛，荣茂恒留春。
鹏骞堕长翮，鲸戏侧修鳞。
自来连州寺，曾未造城闉，
日携青云客，探胜穷崖滨。
太守邀不去，群官请徒频。
囊无一金资，翻谓富者贫。
昨日忽不见，我令访其邻，
奔波自追及，把手问所因。
顾我却兴叹：君宁异于民？
离合自古然，辞别安足珍？
吾闻九疑好，凤志今欲伸。
斑竹啼舜妇，清湘沉楚臣。
衡山与洞庭，此固道所循。
寻崧方抵洛，历华遂之秦。
浮游靡定处，偶往即通津。
吾言子当去，子道非吾遵，
江鱼不池活，野鸟难笼驯。
吾非西方教，怜子狂且醇；
吾嫉惰游者，怜子愚且谆。
去矣各异趣，何为浪沾巾？

【汇评】

《黄氏日钞》：皆叙其游历胜概，终律之以正道。

《后村诗话》：唐僧见于韩集者七人，惟大颠、颖师免嘲侮。高闲草书颇得贬抑。如惠、如灵、如文畅、如澄观，直以为戏笑之具而已。

《批韩诗》：何焯曰：山水一篇之骨（"十五"句下）。　　写景奇壮（"六合"句下）。　　汪琬曰：历叙山水之趣，错落入古（"鲸戏"句下）。　　朱彝尊曰：历叙名山之游，挨次铺叙，下语炼净。

《初白庵诗评》：通篇写其爱山水，游踪或已到，或未到，序次变化错落。　　查晚晴曰：通篇以好游为旨，妙在中间将连州隔断，便如砥柱中流，波涛上下，前是已游，后是未历，忽作一顿。诗格亦正宜尔尔。

《韩柳诗选》："爱山水"是一诗眼目，历叙诸山水极见笔法。

《评注韩昌黎诗集》：此诗下语极炼，摛字极净。即气势壮勇，亦不减《送灵师》一首。

《韩诗臆说》："不羁"二字，是一篇主脑（"乃是"句下）。　　惠之高处是爱山水，故四明、天台、禹穴、浙涛、庐岳、罗浮，以此追述，而终之以衡山、嵩、华也。

送灵师

佛法入中国，尔来六百年。
齐民逃赋役，高士著幽禅。
官吏不之制，纷纷听其然。
耕桑日失隶，朝署时遗贤。
灵师皇甫姓，胤胄本蝉联。
少小涉书史，早能缀文篇。

中间不得意，失迹成延迁。
逸志不拘教，轩腾断牵挛。
围棋斗白黑，生死随机权。
六博在一掷，枭卢叱回旋。
战诗谁与敌？浩汗横戈铤。
饮酒尽百盏，嘲谐思逾鲜。
有时醉花月，高唱清且绵。
四座咸寂默，杳如奏湘弦。
寻胜不惮险，黔江屡洄沿。
瞿塘五六月，惊电让归船，
怒水忽中裂，千寻堕幽泉。
环回势益急，仰见团团天。
投身岂得计，性命甘徒捐。
浪沫蹙翻涌，漂浮再生全。
同行二十人，魂骨俱坑填。
灵师不挂怀，冒涉道转延。
开忠二州牧，诗赋时多传。
失职不把笔，珠玑为君编。
强留费日月，密席罗婵娟。
昨者至林邑，使君数开筵。
逐客三四公，盈怀赠兰荃。
湖游泛溏沆，溪宴驻潺湲。
别语不许出，行裾动遭牵。
邻州竞招请，书札何翩翩！
十月下桂岭，乘寒恣窥缘。
落落王员外，争迎获其先。
自从入宾馆，占客久能专。

吾徒颇携被,接宿穷欢妍。

听说两京事,分明皆眼前。

纵横杂谣俗,琐屑咸罗穿。

材调真可惜,朱丹在磨研。

方将敛之道,且欲冠其颠。

韶阳李太守,高步凌云烟,

得客辄忘食,开囊乞缯钱。

手持南曹叙,字重青瑶镌,

古气参象系,高标摧太玄。

维舟事干谒,披读头风痊。

还如旧相识,倾壶畅幽悁。

以此复留滞,归骖几时鞭?

【汇评】

《扪虱新语》:退之送惠师、灵师、文畅、澄观等诗,语皆排斥,独于灵似若褒惜,而意实微显,如"围棋"、"六博"、"醉花月"、"罗婵娟"之句,此岂道人所宜为者?其卒章云:"方将敛之道,且欲冠其颠。"于澄观诗亦云:"我欲收敛加冠巾。"此便是勒令还俗也。

《后村诗话》:灵尤跌荡,至于醉花月而罗婵娟,此岂佳僧乎?韩公方且欲冠其颠。《赠灵师》云:"佛法入中国,尔来六百年。齐民逃赋役,高士著幽禅。"韩公称士友,虽李翱、籍、浞不过三数篇,或发于记序书尺,惟与僧诗多四十余韵,或三四十韵,其间多谑浪笑傲之词,而缁流不悟,往往欲附名集中,以为荣宠,可发千载一笑。

《唐诗快》:此僧行径甚奇,诗却能一一写出。

《批韩诗》:朱彝尊曰:亦是顺叙铺去,笔力自苍(首二句下)。　　何焯曰:造句警奇("环回"二句下)。　　四语是作诗之旨("材调"四句下)。　　张鸿曰:写水之洄漩,奇景如绘("环回”二句下）。

《尧峰文钞·草堂合刻诗序》：自昔辟佛者，莫严于昌黎韩子。及读其《送灵师》一篇，则有异焉。夫其人舍去父母、兄弟、妻子而从佛，既已叛吾周、孔之教矣；逮其为僧，则又围棋、六博、饮酒而食肉，以干谒招请为事，不更干佛之戒律耶？上之叛吾周、孔，次之干佛之戒律，虽甚工于诗，奚取焉？而昌黎不为之讳，反津津称道不已，何也？

《义门读书记》：得毋太冗？　　“耕桑”顶“齐民”来，“朝署”顶“高士”来（“耕桑”二句下）。　　此段见不独有才调，且兼胆勇（“瞿塘”句至“冒涉”句）。　　岭外山川，惟天寒乃可经寻（“乘寒”句下）。

《初白庵诗评》：有此一段，方见其才学，惜流入于异端也（“方将”二句下）。　　查晚晴曰：叙其生平嗜好技能，拉杂如火，重之以好奇好游，群公爱重，俱非以禅寂之流目之，而归之于才调可惜，敛道冠巾，与起处发论，同归于正。公之不稍假借，往往如此。

《唐宋诗醇》：退之辟佛，却频作赠浮屠诗。前篇（按指《送惠师》）但叙其放浪山水，后篇则干谒饮博，无所不有。其所以称浮屠者，皆彼法之所戒。良以不拘彼法，乃始近于吾徒，且欲人其人而已，并未暇明先王之道以道之也。二僧游走诸方，行止亦略相似，而两作各开生面，绝不雷同，是其匠心布置处。

《韩昌黎诗集编年笺注》：公觝排异端，攘斥佛老，不遗馀力，而顾与缁黄来往，且为作序赋诗，何也？岂徇王仲舒、柳宗元、归登辈之请，不得已耶？抑亦迁谪无聊，如所云“逃空虚者，闻人足音跫然而喜”，故与之周旋耶？然其所为诗文，皆不举浮屠、老子之说，而惟以人事言之。如澄观之有公才吏用也，张道士之有胆气也，固国家可用之才，而惜其弃于无用矣。至如文畅喜文章，惠师爱山水，大颠颇聪明、识道理，则乐其近于人情。颖师善琴，高闲善书，廖师善知人,则举其闲于技艺。灵师为人纵逸,全非彼教所宜,然学于佛而不从其教,其心正有可转者,故往往欲收敛加冠巾,而无本遂弃浮屠,终为名士。则不峻绝之,乃所以开其自新之路也。若盈上人爱山无出期,则不可化矣。僧约、广宣,出家而犹扰扰,盖不足与言,而方且厌之矣。

《评注韩昌黎诗集》:顺叙直写,最难气壮而势勇。读此首,方知妥帖工夫,纯从排纂而来。

《韩诗臆说》:本旨发明在前("朝署"句下)。　　此等句法,自韩、孟发之("溪宴"句下)。

岳阳楼别窦司直

洞庭九州间,厥大谁与让?
南汇群崖水,北注何奔放!
潴为七百里,吞纳各殊状,
自古澄不清,环混无归向。
炎风日搜搅,幽怪多冗长,
轩然大波起,宇宙隘而妨,
巍峨拔嵩华,腾踔较健壮。
声音一何宏,轰輵车万两,
犹疑帝轩辕,张乐就空旷。
蛟螭露笋虡,缟练吹组帐,
鬼神非人世,节奏颇跌踼,
阳施见夸丽,阴闭感凄怆。
朝过宜春口,极北缺堤障,
夜缆巴陵洲,丛芮才可傍。
星河尽涵泳,俯仰迷下上,

馀澜怒不已,喧聒鸣瓮盎。
明登岳阳楼,辉焕朝日亮。
飞廉戢其威,清晏息纤纩。
泓澄湛凝绿,物影巧相况,
江豚时出戏,惊波忽荡漾。
时当冬之孟,隙窍缩寒涨。
前临指近岸,侧坐眇难望。
涤濯神魂醒,幽怀舒以畅。
主人孩童旧,握手乍忻怅,
怜我窜逐归,相见得无恙,
开筵交履舄,烂漫倒家酿,
杯行无留停,高柱送清唱,
中盘进橙栗,投掷倾脯酱。
欢穷悲心生,婉娈不能忘。
念昔始读书,志欲干霸王,
屠龙破千金,为艺亦云亢。
爱才不择行,触事得谤谤,
前年出官由,此祸最无妄。
公卿采虚名,擢拜识天仗,
奸猜畏弹射,斥逐恣欺诳。
新恩移府庭,逼侧厕诸将,
于嗟苦駑缓,但惧失宜当。
追思南渡时,鱼腹甘所葬,
严程迫风帆,劈箭入高浪,
颠沉在须臾,忠鲠谁复谅?
生还真可喜,尅己自惩创。
庶从今日后,粗识得与丧,

事多改前好，趣有获新尚。

誓耕十亩田，不取万乘相，

细君知蚕织，稚子已能饷，

行当挂其冠，生死君一访。

【汇评】

《唐子西文录》：过岳阳楼，观杜子美诗，不过四十字尔，气象闳放，涵蓄深远，殆与洞庭争雄，所谓富哉言乎者。太白、退之辈，率为大篇，极其笔力，终不逮也。杜诗虽小而大，馀诗虽大而小。

《唐诗镜》：不为雄壮之势，却拥笔自来，才大者觉势有馀地。　　意象仿佛略似。

《唐诗选脉会通评林》：晁以道曰：韩公之诗号杜体，谓铺叙而含蓄也。言虽近不亵狎，虽远不背戾，该于理多矣。　　陆时雍曰：退之五言古每觉语致崛曲。周珽曰：首段叙岳阳楼之奇胜。次段写登楼之情景。三段见已相钱之雅。四段述司直相别之由。末段复自言甘退，期窦重当访也。又力可撼山扛鼎，而出之以恬思，可镂尘划空，而转之以粹论。五言古长篇，杜甫以后一人。

《辑注唐韩昌黎集》：前半写景，犹卓荦有致。至"时当冬之孟"以下，便觉琐屑甚矣。

《批韩诗》：何焯曰：二句抵一篇《江赋》（"阳施"二句下）。

写景幽细（"物影"句下）。　　悲愤郁勃，所谓茫茫交集（"为艺"句下）。　　回视向途，杳然有不测之险。打转前半，方见写景处非漫然铺叙，此真匠手结构（"颠沉"二句下）。　　结出窦司直，妙（末句下）。　　朱彝尊曰：此事屡叙述。要看改换法，虚实繁简各有境（"斥逐"句下）。

《义门读书记》：只赋其大，便是死句，借风形容，因为比兴（"炎风"句下）。　　归到风上（"馀澜"句下）。　　此连是诗中转关，生出下半（"飞廉"二句下）。　　风之馀（"江豚"句下）。

伏后追思南渡一段。此下皆赋清宴之意（"怜我"句下）。　　退之出官，颇猜刘、柳泄其情于韦、王，乃此诗即以示刘，令其属和，毋乃强直而疏浅乎？或者窦庠语次，深明刘、柳之不然，劝其因唱和以两释疑猜，而刘亦忍诟以自明也（"奸猜"二句下）。　　关合（"严程"句下）。

《昌黎先生诗集注》：俞玚曰：此诗前半首写景，后半首述事，却用"追思南渡时"数语挽转，真有千钧之力。且有此一段，才见前此铺张，非漫然也，可见公布局运笔之妙。

《韩柳诗选》：亦是两半篇作法，前半写景，后半言情也。妙在后面一笔掉转，则写景皆情矣。

《唐诗别裁》：前两段阳开阴阖，入窦司直后，见忠直被谤，而以追思南渡数语挽转前半，笔力矫然。

《唐宋诗醇》：写景两段，阳开阴闭，范希文《岳阳楼记》似从此脱胎。

《求阙斋读书录》："轩然大波"以下十四句，状其洪涛壮观。"朝过宜春"以下二十二句，状其风息波恬。公于窦氏兄弟最为契好，故于欢宴之馀，追忆前事，言之沉痛。

《岘佣说诗》：《岳阳楼别窦司直》一首，最雄放。

《韩诗臆说》：《南山诗》纯用《子虚》、《上林》、《三都》、《两京》、木《海》、郭《江》之法。铸形镂象，直若天成者。咏洞庭亦然。宇宙间既有此境，不可无此诗也。前半自赋写，后半自叙事，两两相关照，而自成章法。此真古格，后人多不知之。

荐　士

周诗三百篇，雅丽理训诂。

曾经圣人手，议论安敢到？
五言出汉时，苏李首更号。
东都渐渺漫，派别百川导。
建安能者七，卓荦变风操。
逶迤抵晋宋，气象日凋耗。
中间数鲍谢，比近最清奥。
齐梁及陈隋，众作等蝉噪。
搜春摘花卉，沿袭伤剽盗。
国朝盛文章，子昂始高蹈。
勃兴得李杜，万类困陵暴。
后来相继生，亦各臻阃奥。
有穷者孟郊，受材实雄骜。
冥观洞古今，象外逐幽好。
横空盘硬语，妥帖力排奡。
敷柔肆纡馀，奋猛卷海潦。
荣华肖天秀，捷疾逾响报。
行身践规矩，甘辱耻媚灶。
孟轲分邪正，眸子看瞭眊。
杳然粹而清，可以镇浮躁。
酸寒溧阳尉，五十几何耄？
孜孜营甘旨，辛苦久所冒。
俗流知者谁？指注竞嘲傲。
圣皇索遗逸，髦士日登造。
庙堂有贤相，爱遇均覆焘。
况承归与张，二公迭嗟悼。
青冥送吹嘘，强箭射鲁缟。
胡为久无成？使以归期告。

霜风破佳菊,嘉节迫吹帽。

念将决焉去,感物增恋嫪。

彼微水中荇,尚烦左右芼。

鲁侯国至小,庙鼎犹纳郜。

幸当择珉玉,宁有弃珪瑁?

悠悠我之思,扰扰风中蠹。

上言愧无路,日夜惟心祷。

鹤翎不天生,变化在啄菢。

通波非难图,尺地易可漕。

善善不汲汲,后时徒悔懊。

救死具八珍,不如一箪犒。

微诗公勿诮,恺悌神所劳。

【汇评】

《许彦周诗话》:韩退之云:"横空盘硬语,妥帖力排奡。"盖能杀缚事实,与意义合,最难能之。知其难,则可与论诗矣。此所以称孟东野也。

《黄氏日钞》:《荐士》诗,叙六朝之陋为"搜春摘花卉",叙国朝之盛为"奋猛卷海潦",论文者可以观矣。

《批韩诗》:何焯曰:以上论其人文,以下惜其遭遇("可以"句下)。多用譬喻,极纵横历落之致("不如"句下)。　　朱彝尊曰:比东野数语,却工("荣华"二句下)。　　正是盘硬语耳,若妥帖则犹未尽。

《榕村诗选》:此荐孟郊之诗,而首段叙诗源委,极其简尽。李太白便谓建安之诗"绮丽不足称",杜子美则自梁、陈以下无贬词,故惟韩公之论最得其衷。虽然,陶靖节诗蝉脱污浊,六代孤唱,韩公略无及之,何也?此与论文不列董、贾者同病,犹未免于以辞为主尔。

《义门读书记》："谢"自谓康乐,若玄晖则齐人矣("中间"句下)。"蝉噪"对《三百篇》言之也("众作"句下)。"穷"字贯注后半("有穷"句下)。古来才子或多文而薄于行,不可荐之天子。若郊之方正诚笃如此,二公又何所疑难,不亟进言于上也("行身"四句下)。此句贯注"不汲汲"而"后时""悔懊"一连("五十"句下)。若必待已得者而后进郊,则恐后时矣。故以此责望二公,亦诗人忠厚之至也("悠悠"四句下)。

《初白庵诗评》:穷源溯流,归重在一东野,推奖至矣,其如慰命何?所谓得一知己,死亦无恨者也。查晚晴曰:此与微之铭少陵文同叙诗派源流,后人断不可轻为拾袭。

《昌黎先生诗集注》:公此诗历叙诗学源流,自《三百篇》后,汉、魏止取苏、李、建安七子,六朝止取鲍、谢,馀子一笔抹倒。眼明手辣,识力最高。唐初格律变于子昂,至李、杜二公而极,所谓"李杜文章在,光焰万丈长",知公平生最得力于此也。后以东野继之,似犹未足当此。若公之才大而力雄,思沈而笔锐,则庶乎可以配李、杜而无惭矣。

《寒厅诗话》:韩昌黎诗,句句有来历,而能务去陈言者,全在于反用。……《荐士》诗,本用《汉书》"强弩之末不能入鲁缟"语,偏云:"强箭射鲁缟。"……学诗者解得此秘,则臭腐化为神奇矣。

《唐诗别裁》:失却陶公,性所不近也("逶迤"四句下)。卓见("国朝"二句下)。二语昌黎自状其诗("横空"二句下)。此荐孟东野于郑馀庆也。盛称东野之诗,谓可上承李、杜。东野不足以当,而公爱才之心,几比于吐哺握发矣。

《唐宋诗醇》:"横空盘硬语,妥贴力排奡。"十字中尤妙在"妥帖"二字。樊宗师文最奇崛,而退之以"文从字顺"许之,其亦异乎世之所谓"妥帖"者。孟郊一诗流之幽逸者耳,殊未足踵武诸大家。而退之说士乃甘于肉,其自谓嗜善心无宁者此也。

《韩昌黎诗集编年笺注》：昌黎之论诗，至李、杜而止，言外亦自任。　　李、杜论诗，却有不同。杜有诸绝句，不废六朝、四杰。李《古风》开章，则专汉魏《风》《骚》。昌黎此诗与夺主李，故其自为，恒有奇气，欲令千载下凛凛如生，不肯奄奄如九泉下人。刘贡父议其本无所解，但以才高，此释家见山是山，见水是水见地，未到见山不是山，见水不是水地位，仰面唾天，自污其面，甚为贡父惜之。欧阳子以唐人多僻固狭陋，无复李、杜豪放之格，所以能好昌黎之不袭李杜而深合李杜者。王半山选《唐百家诗》后，又特尊李、杜、韩、白四家。白之与韩，迥乎不同，韩亦易白，往来者少。白寄韩诗，有"户大嫌甜酒，才高笑小诗"，颇得韩傲兀之情。然白实学杜甫铺陈，时取李之俊逸。学韩者当以半山兼罗并收为准。东坡比山谷诗美如江瑶柱，多食却发头风。韩固亦异味也。

《东泉诗话》：韩退之诗有两派：《荐士》等篇，剗削极矣；《符读书城南》等篇，又往往造平淡。贤者固不可测。木之就规矩在梓匠轮舆，人生有常理在纺绩耕耘。退之句法，亦自相袭。

《老生常谈》：昌黎五古，语语生造，字字奇杰，最能医庸熟之病。如《荐士》、《调张籍》等篇，皆宜熟读，以壮其胆识，寄其豪气。"横空盘硬语"云云，此公自状其诗耳。"杳然粹而清，可以镇浮躁"，却到东野分际。

《岘佣说诗》：齐、梁、陈、隋间，自谢玄晖、江文通外，古诗皆带律体，气弱骨靡，思淫声哀，亡国之音也。退之云："齐梁及陈隋，众作等蝉噪"，不为刻论矣。

《韩诗臆说》：取鲍、谢而遗渊明，亦偶即大概言之，非定论也（"中间"句下）。　　"荣华肖天秀"二语，逾奇逾确（"荣华"二句下）。　　"眸子看瞭眊"，"可以镇浮躁"，不惟得贞曜品诣，并能写出贞曜神骨（"可以"句下）。

《说韩》：世言韩退之"文起八代之衰"，赅诗言之也。唐诗承齐、梁、陈、隋之后，风气萎靡不振。自陈子昂崛起复古，李、杜勃兴，始开盛唐之风。然太白未尝弃晋、宋、齐、梁，于谢宣城尤极推重。子美则不弃徐、庾，兼赅沈、宋。至退之，除鲍、谢外皆不齿及矣。退之《荐士》诗云云，虽为荐孟郊作，其论诗之旨，悉具于是矣。

《说孟》：孟东野诗，当贞元、元和间，可谓有一无二者矣。世称韩孟，然退之诗与东野绝不相类，盖皆各树一帜，不为风气所囿，而能开创成家，以左右风气者也。退之在唐，虽未大行，至宋以后，则与杜子美分庭抗礼，学诗者非杜即韩。东野诗则至今无人能问津者。岂孟不及韩邪？抑知韩者不足以知孟耶？张戒《岁寒堂诗话》谓："退之于张籍、皇甫湜辈皆儿子蓄之，独于东野极口推重，虽退之谦抑，亦不徒然。"此说甚是。

驽　骥

驽骀诚龌龊，市者何其稠？
力小若易制，价微良易酬。
渴饮一斗水，饥食一束刍。
嘶鸣当大路，志气若有馀。
骐骥生绝域，自矜无匹俦。
牵驱入市门，行者不为留。
借问价几何？黄金比嵩丘。
借问行几何？咫尺视九州。
饥食玉山禾，渴饮醴泉流。
问谁能为御？旷世不可求。
惟昔穆天子，乘之极遨游。

王良执其辔，造父挟其辀。

因言天外事，茫惚使人愁。

驽骀谓骐骥，饿死余尔羞。

有能必见用，有德必见收。

孰云时与命，通塞皆自由。

骐骥不敢言，低徊但垂头。

人皆劣骐骥，共以驽骀优。

喟余独兴叹，才命不同谋。

寄诗同心子，为我商声讴。

【汇评】

《黄氏日钞》：《驽骥》诗，高自称誉，陋视凡子也。

《批韩诗》：朱彝尊曰：语气近古，然无甚风致。　　何焯曰：句句针对，却又变化（"黄金"句下）。

《义门读书记》：此诗太直。

《唐诗别裁》：《驽骥》，唐本有"赠欧阳詹"字。詹集有《答韩十八驽骥吟》，知此诗为欧阳作也。小才得志，傲睨高贤，古今一辙，岂独欧阳詹耶！

《韩诗臆说》：二语尽比兴无端之妙（"因言"二句下）。

嗟哉董生行

淮水出桐柏，山东驰遥遥，
千里不能休。
泜水出其侧，不能千里，
百里入淮流。
寿州属县有安丰，唐贞元时，
县人董生召南隐居行义于其中。

刺史不能荐，天子不闻名声，

爵禄不及门。

门外惟有吏，日来征租更索钱。

嗟哉董生朝出耕，夜归读古人书，

尽日不得息。

或山而樵，或水而渔。

入厨具甘旨，上堂问起居。

父母不戚戚，妻子不咨咨。

嗟哉董生孝且慈。

人不识，惟有天翁知。

生祥下瑞无时期。

家有狗乳出求食，鸡来哺其儿。

啄啄庭中拾虫蚁，哺之不食鸣声悲。

彷徨踯躅久不去，以翼来覆待狗归。

嗟哉董生，谁将与俦？

时之人，夫妻相虐，兄弟为雠。

食君之禄，而令父母愁。

亦独何心？嗟哉董生无与俦！

【汇评】

《批韩诗》：朱彝尊曰：近俚近质处，乐府本色（"日来"句下）。　亦以俚俗胜（"以翼"句下）。　锻语刻酷警动（"亦独"句下）。　长短句错，是仿古乐府，意调亦仿佛似之。　汪琬曰：叙事质而不俚，琐而不俗，是谓古节古意。

《昌黎先生诗集注》：俞玚曰：古诗长短句，盛于太白，如《蜀道难》、《远别离》等篇，实为公所取法者。其奇横偏在用韵处贯下一笔，然后截住，以足上意，如"尽日不得息"、"亦独何心"等句是也。

《韩柳诗选》：唐人乐府类皆以秾丽之辞为之。自李太白出，斟酌于《离骚》、古乐府之间，而为之一变。公诗近之。

《载酒园诗话又编》：韩诗至《石鼓歌》而才情纵恣已极，至《嗟哉董生行》，则骎骎淫于卢仝矣。古人所以戒入鲍鱼之肆。　　附黄白山评：此退之自谓"才大无所不可"耳，岂胸无主张，容易渐染于人者！

《围炉诗话》：昌黎《董生行》不循句法，却是易路。

《纫斋诗谈》：《嗟哉董生行》，实用文体为诗，更讳不得。然其驰骋跌宕，音节疾徐，实是乐府长短句，不害其似文也。　　凡称"行"者，音调贵乎流走。

《唐诗别裁》：直白少文，正是不可及处。

《唐宋诗醇》：神味古淡，节族自然，集中寡二少双，惟《琴操》间有近之者。

《韩昌黎诗集编年笺注》：鸡狗一段，形容物类相感，其说理本《易·中孚》"信及豚鱼"，其行文设色，又用《史记》李广射虎、苏武牧羝，细碎事极为铺张。此所谓人所应有，我不必有，人所应无，我不必无也。然其实总在《三百篇》，如"我徂东山"，叹恤士卒三年未归者，正言不过一二，瓜敦、熠耀、蠨蛸、鹿场，娓娓言之。汉乐府犹得此法，如《上留田》之瓜蒂是也。

汴州乱二首（其一）

汴州城门朝不开，天狗堕地声如雷。
健儿争夸杀留后，连屋累栋烧成灰。
诸侯咫尺不能救，孤士何者自兴衰？

【汇评】

《鹤林玉露》：为汴州之乱、留后陆长源遭杀作也。方董晋帅汴，昌黎在幕中，晋专行姑息，知军骄难制，变在旦夕，且死，遗戒丧车速发。及长源代之，绳以严急，军果乱，官属多死之。昌黎随晋丧已去汴，获免。夫长源固失矣，晋不能酌宽猛之中，潜消事变，乃以姑息偷免其身，使相激相形，产后来之祸，又不能先以一语忠告长源，乌得无罪？昌黎在幕中，盖亦与有责矣。此诗末句，似有愧于中，而为自解之辞。

《后村诗话》：退之从董晋丧，去汴甫四日而难作，留后陆长源、判官孟叔度皆死，人谓退之幸免耳。……此赋（按指《复志赋》）有无穷之意，岂非尝忠告董、陆而不见用，遂欲舍之而去乎？先见如此，其免于祸非幸也。然长源忠义死难与田弘正同，故退之《汴州行》云："庙堂不肯用干戈，呜呼奈汝母子何！"以不讨贼为恨，不以独免为喜也。

《辑注唐韩昌黎集》：退之虽好为长句，然其短古，极有可观。如《汴州乱》、《马厌谷》、《古风》、《河之水》诸作，俱高古绝伦，尚是《琴操》馀技。　　二语神气黯然欲绝（末二句下）。

《批韩诗》：朱彝尊曰：质直得情，正是歌谣意。　　汪琬曰：无意求工，乃臻古奥。

《义门读书记》：《汴州乱二首》，前伤无伯（霸），后伤无王。

《昌黎先生诗集注》：胡渭曰：此诗一章讥四邻坐视，二章讥君相姑息也。

《韩集点勘》：首章意乃公羊子所云"下无方伯"，次篇则"上无天子"也。

《昭昧詹言》：大题短章而自足，以笔力高，斩截包括得尽也。前叙四句能尽，以笔力高也。收二句入议闲远。

《唐诗笺要》：神气惨淡，结更黯然欲绝，昔人所以称其高古处，是《琴操》馀技。

利　剑

利剑光耿耿，佩之使我无邪心。

故人念我寡徒侣，持用赠我比知音。

我心如冰剑如雪，不能刺谗夫，

使我心腐剑锋折，决云中断开青天。

噫，剑与我俱变化归黄泉！

【汇评】

《唐诗品汇》：韩仲韶云：此诗次《汴州乱》后，不平之气，略见于此。

《唐诗镜》：短折而铦。

《辑注唐韩昌黎集》：结语萎餒极矣。

《唐风定》：肮脏奇老（"决云"二句下）。

《唐风怀》：季贞曰：利剑比知音，下语奇特，如有声情相照。

《批韩诗》：朱彝尊曰：语调俱奇险，亦近风谣。　　何焯曰：奇气郁律。

《读杜韩笔记》：此有功成即退，深藏不出意。评者以"黄泉"字而言其诿餒，不知归黄泉者，即《易》所谓"龙蛇之蛰"。且不见扬子云"深者入黄泉，高者上苍天"语耶？

《增评韩苏诗钞》："我"字、"剑"字为双关，一顺一逆，故可诵，故意以"我"对"剑"，没比体痕迹。

《唐诗笺要》：别成机调，锋锐袭人，世之遭谗憎者，读此斗觉生气奕奕。

《诗比兴笺》：三章（按指本诗及《马厌谷》、《忽忽》）……实则一时所作。当是德宗贞元十九年由四门博士拜监察御史时。盖公怀史鳝进贤退不肖之志，而郁郁无所遂，故首章恨不欲去谗而无其权也。……用乐府之奇倔，摅《离骚》之幽怨，而皆遗其形貌。所谓情激则调变者欤？

《养一斋诗话》：剧有劲骨。

《韩诗臆说》：此及《忽忽》等篇，古琴、古味、古调，上凌楚骚，直接《三百篇》也。

龊　龊

龊龊当世士，所忧在饥寒，
但见贱者悲，不闻贵者叹。
大贤事业异，远抱非俗观，
报国心皎洁，念时涕汍澜。
妖姬坐左右，柔指发哀弹，
酒肴虽日陈，感激宁为欢？
秋阴欺白日，泥潦不少干，
河堤决东郡，老弱随惊湍。
天意固有属，谁能诘其端？
愿辱太守荐，得充谏诤官。
排云叫阊阖，披腹呈琅玕。
致君岂无术？自进诚独难。

【汇评】

《唐诗品汇》：贞元十五年，郑、滑大水。此篇大抵言当世之士，龊龊无能为国虑者。

《诗源辩体》：五言古如"愿辱太守荐，得充谏诤官。排云叫阊阖，披腹呈琅玕"……等句，皆豪纵者。然豪纵者未尝不奇险，而奇险者未尝不豪纵也。

《韩柳诗选》：极似建安风格，然是就当时事兴感，与他家泛然拟古不同。

《增评韩苏诗钞》：三溪曰：满腔慷慨，随笔发露，正见此公本色。

《读韩记疑》：读此诗首章八句，襟期宏远，气厚辞严，见公悯恻当世之诚，发于中所不能自已。从游如李翱辈，渐涵于公之教泽者深，故《幽怀》一赋，辞气悉与冥会。欧公读《幽怀赋》，至恨不得生翱时，与翱上下其议论。盖其所感者深矣。顾反薄韩愈为不足为，则岂读公此诗独能漠然无动于中乎？

《评注韩昌黎诗集》：此诗刚中有媚骨，较《驽骥》等篇耐嚼。

《韩诗臆说》："愿辱太守荐，得充谏净官"，是公之素愿。后公为御史，即上《天旱人饥疏》，其志事已定于此。可知古人立言，皆发于中诚，非仅学为口头伎俩也。

河之水二首寄子侄老成

其一

河之水，去悠悠。

我不如，水东流。

我有孤侄在海陬，三年不见兮使我生忧。

日复日，夜复夜，

三年不见汝，使我鬓发未老而先化。

其二

河之水，悠悠去。

我不如，水东注。

我有孤侄在海浦，三年不见兮使我心苦。

采蕨于山，缗鱼于渊。

我徂京师，不远其还。

《唐诗品汇》:刘云:此其楚语也。

《唐诗解》:此退之在朝思见其侄而不可得,故以河水起兴,言不能如水之东流而从彼,是以日夕怀忧,而觉鬓发之改色耳。己之念侄,至矣。恐彼不能忘情,则又深慰之,使采蕨、缗鱼以自适,且言我往京师不久将返,汝勿以为念也。

《唐诗选脉会通评林》:唐陈彝曰:末四句冀侄自宽语,意更深。 周珽曰:真切深婉。

《诗筏》:韩文公绝妙诗文,多在骨肉离别生死间,信笔挥洒,皆以无心得之,矩矱天然,不烦绳削,亦是哀至即哭,真情流溢,非矜持造作所可到也。文则《祭十二郎》是已,诗则吾得《河之水》二首焉。……二诗只似说话,而淡泊淋漓,咏之生悲。诸选皆收其钲心刿肠之篇,而此独以质朴见遗,何也?

《批韩诗》:朱彝尊曰:是学《国风》,却乃长短句,盖亦欲稍换面貌。何焯曰:二诗一片真气,词亦古极。

《韩诗臆说》:看来只淡淡写相思之意,绝不著深切语,而骨肉系属之深,已觉痛入心脾。二诗剀切深厚,真得《三百篇》遗意,在唐诗中自是绝作。当与公所作《琴操》同读。

山　石

山石荦确行径微,黄昏到寺蝙蝠飞。
升堂坐阶新雨足,芭蕉叶大支子肥。
僧言古壁佛画好,以火来照所见稀。
铺床拂席置羹饭,疏粝亦足饱我饥。
夜深静卧百虫绝,清月出岭光入扉。
天明独去无道路,出入高下穷烟霏。

山红涧碧纷烂漫，时见松枥皆十围。

当流赤足蹋涧石，水声激激风吹衣。

人生如此自可乐，岂必局束为人靰！

嗟哉吾党二三子，安得至老不更归！

【汇评】

《黄氏日钞》：《山石》诗，清峻。

《遗山先生文集·论诗三十首》：有情芍药含春泪，无力蔷薇卧晚枝。拈出退之《山石》句，始知渠是女郎诗。

《归田诗话》：元遗山《论诗三十首》，内一首云："有情芍药含春泪……"初不晓所谓。后见《诗文自警》一编，亦遗山所著，谓"有情芍药含春泪，无力蔷薇卧晚枝"，此秦少游《春雨》诗也，非不工巧，然以退之《山石》句观之，渠乃女郎诗也。破却工夫，何至作女郎诗？按昌黎诗云："山石荦确行径微……芭蕉叶大栀子肥。"遗山固为此论，然诗亦相题而作，又不可拘以一律。如老杜云："香雾云鬟湿，清辉玉臂寒"；"俱飞蛱蝶元相逐，并蒂芙蓉本自双"，亦可谓女郎诗耶？

《唐诗镜》：语如清流啮石，激激相注。李、杜虚境过形，昌黎当境实写。

《雨航杂录》：此诗叙游如画如记，悠然澹然，在《古剑》篇诸作之上。余尝以雨夜入山寺，良久月出，深忆公诗之妙。其"嗟哉吾党"二句，后人添入，非公笔也。

《义门读书记》：直书即目，无意求工，而文自至，一变谢家模范之迹，如画家之有荆、关也。　　　从晦中转到明（"清月出岭"句下）。　　　"穷烟霏"三字是山中平明真景。从明中仍带晦，都是雨后兴象。又即发端"荦确"、"黄昏"二句中所包蕴也（"出入高下"句下）。　　　顾"雨足"（"当流赤足"句下）。

《初白庵诗评》：意境俱别。　　　查晚晴曰：写景无意刻，无语不僻。取径无处不断，无意不转。屡经荒山古寺来，读此始愧未曾道着只字，已被东坡翁攫之而趋矣。

《韩柳诗选》：句烹字炼而无雕琢之迹，缘其于淡中设色，朴处生姿耳。　　七言古诗，唐初多整丽之作，大抵前句转韵，音调铿锵，然自少陵始变为生拗之体，而公诗益畅之，意境为之一换。

《唐宋诗醇》："以火来照所见稀"，与《岳庙作》"神纵欲福难为功"略同，于法则随手撇脱，于意则素所不满之事，即随处自然流露也。　　顾嗣立曰：七言古诗易入整丽，而亦近平熟，自老杜始为拗体，如《杜鹃行》之类。公之七言皆祖此种，而中间偏有极鲜丽处，不事雕琢，更见精采，有声有色，自是大家。

《随园诗话》：元遗山讥秦少游云："有情芍药含春泪……"此论大谬。芍药、蔷薇，原近女郎，不近山石，二者不可相提而并论。诗题各有境界，各有宜称。杜少陵诗光焰万丈，然而"香雾云鬟湿，清辉玉臂寒"，"分飞蛱蝶原相逐，并蒂芙蓉本是双"；韩退之诗"横空盘硬语"，然"银烛未销窗送曙，金钗半醉坐添春"，又何尝不是"女郎诗"耶？《东山》诗："其新孔嘉，其旧如之何？"周公大圣人，亦且善谑。

《唐贤清雅集》：寓潇洒于浑劲，昌黎七古最近人之作。昌黎诗体古奥奇横，自辟户庭，此种清而厚、丽而逸，亦公独得妙境，后惟山谷能学之，其笔力正相肖。

《古诗选批》：全以劲笔撑空而出，若句句提笔者。

《昭昧詹言》：凡结句都要不从人间来，乃为匪夷所思，奇险不测。他人百思所不解，我却如此结，乃为我之诗。如韩《山石》是也。不然，人人胸中所可有，手笔所可到，是为凡近。　　不事雕琢，自见精彩，真大家手笔。许多层事，只起四语了之。虽是顺叙，却一句一样境界，如展画图，触目通层在眼，何等笔力！五句、六句又一画。十句又一画。"天明"六句，共一幅早行图画。收入议。

从昨日追叙，夹叙夹写，情景如见，句法高古。只是一篇游记，而叙写简妙，犹是古文手笔。他人数语方能明者，此须一句，即全现出，而句法复如有馀地，此为笔力。

《艺概》：昌黎诗陈言务去，故有倚天拔地之意。《山石》一作，辞奇意幽，可为《楚辞·招隐士》对，如柳州《天对》例也。

《韩诗臆说》：李、杜《登太山》、《梦天姥》、《望岱》、《西岳》等篇，皆浑言之，不尽游山之趣也。故不可一例论。子瞻游山诸作，非不快妙，然与此比并，便觉小耳，此惟子瞻自知之。

《说韩》："山石荦确行径微"一篇，此尽人所称道者也。学昌黎者，亦惟此稍易近，缘与他家诗境近也。

《山泾草堂诗话》：是宿寺后补作。以首二字"山石"标题，此古人通例也。"山石"四句，到寺即景。"僧言"四句，到寺后即事。"夜深"二句，宿寺写景。"天明"六句，出寺写景。"人生"四句，写怀结。通体写景处，句多浓丽；即事写怀，以淡语出之。浓淡相间，纯任自然，似不经意，而实极经意之作也。

《增评韩苏诗钞》：三溪曰：起笔四句细写山寺荒凉景况，刻画逼真。　　前半篇极沉厚笔，下半篇极用平淡笔，正是浓淡相极、险夷并行之作法。茶山云结句气似衰杀，今按结意，自出题外，全不觉衰杀，是适茶山所不好耳。

汴泗交流赠张仆射

汴泗交流郡城角，筑场千步平如削。

短垣三面缭逶迤，击鼓腾腾树赤旗。

新秋朝凉未见日，公早结束来何为？

分曹决胜约前定，百马攒蹄近相映。

毬惊杖奋合且离，红牛缨绂黄金羁。

侧身转臂著马腹,霹雳应手神珠驰。

超遥散漫两闲暇,挥霍纷纭争变化。

发难得巧意气粗,欢声四合壮士呼。

此诚习战非为剧,岂若安坐行良图?

当今忠臣不可得,公马莫走须杀贼。

【汇评】

《黄氏日钞》:《汴泗交流》诗,叙教战。

《增评韩苏诗钞》:"何为"二字呼起后段,犹文中用"何哉"字。"赤旗"以上用一韵,以下二句又用一韵,是常法,这老故意用变法眩读者。下"此诚"二句亦此法。

《批韩诗》:朱彝尊曰:起是兴(首句下)。　　　　奇处全在翻身著马腹("侧身转臂"句下)。　　　　何焯曰:此诗用韵,极变而整。风旨与老杜《冬狩行》略相似。

《唐宋诗醇》:神采飞动。结有忠告,便比《雉带箭》高一格。　　　顾嗣立曰:曹子建《白马篇》"仰手接飞猱,俯身散马蹄";杜子美诗"走马脱辔头,手中挑青丝。掉下万仞岗,俯身试搴旗"。"侧身"、"转臂",语间本此。

《古诗选批》:廿句中凡七换韵,每韵二句者与四句者相为承接转,而意与韵或断或连,以为劲节。

《昭昧詹言》:"分曹决胜"一段,此等处无笔力则冗滞,最宜知。"此诚"二句,笔力。

《韩诗臆说》:前赋击毬,极工尽致。后乃以正规之。此诗之讽与书之谏有不同处。

忽　忽

忽忽乎余未知生之为乐也,愿脱去而无因。

安得长翮大翼如云生我身,乘风振奋出六合,绝浮尘。

死生哀乐两相弃,是非得失付闲人。

【汇评】

《诗源辩体》:七言古如"安得长翮大翼如云生我身……",皆豪纵者。然豪纵者未尝不奇险,而奇险者未尝不豪纵也。

《诗比兴笺》:次章(按指《马厌谷》)全用《国策》燕相出亡事,恨时不养士也。既皆不得,故三章(按指本诗)无所发愤,激而为世外之思,屈子所谓安能忍而与此终古也。

《评注韩昌黎诗集》:语调亦模橅风谣得来。

鸣 雁

嗷嗷鸣雁鸣且飞,穷秋南去春北归,
去寒就暖识所依。
天长地阔栖息稀,风霜酸苦稻粱微。
毛羽摧落身不肥,裴回反顾群侣违,
哀鸣欲下洲渚非。
江南水阔朝云多,草长沙软无网罗。
闲飞静集鸣相和,违忧怀惠性匪他,
凌风一举君谓何?

【汇评】

《义门读书记》:二语促在一处,忠厚明快,两得其妙("违忧"二句下)。

《批韩诗》:朱彝尊曰:此却纯是唐调,风雅尽有馀,然未为甚高作。

《韩诗臆说》:平韵柏梁体,入后仍转平韵,唯公多有之。

雉带箭

原头火烧静兀兀，野雉畏鹰出复没。

将军欲以巧伏人，盘马弯弓惜不发。

地形渐窄观者多，雉惊弓满劲箭加。

冲人决起百馀尺，红翎白镞相倾斜。

将军仰笑军吏贺，五色离披马前堕。

【汇评】

《容斋三笔》：韩昌黎《雉带箭》诗，东坡尝大字书之，以为妙绝。予读曹子建《七启》论羽猎之美云："人稠网密，地逼势胁。"乃知韩公用意所来处。

《黄氏日钞》：《雉带箭》，峻特有变态。

《唐诗品汇》：樊泽之云：此诗佐张建封仆射于徐，从猎而作也。读之其状如在目前，盖写物之妙者。

《唐诗归》：钟云：此处乃着一"静"字，妙甚（首句下）。　　谭云：二语深，不是寻常弓马中人说得（"将军欲以"二句下）。

《汇编唐诗十集》：唐云：直赋实事，只宜如此铺写。

《批韩诗》：朱彝尊曰：只起一句，境已好（首句下）。　　句句实境，写来绝妙，是昌黎极得意诗，亦正是昌黎本色。　　汪琬曰：短幅中有龙跳虎卧之观。张鸿曰：描写射雉，与"汴泗交流"之描写击毬，同样工巧。

《义门读书记》："带"字醒（"红翎白镞"句下）。

《初白庵诗评》：善于顿挫（"盘马弯弓"句下）。　　恰好便住，多着一句不得（末句下）。　　查晚晴曰：看其形容处，以留取势，以快取胜。

《韩柳诗选》：层次极佳，可悟行文顿挫之妙。

《昌黎先生诗集注》：顾嗣立曰：二句无限神情，无限顿挫。公盖示人以运笔作文之法也（"将军欲以"二句下）。

《寒厅诗话》：犀月谓昌黎诗"将军欲以巧伏人，盘马弯弓惜不发"，此中机括，仿佛见作文用笔之妙。

《唐诗别裁》：《雉带箭》：李将军度不中不发，发必应弦而倒。审量于未弯弓之先，此矜惜于已弯弓之候，总不肯轻见其技也。作文作诗，亦须得此意。

《唐宋诗醇》：篇幅有限，而盘屈跳荡，生气远出，故是神笔。　　顾嗣立曰：至其全首，波澜委曲，细微熨贴，王留耕所谓："写物之妙，其状如在目前。"信然，信然。

《增评韩苏诗钞》：三溪曰：一幅著色射猎画图。

《网师园唐诗笺》：画工也，化工也。

条山苍

条山苍，河水黄。

浪波沄沄去，松柏在山冈。

【汇评】

《黄氏日钞》：《条山苍》，简淡有馀兴。

《批韩诗》：朱彝尊曰：语不多，却近古。

《诗比兴笺》：苍者自高黄自浊，流俗随波君子独。

《求阙斋读书录》："波浪"句喻世人随俗波靡。"松柏"句喻君子岁寒后凋。亦自况之诗。

《韩诗臆说》：寻常写景，十六字中，见一生气概。

《评注韩昌黎诗集》：此亦汉、魏遗音。

桃源图

神仙有无何渺茫，桃源之说诚荒唐。
流水盘回山百转，生绡数幅垂中堂。
武陵太守好事者，题封远寄南宫下。
南宫先生忻得之，波涛入笔驱文辞。
文工画妙各臻极，异境恍惚移于斯。
架岩凿谷开宫室，接屋连墙千万日。
嬴颠刘蹶了不闻，地坼天分非所恤。
种桃处处惟开花，川原近远蒸红霞。
初来犹自念乡邑，岁久此地还成家。
渔舟之子来何所？物色相猜更问语。
大蛇中断丧前王，群马南渡开新主。
听终辞绝共凄然，自说经今六百年。
当时万事皆眼见，不知几许犹流传。
争持酒食来相馈，礼数不同樽俎异。
月明伴宿玉堂空，骨冷魂清无梦寐。
夜半金鸡啁哳鸣，火轮飞出客心惊。
人间有累不可住，依然离别难为情。
船开棹进一回顾，万里苍苍烟水暮。
世俗宁知伪与真，至今传者武陵人。

【汇评】

《许彦周诗话》：退之《桃源行》云："种桃处处皆开花，川原远近蒸红霞。"状花卉之盛，古今无人道此语。

《苕溪渔隐丛话前集》：荆公《春日绝句》云："春风过柳绿如缲，晴日蒸红出小桃。"余尝疑"蒸红"必所有据，后读退之《桃源图》

诗云:"种桃处处惟开花,川原远近蒸红霞。"盖出此也。

《黄氏日钞》:《桃源图》,前立两柱:一叙图,一叙诗,方双合。叙事中间云:"大蛇中断丧前王,五马南渡开新主。"只提秦、晋,包尽六百年。结云:"世俗宁知假与真,至今传者武陵人。"与"神仙有无何渺茫,桃源之说诚荒唐"相应,皆明之以正理。

《燕石斋补》:太白有"岸夹桃花锦浪生";韩退之有"种桃到处惟问花,川原远近蒸红霞";子瞻有"戏将桃核裹红泥,石间散掷如风雨。坐令空山作锦绣,倚天照海光无数"。皆状桃花之盛,而妙语各臻其极。许彦周岂未之考见,而独称退之,何耶?

《诗薮》:退之《桃源》、《石鼓》,模杜陵而失之浅。

《诗源辩体》:《雉带箭》、《丰陵行》、《桃源图》,体亦近正。

《义门读书记》:事既流传已熟,又所赋者图,不须更著此铺叙。此诗在韩子非得意者("架岩凿谷"句下)。 中极铺张,则似有似真矣。章法盖未甚密。"武陵人"三字并太守皆收在内("世俗宁知"二句下)。

《批韩诗》:何焯曰:观起结,命意自见。中间铺张处皆虚矣。章法最妙。

《初白庵诗评》:通畅流丽,较胜右丞。

《昌黎先生诗集注》:俞玚曰:公七言古诗,少用对句。此篇诸对,亦甚奇伟。

《剑溪说诗》:诗与题称乃佳。……《桃源行》四篇,摩诘为合作,昌黎、半山大费气力,梦得亦澄汰未精。

《唐宋诗醇》:一起一结,善占地步。

《冷庐杂识》:金德瑛曰:凡古人与后人共赋一题者,最可观其用意关键。如《桃源》陶公五言,尔雅从容,草荣木衰八句,略加形容便足。摩诘不得不变七言,然犹皆用本色语,不露斧凿痕也。昌黎则加以雄健壮丽,犹一一依故事铺陈也。至后来王荆公则单刀直入，不复层次叙述，此承前人之后，故以变化争胜，使拘拘陈迹，则古有名篇，后可搁笔，何庸多赘？诗格固尔，用意亦然。前人皆于实境点染，昌黎云："当时万事皆眼见，不知几许犹流传。"则从情景虚中摹拟矣。荆公云："虽有父子无君臣"，"天下纷纷经几秦"，皆前所未道。大抵后人须精刻过前人，然后可以争胜。试取古人同题者参观，无不皆然。苟无新意，不必重作。世有议后人之透露，不如前人之含蓄者，此执一而不知变也。

《昭昧詹言》：《桃源图》，自李、杜外，自成一大宗，后来人无不被其凌罩。此其所独开格，意句创造已出，安可不知？欧、王章法本此，山谷句法本此。此与鲁公书法，同为空前绝后，后来岂容易忽？先叙画作案，次叙本事，中夹写一二，收入议，作归宿，抵一篇游记。"接屋连墙"，用子云；"大蛇中断"，用《水经》。凡一题数首，观各人命意归宿，下笔章法。辋川只叙本事，层层逐叙夹写，此只是衍题。介甫纯以议论驾空而行，绝不写。

《望云诗话》：杜《醉歌行》云："酒尽沙头双玉瓶，众宾皆醉我独醒。"韩《桃源图》云："大蛇中断丧前王，群马南渡开新主。"换人为宾，则音节愈亮；换马为群，则句法益健，此类不可枚举。予尝论曰：用典不佳，不如不用；如稍未合拍，则宁改换字面，毋伤诗句，指此类也。是亦唐贤秘法，惟王文简得之。

《岘傭说诗》：《桃源行》，摩诘一副笔墨，退之一副笔墨。……古之名大家，必自具面目如此。

《增评韩苏诗抄》："渺茫"、"荒唐"、"恍惚"、"苍苍"，是桃源中之神理，在有意无意之间。"月明"、"火轮"，是人世所同；夜半鸡鸣，是人世所望。下半篇稍多间语，使老杜精思，更有惊人者。

东方半明

东方半明大星没，独有太白配残月。
嗟尔残月勿相疑，同光共影须臾期。
残月晖晖，太白睒睒。
鸡三号，更五点。

【汇评】

《唐诗选脉会通评林》：韩淳曰：此诗与“煌煌东方星”兴寄颇同。盖指顺宗即位，不能亲政，而宪宗在东宫时也。　　樊汝霖曰：公《忆昨行》所谓“伾文未揃崖州炽，虽得赦宥恒愁猜。近者三奸悉破碎，羽窟无底幽黄能”，义与此诗同。惟此诗曰《东方未明》，所以微其词如此，盖风人之托物也。

《唐诗快》：不必问其有所指、无所指，自是奇情奇调。

《批韩诗》：朱彝尊曰：只如此收，更不点出意，更妙（末句下）。　虽若枯淡，然含味却浓腴，气格极练。

《初白庵诗评》：四句如汉、魏谣辞（“残月”四句下）。

《唐宋诗醇》：与钟鸣漏尽意同。

《龙性堂诗话续集》：昌黎《东方未明》仅四十二字，而兴比赋俱备，有不可名言之妙。予老得读黄东厓《夜门》九章，中有《星烂》一章，形容三光制伏之理，潜见之宜，盈虚消息之道，知其一本昌黎此章。

《诗比兴笺》：此永贞元年七月，顺宗使太子监国，尚未传位时作。大明未升而震方业已主器，故曰东方半明也。东有启明，西有长庚，长庚即太白，时方七月，故指西方金星为喻，群奸气焰已熸；惟叔文与执谊尚相表里，其势已孤立，故云“独有太白配残月”也。月谓叔文，太白谓执谊。时叔文以执谊不尽从己意，大相猜忌，欲逐去之,故曰"嗟尔残月忽相疑"云云也。逾月宪宗即位,而二奸皆窜逐矣,故末语危之快之,亦悯其愚也。此与《三星行》皆出《小雅·大东》之诗。

《韩诗臆说》:此诗忧深思远,比兴超绝,真二《雅》也。即以格调论,亦旷绝古今。

赠唐衢

虎有爪兮牛有角,虎可搏兮牛可触。
奈何君独抱奇材,手把锄犁饿空谷?
当今天子急贤良,匦函朝出开明光。
胡不上书自荐达,坐令四海如虞唐?

【汇评】

《唐诗快》:把锄而饿空谷,尚不如子美之"长镵"可以托命,哀哉("手把锄犁"句下)!　谈何容易("坐令四海"句下)。　此即哭世之唐衢也。彼所哭者,岂为一身之材与饿哉!然赠言者固当代为哭之。

《韩诗臆说》:乐天遗唐衢诗,全赋其哭。此独不及其哭,但称其才之奇而已。须知哭处正是奇材无所发泄处也。

贞女峡

江盘峡束春湍豪,风雷战斗鱼龙逃。
悬流轰轰射水府,一泻百里翻云涛。
漂船摆石万瓦裂,咫尺性命轻鸿毛。

【汇评】

《评注韩昌黎诗集》:起语恢奇,收语雄而直率。

赠侯喜

吾党侯生字叔起，呼我持竿钓温水。

平明鞭马出都门，尽日行行荆棘里。

温水微茫绝又流，深如车辙阔容辐。

虾蟆跳过雀儿浴，此纵有鱼何足求？

我为侯生不能已，盘针擘粒投泥滓。

晡时坚坐到黄昏，手倦目劳方一起。

暂动还休未可期，虾行蛭渡似皆疑。

举竿引线忽有得，一寸才分鳞与鬐。

是日侯生与韩子，良久叹息相看悲。

我今行事尽如此，此事正好为吾规。

半世遑遑就举选，一名始得红颜衰。

人间事势岂不见，徒自辛苦终何为？

便当提携妻与子，南入箕颍无还时。

叔起君今气方锐，我言至切君勿嗤。

君欲钓鱼须远去，大鱼岂肯居沮洳！

【汇评】

《碧溪诗话》：灵澈有"相逢尽道休官去，林下何曾见一人"，世传为口实。凡语有及抽簪，即以此讥之。余谓矫饰罔人，固不足论；若出于至诚，时对知己，一吐心胸，何害？尝观昌黎《送盘谷》云："行抽手版付丞相，不待弹劾归农桑。"《赠侯喜》云："便当提携妻与子，南入箕颍无还时。""如今便当去，咄咄无自痴。如今更谁恨？可便耕灞浐。"此类凡数十，岂苟以饰口哉？其刚劲之操不少屈，所素守定故也。

《黄氏日钞》：《赠侯喜》，以钓鱼况人事，舍小求大。

《唐诗镜》：寻常语自倜傥。　　退之七古佳处在声气之间，如疾雨惊雷，砅陵而下。

《批韩诗》：朱彝尊曰：浅事浅叙，只嫌语太繁耳。　　汪琬曰：此句是主（"此纵有鱼"句下）。　　应转"何足求"句，划然而止（末句下）。　　张鸿曰：描写钓鱼细腻，而造句古劲（"举竿引线"句下）。　　何焯曰：未一持竿，不知二句之真确（"暂动还休"二句下）。

《初白庵诗评》：通篇多为结句作势。

《评注韩昌黎诗集》：竹垞嫌此诗太繁。以余视之，非繁也，亦淅沥之商音也。

《韩诗臆说》：本旨在结句，而以上模写处亦有意致。

八月十五夜赠张功曹

纤云四卷天无河，清风吹空月舒波。
沙平水息声影绝，一杯相属君当歌。
君歌声酸辞且苦，不能听终泪如雨。
洞庭连天九疑高，蛟龙出没猩鼯号。
十生九死到官所，幽居默默如藏逃。
下床畏蛇食畏药，海气湿蛰熏腥臊。
昨者州前捶大鼓，嗣皇继圣登夔皋。
赦书一日行万里，罪从大辟皆除死。
迁者追回流者还，涤瑕荡垢清朝班。
州家申名使家抑，坎坷只得移荆蛮。
判司卑官不堪说，未免捶楚尘埃间。
同时辈流多上道，天路幽险难追攀。
君歌且休听我歌，我歌今与君殊科。

一年明月今宵多，人生由命非由他，

有酒不饮奈明何！

【汇评】

《苕溪渔隐丛话后集》：《昌黎集》中，酬赠张十一功曹署诗颇多，而署诗绝不见，惟《韩子年谱》载其一篇，云："九疑峰畔二江前，恋阙思乡日抵年。白简趋朝曾并命，苍梧左宦亦联翩。鲛人远泛渔舟火，鹏鸟闲飞雾里天。涣汗几时流率土，扁舟西下共归田。"署与退之同为御史，又同迁谪，故诗中皆言之。退之答署诗云："山净江空水见沙，哀猿啼处两三家。筼筜竞长纤纤笋，踯躅初开艳艳花。未报恩波知死所，莫令炎瘴送生涯。吟君诗罢看双鬓，斗觉霜毛一半加。"又有祭署文云："我落阳山，君飘临武。君止于县，我又南逾。"临武属郴州，在阳山之北。二诗皆此时作也。

《韩文考异》：言张之歌词酸苦，而己直归之于命，盖反《骚》之意，而其词气抑扬顿挫，正一篇转换用力处也（"我歌今与"句下）。

《黄氏日钞》：《八月十五夜赠张功曹》，感慨多兴。

《竹庄诗话》：《集注》云：公与张曙以贞元二十一年二月赦自南方，俱徙掾江陵。至是俟命于郴，而作是诗，怨而不乱，有《小雅》之风。

《唐诗镜》：每读昌黎七言古诗，觉有飞舞翔矞之势。

《批韩诗》：朱彝尊曰：写景语净（"沙平水息"句下）。　　借张作宾主，又借歌分悲乐，总是抑人扬己（"我歌今与"句下）。汪琬曰：虚者实之，实者虚之，得反客为主之法。观起结自知。

《初白庵诗评》：用意在起结，中间不过述迁谪量移之苦耳。

《韩柳诗选》：起结清旷超脱，是太白风度，然亦从楚《骚》变来。

《声调谱拾遗》：纯用古调，无一联是律者，转韵亦极变化。

《古诗选批》：韩诗七古之最有停蓄顿折者。

《昭昧詹言》：一篇古文章法。前叙，中间以正意苦语重语作宾，避实法也。一线言中秋，中间以实为虚，亦一法也。收应起，笔力转换。

《求阙斋读书录》：自"洞庭连天"至"难追攀"句，皆张署之歌词。末五句，韩公之歌词。

《十八家诗钞》：顾侠君曰：起即嵇叔夜"微风清扇，云气四除，皎皎亮月，丽于高隅"意，而兴象尤清旷。

《增评韩苏诗钞》：三溪曰：声清句稳，无一点尘滓气，可谓不食人间烟火矣。

《评注韩昌黎诗集》：用韵殊变化，首尾极轻清之致，是以圆巧胜者，集中亦不多见。

《韩诗臆说》：此诗料峭悲凉，源出楚《骚》。入后换调，正所谓一唱三叹有遗音者矣。

《唐宋诗举要》：吴北江曰：写哀之词，纳入客语，运实于虚（"海气湿蛰"句下）。　　一句中顿挫（"州家申名"句下）。　　此转尤胜（"天路幽险"句下）。　　高步瀛曰：以上代张署歌辞。　　贬谪之苦，判司之移，皆于张歌词出之，所谓避实法也（"天路幽险"句下）。

以上韩公歌辞。　　高朗雄秀，情韵兼美（末句下）。

谒衡岳庙遂宿岳寺题门楼

五岳祭秩皆三公，四方环镇嵩当中。
火维地荒足妖怪，天假神柄专其雄。
喷云泄雾藏半腹，虽有绝顶谁能穷？
我来正逢秋雨节，阴气晦昧无清风。
潜心默祷若有应，岂非正直能感通？
须臾静扫众峰出，仰见突兀撑青空。

紫盖连延接天柱,石廪腾掷堆祝融。
森然魄动下马拜,松柏一径趋灵宫。
粉墙丹柱动光彩,鬼物图画填青红。
升阶伛偻荐脯酒,欲以菲薄明其衷。
庙令老人识神意,睢盱侦伺能鞠躬。
手持杯珓导我掷,云此最吉馀难同。
窜逐蛮荒幸不死,衣食才足甘长终。
侯王将相望久绝,神纵欲福难为功。
夜投佛寺上高阁,星月掩映云曈昽。
猿鸣钟动不知曙,杲杲寒日生于东。

【汇评】

《对床夜语》:《谒衡岳庙》:"手持杯珓导我掷,云此最吉馀难同。"下三字似乎趁韵,而实有工于押韵者。

《黄氏日钞》:《谒衡岳祠》,恻怛之忱,正直之操,坡老所谓"能开衡山之云"者也。

《漫南诗话》:退之《谒衡岳》诗云:"手持杯珓导我掷,云此最吉馀难同。""吉"字不安,但言灵应之意可也。

《唐诗镜》:语如凿翠。

《批韩诗》:朱彝尊曰:二语朗快("须臾静扫"二句下)。此下须用虚景语点注,似更活。今却用四峰排一联,微觉板实("紫盖连延"二句下)。汪琬曰:起势雄杰("天假神柄"句下)。

《义门读书记》:顶上"云雾"("我来正逢"句下)。　　　顶上"绝顶"("紫盖连延"句下)。　　　顶上"穷"字("松柏一径"句下)。　　　顾"阴晦"("星月掩映"句下)。　　　反照"阴气"(末句下)。

《寒厅诗话》:韩昌黎诗句句有来历,而能务去陈言者,全在于反用。……《岳庙》诗,本用谢灵运"猿动诚知曙"句,偏云"猿鸣钟动不知曙",此等不可枚举。学诗者解得此秘,则臭腐化为神奇矣。

《唐诗别裁》:"横空盘硬语,妥帖力排奡",公诗足当此语。

《七言诗平仄举隅》:此始以句句第五字用平矣,是阮亭先生所讲七言平韵到底之正调也。盖七古之气局,至韩、苏而极其致尔。

《老生常谈》:昌黎《谒衡岳庙》诗,读去觉其宏肆中有肃穆之气,细看去却是文从字顺,未尝矜奇好怪,如近人论诗所谓说实话也。后人遇此大题目,便以艰涩堆砌为能,去古日远矣。"王侯将相"二句,启后来东坡一种,苏出于韩,此类是也。然苏较韩更觉浓秀凌跨,此之谓善于学古,不似后人依样葫芦。

《昭昧詹言》:庄起陪起。此典重大题,首以议为叙,中叙中夹写,意境词句俱奇创,以己收。凡分三段。"森然"句奇纵。

《养一斋诗话》:退之诗"我能屈曲自世间,安能随汝巢神山","王侯将相念久绝,神纵欲福难为功",高心劲气,千古无两,诗者心声,信不诬也。同时惟东野之古骨,可以相亚,故终身推许,不遗馀力。虽柳子厚之诗,尚不引为知己,况乐天、梦得耶!

《增评韩苏诗钞》:三溪曰:一篇登岳,有韵记文,读者不觉为有韵语,盖以押韵自在,一句无强押也。

《韩诗臆说》:七古中此为第一。后来惟苏子瞻解得此诗,所以能作《海市》诗。"潜心默祷若有应,岂非正直能感通?"曰"若有应",则不必真有应也。我公至大至刚,浩然之气,忽于游嬉中无心现露。"庙令老人识神意"数语,纯是谐谑得妙。末云"王侯将相望久绝,神纵欲福难为功",我公富贵不能移,威武不能屈之节操,忽于嬉笑中无心现露。公志在传道,上接孟子,即《原道》及此诗可证也。文与诗义自各别,故公于《原道》、《原性》诸作,皆正言之以垂教也。而于诗中多谐言之以写情也。即如此诗,于阴云暂开,则曰:此独非吾正直之所感乎?所感仅此,则平日之不能感者多矣。于庙祝妄祷,则曰我已无志,神安能福我乎?神且不能强我,则平日之不能转移于人可明矣。然前则托之开云，后则以谢庙祝，皆跌宕游戏之词，非正言也。假如作言志诗，云我之正直，可感天地，世之勋名，我所不屑，则肤阔而无味矣。读韩诗与读韩文迥别，试按之，然否？

《山泾草堂诗话》：竹垞批（按指朱彝尊评"紫盖连延"二句语），余意不谓然。是登绝顶写实景，妙用"众峰出"领起。盖上联虚，此联实，虚实相生。下接"森然魄动"句，复虚写四峰之高峻，的是古诗神境。朗诵数过，但见其排荡，化堆垛为烟云，何板实之有？　　首六句从五岳落到衡岳，步骤从容，是典制题开场大局面，领起游意。"我来正逢"十二句，是登衡岳至庙写景。"升阶伛偻"六句叙事。"窜逐蛮荒"四句写怀。"夜投佛寺"四句结宿意。精警处在写怀四句。明哲保身，是圣贤学问，隐然有敬鬼神而远之意。庙令老人，目为寻常游客，宁非浅视韩公？

《唐宋诗举要》：吴曰：此东坡所谓"能开衡山之云"者，最足见公之志节。此诗质健，乃韩公本色。

峋嵝山

> 峋嵝山尖神禹碑，字青石赤形模奇。
> 科斗拳身薤倒披，鸾飘凤泊挐虎螭。
> 事严迹秘鬼莫窥，道人独上偶见之。
> 我来咨嗟涕涟洏，千搜万索何处有？
> 森森绿树猿猱悲。

【汇评】

《辑注唐韩昌黎集》：蒋之翘曰：结语凄清如画。

《昭昧詹言》：先点次写，似实却虚。"事严"以下入议，似虚却实。衡山实无禹碑，此诗所记，盖当时之传闻，误也。故篇末自为疑词,以见微意。东坡诗云:"岣嵝何须到,韩公浪自悲。"谓此诗也。

《海日楼札丛》:"科斗拳身薤倒披。"公好古文奇字,宜有此意想。

《韩诗臆说》:此与《石鼓歌》,皆见好古之诚意耳。究之亦无甚紧要。

李花赠张十一署

> 江陵城西二月尾,花不见桃惟见李。
> 风揉雨练雪羞比,波涛翻空杳无涘。
> 君知此处花何似?
> 白花倒烛天夜明,群鸡惊鸣官吏起。
> 金乌海底初飞来,朱辉散射青霞开。
> 迷魂乱眼看不得,照耀万树繁如堆。
> 念昔少年著游燕,对花岂省曾辞杯?
> 自从流落忧感集,欲去未到先思回。
> 只今四十已如此,后日更老谁论哉!
> 力携一尊独就醉,不忍虚掷委黄埃。

【汇评】

《猗觉寮杂记》:退之于李花,赋之甚工。

《诚斋集·读退之李花诗序》:桃李岁岁同时并开,而退之有"花不见桃惟见李"之句,殊不可解。因晚登碧落堂,望隔江桃李,桃皆暗而李独明,乃悟其妙。盖"炫昼缟夜"云:近红暮看失胭脂,远白宵明雪色奇。"花不见桃惟见李",一生不晓退之诗。

《批韩诗》:张鸿曰:花中惟李夜中独白,此诗写李之白而明,造意奇("白花倒烛"句下)。　　何焯曰:字字警绝("照耀万树"

句下）。　　对君说，似收到李花（"力携一尊"句下）。

《义门读书记》：插入张，复作体物语，势有断续，语有关键（"君知此处"句下）。

《秋窗随笔》：郑谷"月黑见梨花"，佳句也，不及退之"白花倒烛天夜明"为雄浑，读之气象自别。义山《李花》诗："自明无月夜"，与退之未易轩轾。

《望云诗话》：昌黎《李花》云："白花倒烛天夜明，群鸡惊鸣官吏起。"赵云松袭之，作《山茶》诗云："熊熊日午先绛天，吓得邻家来救火。"同一过火，而赵诗犷悍矣。

《读杜韩笔记》：情动于中而形于言，古人即物流连，藉以发其情之不容已，未尝拘拘于是物也。退之"江陵城西二月尾"一篇，起数韵状李花之白，可谓工为形似之言，而诗之佳处不在此。后段云："念昔少年著游燕……不忍虚掷委黄埃。"百折千回，传出不忍虚掷之意，而前之"迷魂乱眼看不得"者，亦不能不携尊而就矣。此刘彦和所谓以情造文，非以文造情者也。

《评注韩昌黎诗集》：此诗妙在借花写人，始终却不明提，极匣剑帷灯之致。

《山泾草堂诗话》：见李花繁盛，弥感身世之易衰。公与署同谪江陵，同悲流落，李花如此盛开，而不赏花饮酒，辜负春光，岂不可惜？惜李花，实自惜也。

杏　花

居邻北郭古寺空，杏花两株能白红。
曲江满园不可到，看此宁避雨与风。
二年流窜出岭外，所见草木多异同。
冬寒不严地恒泄，阳气发乱无全功。

浮花浪蕊镇长有，才开还落瘴雾中。

山榴踯躅少意思，照耀黄紫徒为丛。

鹧鸪钩辀猿叫歇，杳杳深谷攒青枫。

岂如此树一来玩，若在京国情何穷！

今旦胡为忽惆怅？万片飘泊随西东。

明年更发应更好，道人莫忘邻家翁。

【汇评】

《韩柳诗选》：不赋杏花，而只从看花生感，此便风人之兴也。作诗能用比兴，便尔触处皆活。

《批韩诗》：何焯曰：波澜感慨（"看此宁避"句下）。　　朱彝尊曰：借客形主（"所见草木"句下）。

《义门读书记》：此篇真怨而不怒矣。　　应"曲江满园不可到"（"若在京国"句下）。　　安知明年不仍在江陵？京国真不可到矣。落句正悲之至也。即从"飘泊"二字生下，凄绝语出以平淡（"明年更发"句下）。

《读杜韩笔记》：凡十韵。只此句是写杏花，著一"能"字，精神又注到曲江，与少陵"西蜀樱桃也自红"用意正同。此下纵笔说二年岭外所见草木，如山榴踯躅青枫之类，然后束一笔云："岂如此树一来玩，若在京国情何穷！"醒出诗之旨。一篇纯是写情，无半字半句粘着杏花，岂非奇作？少陵《古柏行》、《海棕行》及《楠树》等篇，不必贴切，而自然各肖其身分，兴寄有在故耳。凡大家皆然。

《昭昧詹言》：起有笔势。第三句折入，中间忽开。"岂如"句收转，乃见笔力。挽回收本意。

《山泾草堂诗话》：公窜身岭外，思归京国，触目浮花浪蕊，无非蛮乡风景。至是始为掾江陵，忽见杏花，借以寄慨。一缕清思，盘旋空际，不掇故实，而自然是杏花，意胜故也。收笔落到明年，正见归期之难必。思而不怨，自归学养。

感春四首（选三首）

其一

我所思兮在何所？情多地迥兮遍处处。

东西南北皆欲往，千江隔兮万山阻。

春风吹园杂花开，朝日照屋百鸟语。

三杯取醉不复论，一生长恨奈何许！

【汇评】

《野鸿诗的》：昌黎诗极有古音，惜其不由正道，反为盘空硬语，以文入诗，欲自成一家言，难矣！然集中《琴操》、《秋怀》、《醉赠张秘书》、《山石》、《雉带箭》、《谒衡岳》、《县斋有怀》数篇，居然大家规范。其"露浓秋树高，虫吊寒夜永"，"春风吹园杂花开，朝日照屋百鸟语"，"青天白日花草丽"，此等句亦是不凡。

《批韩诗》：朱彝尊曰：两语工（"春风吹园"二句下）。

《韩诗臆说》：第一首比兴无端，虽出张衡，实已过之。

其二

皇天平分成四时，春气漫诞最可悲。

杂花妆林草盖地，白日坐上倾天维。

蜂喧鸟咽留不得，红萼万片从风吹。

岂如秋霜虽惨冽，摧落老物谁惜之？

为此径须沽酒饮，自外天地弃不疑。

近怜李杜无检束，烂漫长醉多文辞。

屈原离骚二十五，不肯铺啜糟与醨。

惜哉此子巧言语，不到圣处宁非痴？

幸逢尧舜明四目，条理品汇皆得宜。

平明出门暮归舍，酩酊马上知为谁？

【汇评】

《黄氏日钞》：《感春》，谓春风漫诞之可悲甚于秋霜摧落之不足惜。此意亦奇。东坡谓："春蟾投醪光陆离，不比秋光，只为离人照断肠。"皆是此意翻出。

《许彦周诗话》：韩退之诗云："酩酊马上知为谁？"此七字用意哀怨，过于痛哭。

《义门读书记》：此"圣"字用徐邈"中圣人"之语，注谓伤其违圣之达节者，非（"不到圣处"句下）。

《批韩诗》：朱彝尊曰：意新语奇，则故为生硬（"杂花妆林"二句下）。何焯曰：翻案。　　张鸿曰：意句均奇崛（"岂如秋霜"二句下）。

《昭昧詹言》：《感春》第二首，兴比。本言近学三人，而故非之，曲折。"岂如"句，折深。"近怜"四句，以旷为愤，放纵豪阔，意高，胸襟远大，势亦阔远。"平明"句，不得职之故。深，开荆公。

《东泉诗话》：退之《感春》诗："近怜李杜无检束……不到圣处宁非痴？"大似史论，实惊人语也。渠欲到圣处，不愧所言。

《韩诗臆说》：第二首直用《楚辞》语，明其所感同也。　　满怀郁郁，感时伤老，遂欲寄情于酒，而笑屈原之不饮，皆极无聊之词，非平平论古。　　此公自写心事，借屈原以寄慨耳，非论屈原也。注言"非圣人推移之意"，迂阔无当。圣处确是指酒。李白诗"醉月频中圣"，在唐时固多用之。观此诗前言"径须沽酒饮"，"长醉多文辞"，而末以"酩酊马上"结之，知此皆以酒言。若拘定本文圣人能与世推移，则与前后都不关照，且如何加"宁非痴"三字？此固哉高叟不可与言诗也（"不到圣处"句下）。　　所感如此，忧危甚矣。然偏说尧、舜明四目者，体应如此，言之者无罪也（"幸逢尧舜"句下）。

其四

我恨不如江头人，长网横江遮紫鳞。

独宿荒陂射凫雁，卖纳租赋官不嗔。

归来欢笑对妻子，衣食自给宁羞贫。

今者无端读书史，智慧只足劳精神。

画蛇著足无处用，两鬓霜白趋埃尘。

干愁漫解坐自累，与众异趣谁相亲？

数杯浇肠虽暂醉，皎皎万虑醒还新。

百年未满不得死，且可勤买抛青春。

【汇评】

《批韩诗》：汪琬曰：以"暂醉"应前"长醉"、"取醉"语，更深入一层。妙（"数杯浇肠"句下）。

《初白庵诗评》：似怨矣，却不怒（"今者无端"二句下）。

《韩诗臆说》：末首郁愤极矣，吐为此吟，其音悲而远。至"皎皎万虑醒还新"，可以泣鬼神矣。

《义门读书记》：《四愁》、《十八拍》之间，而笔力逾健。

《韩柳诗选》：取调生新，一洗纤秾之习。

【总评】

《诗比兴笺》：《秋怀诗》，当知其所怀何怀；《感春诗》，当知其所感何感。原本尚有五言一章云："诗书渐欲抛，节行久已惰"；"孤负平生心，已矣知何奈"。则知此三章所感，即文集《五箴》所谓"聪明不及于前时，闻道日负其初心"者也；又即《楚辞》所谓"汩予若将不及兮，恐年岁之不吾与"，"日月忽其不淹兮，春与秋其代序"，"老冉冉其将至兮，恐修名之不立"者也。"幸逢尧舜明四目，条理品汇皆得宜"，此进不得有为于时也。"今者无端读书史，智慧只足劳精神"，此退不能自进于道也。不然，首章"情多地遐遍处已"，"一生长恨奈何许"，果何所思，何所恨耶？次章"春气漫诞最可悲"，"白日座上倾天维",果何所悲,何所惜耶? 三章"数杯浇肠虽暂醉,皎皎万虑醒还新",果何所虑耶? 公《与孟尚书书》"仆且潜究其得失之故,献之乎吾相,致之乎吾君,下犹取一障而乘之。若都不可得,犹将耕于宽闲之野,钓乎寂寞之滨"是也。故君子功业欲其及时,行道悲其逝水。

刘生诗

> 生名师命其姓刘,自少轩轻非常俦。
> 弃家如遗来远游,东走梁宋暨扬州。
> 遂凌大江极东陬,洪涛春天禹穴幽。
> 越女一笑三年留,南逾横岭入炎洲。
> 青鲸高磨波山浮,怪魅炫曜堆蛟虬。
> 山狨谨谍猩猩游,毒气烁体黄膏流。
> 问胡不归良有由,美酒倾水炙肥牛。
> 妖歌慢舞烂不收,倒心回肠为青眸。
> 千金邀顾不可酬,乃独遇之尽绸缪。
> 蹩然一饷成十秋,昔须未生今白头,
> 五管历遍无贤侯,回望万里还家羞。
> 阳山穷邑惟猿猴,手持钓竿远相投。
> 我为罗列陈前修,芟菖斩蓬利锄耰。
> 天星回环数才周,文学穰穰困仓稠。
> 车轻御良马力优,咄哉识路行勿休,
> 往取将相酬恩雠。

【汇评】

《唐诗品汇》:韩曰:刘生在越,意有所眷,故诗中云:"越女一笑三年留",下又云:"问胡不归良有由",继以"妖歌慢舞",则知生所寓皆不羁也。故终篇有"咄哉识路行勿休,往取将相酬恩仇",盖有且讽且劝之意。

《唐诗镜》:来如倒峡。

《唐音癸签》:诗亦要占些地步。退之《赠李愿》(按当为《刘生诗》)云:"往取将相酬恩仇。"达夫《赠王彻》云:"吾知十年后,季子多黄金。"岂理耶?惟杜老有斟酌,此等语不肯轻下,然如"何日沾微禄,归山买薄田"等,亦未能陶洗净尽,为有识者所微窥云。

《批韩诗》:何焯曰:"还家"句应"弃家",收一笔,方入阳山("回望万里"句下)。　　朱彝尊曰:柏梁体句各一事,此自是《燕歌行》体。然此体不宜长,又须炼得精。此作遒紧有味,意态尚恨未甚浓。

《义门读书记》:虽因其人而言之,然公之生平于"恩仇"二字耿耿不忘,亦心病之形于声诗者也。《鲁颂》所以"尚乎克广德心"也哉("往取将相"句下)!

《陔馀丛考》:古诗一句全用平仄者,并有一句平一句仄相连成文者。……韩昌黎《南山诗》之"横云时平凝,点点露数岫",《泷吏》之"官当明时来,事不待说委",……皆一句全平,一句全仄。至昌黎《南山诗》"或散若瓦解……或缭若篆籀",则并二句全仄矣。《古诗》"罗衣何飘飘,轻裾随旋风",则二句全平矣。不特此也,即七言亦有全平仄者。少陵诗"有客有客字子美","中巴之东巴东山";昌黎《赠刘生》之"青鲸高摩波山浮",《送僧澄观》之"浮屠西来何施为",……此又七言之全平仄者。

《读韩记疑》:"酬恩仇"三字不过趁韵作结,所谓诗歌特等戏剧是也。公与人交,已而我负,终不计,死则恤其家。史称终始不变,盖实录也。或以是为公心病所形,公有此病,当确指其实迹言之,何得混以虚辞相蔑?此真诬善之言,昔人譬诸蝇矢者也。

《石洲诗话》:昌黎《刘生诗》,虽纪实之作,然实源本古乐府

《横吹曲》。其通篇叙事，皆任侠豪放一流。其曰："东走梁宋"、"南逾横岭"，亦与古曲五陵、三秦之事相合。末以"酬恩仇"结之，仍还他侠少本色。不然，昌黎岂有教人以官爵酬恩仇者耶？不惟用乐府题，兼且用其意，用其事，而却自纪实，并非仿古。此脱化之妙也。

《灵芬馆诗话》：昌黎《刘生诗》："往取将相酬恩仇。"少时见何义门批本述李安溪之言，以为昌黎于二字未忘，终未见道，言为心声，古人所以贵乎克广德心。余时见之，大不谓然。"恩仇"二字，断不可以不明，仇之欲酬，亦犹恩之欲酬。其人于仇不分明，则于恩亦必不能报。此宋人之论，安溪沿之耳。昌黎于北平王一饭之恩，至其孙墓铭犹必及；相好如刘、柳而泄言之疑，终亦不讳。此昌黎之所以为昌黎也。

《昭昧詹言》：《刘生诗》：此赠叙题，造句重老。

《韩诗臆说》：通首写侠士性情，故弃家远游，倾心妖艳，取将相，酬恩仇，皆一类事也。惟其胸怀磊落，有异凡庸，则不失为可取。而素行之不检，不足以累之耳。再公诗多涉滑稽俳谐，非正言也。若作正言，则公岂亦暱于色者乎？阮亭持此以攻昌黎之短，谓不如文中子门下罗将相，勋业著一时。嘻，何其浅耶！

《唐宋诗举要》：吴曰：极意雕琢成奇句（"越女一笑"句下）。逆折，拗甚（"问胡不归"句下）。　逆折（"千金邀顾"句下）。　奇语（"瞥然一饷"二句下）。　顿挫（"天星回环"句下）。　气体雄直，是韩公本色，字句亦以拗炼见长（末句下）。

郑群赠簟

　　蕲州笛竹天下知，郑君所宝尤瑰奇。
　　携来当昼不得卧，一府传看黄琉璃。

体坚色净又藏节，尽眼凝滑无瑕疵。

法曹贫贱众所易，腰腹空大何能为？

自从五月困暑湿，如坐深甑遭蒸炊。

手磨袖拂心语口，慢肤多汗真相宜。

日暮归来独惆怅，有卖直欲倾家资。

谁谓故人知我意，卷送八尺含风漪。

呼奴扫地铺未了，光彩照耀惊童儿。

青蝇侧翅蚤虱避，肃肃疑有清飙吹。

倒身甘寝百疾愈，却愿天日恒炎曦。

明珠青玉不足报，赠子相好无时衰。

【汇评】

《批韩诗》：朱彝尊曰：描写物象工，写意趣亦入妙。

《初白庵诗评》：奇想（"倒身甘寝"二句下）。

《韩柳诗选》：能于一物之细写出深情，是杜陵笔法，妙在偏以反剔见奇，如"当昼不得卧"，"却愿天日恒炎曦"等句也。

《寒厅诗话》：又善用反衬法，如《郑群赠簟》"携来当昼不得卧"，"却愿天日恒炎曦"是也。

《唐诗别裁》：与"携来当昼不得卧"，俱透过一层法（"却愿天日"句下）。

《唐宋诗醇》：倢妤《怨歌》云："常恐秋节至，凉风夺炎热。"此云："却愿天日恒炎曦"，同一语妙。　　顾嗣立曰：此诗每用反衬意见奇，如"携来当昼不得卧"，"却愿天日恒炎曦"等句，赋物之妙，直从细琐处体贴而出。

《瓯北诗话》：盘空硬语，须有精思结撰，若徒挦撦奇字，诘曲其词，务为不可读，以骇人耳目，此非真警策也。……《竹簟》云："倒身甘寝百疾愈，却愿天日恒炎曦。"谓因竹簟可爱，转愿天不退暑，而长卧此也。此已不免过火，然思力所至，宁过毋不及，所谓矢在弦上，不得不发也。

《昭昧詹言》：《郑群赠簟》：无甚意，只叙事耳，而句法意老重。三句叙。四句写。"法曹"以下议。"谁谓"三句叙。"光彩"句夹写。"青蝇"句棱。

《老生常谈》：遇此等题，无可著议论，又作平韵到底，如何撑突得起？看其前面用"携来当昼"云云，故作掀腾之笔以鼓荡之，便不平板；末幅"倒身甘寝"云云，作突过一层语以收束之，昌黎极矜心之作。前人有诮作者是以文为诗，殊不知诗文原无二理，文如米蒸为饭，诗则米酿为酒耳。如此突过一层法，即文法也，施之于诗，有何不可？唐人"知有前期在"一首，亦是此法。

《韩诗臆说》：东坡《蒲传正簟》诗，全从此出，然较宽而腴矣。

韩派屏弃常熟，翻新见奇，往往有似过情语，然必过情乃发，得其情者也。如此诗之"却愿天日恒炎曦"是已。后来欧、苏以下多主此。

《唐宋诗举要》：吴曰：四句逆摄下文，摹写生动（"手磨袖拂"句下）。　　再展一句，乃笔力横劲处（"日暮归来"句下）。　　皆题前布局作势之法（"有卖直欲"句下）。　　高步瀛曰：用加倍反衬，语意并妙（"倒身甘寝"二句下）。

丰陵行

羽卫煌煌一百里，晓出都门葬天子。
群臣杂沓驰后先，宫官穰穰来不已。
是时新秋七月初，金神按节炎气除，
清风飘飘轻雨洒，偪寒旗旆卷以舒。
逾梁下坂笳鼓咽，嶒嶸遂走玄宫间。
哭声訇天百鸟噪，幽坎昼闭空灵舆。

皇帝孝心深且远，资送礼备无赢馀，

设官置卫锁嫔妓，供养朝夕象平居。

臣闻神道尚清净，三代旧制存诸书。

墓藏庙祭不可乱，欲言非职知何如。

【汇评】

《批韩诗》：朱彝尊曰：淡淡语，却有风致（"岧峣遂走"句下）。

《批顾嗣立韩诗注》：语殊不庄，何也？

《韩诗臆说》：此诗甚佳，予乃嫌其质直言之，是议体，非诗体也。

游青龙寺赠崔大补阙

秋灰初吹季月管，日出卯南晖景短。

友生招我佛寺行，正值万株红叶满。

光华闪壁见神鬼，赫赫炎官张火伞。

然云烧树火实骈，金乌下啄赪虬卵。

魂翻眼倒忘处所，赤气冲融无间断。

有如流传上古时，九轮照烛乾坤旱。

二三道士席其间，灵液屡进玻黎碗。

忽惊颜色变韶稚，却信灵仙非怪诞。

桃源迷路竟茫茫，枣下悲歌徒纂纂。

前年岭隅乡思发，踯躅成山开不算。

去岁羁帆湘水明，霜枫千里随归伴。

猿呼鼯啸鹧鸪啼，侧耳酸肠难濯浣。

思君携手安能得？今者相从敢辞懒？

由来钝骏寡参寻，况是儒官饱闲散。

惟君与我同怀抱，锄去陵谷置平坦。

年少得途未要忙，时清谏疏尤宜罕。

何人有酒身无事？谁家多竹门可款？

须知节候即风寒，幸及亭午犹妍暖。

南山逼冬转清瘦，刻画主角出崖窾。

当忧复被冰雪埋，汲汲来窥戒迟缓。

【汇评】

《东坡题跋》：韩退之《游青龙寺》诗，终篇言赤色，莫晓其故。尝见小说，郑虔寓青龙寺，贫无纸，取柿叶学书。九月，柿叶赤而实红。退之诗乃寓此也。

《嫩真子》：仆旧读此诗，以为此言乃谕画壁之状，后见《长安志》云："青龙寺有柿万株。"此盖言柿熟之状：火伞、赪虬卵、赤气冲融、九龙照烛，皆其似也。青龙寺在长安城中，白乐天《新昌新居》诗云："丹凤楼当后，青龙寺在前。"以此知长安诸寺多柿。故郑虔知慈恩寺有柿叶数屋，取之学书。仆仕于关陕，行村落间，常见柿连数里，欲作一诗，竟不能奇，每嗟"火伞"等语诚为善谕。

《苕溪渔隐丛话前集》：退之诗如"何人有酒身无事，谁家多竹门可款"之句，尤闲远有味。

《新刊五百家注音辨昌黎先生文集》：韩醇曰：上联咏柿叶之红，而光华之灿然；下联咏柿实之赤，而日光之交映。火伞、虬卵，皆状其红，而取喻之工如此（"光华闪壁"四句下）。

《批韩诗》：朱彝尊曰：要此句点明（"正值万株"句下）。此可谓极其形容，然还是长吉等面貌（"光华闪壁"四句下）。此巧丽类初唐，但句法加苍耳（"桃源迷路"二句下）。　　四样红树，摘得妙，寄兴亦好（"霜枫千里"句下）。　　逸趣飘然（"时清谏疏"句下）。　　下句轻圆，诗家妙境。此处再得点一句红叶应转，更有味（"谁家多竹"句下）。　　此诗运意却细，又与他处粗硬者不同。　　何焯曰：四衬皆取色（"霜枫千里"句下）。　　切补阙

（"时清谏疏"句下）。　　张鸿曰：写红柿，极造意之工（"赤气冲融"句下）。　　细筋入骨（"今者相从"句下）。　　所造意句，均去陈言（"惟君与我"二句下）。

《义门读书记》：炎官张伞，金乌啄卵，宋人学奇者多矣，不能到得后半情味，则徒馀恶面目也。　　安溪谓：韩子七言古诗，此篇第一，尤佳处则在此二句，真能随遇而安也（"须知节候"二句下）。

《初白庵诗评》：四句形容太狠（"光华闪壁"四句下）。

《昌黎诗增注证讹》：公七言古诗间用对句，唯《桃源图》及此篇、《赠崔立之》三篇而已。

《海日楼札丛》：从柿叶生出波澜，烘染满目，竟是《陆浑山火》缩本。吾尝论诗人兴象，与画家景物感触相通。密宗神秘于中唐，吴、卢画皆依为蓝本。读昌黎、昌谷诗，皆当以此意会之。颜、谢设色古雅，如顾、陆；苏、陆设色，如与可、伯时，同一例也。

送区弘南归

穆昔南征军不归，虫沙猿鹤伏以飞。
汹汹洞庭莽翠微，九疑镵天荒是非。
野有象犀水贝玑，分散百宝人士稀。
我迁于南日周围，来见者众莫依俙。
爰有区子荧荧晖，观以蓻训或从违。
我念前人譬葑菲，落以斧引以缏徽。
虽有不逮驱骒骒，或采于薄渔于矶，
服役不辱言不讥。从我荆州来京畿，
离其母妻绝因依。嗟我道不能自肥，
子虽勤苦终何希？王都观阙双巍巍，

腾踏众骏事鞍靮，佩服上色紫与绯，
独子之节可嗟唏。母附书至妻寄衣，
开书拆衣泪痕晞。虽不敕还情庶几，
朝暮盘羞恻庭闱。幽房无人感伊威，
人生此难馀可祈。子去矣时若发机！
晷沉海底气升霏，彩雉野伏朝扇翚。
处子窈窕王所妃，苟有令德隐不腓。
况今天子铺德威，蔽能者诛荐受机。
出送抚背我涕挥，行行正直慎脂韦。
业成志树来顾顾，我当为子言天扉。

【汇评】

《韵语阳秋》：张籍《送区弘》诗云："韩公国大贤，道德赫已闻。昨出为阳山，尔区来趋奔。韩官迁法曹，子随至荆门。韩人为博士，崎岖从羁轮。"观其游从之久，疑得于韩者深也。然考其文章议论之际，乃不得预籍、湜之列，何耶？韩集有《送区弘南归》诗云："我迁于南日周围……虽有不逮驱骓骓。"观此数语，则韩虽以师道自任，而区受道之质，盖有所未至也。其后又勉之以"行行正直勿脂韦，业成志立来顾顾"，其诲之者至矣。集中又有《送区册序》，《韩文辨证》云："册即弘也。"未知孰据尔。

《韩文考异》：张耒曰：古人作七言诗，其句脉多上四字而以下三字成之。退之乃变句脉以上三下四，如"落以斧引以缫徽"、"虽欲悔舌不可扪"是也。

《唐诗归》：钟云：深文秘义，似谶似隐。

《批韩诗》：朱彝尊曰：全以气力驱使，微袭古词歌意，总是变体。　　"莽翠微"、"荒是非"，皆是奇语（"九疑镵天"句下）。　何焯曰：起得奇（"分散百宝"句下）。　　　得此衬染，方不单薄（"处子窈窕"句下）。

《义门读书记》：温柔敦厚，声如厥志。憻憻蔼蔼，所谓伯牙之琴弦乎？气味出于平子《思玄赋》，中边皆甜。　　　与《送寥道士序》同意（"穆昔南征"六句下）。　　　伏后"业"字（"观以彝训"句下）。　　　注引张文潜云云。按：汉铙歌《上邪篇》云："山无陵，江水为竭"；又汝南童谣云："饭我豆食羹芋魁"，其句脉皆上三字略断。韩子必有本也（"落以斧引"句下）。　　　伏后"勤"字（"虽有不逮"句下）。　　　伏后"苦"字（"服役不辱"句下）。　　　《三百篇》语，妙（"虽不救还"句下）。　　　伏下"志"字。王道正直，即上"彝训"归宿也（"行行正直"句下）。

《韩柳诗选》：笔意质奥，大类古箴铭语。

《榕村诗选》：惓惓训勖，归于正直，可咏可感。

《纫斋诗谈》：气甚魁岸，中多奇句可摹。如"九疑镵天荒是非"，下字生稳；又如"落以斧引以缰徽"，"子去矣时若发机"，"蔽能者诛荐受机"，此上三下四、下四上三句法。初造生新，久易生病。后人折腰泼撒等句，俱从此衍出，其要只在浑成健炼。

《唐宋诗醇》："分散百宝人士稀"，道尽西南边徼地脉风气，柳州所谓少人而多石也。"虽不救还情庶几"，语意深婉，游子读此，可以听于无声矣。　　　方崧卿曰：九嶷言镵天，洪涛言春天，皆奇语也。

《瓯北诗话》：昌黎不但创格，又创句法。《路旁堠》云："千以高山遮，万以远水隔。"此创句之佳者。凡七言多上四字相连，而下三字足之。乃《送区弘》云："落以斧引以缰徽。"又云："子去矣时若发机。"《陆浑山火》云："溺厥邑囚之昆仑。"则上三字相连，而下以四字足之。自亦奇辟，然终不可读，故集中只此数句，以后亦莫有人仿之也。

《韩诗臆说》：一起写出荒远（"分散百宝"句下）。　　　三句比而兴也（"蜃沉海底"三句下）。

《唐宋诗举要》：情致缠绵，宛转切至（"人生到此"句下）。
字字精卓研炼而不伤气，读之但觉真味醇醇，绁绎不尽。

三星行

我生之辰，月宿南斗。
牛奋其角，箕张其口。
牛不见服箱，斗不挹酒浆。
箕独有神灵，无时停簸扬。
无善名已闻，无恶声已谨。
名声相乘除，得少失有馀。
三星各在天，什伍东西陈。
嗟汝牛与斗，汝独不能神。

【汇评】

《蔡宽夫诗话》：退之《三星行》，与古诗"南箕北有斗，牵牛不负轭。良无磐石固，虚名复何益"之意颇近。大抵古今兴比所在。适有感发者，不必尽相回避。要各有所主耳。

《批韩诗》：朱彝尊曰：总本《诗》"南箕北斗"演来，大约近戏。

《诗比兴笺》：《东坡志林》云：读牛斗之诗，乃知退之以磨蝎为身宫，仆以磨蝎为命宫。平生遭口语无数，盖以此也。与《剥啄篇》盖同时作。公自江陵召入为国子博士，被谗谪阳山，至是召还，又有谤之者，故云"名声相乘除，得失少有馀"。

《唐宋诗醇》：俞玚曰：奇趣。却从《大东》之诗来，变化自妙，用韵凡五转，似古歌谣。

《韩诗臆说》：此诗比兴之妙，不可言喻，伤绝谐绝，真《风》真《雅》。末段责牛斗处无聊，妙甚。若认作望其服箱挹酒浆，真痴人说梦矣。

青青水中蒲三首

其一

青青水中蒲，下有一双鱼。

君今上陇去，我在与谁居？

【汇评】

《新刊五百家注音辨昌黎先生文集》：韩醇曰：诗盖兴寄也。　　孙汝听曰：当是妇人思夫之意。

《批韩诗》：何焯曰：此是反兴（首二句下）。

《诗比兴笺》：首章，"君"，谓鱼也；"我"，蒲自谓也。

其二

青青水中蒲，长在水中居。

寄语浮萍草，相随我不如。

【汇评】

《批韩诗》：何焯曰：此是比（末句下）。

《诗比兴笺》："相随我不如"，言蒲不如浮萍之相随也。

《增订唐诗摘钞》：虽相随而我实不如，言浮萍飘泊无定，蒲则长居水中，喻夫妇不能相遂也。

其三

青青水中蒲，叶短不出水。

妇人不下堂，行子在万里。

【汇评】

《四溟诗话》：韩昌黎曰："妇人不下堂，游子在万里。"托兴高远，有风人之旨。杜少陵曰："丈夫则带甲，妇人终在家。"此文不逮意。韩诗为优。

《批韩诗》：何焯曰：此是兴（首二句下）。　　朱彝尊曰：尤妙绝，更不必道及思念（末二句下）。

【总评】

《诗薮》：昌黎《青青水中蒲三首》，顿有不安六朝意，然如张、王乐府，似是而非。取两汉五言短古熟读自见。

《唐风定》：《青青水中蒲》：古意，古音。

《批韩诗》：何焯曰：三章真古意。　　朱彝尊曰：语浅意深，可谓炼藻绘人平淡。篇法祖《毛诗》，语调则汉魏歌行耳。

《诗比兴笺》：此公寄内而代为内人怀己之词。然前二章儿女离别之情，第三章丈夫四方之志。

《而庵说唐诗》：此三章可作"思无邪"注脚，非一代大儒昌黎公，不能作也。

《唐诗笺要》：古意，古音。妇人治闺内，男子志四方，古今定分，何用许多纠缠？小小词章，具见大儒本领。

孟东野失子并序

东野连产三子，不数日，辄失之。几老，念无后以悲。其友人昌黎韩愈，惧其伤也，推天假其命以喻之。

失子将何尤？吾将上尤天。

女实主下人，与夺一何偏！

彼于女何有，乃令蕃且延？

此独何罪辜，生死旬日间？

上呼无时闻，滴地泪到泉。

地祇为之悲，瑟缩久不安。

乃呼大灵龟，骑云款天门。

问天主下人，薄厚胡不均？

天曰天地人，由来不相关。

吾悬日与月，吾系星与辰，

日月相噬啮，星辰踏而颠。

吾不女之罪，知非女由因。

且物各有分，孰能使之然？

有子与无子，祸福未可原。

鱼子满母腹，一一欲谁怜？

细腰不自乳，举族长孤鳏。

鸱枭啄母脑，母死子始翻。

蝮蛇生子时，坼裂肠与肝。

好子虽云好，未还恩与勤。

恶子不可说，鸱枭蝮蛇然。

有子且勿喜，无子固勿叹。

上圣不待教，贤闻语而迁，

下愚闻语惑，虽教无由悛。

大灵顿头受，即日以命还。

地祇谓大灵：女往告其人。

东野夜得梦，有夫玄衣巾，

闯然入其户，三称天之言。

再拜谢玄夫，收悲以欢忻。

【汇评】

《黄氏日钞》：《孟东野失子》诗云："蝮蛇生子时，坼裂肠与肝。"愚往年见临安无梦和尚，说蟹散子后即枯死，云出佛经。

《批韩诗》：朱彝尊曰：但直说，颇亦朴古，然犹是诗变格（"问天"二句下）。　　四喻奇诡（"鱼子"八句下）。　　汪琬曰：奇想（"东野"句下）。　　何焯曰：波澜妙（"吾不"二句下）。　　先生早年诗好为镌镵以出怪巧,元和后多归于古朴,所谓"奸穷变怪得,往往造平淡",又所云"不用意而功益奇老"。如此等诗,愈朴淡,愈奇古。

《唐宋诗醇》:《龟筴传》祝词云:"假之玉灵夫子,而上行于天,下行于渊。"诗以大灵发端,本此。　　王伯大曰:退之救世弊,故并因果不言,然此一段文意乃是《涅槃经》佛语。　　俞场曰:用韵本主"先"字,兼入真、文、元、寒、删诸韵,是古韵也,与《此日足可惜》一首同法。

《韩诗臆说》:此诗意旨与《列子·力命篇》略同,而语较奇警。

陆浑山火和皇甫湜用其韵

皇甫补官古贲浑,时当玄冬泽干源。
山狂谷很相吐吞,风怒不休何轩轩,
摆磨出火以自燔。
有声夜中惊莫原,天跳地踔颠乾坤。
赫赫上照穷崖垠,截然高周烧四垣。
神焦鬼烂无逃门,三光驰骤不复暾。
虎熊麋猪逮猴猿,水龙鼍龟鱼与鼋,
鸦鸱雕鹰雉鹄鹍,燖炰煨爊孰飞奔。
祝融告休酌卑尊,错陈齐玫辟华园,
芙蓉披猖塞鲜繁。
千钟万鼓咽耳喧,攒杂啾嚄沸篪埙。
彤幢绛旃紫蠹幡,炎官热属朱冠裈。
髹其肉皮通髀臀,颏胸垤腹车掀辕,
缇颜鞑股豹两鞬,霞车虹靷日毂辐,
丹蕤缥盖绯繙帾。

红帷赤幕罗脤膰，笾池波风肉陵屯，

硌呀钜壑颏黎盆，豆登五山瀛四尊，

熙熙醺酬笑语言，雷公擘山海水翻，

齿牙嚼啮舌腭反，电光礌碑赪目暖。

顼冥收威避玄根，斥弃舆马背厥孙，

缩身潜喘拳肩跟，君臣相怜加爱恩。

命黑螭侦焚其元，天阙悠悠不可援，

梦通上帝血面论，侧身欲进叱于阍。

帝赐九河涤涕痕，又诏巫阳反其魂，

徐命之前问何冤。

火行于冬古所存，我如禁之绝其飧，

女丁妇壬传世婚，一朝结仇奈后昆。

时行当反慎藏蹲，视桃著花可小骞，

月及申酉利复怨，助汝五龙从九鲲，

溺厥邑囚之昆仑。

皇甫作诗止睡昏，辞夸出真遒上焚。

要余和增怪又烦，虽欲悔舌不可扪。

【汇评】

《九华集》：韩退之《陆浑山火》诗，变体奇涩之尤者，千古之绝唱也。

《藏海诗话》：叶集之云："韩退之《陆浑山火》诗，浣花决不能作；东坡《盖公堂记》，退之做不到。硕儒巨公，各有造极处，不可比量高下。元微之论杜诗，以为李谪仙尚未历其藩翰。岂当如此说？异乎微之之论也！"此为知言。

《新刊五百家注音辨昌黎先生文集》：樊汝霖曰：从公学文者多矣，惟李习之得公之正，持正得公之奇。持正尝语人曰："《书》之文不奇，《易》可谓奇矣，岂碍理伤圣乎？如'龙战于野，其血玄黄'，

'见豕负涂，载鬼一车'，'突如其来如'，'焚如死如弃如'，何等语也！"公此诗"黑螭"、"五龙"、"九鲲"等语，其与《易》"龙战于野"何异？大抵持正文尚奇怪，公之此诗，亦以效其体也。

《鹤山先生大全文集·程氏东坡诗谱序》：赓歌答赋，其源尚矣。下逮颜谢，各有和章见于集。虽声韵不必皆同，然更唱迭和，具有次第。逮唐人始工于用韵，韩退之《和皇甫持正陆浑山火》，张籍《和刘长卿馀干旅舍》，刘、白《和元微之春深》题二十篇，盖同出一韵。

《归田诗话》：昌黎《陆浑山火》诗，造语险怪，初读殆不可晓，及观《韩氏全解》，谓此诗始言火势之盛，次言祝融之御火，其下则水火相剋相济之说也。题云"和皇甫湜韵"，湜与李翱皆从公学文，翱得公之正，湜得公之奇。此篇盖戏效其体，而过之远甚。东坡有《云龙山火》诗，亦步骤此体，然用意措辞，皆不逮也。

《馀冬诗话》：汉《柏梁台》诗："枇梨橘栗桃李梅。"韩退之《陆浑山火》："鸦鸥雕鹰雉鹄鹎。"陈后山《二苏公》诗："桂椒枏栌枫柞樟。"七物为句，亦偶用耳。或谓诗多用实字为美，误矣。

《韩昌黎集辑注》：蒋之翘曰：虎熊麋猪四句，其法本之《招魂》，汉《柏梁》亦尝效之。

《唐诗快》：起句便极奇古。以下俱用柏梁体，无语不奇，无字不古，横绝一世，不可有二。　　　此一陆浑山火，不过寻常野烧之类耳。初非若项王之焚咸阳、周郎之鏖赤壁也，却说得天翻地覆，海立山飞，鬼哭神号，鸟惊兽散，直似开辟以来，乾坤第一场变异，令观者心愓魂悚，五色无主。总是胸中万卷，笔底千军，无端作怪，特借此发泄一番，煞是今古奇观，至于句法字法之妙，更不足言。

《兰丛诗话》：《陆浑山火》诗不过秋烧耳，遂曼衍诡谲，说得上九霄而下九幽。玩结句，自为一炙手可热之权门发，然终未考得其人。以诗而言，亦游戏已甚矣，但艺苑中亦不可少此一种瑰宝。

《唐音审体》：此诗望之骇目惊心，按之词义，了然无不可解。

其荒唐、怪诞大都本之《天问》、《招魂》，而创辟奇横，乃天地间从来未有之文。然公自言怪又烦，且云"欲悔舌不可扪"，则非文章正法，亦可知矣。

《香祖笔记》：韩、苏七言诗学《急就篇》句法，如"鸦鸥雕鹰雉鹄鹍"，"骓駓骃骆骊骝騵"等句，予既载之《池北偶谈》，近又得五言数语，韩诗"蚌螺鱼鳖虫"，卢仝"鳗鳣鲇鲤鳝，鸂鶒鸽鸥凫"，蔡襄"弓刀甲盾弩，筋皮毛骨羽"。然此种句法，间作七言可耳，五言即非所宜，解人当自知之。

《批韩诗》：朱彝尊曰：次点时（"时当玄冬"句下）。　　次点山（"山狂谷很"句下）。　　旁及物类（"焆炰煨爊"句下）。　　凿空硬造，语法本《骚》，然止是竞奇，无甚风致。

《初白庵诗评》：此种格调只应让先生独步，后人不能学，亦不必学也。

《韩柳诗选》：此句祝融行火，鬼神恍惚，可畏可愕，全从虚处着笔，正是实写题面处，至其字句之奇崛，仿佛赋家精采（"祝融告休"句下）。

《放胆诗》：子厚诗主清，最清者善。退之诗主奇，最奇者善。盖所尚在此，则所精亦在此也。读韩诗，自《秋怀》、《琴操》诸短章而外，当以《南山》、《陆浑》为破鬼胆，穿月胁矣。

《昌黎先生诗集注》：刘石龄曰：公诗根柢，全在经传。如《易·说卦》："离为火"，"其于人也，为大腹"，故于炎官热属，以頳胸垤腹拟诸其形容，非臆说也。又"彤幢"、"紫纛"、"日毂"、"霞车"、"虹靷"、"豹"、"鞬"、"电光"、"赪目"等字，亦从"为日，为电"，"为甲胄，为戈兵"句化出。造语极奇，必有依据，以理考索，无不可解者。世儒于此篇，每以怪异目之，且以不可解置之。吁！此亦未深求其故耳，岂真不可解哉！

《声调谱》：《陆浑山火和皇甫湜用其韵》：古诗平韵句法，尽于此中矣。《柏梁》句句用韵,杂律句其中,犹不用韵之句偶入律调,以下句救之也。此篇各种句法俱备,然中有数句,虽是古体,止可用于《柏梁》,至于寻常古诗,断不可用,转韵尤不可用,用之则失调矣。当细辨之。如仄仄平平平平平,仄仄仄平平平平是也。又如平平平平仄平平,亦当酌用之。转韵中不宜,以其乖于音节耳。

律句("梦通上帝"二句下)。　　　拗律句("帝赐九河"句下)。

律句("一朝结仇"二句下)。

《纲斋诗谈》:《陆浑山火和皇甫湜用其韵》:勿效此种笔墨,本欲翻空,却成铺贴。　　山下有煤石,人火误入其穴则焚灼耳,以为真有火神助焰,特文人故欲钓奇耳。不善学者,必入《西游记》火德星君,有火龙、火马、火鸦、火蛇之类,反伤大雅已。

《唐宋诗醇》:只是咏野烧耳,写得如此天动地岋,凭空结撰,心花怒生。

《瓯北诗话》:《陆浑山火》之"盎池波风肉陵屯","电光礚碟赪目暖",此等词句,徒聱牙辖舌,而实无意义,未免英雄欺人耳。

《昌黎诗增注证讹》:此诗似《急就篇》,又似《黄庭经》。

《韩集补注》:《册府元龟》:"元和三年,诏举贤良方正,有皇甫湜对策,其言激切。牛僧孺、李宗闵亦苦谏时政。为贵幸泣诉于帝。帝不得已,出考官杨於陵、韦贯之于外。"案:牛僧孺补伊阙尉,湜补陆浑尉。制科登用,较元年之元稹、独孤郁等,大相悬绝。皇甫之作,盖其寓意也。火以喻权倖势方熏灼,炎官热属则指附和之人。牛、李等以直言被黜,犹黑螭之遭焚。终以申雪幽枉,属望九重。其词诡怪,其旨深淳矣。

《韩集笺正》:首二语为提纲(首二句下)。　　自"天关悠悠"至"囚之昆仑",乃畅发相生相克之义("溺厥邑囚"句下)。　　篇尾四语,点醒题中和字意(末句下)。

《求阙斋读书录》:自首至"孰飞奔",浑写野烧之盛。自"祝融告休"以下至"赪目暖"，设为祝融宴客仪卫之盛，宾从之豪，笑语之欢。"告休"，犹休暇也。"卑尊"，即客也。《周礼·小司徒》云："使各登其乡之众寡。"《乡大夫》云："率其吏，与其众寡。"此云"卑尊"，犹彼云"众寡"耳。自"顼冥收威"至末，皆水火相克相济之说。"拳肩跟"者，谓肩与足跟拳蹋相连，极言颛顼玄冥君臣失势之状。洪曰：丁，火也；壬，水也。火，女也；水，男也。丁女而为妇于壬，故曰"女丁妇壬"。自"火行于冬"至"囚之昆仑"九句，皆上帝劝慰水神之辞，言不必与火结仇，时至行将胜之也。

《海日楼札丛》：韩愈《陆浑山火》诗：作一帧西藏曼荼罗画观。

《韩诗臆说》：《青龙寺》诗是小奇观，《陆浑山火》诗是大奇观。张籍责公好与人为驳杂无实之谈。公曰：吾以为戏耳，何害于道哉！按张所言，乃谓使人陈之于前而公乐闻之，非公之议论文章也。吾谓即公之文章中，或亦不尽免，此即《陆浑山火》等篇，非驳杂无实之谈哉？然苟通达其旨，则虽变而不离于常也。"山狂谷很"，"天跳地踔"，"神焦鬼烂"等语，皆公生辟独造，前无所假。　　此诗极意侈张，满眼彩绘，然其意旨却自清绝，无些子模糊。其视后之以涂饰为工者，真如土与泥矣。　　（按：此诗言水火之相克相济处，亦以谐俳出之，若拘定是真实说话，则水诉于帝，帝不能决，但以结婚为之调解，岂天上亦有此和事天子乎？至谓火行于冬，本无不合，又何以待其势衰然后纵之复仇，岂明正讨罪之义乎？孔明乘其昏弱规取刘璋，世儒犹以为讥，而谓天帝为之乎？执此以读公诗，不殊高叟之论《小弁》矣。）

县斋读书

出宰山水县，读书松桂林。
萧条捐末事，邂逅得初心。

哀狖醒俗耳，清泉洁尘襟。

诗成有共赋，酒熟无孤斟。

青竹时默钓，白云日幽寻。

南方本多毒，北客恒惧侵。

谪谴自甘守，滞留愧难任。

投章类缟带，仁答逾兼金。

【汇评】

《唐诗镜》：吾爱其便滔滔而来，绝不费手。

《韩柳诗选》：用韵险峻，音调生新。此种风格，上承杜陵，下开眉山，为古诗中另辟生面，厥功不小。

《批韩诗》：朱彝尊曰：是拗排律，全不费力，然意味却有馀。

《唐诗别裁》：应是令阳山时作，末二句似答赠诗之客。

《昌黎诗增注证讹》：此诗通首对句，绝似《选》体。

《十八家诗钞评点》：顾侠君云：公诗来历多反用。如"轩鹤避鸡群，强箭射鲁缟"；本用老杜"每愁夜中自足蝎"，偏云"照壁喜见蝎"；本用康乐"猿鸣诚知曙"，偏云"猿鸣钟动不知曙"；及此诗结语，皆令旧事翻新。

《韩诗臆说》：摹写景物处，工妙不及柳州远甚，而别有一种苦味可念。

落　齿

去年落一牙，今年落一齿，

俄然落六七，落势殊未已。

馀存皆动摇，尽落应始止。

忆初落一时，但念豁可耻，

及至落二三，始忧衰即死。

每一将落时，懔懔恒在己。

叉牙妨食物，颠倒怯漱水。

终焉舍我落，意与崩山比。

今来落既熟，见落空相似。

馀存二十馀，次第知落矣。

傥常岁落一，自足支两纪。

如其落并空，与渐亦同指。

人言齿之落，寿命理难恃。

我言生有涯，长短俱死尔。

人言齿之豁，左右惊谛视。

我言庄周云，木雁各有喜。

语讹默固好，嚼废软还美。

因歌遂成诗，持用诧妻子。

【汇评】

《黄氏日钞》：《落齿》诗结以"语讹默固好，嚼废软还美"，翻说最佳。

《后村诗话》：《落齿》云："语讹默固好，嚼废软还美。"余晚丧明，欧阳公权秘书劝余闭目勿视，援此二句，颇有意味。

《批韩诗》：朱彝尊曰：节节叙来，态势更磊落（"终焉"二句下）。　　　真率意，道得痛快，正是昌黎本色。

《义门读书记》：拟《止酒》诗。

《初白庵诗评》：曲折写来，只如白话，渊明《止酒》一篇章法尔尔。

《批顾嗣立韩诗注》：此首似乐天。

《评注韩昌黎诗集》：惟真最难写得痛，惟率最难写得快。是诗颇打出此关，然硬处正复不少耳。

和虞部卢四酬翰林钱七赤藤杖歌

赤藤为杖世未窥，台郎始携自滇池。
滇王扫宫避使者，跪进再拜语喔咿。
绳桥拄过免倾堕，性命造次蒙扶持。
途经百国皆莫识，君臣聚观逐旌麾。
共传滇神出水献，赤龙拔须血淋漓。
又云羲和操火鞭，暝到西极睡所遗。
几重包裹自题署，不以珍怪夸荒夷。
归来捧赠同舍子，浮光照手欲把疑。
空堂昼眠倚牖户，飞电著壁搜蛟螭。
南宫清深禁闱密，唱和有类吹埙篪。
妍辞丽句不可继，见寄聊且慰分司。

【汇评】

《苕溪渔隐丛话前集》：退之《赤藤杖》诗："空堂昼眠倚牖户，飞电著壁搜蛟螭。"故东坡《铁拄杖》诗云："入怀冰雪生秋思，倚壁蛟龙护昼眠。"山谷《筇竹杖赞》："涪翁昼寝，苍龙挂壁。"皆用退之诗也。

《扪虱新话》：韩文公尝作《赤藤杖歌》，……此歌虽穷极物理，然恐非退之极致者。欧公遂每效其体，作《菱溪大石》……观其立意，故欲追仿韩作，然颇觉烦冗，不若韩歌为浑成尔。

《黄氏日钞》：《赤藤杖歌》："赤龙拔须"、"羲和遗鞭"等语，形容奇怪。韩诗多类此，然此类皆从庄生寓言来。

《批韩诗》：朱彝尊曰：与《郑䴙》同调，但彼就眼前景说得亲切，所以有味，此只逞诞，所以味短。　　何焯曰：此种设造，韩公本色（"暝到西极"句下）。二句结上起下，有力（"几重包裹"二句下）。

《义门读书记》：似与"途经百国"二句微碍（"几重包裹"二句下）。

《唐诗别裁》：此种奇杰，昌黎独造（"共传滇神"二句下）。

《昭昧詹言》：怪变奇险。只造语奇一法，叙写各止数语，笔力天纵。起二句叙。"滇王"二句追叙。"绳桥"句议。"共传"二句虚写。"几重"句叙。"光照"句写。"空堂"二句冲口而出，自然奇伟。

《老生常谈》：如《赤藤杖歌》，其奇创处要能言之有物。刘叉、卢仝、李贺、任华辈，往往怪而不中理，是无物也，所以不及昌黎。"共传滇神出水献"四句，已好到极处，后又著"浮光照水"句，犹以为未足，更以"空堂昼眠"二语以束之，笔力奇杰，直可横塞九州。鼎足李、杜，非公而谁？

《增评韩苏诗钞》：此韩公本色，非前诗之比。起首与《郑群赠簟》相似，"喔咿"夷人舌，形容得妙。

送湖南李正字归

> 长沙入楚深，洞庭值秋晚。
> 人随鸿雁少，江共蒹葭远。
> 历历余所经，悠悠子当返。
> 孤游怀耿介，旅宿梦婉娩。
> 风土稍殊音，鱼虾日异饭。
> 亲交俱在此，谁与同息偃？

【汇评】

《韩昌黎集辑注》：蒋之翘曰：澹然之景，悠然之怀，非一时凑泊所能得（"人随"二句下）。

《昌黎先生诗集注》：顾嗣立曰：音调轻圆，绝类谢玄晖，似即暗拟《新亭渚》一首。

《义门读书记》：字字妙。

《唐诗别裁》：昌黎五言，难得此清远之格。

《唐宋诗醇》：风神绵邈，绝似韦、柳，是昌黎集中变调，唯《南溪》三首近之。

《东泉诗话》：韩诗亦有摹《文选》者，如《送湖南李正字》诗，……此诗全学二谢风格。

《昌黎诗增注证讹》：此篇亦具《选》体。

《韩诗臆说》：韩集中如此等小诗，都有深味，不可忽。

醉留东野

昔年因读李白杜甫诗，长恨二人不相从。

吾与东野生并世，如何复蹑二子踪？

东野不得官，白首夸龙钟。

韩子稍奸黠，自惭青蒿倚长松。

低头拜东野，愿得终始如駏蛩。

东野不回头，有如寸筵撞巨钟。

我愿身为云，东野变为龙，

四方上下逐东野，虽有离别无由逢。

【汇评】

《邵氏闻见后录》：欧阳公喜韩退之文，皆成诵，（刘）中原父戏以为"韩文究"，每戏曰：永叔于韩文，有公取，有窃取；窃取者无数，公取者粗可数。永叔《赠僧》云："韩子亦尝谓，收敛加冠巾。"乃退之《送僧澄观》"我欲收敛加冠巾"也；永叔《聚星堂燕集》云："退之尝有云，青蒿倚长松。"乃退之《醉留孟东野》"自惭青蒿倚长松"也。非公取乎？

《唐诗镜》：淋漓酣畅。

《逸老堂诗话》：人之于诗，嗜好往往不同。如韩文公《读孟东野诗》有"低头拜东野"句。唐史言退之性倔强，任气傲物，少许可。其推让东野如此。坡公《读孟郊诗》有云："初如食小鱼，所得不偿劳。又如食螃蟹，竟日嚼空螯。"二公皆才豪一世，而其好恶不同若此。

《唐诗快》：其敬爱东野，可谓至矣。今安得此好贤乐善之人乎！

《诗辩坻》：韩诗"吾欲身为云，东野变为龙"，空同"子昔为云我为龙"本此。然韩谦而李倨，亦似故欲避其意耳。

《批韩诗》：朱彝尊曰：粗粗莽莽，肆口道出，一种真意，亦自可喜。　　张鸿曰：设想奇，造句亦奇。公之诗与文，其用笔同出一机轴。　　何焯曰：奇趣（末句下）。

《韩柳诗选》：意感愤而气豪荡，其音吐亦在李、杜之间得之。

《说诗晬语》：韩子高于孟东野，而为云为龙，愿四方上下逐之。欧阳子高于苏、梅，而以黄河清、凤凰鸣比之。苏之高于黄鲁直，而己所赋诗云"效鲁直体"以推崇之。古人胸襟，广大尔许！

《瓯北诗话》：赠东野诗云："昔年因读李白、杜甫诗……东野变为龙"，是又以李、杜自相期许。其心折东野，可谓至矣。盖昌黎本好为奇崛矞皇，而东野盘空硬语，妥帖排奡，趣尚略同，才力又相等，一旦相遇，遂不觉胶之投漆、相得无间，宜其倾倒之至也。

《石园诗话》："昔年因读李白、杜甫诗，……如何复蹑二子踪？"公生平服膺李、杜，兴会所触，辄称述之。

李花二首（其二）

当春天地争奢华，洛阳园苑尤纷拏。

谁将平地万堆雪,剪刻作此连天花?

日光赤色照未好,明月暂入都交加。

夜领张彻投卢仝,乘云共至玉皇家。

长姬香御四罗列,缟裙练帨无等差。

静濯明妆有所奉,顾我未肯置齿牙。

清寒莹骨肝胆醒,一生思虑无由邪。

【汇评】

《黄氏日钞》:《辛卯雪》"万玉妃"之句,《李花》"万堆雪"之句,《寄卢仝》"犹上虚空跨骆骊"之句,《留醉东野》"为云"、"为龙"之句,皆立怪以惊人者。

《新刊五百家注音辨昌黎先生文集》:樊汝霖曰:此诗自"夜领张彻投卢仝"而下,其所以状李花之妙者至矣。苏内翰《梅诗》举此云:"缟裙练帨玉川家,肝胆清新冷不邪。秾奇争春犹办此,更教踏雪看梅花",亦一奇也。

《批韩诗》:朱彝尊曰:此二诗乃绝有风致,又与他诗迥别。只就一时所见光景写人骨髓,无所因袭,亦不强置,凿空撰出,真趣宛然,后鲜能继者。　　赏花乃作礼法语,然却是诗家风韵(末句下)。

《诗比兴笺》:此章自言其志。奢华纷拏,世之所竞,君子不必避而去之,但愈置之纷华之中,而愈增其皦白之志,莹其清寒之骨,醒其肝胆思虑而无由邪。则道眼视之,无往非道也。"芳与泽其杂糅兮,惟昭质其犹未亏。"不然,出见纷华而悦,入见道德而悦,何年是战胜之日哉?此等咏花诗,肃肃穆穆,如对越在天,骏奔走在庙。《离骚》而下,无敢跂其仿佛,与《感春》诗皆昌黎最高之境。世人学韩,曾梦见此境否耶?

《韩诗臆说》:此首中间似有意学玉川,语皆游戏耳,而公一生浩气大节,不觉流露。

寄卢仝

玉川先生洛城里，破屋数间而已矣。
一奴长须不裹头，一婢赤脚老无齿。
辛勤奉养十余人，上有慈亲下妻子。
先生结发憎俗徒，闭门不出动一纪。
至令邻僧乞米送，仆忝县尹能不耻？
俸钱供给公私余，时致薄少助祭祀。
劝参留守谒大尹，言语才及辄掩耳。
水北山人得名声，去年去作幕下士。
水南山人又继往，鞍马仆从塞闾里。
少室山人索价高，两以谏官征不起。
彼皆刺口论世事，有力未免遭驱使。
先生事业不可量，惟用法律自绳己。
春秋三传束高阁，独抱遗经究终始。
往年弄笔嘲同异，怪辞惊众谤不已。
近来自说寻坦途，犹上虚空跨绿骊。
去年生儿名添丁，意令与国充耘耔。
国家丁口连四海，岂无农夫亲来耜？
先生抱才终大用，宰相未许终不仕。
假如不在陈力列，立言垂范亦足恃。
苗裔当蒙十世宥，岂谓贻厥无基址？
故知忠孝生天性，洁身乱伦安足拟？
昨晚长须来下状，隔墙恶少恶难似。
每骑屋山下窥阚，浑舍惊怕走折趾。
凭依婚媾欺官吏，不信令行能禁止。

先生受屈未曾语，忽此来告良有以。

嗟我身为赤县令，操权不用欲何俟？

立召贼曹呼伍伯，尽取鼠辈尸诸市。

先生又遣长须来，如此处置非所喜。

况又时当长养节，都邑未可猛政理。

先生固是余所畏，度量不敢窥涯涘。

放纵是谁之过欤？效尤戮仆愧前史。

买羊沽酒谢不敏，偶逢明月曜桃李。

先生有意许降临，更遣长须致双鲤。

【汇评】

《中山诗话》：韩吏部《赠玉川诗》曰："水北山人得声名……两以谏官征不起。"又曰："先生抱材须大用，宰相未许终不仕。"王向子直谓韩与处士作牙人商度物价也。

《临汉隐居诗话》：李固谓处士纯盗虚声。韩愈虽与石洪、温造、李渤游，而多侮薄之，所谓"水北山人得名声……有力未免遭驱使"。夫为处士，乃刺口论时事，希声名，愿驱使，又要索高价，以至饰仆御以夸闾里，此何等人也，其侮薄之甚矣！

《批韩诗》：朱彝尊曰：此段稍繁（"洁身乱伦"句下）。　　是昌黎自家体，但稍有衬润及转折，遂觉不甚直致。　　何焯曰：拙朴有味，质而不俚，此种最是难到。

《义门读书记》：以致书反应下状（末句下）。

《初白庵诗评》：借彼形此，极有身份（"先生事业"二句下）。

《韩柳诗选》：起结极佳，以其无一字支蔓也。老极，洁极。

《唐宋诗醇》：玉川垂老，尚依时宰，致罹甘露之难，其人固非高隐，退之何以倾倒乃尔？观诗中所叙，特与邻人构讼，而以情面听其起灭耳。却写得壁立千仞，有执鞭忻慕之意。乃知唐时处士，类能作声价如此。

《艺概》：昌黎自言其行己不敢有愧于道，余谓其取友亦然。观其《寄卢仝》云："先生事业不可量，惟用法律自绳己。"《荐孟郊》云："行身践规矩，甘辱耻媚灶。"以卢、孟之诗名，而韩所盛推乃在人品，真千古论诗之极则也哉！

《韩诗臆说》：语杂诙谐，极写好贤之诚耳。若认真看，则恶少窥屋，罪不至死，枉法徇友，岂是公道？

送无本师归范阳

无本于为文，身大不及胆。
吾尝示之难，勇往无不敢。
蛟龙弄角牙，造次欲手揽。
众鬼囚大幽，下觑袭玄窞。
天阳熙四海，注视首不领。
鲸鹏相摩窣，两举快一啖。
夫岂能必然，固已谢黯黮。
狂词肆滂葩，低昂见舒惨。
奸穷怪变得，往往造平澹。
蜂蝉碎锦缬，绿池披菡萏。
芝英擢荒榛，孤翮起连菼。
家住幽都远，未识气先感。
来寻吾何能，无殊嗜昌歜。
始见洛阳春，桃枝缀红糁。
遂来长安里，时卦转习坎。
老懒无斗心，久不事铅椠。
欲以金帛酬，举室常顑颔。
念当委我去，雪霜刻以憯。

狞飙搅空衢，天地与顿撼。

勉率吐歌诗，慰女别后览。

【汇评】

《批韩诗》：朱彝尊曰：此原有意为奇怪，亦真奇快（"两举"句下）。由奇怪入平淡，是诗家次第。第不知公此诗奇怪耶？平淡耶（"往往"句下）？阆仙诗虽尚奇怪，然稍落苦僻一路，于此诗赞语，似尚未能称。　　何焯曰：精语。坡公所谓"绚烂之极，归于平淡"（"往往"句下）。

《昌黎先生诗集注》：俞场曰：凡昌黎先生论文诸作，极有关系。其中次第，俱从亲身历过，故能言其甘苦亲切乃尔。如此诗云："无本于为文，身大不及胆。吾尝示之难，勇往无不敢。"作诗入手须要胆力，全在"勇往"上见其造诣之高。又云："奸穷变怪得，往往造平淡。"平淡得于能变之后，所谓渐近自然也。此境夫岂易到？公之指点来学者，深矣，微矣。

《义门读书记》：结语恰好，便有味（末二句下）。

《初白庵诗评》：十二句蝉联一气，只是赞其胆大耳。取象之奇，押韵之确，自当只立千载（"夫岂"二句下）。

《韩柳诗选》：公于论文诸诗，最宜细玩，要是身历过来，此中消息，指点极切。

《唐宋诗醇》：奖赏之中，谕谕深远，正不独为浪仙说法也。

《瓯北诗话》：《送无本师》云："鲲鹏相摩窣，两举快一啖。"形容其笔力之豪健也。

《老生常谈》：《送无本》云："狂词肆滂葩……往往造平澹。"此诗文归宿之要旨也。不然，狂肆不已，卒入鬼道。

《昭昧詹言》：《醉赠张秘书》与《赠无本》，特地做成局阵，章法参差迷离，读者往往忽之，不能觉也。然此等皆尚有迹可寻。

《韩诗臆说》：一起真是异样识力，所以有此异样笔力。后人即执此诗以读无本之诗，亦未必解其所谓，以为诚然。此无本师三年得句不免泣下也（"勇往"句下）。　　自苏子瞻有"郊寒岛瘦"之谑，严沧浪有"虫吟草间"之诮，世上寡识之流，遂奉为典要，几薄二子不值一钱，宜乎风雅之衰，靡靡日下也。试看韩、欧集中推崇二子者如何？岂其识见反出苏、严下耶？再子瞻诋乐天为俗，而其一生学问专学一乐天，此等处须是善会。黄泥抟成人，多是被古人瞒了。

石鼓歌

张生手持石鼓文，劝我试作石鼓歌。
少陵无人谪仙死，才薄将奈石鼓何！
周纲陵迟四海沸，宣王愤起挥天戈。
大开明堂受朝贺，诸侯剑佩鸣相磨。
蒐于岐阳骋雄俊，万里禽兽皆遮罗。
镌功勒成告万世，凿石作鼓隳嵯峨。
从臣才艺咸第一，拣选撰刻留山阿。
雨淋日炙野火燎，鬼物守护烦㧪呵。
公从何处得纸本，毫发尽备无差讹。
辞严义密读难晓，字体不类隶与科。
年深岂免有缺画，快剑斫断生蛟鼍。
鸾翔凤翥众仙下，珊瑚碧树交枝柯。
金绳铁索锁纽壮，古鼎跃水龙腾梭。
陋儒编诗不收入，二雅褊迫无委蛇。
孔子西行不到秦，掎摭星宿遗羲娥。
嗟予好古生苦晚，对此涕泪双滂沱。
忆昔初蒙博士征，其年始改称元和。

故人从军在右辅，为我度量掘臼科。

濯冠沐浴告祭酒，如此至宝存岂多？

毡苞席裹可立致，十鼓只载数骆驼。

荐诸太庙比郜鼎，光价岂止百倍过！

圣恩若许留太学，诸生讲解得切磋。

观经鸿都尚填咽，坐见举国来奔波。

剜苔剔藓露节角，安置妥帖平不颇。

大厦深檐与盖覆，经历久远期无佗。

中朝大官老于事，讵肯感激徒媕婀。

牧童敲火牛砺角，谁复著手为摩挲？

日销月铄就埋没，六年西顾空吟哦。

羲之俗书趁姿媚，数纸尚可博白鹅。

继周八代争战罢，无人收拾理则那。

方今太平日无事，柄任儒术崇丘轲。

安能以此上论列，愿借辨口如悬河。

石鼓之歌止于此，呜呼吾意其蹉跎！

【汇评】

《邵氏闻见后录》：退之《石鼓诗》体，子美《八分歌》也。

《老学庵笔记》：胡基仲尝言："韩退之《石鼓诗》云：'羲之俗书趁姿媚。'狂肆甚矣。"予对曰："此诗至云：'陋儒编诗不收入，二雅褊迫无委蛇。'其言羲之'俗书'，未为可骇也。"基仲为之绝倒。

《环溪诗话》：韩愈之妙，在用叠句。如"黄帝绿幕朱户间"，是一句能叠三物。如"洗妆拭面著冠帔，白咽红颊长眉青"，是两句叠六物。惟其叠多，故事实而语健。又诸诗《石鼓歌》最工，而叠语亦多。如"雨淋日炙野火烧"，"鸾翔凤翥众仙下"，"金绳铁索锁钮壮，古鼎跃水龙腾梭"，韵韵皆叠。每句之中，少者两物，多者三物乃至四物，几乎是一律。惟其叠语，故句健，是以为好诗也。韩诗无非

《雅》也，然则有时乎近《风》。……如题南岳、歌石鼓，调张籍而歌李杜，则《颂》之类也。虽风、颂若不足，而雅正则有馀矣。

《徐师录》：退之诗，惟《虢园二十一咏》为最工，语不过二十字，而意思含蓄过于数千百言者。至为《石鼓歌》，极其致思，凡累数百言，曾不得鼓之仿佛。岂其注意造作，求以过人与？夫不假琢磨，得之自然者，遂有间邪？由是观之，凡人为文，言约而事该，文省而旨远者为佳。

《黄氏日钞》：《石鼓歌》、《双鸟诗》尤怪特。

《辑注唐韩昌黎集》：蒋之翘曰：退之《石鼓歌》颇工于形似之语。韦苏州、苏眉山皆有作，不及也。

《唐诗快》：可谓极力摹写（"快剑斫断"五句下）。　　诗之珠翠斑驳，正如石鼓。石鼓得此诗而不磨，诗亦并石鼓而不朽矣。

《诗辩坻》：《石鼓歌》全以文法为诗，大乖风雅。唐音云亡，宋响渐逗，斯不能无归狱焉者。陋儒晓晓颂韩诗，亦震于其名耳。

《批韩诗》：朱彝尊曰：作歌起（首二句下）。　　起四句似杜。　　退之有此段意思，故尔详述，然亦繁而不厌（"经历久远"句下）。　　作歌收，叹意不遂（末句下）。　　大约以苍劲胜，力量自有馀。然气一直下，微嫌乏藻润转折之妙。　　何焯曰：二句结上生下，有神力（"嗟余好古"二句下）。

《义门读书记》：文章只一句点过，专论字体，得之（"辞严义密"句下）。横插此二句，势不直（"年深岂免"二句下）。　　此刘彦和所谓"夸饰"。然在此题诗，反成病累（"陋儒编诗"四句下）。　　元人缘公此诗，乃置石鼓于太学。然公之在唐尝为祭酒，竟不暇自实斯言，何独切责于中朝大官哉（"圣恩若许"句下）。对籀文言之，乃俗书耳。《麈史》之云，愚且妄矣（"羲之俗书"句下）。

《初白庵诗评》：谦退处自占地步（"才薄将奈"句下）。

《带经堂诗话》：《笔墨闲录》云："退之《石鼓歌》全学子美《李

潮八分小篆歌》。"此论非是。杜此歌尚有败笔,韩《石鼓》诗雄奇怪伟,不啻倍蓰过之,岂可谓后人不及前人也!后子瞻作《凤翔八观》诗,中《石鼓》一篇,别自出奇,乃是韩公劲敌。

《载酒园诗话又编》:韩诗至《石鼓歌》而才情纵恣已极。

《唐诗别裁》:"陋儒"指当时采风者,言《二雅》不载,孔子无从采取也,焉有不满孔子意("陋儒编诗"四句下)? 隶书风俗通行,别于古篆,故云"俗书",无贬右军意("羲之俗书"二句下)。 于今石鼓永留太学,昌黎诗为之先声也。典重和平,与题相称。

《网师园唐诗笺》:才说到张生所持纸本("公从何处"句下)。 警句("鸾翔凤翥"二句下)。 追叙。见公好古心切("对此涕泪"句下)。 此乃作歌本旨("安能以此"句下)。

《老生常谈》:人当读李、杜诗后,忽得昌黎《石鼓》等诗读之,如游深山大泽、奔雷急电后,忽入万间广厦,商彝周鼎,罗列左右,稍稍憩息于其中,觉耳目心思又别作宽广名贵之状,迥非人世所有,大快人意。

《诗法简易录》:第二字平,提起通篇之势,声调大振("周纲陵迟"句下)。

《援鹑堂笔记》:韩昌黎《石鼓歌》,阮亭尝云:"杜《李潮八分歌》,不及韩、苏《石鼓歌》壮伟可喜。"余谓少陵此诗不及二百字,而往复顿挫,一出一入,竟祗烟波老境,岂他人所易到! (方东树按:往时海峰先生言:"东坡《石鼓》诗如不能胜韩,必不作。"今观之,但奇恣使才为佳耳,胜韩,未也,以校杜《八分歌》,则益为冗长。阮亭乃谓杜不及之,岂知言乎?若钱牧斋《西岳华山庙碑诗》,则益为扶墙扪壁,不可耐矣。

《瓯北诗话》:盘空硬语,须有精思结撰,若徒持摭奇字,诘曲其词,务为不可读,以骇人耳目,此非真警策也。……其实《石鼓歌》等杰作,何尝有一语奥涩,而磊落豪横,自然挫笼万有。又如

《喜雪献裴尚书》、《咏月和崔舍人》以及《叉鱼》、《咏雪》等诗,更复措思极细,遣词极工,虽工于试帖者,亦逊其稳丽。此则大才无所不办,并以见诗之工,固在此不在彼也。

《唐宋诗醇》:典重瑰奇,良足铸之金而磨之石。后半旁皇珍惜,更见怀古情深。

《剑溪说诗》:诗与题称乃佳。如《石鼓歌》三篇,韩、苏为合作,韦左司殊未尽致。

《石洲诗话》:渔洋论诗,以格调撑架为主,所以独喜昌黎《石鼓歌》也。《石鼓歌》固卓然大篇,然较之此歌(按指杜甫《李潮八分小篆歌》),则杜有停畜抽放,而韩稍直下矣。但谓昌黎《石鼓歌》学杜,则亦不然,韩此篇又自有妙处。　　苏诗此歌(按指苏轼《石鼓歌》)魄力雄大,不让韩公。然至描写正面处,以"古器"、"众星"、"缺月"、"嘉禾"错列于后,以"郁律蛟蛇"、"指肚"、"箝口"浑举于前,尤较韩为斟酌动宕矣。而韩则"快剑斫蛟"一连五句,撑空而出,其气魄横绝万古,固非苏所能及。方信铺张实际,非易事也。　　(东坡)《安州老人食蜜歌》结四句云:"因君寄与双龙饼,镜空一照双龙影。三吴六月水如汤,老人心似双龙井。"亦若韩《石鼓歌》起四句句法,此可见起结一样音节也。然又各有抽放平仄之不同。

《七言诗平仄举隅》:《石鼓歌》:须此"文"字平声撑空而起,所以三句"石"字皆仄(首句下)。　　此句五六上去互扭,是篇中小作推宕("字体不类"句下)。　　此句末字用平声峙起,此是中间顿宕,全以撑挂为能("孔子西行"句下)。　　此句乃双层之句,在韩公最为宛转矣。所以下句仅换第五字,亦与篇中诸句之换仄者不同("牧童敲火"句下)。　　平声正调,长篇一韵到底之正式(末句下)。

《古诗选批》:"收拾"二字,合上讲解切磋义俱在其中。韩公之愿力,深且切矣。

《声调谱》：拗律句（"辞严义密"句下。）　　拗律句（"鸾翔凤翥"句下）。　　律句（"孔子西行"句下）。　　律句（"忆昔初蒙"句下）。　　律句少拗（"大厦深檐"句下）。　　拗律句（"日销月铄"句下）。　　拗律句（"石鼓之歌"句下）。

　　《岘傭说诗》：《石鼓歌》，退之一副笔墨，东坡一副笔墨，古之名大家，必自具面目如此。

　　《昭昧詹言》：诗文以瑰怪玮丽为奇，然非粗犷伧俗，客气矜张，饾饤句字，而气骨轻浮者，可貌袭也。……又如韩、苏《石鼓》，自然奇伟，而吴渊颖《观秦丞相斯峄山刻石墨本碑》则为有意搜用字料，而伧俗饾饤，气骨轻浮。至钱牧翁《西岳华山碑》，益为无取。　　东坡《石鼓》，飞动奇纵，有不可一世之概，故自佳，然似有意使才，又贪使事，不及韩气体肃穆沉重。海峰谓苏胜韩，非笃论也。以余较之，坡《石鼓》不如韩，韩《石鼓》又不如杜《李潮八分小篆歌》文法纵横，高古奇妙。要之，此三诗更古今天壤，如华岳三峰矣。至义山《韩碑》，前辈谓足匹韩，愚谓此诗虽句法雄杰，而气窒势平。所以然者，韩深于古文，义山仅以骈俪体作用之，但加精炼琢造，句法老成已耳。　　一段来历，一段写字，一段叙初年己事，抵一篇传记。夹叙夹议，容易解，但其字句老炼，不易及耳。

　　《望云诗话》：《石洲诗话》谓东坡《石鼓》不如昌黎。愚按：昌黎作于强盛之年，东坡作《石鼓》时，年仅逾冠，何可较量？　　七古押平韵到底者，单句末一字不宜用平声。若长篇气机与音节拍凑处，偶见一二，尚无妨碍，如杜《冬狩行》"东西南北百里间"、"况今摄行大将权"，韩《石鼓歌》"孔子西行不到秦"、"忆昔初蒙博士征"之类是也。

　　《历代诗发》：大开大阖，段落章法井然，是一篇绝妙文字。

　　《求阙斋读书录》：自"周纲陵迟"以下十二句，叙周宣搜狩镌功勒石。自"火从何处"以下十四句，叙搨本之精、文字之古。自

"嗟余好古"以下二十句,议请移鼓于太学。自"中朝大官"至末十六句,慨移鼓之议不遽施行,恐其无人收拾。

《十八家诗钞》:刘、姚诸公皆谓苏《石鼓》胜于韩愈意。苏诚奇恣,然纯以议论行之,尚是少年有意为文之态,气体风骨,未及此诗之雄劲也。

《增评韩苏诗钞》:三溪曰:《石鼓歌》,昌黎集中第一篇杰作,虽有继者,不得出其右,要俾昌黎擅场耳。

《韩诗臆说》:国初以来诸公为七言古者,多模此篇。其实此殊无甚深意,非韩诗之至者,特取其体势宏敞,音韵铿訇耳。

《山泾草堂诗话》:如许长篇,不明章法,妙处殊难领会。全诗应分四段。首段叙石鼓来历,次段写石鼓正面,三段从空中著笔作波澜,四段以感慨结。妙处全在三段凌空议论,无此即嫌平直。古诗章法通古文,观此益信。"快剑斫断生蛟鼍"以下五句,雄浑光怪,句奇语重,镇得住纸,此之谓大手笔。

《唐宋诗举要》:吴(北江)曰:挺接("少陵无人"句下)。以上虚冒点题("才薄将奈"句下)。　　跌下句("周纲陵迟"句下)。　　以上叙作鼓源始("鬼物守护"句下)。　　以上赞叹纸本("掎摭星宿"句下)。　　收句幽咽苍凉不尽。　　句奇语重,能字字顿挫出筋节,最是此篇胜处。

双鸟诗

双鸟海外来,飞飞到中州。
一鸟落城市,一鸟集岩幽。
不得相伴鸣,尔来三千秋。
两鸟各闭口,万象衔口头。
春风卷地起,百鸟皆飘浮。

两鸟忽相逢,百日鸣不休。

有耳聒皆聋,有口反自羞。

百舌旧饶声,从此恒低头。

得病不呻唤,泯默至死休。

雷公告天公,百物须膏油。

自从两鸟鸣,聒乱雷声收。

鬼神怕嘲咏,造化皆停留。

草木有微情,挑抉示九州。

虫鼠诚微物,不堪苦诛求。

不停两鸟鸣,百物皆生愁。

不停两鸟鸣,自此无春秋。

不停两鸟鸣,日月难旋辀。

不停两鸟鸣,大法失九畴。

周公不为公,孔丘不为丘。

天公怪两鸟,各捉一处囚。

百虫与百鸟,然后鸣啾啾。

两鸟既别处,闭声省愆尤。

朝食千头龙,暮食千头牛。

朝饮河生尘,暮饮海绝流。

还当三千秋,更起鸣相酬。

【汇评】

《孔氏杂说》：退之诗好押狭韵累句以示人，而不知重叠用韵之病也。《双鸟诗》两"头"字，《孟郊》诗两"奥"字，《李花》诗两"花"字。

《石林诗话》：韩退之《双鸟诗》，殆不可晓。顷尝以问苏丞相子容，云："意似是指佛、老二学。"以其终篇本末考之，亦或然也。

《韵语阳秋》：韩退之《双鸟诗》，多不能晓。或者谓其诗有"不停两鸟鸣,百物皆生愁",“不停两鸟鸣,大法失九畴。周公不为公,孔丘不为丘"之句,遂谓排释老而作,其实非也。前云“一鸟落城市,一鸟巢岩幽",后云“天公怪两鸟,各捉一处囚",则岂谓释老耶?余尝观东坡作《李白画象》诗云:“天人几何同一沤,谪仙非谪乃其游。挥斥八极隘九州,化为二鸟鸣相酬。一鸣一息三千秋,縻之不得刬肯求?"则知所谓“双鸟"者,退之与孟郊辈尔。所谓“不停两鸟鸣"等语,乃“雷公告天公"之言,甚其辞以赞二鸟尔。“落城市",退之自谓;“落岩幽",谓孟郊辈也。“各捉一处囚",非囚禁之“囚",止言韩、孟各居天一方尔。末云“还当三千秋,更起鸣相酬",谓贤者不当终否,当有行其言者。

《珊瑚钩诗话》:退之《双鸟诗》,或云谓佛老,或云谓李杜。东坡《李太白赞》云:“天人几何同一沤,谪仙非谪乃其游,挥斥八极隘九州。化为两鸟鸣相酬,一鸣一止三千秋。开元有道为少留,縻之不可刬肯求?"乃知谓李杜也。

《黄氏日钞》:《石鼓歌》、《双鸟诗》,尤怪特。“双鸟"必有所指,岂异端欤?

《批韩诗》:朱彝尊曰:两鸟虽未定所指,谓为释老犹近之。若谓李、杜及己与孟,断然非也。何者?诋斥意多,赞许意少。

《义门读书记》:柳说迂凿,葛说近之。“三千",谓夏秋冬三时也。纷纷致疑,总不晓词人夸饰之体耳。

《韩柳诗选》:奇纵之文,意近《离骚》,文兼《庄子》,有此游戏笔墨。

《援鹑堂笔记》:柳仲塗有此诗解一篇传于世,谓指释老也。然欧公《感二子诗》及东坡《李太白画象赞》考之,盖专为李、杜而作。《考异》云:“释老、李杜之说,恐亦未然。旧尝窃意此但公为与孟郊作耳。‘落城市’者,己也。‘集岩幽’者,孟也。初亦不能无疑,而近见葛氏《韵语阳秋》已有此说矣。读者详之。"余按:朱子之说是也。柳仲塗等之言,皆愚陋可笑。然公此等诗,何足称奇,故不如《青田二鬼诗》放纵无涯耳。"周公不为公,孔丘不为丘",后人为此,亦语类矣。

《韩昌黎诗集编年笺注》:所谓"各捉一处囚"者,谓孟为从事,己为分司;孟已去职,己将还京也。(按:诗有"两鸟既别处"句,则是公已别孟入京,为职方员外郎时矣。)

《瓯北诗话》:(韩愈)所心折者,惟孟东野一人。……昌黎作《双鸟诗》,喻己与东野一鸣,而万物皆不敢出声。东野诗亦云:"诗骨耸东野,诗涛涌退之。"居然旗鼓相当,不复谦让。至今果韩、孟并称,盖二人各自忖其才分所至,而预定声价矣。

《石洲诗话》:文公《双鸟诗》,即杜诗"春来花鸟莫深愁",公诗"万类困陵暴"之意而翻出之,其为己与孟郊无疑。刘文成《二鬼诗》出于此。

《爨馀丛话》:昌黎《二鸟诗》,柳仲塗以为二氏,朱子以为公与东野,皆未见确证。惟"煌煌东方星,奈此众客醉",说者以为宪宗在储贰、群小用事而作,为得其意。

《养一斋诗话》:至如《双鸟诗》:"雷公告天公……暮食千头牛。"此等诗由怪僻而入诡诞,颇于诗教有害,殊非游于《诗》、《书》之源者之吐属也。唐人谓元和之风尚怪,殆指公此等诗而言之欤?抑公亦为风气所移欤?要之"滂葩"、"平淡"间,学者酌而用之,斯善学昌黎矣。

《诗比兴笺》:此篇或因苏子瞻《赞太白像》有云:"化为两鸟鸣相酬,一鸣一止三千秋。"遂以此诗为李、杜作,则何为有一"落城市"、一"集岩幽"之别乎?或又因来从海外到中州语,遂谓此诗指释老。然老不从海外,又皆不落城市,且无所谓咏造化,抉摘草木之说,且不应有"还当三千秋,更起鸣相酬"之语也。惟朱文公谓公自谓与孟郊者近之。"落城市"者,己也;"集岩幽"者,孟也。公《送孟东野序》云："物不得其平则鸣"，"以鸟鸣春，以雷鸣夏，以虫鸣秋，以风鸣冬"；"伊尹鸣殷，周公鸣周"，孔子鸣《春秋》；唐之兴，陈子昂鸣之，其穷而在下者，孟郊东野以其诗鸣。此诗全用其意。"自从两鸟鸣"及"不停两鸟鸣"二段是也。公又有诗云："我愿化为云，东野化为龙，四方上下逐东野"云云，亦同此旨。皆所谓"怪怪奇奇"者也。

《韩集诠订》：末二句云："还当三千秋，更起鸣相酬。"尤似为己及孟郊设喻也。

赠刘师服

羡君齿牙牢且洁，大肉硬饼如刀截。
我今呀豁落者多，所存十馀皆兀臲。
匙抄烂饭稳送之，合口软嚼如牛呞。
妻儿恐我生怅望，盘中不饤栗与梨。
只今年才四十五，后日悬知渐莽卤。
朱颜皓颈讶莫亲，此外诸馀谁更数？
忆昔太公仕进初，口含两齿无赢馀。
虞翻十三比岂少，遂自惋恨形于书。
丈夫命存百无害，谁能点检形骸外？
巨缗东钓倘可期，与子共饱鲸鱼脍。

【汇评】

《黄氏日钞》：《赠刘师服》诗可与《落齿》诗参看。

《批韩诗》：朱彝尊曰：亦涉漫兴。

《韩柳诗选》：笔笔旋转、短篇中有波折者。

《韩诗臆说》：自"忆昔"下作转开语，言不必以形骸拘也。

听颖师弹琴

昵昵儿女语，恩怨相尔汝。

划然变轩昂，勇士赴敌场。

浮云柳絮无根蒂，天地阔远随飞扬。

喧啾百鸟群，忽见孤凤凰。

跻攀分寸不可上，失势一落千丈强。

嗟余有两耳，未省听丝篁。

自闻颖师弹，起坐在一旁。

推手遽止之，湿衣泪滂滂。

颖乎尔诚能，无以冰炭置我肠。

【汇评】

《东坡题跋》：此退之《听颖师琴》诗也。欧阳忠公尝问仆："琴诗何者最佳？"余以此答之。公言此诗固奇丽，然自是听琵琶诗。

《苕溪渔隐丛话前集》：《西清诗话》云：三吴僧义海以琴名世。六一居士尝问东坡："琴诗孰优？"东坡答以退之《听颖师琴》，公曰："此只是听琵琶耳。"或以问海（按指僧义海），海曰："欧阳公一代英伟，然斯语误矣。'昵昵儿女语，恩怨相尔汝'，言轻柔细屑，真情出见也。'划然变轩昂，勇士赴敌场'，言精神馀溢，竦观听也。'浮云柳絮无根蒂，天地阔远随飞扬'，言纵横变态，浩乎不失自然也。'喧啾百鸟群，忽见孤凤凰'，又见颖孤绝，不同流俗下俚声也。'跻攀分寸不可上，失势一落千丈强'，言起伏抑扬，不主故常也。皆指下丝声妙处，惟琴为然。琵琶格上声，乌能尔邪？退之深得其趣，未易讥评也。"

《能改斋漫录》：余谓义海以数声非琵琶所及，是矣；而谓真知琴趣，则非也。昔晁无咎谓尝见善琴者云："'浮云柳絮无根蒂，天地阔远随飞扬'，为泛声，轻非丝，重非木也。'喧啾百鸟群，忽见孤凤凰'，为泛声中寄指声也。'跻攀分寸不可上'，为吟绎声也。'失势一落千丈强'，为历声也。数声琴中最难工。"洪庆善亦尝引用，而未知出于晁。是岂义海所知，况西清邪！

《许彦周诗话》："浮云柳絮无根蒂，天地阔远随飞扬"，此泛声也，谓轻非丝，重非木也。"喧啾百鸟群，忽见孤凤凰"，泛声中寄指声也。"跻攀分寸不可上"，吟绎声也。"失势一落千丈强"，顺下声也。仆不晓琴，闻之善琴者云，此数声最难工。自文忠公与东坡论此诗，作听琵琶诗之后，后生随例云云，柳下惠则可，我则不可。故特论之，少为退之雪冤。

《扪虱新话》：予自学琴，而得为文之法。文章之妙处，在能掩仰顿挫，令人读之，亹亹不倦。韩退之《听颖师琴》诗曰："昵昵儿女语……失势一落千丈强。"此顿挫法也。退之《与李翱书》，并用其法云。

《攻媿集·谢文思许尚之石函〈广陵散〉谱》：韩文公《听颖师弹琴》诗，几为古今绝唱。前十句形容曲尽，是必为《广陵散》而作，他曲不足以当。此欧公以为琵琶诗，而苏公遂櫽括为琵琶词。二公皆天人，何敢轻议，然俱非深于琴者也。

《野客丛谈》：退之《听琴》诗曰："昵昵儿女语……勇士赴敌场。"此意出于阮瑀《筝赋》："不疾不徐，迟速合度，君子之衢也；慷慨磊落，卓砾盘纡，壮士之节也。"阮瑀此意又出于王褒《洞箫赋》，褒曰："澎濞沆瀣，一何壮士；优柔温润，又似君子。"

《辑注唐韩昌黎集》：只起四语耳，忽而弱骨柔情，销魂欲绝，忽而舞爪张牙，可骇可愕。其变态百出如此。

《唐风定》：《听颖师弹琴》视李颀《胡笳》远逊，较香山《琵琶》气骨峥嵘。

《唐诗快》：琴声之妙，此诗可谓形容殆尽矣。何欧阳文忠乃以为琵琶耶？

《载酒园诗话又编》：琴诗曰："昵昵儿女语……天地阔远随飞扬"，何等洒落！

《批韩诗》：朱彝尊曰：写琴声之妙入髓，又一一皆实境。繁休伯称车子，柳子厚志筝师，皆不能及，可谓古今绝唱。六一善琴，乃指为琵琶，窃所未解。纯是佳唐诗。亦何让杜？

《初白庵诗评》：一连十句，每两句各自一意，是赞弹琴手，不是赞琴。琴之妙固不待赞也，所以下文直接云"自闻颖师弹"（"失势一落"句下）。

《唐宋诗醇》：写琴声之妙，实为得髓。繁休伯称车子，柳子厚志筝师，皆不能及。永叔善琴，乃用此为讥议耶？　　"跻攀"二语，千古诗文妙诀。

《龙性堂诗话初集》：昌黎《听颖师弹琴》，顿挫奇特，曲尽变态，其妙与李颀《胡笳》、长吉《箜篌引》等耳。六一指为琵琶，最确。

《一瓢诗话》：《颖师弹琴》，是一曲泛音起者，昌黎摹写入神，乃以"昵昵"二语，为似琵琶声，则"攀跻分寸不可上，失势一落千丈强"，除却吟猱绰注，更无可以形容，琵琶中亦有此耶？

《韩诗臆说》：永叔所谓似琵琶者，亦只起四句近之耳，馀自迥绝也。坡尝追忆欧公语，更作《听贤师琴》诗，恨欧公不及见之，所谓"大弦春温和且平，牛鸣盎中雉登木"是也。予谓此诚不疑于琵琶矣，然亦了无琴味，试再读退之诗如何？彦周所称，即今世之琴耳，不知唐时所用，即同此否？若是师襄夫子所鼓，必不涉恩怨儿女也，此又不可不知。

《唐宋诗举要》：方扶南曰：按嵇康《琴赋》中已具此数声，其曰"或怨㜝而踟蹰"，非"昵昵儿女语"乎？"时劫掎以慷慨"，非"勇士赴敌场"乎？"忽飘飖以轻迈，若众葩敷荣曜春风"，非"浮云柳絮无根蒂"乎？"嘤若离鹍鸣清池，翼若游鸿翔曾崖"，又"若鸾凤和鸣戏云中",非"喧啾百鸟群,忽见孤凤凰"乎?"参禅(按《琴赋》原文作"谭")繁促,复叠攒仄,拊嗟累赞,间不容息",非"跻攀分寸不可上"乎?"或乘险投会,邀隙趋危","或搂搄拣挌,缥缭澈冽",非"失势一落千丈强"呼?公非袭《琴赋》,而会心于琴理则有合也。　吴曰:无端而来,无端而止,章法奇诡极矣("勇士"句下)。　极顿挫抑扬之致,盖即以自喻其文章之妙也("失势一落"句下)。再顿一笔("颖乎"句下)。

调张籍

李杜文章在,光焰万丈长。

不知群儿愚,那用故谤伤!

蚍蜉撼大树,可笑不自量。

伊我生其后,举颈遥相望。

夜梦多见之,昼思反微茫。

徒观斧凿痕,不瞩治水航。

想当施手时,巨刃磨天扬。

垠崖划崩豁,乾坤摆雷硠。

惟此两夫子,家居率荒凉。

帝欲长吟哦,故遣起且僵。

剪翎送笼中,使看百鸟翔。

平生千万篇,金薤垂琳琅。

仙官敕六丁,雷电下取将。

流落人间者,太山一毫芒。

我愿生两翅,捕逐出八荒。

精诚忽交通,百怪入我肠。

刺手拔鲸牙,举瓢酌天浆。

腾身跨汗漫，不著织女襄。

顾语地上友，经营无太忙。

乞君飞霞佩，与我高颉颃。

【汇评】

《临汉隐居诗话》：元稹作李、杜优劣论（按指《唐故工部员外郎杜君墓系铭》），先杜而后李。韩退之不以为然，诗曰："李杜文章在……可笑不自量。"为微之发也。　　元稹自谓知老杜矣，其论曰："上该曹刘，下薄沈宋。"至韩愈则曰："引手拔鲸牙，举瓢酌天浆。"夫高至于"酌天浆"，幽至于"拔鲸牙"，其思赜深远宜如何，而讵止于曹刘、沈宋之间耶？

《苕溪渔隐丛话前集》：《雪浪斋日记》：退之参李、杜，透机关，于《调张籍》诗见之。自"我愿生两翅，捕逐出八荒"以下，至"乞君飞霞珮，与我高颉颃"，此领会语也。从退之言诗者多，而独许籍者，以有见处可以传衣钵耳。

《竹坡诗话》：元微之作李杜优劣论，谓太白不能窥杜甫之藩篱，况堂奥乎？唐人未尝有此论，而稹始为之。至退之云："李杜文章在……那用故谤伤"，则不复为优劣矣。洪庆善作《韩文辨证》，著魏道辅之言，谓退之此诗为微之作也。微之虽不当自作优劣，然指稹为愚儿，岂退之之意乎？

《岁寒堂诗话》：元微之尝谓自诗人以来，未有如子美者，而复以太白为不及。故退之云："不知群儿愚，那用故谤伤！"退之于李杜，但极口推尊，而未尝优劣，此乃公论也。

《环溪诗话》：韩诗无非《雅》也，然则有时乎近《风》，……《调张籍》而歌李杜，则《颂》之类也。

《象山先生全集·语录》：有客论诗，先生诵昌黎《调张籍》一篇……且曰："读书不到此，不必言诗。"

《黄氏日钞》：《调张籍》：形容李、杜文章，尤极奇妙。

《唐诗快》：亦足为李、杜吐气矣。

《批韩诗》：朱彝尊曰：运思好，若造语则全是有意为高秀（"乾坤"句下）。出语奇特（"精神"二句下）。　　　议论诗，是又别一调，以苍老胜。他人无此胆。　　　何焯曰：此公自得处，所谓"不名一体，怪怪奇奇"（"举瓢"句下）。

《韩柳诗选》：公之并推李、杜，非因世人所称，实自有兼得处。他人学诗才薄，因不能并历两公之藩，无怪乎偏好耳。

《唐诗别裁》：言生平愿学者惟在李、杜，故梦寐见之，更冀生羽翼以追逐之。见籍有志于古，亦当以此为正宗，无用岐趋也。元微之尊杜而抑李，昌黎则李、杜并尊，各有见地。至谓"群儿愚"指微之，魏道辅之言，未可援引。

《唐宋诗醇》：此示籍以诗派正宗，言己所手追心慕，惟有李、杜，虽不可几及，亦必升天入地以求之。籍有志于此，当相与为后先也。其景仰之诚，直欲上通孔梦，其运量之大，不减远绩禹功，所以推崇李、杜者至矣。

《韩昌黎诗集编年笺注》：此诗极称李、杜，盖公素所推服者，而其言则有为而发。《旧唐书·白居易传》：元和十年，居易贬江州司马。时元微之在通州，尝与元书，因论作文之大旨，……是李、杜交讥也。元于元和八年作《杜工部墓志铭》，……其尊杜而贬李，亦已甚矣。时其论新出，愈盖闻而深怪之，故为此诗，因元、白之谤伤，而欲与籍参逐翱翔。要之，籍岂能颉颃于公耶？此所以为"调"也。

《网师园唐诗笺》：奇警（"想当"四句下）。　　　思入淼茫，笔吐光怪（"我愿"八句下）。

《瓯北诗话》：诗家好作奇句警语，必千锤百炼而后能成。如李长吉"石破天惊逗秋雨"，虽险而无意义，只觉无理取闹。至少陵之"白摧朽骨龙虎死，黑入太阴雷雨垂"，昌黎之"巨刃磨天扬"，"乾坤摆礴硠"等句,实足惊心动魄,然全力搏兔之状,人皆见之。

《老生常谈》:昌黎五古,语语生造,字字奇杰,最能医庸熟之病。如《荐士》、《调张籍》等篇,皆宜熟读以壮其胆识,寄其豪气。……《调张籍》开口便是"李杜文章在",缘心中意中倾倒已久,不觉冲口而出。通首极光怪奇离之能,气横笔锐,无坚不破;末于张籍只用一笔带过,更不须多赘。

《养一斋诗话》:"垠崖划崩豁,乾坤摆雷硠","刺手拔鲸牙,举瓢斟天浆","文章自娱戏,金石日击撞。龙文百斛鼎,笔力可独扛",自是昌黎诗法得手处。然昌黎不又云"狂词肆滂葩,低昂见舒惨。奸穷怪变得,往往造平淡"乎?公诗有"滂葩"而无"平淡",终非诗教之本指也。

《岘傭说诗》:《调张籍》诗:"想当施手时……乾坤摆雷硠。"奇杰之语,戛戛独造。

《增评韩苏诗钞》:三溪曰:起笔十字业已脍炙人口,以为千古名言,虽以韩公之文之圣,推奖不容于口,李杜文章可谓空前绝后矣。

《韩诗臆说》:此诗李、杜并重,然其意旨,却著李一边多,细玩当自知之。见得确,故信得真,语语着实,非第好为炎炎也。"调"意于末四句见之。当时论诗意见,或有不合处,故公借此点化他。

《唐宋诗举要》:高步瀛曰:此写运穷,语极沉痛("使看"句下)。　　结出"调"意(末句下)。　　吴曰:雄奇岸伟,亦有光焰万丈之观。

卢郎中云夫寄示送盘谷子诗两章歌以和之

　　　　昔寻李愿向盘谷,正见高崖巨壁争开张。
　　　　是时新晴天井溢,谁把长剑倚太行?
　　　　冲风吹破落天外,飞雨白日洒洛阳。

东蹈燕川食旷野，有馈木蕨芽满筐。

马头溪深不可厉，借车载过水入箱。

平沙绿浪榜方口，雁鸭飞起穿垂杨。

穷探极览颇恣横，物外日月本不忙。

归来辛苦欲谁为？坐令再往之计堕眇芒。

闭门长安三日雪，推书扑笔歌慨慷。

旁无壮士遣属和，远忆卢老诗颠狂。

开缄忽睹送归作，字向纸上皆轩昂。

又知李侯竟不顾，方冬独入崔嵬藏。

我今进退几时决，十年蠢蠢随朝行。

家请官供不报答，何异雀鼠偷太仓？

行抽手版付丞相，不待弹劾还耕桑。

【汇评】

《王直方诗话》：有人云，陈无己"闭门十日雨"，即是退之"长安闭门三日雪"。余以为作诗者容有意思相犯，亦不必为病，但不可太甚耳。

《苕溪渔隐丛话前集》：东坡云：退之寻常诗自谓不逮李、杜，至于"昔寻李愿向盘谷"一篇，独不减子美。

《批韩诗》：朱彝尊曰：写景工（"飞雨白日"句下）。　　两九字句，正见坐令若相应，然佳处不在此（"坐令再往"句下）。　　要此句应，转落乃有情（"我今进退"句下）。　　诗言志，如此收束亦得（末句下）。　　平稳中加意淬炼。　　别是一炼法，全不落寻常畦径，亦是难及。大抵炼意为多，若此首即谓炼景亦得。　　何焯曰：奇伟（"飞雨白日"句下）。　　过接妙（"远忆卢老"句下）。　　题面只此了之，奇绝高绝（"又知李侯"二句下）。　　收入自己，结上两段（"我今进退"句下）。　　进（"何异雀鼠"句下）。

退（末句下）。　　汪琬曰：叙得参差入妙（"雁鸭飞起"句下）。

《义门读书记》：题注载：东坡谓此诗不减子美。按：此诗颇近太白。全就自家出处作感慨，正尔味长。

《韩柳诗选》：写来极是阔大，却无肥重之气，故佳（"谁把长剑"句下）。皴染极细。此种风调，少陵以外，不多见也（"借车载过"句下）。　此处一转便深，可以悟篇法虚实相生之妙（"我今进退"句下）。　不重持今日之和，而先言昔日之寻，便有作法，所谓文生于情也。结处不特盘谷，而从自己说，用意更为切至矣（末句下）。

《放胆诗》：苏东坡曰："退之寻常诗，自谓不逮老杜，此独不减。"余观此诗豪迈，实不减谪仙耳。

《唐宋诗醇》："字向纸上皆轩昂"，正是此篇评语，高咏数番，令人增长意气。

《援鹑堂笔记》：余谓此诗风格高朗，然云似杜，亦所未解。

方东树按：此非（东）坡语，妄人伪托耳。

《老生常谈》：余谓此诗学杜得其疏处，浓处仍不似也。东坡学韩此种，却能神骨俱肖，所以称之耳。诗中句云："开缄忽睹送归作，字向纸上皆轩昂。"此公自状其诗也。今人作诗多字字睡在纸上，令读者亦沉沉睡去矣。

《求阙斋读书录》：首十四句，叙昔至盘谷访李愿事。天井关之水，被风吹洒洛阳。语则诞而情则奇。"归来辛苦"以下十句，叙卢寄示诗篇，知李已入山矣。末六句，叙己将归耕。

《唐宋诗举要》：吴北江曰：设景闲雅（"雁鸭飞起"句下）。

再缴回一笔，以取姿态（"坐令再往"句下）。　逆折，为下句作势（"远忆卢老"句下）。　此句跳跃而入（"开缄忽睹"句下）。

高步瀛曰：奇思壮采，以闲逸出之，或云似杜，或云似李，仍非杜非李，而为韩公之诗也。

病中赠张十八

中虚得暴下,避冷卧北窗。
不蹋晓鼓朝,安眠听逢逢。
籍也处闾里,抱能未施邦。
文章自娱戏,金石日击撞。
龙文百斛鼎,笔力可独扛。
谈舌久不掉,非君亮谁双?
扶几导之言,曲节初拟拟。
半途喜开凿,派别失大江。
吾欲盈其气,不令见麾幢。
牛羊满田野,解旆束空杠。
倾尊与斟酌,四壁堆罂缸。
玄帷隔雪风,照炉钉明釭。
夜阑纵捭阖,哆口疏眉厖,
势侔高阳翁,坐约齐横降。
连日挟所有,形躯顿胮肛。
将归乃徐谓,子言得无哤。
回军与角逐,斫树收穷庬。
雌声吐款要,酒壶缀羊腔。
君乃昆仑渠,籍乃岭头泷,
譬如蚁蛭微,讵可陵崆峣?
幸愿终赐之,斩拔枿与桩。
从此识归处,东流水淙淙。

【汇评】

　　《黄氏日钞》:《听颖师琴》有曰"喧啾百鸟群,忽见孤凤凰";

《赠张十八》诗有曰"龙文百斛鼎,笔力可独扛",皆工于形容。

《荆溪林下偶谈》:韩退之《病中赠张十八》诗,意奇语雄,序其与籍谈辨,有云"吾欲盈其气,不令见麾幢。牛羊满田野,解旆束空杠"云云,"回军与角逐,斫树收穷庞"。后山谷《次韵答薛乐道》云:"薛侯笔如椽,峥嵘来索敌。出门决一战,不见旗鼓迹。令严初不动,帐下闻吹笛。乍奔水上军,拔帜入赵壁。长驰剧崩推,百万俱辟易。"正与退之诗意同,才力殆不相下也。

《批韩诗》:朱彝尊曰:皆以比意,妙("连日"二句下)。　读此,知公善诱,亦善谑。亦是排硬格,但有转折顿挫,遂觉意态圆活。　何焯曰:此篇多用喻语,与《荐士》一律。

《义门读书记》:以此为发端,自是累句(首句下)。　此篇波澜起伏,分明从管公明与诸葛景春往复变化来,但不师其辞耳("扶几"句下)。　夹此乃顿挫("倾樽"四句下)。　应"派别失大江"("东流"句下)。

《初白庵诗评》:游戏为文,具纵横开合之势。

《韩柳诗选》:极言论文之妙,有纵有擒,可悟行文之法,亦大概如此,最为亲切可思也。　用韵极险极辣,欧阳公谓韩诗得宽韵则傍借,得窄韵则因难见巧也。

《放胆诗》:议论奇,使事隐,与《陆浑山火》敌。按:公与籍渊源既深,扶持尤力。自"雌声"以下,皆述籍之言,愿终受教于公,如百川东流,朝宗于海,而公亦以师道自任,乐导其所归也。

《唐宋诗醇》:此篇当就用韵处玩其苦心巧思,大略以军事进退为比,皆就韵之所近而词义乃各得其俦。如前有"高阳"一喻,而后之"穷庞"乃以类从,不为强押。凡解旆回军,约降吐款,前后俱一线穿成。于此见长篇险韵,定须惨淡经营,不可恃才卤莽也。

《昭昧詹言》:创造奇险,山谷所模。

《增评韩苏诗钞》:三溪曰:通首无一句惊人,无一字悦人,而自是正正堂堂大家笔舌，不可以一字只句之奇论之也。　　一韵到底，唯见其隐插，不觉句之险，所以为杰作。

《石遗室诗话》：昌黎《病中赠张十八》诗，后半言籍终败而降服，已如黄河，籍如岑头泷，已导之识归处，未免过于扬己卑人。

《韩诗臆说》：公初赠籍诗，即云"开怀听其说，往往副所望"，后又代其自称云："籍能辨别是非。"宜乎意见无不合矣。而此诗云云，可知古人交契，虽到极深处，不尽有依顺而无违拒也。观籍两奉公书，亦可见矣。

杂　诗

古史散左右，诗书置后前。
岂殊蠹书虫？生死文字间。
古道自愚蠢，古言自包缠。
当今固殊古，谁与为欣欢？
独携无言子，共升昆仑颠。
长风飘襟裾，遂起飞高圆。
下视禹九州，一尘集豪端。
遨嬉未云几，下已亿万年。
向者夸夺子，万坟厌其巅。
惜哉抱所见，白黑未及分。
慷慨为悲咤，泪如九河翻。
指摘相告语，虽还今谁亲？
翩然下大荒，被发骑騏驎。

【汇评】

《馀冬诗话》：退之"下视禹九州，一尘集毫端"，长吉"遥望齐州九点烟，一泓海水杯中泻"之句，与老杜所谓"摩胸荡层云，决眦入飞鸟"，是诗家何等眼界！

《批韩诗》：朱彝尊曰：是寓意，不是古意，然未为工。　　　汪琬曰：见地极高，有举头天外之想（"一尘"句下）。

《义门读书记》：体源太白，要自有公之胸次。介甫多学此也。

《韩柳诗选》：寄意高旷，一结尤见奇伟。

《韩昌黎诗集编年笺注》：或疑公不好神仙，而此诗多作神仙之语。不知其寄托，盖有深意也。当李实、伾、文用事之时，所为夸夺，贤奸倒置，公被挤而出。未及三年，而世故纷纭，大非前时景象。向者诸人，复安在哉？故欲超然于尘埃之外。俯仰人世，夸夺者何如也？

《诗比兴笺》：厌语言文字而思大道也。为举世所不好之文，既非逢世之具，又非大道之要。且烈士殉名，与夸者死权，同争一时胜负耳。自至人知道者观之，则万世一瞬，得失毫末，曾白黑未分，已化为尘土矣。与造物不朽者何人乎？

《海日楼札丛》："升昆仑"一段雄恢，末段黯然孤迸之伤。言语不通，奈何乎公！

《增评韩苏诗钞》：三溪曰：起二十字，写出穷措大境界，咄咄逼真。

《韩诗臆说》：此公寓言。中所得者，即《原道》之旨。当世无可与言者，故托之"无言子"也。"夸夺子"，即指世俗之人，惟知以世利相竞，而于道懵然无所知识，倏忽之间，已渐灭无存，诚为可怜也。此自明闻道之旨，以悟世人，绝非好神仙之词。所谓"亿万年"，正指后世，言此辈混混然而生，混混然而死，与草木同腐，不闻于后也。若认作当时盛衰，则浅甚矣，非此篇之旨。

寄崔二十六立之

西城员外丞，心迹两屈奇。
往岁战词赋，不将势力随。
下驴入省门，左右惊纷披。
傲兀坐试席，深丛见孤黑。
文如翻水成，初不用意为。
四座各低面，不敢捱眼窥。
升阶揖侍郎，归舍日未欹。
佳句喧众口，考官敢瑕疵？
连年收科第，若摘颔底髭。
回首卿相位，通途无他岐。
岂论校书郎，袍笏光参差。
童稚见称说，祝身得如斯。
侪辈妒且热，喘如竹筒吹。
老妇愿嫁女，约不论财赀。
老翁不量分，累月笞其儿。
搅搅争附托，无人角雄雌。
由来人间事，翻覆不可知。
安有巢中縠，插翅飞天陲？
驹麛著爪牙，猛虎借与皮。
汝头有缰系，汝脚有索縻。
陷身泥沟间，谁复禀指挥？
不脱吏部选，可见偶与奇。
又作朝士贬，得非命所施？
客居京城中，十日营一炊。

逼迫走巴蛮，恩爱座上离。
昨来汉水头，始得完孤羁。
桁挂新衣裳，盎弃食残糜。
苟无饥寒苦，那用分高卑？
怜我还好古，宦途同险巇。
每旬遗我书，竟岁无差池。
新篇奚其思？风幡肆逶迤。
又论诸毛功，劈水看蛟螭。
雷电生眹眹，角鬣相撑披。
属我感穷景，抱华不能摛。
唱来和相报，愧叹俾我疵。
又寄百尺彩，绯红相盛衰。
巧能喻其诚，深浅抽肝脾。
开展放我侧，方餐涕垂匙。
朋交日凋谢，存者逐利移。
子宁独迷误，缀缀意益弥。
举头庭树豁，狂飙卷寒曦。
迢递山水隔，何由应埙篪？
别来就十年，君马记骊骊。
长女当及事，谁助出帨缡？
诸男皆秀朗，几能守家规。
文字锐气在，辉辉见旌麾。
摧肠与戚容，能复持酒卮？
我虽未耋老，发秃骨力羸。
所馀十九齿，飘飖尽浮危。
玄花著两眼，视物隔褫褵。
燕席谢不诣，游鞍悬莫骑。

十辞家"句下)。　　　映"眼暗"("两目眵昏"句下)。　　　映"近床"
("此时提携"句下)。　　　推开妙("吁嗟世事"句下)。　　　一笔收
转(末句下)。　　　此诗骨节俱灵,字无虚设。首句以宾形主,却是
倒插法,"空自长"即反对"照珠翠"也。帘幕户堂,逐层衬入,"近
床"正为结句"墙角"一嘒。以"裁衣"衬起读书,其间关照亦甚密。
"照珠翠"句与"裁衣"、"看书"两层对射,亦若长短檠之相待然。
"吁嗟世事"一语,可慨者深矣!

《唐宋诗醇》:贫贱糟糠,讽喻深切。

《网师园唐诗笺》:先安放"长檠"一笔,下专就"短檠"摹写,然
后归到"长檠高张短檠置",章法便尔警健。

《山泾草堂诗话》:首二句借宾定主,含下二段。"黄帘"四句
写短檠之便于裁衣。"太学"六句写短檠之便于看书。"一朝"二句
词意紧炼,回映上二段。"吁嗟"句推广言之,即小见大,包扫一切。
末句收到本题,悬崖勒马,不再添一句。笔力高绝。读此诗,觉世
态炎凉,活现纸上。顾氏本批云:"'裁衣'二句是女子事,于前后语
意不伦,删之为净。"鄙意删此二句,"太学"句接上"凉"字韵,少融
洽,下"照珠翠"句亦竟无根。盖富贵自恣,即看书之人,照珠翠即
裁衣之人。韩诗用意极精细,血脉贯通,乌可妄删去哉?

病　鸥

屋东恶水沟,有鸥堕鸣悲。
青泥掩两翅,拍拍不得离。
群童叫相召,瓦砾争先之。
计校生平事,杀却理亦宜。
夺攘不愧耻,饱满盘天嬉。
晴日占光景,高风恣追随。

遂凌鸾凤群，肯顾鸿鹄卑？

今者命运穷，遭逢巧丸儿。

中汝要害处，汝能不得施。

于吾乃何有，不忍乘其危。

丐汝将死命，浴以清水池。

朝餐辍鱼肉，暝宿防狐狸。

自知无以致，蒙德久犹疑。

饱入深竹丛，饥来傍阶基。

亮无责报心，固以听所为。

昨日有气力，飞跳弄藩篱。

今晨忽径去，曾不报我知。

侥幸非汝福，天衢汝休窥。

京城事弹射，竖子不易欺。

勿讳泥坑辱，泥坑乃良规。

【汇评】

《新刊五百家注音辨昌黎先生文集》：唐庚曰：《说文》："鸥，鸢也，鸟之贪恶者，其性好攫而善飞。"公意盖有所讥也。　　韩醇曰：必有人焉，如鸥鸟之恶，忽堕水沟，公既救其死命，复作诗讽之云耳。

《唐诗归》：谭云：写得出（"青泥"二句下）。　　又云：语有身分，有原委（"亮无"二句下）。　　钟云：骂得毒（"自知"二句下）。　　又云：待负心人，复作厚道丁宁语，只公自处甚高（"侥幸"句下）。　　钟云：与乐天《大嘴乌》同一痛快尽情，而规调稍严，然读朱穆与刘伯宗绝交诗，此二君不得不有世代升降之分矣。

《昌黎先生诗集注》：此诗每虚顿一二语，用深一步法。如"计校生平事，杀却理亦宜"，"亮无责报心，固以听所为"是也。通首是比，分明为负心人写照，与老杜《义鹘行》正是相反。

虽然两股长，其奈脊皴皰。

跳踉虽云高，意不离汻淖。

鸣声相呼和，无理只取闹。

周公所不堪，洒灰垂典教。

我弃愁海滨，恒愿眠不觉。

巨堪朋类多，沸耳作惊爆。

端能败笙磬，仍工乱学校。

虽蒙勾践礼，竟不闻报效。

大战元鼎年，孰强孰败挠？

居然当鼎味，岂不辱钓罩？

余初不下喉，近亦能稍稍。

常惧染蛮夷，失平生好乐。

而君复何为，甘食比蓁豹？

猎较务同俗，全身斯为孝。

哀哉思虑深，未见许回棹。

【汇评】

《七修类稿》：韩昌黎《答柳柳州食虾蟆》诗，大类《毛颖传》。其曰："虽蒙勾践礼，竟不闻报效。大战元鼎年，孰强孰败挠？"此尤其似者也。

《批韩诗》：朱彝尊曰：只是戏笔，下句则故为俚以取快，亦俳谐之类。

《瓯北诗话》：迨昌黎贬潮州，柳尚在柳州，昌黎《赠元协律》诗谓："吾友柳子厚，其人艺且贤"，且有《答柳州食虾蟆》等诗。既死，犹为之作《罗池庙碑》，是昌黎与宗元始终无嫌隙，亦可见其笃于故旧矣。

《韩诗臆说》：梅圣俞《食河豚鱼》诗，结意与此略同，而此所感独深，盖所以惊子厚者，不仅在食物也。

猛虎行

猛虎虽云恶，亦各有匹俦。

群行深谷间，百兽望风低。

身食黄熊父，子食赤豹麛。

择肉于熊豹，肯视兔与狸？

正昼当谷眠，眼有百步威。

自矜无当对，气性纵以乖。

朝怒杀其子，暮还食其妃。

匹俦四散走，猛虎还孤栖。

狐鸣门两旁，乌鹊从噪之。

出逐猴入居，虎不知所归。

谁云猛虎恶？中路正悲啼。

豹来衔其尾，熊来攫其颐。

猛虎死不辞，但惭前所为。

虎坐无助死，况如汝细微。

故当结以信，亲当结以私。

亲故且不保，人谁信汝为？

【汇评】

《爱日斋丛钞》：退之："猛虎虽云恶……肯视狐与狸？"此言虎恃俦类之盛，百兽畏服，因得逞其大毒，微细不足吞噬。"正昼当谷眠……猛虎还孤栖。"此言虎恃其威力以毒俦类，至于孤危。先食熊豹之父子，而终自食其妃其子。凶祸之应也。"狐鸣门四旁……熊来攫其颐。"此言虎已失俦类，狐鸣鹊噪，而猴入穴，可食熊豹亦得搏噬之，但能悲啼而已，向之暴恶安在哉？以"猛虎虽云恶"起，至此云"谁云猛虎恶"，威力不足恃如是。"猛虎死不辞……况如汝细微。"此终言虎之恶极矣，失其俦类，取死宜也。当其纵暴，何有于物；一旦索然，求免无所。彼恶不及虎也，可以孤立自肆哉！"故当结以信，……人谁信汝为？"此又言人于所厚者薄，无所不薄，实致祸之道。虎坐失其俦类，遂以杀身；人苟弃其亲故，乌能自存？始云"亦皆有匹俦"，中云"匹俦四散走"，末云"虎坐无助死"，一篇照应处，义主风刺。……如少陵诗："猛虎凭其威，往往遭急缚。雷吼徒咆哮，枝撑已在脚。忽看皮寝处，无复睛闪烁。人有甚于斯，足以劝元恶。"韩诗详著寡助之祸，杜诗直寓夫失势之戒，当互观以为世劝。

《批韩诗》：朱彝尊曰：声色太厉，语太直，不若《南山有高树行》婉雅有蕴藉。　正意嫌指得太实（末句下）。

《初白庵诗评》："汝"字当有所指，观结处自明（"况如"句下）。

《唐音审体》：此题多直咏猛虎，少用古意者。此篇乃有为而作，全用比体，所谓古题新意也。

《唐宋诗醇》：二诗（按即此诗与《南山有高树行》）皆哀矜涕泣而道，《宵雅》之遗则也。

雪后寄崔二十六丞公

蓝田十月雪塞关，我兴南望愁群山。
攒天嵬嵬冻相映，君乃寄命于其间。
秩卑俸薄食口众，岂有酒食开容颜？
殿前群公赐食罢，骅骝蹋路骄且闲。
称多量少鉴裁密，岂念幽桂遗榛菅？
几欲犯严出荐口，气象硉兀未可攀。
归来殒涕掩关卧，心之纷乱谁能删？
诗翁憔悴劚荒棘，清玉刻佩联玦环。

脑脂遮眼卧壮士，大弨挂壁无由弯。

乾坤惠施万物遂，独于数子怀偏悭。

朝歆幕嗜不可解，我心安得如石顽？

【汇评】

《冷斋夜话》：予尝熟味退之诗，真出自然，其用事深密，高出老杜之上。如《符读书城南》诗："少长聚嬉戏，不殊同队鱼。"又"脑脂盖眼卧壮士，大弨挂壁何由弯"，皆自然也。

《韵语阳秋》：韩退之于崔立之厚矣，立之所望于退之者宜如何！然集中所答三诗，皆未有慰荐之意何邪？其曰："几欲犯严出荐口，气象嵬兀未可攀。"又云："东马严徐已奋飞，枚皋即召穷且忍。"知识当要路，正赖汲引，隐情惜己，殆同寒蝉，古人之所恶也。

《批韩诗》：朱彝尊曰：锻语之妙，几入神（"心之纷乱"句下）。 苍劲有馀，但乏婉润之致，然却炼得入细。大约亦本杜诗来，第中间着力不得处稍逊杜。可见诗与文固是天分就两派。

《唐贤清雅集》：直起凄恻动人。公志在天下，故笃于道义之交如此，此方得一真字。

《声调谱》：拗律句（"称多量少"句下）。 第四字平，近律而拗（"几欲犯严"句下）。 拗律句（"归来陨涕"句下）。 拗律句（"诗翁憔悴"句下）。 押韵强稳，开宋人法门。

《唐宋诗醇》：起调激越，极似《同谷歌》。

《赵秋谷所传声调谱》：韩诗如此者甚多，宋人自学此耳，岂必云开其门乎？

《昭昧詹言》：正起耳，而笔势雄迈，中后感叹，乃所以为"奇"也。笔势紧则精神振，然此非公上乘。

奉酬卢给事云夫四兄曲江荷花行
见寄并呈上钱七兄阁老张十八助教

曲江千顷秋波净,平铺红云盖明镜。

大明宫中给事归,走马来看立不正。

遗我明珠九十六,寒光映骨睡骊目。

我今官闲得婆娑,问言何处芙蓉多?

撑舟昆明度云锦,脚敲两舷叫吴歌。

太白山高三百里,负雪崔嵬插花里。

玉山前却不复来,曲江汀滢水平杯。

我时相思不觉一回首,天门九扇相当开。

上界真人足官府,岂如散仙鞭笞鸾凤终日相追陪。

【汇评】

《韵语阳秋》:《文选·海赋》云:"云锦散文于沙汭之际。"故谢灵运诗有"赤玉隐瑶溪,云锦被沙汭"之句。观其语意,正言沙石五色,如云锦被于岸尔。世见韩退之作《曲江荷花行》云"撑舟昆明度云锦",遂谓退之以"云锦"二字状荷花,其实非也。谓之"度云锦",言舟行于五色沙石之际,岂谓荷花哉?

《批韩诗》:汪琬曰:对"给事"("我今官闲"句下)。　　对"走马"("脚敲两舷"句下)。　　打转曲江("曲江汀滢"句下)。打转大明宫("天门九扇"句下)。　　上句收卢给事,下句收"官闲"(末二句下)。　　何焯曰:开出波澜,翻客为主。此与《盘谷篇》同一机缄,而结构大别("脚敲两舷"句下)。　　揭过曲江,却说昆明,妙矣。又从昆明挽合曲江,尤妙。恰好接"相思"、"回首"也("曲江汀滢"句下)。　　朱彝尊曰:"前却"奇("玉山前却"句下)。　　"水平杯",字拙("曲江汀滢"句下)。

《义门读书记》：风韵佳。　　与"婆娑"反（"走马来看"句下）。

《初白庵诗评》：四句中有收有放（"玉山前却"二句下）。

《韩柳诗选》："敲"字、"叫"字，具见豪放（"脚敲两舷"句下）。　　音调高亮，笔致豪纵，从太白变来，结处忽入长句，更见狂态（末句下）。

《唐宋诗醇》：红云明镜中，特有雪山倒影，便写得异样精彩。结似洒脱，正恐不能忘情。

《古诗选批》：作水景，偏说山。作夏景，偏说雪。此大手笔，古今寡二（"太白山高"二句下）。　　此结与《记梦》结句，皆有不能随人俯仰之义（末句下）。

《读杜韩笔记》：此篇于荷花不着意，而重在曲江之游。"走马来看立不正"一句，开出后半文字。"我今官闲得婆娑"，言非宫中给事之比。"撑舟昆明度云锦"，以昆明压倒曲江，公游昆明，卢游曲江也。"我时相思不觉一回首……"，"上界真人"喻云夫给事宫中，多官府之事，故走马看荷，且立不正，如此其忙也。"散仙"公自喻。昆明之游，鞭笞鸾凤，非走马可比，官闲故也。注家以上界真人犹有官府之事，不如云夫作地上散仙，终日嬉游，殊失诗意。题是《曲江荷花》，从题直起。中间"芙蓉"、"云锦"及"太白山高三百里，负雪崔嵬插花里"，略作映带，最超。

《昭昧詹言》：从原人起，而以写为叙。中插入己，夹写。此叙体而无一笔呆平，夹写议也。

记　梦

夜梦神官与我言，罗缕道妙角与根。
挈携陬维口澜翻，百二十刻须史间。

我听其言未云足，舍我先度横山腹。

我徒三人共追之，一人前度安不危。

我亦平行蹑虠虤，神完骨跻脚不掉。

侧身上视溪谷盲，杖撞玉版声彭虠。

神官见我开颜笑，前对一人壮非少。

石坛坡陀可坐卧，我手承颜肘拄座。

隆楼杰阁磊蒐高，天风飘飘吹我过。

壮非少者哦七言，六字常语一字难。

我以指撮白玉丹，行且咀噍行诘盘。

口前截断第二句，绰虐顾我颜不欢。

乃知仙人未贤圣，护短凭愚邀我敬。

我能屈曲自世间，安能从汝巢神山？

【汇评】

《鹤林玉露》：昌黎《记梦》诗末句云："我宁屈曲自世间，安能从汝巢神山？"朱文公定"宁"字作"能"字，谓："神仙亦且护短凭愚，则与凡人意态不殊矣。我若能屈曲谄媚，自在世间可也，安能巢神山以从汝哉？正柳下惠'枉道而事人，何必去父母之邦'之意。"只一字之差，意味天渊复别。

《新刊五百家注音辨昌黎先生文集》：鲁直云：只前句中"哦"字，便是所难。此乃为诗之法也（"壮非少者"二句下）。　　苏内翰尝曰：太白诗云："遗我鸟迹书，读之了不闲。"太白尚气，乃自招不识字。不如退之倔强云："我宁屈曲自世间，安能随汝巢神山？"又尝曰：退之有言"我宁屈曲自世间"云云，退之性气，虽出世间人亦不能容也。

《汇编唐诗十集》：唐云：纪梦极真，造语亦奥，难此一段崛强气，便是论佛骨念头。

《唐诗归》：钟云："壮非少者"四字，极是述梦口语。　　　　谭世上冥悍好诿人入骨（"护短凭愚"句下）。

《唐诗观澜集》：起句如画。"太白山高三百里，负雪崔嵬插花里，玉山前却不复来。"插入此三句，便不平直。用"前却"字奇。

《批韩诗》：朱彝尊曰：自"我听其言"至"颜不欢"，叙得都有风致，好笔力。　　收局仍是辟仙意。　　汪琬曰：意当时有权贵不学，自诩能诗，欲得公之称誉者，故作此以托讽欤？

《诗比兴笺》：刺权贵好阿谀恶鲠直也。或谓讥神仙者，仅见其表，未见其里。

《韩柳诗选》：奇奥处似《参同契》诸书，叙法缥缈恍惚，极称梦境。　　气骨挺然，神仙亦无如之何也。具此品格，早已越神仙而上之。

《唐宋诗醇》：只是寓言，勿真谓与鬼争义。

《昭昧詹言》：古人文法之妙，一言以蔽之曰：语不接而意接，血脉贯续，词语高简。六经之文皆是也。俗人接则平顺骏塞，不接则直是不通。韩公曰："口前截断第二句。"太白云："云台阁道连窈冥。"须于此会之。　　诗文第一笔力要强。董坞先生评韩公《纪梦》诗曰："以崚嶒健倔之笔叙状情事，亦诗家所未有。"愚谓：韩公笔力无非崚嶒健倔，学者姑即此一篇求之，如真有解悟，定自得力。此诗颇难解，不得其真诠，则引人入薝薢假象。　　《梦游天姥吟留别》，因梦游推开，见世事皆成虚幻也，不如此则作诗之旨无归宿。"留别"意，只末后一点，韩《记梦》之本。　　无论议论之惝恍，句法之老，只看得断续章法，乃一大宗门。解此，自无平序顺接、令人易尽之病。"壮非少"下插四句，乃接。"一字难"下，又插二句，乃接。此杜公托势不常之法，体态不拘。

《艺舟双楫》：古人论诗文得失之语，大约有三：有自得语，有率尔语，有僻谬语。……山谷谓退之《记梦》诗，……只上句"哦"字便是所难，乃为诗之法。此僻谬语也。自得语非近有得者不与知，僻谬语信从者究属无多,唯率尔语间于可否,至易误人。

《艺概》:太白诗多有羡于神仙者,或以喻超世之志,或以喻死而不亡,俱不可知。若昌黎云:"安能从汝巢神山?"此固鄙夷不屑之意,然亦何必非寓言耶?

《韩诗臆说》:只有结出本意。前言神仙处,都是寓言。

读东方朔杂事

严严王母宫,下维万仙家。
噫欠为飘风,濯手大雨沱。
方朔乃竖子,骄不加禁诃。
偷入雷电室,輷輷掉狂车。
王母闻以笑,卫官助呀呀。
不知万万人,生身埋泥沙。
簸顿五山踣,流漂八维蹉。
曰吾儿可憎,奈此狡狯何?
方朔闻不喜,褫身络蛟蛇。
瞻相北斗柄,两手自相接。
群仙急乃言,百犯庸不科?
向观睅睆处,事在不可赦,
欲不布露言,外口实喧哗。
王母不得已,颜瞋口贲嗟。
颔头可其奏,送以紫玉珂。
方朔不惩创,挟恩更矜夸。
诋欺刘天子,正昼溺殿衙。
一旦不辞诀,摄身凌苍霞。

【汇评】

《黄氏日钞》：《读东方朔杂事》、《谴疟鬼》二诗，皆滑稽以讽。

《昌黎先生诗集注》：公诗皆本经史，而此作独专取《内传》，亦偶然戏笔。

《唐宋诗醇》：俞玚曰：此诗洪兴祖以为讥弄权挟恩者，观结语云云，殊不然也，意亦指文人播弄造化，如《双鸟诗》云尔。不然，何独取方朔而拟之权幸耶？

《诗比兴笺》：专用《汉武内传》成文。洪兴祖谓讥弄权挟恩者。孙汝听谓元和十一年公为右庶子时，皇甫镈、程异之徒用事而作。沆案：此为宪宗用中官吐突承璀而作也。……章末特故幻词以掩其讥刺之迹耳。……此乃全取小说，游戏成文，盖《毛颖传》之流，故题曰"杂事"，曾于方朔何伤？

《韩诗臆说》：此诗本事点染，以刺当时权幸，且讽时君之纵容，以酿为祸害也。"骄不加禁诃"五字，乃一篇之旨。"不知万万人，生身埋泥沙"数语，见嬖幸恃恩无赖，流毒生民，其害可胜言哉！"王母不得已"云云，曲尽昏庸姑息情态。前云入雷室、弄雷车，后云乘云飞去，仍是就本事衍叙以迷离之耳。不必句句粘煞。

谴疟鬼

屑屑水帝魂，谢谢无馀辉。
如何不肖子，尚奋疟鬼威？
乘秋作寒热，翁妪所骂讥。
求食欧泄间，不知臭秽非。
医师加百毒，熏灌无停机。
灸师施艾炷，酷若猎火围。
诅师毒口牙，舌作霹雳飞。

符师弄刀笔，丹墨交横挥。

咨汝之胄出，门户何巍巍？

祖轩而父顼，未沫于前徽。

不修其操行，贱薄似汝稀。

岂不忝厥祖，觍然不知归。

湛湛江水清，归居安汝妃。

清波为裳衣，白石为门畿。

呼吸明月光，手掉芙蓉旗。

降集随九歌，饮芳而食菲。

赠汝以好辞，咄汝去莫违。

【汇评】

《批韩诗》：朱彝尊曰：格调亦本楚《骚》来，笔非不苍，但恨语味寡。张鸿曰：四师实写遣字（"丹墨"句下）。

《瓯北诗话》：自沈、宋创为律诗后，诗格已无不备。至昌黎又斩新开辟，务为前人所未有。如《南山》诗内铺列春夏秋冬四时之景，《月蚀诗》铺列东西南北四方之神，《遣疟鬼》诗内历数医师、灸师、诅师、符师是也。

《养一斋诗话》：公诗有"滂葩"而无"平淡"，终非诗教之本指也。如《月蚀》诗虽删改卢仝作，终苦怪僻；《遣疟鬼》、《嘲鼾睡》尤游戏不经。

《韩诗臆说》：大概是写小人情状，其为皇甫镈、程异、李逢吉亦难确指。读此诗，见君子待小人之道。

南溪始泛三首

其一

榜舟南山下，上上不得返。

幽事随去多,孰能量近远?

阴沉过连树,藏昂抵横坂。

石粗肆磨砺,波恶厌牵挽。

或倚偏岸渔,竟就平洲饭。

点点暮雨飘,梢梢新月偃。

馀年懔无几,休日怆已晚。

自是病使然,非由取高蹇。

【汇评】

《唐诗品汇》:此诗乃长庆间公以病在告日所作,故云"馀年懔无几",是年十二月,公薨,殆绝笔于此矣。 黄山谷最爱此诗有诗人句律之深意。

《辑注唐韩昌黎集》:写得真率,不用雕琢。

《批韩诗》:朱彝尊曰:两语妙绝("幽事"二句下)。 属对工而自然("点点"二句下)。

其二

南溪亦清驶,而无楫与舟。

山农惊见之,随我观不休。

不惟儿童辈,或有杖白头。

馈我笼中瓜,劝我此淹留。

我云以病归,此已颇自由。

幸有用馀俸,置居在西畴。

囷仓米谷满,未有旦夕忧。

上去无得得,下来亦悠悠。

但恐烦里间,时有缓急投。

愿为同社人,鸡豚燕春秋。

【汇评】

《辑注唐韩昌黎集》：即物写心，愈朴而愈切。柳柳州于此派尤近。

《诗源辩体》："南溪亦清驶"，亦近渊明。

《批韩诗》：朱彝尊曰：不古不唐，昌黎本色。

其三

足弱不能步，自宜收朝迹。

羸形可舆致，佳观安事趱？

即此南坂下，久闻有水石。

挐舟入其间，溪流正清激。

随波吾未能，峻濑乍可刺。

鹭起若导吾，前飞数十尺。

亭亭柳带沙，团团松冠壁。

归时还尽夜，谁谓非事役？

【汇评】

《辑注唐韩昌黎集》：全诗玄淡，能除自家本色，不特"带沙"、"冠壁"句清丽而已。

《唐风定》：此二诗（按指第二、三首）公最晚年作，较众作特觉和平而音节稍漓矣。结句振厉，昌黎本色，便非后人可及。

《批韩诗》：朱彝尊曰：炼得已无痕，但不免微有著力处。此等在陶亦有之，此则又隔陶一间耳。　　兴趣似陶，音节却不似。

《韩昌黎诗集编年笺注》：是倔强人到老气概。世间脂韦人，加之衰迈，定无此千秋生气。著作等身，狐貉亦噉尽矣（"随波"二句下）。

《诗比兴笺》：随波未能，峻濑可刺，刚倔之性，触感而宣。张籍祭公诗云："去夏公请告，养疾城南庄。公为游溪诗，唱咏多慨慷。"乃因病在告时作，故集末以此为绝笔，而随波不能、劲志不衰若此。

【总评】

《后山诗话》：韩诗如《秋怀》、《别元协律》、《南溪始泛》，皆佳作也。

《王直方诗话》：洪龟父言：山谷于退之诗少所许可，最爱《南溪始泛》，以为有诗人句律之深意。

《蔡宽夫诗话》：退之诗豪健雄放，自成一家，世特恨其深婉不足。《南溪始泛》三篇，乃末年所作，独为闲远，有渊明风气。

《临汉隐居诗话》：韩愈《南溪始泛》诗，将死病中作也。……张籍《哭退之诗》略云："去夏公请告，养病城南庄。籍时休官罢，两月同游翔。移船入南溪，东西纵篙撑。公作《游溪诗》，咏唱多慨慷。"又曰："偶有贾秀才，来兹亦同并。"秀才，谓贾岛也。

《韩柳诗选》：三诗真率处近陶，然笔意有沉郁之致，故自不同。

《初白庵诗评》：韦、柳家法，公亦优为之。

《唐宋诗醇》：三首神似陶公，所谓"奸穷变怪得，往往造平淡"者。

《昭昧詹言》：（刘桢）《赠徐干》，……直书胸臆，一往清警，缠绵悱恻，此自是一体，故鲍亦尝拟之。又不在讲句法、字法等义。要之，此体亦自《三百篇》出，如《载驰》、《氓》、《园有桃》、《陟岵》等，不用装点比兴者也，而往复情至，令人心醉，所以可贵。屈子《九章·惜诵》亦是如此。……此体谢惠连独工之。后来杜公、韩公有白道一种，亦从此出，而语加创造，以警奇为贵至矣，如韩《南溪始泛》、《赠别元十八》、《送李翱》、《人日城南登高》、《同冠峡》、《过南阳》，放翁《酬曾学士》、《送子龙赴吉州》，姜白石《昔游》，大约同一杼柚。　　杜、韩有一种真率朴直白道，不烦绳削而自合者。此必须先从艰苦怪变过来,然后乃得造此。若未曾用力,便拟此种,则枯短浅率而已。如公《南溪始泛》三篇、《寄元协律》四篇、《送李翱》、《寄鄂岳李大夫》等,皆是文体白道,但序事,而一往清切,愈朴愈真,耐人吟讽。山谷、后山专推此种,昔人讥其舍百牢而取一脔。余谓此诗实佳,但未有其道腴,而专学其貌,则必成流病,失之朴率陋浅,又开伪体矣。

《韩诗臆说》:数诗清兴尚依然,而气韵萧飒,神情黯惨,夫子之病,殆转深矣。

题楚昭王庙

丘坟满目衣冠尽,城阙连云草树荒。
犹有国人忆旧德,一间茅屋祭昭王。

【汇评】

《爱日斋丛钞》:昌黎《题楚昭王庙》……感慨深矣!苏《泠然洞金陵》诗:"龙光寺里只孤僧,玄武湖如掌样平。更上鸡笼山上望,一间茅屋晋诸陵。"末语惨然类韩公。

《唐诗品汇》:刘(须溪)云:人评韩《曲江寄乐天》绝句胜白全集,此独谓唱酬可尔。若韩绝句,正在《楚昭王庙》一首,尽压晚唐。

《升庵诗话》:宋人诗话取韩退之"一间茅屋祭昭王"一首,以为唐人万首之冠。今观其诗只平平,岂能冠唐人万首?而高棅《唐诗品汇》取其说。甚矣,世人之有耳而无目也!

《唐诗选脉会通评林》:周珽曰:此篇虽题美昭王,实规世主,当留德泽于民心也。与"一种青山秋草里,路人惟拜汉文陵",同有言外远思。夫以"一间茅屋"形彼"连云城阙",以彼"尽"、"荒"二字,转出"犹有"怀德意来,展读间觉花影零乱。宋人评为唐万首之冠,以此。

《批韩诗》：朱彝尊曰：若草草然，却有风致，全在"一间茅屋"四字上。何焯曰：二语颠倒得妙，亦回鸾舞凤格（首二句下）。

意味深长，昌黎绝句中第一。

《义门读书记》：近体即非公得意处，要之自是雅音。昭王欲用孔子，而为子西所沮。公之托意，或在于此欤？

《载酒园诗话》：昔人称退之"一间茅屋祭昭王"为晚唐第一。余以不如许浑《经始皇墓》远甚："龙蟠虎踞树层层，势入浮云亦是崩。一种青山秋草里，路人唯拜汉文陵。"韩原咏昭王庙，此则于题外相形，意味深长多矣。

《网师园唐诗笺》：含蓄无尽（末二句下）。

《石遗室诗话》：韩退之之"日照潼关四扇开"，不如其"一间茅屋祀昭王"。

《增评韩苏诗钞》：三溪曰：俯仰感怆，咏史上乘。

《评注韩昌黎诗集》：未是快调，却能以气势为风致，愈读则意愈绵，愈嚼则字愈香，此是绝句中杰作。

《韩诗臆说》：自是唐绝，然亦没甚意思。

《诗式》：首句伤古人之不见，犹李白《登金陵凤凰台》云"晋代衣冠成古丘"也。二句伤城郭之已非，犹刘禹锡《松滋渡望峡中》云"梦渚草长迷楚望"也。三句转入楚昭王。四句落到楚昭王庙。一种凭吊欷歔之概，俱在言外。　　〔品〕悲慨。

宿龙宫滩

浩浩复汤汤，滩声抑更扬。

奔流疑激电，惊浪似浮霜。

梦觉灯生晕，宵残雨送凉。

如何连晓语，一半是思乡？

《苕溪渔隐丛话前集》：《西清诗话》云：退之《宿龙宫滩》诗云："浩浩复汤汤，滩声抑更扬。"黄鲁直曰："退之裁听水句尤见工，所谓'浩浩汤汤'、'抑更扬'者，非谙客里夜卧，饱闻此声，安能周旋妙处如此邪？"

《诚斋诗话》：退之云："如何连晓语，只是说家乡？"吕居仁云："如何今夜雨，只是滴芭蕉？"此皆用古人句律，而不用其句意，以故为新，夺胎换骨。

《唐诗选脉会通评林》：周珽曰：首四句，咏滩水之声势，摩拟极物态之尽；后四句，咏旅宿之情景，伤感得客况之真。

《批韩诗》：朱彝尊曰：幽意胜（末句下）。　　何焯曰：下半首竟与上半首不照应，然以思乡语，正谓意到而笔不到也。

《评注韩昌黎诗集》：写滩固妙，"宿"字亦不抛荒。何义门谓上下两半不相照应，真是目论。

叉鱼招张功曹

叉鱼春岸阔，此兴在中宵。
大炬然如昼，长船缚似桥。
深窥沙可数，静捞水无摇。
刃下那能脱，波间或自跳。
中鳞怜锦碎，当目讶珠销。
迷火逃翻近，惊人去暂遥。
竞多心转细，得隽语时嚣。
潭罄知存寡，舷平觉获饶。
交头疑凑饵，骈首类同条。
濡沫情虽密，登门事已辽。

盈车欺故事，饲犬验今朝。

血浪凝犹沸，腥风远更飘。

盖江烟幂幂，拂棹影寥寥。

獭去愁无食，龙移惧见烧。

如棠名既误，钓渭日徒消。

文客惊先赋，篙工喜尽谣。

脍成思我友，观乐忆吾僚。

自可捐忧累，何须强问鸮？

【汇评】

《苕溪诗话》：老杜《观打鱼》云："设网万鱼急。"盖指聚敛之臣，苛法侵渔，使民不聊生，乃"万鱼急"也。又云："能者操舟疾若风，撑突波涛挺叉人。"小人舞智趋时，巧宦数迁，所谓"疾若风"也；残民以逞，不顾倾覆，所谓"挺叉人"也。"日暮蛟龙改窟穴，山根鳣鲔随云雷。"鱼不得其所，龙岂能安居？君与民犹是也。此与六义比兴何异？"吾徒何为纵此乐，暴殄天物圣所哀。"此乐而能戒，又有仁厚意，亦如"前王作网罟，设法害生成"，不专为取鱼也。退之《叉鱼》曰："观乐忆吾僚。"异此意矣。亦如《蕲簟》云："但愿天日常炎曦。"故后人攻之云："岂比法曹空自私，却愿天日常炎赫。"

《后村诗话》：韩、杜二公五言有至百韵者，但韩喜押窄韵，杜喜押宽韵。以余观之，窄韵尤难，如《叉鱼》诗押"二萧"字，十八韵，语多警策。

《批韩诗》：朱彝尊曰：尽有色态，但稍未入雅。

《韩柳诗选》：公诸律诗，格律极细，诸长律每能赋物入微，乃知文章家用心如许纤悉也。

《韩昌黎诗集编年笺注》：论人当观其大节，论诗当观其大段，不可摘其一事一句而议优劣也。且杜作于前，韩继于后，固自不肯相袭。诗甚工细，有何可议？至于《蕲簟》之愿天炎，乃反衬簟之凉也。

《唐诗观澜集》：状难状之景，如在目前，可云笔有化工。

答张十一功曹

山净江空水见沙，哀猿啼处两三家。
篔筜竞长纤纤笋，踯躅闲开艳艳花。
未报恩波知死所，莫令炎瘴送生涯。
吟君诗罢看双鬓，斗觉霜毛一半加。

【汇评】

《辑注唐韩昌黎集》：起二句荒寒如画。

《唐诗评选》：寄悲正在兴比处。

《贯华堂选批唐才子诗》：妙于三句中间，轻轻再放"哀猿啼处两三家"之七字。"两三家"之为言，无可与语，以预衬后之"君"字也。"哀猿啼"之为言，不可入耳，以预衬后之"诗"字也。真是异样机杼也（首四句下）。

《批韩诗》：朱彝尊曰：四句点景有静味（首四句下）。

《义门读书记》：五、六既不如屈子之狷恙，结仍借答诗以见其憔悴，可谓怨而不乱矣。

《韩柳诗选》：公诗七言近体不多见，然类皆清新熨贴，一扫陈言，正杜陵嫡派，人自不知耳。

《野鸿诗的》：近体中得敦厚雅正之旨者，唯"未报恩波知死所，莫令炎瘴送生涯"二语。若《南山诗》，非赋非文，而反流传，人之易欺也如此。

《韩诗臆说》：退之七律只十首，吾独取此篇为能真得杜意。

郴州祈雨

乞雨女郎魂，忽羞洁且繁。
庙开䶉鼠叫，神降越巫言。
旱气期销荡，阴官想骏奔。
行看五马入，萧飒已随轩。

【汇评】

《瀛奎律髓汇评》：纪昀：不见昌黎本领。大抵高才须一泻千里，乃见所长。小诗多窘缩不尽意。　　六句对法活变，亦烘染有神。

《评注韩昌黎诗集》：此咏刺史祈雨也，非公自祈之也。写目前景物，无一语不亲而切。

《韩诗臆说》：公于此等，实不能工，索性还他不工，正见高处。

湘中酬张十一功曹

休垂绝徼千行泪，共泛清湘一叶舟。
今日岭猿兼越鸟，可怜同听不知愁。

【汇评】

《辑注唐韩昌黎集》：此谓同听不同情也。须如此结，首二句方振得起（末句下）。

《唐诗绝句类选》：所值之景不殊，所感之情则异。

《批韩诗》：朱彝尊曰：退之胸襟阔，自别有一种兴趣。此反用猿鸟意，亦唐人所未有。　　汪琬曰：今日"同听不知愁"，则他日之愁可知矣，"可怜"二字，无限低徊。

《秋窗随笔》：昌黎古诗胜近体，而近体中惟《湘中酬张十一功曹》、《奉酬振武胡十二丈大夫》及《西林寺题萧二兄郎中旧堂》、《次潼关先寄张十二阁老使君》诸作，矫矫不群，可以颉颃老杜。……近体中得此，所谓已探骊龙珠，馀皆长物矣。

《诗境浅说》：诗言同是天涯薄宦，休嗟绝徼之遥，且纵清游之乐。我与君哀怨等于岭猿，飘泊侪于越鸟，扁舟同听，相顾惘然，彼无知之猿鸟，不自哀其蛮荒栖泊，安能知迁客之愁，只为单枕清宵，搅人乡梦耳。

题木居士二首（其一）

火透波穿不计春，根如头面干如身。

偶然题作木居士，便有无穷求福人。

【汇评】

《碧溪诗话》：退之云："偶然题作木居士，便有无穷求福人。"可谓切中时病。凡世之趋附权势，以图身利者，岂问其人贤否，果能为国为民哉！及其败也，相推入祸门而已。聋俗无知，谄祭非鬼，无异也。

《批韩诗》：朱彝尊曰：醒快。

《唐宋诗醇》：道破世情。

《酌雅诗话》：韩文公有诗云："偶然题作木居士，便有无穷求福人。"寓意清刻矣。然谓之"木居士"，尚有题名，尚称为"士"。近世且有无名可题者，如"一顽石"、"一荆棘丛"之类，竟有无知人惑谄而祭之，而彼亦遂若真有灵焉者，大可怪矣。

《诗式》：此种题目，羌无故实，全在烘托，庶有话头。第一章首句言木经剥蚀，有不能计其若干年者。二句言木已居人形。三句转到题位。四句用意从木居士生来。……愈著《原道》，谏迎佛骨，何等严正，而题木居士者，偶然游戏之笔。即如第一首曰"偶然"，曰"便有"，其借以为戏，可于言外悟之。读此可以助性灵，正不宜援《罗池神碑》而例之也。　　［品］性灵。

湘　中

猿愁鱼踊水翻波，自古流传是汨罗。

蘋藻满盘无处奠，空闻渔父扣舷歌。

【汇评】

《批韩诗》：朱彝尊曰：气劲有势。

《评注韩昌黎诗集》：一往情深。

《诗式》：首句写景兼抒情。二句点题。三句转变。四句题后摇曳。刘长卿《过贾谊宅》云：“湘水无情吊岂知！”等此意也。凡学为诗，宜分体与品者，如读《题木居士二首》，而知一种刻划手段，不宜尚也；读此一首，而知一种凭吊心情，不能假也。　　［品］凄婉。

题张十一旅舍三咏（选一首）

榴　花

五月榴花照眼明，枝间时见子初成。

可怜此地无车马，颠倒青苔落绛英。

【汇评】

《批韩诗》：两诗（按指《题张十一旅舍三咏》中之本诗与下首《井》）意调俱新，俱偏锋。

学诸进士作精卫衔石填海

鸟有偿冤者，终年抱寸诚。

口衔山石细，心望海波平。

渺渺功难见，区区命已轻。

人皆讥造次，我独赏专精。

岂计休无日，惟应尽此生。

何惭刺客传，不著报仇名！

【汇评】

《批韩诗》：朱彝尊曰：不拘拘贴事，只以空语挑意，最有味。　　何焯曰：二句少味（"人皆"二句下）。

《韩柳诗选》：老气无敌，此其笼罩时流处。

《唐诗别裁》：清空挥洒，本非试场中作，自然脱去卑靡。

《唐人试帖》：承得明白（"心望"句下）。　　出题字劣，且与"抱寸诚"犯（"我独"句下）。

《唐诗合选详解》：趣陶园曰：首四句朴极、老极、清极、爽极。

《唐诗观澜集》：空写，意倍沉挚（"口衔"四句下）。　　笔笔腾跃，妙论有识（"我独"句下）。　　清空一气，曲折顿挫，而题意已刻露馀，乃知大手笔人，虽小不苟。

《韩诗臆说》：此亦公所谓可无学而能者。然是写意，不与工帖括者相角胜也。

春　雪

新年都未有芳华，二月初惊见草芽。

白雪却嫌春色晚，故穿庭树作飞花。

【汇评】

《批韩诗》：朱彝尊曰：常套语，然调却流快。

《诗式》：《文选》以谢惠连《雪赋》入物色类。雪于诸物色中最难赋，而赋春雪则须切"春"字，尤难于赋雪。此诗首句、二句从"春"字咀嚼而出，看似与雪无涉，而全为三句、四句作势，几于无处不切"雪"字。三句、四句兜转,备具雪意、雪景,不呆写雪,而雪字自见,不死做春,而春字自在。四句一气相生,以视寻常斧凿者,徒见雕斫之痕,其相去远矣。按昌黎赋春雪又有五言十韵。方氏虚谷谓"行天马度桥"一句为绝唱,刻划至此,洵臻绝妙,而视"故穿庭树作飞花"句,不拘拘于妆点,而有超以象外、得其环中之妙,似不及此也。 [品]超诣。

盆池五首(选四首)

其一

老翁真个似童儿,汲水埋盆作小池。

一夜青蛙鸣到晓,恰如方口钓鱼时。

【汇评】

《中山诗话》:韩吏部古诗高卓,至律诗虽称善,要有不工者。而好韩之人,句句称述,未可谓然也。韩云:"老公真个似童儿,汲水埋盆作小池。"直谐戏语耳。

《新刊五百家注音辨昌黎先生文集》:洪兴祖曰:或云《盆池》诗有天工,如"拍岸才添水数瓶","一夜青蛙鸣到晓",非意到不能作也。

《批韩诗》:俚语俚调,直写胸臆,颇似少陵《漫兴》、《寻花》诸绝。

《诗学纂闻》:以绮丽说诗,后之君子所斥为不知理义之归也。尝读《东山》之诗矣,周公但言"苡苡不归"及"勿士行枚"数言而已足矣。……是则少陵之杰句,无如"老夫清晨梳白头";昌黎之佳作,莫若"老翁真个似童儿"。

《韩昌黎诗集编年笺注》:刘与或两说,一言正,一言变也。大历以上皆正宗,元和以下多变调。然变不自元和,杜工部早已开之,至韩、孟好异专宗,如北调曲子,拗峭中见姿制,亦避熟取生之趣也。元、白、刘中山、杜牧之辈,不得其拗峭,而惟取其姿制,又成一格。

《批顾嗣立韩诗注》:此等语杜诗中最多,何不工之有?

《唐诗真趣编》:起句便神来,忆"钓"是过去境界,宛然移到目前。

其二

莫道盆池作不成,藕稍初种已齐生。

从今有雨君须记,来听萧萧打叶声。

【汇评】

《批韩诗》:朱彝尊曰:卤卤莽莽,亦有风致,然浓腴尚不及杜。

《唐诗真趣编》:藕才芽,便算计听雨,是未来境界,已可希幸。

《山泾草堂诗话》:此首咏种藕,不曰看荷而曰听雨,盖荷叶齐放,亭亭净植,雨来作清脆之声,胜于芭蕉,可见昌黎别有天趣。

其三

瓦沼晨朝水自清,小虫无数不知名。

忽然分散无踪影,惟有鱼儿作队行。

【汇评】

《批韩诗》:朱彝尊曰:此调法却新。此诗体物入微。

《唐诗真趣编》:现在境界,据情直书,有化机自然之妙。

《增评韩苏诗钞》:"莫道"、"瓦沼"两首,精细巧密,杨万里亦当避三舍。

其五

池光天影共青青,拍岸才添水数瓶。

且待夜深明月去，试看涵泳几多星。

【汇评】

《昌黎诗增注证讹》：谐语为戏，不独退之，少陵亦间有之。至或所赏"拍岸才添水数瓶"，"一夜青蛙鸣到晓"，以为有天工，殊未道着。"且待夜深明月去，只看涵泳几多星"，小中见大，有于人何所不容景象。

《唐诗真趣编》：满池水不过数瓶，亦自清清，光连天影，观玩之下，觉贮月虽或不足，涵星自当有馀。但月朗则星稀，未能历历然也，故待月去再看之。此就现在境界，从灵心慧悟中搜进一层。　　四首（按指第一、二、三、五首）有不知手之舞之、足之蹈之之妙。盖独得之趣，他人不知，太白看敬亭意，正类此。　　有如许高兴，故值得一写。因思世间敷衍少意味诗，真不必做。

《韩诗臆说》：韩律诗诚多不工，然此五首却有致。贡父以"老翁""童儿"句少之，鄙矣。若独取"拍岸"、"青蛙"二句，亦无解处。予谓"忽然分散无踪影，惟有鱼儿作队行"，"且待夜深明月去，试看涵泳几多星"，乃好句也。

《唐人绝句精华》：此题极小，诗人于小中见大，故说来不觉其小。

奉和虢州刘给事使君三堂
新题二十一咏并序（选三首）

虢州刺史宅连水池竹林，往往为亭台岛渚，目其处为三堂。刘兄自给事中出刺此州，在任逾岁，职修人治，州中称无事。颇复增饰，从子弟而游其间，又作二十一诗以咏其事，流行京师，文士争和之。余与刘善，故亦同作。

竹　溪

蔼蔼溪流慢，梢梢岸篠长。

穿沙碧藓净，落水紫苞香。

【汇评】

《昌黎先生集注》：少陵《竹》诗有："雨洗娟娟净，风吹细细香。"前辈尝云：竹未尝有香，而少陵以香言之。岂知公亦有"落水紫苞香"之语乎？

《批韩诗》：朱彝尊曰：工句（末二句下）。

柳　巷

柳巷还飞絮，春馀几许时？

吏人休报事，公作送春诗。

【汇评】

《唐诗笺注》：伤春心事，黯然入妙。下二句并觉风韵入俗。

花　源

源上花初发，公应日日来。

丁宁红与紫，慎莫一时开。

【汇评】

《竹庄诗话》：《笔墨闲录》云：《三堂二十一咏》取韵精切，非复纵肆而作。随其题观之，其工可知也。

《徐师录》：退之诗，惟《虢园二十一咏》为最工，语不过二十字，而意思含蓄过于数千百言者。

《桐江集·跋无名子诗》：昌黎为刘给事赋《二十一咏》，乃刺史州宅也。然专道林泉间兴趣，于外务不毛发沾。"洞门无锁钥，俗客不曾来"，此以见自无俗客，则自不必有锁钥。风致甚高，与夫用意以拒俗客者异矣。既曰："朝游孤屿南，暮游孤屿北。所以孤屿鸟，与人尽相识。"又曰："郡楼乘晓上，尽日不能回。"又曰："吏人休报事，公作送春诗。"苟如此，则郡事全废，簿书期会，一切不问可也。然必其道眼识诗法者，始知昌黎为善立言，譬之曾点舍瑟，异乎三子者之撰也。

《辑注唐韩昌黎集》：王元美尝云：绝句固自难，五言尤难。离首即尾，离尾即首，而要腹亦自不可少。妙在愈小而大，愈促而婉。得此法者，仅太白一人。王摩诘亦具体而微。此退之《三堂二十一咏》，盖亦步武摩诘《辋川杂诗》而未逮者，已不免落宋人口吻矣。

《批韩诗》：朱彝尊曰：首首出新意，与王、裴《辋川》诸绝颇相似，音调却不及彼之高雅。

《初白庵诗评》：二十一章校王、裴《辋川》唱和，古渐远。

《韩诗臆说》：五绝王、李之外，端推裴、王，老杜已非擅长。至昌黎诸作，多率意为之，实不足以见公本领。即求其好处，亦只平实说去，不矜张作意。后来文湖州与苏颍滨唱和诗，似祖此种。

游城南十六首（选四首）

赛　神

白布长衫紫领巾，差科未动是闲人。

麦苗含穟桑生葚，共向田头乐社神。

【汇评】

《批韩诗》：朱彝尊曰：得村野意。

晚　春

草树知春不久归，百般红紫斗芳菲。

杨花榆荚无才思，惟解漫天作雪飞。

【汇评】

《批韩诗》：朱彝尊曰：此意作何解？然情景却是如此。

《韩柳诗选》：意带比兴，出口自活，以下数首皆然。

《养一斋诗话》：（王昌龄《青楼曲》）第二首起句云"驰道杨花满御沟"，此即"南山荟蔚"景象，写来恰极天然无迹。昌黎诗云："杨花榆荚无才思，惟解漫天作雪飞"，便嚼破无全味矣。

《诗式》：春日晚春，则处处应切晚字。首句从"春"字盘转到"晚"字，可谓善取逆势。二句写晚春之景。三句又转出一景，盖于红紫芳菲之中，方现十分绚烂之色，而无如杨花、榆荚不解点染，惟见漫天似雪之飞耳。四句分二层写，而"晚春"二字，跃然纸上。正无俟描头画角，徒费琢斫，只落小家数也。此首合上《春雪》一首，纯从涵泳而出，故诗笔盘旋回绕，一如其文，古之大家，有如是者。

［品］沉着。

出　城

暂出城门蹋青草，远于林下见春山。

应须韦杜家家到，只有今朝一日闲。

【汇评】

《批韩诗》：朱彝尊曰：有脱洒趣。后两句亦是逆调。"一日闲"是诗骨。

遣　兴

断送一生惟有酒，寻思百计不如闲。

莫忧世事兼身事，须著人间比梦间。

【汇评】

《后山诗话》：黄（庭坚）词云："断送一生惟有，破除万事无过。"盖韩诗有云："断送一生惟有酒"，"破除万事无过酒"，才去一字,遂为切对,而语益峻。

《唐诗绝句类选》：此诗昌黎有激而作。

《批韩诗》：朱彝尊曰：是阅世语。理虽未然,而道来意快,遂为口实。

《唐诗笺注》：禅悟后语。乃知公之辟佛,只是为朝廷大局起见,正本塞流,维持风教,惟恐陷溺者多。

《韩诗臆说》："莫忧世事兼身事,须著人间比梦间",是极无聊赖语。按：此等情怀意兴,即与老杜《曲江》诸篇一般,特让其笔妙耳。

《韩柳诗选》：《城南》诸作,兴会飙举,尺幅中有万顷烟波之势,亦为短篇中另开生面也。

楸树二首（其一）

几岁生成为大树,一朝缠绕困长藤。

谁人与脱青罗帔,看吐高花万万层。

【汇评】

《千首唐人绝句》：刘拜山：寄意在高才羁困,不能一展所长。造语奇崛,是昌黎本色。

游太平公主山庄

公主当年欲占春,故将台榭押城闉。

欲知前面花多少,直到南山不属人。

【汇评】

《义门读书记》：末句透"占"字。

《静居绪言》：昔人美（韩）公"暖风抽宿麦,清雨卷归旗","林园穷胜事,钟鼓乐清时"等句,仆尤喜其……"公主当年欲占春,故将台榭押城闉。要知前面花多少,直到南山不属人。"可谓婉而多风。如公固不可以单辞只句称尚,然亦见无所不能也。

广宣上人频见过

三百六旬长扰扰,不冲风雨即尘埃。

久惭朝士无裨补,空愧高僧数往来。

学道穷年何所得? 吟诗竟日未能回。

天寒古寺游人少,红叶窗前有几堆?

【汇评】

《瀛奎律髓》:老杜诗无人敢议。"穿花蛱蝶深深见,点水蜻蜓款款飞",程夫子以为不然。自齐、梁、陈、隋以来,专于风、花、雪、月,草、木、禽、鱼,组织绘画,无一句雅淡,至唐犹未尽革。而晚唐诗料,于琴、棋、僧、鹤、茶、酒、竹、石等物,无一篇不犯。昌黎大手笔也,此诗中四句却只如此枯槁平易,不用事,不状景,不泥物,是可以非诗訾之乎? 此体惟后山有之,惟赵昌父有之,学者不可不知也。   观题意似恶此僧往来太频,即红楼院应制诗僧也。

《义门读书记》:穷年扰扰,竟未立功立事;稍偷闲暇,又费之一谈一咏,能不增叶落长年之悲乎? 此诗即公所谓"聪明日减于前时,道德有负于初心"者。结句妙,借广宣点出,更不说尽。宣既为僧,亦有本分当行之事,奈何持末艺与朝士征逐,不惧春秋迅速耶? 言外亦以警觉之也。

《读韩记疑》:首四句自惭无补,后四句即用自惭意规讽广宣。结语所云,正见其可以闭门学道也。

《瀛奎律髓汇评》:纪昀曰:末二句是讥其终日不归,此评(按指方回评)甚确。又云:昌黎不尽如是,大手笔亦不尽如是也。此种议论，似高而谬。循此以往，上者以枯淡文空疏，下者方言俚语、插科打诨，无不入诗。才高者轶为野调，才弱者流为空腔。万弊丛生，皆江西派为之作俑。学者不可不辨之。　　何义门曰：自叹碌碌费时，不能立功立事，即有一日之闲，徒与诸僧酬倡，宪何益乎？言外讥切此僧忘却本来面目，扰扰红尘，役役声气，未知及早回头，不顾年光之抛掷也。

　　《诗式》：广宣系方外人，不干尘世事。公在中都，方处人海。故发句先述公之情状。上句言无日不奔驰，三百六旬扰扰，炼一"长"字介召作句，盖公况可知，便见不及广宣之能静。下句写足上句意，言一身惟在风雨尘埃中，而不得自在。颔联上句承发句，言身为朝士，无补于时，从此扰扰；"无裨补"三字，从"久"字发生。下句言对广宣徒有愧色，"数往来"三字写题中"频见过"。两句流水对，下句即起颈联。颈联"学道"固对广宣言，"吟诗"亦系对于广宣发，以广宣有诗名。可知诗文用字，必有关系，断无可以随手扯入也。落句写景作收，惟天寒寺古，故游人常少；惟游人少，故红叶不扫而堆积也。上下句用意须贯通，布局须有照应。此首显然可见，须细读，然后下笔合于法矣。　　［品］妙超。

闲游二首（其一）

　　　　雨后来更好，绕池遍青青。
　　　　柳花闲度竹，菱叶故穿萍。
　　　　独坐殊未厌，孤斟讵能醒？
　　　　持竿至日暮，幽咏欲谁听？

【汇评】

　　《瀛奎律髓》：此二诗一唱三叹，有馀味。以工论之，只前诗第一句已极佳，后诗第六句着题，诗亦体贴不尽。

《批韩诗》：朱彝尊曰：突然起，奇。"青青"定是草，不点出，更妙（首二句下）。　　柳度竹，菱穿萍，新（"柳花"二句下）。　　风致最胜。

《瀛奎律髓汇评》：冯班曰：次联句佳。　　纪昀曰：二诗体近江西，故虚谷取之，实无佳处。

《唐诗笺注》：幽情幽意，自遣自酌，但觉其趣，不见其苦。

和李司勋过连昌宫

夹道疏槐出老根，高甍巨桷压山原。
宫前遗老来相问，今是开元几叶孙？

【汇评】

《唐诗快》：问得妙，殊胜"白头宫女闲说玄宗"矣（末二句下）。

《批韩诗》：朱彝尊曰："白头宫女在，闲坐说玄宗"，昔人已谓妙矣。此乃因今帝致问，尤有婉致。

《初白庵诗评》：含味自深。

《韩集点勘》："遗老"即谓开元遗老，时上距开元六十年，当日遗民，宜尚有存者。如元微之《连昌宫词》亦借宫边老人立言是也。诗意盖谓昔年父老幸值元和中兴，皆欣欣复见太平之盛，惟安乐而思终始，克绍开元之治，免蹈天宝之覆辙耳。宫虽置于显庆，而开、宝间车驾幸东都，屡驻此宫，故公诗云尔。

《唐诗笺注》：质直如话，读之自尔黯然。

《唐人万首绝句选评》：俯仰慨然，妙在言外。

《诗境浅说续编》：诗至中唐，才力渐薄。昌黎为之起衰，虽绝句而有劲朴之气。首二句咏前朝遗构：低处见者，夹道古槐，老根四出；高处见者，分岩绝壑，甍桷巍然。不事饰句，而能确写离宫残状。后二句言：尚有白头野老闻长安棋局更新，问今之当阳者，为开元几叶之孙？野老身经理乱，追念故君，兼怀盛世，皆于一问中见之，其寄慨深矣。

次潼关先寄张十二阁老使君

荆山已去华山来，日出潼关四扇开。

刺史莫辞迎候远，相公亲破蔡州回。

【汇评】

《批韩诗》：汪琬曰：气度自别。

《初白庵诗评》：气象开阔，所谓卷波澜入小诗者。　　查晚晴曰：阔壮处真应酬之祖。

《唐诗别裁》：没石饮羽之技，不必以寻常绝句法求之。

《诗法易简录》：语语踊跃，可当一首凯歌读。

《唐人万首绝句选评》：此二作颂而不谀，铺而有骨，格高调高，中唐不可多得，真大手笔也。

《岘佣说诗》：《望岳》一题，若入他人手，不知作多少语，少陵只以四韵了之，弥见简劲；"齐鲁青未了"五字，囊括数千里，可谓雄阔。后来唯退之"荆山已去华山来"七字足以敌之。　　七绝亦切忌用刚笔，刚则不韵。……退之"荆山已去华山来"一绝，是刚笔之最佳者。然退之亦不能为第二首，他人亦不能效退之再作一首，可见此非善道。

《王闿运手批唐诗选》：接差，故开重关，宋人乃云"只两扇"，可笑。此退之生平得意事，晏子仆妾，未能知此。

《石遗室诗话》：昌黎诗云："荆山已去华山来，日照潼关四扇开。"渔阳本之，以对"高秋华岳三峰出，晓日潼关四扇开。"益都孙宝侗议之曰："毕竟是两扇。"或曰："此本昌黎，非杜撰。"孙愤然曰："昌黎便如何？"渔洋不服，谓孙持论好与之左。　　韩退之之"日照潼关四扇开”，不如其“一间茅屋祀昭王”。

《评注韩昌黎诗集》：言为心声，故从容若此。

《韩诗臆说》：写歌舞入关，不着一字，尽于言外传之，所以为妙。

《诗境浅说续编》：露布甫驰，新诗已到，五十载逋寇荡平，宜其兴会之高也。

晋公破贼回重拜台司以诗示幕中宾客愈奉和

> 南伐旋师太华东，天书夜到册元功。
> 将军旧压三司贵，相国新兼五等崇。
> 鹓鸑欲归仙仗里，熊罴还入禁营中。
> 长惭典午非材职，得就闲官即至公。

【汇评】

《石林诗话》：韩退之笔力最为杰出，然每苦意与语俱尽。《和裴谷破蔡州回诗》……非不壮也，然意亦尽于此矣。

《诗薮》：中唐起句之妙有不减盛唐者。……韩愈“南伐旋师太华东，天书夜到册元功”，韩偓“星斗疏明禁漏残，紫泥封后独凭栏”，皆气雄调逸可观。

《贯华堂选批唐才子诗》：此解叙事至多，若非老笔，几至不了。“南伐”，言晋公奉命，宣慰淮西，讨吴元济，八月至蔡视师也；“旋师”，言十月壬申，因天大雪，用夜半到蔡破门，元济成擒，淮西平也；“太华东”，言晋公在蔡，大飨既毕，入朝京师，途之所经也。“天书”，言京师册功诏书也；“夜到”，言诏书道授晋公也；“册元功”，言进公阶金紫光禄大夫，封晋国也。“将军”、“相国”，言公出将入相也；“旧压三司”，言公将军，不比别将军，公先为御史长，帝曰：“唯汝予同，汝遂相予”，以赏罚用命不用命也；“新兼五等”，言公今相国,亦不比旧相国,公既以旧官相,而其副总仍以工部尚书领蔡任也。其间凡具如此等无数事,而一笔写来,只是明明四句(首四句下)。 此解叙事至少,不过言公既还朝,则幕中宾客,文仍归文,武仍归武。先生所署行军假司马,亦当解职矣,却偏写得鹓鹭、熊罴、仙仗、禁营烨烨然(末四句下)。

《批韩诗》:朱彝尊曰:庄雅有体,颔联叙官精妥。

《义门读书记》:后四句只直叙幕中宾客。"即至公"三字,便已带转晋公相业。上下俱有关锁,笔力最高。

《唐体馀编》:分应三、四("鹓鹭欲归"二句下)。 反映收(末二句下)。

《围炉诗话》:《和裴公》诗,有味。

《唐宋诗醇》:严重苍浑,直逼杜陵。

《韩昌黎诗集编年笺注》:此诗气度高华,情事详尽,杂之盛唐,无复可辨。《石林诗话》乃犹有所不足,非公论也。

《小清华园诗谈》:何谓典重?曰:如张燕公之……《恩敕丽正殿书院宴应制》暨韩昌黎之……《晋公破贼回重拜台司奉和》是也。

《昌黎诗增注证讹》:随晋公伐蔡诸诗,雄秀称题。

《石园诗话》:《奉和晋公》云:"将军旧压三司贵,相国新兼五等崇。"感慨欢娱之词俱工,此其所以能继李、杜而为有唐三大家也。

枯　树

老树无枝叶,风霜不复侵。

腹穿人可过,皮剥蚁还寻。

寄讬唯朝菌,依投绝暮禽。

犹堪持改火,未肯但空心。

《诗式》：发句得物之神情，想意而咏状也。下句尤有报负。颔联刻画，句法奇警。颈联说其用，上句言讬于枯树者唯有朝菌，下句投于枯树者并少暮禽。落句，上句从枯树后面生情，下句亦见报负。凡此种题，谓之"咏物"，要在寄托遥远，寓意高深。若但求刻画一物，尽态极妍，亦非诗家所取也。按愈诗豪放不避粗险，格之变亦自愈始焉。　　　奇警。

祖席秋字

淮南悲木落，而我亦伤秋。
况与故人别，那堪羁宦愁！
荣华今异路，风雨昔同忧。
莫以宜春远，江山多胜游。

【汇评】

《唐诗选脉会通评林》：周敬曰：妙不在雕刻，若于雕刻着力，便管窥退之矣。尾二语以所之之地致慰，即《送严桂州》全篇意，亦作法。　　　周珽曰：一气呵成，婉至雅净，诗之极厚、极朴者。深妙可法。

《批韩诗》：何焯曰：又一转折（"莫以"句下）。　　　清空一气如话，绝有少陵风格。

《榕村诗选》：二诗（指此诗与前《前字》一首）为公得意之作，声韵在辞句之外。

《唐诗别裁》：《祖席得秋字》：大历以下，无人解此用笔矣。昌黎高超迈俗，五言近体中运以古风，笔力英气逼人。

《网师园唐诗笺》：一气贯注，亦一句一义。

《唐诗近体》：浑浩一气（首句下）。

《评注韩昌黎诗集》：流水对，极轻利（"况与"二句下）。

《韩诗臆说》：中唐以后得律格者，端推张、贾，而公以才大不肯置意，故小律多不能工。然张、贾擅长处，公亦未尝不知。此《祖席》二诗，似拟体格而为之者，然终不肖也。如《前字》"淮阳知不薄"，便非张、贾语。《秋字》诗似有格，而实滑率。时俗所谓章法一气者，从此误入。

左迁至蓝关示侄孙湘

一封朝奏九重天，夕贬潮州路八千。
欲为圣朝除弊事，肯将衰朽惜残年？
云横秦岭家何在？雪拥蓝关马不前。
知汝远来应有意，好收吾骨瘴江边。

【汇评】

《艇斋诗话》：韩退之"雪拥蓝关"，"马不前"三字出古乐府《饮马长城窟行》"驱马涉阴山，山高马不前"。

《贯华堂选批唐才子诗》：一、二不对也，然为"朝"字与"夕"字对，"奏"字与"贬"字对，"一封"、"九重"字与"八千"字对，"天"字与"潮州"、"路"字对，于是诵之，遂觉极其激昂。谁谓先生起衰之功止在散行文字！才奏便贬，才贬便行，急承三、四一联，老臣之诚恺，大臣之丰裁，千载如今日（首四句下）。　　五、六非写秦岭云、蓝关雪也，一句回顾，一句前瞻，恰好逼出"瘴江边"三字。盖君子诚幸而死得其所，即刻刻是死所，收骨江边，正复快语。安有谏迎佛骨韩文公肯作"家何在"妇人之声哉（末四句下）！　　金雍按：唐人加意作五六，总为眼光在七八耳。千遍吟此，便知《列仙传》胡说可恨。

《义门读书记》：安溪云：妙在许大题目，而以"除弊事"三字了却。结句即是不肯自毁其道以从于邪之意,非怨怼,亦非悲伤也。

《榕村诗选》:《佛骨表》孤映千古,而此诗配之。

《韩柳诗选》:情极凄感,不长忠爱,此种诗何减《风》、《骚》遗意?

《瀛奎律髓汇评》:纪昀曰:语极凄切,却不衰飒。三、四是一篇之骨,末二句即归缴此意。

《小清华园诗谈》:怨诗如"冉冉孤生竹",比之《绿衣》,似不减其敦厚。尤妙在许大题目,而以"除弊事"三字了却。……李义山之"曾共山翁把酒时……"(《九日》),皆能寓悲凉于蕴藉。然不如韩昌黎之"一封朝奏九重天……",虽不无怨意,而终无怨辞,所以为有德之言也。

《诗式》:宪宗迎佛骨入内,昌黎上表切谏,宪宗怒,贬昌黎为潮州刺史。发句即本此。颔联上句承发句上句,言谏迎佛骨也;下句承发句下句,言贬潮州也。颈联切途中,分写景,情兼者也。落句对湘语。 [品]雄健。

《韩诗臆说》:时未离秦境,而语已及此,其感深矣(末句下)。

《唐宋诗举要》:吴曰:大气盘旋,以文章之法行之,然已开宋诗一派矣("欲为圣朝"二句下)。 凄恻。 何义门曰:沉郁顿挫。

《诗境浅说》:昌黎文章气节,震铄有唐。即以此诗论,义烈之气,掷地有声,唐贤集中所绝无仅有。

题临泷寺

不觉离家已五千,仍将衰病入泷船。
潮阳未到吾能说,海气昏昏水拍天。

【汇评】

《诚斋诗话》:初学诗者,须学古人好语,或两字,或三字。……"春风春雨花经眼,江北江南水拍天。"春风春雨,江北江南,诗家常用。杜云:"且看欲尽花经眼";退之云:"海气昏昏水拍天"。此以四字合三字,入口便成诗句,不至生硬。要诵诗之多,择字之精,始乎摘用,久而自出肺腑,纵横出没,用亦可,不用亦可。

《批韩诗》:朱彝尊曰:妙处全在"吾能说"三字上("潮阳未到"句下)。

《评注韩昌黎诗集》:调高字响,亦悲亦豪。

《诗式》:此诗愈谪潮州途中所作。按愈至蓝关示侄孙湘云:"夕贬潮州路八千。"则至此计自家至戍所,路已过半。首句言离家已远,二句言仍待进发,"仍将"二字与上"不觉"相对,句法流动。三句从题后转变,四句发之,如是弥见精神。凡做诗亦忌十成门面话,以断不能有兴趣也。此首后半未到潮州,而先说潮州之景,有一字涉门面否? 凡行旅间作亦可以隅反。　　［品］壮阔。

晚次宣溪辱韶州张端公使君惠书叙别酬以绝句二章（其一）

> 韶州南去接宣溪,云水苍茫日向西。
> 客泪数行先自落,鹧鸪休傍耳边啼。

【汇评】

《新刊五百家注音辨昌黎先生文集》:《笔墨闲录》:潮州以后诗最哀深。《次宣溪》等诗绝有味。

《唐诗选脉会通评林》:周敬曰:平淡悲怆。　　周珽曰:鹧鸪声,征人最不堪闻者,借以比书中之语,妙绝。

《批韩诗》:朱彝尊曰:"如何此时恨,嗷嗷夜猿鸣","乡心正欲绝,何处捣寒衣",皆是此意。此但添"元自"、"休傍"四字,境遂别,然终觉稍著意。何焯曰:凄紧(末句下)。

《唐人万首绝句选评》：铁石人说真情景，自然深妙。

《诗境浅说》：诗言迁客南荒，溪云向晚，正青衫泪湿之时，恼人之鹧鸪，勿耳畔凄啼，搅人愁思。此诗在他人作之，不外"恨别鸟惊心"之意；在昌黎则一封朝奏，夕贬潮阳，感物兴怀，拳拳君国。若屈原之感鸣鸠、宋玉之叹鹍鸡，皆藉寓忠爱之忧，昌黎亦同此感也。

过始兴江口感怀

忆作儿童随伯氏，南来今只一身存。

目前百口还相逐，旧事无人可共论。

【汇评】

《辑注唐韩昌黎集》：一结无限悲怆动人。

《批韩诗》：朱彝尊曰：道得真切，炼得简妙。

《韩诗臆说》：此亦寻常追感。

《批韩诗》：冒广生曰：昌黎七绝以此首为最佳，半山诗"尔来百口皆年少，归与何人共此悲"，即从此首脱胎。

去岁自刑部侍郎以罪贬潮州刺史乘驿赴任其后家亦谴逐小女道死殡之层峰驿旁山下蒙恩还朝过其墓留题驿梁

数条藤束木皮棺，草殡荒山白骨寒。

惊恐入心身已病，扶舁沿路众知难。

绕坟不暇号三匝，设祭惟闻饭一盘。

致汝无辜由我罪，百年惭痛泪阑干。

【汇评】

《批韩诗》：朱彝尊曰：用事亲切有味（"绕坟不暇"句

下）。　　下句不切，且不知何为用"惟闻"二字（"设祭惟闻"句下）。

《山泾草堂诗话》：读古人诗，须知古人当日情事，而后识其用意之所在。竹垞谓第三联用事亲切有味，下句不切，且不知何为用"惟闻"二字。竹垞但论字句之切与不切，未从通体细看也。按首联木皮棺草殡，即《祭女挐文》"草葬路隅，棺非其棺"意。次联不用平直之笔，回想未死前病状，宛然在目，即"昔汝疾革，值吾南逐，苍黄分散，使汝惊忧"，及"家亦随遣，扶汝上舆，撼顿险阻"意，悲痛自在言外。三联写殡时之草率，故翻用延陵季子事，所谓死典活用。竹垞谓亲切有味，诚然；谓下句不切，非也。余按祭文"死于穷山"一语，想当时无从觅得祭品，即"既瘗遂行"意，故用"不暇"、"惟闻"紧相呼应。末联即"父母之罪，使汝至此"意。祭文中"我归自南，乃临哭汝"二语，正是此题过其墓留题驿梁之时，可见去岁葬祭草率，今日还朝，经过墓下，始克成祭也。本一篇祭文意，缩成此诗，三复不禁泪下。又按祭文云："我既南行，家亦随遣。"考《女挐圹铭》云："愈既行，有司以罪人家不可留京师，迫遣之。"女挐之死于商南层峰驿，在元和十四年二月二日。细味两"既"字，是韩公先行，殡与祭不及亲临，至明年冬，自袁州归，始作文祭之。所以此诗有"绕坟不暇号三匝，设祭惟闻饭一盘"二句。竹垞之不解"惟闻"二字，殆未参考祭文与圹铭也。

《韩集诠订》：此句与上句"绕坟不暇号三匝"，皆追述葬时及葬后情状也。愈葬女挐即行，祭墓之事，在愈行后使人为之。故上句言"不暇号"，见行之迫促；此句言"惟闻"，谓得诸传说也。

夕次寿阳驿题吴郎中诗后

风光欲动别长安，春半城边特地寒。
不见园花兼巷柳，马头惟有月团团。

《唐诗绝句类选》：语云春花秋月，此言春半反见月不见花，驿中凄凉宛然。

《韩诗臆说》：二句拙稚不成语（末二句下）。

同水部张员外籍曲江春游寄白二十二舍人

漠漠轻阴晚自开，青天白日映楼台。

曲江水满花千树，有底忙时不肯来？

【汇评】

《竹庄诗话》：《苍梧杂志》云：退之尽是直道，更无斧凿痕。人多嫌退之律诗不工，使鲁直为之，未必能得如是气象。唐人谓此四句可敌一部《长庆集》，诚然。

《升庵诗话》："城中车马应无数，能解闲行有几人？"（按：此二句出张籍《与贾岛闲游》诗）亦是此意。

《唐诗选脉会通评林》：周珽曰：以落句转合，有抑扬，有开阖，此格唐诗中亦不多得。郑云叟《招友人游春》一首，实得此诗落句之髓而广之者。　敖英发云：前三句序曲江胜游之景，落句恨舍人不得同之也。

《唐诗笺注》：语人诗便趣（末句下）。

《评注韩昌黎诗集》：酝酿有风致。

《唐人万首绝句选评》：以末一句作转合，格高亦韵甚。

《诗式》：首句、二句写春游。三句言曲江水既满，花放且至千树，极写春游之乐，实已转变，注在白舍人身上。故四句发之，如顺流之舟，诘白舍人云："有何事忙至是而不来游也？"此首分二层写，前半同张员外春游，后半寄白舍人。凡题之类是者可以为法。

〔品〕流动。

早春呈水部张十八员外二首 (其一)

天街小雨润如酥，草色遥看近却无。

最是一年春好处，绝胜烟柳满皇都。

【汇评】

《苕溪渔隐丛话后集》："天街小雨润如酥，……"，此退之《早春》诗也。"荷尽已无擎雨盖，菊残犹有傲霜枝。一年好景君须记，最是橙黄桔绿时"，此子瞻《初冬》诗也。二诗意思颇同而词殊，皆曲尽其妙。

《隐居通义》："天街小雨润如酥……"，此韩诗也。荆公早年悟其机轴，平生绝句实得于此。虽殊欠骨力，而流丽闲婉，自成一家，宜乎足以名世。其后学荆公而不至者为"四灵"，又其后卑浅者落"江湖"，风斯下矣。

《批韩诗》：朱彝尊曰：景绝妙，写得也绝妙。

《唐诗笺注》："草色遥看近却无"，写照工甚。正如画家设色，在有意无意之间。"最是"二句，言春之好处，正在此时，绝胜于烟柳全盛时也。

《增评韩苏诗钞》：三溪曰："草色"七字，春草传神。

嘲鼾睡二首 (其二)

澹公坐卧时，长睡无不稳。

吾尝闻其声，深虑五藏损。

黄河弄渍薄，梗涩连拙鲧。

南帝初奋槌，凿窍泄混沌。

迥然忽长引，万丈不可忖。

谓言绝于斯，继出方衮衮。

幽幽寸喉中，草木森苯蓴。

盗贼虽狡狯，亡魂敢窥阚？

鸿蒙总合杂，诡谲骋庚很。

乍如斗呦呦，忽若怨恳恳。

赋形苦不同，无路寻根本。

何能埋其源，惟有土一畚。

【汇评】

《竹坡诗话》：世所传退之遗文，其中载《嘲鼾睡》二诗，语极怪谲。退之平日未尝用佛家语作诗，今云："有如阿鼻尸，长唤忍众罪。"其非退之作决矣。又如"铁佛闻皱眉，石人战摇腿"之句，大似鄙陋，退之何尝作是语？ 小儿辈乱真，如此者甚众，乌可不辨？

《韵语阳秋》：《归叟诗话》载《鼾睡诗》一篇，以为韩退之遗文，其实非也。所谓"有如阿鼻尸，长唤忍众罪"，"铁佛闻皱眉，石人战摇腿"等句，皆不成语言，而厚诬退之，不亦冤乎？

《馀冬序录》：退之《嘲鼾睡》二诗，竹坡周少隐谓其怪谲无意义，非退之作。春（按作者何孟春自谓）以为不然。此张籍之所谓驳杂者，退之特用为戏耳。

《兰丛诗话》：又如韩之《和李相公两事》两篇皆伪，以李汉之为诸婿者，尚且误编；而《嘲鼾睡》之五言两篇，又不知其真而不编。

《义门读书记》：此篇多用佛经，因其浮屠而戏之。

《韩昌黎诗集编年笺注》：《嘲鼾睡》二诗，周紫芝以用佛语辨之，是则拘墟之见。朱子诗中有《晨起读佛经》五古，未尝去之。不从其道而偶举其事文，于义无失。况嘲僧用之，即其所知以为言，有何不可？ 专指鄙俚，则近似之。然鄙俚中文词博奥，笔力峭折，未必非昌黎游戏所及。昌黎外谁能之耶？ 李汉不编，亦方隅之耳目。后人非之，则为聋瞆。余今辨其所辨，以为奇奇怪怪、不主故常者存一疑案。

《诗比兴笺》：救寒莫若重裘，止谤莫如自修。即《嘲鼾睡》诗所谓"何能堙其源，惟有土一畚"也。《嘲鼾》一篇，语皆托讽，极状悠谬无根之口，等诸寐癫呓语之声。无可寻求，何从计校，但过谐近俳。

《韩集笺正》：公诗从不用佛经语，全集可以覆验。此篇中"有如阿鼻尸，长唤忍众罪"一连及下"铁佛闻皱眉"句，可决其必非公作。何义门谓"用佛经者因其浮屠而戏之"，其然岂其然乎？

《评注韩昌黎诗集》：虽非完全排硬格，而造语之奇，嵌字之险，确为韩公一家法。借佛语以谑释子，正是本地风光，亦为文情所必要。说者金以公素不语佛，指为赝作，毋亦高叟之为诗矣。文士论古可笑类如是。

赠贾岛

孟郊死葬北邙山，从此风云得暂闲。
天恐文章浑断绝，更生贾岛著人间。

【汇评】

《全唐诗话》：岛为僧时，洛阳令不许僧午后出寺。岛有诗云："不如牛与羊，犹得日暮归。"韩愈惜其才，俾反俗应举，赠其诗曰："孟郊死葬北邙山，……"，由是振名。或曰非退之诗。

《唐诗快》：从来有如此赠人者乎？固知非昌黎不能赠，非阆仙不能受。

《西圃诗说》：昌黎遗贾浪仙诗："孟郊死葬北邙山……"渔洋遗赵怡善庆诗："自失冯逡五见秋，腹悲三度过陵州。山川不遣英灵尽，又见清吟赵倚楼。"全脱胎昌黎，然而青于蓝矣。

《石园诗话》：韩文公赠贾浪仙岛诗云："孟郊死葬北邙

山，……"文公之赏，出于爱才之诚，而略于其行。

城南联句

竹影金琐碎（郊），泉音玉淙琤。
琉璃剪木叶（愈），翡翠开园英。
流滑随仄步（郊），搜寻得深行。
遥岑出寸碧（愈），远目增双明。
干毵纷挂地（郊），化虫枯搞茎。
木腐或垂耳（愈），草珠竞骈睛。
浮虚有新剧（郊），摧扚饶孤撑。
囚飞黏网动（愈），盗啤接弹惊。
脱实自开坼（郊），牵柔谁绕萦？
礼鼠拱而立（愈），骇牛躅且鸣。
蔬甲喜临社（郊），田毛乐宽征。
露萤不自暖（愈），冻蝶尚思轻。
宿羽有先晓（郊），食鳞时半横。
菱翻紫角利（愈），荷折碧圆倾。
楚腻鳝鮪乱（郊），獠羞赢蟹并。
桑蠖见虚指（愈），穴狸闻斗狞。
逗鹢翅相筑（郊），摆幽尾交捞。
蔓涎角出缩（愈），树啄头敲铿。
修箭袅金饵（郊），群鲜沸池羹。
岸壳坼玄兆（愈），野锌渐丰萌。
窑烟幂疏岛（郊），沙篆印回平。
痒肌遭蚝刺（愈），啾耳闻鸡生。
奇虑悠回转（郊），遐睇纵逢迎。

颠林戢远睫（愈），缥气夷空情。

归迹归不得（郊），舍心舍还争。

灵麻撮狗虱（愈），村稚啼禽狌。

红皴晒檐瓦（郊），黄团系门衡。

得隽蝇虎健（愈），相残雀豹趌。

束枯樵指秃（郊），刈熟担肩赪。

涩旋皮卷脔（愈），苦开腹彭亨。

机春潝湲力（郊），吹籁飘飙精。

赛馔木盘簇（愈），靸妖藤索絣。

荒学五六卷（郊），古藏四三茎。

里儒拳足拜（愈），土怪闪眸侦。

蹄道补复破（郊），丝窦扫还成。

暮堂蝙蝠沸（愈），破灶伊威盈。

追此讯前主（郊），答云皆冢卿。

败壁剥寒月（愈），折篁啸遗笙。

袿熏霏霏在（郊），蓑迹微微呈。

剑石犹竦栏（愈），兽材尚孥楹。

宝唾拾未尽（郊），玉啼堕犹鎗。

窗绡疑闷艳（愈），妆烛已销荣。

绿发抽珉甃（郊），青肤耸瑶桢。

白蛾飞舞地（愈），幽蠹落书棚。

惟昔集嘉咏（郊），吐芳类鸣嘤。

窥奇摘海异（愈），恣韵激天鲸。

肠胃绕万象（郊），精神驱五兵。

蜀雄李杜拔（愈），岳力雷车轰。

大句斡玄造（郊），高言轧霄峥。

芒端转寒燠（愈），神助溢杯觥。

巨细各乘运（郊），湍涸亦腾声。
凌花咀粉蕊（愈），削缕穿珠樱。
绮语洗晴雪（郊），娇辞呼雏莺。
酣欢杂弁珥（愈），繁价流金琼。
菡萏写江调（郊），葳蕤缀蓝瑛。
庖霜脍玄鲫（愈），淅玉炊香粳。
朝馔已百态（郊），春醪又千名。
哀匏愍驶景（愈），冽唱凝馀晶。
解魄不自主（郊），痹肌坐空瞠。
扳援贱蹊绝（愈），炫曜仙选更。
丛巧竞采笑（郊），骈鲜互探婴。
桑变忽芜蔓（愈），樟裁浪登丁。
霞斗讵能极（郊），风期谁复赓？
皋区扶帝壤（愈），瑰蕴郁天京。
祥色被文彦（郊），良才插杉柽。
隐伏饶气象（愈），兴潜示堆坑。
孼华露神物（郊），拥终储地祯。
讦谟壮缔始（愈），辅弼登阶清。
坙秀恣填塞（郊），呀灵潏渟澄。
益大联汉魏（愈），肇初迈周嬴。
积照涵德镜（郊），传经俪金籯。
食家行鼎鼐（愈），宠族饫弓旌。
奕制尽从赐（郊），殊私得逾程。
飞桥上架汉（愈），缭岸俯规瀛。
潇碧远输委（郊），湖嵌费携擎。
萄首从大漠（愈），枫楮至南荆。
嘉植鲜危朽（郊），膏理易滋荣。

悬长巧纽翠（愈），象曲善攒珩。

鱼口星浮没（郊），马毛锦斑骍。

五方乱风土（愈），百种分钼耕。

葩蘖相妒出（郊），菲茸共舒晴。

类招臻倜诡（愈），翼萃伏衿缨。

危望跨飞动（郊），冥升蹑登闳。

春游轷霹靡（愈），彩伴飒娑娯。

遗灿飘的皪（郊），淑颜洞精诚。

娇应如在痁（愈），颓意若含酲。

鹓蠡翔衣带（郊），鹅肪截佩璜。

文升相照灼（愈），武胜屠欃枪。

割锦不酬价（郊），构云有高营。

通波牣鳞介（愈），疏畹富萧蘅。

买养驯孔翠（郊），远苞树蕉栟。

鸿头排刺芡（愈），鹄鷉攒瑰橙。

鹜广杂良牧（郊），蒙休赖先盟。

罢旄奉环卫（愈），守封践忠贞。

战服脱明介（郊），朝冠飘彩纮。

爵勋逮僮隶（愈），簪笏自怀绷。

乳下秀岿岿（郊），椒蕃泣喤喤。

貌鉴清溢匣（愈），眸光寒发硎。

馆儒养经史（郊），缀威觞孙甥。

考钟馈殽核（愈），戞鼓侑牢牲。

飞膳自北下（郊），函珍极东烹。

如瓜煮大卵（愈），比线茹芳菁。

海岳错口腹（郊），赵燕锡媌姃。

一笑释仇恨（愈），百金交弟兄。

货至貊戎市（郊），呼传鹦鸽令。

顺居无鬼瞰（愈），抑横免官评。

杀候肆凌剪（郊），笼原匜罝纵。

羽空颠雉鹞（愈），血路进狐麕。

折足去蹢踔（郊），瘿瘖怒鼙鼟。

跃犬疾菆乌（愈），呀鹰甚饥虻。

算蹄记功赏（郊），裂脑擒撑拼。

猛毙牛马乐（愈），妖残枭鸩悍。

窟穷尚嗔视（郊），箭出方惊抨。

连箱载已实（愈），碍辙弃仍赢。

喘觑锋刃点（郊），困冲株枿盲。

扫净豁旷旷（愈），骋遥略苹苹。

馋权饱活脔（郊），恶嚼哱腥鲭。

岁律及郊至（愈），古音命韶頀。

旗旆流日月（郊），帐庐扶栋甍。

磊落奠鸿璧（愈），参差席香蘦。

玄祇祉兆姓（郊），黑秬馈丰盛。

庆流蠲瘥疠（愈），威畅捐镗鞳。

灵旛望高闬（郊），龙驾闻敲飔。

是惟礼之盛（愈），永用表其宏。

德孕厚生植（郊），恩熙完刖劓。

宅土尽华族（愈），连田间强甿。

荫庚森岭桧（郊），啄场翙祥鹏。

畦肥剪韭薤（愈），陶固收盆罂。

利养积馀健（郊），孝思事严祊。

掘云破岵嵲（愈），采月漉坳泓。

寺砌上明镜（郊），僧盂敲晓钲。

泥象对骑怪（愈），铁钟孤舂锽。

瘿颈闹鸠鸹（郊），蜿垣乱蛛蝀。

蕈黑老蚕蠋（愈），麦黄韵鹠鹠。

韶曙迟胜赏（郊），贤明戒先庚。

驰门填偪仄（愈），竞墅辗砑砰。

碎缬红满杏（郊），稠凝碧浮饧。

蹩绳觇娥婴（愈），斗草撷玑珵。

粉汗泽广额（郊），金星堕连璎。

鼻偷困淑郁（愈），眼剽强盯瞠。

是节饱颜色（郊），兹疆称都城。

书饶磬鱼茧（愈），纪盛播琴筝。

奚必事远飒（郊），无端逐羁伧。

将身亲魍魅（愈），浮迹侣鸥鹒。

腥味空莫屈（郊），天年徒美彭。

惊魂见蛇蚓（愈），触嗅值虾蟚。

幸得履中气（郊），忝从拂天枨。

归私暂休暇（愈），驱明出庳黉。

鲜意竦轻畅（郊），连辉照琼莹。

陶暄逐风乙（愈），跃视舞晴蜻。

足胜自多诣（郊），心贪敌无劾。

始知乐名教（愈），何用苦拘仁？

毕景任诗趣（郊），焉能守硁硁（愈）？

【汇评】

《竹坡诗话》：韩退之《城南联句》云："红皱晒檐瓦，黄团系门衡。""黄团"当是瓜蒌，"红皱"当是枣。退之状二物而不名。使人瞑目思之，如秋晚经行，身在村落间。

《许彦周诗话》：联句之盛，退之、东野、李正封也。《城南联句》云:"红皱晒檐瓦,黄团挂门衡。"是说干枣与瓜蒌,读之犹想见西北村落间气象。

《庚溪诗话》:韩退之联句云:"遥岑出寸碧,远目增双明。"固为佳句。后见谢无逸云:"忽逢隔水一山碧,不觉举头双眼明。"若敷衍退之语,然句意清快,亦自可喜也。

《苕溪渔隐丛话后集》:东坡《游蜀冈次苏伯固韵》诗,造语全效退之《城南联句》。

《对床夜语》:联句,或二人、三人,随其数之多寡不拘也。其法则不同:有跨句者,谓连作第二、三句,《城南》等作是也;有一人一联,《会合》、《遣兴》等作是也;有一人四句者,《有所思》等作是也。

《四溟诗话》:《辍耕录》曰:"樊宗师《绛守居园池记》艰深奇涩,人莫能诵。宋王晟、刘忱为之注释,赵仁举为之句读,诚可怪也。韩退之作《宗师墓志铭》曰:'文从字顺各识职。'盖讥之也。"退之《城南联句》,意深语晦,相去几何?

《唐诗选脉会通评林》:黄庭坚曰:退之与东野,意气相入,故能杂然成章。后人少联句者,盖由笔力难相追耳。　　周珽曰:韩、孟联句,敲金戛玉,剪雪裁云,局段句字,无不臻妙,所谓竹头木屑都成木难火珠者。如《城南》、《会合》等篇,其中贯串关锁,斗笋合缝,何如一筋斗打去十万八千里,还在如来手掌里。　　韩谆曰:已上泛言城南景物之盛("靸妖"句下)。　　已上言宅野之古废("幽蠹"句下)。　　已上言昔人吟咏之工("湍澜"句下)。已上言土地人物富华之盛("鹄鹕"句下)。　　已上言门第管缨之家("抑横"句下)。　　已上言射猎之盛("恶噱"句下)。　　已上言行郊社之礼("恩熙"句下)。　　已上言民居寺宇之美("麦黄"句下)。　　已上言里人游观之乐("纪盛"句下)。

《辑注唐韩昌黎集》:《城南联句》盖二公竞自务为奇语,故错陈碎缬乃尔。然琐琐瑟瑟,靡非至宝,宇宙间亦何可无此一种文字耶?

《批韩诗》：朱彝尊曰：一味排空生造，不无牵强凑泊之失。然僻搜巧炼，惊人句层出不竭，非学富五车，才几八斗，安能几此？此诗铺叙结构，全模《子虚》、《两都》等赋，当是商量定篇法，然后递联句耳。柏梁，人各赋一句，道己事，姑无论。他联句亦只人各一联。若夫一人唱句，一人对句，更唱迭对者，则自韩、孟始。草木虫鱼鸟兽，杂见错出，全无伦次，此与赋体稍异，却正用此见奇。　　　此下赞嘉味，却微插入景物，如此风度乃饶，不然便恐涉枯寂（"凌花"句下）。　　　收转游城南（"驱明"句下）。　　　何焯曰：句子太生割处，棘口不可学（"恶嚼"句下）。

《韩柳诗选》：如此长篇，纯用对句，非真正敌手不堪对局对衡也。更能宛转开合，无不如意，信天地间奇文。　　　开合虚实，纤毫毕具，其铺叙段落，分明赋家作法，而变化出之。至其字法、句法，搜奇剔隐，陈言去而鲜意生，最能醒目。

《放胆诗》：得友如孟郊，又得朝夕相对，天下乐事，莫过此矣。自然奇语玮想，从天外飞来，宇宙间何可无此一种文字耶？

《韩昌黎诗集编年笺注》：此诗凡一百五十韵，历叙城南景物，巨细兼收，虚实互用。自古联句之盛，无如此者。始从郊行叙起，若无意于游。既而欲归不舍，则纵览郊墟，信足所至，入故宅而询其主人，吟其嘉咏，固昔时公卿之第，名贤游集之所也。今则破瓦颓垣，荒榛蔓草，零落如彼。望皇都而览其山川，纪其民物，固九州之上腴，万国之所辐凑也。其间高门鼎贵，富盛骄侈，烜赫如此。抚今追昔，映射有情。于是入林麓则思纵览之娱，至郊坛则思严祀之盛，闾阎丰乐，僧舍幽奇，无不尽历，兹游洵足述矣。更念阳春烟景，都人士女，联袂嬉遨，尤有佳于此者。惜乎身逐羁伧，未睹其盛。然归私休暇，得共今日之游，耳目所经，皆供诗料，亦足以畅幽怀矣，何徒自苦为哉？其铺叙之法，仿佛《三都》、《两京》，而又丝联绳牵，断而不断，如韩信将兵，多多益善，非其大才，安能如此？诗云："肠胃绕万象,精神驱五兵。"又《送灵师》云:"纵横杂谣俗,琐屑咸罗穿。"可移评此诗也。又按:韩、孟才力不相上下,而诗趣各不同,观其平生所作,皆与联句小异。惟二人相合,乃争奇至此,则其交济之美,有互相追逐者。王深父、黄山谷各左祖一家,未为至论也。

《瓯北诗话》:《城南》一首,一千五六百字,自古联句,未有如此之冗者。以"城南"为题,景物繁富,本易填写,则必逐段勾勒清楚,方醒眉目。乃游览郊墟,凭吊园宅,侈都会之壮丽,写人物之殷阜,入林麓而思游猎之娱,过郊坛而述禋祀之肃,层叠铺叙,段落不分明,虽更增千百字,亦非难事,何必以多为贵哉? 近时朱竹垞、查初白有《水碓》及《观造竹纸》联句,层次清澈,而体物之工,抒词之雅,丝丝入扣,几无一字虚设,恐韩、孟复生,亦叹以为不及也。

《昌黎诗增注证讹》:此联几于周昉画太真矣("娇应"二句下)。 "鼻偷"、"眼剽",造语奇极("鼻偷"二句下)。

《韩诗臆说》:二人联句,较其自作,又各纵横怪变,相得之兴,却有此理。观后《郾城联句》,李正封诗语虽亦老重,然与韩、孟家法迥别。可知韩门诸子,都是本色,无烦点窜。 八句写皇都雄概,全以神举,觉班、左犹多词费("呀灵"句下)。 飞卿、致尧辈写不尽者,不谓于二公见之。大奇("娇应"二句下)。 二语写尽豪横("顺居"二句下)。 言郊祀极典重("恩熙"句下)。言田猎,直用《上林》、《子虚》笔法("恶嚼"句下)。 "掘云"、"采月",乃游山以及寺("掘云"二句下)。 或谓此联,句似《三都》、《两京》。观"腥味空奠屈"以下数语,知所感者深矣,岂徒事夸靡者哉! 故词虽奥衍,中有清绝("幸得"二句下)。

斗鸡联句

大鸡昂然来,小鸡竦而待(愈)。

峥嵘颠盛气,洗刷凝鲜彩(郊)。

高行若矜豪,侧睨如伺殆(愈)。

精光目相射,剑戟心独在(郊)。

既取冠为冑,复以距为镦。

天时得清寒,地利挟爽垲(愈)。

磔毛各噤瘁,怒瘿争碨磊。

俄膺忽尔低,植立瞥而改(郊)。

腷膊战声喧,缤翻落羽翮。

中休事未决,小挫势益倍(愈)。

妒肠务生敌,贼性专相醢。

裂血失鸣声,啄殷甚饥馁(郊)。

对起何急惊,随旋诚巧绐。

毒手饱李阳,神槌困朱亥(愈)。

恻心我以仁,碎首尔何罪?

独胜事有然,旁惊汗流浼(郊)。

知雄欣动颜,怯负愁看贿。

争观云填道,助叫波翻海(愈)。

事爪深难解,嗔睛时未怠。

一喷一醒然,再接再砺乃(郊)。

头垂碎丹砂,翼拓拖锦彩。

连轩尚贾馀,清厉比归凯(愈)。

选俊感收毛,受恩惭始隗。

英心甘斗死,义肉耻庖宰。

君看斗鸡篇,短韵有可采(郊)。

【汇评】

《新刊五百家注音辨昌黎先生文集》:韩醇曰:词意雄浑,极其情态。间以人才为喻。两皆杰作,真欧阳文忠所谓"韩孟于文词,两雄力相当"者也。

《批韩诗》：朱彝尊曰：咏物小题，题外不增一字，而豪快动人，古今罕埒。将一段精神踊跃，使读者即如赴鸡场亲观角伎，陡尔醒眼。　"昂"、"竦"二字，已尽大概（首二句下）。　曲描细写，不惟得其形，兼得其神（"精光"句下）。　此下乃接斗形状，备曲折变态（"复以"句下）。　中休小挫，对起随旋，斗中皆有节度，非身至鸡场，不知其妙（"随旋"句下）。　此下乃酣战后叹息，造语尤多奇（"碎首"句下）。　亦奇语（"英心"二句下）。　结太聊且（末句下）。　何焯曰：领入妙（"天时"二句下）。　第三层虚写（"再接"句下）。　汪琬曰：纵宕有势（"助叫"句下）。

《义门读书记》：顶上"昂"字（"高行"句下）。　顶上"竦"字（"侧睨"句下）。　欲斗之神（"精光"二句下）。　是两鸡空斗未相搏时，俗所谓"打揶脚"（"磔毛"四句下）。　顶"冠"来（"裂血"二句下）。　"巧绁"是俗所谓"游斗"。写斗凡三层，看他用笔变化处，写斗之妙，全在将斗处写得飞动（"随旋"句下）。　顶"距"来（"毒手"二句下）。　韩、孟徒一面（"恻心"四句下）。

斗鸡主一面（"知雄"二句下）。　豪甚。众人在场一面（"争观"二句下）。　顶"距"来（"事爪"句下）。　负一面。"碎丹砂"，顶"冠"来（"头垂"二句下）。　胜一面（"连轩"二句下）。

《诗比兴笺》：《斗鸡联句》一篇亦刺当时朋党恩怨争势死利之徒，为权门之鹰犬，快报复于睚眦者。举此反隅。

《岘佣说诗》："一喷一醒然，再接再厉乃"，虚字强押，退之所创，然不可轻学，学之往往不稳。　韩、孟联句，字字生造，为古来所未有，学者不可不穷其变。

王　涯

　　王涯(约765—835),字广津,太原(今属山西)人。贞元八年(792),登进士第,又登宏辞科,授蓝田尉。贞元末,召为翰林学士,拜右拾遗。元和三年,自起居舍人贬虢州司马,移袁州刺史。入为兵部员外郎、知制诰,复入翰林,累迁中书舍人、工部侍郎。十一年拜中书侍郎、同平章事。穆宗立,出为剑南东川节度使。入为户部尚书、盐铁转运使。宝历二年,出为山南西道节度使。大和七年,复为相,"甘露事变"中合家被害。涯博学善诗文,尤精《太玄》。元和中与令狐楚、张仲素同在朝,诗歌唱和,编为《三舍人集》,今存。有《王涯集》十卷,已佚。《全唐诗》存诗一卷。

【汇评】

　　(王)涯博学好古,能为文,以辞艺登科。(《旧唐书》本传)

　　(王涯)博学工文,尤多雅思,……善为诗,风韵遒然,殊超意表。(《唐才子传》)

闺人赠远五首(选三首)

其一

花明绮陌春,柳拂御沟新。

为报辽阳客，流芳不待人。

【汇评】

《诗境浅说》：当此柳媚花明，春光辜负，固不待言，所郑重报君者，征人塞外，念客鬓之加苍；少妇楼头，感芳年之易老，亲裁尺素之书，早唱刀环之曲，情见乎词矣。

其三

形影一朝别，烟波千里分。

君看望君处，只是起行云。

【汇评】

《唐诗归》：钟云：五字委曲（"君看"句下）。

《唐诗笺要》：五字口头语，委曲之甚（"君看"句下）。

《唐诗近体》：意在言外（末句下）。

其四

啼莺绿树深，语燕雕梁晚。

不省出门行，沙场知近远。

【汇评】

《唐诗选脉会通评林》：周珽曰：灵心妙绪，幻折玲珑，鲍、谢一流。

《唐风定》：含酝深婉，出东野上远矣。

《唐诗归折衷》：唐云：宛而有致。

《唐诗别裁》：闺人不省出门，而梦中时至沙场，若知其远近者然。如云不省出门，焉知沙场之远近，意味便薄。

《唐诗分类绳尺》：含情可伤。

《而庵说唐诗》：唐人最善制试题。此以"闺人赠远"为题便妙。良人从军戍于沙场，闺人不作"寄"而作"赠"，"赠"字与"寄"字不同，"寄"者见我之愁思；"赠"者只当朋友酬酢劝勉一般。

《唐诗笺要》：善描儿女情况，意思沉郁，不至径露，中唐巨手。

《唐人绝句精华》：五首念思宛转，极尽闺人念远之情。

秋思二首（其一）

网轩凉吹动轻衣，夜听更长玉漏稀。

月度天河光转湿，鹊惊秋树叶频飞。

【汇评】

《唐诗选脉会通评林》：杨慎列为能品。　　周珽曰：秋夜景物，触目惊心，无非足撩人凄楚者，空闺思妇何能自堪！

《唐人绝句精华》：诗语但说秋夜闻见，而所思即在言外，盖景为情设，情以物动，景中即有情，且无此情亦不感此景也。

秋夜曲

桂魄初生秋露微，轻罗已薄未更衣。

银筝夜久殷勤弄，心怯空房不忍归。

【汇评】

《唐诗选脉会通评林》：钟惺曰：生媚生寒。　　唐汝询曰：广津《秋夜曲》二首，皆闺情正调，雅而不纤。　　周珽曰：以"心怯空房"四字，生出无方恨思。否则谁不畏寒，乃能深夜衣薄罗而耽彼银筝也。

《诗境浅说续编》：秋夜深闺，银筝闲抚，以婉约之笔写之。首言弓月初悬，露珠欲结，如此嫩凉庭院，而罗衫单薄，懒未更衣，已逗出女郎愁思。后二句言夜深人静，尚拂筝弦，非殷勤喜弄也。以空房心怯，不忍独归，作无聊之排闷。锦衾角枕，其情绪可知。所谓"小胆空房怯，长眉满镜愁"即此曲之意也。

宫词三十首（选三首）

其七

一丛高髻绿云光，宫样轻轻淡淡黄。

为看九天公主贵，外边争学内家装。

【汇评】

《诗境浅说》：古之闺饰，高髻为尚。六朝文所谓"发髻高而畏风"，当风欲避，其高可知。尝见唐代美人画砖，凡理妆、煎茶、烹鱼、涤器者，无不鬟云高拥。此诗言高髻一丛，外面争学，殆中唐时，新样尤高。刘方平诗："新作蛾眉样，相效满城中。"夫寻常眉样，尚相效争先，况贵主宫妆，宜为闺媛所羡。

其二十三

银瓶泻水欲朝妆，烛焰红高粉壁光。

共怪满衣珠翠冷，黄花瓦上有新霜。

【汇评】

《唐诗选脉会通评林》：杨慎列为能品。　　周珽曰：宫娥早起，急于晓妆，有不知秋意之深。及见新霜在瓦，始悟身冷之故。殷勤希宠，言外情思无限。

其二十四

迎风殿里罢云和，起听新蝉步浅莎。

为爱九天和露滴，万年枝上最声多。

【汇评】

《读雪山房唐诗序例》：宫词始于王仲初，后人仿为之者，总无能掩出其上也。……王涯诸作，佳者几可乱群。

陈 羽

陈羽（约753—?），吴（今江苏苏州）人。贞元八年（792），登进士第。游蜀。仕历东宫卫佐。羽工诗，与韩愈、戴叔伦、杨衡等交往唱酬。《全唐诗》存诗一卷。

【汇评】

羽工吟，与灵一上人交游唱答。写难状之景，了了目前，含不尽之意，皎皎言外。如《自遣》诗云："稚子新能编笋笠，山妻旧解补荷衣。秋山隔岸清猿叫，湖水当门白鸟飞。"此景何处无之，前后谁能道者？二十八字，一片图画，非造次之谓也。警句甚多。（《唐才子传》）

《鉴诚录》云："陈羽秀才题破吴夫差庙、江遵先辈咏万里长城……以上名公称为卓绝，千百集中无以如此。"（《竹庄诗话》）

古 意

十三学绣罗衣裳，自怜红袖闻馨香。
人言此是嫁时服，含笑不剌双鸳鸯。

郎年十九髭未生，拜官天下闻郎名。
车马骈阗贺门馆，自然不失为公卿。
是时妾家犹未贫，兄弟出入双车轮。
繁华全盛两相敌，与郎年少为婚姻。
郎家居近御沟水，豪门客尽蹑珠履。
雕盘酒器常不干，晓入中厨妾先起。
姑嫜严肃有规矩，小姑娇憨意难取。
朝参暮拜白玉堂，绣衣著尽黄金缕。
妾貌渐衰郎渐薄，时时强笑意索寞。
知郎本来无岁寒，几回掩泪看花落。
妾年四十丝满头，郎年五十封公侯。
男儿全盛日忘旧，银床羽帐空飕飗。
庭花红遍蝴蝶飞，看郎佩玉下朝时。
归来略略不相顾，却令侍婢生光辉。
郎恨妇人易衰老，妾亦恨深不忍道。
看郎强健能几时，年过六十还枯槁。

【汇评】

《诗史》：陈羽有诗百馀首，《古意》一篇，集中所无。

春日晴原野望

东风吹暖气，消散入晴天。
渐变池塘色，欲生杨柳烟。
蒙茸花向月，潦倒客经年。
乡思应愁望，江湖春水连。

【汇评】

《苕溪渔隐丛话》：苕溪渔隐曰：丙戌之冬，余初病起，深居简出，终日曝背晴檐，万事不到。自以荆公所选《唐百家诗》反复熟味之，见其格力辞句，例皆相似，虽无豪放之气，而有修整之功，高为不及，卑复有余，适中而已。荆公谓欲观唐人诗，观此足矣；讵不然乎！集中佳句，世所称道者不复录出；惟余别所喜者，命儿辈笔之，以备遗忘。五言六联，陈羽《春日野望》云："渐变池塘色，欲生杨柳烟……。"

《瀛奎律髓》：三、四能言早春之意。五、六以景对情，不费力。

《瀛奎律髓汇评》：冯班：次联常言耳，脱胎谢康乐，得起句妙，不厌其偷。一直四句，所以妙。　陆贻典：次联从康乐"池塘生春草"脱胎，却逊自然。查慎行：次联对句动宕。　纪昀：起四句极有意象。五、六有物尚乘时人独失所之慨。对法甚活，但语弱耳。结尤少力。　许印芳：后半语意浑融，和缓中有骨力，正是唐人身份。此评（按指纪昀评）未的。

梓州与温商夜别

凤皇城里花时别，玄武江边月下逢。
客舍莫辞先买酒，相门曾忝共登龙。
迎风骚屑千家竹，隔水悠扬午夜钟。
明日又行西蜀路，不堪天际远山重。

【汇评】

《贯华堂选批唐才子诗》：不过只是昔别今逢，看他却如凤凰城里，玄武江边，轻轻再加"花"、"月"二字，便写尽别时别得匆忙，逢时逢得惨黯也。客舍莫辞买酒，轻轻亦再加一"先"字，便写尽二人异样亲热。相门曾忝登龙，轻轻亦再加一"共"字，便写尽二人无数思昵。因想是晚江边月下，真乃意思飞扬，不可得而裁抑也（前四句下）。　五、六又好，须知非写竹声钟声，正写竹声钟声中两人对坐,各不肯卧,直至天明。读七、八自明之(后四句下)。

梁城老人怨

朝为耕种人,暮作刀枪鬼。

相看父子血,共染城濠水。

【汇评】

《唐人绝句精华》:读此二十字,真不知是何世界!

送灵一上人

十年劳远别,一笑喜相逢。

又上青山去,青山千万重。

【汇评】

《唐诗摘钞》:二十字中叙久别今逢,才逢又别,情事已曲尽矣。尤妙在"青山千万重"五字,于景中寓意,有多少后会难期之感。若再说后会难期,便不成话。此唐人境界别于后人处也。

《甚原诗说》:五言绝有二种:有意尽而言止者,有言尽而意不尽者。言止意不尽,深得味外之味,此从五言律来,故为正格。……"十年劳远别,一笑喜相逢。又上青山去,青山千万重。"……此五绝之正格也。正格最难,唐人亦不多得。

吴城览古

吴王旧国水烟空,香径无人兰叶红。

春色似怜歌舞地,年年先发馆娃宫。

《唐诗正声》：吴逸一评："似怜"、"先发"，说得春色有情，又与"兰叶红"相映带。

《批点唐诗正声》：只是气格委下。

《唐诗绝句类选》：末二句无情翻出有情。

《唐诗选脉会通评林》：吴本水国，国亡人去，是"水烟空"也。独有兰叶逢春先发于故宫，若为有情然者，所以重吊古者之思也。"似怜"二字妙。

《唐诗摘钞》：此首犹是盛唐余韵，觉比太白"旧苑荒台"作较浑。

《删订唐诗解》：吴昌祺曰：无中生有。

《唐人万首绝句选评》：将黍离芳草之思而反言之，用意更深远独妙。

湘君祠

二妃怨处云沉沉，二妃哭处湘水深。
商人酒滴庙前草，萧索风生斑竹林。

【汇评】

《唐人万首绝句选评》：语境深杳可思，不减义山"尽日灵风不满旗"之句。

《诗境浅说续编》：此诗通首不用谐律，颇合《竹枝》词风调。诗言云暗江深，是当日英皇对泣处，至今野庙临江，行客有怀，向荒祠酹酒，数丛斑竹摇风，秋声飒飒，犹疑洒泪时也。咏湘妃竹者，若贾岛《咏斑竹杖》云："莫嫌滴沥红斑少，恰是湘妃泪尽时。"杜牧《咏斑竹簟》云："分明知是湘妃泪，何忍将身卧泪痕。"二诗着力太过，不若羽诗之虚写得神也。

欧阳詹

> 欧阳詹（约761—约801），字行周，泉州晋江（今福建南安）人。贞元八年(792)，与韩愈、李观、李绛、崔群、王涯等同登进士第，时称"龙虎榜"。十三年，游兴元、蜀中，献诗严震、韦皋。还京，官四门助教。十五年，韩愈自汴州朝正京师，詹率其徒伏阙下，举愈为博士，不果。十六年，北游太原，与郑儋、严绶唱和。归京，寻卒。有《欧阳詹集》十卷，今存。《全唐诗》编诗一卷。

【汇评】

欧阳詹，……初见拔于常衮，后见知于退之、元宾，终于四门助教。李贻孙序其文曰："君之文周祥，切于情，故叙事重复，宜其司当代文柄，以变风雅。一命而卒，天其绝乎？"（《全唐诗话》）

玩 月并序

月可玩。玩月，古也。谢赋、鲍诗、朓之庭前、亮之楼中，皆玩月也。贞元十二年，瓯闽君子陈可封游在秦，寓于永崇里华阳观，予与乡人安阳邵楚长、济南林蕴、颍川陈诩亦旅长安。秋八月十五夜,诣陈之居,修厥玩事。月之为玩,冬则繁霜大寒,夏则蒸云大热。云蔽月,霜侵人,蔽与侵,俱害乎玩。秋之于时,后夏先冬;八月于秋,季始孟终;十五于夜,又月之中。稽于天道,则寒暑均;取于月数,则蟾兔圆。况埃壒不流,大空悠悠;蝉娟裴回,桂华上浮。升东林,入西楼,肌骨与之疏凉,神气与之清冷。四君子悦而相谓曰:"斯古人所以为玩也。"既得古人所玩之意,宜袭古人所玩之事,作《玩月》诗云。

> 八月十五夕,旧嘉蟾兔光。
>
> 斯从古人好,共下今宵堂。
>
> 素魄皎孤凝,芳辉纷四扬。
>
> 裴回林上头,泛滟天中央。
>
> 皓露助流华,轻风佐浮凉。
>
> 清冷到肌骨,洁白盈衣裳。
>
> 惜此苦宜玩,揽之非可将。
>
> 含情顾广庭,愿勿沉西方。

【汇评】

《唐诗归》:钟云:迂回萧洒(首四句下)。

《唐诗选脉会通评林》:唐汝询曰:序既妙绝,诗亦平妥。

《唐诗快》:序竟似一篇小赋。诗与序俱有古拙之趣。

题延平剑潭

> 想象精灵欲见难,通津一去水漫漫。
>
> 空馀昔日凌霜色,长与澄潭生昼寒。

【汇评】

《唐诗直解》:二语(按指"空馀昔日凌霜色,长与澄潭白日寒")神隽。

《唐诗训解》：第二句振援。

《删订唐诗解》：唐汝询曰：剑已沦没，则精灵难见而霜色空寒；岂詹不为世用而自惜其才欤？　　吴昌祺曰：观韩公哀词，则知其情矣。

《唐诗选脉会通评林》：徐祯卿曰：赋事精确流利。　　蒋一梅曰：精神烨烨，吐霓冲斗。　　周珽曰：精灵以沉水，终莫能见，空有凌霜之色与潭水争寒，何补于世！与怀才湮灭者何异！

柳宗元

柳宗元(773—819),字子厚,河东(今山西永济)人,居长安(今陕西西安)。贞元九年(793)登进士第。十四年,登博学宏词科,授集贤正字,调蓝田尉。十九年,入为监察御史里行。永贞元年,擢礼部员外郎,参与王叔文等革新。宪宗即位,贬邵州刺史,再贬永州司马。元和十年召还,复出为柳州刺史。十四年卒于柳州。世称柳柳州,又称柳河东。与刘禹锡交厚,且出处进退略同,世称"刘柳"。又与韩愈同为古文运动倡导者,世称"韩柳"。宗元少以功业自期,及受挫,久贬南荒,心情郁结,发之为诗,多忧愤之词。有《柳宗元集》三十卷。今有《柳河东集》三十卷行世。《全唐诗》编诗四卷。

【汇评】

今于华下,方得柳诗,味其搜研之致,亦深远矣。俾其穷而克寿,抗精极思,则固非琐琐者轻可拟议其优劣。(司空图《题柳柳州集后序》)

(宗元)少聪警绝众,尤精西汉诗骚。下笔构思,与古为侔。精裁密致,灿若珠贝。当时流辈咸推之。(《旧唐书》本传)

东坡云:李、杜之后,诗人继作,虽间有远韵,而才不逮意。独

韦应物、柳宗元，发纤秾于简古，寄至味于淡泊，非余子所及也。（苏轼《书黄子思诗集后》）

柳子厚诗，在陶渊明下，韦苏州上。退之豪放奇险则过之，而温丽靖深不及也。所贵于枯淡者，谓其外枯而中膏，似澹而实美，渊明、子厚之流是也。若中边皆枯，澹亦何足道。（苏轼《评韩柳诗》）

晏同叔云：若其祖述坟典，宪章骚雅，上铄三古，下继百世，横行阔视于缀述之场，子厚一人而已。（《扪虱新话》）

子厚之贬，其忧悲憔悴之叹，发于诗者，特为酸楚。闵己伤志，固君子所不免，然亦何至是，卒以愤死，未为达理也。（《蔡宽夫诗话》）

柳柳州诗，若捕龙蛇，搏虎豹，急与之角而力不敢暇，非轻荡也。（《蔡百衲诗评》）

柳子厚诗雄深简淡，迥拔流俗，致味自高，直揖陶、谢，然似入武库，但觉森严。（同上）

柳子厚小诗幻眇清妍，与元、刘并驰而争先，而长句大篇，便觉窘迫，不若韩之雍容。（《休斋诗话》）

柳柳州诗，字字如珠玉，精则精矣，然不若退之之变态百出也。使退之收敛而为子厚则易，使子厚开拓而为退之则难。意味可学，而才气则不可强也。（《岁寒堂诗话》）

韩子苍云：渊明诗，惟韦苏州得其清闲，尚不得其枯淡。柳州独得之，但恨其少遒尔。柳诗不多，体亦备众家，惟效陶诗，是其性所好，独不可及也。（《竹庄诗话》）

柳子厚如高秋独眺，霁晚孤吹。（《臞翁诗评》）

子厚永、柳以后诗，高者逼陶、阮，然身老迁谪，思含凄怆。（《后村诗话》）

柳子厚才高，他文惟韩可对垒，古律诗精妙，韩不及也。当举世为元和体,韩犹未免谐俗,而子厚独能为一家之言,岂非豪杰之士乎?昔何文缜尝语李汉老云:"如柳子厚诗,人生岂可不学他做数百首!"汉老退而叹曰:"得一二首似之,足矣!"(同上)

韩、柳齐名,然柳乃本色诗人。自渊明没,雅道几熄,当一世竞作唐诗之时,独为古体以矫之,未尝学陶和陶,集中五言凡十数篇,杂之陶集,有未易辨者。其幽微者可玩而味,其感慨者可悲而泣也。其七言五十六字尤工。(同上)

唐人惟柳子厚深得骚学,退之、李观皆所不及。(《沧浪诗话》)

若柳子厚五言古诗,尚在韦苏州之上,岂元、白同时诸公所可望耶?(同上)

五言古诗,句雅淡而味深长者,陶渊明、柳子厚也。(《诗人玉屑》)

柳柳州诗精绝工致,古体尤高。世言韦、柳,韦诗淡而缓,柳诗峭而劲。此五律诗,比老杜尤工矣,杜诗哀而壮烈,柳诗哀而酸楚,亦同而异也。(《瀛奎律髓》)

刘辰翁曰:子厚古诗短调,纡郁清美,闲胜长篇,点缀精丽,乐府托兴飞动,退之故当远出其下,并言韩、柳亦不偶然。(《唐诗品汇》)

柳州古诗,得于谢灵运,而自得之趣鲜可侪匹,此其所短。然在当时,作者凌出其上多矣。《平淮雅诗》足称高等,《铙歌鼓吹曲》其在唐人鲜可追躅,而词饰促急,不称雅乐,七德九功之象,殆可如此!(《唐诗品》)

柳州刻削虽工,去之稍远,近体卑凡,尤不足道。(《艺苑卮言》)

子厚于《风》、《雅》、《骚》、赋,似得一斑。(同上)

诗贵真,诗之真趣,又在意似之间,认真则又死矣。柳子厚过于真,所以多直而寡委也。(《诗境总论》)

子厚七言古,气格虽胜,然锻炼深刻,已近于变。(《诗源辩体》)

吴敬夫云:人皆学陶矣,学陶之弊流于枯深,故子厚从精深入也。(《唐诗归折衷》)

严沧浪谓:"柳子厚五言古诗在韦苏州之上。"然余观子厚诗,似得摩诘之洁,而颇近孤峭。其山水诗,类其《钴鉧潭》诸记,虽边幅不广,而意境已足。如武陵一隙,自有日月,与韦苏州诗未易优劣。惟《田家》诗,直与储光羲争席,果胜苏州一筹耳。(《诗筏》)

大历以还,诗多崇尚自然。柳子厚始一振厉,篇琢句锤,起颓靡而荡秽浊,出入《骚》、《雅》,无一字轻率。其初多务溪刻,故神峻而味冽,既亦渐近温醇。柳五言诗犹能强自排遣,七言则满纸涕泪。(《载酒园诗话又编》)

柳州诸律诗,格律娴雅,最为可玩。(《韩柳诗选》)

柳柳州诗属对工稳典切,情景悲凉,声调亦高,刻苦之作,法最森严,但首首一律,全无跳踯之致耳。(《唐诗成法》)

柳子厚哀怨有节,律中《骚》体,与梦得故是敌手。(《说诗晬语》)

柳柳州气质悍戾,其诗精英出色,俱带矫矫凌人意。文词虽掩饰些,毕竟不和平,使柳州得志,也了不得。柳文让韩,诗则独胜。(《纫斋诗谈》)

柳州歌行甚古,遒劲处非元、白、张、王所及。(《剑溪说诗》)

八司马之才,无过刘、柳者,柳之胜刘,又不但诗文。其谪居自多怨艾意,而刘则无之。(同上)

陆贻典:子厚诗律细于昌黎,至柳州诸咏,尤极神妙,宣城、参军之匹。无名氏:柳州推激风骚,兼能精炼。(《瀛奎律髓汇评》)

柳子厚文配韩,其诗亦可配韩,在王摩诘、孟浩然、韦苏州之上,根柢厚,取精多,用物宏也。(《雨村诗话》)

十子而降,多成一幅面目,未免屡见不鲜,至刘、柳出,乃复见诗人本色,观听为之一变,子厚骨耸,梦得气雄,元和之二豪也。(《读雪山房唐诗钞》)

柳子厚才又大于梦得,然境地得失,与梦得相似。(《昭昧詹言》)

昌黎文独步千古,而同时柳州与之抗衡,韩文雄而肆,柳文雅而健，然有伯仲之分也。至其诗则不然，韩诗雄而刻，柳诗雅而洁，柳州当弟视昌黎矣。柳州五言上追彭泽、下匹左司，昌黎惟《琴操》最为高古，余诗则多芜音累句，张籍、王建一流入耳。虽甚鼻兀刻划，实开宋人蹊径，近世俱尊宋诗而并尊宋诗之祖，位置杜陵之上矣。而柳州诗则无人齿及，因录之。(《唐七律隽》)

柳子厚幽怨有得骚旨而不甚似陶公，盖怡旷气少，沉至语少也。《南涧》一作，气清神敛，宜为坡公所激赏。(《岘傭说诗》)

七律至大历间，开、宝浑厚之风鲜矣。……自是而降，作手寥寥，刘、柳起而精神为之一振。(《唐七律诗钞》)

五言整饰，其源盖出任彦升，至其驰骋之作，则前无所阻，宋元诗派此滥觞焉。七言造怀自喻，饶费苦吟，俊逸生新，神伤刻露，要外之储，韦以降，无愧一家之言。《淮雅》《贞符》，纯为文体，无复和音，虽精意求章，而丽则衰矣，《铙歌鼓吹》，犹存魏晋之遗。(《三唐诗品》)

柳州五言，大有不安唐古之意。胡应麟只举《南涧》一篇，以为六朝妙诣，不知其诸篇固酷摹大谢也。(《石遗室诗话》)

同刘二十八院长述旧言怀感时书事奉寄澧州张员外使君五十二韵之作因其韵增至八十通赠二君子

弱岁游玄圃，先容幸弃瑕。

名劳长者记，文许后生夸。

鹓翼尝披隼，蓬心类倚麻。

继酬天禄署，俱尉甸侯家。

宪府初收迹，丹墀共拜嘉。

分行参瑞兽，传点乱宫鸦。

执简宁循枉，持书每去邪。
鸾凤标魏阙，熊武负崇牙。
辨色宜相顾，倾心自不哗。
金炉仄流月，紫殿启晨赮。
未竟迁乔乐，俄成失路嗟。
还如渡辽水，更似谪长沙。
别怨秦城暮，途穷越岭斜。
讼庭闲枳棘，候吏逐麋麚。
三载皇恩畅，千年圣历遐。
朝宗延驾海，师役罢梁溠。
京邑搜贞干，南宫步渥洼。
世惟材是梓，人仰骥中骅。
欻刺苗人地，仍逾赣石崖。
礼容垂毕瑽，戎备响铧铰。
宠即郎官旧，威从太守加。
建旟翻鸷鸟，负弩绕文蛇。
册府荣八命，中闱盛六珈。
肯随胡质矫，方恶马融奢。
褒德符新换，怀仁道并遮。
俗嫌龙节晚，朝讶介圭赊。
禹贡输苞匦，周官赋秉秅。
雄风吞七泽，异产控三巴。
即事观农稼，因时展物华。
秋原被兰叶，春渚涨桃花。
令肃军无扰，程悬市禁赊。
不应虞竭泽，宁复叹栖苴。
躞蹀骢先驾，笼铜鼓报衙。

染毫东国素，濡印锦溪砂。

货积舟难泊，人归山倍畬。

吴歈工折柳，楚舞旧传芭。

隐几松为曲，倾樽石作洿。

寒初荣橘柚，夏首荐枇杷。

祀变荆巫祷，风移鲁妇髽。

已闻施恺悌，还睹正奇邪。

慕友惭连璧，言姻喜附葭。

沉理全死地，流落半生涯。

入郡腰恒折，逢人手尽叉。

敢辞亲耻污，唯恐长疵瘕。

善幻迷冰火，齐谐笑柏涂。

东门牛屡饭，中散虱空爬。

逸戏看猿斗，殊音辨马挝。

渚行狐作孽，林宿鸟为殂。

同病忧能老，新声厉似娃。

岂知千仞坠，只为一毫差。

守道甘长绝，明心欲自剐。

贮愁听夜雨，隔泪数残葩。

泉族音常聒，豺群喙竞呀。

岸芦翻毒蜃，礋竹斗狂麻。

野鹜行看弋，江鱼或共扠。

瘴氛恒积润，讹火亟生煆。

耳静烦喧蚁，魂惊怯怒蛙。

风枝散陈叶，霜蔓缒寒瓜。

雾密前山桂，冰枯曲沼蕸。

思乡比庄舄，遁世遇眭夸。

渔舍茨荒草，村桥卧古槎。

御寒衾用纛，把水勺仍㭎。

窗蠹惟潜蝎，甍诞竞缀蜗。

引泉开故窦，护药插新笆。

树怪花因槲，虫怜目待虾。

骤歌喉易嗄，饶醉鼻成齇。

曳捶牵羸马，垂蓑牧艾豭。

已看能类鳖，犹讶雉为鸹。

谁采中原菽，徒巾下泽车。

俚儿供苦笋，伧父馈酸楂。

劝策扶危杖，邀持当酒茶。

道流征短褐，禅客会袈裟。

香饭舂菰米，珍蔬折五茄。

方期饮甘露，更欲吸流霞。

屋鼠从穿兀，林狙任攫拿。

春衫裁白纻，朝帽挂乌纱。

屡叹恢恢网，频摇肃肃罝。

衰荣因蓂荚，盈缺几虾蟆。

路识沟边柳，城闻陇上笳。

共思捐佩处，千骑拥青纲。

【汇评】

《韩柳诗选》：柳诗雅练整密，其胜人处亦自好学中得束，固非小家数能仿佛也，长律尤见奇伟。 　　局度宽，格律紧，韵脚险，属对精，于此见柳诗力量。 　　同韵极奇险，而无字不典，无意不稳，亦麻韵中字几尽矣。而笔力宽绰有馀，此可悟长诗用险韵之法。

酬娄秀才寓居开元寺早秋月夜病中见寄

客有故园思，潇湘生夜愁。
病依居士室，梦绕羽人丘。
味道怜知止，遗名得自求。
壁空残月曙，门掩候虫秋。
谬委双金重，难征杂佩酬。
碧霄无柱路，徒此助离忧。

【汇评】

《石林诗话》：蔡天启云："尝与张文潜论韩、柳五言警句，文潜举退之'暖风抽宿麦，清雨卷归旗'，子厚'壁空残月曙，门掩候虫秋'皆为集中第一。"

《韩柳诗选》：起极超，似王、孟。"壁空"二句，声光俱见，正在"曙"字、"秋"字用得活。

《一瓢诗话》：贾长江"独行潭底影，数息树边身"，只堪自爱；柳河东"壁空残月曙，门掩候虫秋"，怅少人知。

初秋夜坐赠吴武陵

稍稍雨侵竹，翻翻鹊惊丛。
美人隔湘浦，一夕生秋风。
积雾杳难极，沧波浩无穷。
相思岂云远，即席莫与同。
若人抱奇音，朱弦绲枯桐。
清商激西颢，泛滟凌长空。
自得本无作，天成谅非功。

希声闷大朴,聋俗何由聪!

《韩柳诗选》:柳诗五言古,清迥绝尘,人以为近陶,不知其兼似大谢也。

《唐诗选脉会通评林》:唐孟庄曰:体段出谢康乐。　　周珽曰:首触于雨洒鹊惊,动怀人之念;次阻于雾积波浩,起聚首之思。既美其人有奇抱,末惜其世无知音者。

《载酒园诗话又编》:宋人诗法以韦、柳为一体,方回谓其同而异,其言甚当。余以韦、柳相同者神骨之清,相异者不独峭淡之分,先自忧乐之别。如《赠吴武陵》曰:"希声闷大朴,聋俗何由聪!"《种术》曰:"单豹且理内,高门复如何?"韦安有此愤激?

《唐诗别裁》:千古文章神境("自得"二句下)。　　下半借琴以喻文才,董庭兰一辈人,未能知也。

《网师园唐诗笺》:"美人"二句:楚骚之遗。

《唐宋诗举要》:何义门曰:起二句,暗藏"风"字。　　高步瀛曰:风神淡远,意象超妙。

晨诣超师院读禅经

汲井漱寒齿,清心拂尘服。
闲持贝叶书,步出东斋读。
真源了无取,妄迹世所逐。
遗言冀可冥,缮性何由熟?
道人庭宇静,苔色连深竹。
日出雾露馀,青松如膏沐。
澹然离言说,悟悦心自足。

【汇评】

《彦周诗话》：柳柳州诗，东坡云：在陶彭泽下，韦苏州上。若《晨诣超师院读佛经》诗，即此语是公论也。

《苕溪渔隐丛话》：《诗眼》云：子厚诗尤深远难识，前贤亦未推重。自老坡发明甚妙，学者方渐知之。……向因读子厚《晨诣超师院读禅经》诗，一段至诚洁清之意，参然在前。"真源了无取，妄迹世所逐。微言冀可冥，缮性何由熟？"真妄以尽佛理，言行以薰修，此外亦无词矣。"道人庭宇静，苔色连深竹。"盖远过"竹径通幽处，禅房花木深。""日出雾露馀，青松如膏沐"，予家旧有大松，偶见露洗而雾披，真如洗沐未干，染以翠色，然后知此语能传造化之妙。"澹然离言说，悟悦心自足。"盖言因指而见日，遗经而得道，于是终焉。其本末立意遣词，可谓曲尽其妙，"毫发无遗恨"者也。

《遗山先生文集卷三十七·木庵诗集序》：柳州《超师院晨起读禅经》五言，深入理窟，高出言外。

《唐诗品汇》：刘云：妙处言不可尽，然去渊明尚远，是唐诗中转换耳。

《唐诗镜》：起语往往整策，道人四语景色霙霁如沐。

《唐诗选脉会通评林》：杨慎曰：不作禅语，却语入禅，妙，妙。　　吴山民曰：起清极。"道人"二语幽极，"离言说"三字，是真悟。　　唐汝询曰：首二句，如此读经便非熟人。"真源"四句，得禅理之深者；"道人"四句，语入禅悟，悦心自足，经可无读矣。

《删订唐诗解》：吴昌祺曰：言佛家真源在一无所取，世所逐者皆妄耳；我欲言而悟则治性殊难，偶对晨光，又如有得也。

《王闿运手批唐诗选》：明秀称题（"道人"四句下）。

赠江华长老

老僧道机熟，默语心皆寂。
去岁别春陵，沿流此投迹。
室空无侍者，巾屦唯挂壁。
一饭不愿馀，跏趺便终夕。
风窗疏竹响，露井寒松滴。
偶地即安居，满庭芳草积。

【汇评】

《唐风定》：柳诗气色鲜新，此首尤可见。

《昭昧詹言》："去岁"句倒人。

古东门行

汉家三十六将军，东方雷动横阵云。
鸡鸣函谷客如雾，貌同心异不可数。
赤丸夜语飞电光，徼巡司隶眠如羊。
当街一叱百吏走，冯敬胸中函匕首。
凶徒侧耳潜恧心，悍臣破胆皆杜口。
魏王卧内藏兵符，子西掩袂真无辜。
羌胡毂下一朝起，敌国舟中非所拟。
安陵谁辨削砺功，韩国诇明深井里。
绝胭断骨那下补，万金宠赠不如土。

【汇评】

《蔡宽夫诗话》：刘禹锡、柳子厚与武元衡素不叶，二人之贬，元衡为相时也。禹锡为《靖共（按当作"安"）佳人怨》，以悼元衡之死，其实盖快之。子厚《古东门行》云："赤丸夜语飞电光……冯敬胸中函匕首。"虽不著所以，当亦与禹锡同意。《古东门》用袁盎事也。

《唐诗品汇》：韩仲韶曰：此诗讽当时盗杀武元衡事而作。

《批点唐音》：颇多故实，略乏风度。

《韩柳诗选》：为武元衡事而作，句句都用故事隐射，此亦讽谏之体也，然却自《离骚》中化出，微婉入情。

《唐诗选脉会通评林》：周珽曰：獬豸哮吼，驺虞冤殒，得不使英雄血成碧千古！

《剑溪说诗又编》：或问：盗杀武元衡事，而题曰《古东门行》，何义？曰：汉乐府有《东门行》，鲍照尝拟之。武之遇盗被害在靖安里东门，故借汉乐府题咏其事。　　结言死者不可复生，徒宠赠无益也。似宽实紧。　　讽谕迫切，而叙事浑古，笔亦沉健有力。诗旨欲大索刺客，声罪致讨，而终篇不露，是为深厚。此诗精悍，得明远之神。

寄韦珩

初拜柳州出东郊，道旁相送皆贤豪。
回眸炫晃别群玉，独赴异域穿蓬蒿。
炎烟六月咽口鼻，胸鸣肩举不可逃。
桂州西南又千里，漓水斗石麻兰高。
阴森野葛交蔽日，悬蛇结虺如蒲萄。
到官数宿贼满野，缚壮杀老啼且号。
饥行夜坐设方略，篦铜枹鼓手所操。
奇疮钉骨状如箭，鬼手脱命争纤毫。
今年噬毒得霍疾，支心搅腹戟与刀。

迤来气少筋骨露,苍白沸汨盈颠毛。
君今矻矻又窜逐,辞赋已复穷诗骚。
神兵庙略频破虏,四溟不日清风涛。
圣恩倘忽念行苇,十年践蹈久已劳。
幸因解网入鸟兽,毕命江海终游遨。
愿言未果自益老,起望东北心滔滔。

【汇评】

《韩柳诗选》:奇崛之气亦略与昌黎同,然韩诗高爽,柳诗沉郁,若老杜则兼之矣。

与浩初上人同看山寄京华亲故

海畔尖山似剑铓,秋来处处割愁肠。
若为化得身千亿,散上峰头望故乡。

【汇评】

《东坡题跋》:仆自东武适文登,并海行数日,道旁诸峰,真若剑铓。诵柳子厚诗,知海山多尔耶。

《归田诗话》:柳子厚诗:"海畔尖山似剑铓,……"或谓子厚南迁,不得为无罪,盖虽未死而身已上刀山矣。此语虽过,然造作险浑,读之令人惨然不乐。

《唐诗选脉会通评林》:顾璘曰:悲语。　　周珽曰:留滞他山,愁肠如割,到处无可慰之也。因同上人,欲假释家化身神通,少舒乡国之想。固迁客无聊之思,发为无聊之语耳。

再至界围岩水帘遂宿岩下

发春念长违,中夏欣再睹。

是时植物秀，杳若临悬圃。

歊阳讶垂冰，白日惊雷雨。

笙簧潭际起，鹳鹤云间舞。

古苔凝青枝，阴草湿翠羽。

蔽空素彩列，激浪寒光聚。

的皪沉珠渊，锵鸣捐佩浦。

幽岩画屏倚。新月玉钩吐。

夜凉星满川，忽疑眠洞府。

【汇评】

《韩柳诗选》：前诗（按指《界围岩水帘》诗）澹远，此诗刻画，多见其妙。"古苔"二句，葱蒨可喜。

过衡山见新花开却寄弟

故国名园久别离，今朝楚树发南枝。

晴天归路好相逐，正是峰前回雁时。

【汇评】

《柳集辑注》：刘辰翁曰：酸楚。　　蒋之翘：后二语澹宕，亦有恨意。

汨罗遇风

南来不作楚臣悲，重入修门自有期。

为报春风汨罗道，莫将波浪枉明时。

【汇评】

《韩柳诗选》：观前后数诗，意极凄恻，君子于此不能不动怜才之叹。

同刘二十八哭吕衡州兼寄江陵李元二侍御

衡岳新摧天柱峰，士林憔悴泣相逢。
只令文字传青简，不使功名上景钟。
三亩空留悬磬室，九原犹寄若堂封。
遥想荆州人物论，几回中夜惜元龙。

【汇评】

《竹庄诗话》：《诗眼》云：《哭吕衡州》诗，足以发明吕温之俊伟。

《唐诗鼓吹注解》：首言温之死，士林相逢者，莫不悲泣而憔悴，盖惜其传文字于青简，未勒功名于景钟也。且官清而贫，室如县磬，今已物化，见其封若高堂耳。昔刘备知惜元龙，岂二侍御而不惜衡州哉？

《东岩草堂评订唐诗鼓吹》：朱东岩曰：吕温卒于衡州，故以"天柱峰"比之。"泣相逢"，言与刘同哭。三、四伤其才不逢时。五、六哀其贫不能葬。七、八寄江陵二侍郎，故即以刘荆州比之，言下有责望二公之意。

衡阳与梦得分路赠别

十年憔悴到秦京，谁料翻为岭外行。
伏波故道风烟在，翁仲遗墟草树平。
直以慵疏招物议，休将文字占时名。
今朝不用临河别，垂泪千行便濯缨。

【汇评】

《碧溪诗话》：柳："十年憔悴到秦京，谁料今为岭外行。"王（安石）："十年江海别常轻，岂料今随寡嫂行。"柳："直以疏慵招物议，休将文字趁时名。"王（安石）："直以文章供润色，未应风月负登临。"柳："十一年前南渡客，四千里外北归人。"又："一身去国六千里，万色投荒十二年。"苏（轼）："七千里外二毛人，十八滩头一叶身。"黄（庭坚）："五更归梦三千里，一日思亲十二时。"皆不约而合，句法使然故也。

《瀛奎律髓》：柳子厚永贞元年乙酉自礼部员外郎谪永州司马，年二十三矣，是时未有诗。元和十年乙未，诏追赴都。三月出为柳州刺史，刘梦得同贬郎州司马，同召又同出为连州刺史。二人者，党王叔文得罪。又才高，众颇忌之。宪宗深不悦此二人。"疏慵招物议"，既不自反，尾句又何其哀也？其不远到可觇，梦得乃特老寿，后世亦鄙其人云。

《四溟诗话》：《孺子歌》："沧浪水清兮，可以濯我缨。"孟子、屈原两用此语，各有所寓。……柳宗元《衡阳别刘禹锡》诗："今朝不用临河别，垂泪千行便濯缨。"至怨至悲，太不雅矣。

《唐诗鼓吹注解》：此与刘禹锡同至衡州而别。首言先贬十年在外，形容憔悴。后召还长安，将图大用，岂料复为岭外之行耶？经"伏波"之旧道而风烟在，睹翁仲之遗墟而草树平。吾辈疏懒性成，已招物议，而文章高占时名，易取谗妒，亦不可以此自多也。昔李陵云："临河濯长缨，念别怅悠悠。"今余与梦得不用临河而别，垂泪千行，便如河之水足以濯缨矣。其何以为情哉？

《唐诗鼓吹评注》：何焯：路既分而彼此相望，不忍遽行，唯有风烟草树，黯然欲绝也，前此远窜，犹云附丽伾、文，今说雪诏退，复出之岭外，则真为才高见忌矣。　　"慵疏"指玄都看花绝句之属。

《贯华堂选批唐才子诗》：不苦在"岭外行"，正苦在"到秦京"。盖"岭外行"是憔悴又起头，反不足又道；"到秦京"是憔悴已结局，不图正不然也。细细吟之（首四句下）。　　看他只将渔父《鼓枻》一歌，轻轻用他"濯缨"二字，便见己与梦得实是清流，不是浊流，更不再向难开口处多开一口,而千载下人早自照见冤苦也(末四句下)。

《韩柳诗选》:结语沉着,翻"临河"、"濯缨"语,可悟用古之法。

《瀛奎律髓汇评》:纪昀:五、六乃规之以谨慎韬晦,言已往以戒将来,非追叙得罪之由。虚谷以为不自反,失其命词之意。

许印芳:次联与首联不粘。

《唐体馀编》:执手丁咛,字字呜咽(末二句下)。

《粟香随笔》:凡律诗最重起结,七言尤然。起句之工于发端,如……柳宗元"十年憔悴到秦京,谁料翻为岭外行",……落句以语尽意不尽为贵,……柳宗元"今朝不用临河别,垂泪千行便濯缨"……,皆足为一代楷式。

重别梦得

二十年来万事同,今朝岐路忽西东。
皇恩若许归田去,晚岁当为邻舍翁。

【汇评】

《韩柳诗选》:"二十年"、"今朝"、"晚岁",笔法相生之妙。

再上湘江

好在湘江水,今朝又上来。
不知从此去,更遣几年回。

长沙驿前南楼感旧

原注:昔与德公别于此。

海鹤一为别,存亡三十秋。

今来数行泪，独上驿南楼。

【汇评】

《唐人万首绝句选评》：有俯仰身世之感。

《诗境浅说续编》：一死一生，乃见交情，况历三十年之久。重过南楼，历历前程，行行老泪，知子厚笃于朋友矣。

登柳州城楼寄漳汀封连四州

城上高楼接大荒，海天愁思正茫茫。

惊风乱飐芙蓉水，密雨斜侵薜荔墙。

岭树重遮千里目，江流曲似九回肠。

共来百越文身地，犹自音书滞一乡。

【汇评】

《瀛奎律髓》：韩泰为漳州，韩晔为汀州，陈谏为封州，刘禹锡为连州。

《唐诗直解》：妙入巧景。

《唐诗解》：对此风景，情何堪乎？

《汇编唐诗十集》：谪况堪悯。

《唐诗选脉会通评林》：徐桢卿曰：何其凄楚！　　周敬曰：思致亦工，感词亦藻。　　顾璘曰：次联又下中唐一格。　　陆时雍曰：语气太直。

《唐诗鼓吹笺注》："惊风"、"密雨"有寓无端被谗，斥逐惊怀之意；又寓风雨萧条，触景感怀之意。《诗》三百篇为鸟兽草木各有所托，唐人写景俱非无意，读诗者不可不细心体会也。

《唐诗鼓吹注解》：此子厚登城楼怀四人而作。首言登楼远望，海阔连天，愁思与之弥漫，不可纪极也。三、四句唯"惊风"，故云"乱飐"，唯细雨，故云"斜侵"，有风雨萧条，触物兴怀意。至"岭树重遮"、"江流曲转",益重相思之感矣。当时"共来百越",意谓易于相见,今反音问疏隔,将何以慰所思哉?

《贯华堂选批唐才子诗》:此前解恰与许仲晦《咸阳城西门晚眺》前解便是一付印板,然某独又深辨其各自出好手,了不曾相同。何则?许擅场处,是其第二句抽出七字,另自向题外方作离魂语,却用快笔飔地疾接怕人风雨,便将上句登时夺失,于是不觉教他读者亦都心神愕然。今先生擅场,却是一句下个"高楼"字,二句下个"海天"字。"高楼"之为言欲有所望也,"海天"之为言无奈并无所望也,于是心绝、气绝矣。然后下个"正"字,"正"之为言人生至此,已是人到一十八层之最下一层,岂可还有馀苦未吃,再要教吃?今偏是"惊风"、"密雨",全不顾人;"乱飐"、"斜侵",有加无已。虽盛夏读之,使人无不洒洒作寒,默然无言。然则,可悟许妙处是三、四句夺失第二句,此妙处是三、四句加染第二句,正复彻底相反,云何说是印板也(首四句下)?　　　此方是寄四州也。五,望四州不可见也;六,思四州无已时也。七、八,言若欲离苦求乐,固不敢出此望,然何至苦上加苦,至于如此其极!盖怨之至也(末四句下)。

《韩柳诗选》:柳州诸律诗,格律娴雅,最为可玩。　　　结语极能兼括,却自入情。

《初白庵诗评》:起势极高,与少陵"花近高楼"两句同一手法。

《围炉诗话》:盛唐不巧,大历以后,力量不及前人,欲避陈浊麻木之病,渐入于巧。……柳子厚之"惊风乱飐芙蓉水"、"桂岭瘴来云似墨",更著色相。

《瀛奎律髓汇评》:陆贻典:子厚诗律细于昌黎,至柳州诸咏,尤极神妙,宣城、参军之匹。　　　纪昀:一起意境阔远,倒摄四州,有神无迹。通篇情景俱包得起。三、四,赋中之比,不露痕迹,旧说谓借寓震撼危疑之意,好不着相。　　　赵熙:神远。

《唐诗肤诠》:凡言乐者,写景宜融和;言戚者,写景宜萧飒。

冠冕题则写其庄重,闲适题则写其清幽,此最合风人比兴之义。今人不得其法,往往景与情不相附丽,索然味尽矣("惊风乱飐"二句下)。　　五、六先寓怀人之意,故一结得神("岭树重遮"二句下)。

《删订唐诗解》:吴昌祺曰:本言肠之九回,而反言江流似之也。

《唐诗成法》:"岭树"遮目,望不可见;"江曲"九回,肠断无已时也。

《义门读书记》:吴乔云:中四句皆寓比意。"惊风密雨"喻小人,"芙蓉薜荔"喻君子,"乱飐"、"斜侵"则倾倒中伤之状,"岭树"句喻君之远,"江流"句喻臣心之苦。皆逐臣忧思烦乱之词。

《唐诗别裁》:从登城起,有百端交集之感("城上高楼"二句下)。　　"惊风"、"密雨",言在此而意不在此。

《唐诗笺注》:登楼凄寂,望远怀人,"芙蓉"、"薜荔",皆增风雨之悲,"岭树"、"江流",弥揽回肠之痛。昔日同来,今成离散,蛮乡绝域,犹滞音书,读之令人惨然。

《网师园唐诗笺》:"惊风"、"密雨"、"岭树"、"江流",无非愁思,楚骚遗瞀也。

《昭昧詹言》:六句登楼,二句寄人。一气挥斥,细大情景分明。

《唐诗近体》:登城起,有百端交集之感。　　"惊风"、"密雨",言在此而意不在此("惊风乱飐"二句下)。　　同在百越而尚间阔如此,又安得京华之音信、故里之乡书哉("共来百越"二句下)!

《唐七律诗钞》:声调高,色泽足,直欲夺少陵之席。

《有不为斋随笔》:此非言树之重也。盖先以永贞元年贬永州,至元和十年始召至京,旋又出为柳州,故云"重遮"。误会言树,则不知其痛之深。

《唐宋诗举要》：吴北江曰：更折一笔，深痛之情，曲曲绘出（末句下）。

《精选评注五朝诗学津梁》：客路身孤，愁肠百结，茫茫眼界，何以为情，此诗所以写照。

《诗境浅说》：唐代韩、柳齐名，皆遭屏逐。昌黎《蓝关》诗，见忠愤之气。子厚柳州诗，多哀怨之音。起笔音节高亮，登高四顾，有苍茫百感之概。三、四言临水芙蓉，覆墙薜荔，本有天然之态，乃密雨惊风，横加侵袭，致嫣红生翠，全失其度；以风、雨喻谗人之高张，以薜荔、芙蓉喻贤人之摈斥，犹楚词之以兰蕙喻君子，以雷雨喻摧残，寄慨遥深，不仅写登城所见也。五、六言岭树云遮，所思不见，临江迟客，肠转车轮，恋阙怀人之意，殆兼有之。收句归到寄诸友本意，言同在瘴乡，已伤谪宦，况音书不达，雁渺鱼沉，愈悲孤寂矣。

柳州寄丈人周韶州

越绝孤城千万峰，空斋不语坐高舂。
印文生绿经旬合，砚匣留尘尽日封。
梅岭寒烟藏翡翠，桂江秋水露鲴鳙。
丈人本自忘机事，为想年来憔悴容。

【汇评】

《唐诗鼓吹评注》：此子厚自言在越而思丈人，坐高舂而不语也。印不用而文没，砚不磨而尘封，其宦况何寂寞耶！烟藏翡翠，水露鲴鳙，梅岭桂江之萧寂可见。余也身遭放逐，憔悴已甚，若丈人之机械尽忘，优游自适，当想予憔悴之容也。

《东岩草堂评订唐诗鼓吹》：朱东岩曰：五、六言韶之瘴疠不减于柳；若丈人之机事尽忘，亦如予之兀坐无事，憔悴不堪也。言下有同病相怜之意。

《载酒园诗话又编》：柳五言诗犹能强自排遣，七言则满纸涕泪。如"桂岭瘴来云似墨，洞庭春尽水如天"、"鹅毛御腊缝山罽，鸡骨占年拜水神"、"山腹雨晴添象迹，潭心日暖长蛟涎"、"梅岭寒烟藏翡翠，桂江秋水露鰤鳙"，……只就此写景，已不可堪，不待读其"一身去国六千里，万死投荒十二年"矣。

《瀛奎律髓汇评》：何义门：五、六自比，空喻文彩不得飞跃也。　　纪昀："梅岭"二句指周一边说，然突入觉无头绪，又领不起第七句，殊不妥适。传颂口熟不觉耳。

登柳州峨山

荒山秋日午，独上意悠悠。
如何望乡处，西北是融州。

【汇评】

《唐诗品汇》：刘云：渐近自然。

《唐诗选脉会通评林》：唐汝询曰：望乡不可见，而见融州；悲极，却不说出。周珽按：子厚家河东，以柳视之，当在西北；融隔其间，故望只见之也。

《删订唐诗解》：吴昌祺曰：眼前妙语，何其神也。

得卢衡州书因以诗寄

临蒸且莫叹炎方，为报秋来雁几行。
林邑东回山似戟，牂牁南下水如汤。
蒹葭淅沥含秋雾，橘柚玲珑透夕阳。
非是白蘋洲畔客，还将远意问潇湘。

《唐诗鼓吹注解》：首句是慰卢君，言君居此，莫嗟炎热之方。余因雁书时至，而觉山利如戟，水流如汤，雨滴蒹葭，日映橘柚，皆动吾以退思也。念昔柳恽为治地道，贬吴兴太守，犹非绝境。今余所居非地，聊述贬谪之意而问之卢衡州耳。

《瀛奎律髓汇评》：纪昀：一说谓卢以衡州为炎，其地犹雁所到，若我所居，则林邑、牂牁之间，更为远矣。于理较通而不免多一转折，存以备考。　　六句如画。

《诗境浅说》：柳州谪官以后之诗，多纪岭南殊俗。此联（按指"山腹雨晴添象迹，潭心日暖长蛟涎"）与"射工巧伺游人影，飓母偏惊旅客船"句，纪其风物之异也。寄友诗云："林邑东回山似戟，牂牁南下水如汤。"纪山水之异也。《峒氓》诗云："青箬裹盐归峒客，绿荷包饭趁墟人。鹅毛御腊缝山罽，鸡骨占年拜水神。"纪俗尚之异也。就见闻所及，语意既新，复工对仗，非亲历者不能道之。

岭 南 江 行

瘴江南去入云烟，望尽黄茆是海边。
山腹雨晴添象迹，潭心日暖长蛟涎。
射工巧伺游人影，飓母偏惊旅客船。
从此忧来非一事，岂容华发待流年。

【汇评】

《木天禁语》：三字栋梁。

《唐诗鼓吹注解》：此叙岭南风物异于中国，寓迁谪之愁也。言瘴江向南，直抵云烟之际，一望皆是海边矣。雨晴则象出，日暖则蛟游，射工之伺影，飓母之惊人，皆南方风物之异者。是以所愁非一端，而华发不待流年耳。

《初白庵诗评》：律诗掇拾碎细，品格便不能高，若入老杜手，别有熔铸炉鞴之妙，岂肯屑屑为此？虚谷谓柳州五章比杜尤工一言，以为不知览者，毋为所惑可也。

《唐诗别裁》：中二联俱写风土之异，不分浅深。

《一瓢诗话》：诗有通首贯看者，不可拘泥一偏。如柳河东《岭南郊行》一首之中，瘴江、黄茆、海边、象迹、蛟涎、射工、飓母，重见叠出，岂复成诗？殊不知第七句云："从此忧来非一事。"以见谪居之所，如是种种，非复人境，遂不觉其重见叠出，反若必应如此之重见叠出者也。

《瀛奎律髓汇评》：纪昀：虽亦写眼前现景，而较元、白所叙风土，有仙凡之别，此由骨韵之不同。　　五、六旧说借比小人，殊穿凿。　　许印芳：五、六果有忧谗畏讥之意，旧说不为穿凿。

柳州峒氓

郡城南下接通津，异服殊音不可亲。

青箬裹盐归峒客，绿荷包饭趁虚人。

鹅毛御腊缝山罽，鸡骨占年拜水神。

愁向公庭问重译，欲投章甫作文身。

【汇评】

《唐诗鼓吹注解》：子厚见柳州人异俗乖，风土浅陋，故寓自伤之意。首言自郡城而之广南，皆通津也。其次言异眼已难与相亲矣。彼归峒者裹盐，趁虚者包饭，鹅毛以御腊，鸡骨以占年，皆峒俗之陋者，不幸谪居此地，是以愁问重译，"欲投章甫"而作"文身"之氓耳。

《义门读书记》：后四句言历岁逾时，渐安夷俗，窃衣食以全性命，顾终已不召，亦将老为峒氓，无复结绶弹冠之望也。

《一瓢诗话》：山谷"荷叶裹盐同趁虚"，明明是柳子厚"青箬裹盐归峒客，绿荷包饭趁虚人"之句，未免饾饤之丑。王右丞"漠漠水田飞白鹭"，则又化腐为奇。前后相去，何啻天渊？

《瀛奎律髓汇评》：纪昀：全以鲜脆胜，三、四如画。

种柳戏题

> 柳州柳刺史，种柳柳江边。
> 谈笑为故事，推移成昔年。
> 垂阴当覆地，耸干会参天。
> 好作思人树，惭无惠化传。

【汇评】

《评点柳柳州集》：兴致洒落，正以戏佳。

《柳亭诗话》：近体诗有一篇之中叠字数见，如"龙池跃龙龙已飞"，"杜牧司勋字牧之"之类，人所识也。至如长孙辅佐《别后梦别》一首人所未知，……柳子厚《种柳》诗云："柳州柳刺史，种柳柳江边。"自云"戏题。"

《唐诗成法》：一人地，二种柳，三、四承一、二，五、六柳，七结五、六，八结一、二。"谈笑"还题"戏"字，"故"字起下句。"好作"二字紧承五六，言柳之垂阴耸干，生意无穷，而己之在世有限。题虽曰"戏"，而意则一字一泪。

《柳柳州诗集》：种柳柳州，柳果为一典故矣。

柳州二月榕叶落尽偶题

> 宦情羁思共凄凄，春半如秋意转迷。
> 山城过雨百花尽，榕叶满庭莺乱啼。

【汇评】

《艺苑雌黄》：闽、广有木名榕。子厚集有《柳州二月榕叶落尽》诗云："山城雨过百花尽，榕叶满庭莺乱啼。"东坡诗云："疏雨萧萧作晚凉，卧闻榕叶响长廊。"又云："笑说南荒底处所，只今榕叶下庭皋。"即此木也。其木大而多阴，可蔽百牛，故字书有宽花广容之说。

《唐诗品汇》：刘云：其情景自不可堪。

《删订唐诗解》：唐汝询曰：羁宦戚矣。花尽叶落，春半如秋，柳州风气之异，尤足使我意迷也。

《笺注唐贤绝句三体诗法》：意象殆不复堪。

《唐人绝句精华》：此诗不言远谪之苦，而一种无可奈何之情于二十八字中见之。

浩初上人见贻绝句欲登仙人山因以酬之

珠树玲珑隔翠微，病来方外事多违。

仙山不属分符客，一任凌空锡杖飞。

【汇评】

《唐诗广选》：用事用意俱佳。

《唐诗直解》：病中正好作方外事。

《唐诗训解》：末收句健。

《汇编唐诗十集》：唐云：语峻调雄，有盛唐声。

《唐诗选脉会通评林》：李梦阳曰：意深词足。　　周珽曰：方外之交，任其自由自在，局于方之内者，不无忻羡之思。

《而庵说唐诗》：此诗最得体。

《唐诗真趣编》：奇幻之极，却是一团真挚。

别舍弟宗一

零落残红倍黯然，双垂别泪越江边。

一身去国六千里，万死投荒十二年。

桂岭瘴来云似墨，洞庭春尽水如天。

欲知此后相思梦，长在荆门郢树烟。

【汇评】

《竹坡诗话》：此诗可谓妙绝一世，但梦中安能见"郢树烟"？"烟"字只当用"边"字，盖前有江边故耳。不然，当改云"欲知此后相思处，望断荆门郢树边"。如此却似稳当。

《瀛奎律髓》：此乃到柳州后，其弟归汉、郢间，作此为别。"投荒十二年"，其句哀矣，然自取之也。为太守尚怨如此，非大富贵不满愿，亦躁矣哉！

《批选唐诗》：柳州诗倍多风骨。

《批点唐音》：子厚太整，殊觉气格不远。

《唐诗鼓吹注解》：此言即遭迁谪，残魂黯然，又遇兄弟暌离，故临流而挥泪也。去国极远，投荒极久，幸一聚会，未几又别，而瘴气之来，云黑如墨，春光之尽，水溢如天，气候若此，能不益增其离恨乎？

《唐诗鼓吹笺注》：朱东岩曰：弟兄远别，后会无期，殊方异域，度日如年，真一字一泪也。

《唐诗鼓吹评注》：拟恨别而起结较巧。

《唐诗选脉会通评林》：唐陈彝曰：次联真悲真痛，不觉其浅。　　唐孟庄曰：结亦悠长。　　林瑜曰：宋人话有极可笑者，谓"梦中安能风烟树"，此真与痴人说梦耳！梦非实事，"烟"正其梦境模糊，欲见不可，以寓其相思之恨耳，岂闻是耶？

《唐诗评选》：情深文明。

《唐诗快》：真可为黯然销魂。

《唐诗绎》：一总摄全神作提笔，二点题。

《删订唐诗解》：子厚本工于诗，又经穷困，益为之助，柳州之贬未始非幸也。

《唐诗别裁》：自己留柳（"桂岭瘴来"句下）。　　弟之楚（"洞庭春尽"句下）。

《一瓢诗话》：别手足诗，辞直而意哀，最为可法。观此一首，无出其右。

《唐诗笺注》：上四句真不堪多读。

《网师园唐诗笺》：己之留，弟之去，真有不言而神伤者（"一身去国"四句下）。

《瀛奎律髓汇评》：何义门：五、六起下梦不到。落句用韩非子、张敏事。纪昀：语意浑成而真切，至今传颂口熟，仍不觉其滥。　　许印芳：语意真切，他人不能剿袭，故得历久不滥。

《唐诗选胜直解》：言谪居之后，惊魂未定，尚赖兄弟相依；而今忽而言别。宁不黯然销魂乎？

《五七言今体诗钞》：结句自应用"边"字；避上而用"烟"字，不免凑韵。

《历代诗发》：昔人评柳子厚诗如高秋独眺，霁晚孤吹，此二诗（另一指《登柳州城楼寄漳汀封连四州》）知月旦不虚矣。

柳州城西北隅种柑树

手种黄柑二百株，春来新叶遍城隅。
方同楚客怜皇树，不学荆州利木奴。
几岁开花闻喷雪，何人摘实见垂珠。

若教坐待成林日，滋味还堪养老夫。

【汇评】

《瀛奎律髓》："后皇嘉树"，屈原语也，摘出二字以对"木奴"，奇甚。终篇字字缜密。

《义门读书记》：结句正见北归无复望矣。悲咽以谐传之。

《瀛奎律髓汇评》：纪昀：语亦清切，惟格不高耳。

《五七言今体诗钞》：结句自伤迁谪之久，恐见甘之成林也，而托词反平缓，故佳。

《昭昧詹言》：后半真率不可法。

柳州寄京中亲故

林邑山连瘴海秋，牂牁水向郡前流。
劳君远问龙城地，正北三千到锦州。

【汇评】

《韩柳诗选》：平实之言自见，酸楚总由一真。

酬曹侍御过象县见寄

破额山前碧玉流，骚人遥驻木兰舟。
春风无限潇湘意，欲采蘋花不自由。

【汇评】

《碧溪诗话》：（王）临川"萧萧出屋千寻玉，霭霭当窗一炷云"，皆不名其物。然子厚"破额山前碧玉流"，已有此格。

《唐诗绝句类选》：顾东桥云：意活所以难及。

《唐诗选脉会通评林》：周弼曰：为实接体。 何仲德曰：为警策体。周珽曰：叶梦得词："谁采蘋花寄取，但目送兰舟容与。"语意本此。

《唐三体诗评》："碧玉流"三字，暗藏"沟水东西流"意。三、四用柳浑之语，自叹独滞远外，而止以相近而不得相逢为言。蕴蓄有馀味。

《唐诗摘钞》：意言己为职事所系，不得自由，特托"采蘋"寓兴。

《唐诗别裁》：欲采蘋花相赠，尚牵制不能自由，何以为情乎？言外有欲以忠心献之于君而未由意，与《上萧翰林书》同意，而词特微婉。

《说诗晬语》：李沧溟推王昌龄"秦时明月"为压卷，王凤洲推王翰"蒲萄美酒"为压卷，本朝王阮亭则云："必求压卷，王维之'渭城'、李白之'白帝'、王昌龄之'奉帚平明'、王之涣之'黄河远上'其庶几乎？……"沧溟、凤洲主气，阮亭主神，各自有见。愚谓：李益之"回乐峰前"、柳宗元之"破额山前"，……气象稍殊，亦堪接武。

《网师园唐诗笺》：寄托微妙。

《唐人万首绝句选评》：风人骚思，百读而味不穷，真绝作也。

《葵青居士绝诗三百纂释》：些些小事，尚不自由，胸中之老大不然，可知柳何婉而多讽也。

《诗境浅说续编》：柳州之文，清刚独造，诗亦如之。此诗独澹荡多姿，可入唐人三昧集中。《楚辞》云："折芳馨兮遗所思。"柳州此作，其灵均嗣响乎？集中近体皆生峭之笔，不类此诗之含蓄也。

湘口馆潇湘二水所会

九疑濬倾奔，临源委萦回。
会合属空旷，泓澄停风雷。
高馆轩霞表，危楼临山隈。

兹辰始澄霁,纤云尽褰开。

天秋日正中,水碧无尘埃。

杳杳渔父吟,叫叫羁鸿哀。

境胜岂不豫,虑分固难裁。

升高欲自舒,弥使远念来。

归流驶且广,泛舟绝沿洄。

【汇评】

《唐诗镜》:清澄无滓。

《唐风定》:悲凄宛曲,音旨哀绝,而无忿怼叫噪之气,所以得风人之正也。

《韩柳诗选》:柳州于山水文字最有会心,幽细淡远,实兼陶、谢之胜。

《载酒园诗话又编》:余以韦、柳相同者神骨之清,相异者不独峭淡之分,先自忧乐之别。……《湘口馆》曰:"升高欲自舒,弥使远念来",韦又安有此愁思?

《王闿运手批唐诗选》:亦学谢,胜前作(按指《游朝阳岩遂登西亭二十韵》),而无彼起四句自然之妙(首四句下)。

南磵中题

秋气集南磵,独游亭午时。

回风一萧瑟,林影久参差。

始至若有得,稍深遂忘疲。

羁禽响幽谷,寒藻舞沦漪。

去国魂已远,怀人泪空垂。

孤生易为感,失路少所宜。

索寞竟何事,徘徊只自知。

谁为后来者，当与此心期。

【汇评】

《东坡题跋》：柳子厚南迁后诗，清劲纡徐，大率类此。

《苕溪渔隐丛话》：东坡云：柳仪曹诗，忧中有乐，乐中有忧，盖绝妙古今矣。然老杜云："王侯与蝼蚁，同尽随丘墟。"仪曹何忧之深也。

《碧溪诗话》：如柳子厚"清风一披拂，林影久参差"，能形容出体态，而又省力。

《竹庄诗话》：《笔墨闲录》云：《南涧诗》平淡有天工，在《与崔策登西山》诗上，语奇故也。

《唐诗品汇》：刘云：子厚每诗起语如法，更清峭奇整（"独游"句下）。刘云：结得平淡，味不可言（"当与"句下）。

《唐诗广选》：刘坦之曰："子厚《初秋》篇未失为沈、谢，此作自是唐韵。"

《唐诗直解》：以此景色，可喜可悲。

《唐诗镜》：言言深诉，却有不能诉之情，寥落徘徊，末二语大堪喟息。

《唐诗归》：钟云：非不似陶，只觉音调外不见一段宽然有馀处。

《唐诗选脉会通评林》：曾吉甫曰：子厚《南硐》诗平淡有天工在。　蒋一葵曰：结得平淡，味不可言。　周珽曰：古雅，绝无霸气。得未有章法，亦在魏晋之间。　陈继儒曰：读柳州《南涧》、《田家》诸诗，觉雅裁真识菲菲来会，令人目不给赏，意无留趣。

《唐风定》：刻骨透髓，真如见表衷曲（"谁为"二句下）。

《唐诗归折衷》：吴敬夫云：感触无端，而悲喜不定，心不测所以，况求知于人乎？盖被黜而悔恨，故其词在吞吐之间。

《韩柳诗选》：起结极有远神，正以平淡中有纡徐之致耳。

《删订唐诗解》：吴昌祺曰：以陶之风韵，兼谢之苍深，五言若此已足，不必言汉人也。

《义门读书记》：万感俱集，忽不自禁。发端有力（首句下）。

《载酒园诗话又编》：《南涧》诗从乐而说至忧，《觉衰》诗从忧而说至乐，其胸中郁结则一也。柳子之答贺者，曰："庸讵知吾之浩浩非戚戚之尤者乎？"读此文可解此诗。每见评者曰近陶，或曰达，余以《山枢》之答《蟋蟀》，犹谓其忧深音蹙，然即陶诗"今我不为乐，知有来岁不"意也。

《唐诗别裁》：语语是独游。东坡谓柳仪曹《南涧》诗，忧中有乐，妙绝古今。得其旨矣。

《网师园唐诗笺》：阅历语（"始至"二句下）。

《岘傭说诗》：柳子厚幽怨有得《骚》旨而不甚似陶公，盖怡旷气少、沉至语少也。《南涧》一作，气清神敛，宜为坡公所激赏。

《历代诗评注读本》："始至若有得"两句，觉得有精神，诗之苍劲在此。

《唐诗笺要》：起语最清峭（"独游"句下）。　　着此十字遂觉一篇苍然（"始至"二句下）。

与崔策登西山

鹤鸣楚山静，露白秋江晓。
连袂度危桥，萦回出林杪。
西岑极远目，毫末皆可了。
重叠九疑高，微茫洞庭小。
迥穷两仪际，高出万象表。
驰景泛颓波，遥风递寒筱。
谪居安所习，稍厌从纷扰。
生同胥靡遗，寿比彭铿夭。

寒连困颠踣，愚蒙怯幽眇。

非令亲爱疏，谁使心神悄。

偶兹遁山水，得以观鱼鸟。

吾子幸淹留，缓我愁肠绕。

【汇评】

《东坡题跋》：柳子厚诗云："鹤鸣楚山静"，又云："隐忧倦永夜"，东坡曰：子厚此诗，远在灵运上。

《对床夜语》：子厚："西岑极远目，毫末皆可了。"老杜有"齐鲁青未了"……乃知老杜无所不有。

《唐诗品汇》：刘云：差参隐约，可尽而不尽（"萦回"句下）。

刘云：《南涧》落句，犹有以自遗此怀，似此殊可念（末二句下）。

《唐诗训解》：借疏于所亲，以幸得从游于崔，此抑扬法。

《唐诗镜》：谢灵运"猿鸣诚知曙，谷幽光未显，崖下云方合，花上露犹泣"。语势如峰峦起伏，委有馀态。柳子厚"鹤鸣楚山静……萦回出林杪"，语堪入画。

《唐诗选脉会通评林》：吴山民曰：景语清彻，遁山水，观鱼鸟，亦足寄慨。结语练。　　周珽曰：破山取玉，时逢壮采。

《韩柳诗选》：子厚山水诗极佳，然每篇之中必见羁宦迁谪之意，此是胸中所积，不可强者。

《唐诗别裁》：《庄子》："胥靡登而不遗"，言被罪之人，轻生身也。次语即《齐物论》意（"生同"二句下）。

《王闿运手批唐诗选》：学谢"猿鸣"二句（起二句下）。

觉　衰

久知老会至，不谓便见侵。

今年宜未衰，稍已来相寻。

齿疏发就种，奔走力不任。

咄此可奈何，未必伤我心。

彭聃安在哉，周孔亦已沉。

古称寿圣人，曾不留至今。

但愿得美酒，朋友常共斟。

是时春向暮，桃李生繁阴。

日照天正绿，杳杳归鸿吟。

出门呼所亲，扶杖登西林。

高歌足自快，商颂有遗音。

【汇评】

《艇斋诗话》：柳子厚《觉衰》、《读书》二诗，萧散简远，秾纤合度，置之渊明集中，不复可辨。予尝三复其诗。

《唐诗品汇》：刘云：跌宕动人（首四句下）。　　刘云：其最近陶，然意尤佳（"古称"四句下）。　　刘云：怨之又怨，而疑于达。《庄子》曰：曳履而歌《商颂》，声满天地，若出金石。

《批点唐诗正声》：绝似陶体，佳佳。

《唐诗选脉会通评林》：顾璘曰：起二语善说。"古称寿圣人"四句达。　　唐汝询曰："齿疏"二语，曲尽老态。"是时春向暮"四句，景佳。　　吴山民曰：起，说得出"未必伤我心"，好，自宽解。下四句，见老不足伤。"但愿"句，语意超。末四句，从"美酒"联生意。　　陆时雍曰：末数语写得兴浓，自谓适情，正是其愁绪种种。　　周珽曰：绝透，绝灵，绝劲，绝淡，前无古人者以此。

《唐风定》：入渊明阃奥，其微逊者，稍涉于直。

《载酒园诗话又编》：《觉衰》诗极有转折变化之妙。起曰："久知老会至，不谓便见侵。今年宜未衰，稍已来相寻。"一句一转，每转中下字俱有层折。"齿疏发就种，奔走力不任"二语，正见"见侵"

处,若一直说去,便是俗笔。遽曰:"咄此可奈何,……商颂有遗音。"中间转笔处,如良御回辕,长年捩舵。至文情之美,则如疾风卷云,忽吐华月,危峰才度,便入锦城也。

《昭昧詹言》:"但愿得美酒"二句似陶。

游南亭夜还叙志七十韵

夙抱丘壑尚,率性恣游遨。
中为吏役牵,十祀空悁劳。
外曲徇尘辙,私心寄英髦。
进乏廊庙器,退非乡曲豪。
天命斯不易,鬼责将安逃。
屯难果见凌,剥丧宜所遭。
神明固浩浩,众口徒嗷嗷。
投迹山水地,放情咏离骚。
再怀襄岁期,容与驰轻舠。
虚馆背山郭,前轩面江皋。
重叠间浦溆,逦迤驱岩嶅。
积翠浮澹滟,始疑负灵鳌。
丛林留冲飙,石砾迎飞涛。
旷朗天景霁,樵苏远相号。
澄潭涌沉鸥,半壁跳悬猱。
鹿鸣验食野,鱼乐知观濠。
孤赏诚所悼,暂欣良足褒。
留连俯棍槛,注我壶中醪。
朵颐进芰实,擢手持蟹螯。
炊稻视爨鼎,脍鲜闻操刀。

野蔬盈倾筐，颇杂池沼茆。
缅慕鼓枻翁，啸咏哺其糟。
退想于陵子，三咽资李螬。
斯道难为偕，沉忧安所慆。
曲渚怨鸿鹄，环洲雕兰茞。
暮景回西岑，北流逝滔滔。
徘徊遂昏黑，远火明连艘。
木落寒山静，江空秋月高。
敛袂戒还徒，善游矜所操。
趣浅戢长枻，乘深屏轻篙。
旷望援深竿，哀歌叩鸣榔。
中川恣超忽，漫若翔且翱。
淹泊遂所止，野风自飉飉。
涧急惊鳞奔，蹊荒饥兽嗥。
入门守拘縶，凄戚增郁陶。
慕士情未忘，怀人首徒搔。
内顾乃无有，德输甚鸿毛。
名窃久自欺，食浮固云叨。
问牛悲衅钟，说彘惊临牢。
永遁刀笔吏，宁期簿书曹。
中兴遂群物，裂壤分鞬櫜。
岷凶既云捕，吴房亦已鏖。
捍御盛方虎，谟明富伊咎。
披山穷木禾，驾海逾蟠桃。
重来越裳雉，再返西旅獒。
左右抗槐棘，纵横罗雁羔。
三辟咸肆宥，众生均覆焘。

安得奉皇灵，在宥解天弢。

归诚慰松梓，陈力开蓬蒿。

卜室有鄠杜，名田占沣涝。

磻溪近馀基，阿城连故濠。

螟蚰愿亲燎，荼堇甘自薅。

饥食期农耕，寒衣俟蚕缲。

及骭足为温，满腹宁复饕。

安将翦及菅，谁慕粱与膏。

弋林驱雀鷇，渔泽从鳞鲰。

观象嘉素履，陈诗谢干旄。

方托麋鹿群，敢同骐骥槽。

处贱无溷浊，固穷匪淫慆。

踉跄辞束缚，悦怿换煎熬。

登年徒负版，兴股趋代耰。

目眩绝浑浑，耳喧息嘈嘈。

兹焉毕馀命，富贵非吾曹。

长沙哀纠缦，汉阴嗤桔槔。

苟伸击壤情，机事息秋毫。

海雾多蓊郁，越风饶腥臊。

宁唯迫魑魅，所惧齐焄蒿。

知营怀褚中，范叔恋绨袍。

伊人不可期，慷慨徒忉忉。

【汇评】

《放胆诗》：此诗高古，有似韩、孟，非子厚本色。

《韩柳诗选》：长篇中极琢炼，用韵不险峻，而兼以多用对句
为工。

韦道安

道安本儒士，颇擅弓剑名。
二十游太行，暮闻号哭声。
疾驱前致问，有叟垂华缨。
言我故刺史，失职还西京。
偶为群盗得，毫缕无馀赢。
货财足非客，二女皆娉婷。
苍黄见驱逐，谁识死与生。
便当此殒命，休复事晨征。
一闻激高义，眦裂肝胆横。
挂弓问所往，趫捷超峥嵘。
见盗寒硐阴，罗列方忿争。
一矢毙酋帅，馀党号且惊。
麾令递束缚，缧索相拄撑。
彼姝久褫魄，刃下俟诛刑。
却立不亲授，谕以从父行。
捃收自担肩，转道趋前程。
夜发敲石火，山林如昼明。
父子更抱持，涕血纷交零。
顿首愿归货，纳女称舅甥。
道安奋衣去，义重利固轻。
师婚古所病，合姓非用兵。
揭来事儒术，十载所能逞。
慷慨张徐州，朱邸扬前旌。
投躯获所愿，前马出王城。

辕门立奇士，淮水秋风生。

君侯既即世，麾下相敌倾。

立孤抗王命，钟鼓四野鸣。

横溃非所壅，逆节非所婴。

举头自引刃，顾义谁顾形。

烈士不忘死，所死在忠贞。

咄嗟徇权子，翕习犹趋荣。

我歌非悼死，所悼时世情。

【汇评】

《唐诗快》：有景（"山林"句下）。　　此乃大圣贤、大菩萨也。安得仅以仁人义士目之（"道安"二句下）。　　惜哉（"举头"二句下）。　　天下有如此奇人，所谓廉颇、蔺相如千载下犹凛凛有生气。　　此等诗真可廉顽立懦。

《韩柳诗选》：点染都有生色，于条畅中具见筋骨（"眦裂"句下）。

《放胆诗》：此诗亦非河东本色。

《载酒园诗话又编》：子厚有良史之才，即以韵语出之，亦自须眉欲动。如叙韦道安毙盗辞婚事，生气凛凛。吾尤喜其"师婚古所病，合姓非用兵"，语甚典雅。

《唐诗别裁》：毙群盗为勇士，辞师婚为义士，后顾义引刃，又为忠贞之士矣。非柳州表扬之，道安几于湮没。

《剑溪说诗又编》：子厚为《韦道安》诗，叙致详赡，篇法高古，可当韦生小传。白傅讽谕诸篇，有此笔力否？　　"疾驱"二字便有高义在（"疾驱"句下）。　　已透下"刺史"（"有叟"句下）。以上述叟之言，"晨"字从上"暮"字来（"言我"十句下）。　　不曰奋身，乃曰"挂弓"，趁势插入，捷甚（"挂弓"句下）。　　指太行（"趑捷"句下）。　　谓所掠货财（"见盗"二句下）。　　前已提出

"挂弓",便可直入("一矢"句下)。 "递"字好("麾令"句下)。 诗意将为彼姝解缚,句中只言被缚,下一"久"字,是毙贼后始见彼姝情景也。其不为贼污,不白而义自见,笔力高绝("缧索"三句下)。 达礼之言,是儒士本色("却立"二句下)。 字字有根节("捃收"二句下)。 "敲石火","如昼明",即女子夜行以烛义。若男子黑夜从行,当别叙一番情景。 "夜发"与上"晨征"、"暮闻"一线("夜发"二句下)。"所能"谓弓剑也。双收正与起应。前案已结,此下别举一事,见韦终蹈义死也。截然两段,不用联络,而气脉自相灌输("师婚"四句下)。 五字有生气,有馀情。入张侯即世,亦步骤从容("淮水"句下)。 "儒士"、"奇士"、"烈士",俱篇中着眼字("举头"四句下)。 结处只叹死义为难能,不更挽毙盗事,足见末段为馀波耳("咄嗟"四句下)。 右诗第三句(按即"二十游太行")标韦之年,见年少勇能歼盗,彼父亦以年少愿纳女,且见女娉婷,拒以师婚,在年少尤为义举。既勇且义,所以投躯幕府,至死不变也。通篇具史公义法,而此句与《贾谊传》"年十八"、"年二十馀"正同。若四十、五十,事可书,年不足称已。

《王闿运手批唐诗选》:此诗自当以不从逆为重,而诗意在序其侠勇,则宾主难分,虽妙手不能合法("君侯"二句下)。

哭连州凌员外司马

废逐人所弃,遂为鬼神欺。
才难不其然,卒与大患期。
凌人古受氏,吴世夸雄姿。
寂寞富春水,英气方在斯。
六学诚一贯,精义穷发挥。
著书逾十年,幽颐靡不推。

天庭揽高文，万字若波驰。

记室征西府，宏谋耀其奇。

辎轩下东越，列郡苏疲羸。

宛宛凌江羽，来栖翰林枝。

孝文留弓剑，中外方危疑。

抗声促遗诏，定命由陈辞。

徒隶萧曹官，征赋参有司。

出守乌江浒，老迁湟水湄。

高堂倾故国，葬祭限囚羁。

仲叔继幽沦，狂叫唯童儿。

一门既无主，焉用徒生为。

举声但呼天，孰知神者谁。

泣尽目无见，肾伤足不持。

溢死委炎荒，臧获守灵帷。

平生负国谴，骸骨非敢私。

盖棺未塞责，孤旐凝寒飔。

念昔始相遇，腑肠为君知。

进身齐选择，失路同瑕疵。

本期济仁义，今为众所嗤。

灭名竟不试，世义安可支。

恬死百忧尽，苟生万虑滋。

愿余九逝魂，与子各何之。

我歌诚自恸，非独为君悲。

【汇评】

《潜溪诗眼》：《哭凌员外》诗，书尽（凌）准平生。

《唐诗镜》：冤号恸哭是其所宜，故其沥衷皆尽。

《义门读书记》：不减陈思《赠白马》之作。

旦携谢山人至愚池

新沐换轻帻，晓池风露清。
自谐尘外意，况与幽人行。
霞散众山迥，天高数雁鸣。
机心付当路，聊适羲皇情。

【汇评】

《瀛奎律髓》：诗不纯于律，然起句与五、六，乃律诗也。幽而光，不见其工而不能忘其味，与韦应物同调。韦达，故淡而无味。

《唐诗镜》：起调迥仄。"霞散"二韵，气韵高标。

《韩柳诗选》：柳诗短章极有言外之意，故佳。

《瀛奎律髓汇评》：纪昀：七句太激，便少蕴藉。

首春逢耕者

南楚春候早，馀寒已滋荣。
土膏释原野，百蛰竞所营。
缀景未及郊，穑人先耦耕。
园林幽鸟啭，渚泽新泉清。
农事诚素务，羁囚阻平生。
故池想芜没，遗亩当榛荆。
慕隐既有系，图功遂无成。
聊从田父言，款曲陈此情。
眷然抚耒耜，回首烟云横。

【汇评】

《唐诗镜》：末数语极恳款之致，觉此衷忼然一往。

《唐诗别裁》：因逢耕者而念及田园之芜，羁人心事，不胜黯然。

溪 居

久为簪组累，幸此南夷谪。
闲依农圃邻，偶似山林客。
晓耕翻露草，夜榜响溪石。
来往不逢人，长歌楚天碧。

【汇评】

《唐诗品汇》：刘云：境与神会，不由思得，欲重见自难耳。

《唐诗选脉会通评林》：顾璘曰：超逸。　　陆时雍曰：音如琢玉。　　周珽曰：因谪居，寻出乐趣来。与《雨后寻愚溪》、《晓行至愚溪》二诗点染，情兴欲飞。

《唐诗快》：如此亦得（末二句下）。

《唐诗别裁》：愚溪诸咏，处连蹇困厄之境，发清夷澹泊之音，不怨而怨，怨而不怨，行间言外，时或遇之。

《问花楼诗话》：昔人谓"诗中有画，画中有诗"，然亦有画手所不能到者。先广光尝言：柳子厚《溪居》诗："晓耕翻露草，夜榜响溪石"，《田家》诗："鸡鸣村巷白，夜色归暮田"，此岂画手所能到耶？

《唐宋诗举要》：清冷旷远。

夏初雨后寻愚溪

悠悠雨初霁，独绕清溪曲。
引杖试荒泉，解带围新竹。
沉吟亦何事，寂寞固所欲。
幸此息营营，啸歌静炎燠。

《载酒园诗话又编》：坡尤好陶诗，此则如身入虞罗，愈见冥鸿之可慕。然坡语曰："所贵于枯淡者，谓外枯而中膏，似淡而实美，渊明、子厚之流是也。若中边皆枯，淡亦何足道。"自是至言。即如"晓耕翻露草，夜榜响溪石"、"引杖试荒泉，解带围新竹"、"寒花疏寂历，幽泉微断续"、"风窗疏竹响，露井寒松滴"，孰非目前之景，而句字高洁，何尝不澹，何病于秾。

入黄溪闻猿

溪路千里曲，哀猿何处鸣。

孤臣泪已尽，虚作断肠声。

【汇评】

《唐诗正声》：只就猿声播弄，不添意而意自深。

《唐诗分类绳尺》：结句无限悲痛。

《唐诗解》：猿声虽哀，而我无泪可滴，此于古歌中翻一意，更悲。

《唐诗选脉会通评林》：周珽曰：上二句尽题面，下二句入情，多感思，得翻案法。

《删订唐诗解》：吴昌祺曰：此种皆所谓穷而后工也。

《唐诗别裁》：翻出新意愈苦。

秋晓行南谷经荒村

杪秋霜露重，晨起行幽谷。

黄叶覆溪桥，荒村唯古木。

寒花疏寂历，幽泉微断续。

机心久已忘，何事惊麋鹿。

【汇评】

《唐诗选脉会通评林》：顾璘曰：意高妙。　　唐汝询曰：此叙山行之景，因言机心已忘，则当入兽不乱，曷为惊此麋鹿乎？此乃辋川落句翻案。

《古唐诗合解》：寒花之态，疏淡而寂寥，幽泉之声，微闻其断续，此皆天地自然之妙。

《唐诗笺要》：清空莹澈。子厚诗在渊明下，韦苏州上，朱子谓学诗须从陶、柳门庭入观，此数作益信。

雨后晓行独至愚溪北池

宿云散洲渚，晓日明村坞。

高树临清池，风惊夜来雨。

予心适无事，偶此成宾主。

【汇评】

《唐诗选脉会通评林》：顾璘曰：性道自足。　　吴山民曰：境清心空。郭濬曰：闲适之兴，寂悟之言。　　陆时雍曰："高树"二语，高韵卓出。

《古唐诗合解》：惊雨初晴，隔宿之云散于洲渚，初升之日明于村坞，有高树下临北池，树中尚有馀雨，因风一触，而散落若惊之者。吾心适然无事，偶值此景，独步无侣，即此便成宾主矣。

《唐诗笺要》：《初秋》篇"稍稍雨侵竹，翻翻鹊惊丛"，《与崔策登西山》"驰景泛颓波，遥风递寒筱"，与此首"高树"等句皆落新巧，近沈、谢一派。

《昭昧詹言》：奇逸。

《唐宋诗举要》：苏子瞻题《南涧诗》曰："柳子厚南迁后诗，清劲纡徐，大率类此。"步瀛案：诸诗皆神情高远，词旨幽隽，可与永州山水诸记并传。

中夜起望西园值月上

觉闻繁露坠，开户临西园。
寒月上东岭，泠泠疏竹根。
石泉远逾响，山鸟时一喧。
倚楹遂至旦，寂寞将何言。

【汇评】

《唐诗镜》：语有景趣，然此等景趣在冥心独悟者领之。

《唐诗选脉会通评林》：吴山民曰："觉闻"二字，写得境叙（寂）泠泠；就"月上"说，幻。　　周珽曰：伤己志之见屈，故对景幽情有未易语人者。

《唐风定》：柳与韦同一澹，而音节较亮，气色较鲜，乃微异也。

《古唐诗合解》：夜静则石泉虽远而逾响，月明则山鸟有时而一喧，如此清绝之景，令人忘寐，不妨倚柱以至旦。……三首（按指此及《雨后晓行独步至愚溪北池》、《秋晓行南谷经荒村》）即事成咏，随景写情，颇有自得之趣。然毕竟有"迁谪"二字横于意中，欲如陶、韦之脱，难矣。

夏昼偶作

南州溽暑醉如酒，隐几熟眠开北牖。
日午独觉无馀声，山童隔竹敲茶臼。

【汇评】

《对床夜语》：七言仄韵，尤难于五言。长孙佐辅有诗云："独访山家歇还涉，茅屋斜连隔松叶。主人闻语未开门，绕篱野菜飞黄蝶。"好事者或绘为图。柳子厚云:"南州溽暑醉如酒,……",言思爽脱,信不在前诗下。

《四溟诗话》:李洞(《赠曹郎中崇贤所居》)"药杵声中捣残梦",不如柳子厚"日午睡觉无馀声,山童隔竹敲茶臼"。

《诗薮》:子厚"日午睡觉无馀声,山童隔竹敲茶臼",意亦幽闲,而(顾)华玉短其无味。二语皆当领略。

《唐诗选脉会通评林》:周敬曰:好一幅山居夏景图。　　周珽曰:暑窗熟眠,一茶臼之外无馀声,心地何等清静!惟静生凉,溽暑无能困之矣。曰"独觉",见一种凉思,有人所不及知者。

《唐诗笺注》:柳州诗大概以清迥绝尘见长,同于王、韦,却是别调。

雨晴至江渡

江雨初晴思远步,日西独向愚溪渡。

渡头水落村径成,撩乱浮槎在高树。

江　雪

千山鸟飞绝,万径人踪灭。

孤舟蓑笠翁,独钓寒江雪。

【汇评】

《东坡题跋》:柳子厚云:"千山鸟飞绝,……"人性有隔也哉!殆天所赋,不可及也已。

《对床夜语》:唐人五言四句,除柳子厚《钓雪》一诗之外,极少佳者。

《归叟诗话》:郑谷雪诗云:"江上晚来堪画处,渔人披得一蓑归。"此村学堂中语也，如柳子厚"千山鸟飞绝，万径人踪灭，孤舟蓑笠翁，独钓寒江雪"此信有格也哉，作诗者当以此为标准。

《唐诗品汇》：刘须溪云：得天趣，独由落句五字道尽矣。

《批点唐诗正声》：绝唱，雪景如在目前。

《增定评注唐诗正声》：好雪景，句句妙（末句下）。

《诗薮》："千山鸟飞绝"二十字，骨力豪上，句格天成，然律以《辋川》诸作，便觉太闹。青莲"明月出天山，苍茫云海间。长风几万里，吹度玉门关"，浑雄之中，多少闲雅。

《唐诗解》：七古《渔翁》，亦极褒美，岂子厚无聊之极，托此自高欤？

《唐绝诗钞注略》：诗中有画，"千""万""孤""独"，两两对说亦妙。

《唐诗摘钞》：此等作真是诗中有画，不必更作寒江独钓图也。

《而庵说唐诗》：余谓此诗乃子厚在贬时所作以自寓也。当此途穷日短，可以归矣，而犹依泊于此，岂为一官所系耶？一官无味如钓寒江之鱼，终亦无所得而已，余岂效此翁者哉！

《删订唐诗解》：吴昌祺曰：清极峭极，傲然独往。

《唐诗别裁》：清峭已绝，王阮亭尚书独贬此诗，何也？

《网师园唐诗笺》：入画（"独钓"句下）

《唐诗笺要》：柳州气骨迟重，故摹陶、韦不落浮佻。

《养一斋诗话》：门人苏养吾曰："雪诗何语为佳？"予曰："王右丞'隔牖风惊竹，开门雪满山'，语最浑然；老杜'暗度南楼月，寒生北渚云'次之；他如'独钓寒江雪'，……亦善于语言者。"

《诗法易简录》：前二句不沾着"雪"字，而确是雪景，可称空灵，末句一点便足。阮亭论前人雪诗，于此诗尚有遗憾，甚矣诗之难也。

《古唐诗合解》：江寒而鱼伏，岂钓之可得？彼老翁独何为稳坐孤舟风雪中乎？世态寒冷，宦情孤冷，如钓寒江之鱼，终无所得。子厚以自寓也。

《唐诗三百首》：二十字可作二十层，却自一片，故奇。

《筱园诗话》：祖咏"终南阴岭秀"一绝，阮亭最所心赏，然不免气味凡近。柳子厚"千山鸟飞绝"一绝，笔意生峭，远胜祖咏之平，而阮翁反有微词，谓未免近俗。殆以人口熟诵而生厌心，非公论也。

《诗境浅说续编》：空江风雪中，远望则鸟飞不到，近观则四无人踪，而独有扁舟渔父，一竿在手，悠然于严风盛雪间。其天怀之淡定，风趣之静峭，子厚以短歌为之写照，志和《渔父词》所未道之境也。

《唐人绝句精华》：此诗读之便有寒意，故古今传诵不绝。

茅檐下始栽竹

瘴茅葺为宇，溽暑常侵肌。
适有重腘疾，蒸郁宁所宜。
东邻幸导我，树竹邀凉飔。
欣然惬吾志，荷锸西岩垂。
楚壤多怪石，垦凿力已疲。
江风忽云暮，舆曳还相追。
萧瑟过极浦，旖旎附幽墀。
贞根期永固，贻尔寒泉滋。
夜窗遂不掩，羽扇宁复持。
清泠集浓露，枕簟凄已知。
网虫依密叶，晓禽栖迥枝。
岂伊纷嚣间，重以心虑怡。

嘉尔亭亭质,自远弃幽期。

不见野蔓草,蓊蔚有华姿。

谅无凌寒色,岂与青山辞。

【汇评】

《唐诗镜》:《栽竹》《种尤》数首写得深稳,所谓本色当家。

《韩柳诗选》:种植诸作,俱兼比兴,其意亦由迁谪起见也。

戏题阶前芍药

凡卉与时谢,妍华丽兹晨。

亸红醉浓露,窈窕留馀春。

孤赏白日暮,暄风动摇频。

夜窗蔼芳气,幽卧知相亲。

愿致溱洧赠,悠悠南国人。

【汇评】

《苕溪诗话》:柳子厚《牡丹》(原题为《戏题阶前芍药》)曰:"亸红醉浓露,窈窕留馀春。"坡云:"殷勤木芍药,独自殿馀春。""留"与"殿"重轻虽异,用各有宜也。

《义门读书记》:结句虽戏,亦楚词以美人为君子旨也。

《围炉诗话》:柳子厚《芍药》诗曰:"亸红醉浓露,窈窕留馀春。"近体中好句皆不及。可见体物之妙,古体胜唐体。

《王闿运手批唐诗选》:无凡艳而颇似咏兰(首句下)。

红 蕉

晚英值穷节,绿润含朱光。

以兹正阳色,窈窕凌清霜。

远物世所重，旅人心独伤。

回晖眺林际，揽揽无遗芳。

【汇评】

《唐诗镜》：子厚咏物，绝去芬妩，独抒情素。

《韩柳诗选》：短章咏物，简淡高古，都能于古人练语脱化生新也。

巽公院五咏（选一首）

禅　堂

发地结菁茅，团团抱虚白。

山花落幽户，中有忘机客。

涉有本非取，照空不待析。

万籁俱缘生，窅然喧中寂。

心境本洞如，鸟飞无遗迹。

【汇评】

《续唐三体诗》：《笔墨闲录》曰：不观名篇（按是"篇名"之误），知是禅室（首四句下）。

《竹庄诗话》：《笔墨闲录》云：《巽公院五咏》取韵精切，非复纵肆而作。随其题观之，其工可知也。

梅　雨

梅实迎时雨，苍茫值晚春。

愁深楚猿夜，梦断越鸡晨。

海雾连南极，江云暗北津。

素衣今尽化，非为帝京尘。

【汇评】

《庚溪诗话》：江南五月梅熟时，霖雨连旬，谓之"黄梅雨"。然少陵曰："南京犀浦道，四月熟黄梅。……"盖唐人以成都为南京，则蜀中梅雨，乃在四月也。及读柳子厚诗曰："梅实迎时雨，苍茫入晚春。……"此子厚在岭外诗，则南越梅雨又在春末。是知梅雨时候，所至早晚不同。

《竹庄诗话》：《笔墨闲录》云：此诗不减老杜。

《唐诗选脉会通评林》：何新之：为推敲体。　　唐汝询曰：取其不废典刑，尾联含意不露。　　周珽曰：苏东坡谓子厚诗在陶渊明下，韦应物上。韩退之豪放奇险则过之，而温丽靖深则不及也。今读《梅雨》诗，乃知高古蕴秀不独古体，而五律亦足范世，始信坡老之语不我欺也。

《唐诗矩》：尾联寓意格。"楚"，已地；"越"，家所在之地。此二句虽属正意，于题却是开一步。梅雨能坏衣，故七句云翻古语，以寓迁谪之怨，然语意却浑。

《韩柳诗选》：夜猿、晨鸡，用事极稳贴入情，更能无字不典切，故佳。"素衣"意用古翻新，极典极切，此种可为用古之法。

《唐诗别裁》：活用陆士衡语，所以念帝乡，伤放逐也。

《网师园唐诗笺》：翻出恋阙之意（末二句下）。

《古唐诗合解》：前解因雨起愁，后解有念帝京之意。

《瀛奎律髓汇评》：纪昀：末二句点化得妙。

《唐诗近体》：题面（首句下）。　　题情（"愁深"句下）。写雨（"海雾"句下）。　　末二句活用，所以念帝乡、伤放逐也。

零陵早春

问春从此去，几日到秦原。

凭寄还乡梦,殷勤入故园。

【汇评】

《删订唐诗解》:唐汝询曰:雾陵在南,春最早;秦原在北,春稍迟:故借以言还乡之梦。

《古唐诗合解》:此意殷勤,惟思故园,故亦作殷勤之梦。身不能到而梦到,庶同春以入故园耳("殷勤"句下)。

《唐诗笺要》四句一气赶下,手不能停,口不可住,与"步出东门"、"打起黄莺儿"一例。

田家三首

其一

蓐食徇所务,驱牛向东阡。
鸡鸣村巷白,夜色归暮田。
札札来耜声,飞飞来乌鸢。
竭兹筋力事,持用穷岁年。
尽输助徭役,聊就空自眠。
子孙日已长,世世还复然。

【汇评】

《竹庄诗话》:《笔墨闲录》云:《田家》诗"鸡鸣村巷白"云云,又"里胥夜经过"云云,绝有渊明风味。

《唐诗品汇》:刘曰:无怨之怨。

《唐诗归》:钟云:结得味永,似储、王《田居》诸作。

《唐诗选脉会通评林》:唐汝询曰:"尽输助徭役",良民心肠。　　陆时雍曰:"鸡鸣村巷白,夜色归暮田",此语何必减陶。三复之,觉冲美可爱。"子孙日以长,世世还复然",此是唐人作用。

周珽曰:朝作暮归,终岁勤勤,只足供上官之征,子孙还相服业：田家能事止于如此。有悯农之思者，读是诗，宁无恻然！

《唐风定》：太祝《田家》亦已尽变，未道及此，诚骊珠也。

《义门读书记》："徭役"一作"淫侈"，此不知诗意之婉者（"尽输"句下）。

其二

篱落隔烟火，农谈四邻夕。

庭际秋虫鸣，疏麻方寂历。

蚕丝尽输税，机杼空倚壁。

里胥夜经过，鸡黍事筵席。

各言官长峻，文字多督责。

东乡后租期，车毂陷泥泽。

公门少推恕，鞭朴恣狼籍。

努力慎经营，肌肤真可惜。

迎新在此岁，唯恐踵前迹。

【汇评】

《唐诗广选》：蒋春甫曰：援里胥来说，亦《捕蛇者说》光景。

《唐诗归》：钟云：诉得静，益觉清苦。

《唐诗选脉会通评林》：周敬曰：本实事真情以写痛怀，如泣如诉，读难终篇。唐汝询曰：前段叙得冷落。　　　吴山民曰："农谈四邻夕"，"谈"字是一诗骨子，先含着几许感慨。　　　陆时雍曰：起四语如绘。　　　周珽曰：柳州此诗与李长吉《感讽》篇词意俱同，然李起四语开拓深沉，较此似深，而后调多委曲悲慨尽情；柳又觉得机畅美也。

《韩柳诗选》：怨而不怒，不失为温厚和平之遗，当与《捕蛇者》、《郭橐驼》诸文相参看。

《唐诗别裁》：里胥恐吓田家之言，如闻其声（"东邻"四句下）。

其三

古道饶蒺藜，萦回古城曲。

蓼花被堤岸，陂水寒更绿。

是时收获竟，落日多樵牧。

风高榆柳疏，霜重梨枣熟。

行人迷去住，野鸟竞栖宿。

田翁笑相念，昏黑慎原陆。

今年幸少丰，无厌馕与粥。

【汇评】

《唐诗广选》：蒋春甫曰："笑相念"一转是生意。

《唐诗解》：此述田家之敦俭也。前叙景平直，自然会心，末四语勤俭老人口气。

《唐诗选脉会通评林》：陆时雍曰：起语景色绝佳，写到至处，殆无遗憾。　　周启琦曰：古隽酸警，写景淳朴田家情景。周珽曰：首四句，田野闲时景；中六句，田家人趣趣；尾四句，得相助、相扶、相恤之意，古朴可味。

《唐风定》：仲初《田家》留客，亦此意而下数格矣（末四句下）。

《唐诗归折衷》：唐云：叙景平直，自然会心（"野鸟"句下）。

吴敬夫云：有储、王风味。

《义门读书记》："古道饶蒺藜"二语，即含"迷去住"三字。

【总评】

《唐诗广选》：曾吉甫曰：《田家》如"鸡鸣村巷白"、"里胥夜经过"等句，绝有渊明风味。

《唐诗镜》：《田家》三首直欲与陶相上下，第陶趣恬淡，柳趣酸楚，此各其性情所会。

《唐诗选脉会通评林》：周明辅曰：柳老《田家》诸诗，直与陶、王并席。

《石园诗话》：柳子厚《田家》云："蓐食徇所务，……夜色归暮田。"又云："篱落隔烟火，……疏麻方寂历。"又云："是时收获竟，……霜重梨枣熟"，真能写田家风景。

《诗辩坻》：子厚《田家》，曾吉甫以比渊明。然叙事朴到，第去元、白一尘耳，似不足方柴桑高韵。

《韩柳诗选》：三诗极似陶，然陶诗是安贫，此诗是感慨，用意故自不同。

行路难三首（选二首）

其一

君不见夸父逐日窥虞渊，跳踉北海超昆仑。
披霄决汉出沆漭，瞥裂左右遗星辰。
须臾力尽道渴死，狐鼠蜂蚁争嗜吞。
北方竫人长九寸，开口抵掌更笑喧。
啾啾饮食滴与粒，生死亦足终天年。
睢盱大志小成遂，坐使儿女相悲怜。

其二

虞衡斤斧罗千山，工命采斫代与橡。
深林土剪十取一，百牛连鞅摧双辕。
万围千寻妨道路，东西蹶倒山火焚。
遗馀毫末不见保，蹒跚碉礲何当存。
群材未成质已夭，突兀哮豁空岩峦。
柏梁天灾武库火，匠石狼顾相愁冤。
君不见南山栋梁益稀少，爱材养育谁复论。

《柳河东集》：韩曰：三诗意皆有所讽,上篇谓志大如夸父者竟不免渴死,反不若北方之短人,亦足终天年。盖自谓也。中篇谓人才众多,则国家不能爱养,逮天下多事,则狼顾而叹无可用之才。盖言同辈诸公一时贬黜之意也。

《韩柳诗选》：音节古,色泽鲜,绝去纤、伪二种流弊。

跂乌词

城上日出群乌飞,鸦鸦争赴朝阳枝。
刷毛伸翼和且乐,尔独落魄今何为。
无乃慕高近白日,三足妒尔令尔疾。
无乃饥啼走道旁,贪鲜攫肉人所伤。
翘肖独足下丛薄,口衔低枝始能跃。
还顾泥涂备蝼蚁,仰看栋梁防燕雀。
左右六翮利如刀,踊身失势不得高。
支离无趾犹自免,努力低飞逃后患。

《韩柳诗选》：词致历落,自不入平软之调。

《剑溪说诗》：子厚寂寥短章,词高意远,是为绝调。若《放鹧鸪》、《跂乌词》,并悔过之作,恻怆动人。

笼鹰词

凄风淅沥飞严霜,苍鹰上击翻曙光。
云披雾裂虹霓断,霹雳掣电捎平冈。
砉然劲翮剪荆棘,下攫狐兔腾苍茫。

爪毛吻血百鸟逝，独立四顾时激昂。

炎风溽暑忽然至，羽翼脱落自摧藏。

草中狸鼠足为患，一夕十顾惊且伤。

但愿清商复为假，拔去万累云间翔。

放鹧鸪词

楚越有鸟甘且腴，嘲嘲自名为鹧鸪。

徇媒得食不复虑，机械潜发罹置罦。

羽毛摧折触笯藑，烟火煽赫惊庖厨。

鼎前芍药调五味，膳夫攘腕左右视。

齐王不忍觳觫牛，简子亦放邯郸鸠。

二子得意犹念此，况我万里为孤囚。

破笯展翅当远去，同类相呼莫相顾。

【汇评】

《碧溪诗话》：《放鹧鸪词》云："破笯展翅当远去，同类相呼莫相顾。"惜乎知之不早尔！

《韵语阳秋》：柳子厚有《放鹧鸪词》，人徒知其不肖以生命供口腹，其仁如是也。余谓此词乃作于诏追之时，有自悔前失之意。故前言"徇媒得食不复虑"，后言"同类相呼莫相顾"，"媒"与"类"皆谓伾、文也。

《唐诗别裁》：见此后当自检束，勿更为所引也（末四句下）。

《网师园唐诗笺》：隐指依王叔文罹祸事（"徇媒"二句下）。

闻黄鹂

倦闻子规朝暮声，不意忽有黄鹂鸣。

一声梦断楚江曲，满眼故园春草绿。

目极千里无山河，麦芒际天摇清波。

王畿优本少赋役，务闲酒熟饶经过。

此时晴烟最深处，舍南巷北遥相语。

翻日迴度昆明飞，凌风邪看细柳翥。

我今误落千万山，身同伧人不思还。

乡禽何事亦来此，令我生心忆桑梓。

闲声回翅归务速，西林紫椹行当熟。

【汇评】

《苕溪渔隐丛话》：子厚《闻莺》诗云："一声梦断楚江曲，满眼故园春草绿。"其感物怀土，不尽之意，备见于两句中，不在多也。

《韩柳诗选》：亦有生新之致，缘下笔时不走熟径故耳（"满眼故园"句下）。

杨白花

杨白花，风吹渡江水。

坐令宫树无颜色，摇荡春光千万里。

茫茫晓日下长秋，哀歌未断城鸦起。

【汇评】

《彦周诗话》：杨华既奔梁，元魏胡武灵后，作《杨白华歌》，令宫人连臂踏足歌之，声甚凄断。柳子厚乐府云："杨白华，风吹渡江水。……"，言婉而情深，古今绝唱也。

《野客丛书》：柳子厚有《杨白花》，此正与汉宫人歌《赤凤来曲》相似。

《唐诗品汇》：刘云：语调适与事情俱美，其馀音杳杳，可以泣鬼神者，惜不令连臂者歌之。

《唐诗解》：唐人用乐府旧题，咸别自造意，惟此篇为拟古。

《唐诗选脉会通评林》：郭濬曰：情思悠远，备至无聊，太白有此风味。　　陆时雍曰：较本词觉雅。　　吴山民曰："茫茫"句，见得是太后。　　周珽：才睹"晓日"，忽闻"晚鸦"，恍惚哀歌，挈情极尽，此得拟古之正格者。

《唐风定》：音节浑是盛唐。

《韦柳诗集》：蒋之翘云：子厚乐府小曲如《杨白花》，似得太白遗韵。

《载酒园诗话》：凡编诗者，切不宜以乐府编入七言古。如柳诗："杨白花，……哀歌未断城鸦起。"真可谓微而显，宛肖胸中所欲言。然不先知胡太后事，安知此诗之妙。

《唐诗评注》：顾华玉称此诗更不浅露，反极悲哀，其能尔者，当由即景含情。

《唐诗别裁》：长秋宫，太后所居。通篇不露正旨，而以"长秋"二字逗出，用笔用意在微显之间。

《网师园唐诗笺》：妙在不即不离间。

《删订唐诗解》：吴昌祺曰：直欲亚太白《乌栖曲》。

《唐诗笺要》：言既情深，未尝说尽，而姿致横流，真觉幽好在象外。

渔　翁

渔翁夜傍西岩宿，晓汲清湘燃楚竹。

烟销日出不见人，欸乃一声山水绿。

回看天际下中流，岩上无心云相逐。

【汇评】

《冷斋夜话》：柳子厚诗曰："渔翁夜傍西岩宿，晓汲清湘然楚竹。……"。东坡评诗云："以奇趣为宗，反常合道为趣。熟味之，此诗有奇趣。其尾两句,虽不必亦可。"

《环溪诗话》:柳子厚诗云:"渔翁夜傍西岩宿,……"此赋中之兴也。

《唐诗品汇》:刘云:或谓苏评为当,非知言者。此诗气浑,不类晚唐,正在后两句,非蛇安足者。

《批选唐诗》:无色无相,潇然自得。

《批点唐诗正声》:"烟消日出不见人"二句,古今绝唱。

《唐风定》:高正在结。欲删二语者,难与言诗矣。

《诗薮》:子厚"渔翁夜傍西岩宿",除去末二句自佳。刘以为不类晚唐,正赖有此,然加此二句为七言古,亦何讵胜晚唐?故不如作绝也。

《唐诗选脉会通评林》:吴山民曰:首二句清,次二句有趋景慕,深推赞切,岂子厚失意时诗耶?　　顾璘曰:幽意切。周珽曰:熟味此诗,有奇趣,然尾二句不必亦可,盖以前四语已尽幽奇,结反着相也。陆时雍谓"欸乃"句是浅句,"岩下"句是浅意,然欤?

《诗的》:柳柳州《渔翁诗》,……气清而飘逸,殆商调欤!

《诗话类编》:诗贵意,意贵远不贵近,贵淡不贵浓;浓而近者易识,淡而远者难知。……柳子厚"回看天际下中流,岩上无心云相逐",坡翁欲削此二句,论诗者类不免矮人看场之病。余谓若止用前四句,则与晚唐何异?

《唐诗别裁》:东坡谓删去末二语,馀情不尽。信然。

《唐诗笺要》:二语幽绝("烟销日出"二句下)。

饮　酒

今夕少愉乐,起坐开清尊。

举觞酹先酒，为我驱忧烦。

须臾心自殊，顿觉天地暄。

连山变幽晦，绿水函晏温。

蔼蔼南郭门，树木一何繁。

清阴可自庇，竟夕闻佳言。

尽醉无复辞，偃卧有芳荪。

彼哉晋楚富，此道未必存。

【汇评】

《竹庄诗话》：《笔墨闲录》云：《饮酒》诗绝似渊明。

《唐诗品汇》："先酒"，始为酒者（"举觞"句下）。

《唐诗镜》：同一饮酒，陶令趣真，子厚趣假，此其中固不可强。

读　书

幽沉谢世事，俯默窥唐虞。

上下观古今，起伏千万途。

遇欣或自笑，感戚亦以吁。

缥帙各舒散，前后互相逾。

瘴疴扰灵府，日与往昔殊。

临文乍了了，彻卷兀若无。

竟夕谁与言，但与竹素俱。

倦极便倒卧，熟寐乃一苏。

欠伸展肢体，吟咏心自愉。

得意适其适，非愿为世儒。

道尽即闭口，萧散捐囚拘。

巧者为我拙，智者为我愚。

书史足自悦，安用勤与劬。

贵尔六尺躯,勿为名所驱。

【汇评】

《碧溪诗话》:柳《读书》篇云:"瘴疴扰灵府,日与往昔殊。临文乍了了,彻卷兀若无。"盖尝《答许京兆书》云:"往时读书不至底滞,今每读一传,再三伸卷,复观姓氏,在宗元则为瘴疴所扰,他人乃公患也。"

《义门读书记》:诗亦无穷起伏。

《载酒园诗话又编》:《读书》曰:"上下观古今,起伏千万途。遇欣或自笑,感戚亦以吁。"殆为千古书淫墨癖人写照。又曰:"临文乍了了,彻卷兀若无。"则如先为余辈一种困学人解嘲矣。

咏荆轲

燕秦不两立,太子已为虞。

千金奉短计,匕首荆卿趋。

穷年徇所欲,兵势且见屠。

微言激幽愤,怒目辞燕都。

朔风动易水,挥爵前长驱。

函首致宿怨,献田开版图。

炯然耀电光,掌握罔正夫。

造端何其锐,临事竟趑趄。

长虹吐白日,仓卒反受诛。

按剑赫凭怒,风雷助号呼。

慈父断子首,狂走无容躯。

夷城芟七族,台观皆焚污。

始期忧患弭,卒动灾祸枢。

秦皇本诈力,事与桓公殊。

奈何效曹子，实谓勇且愚。

世传故多谬，太史征无且。

【汇评】

《后村诗话》：咏荆轲者多矣，此篇"勇且愚"之评，与渊明"惜哉剑术疏"之语同一意脉。陶、柳诗率含蓄不尽。

《唐诗品汇》：刘云：结得此事较有体。太史公曰：世言荆轲伤秦王，非也。始，公孙季功，董生与夏无且游，具知其事，为余道之如是。

《诗源辩体》：至如《荆轲》结语云"世传故多谬，太史征无且"，即《桐叶封弟辩》云"或曰封唐，史佚成之"之意，但语较元和终则温润耳，故不入大变也。

《义门读书记》：用事变换（"长虹"句下）。　　"秦皇本诈力"以下，又即荆轲必欲生劫之以报太子之意，与上"临事竟趑趄"一层反覆呼应，言所患不在无勇，而反失太子"燕秦不两立"之本谋，则短于计而失诸愚也。

掩役夫张进骸

生死悠悠尔，一气聚散之。

偶来纷喜怒，奄忽已复辞。

为役孰贱辱，为贵非神奇。

一朝纩息定，枯朽无妍蚩。

生平勤皂枥，锉秣不告疲。

既死给椑椟，葬之东山基。

奈何值崩湍，荡析临路垂。

髐然暴百骸，散乱不复支。

从者幸告余，眷之涓然悲。

猫虎获迎祭，犬马有盖帷。

伫立唁尔魂，岂复识此为。

畚锸载埋瘗，沟渎护其危。

我心得所安，不谓尔有知。

掩骼著春令，兹焉适其时。

及物非吾事，聊且顾尔私。

【汇评】

《潜溪诗眼》：《掩役夫张进骸》既尽役夫之事，又反覆自明其意，此一篇笔力规模，不减庄周、左丘明也。

《唐诗品汇》：刘云：学陶不如此篇逼近，亦事题偶足以发尔，故知理贵自然。

《批点唐诗正声》：气格变化，全似庄周。

《四溟诗话》：余读柳子厚《掩役夫张进骸》诗，至"但愿我心安，不为尔有知。"诚仁人之言也。夫子厚一代文宗，故其摛词振藻，能占地步如此。

《诗源辩体》：子厚五言古，如《掩投夫骸》、《咏三良》、《咏荆轲》，亦渐涉议论矣。

《删订唐诗解》：吴昌祺曰：此亦叙事耳。宋人极口，所以变为杨廷秀一派也。

《唐诗别裁》："一朝旷息定"二语，见贵贱贤愚，古今同尽，此达人之言也。"我心得所安"二语，见求安恻隐，非以示恩，此仁人之言也。

《石园诗话》：柳子厚文章卓伟精致，为古为俦，尤擅西汉诗骚，一时行辈推仰。贬官后，自放山泽间，其埋厄感郁，一寓于诗。"志适不期贵，道存岂偷生。"《掩役夫张进骸》云："我心得所安，不谓尔有知。"此等吐属，大有见解。

春怀故园

九扈鸣已晚,楚乡农事春。
悠悠故池水,空待灌园人。

刘禹锡

刘禹锡(772—842),字梦得,洛阳(今属河南)人。贞元九年(793),登进士第,又登吏部取士科,授太子校书。为淮南节度使杜佑幕从事,调渭南主簿。入为监察御史。永贞元年,转屯田员外郎、判度支盐铁案。参与王叔文革新活动。宪宗立,贬连州刺史,再贬朗州司马。元和十年奉诏还京,因作诗语涉讥刺,复贬授播州刺史,改连州。长庆、宝历中,历夔、和二州刺史。大和初,入朝为主客、礼部郎中,充集贤直学士,复出为苏、汝、同三州刺史。开成元年,为太子宾客,分司东都,改秘书监分司,加检校礼部尚书。卒,世称刘宾客。禹锡诗造精绝,白居易称之为"诗豪"。与白居易并称"刘白",与柳宗元并称"刘柳"。有《刘禹锡集》四十卷,宋初佚其十卷。今有《刘梦得文集》(一名《刘宾客文集》)四十卷行世,其中《外集》十卷乃北宋宋敏求所辑。《全唐诗》编诗十二卷。

【汇评】

彭城刘梦得,诗豪者也,其锋森然,少敢当者。(白居易《刘白唱和集解》)

瑰奇美丽主:武元衡。上入室一人:刘禹锡。(《诗人主

客图》)

素善诗,晚节尤精,与白居易酬复颇多,居易以诗自名者,尝推为"诗豪"。(《新唐书》)

刘梦得诗,典则既高,滋味亦厚。但正若巧匠矜能,不见少拙。(《蔡百衲诗评》)

苏子由晚年多令人学刘禹锡诗,以为用意深远,有曲折处。(《童蒙诗训》)

李义山、刘梦得、杜牧之三人,笔力不能相上下,大抵工律诗而不工古诗,七言尤工,五言微弱,虽有佳句,然不能如韦、柳、王、孟之高致也。义山多奇趣,梦得有高韵,牧之专事华藻,此其优劣耳。(《岁寒堂诗话》)

大历后,刘梦得之绝句,张籍、王建之乐府,我所深取耳。(《沧浪诗话》)

刘梦得文不及诗。(《困学纪闻》)

山谷云:大概刘梦得乐府,小章优于大篇,诗优于他文耳。(《竹庄诗话》)

上自齐梁诸公,下至刘梦得、温飞卿辈,往往以绮丽风花累其正气,其过在于理不胜而词有馀也。(《杜工部草堂诗话》)

刘梦得如镂冰雕琼,流光自照。(《臞翁诗评》)

刘梦得诗格高,在元、白之上,长庆以后诗人皆不能及。且是句句分晓,不吃气力,别无暗昧关锁。(《瀛奎律髓》)

刘禹锡诗以意为主,有气骨。(《吟谱》)

元和以后,诗人之全集可观者数家,当以刘禹锡为第一。其诗入选及人所脍炙,不下百首矣,……宛有六朝风致,尤可喜也。(《升庵诗话》)

唐七言律,……梦得骨力豪劲,在中、晚间自为一格,又一变也。(《诗薮》)

刘梦得七言绝，柳子厚五言古，俱深于哀怨，谓骚之馀派可。刘婉多风，柳直损致，世称韦柳，则以本色见长耳。(《诗镜总论》)

禹锡有诗豪之目。其诗气该今古，词总华实，运用似无甚过人，却都惬人意，语语可歌，其才情之最豪者。司空图尝言：禹锡及杨巨源诗各有胜会，两人格律精切欲同；然刘得之易，杨却得之难，入处迥异尔。(《唐音癸签》)

刘虽与白齐名，而其集变体实少。五七言古及五言律俱未为工，七言律……两三篇声有类盛唐，……七言绝气格甚胜。(《诗源辩体》)

刘梦得五言古诗，多学南北朝。如《观舞柘枝》曰："曲尽回身处，层波犹注人。"宫体中佳语也。唯近体中间杂古调，终有乌孙学汉之讥，不若唐音自佳。(《载酒园诗话又编》)

梦得佳诗，多在朗、连、夔、和时作，主客以后，始事疏纵，其与白傅倡和者，尤多老人衰飒之音。长律虽有美言，亦多语工而调熟。(同上)

东坡天才，有不可思议处，其七律只用梦得、香山格调。(《五七言今体诗钞》)

陆放翁七律全学刘宾客，细味乃得之。(《初白庵诗评》)

大历十子后，刘梦得骨干气魄，似又高于随州。人与乐天并称，缘刘、白有《倡和集》耳。白之浅易，未可同日语也。(《说诗晬语》)

大历后诗，梦得高于文房。与白傅唱和，故称"刘白"。实刘以风格胜，白以近情胜，各自成家，不相肖也。(《唐诗别裁》)

新城公曰："刘吏部公戱云：'七律较五律多二字耳，其难什倍，譬开硬弩，只到七分，若到十分满，古今亦罕矣。……求其十分满者，惟杜甫、李颀、李商隐、陆游，及明之空同、沧溟二李数家耳。'"愚谓王维、刘禹锡亦有十分满者，岂反在放翁、沧溟下耶？(《剑溪

说诗》)

刘宾客之能事,全在《竹枝词》,至于铺陈排比,辄有伧俗之气。山谷云:"梦得《竹枝》九章,词意高妙,昔子瞻尝闻余咏第一篇,叹曰:'此奔轶绝尘,不可追也。'"又云:"梦得乐府小章,优于大篇。"极为确论。(《石洲诗话》)

刘宾客长篇,虽不逮韩之奇横,而健举略足相当。七古刘之敌韩,犹五古郊之匹愈也。即梦得五言,亦自质雅可诵。世乃谓其不工古诗,何其武断!(《读雪山房唐诗序例》)

至刘、柳出,乃复见诗人本色,观听为之一变,子厚骨耸,梦得气雄,元和之二豪也。(同上)

刘宾客无体不备,蔚为大家,绝句中之山海也。始以议论入诗,下开杜紫微一派。(同上)

梦得古诗边幅较文房为大,律诗不及。其酷嗜杜陵"年去年来洞庭上,白蘋愁杀白头人",及张籍"药酒欲开期好客,朝衣暂脱见闲身",又爱吟右丞"兴阑啼鸟缓,坐久落花多,"亦可知其用意处。(《静居绪言》)

大抵七律最忌率易成章。今人多著意颔联,能讲究起句及结句者甚少。又五、六一联,每患气弱,或不能开宕。刘梦得于此处倍研练,能操笔,最可法。(《退馀丛话》)

乐天称梦得为诗豪,又谓其诗"在处应有神物护持"。予读其集,唯律绝过人,古诗三卷,风格平弱,雅不足称作者。(《养一斋诗话》)

大约梦得才人,一直说去,不见艰难吃力,是其胜于诸家处,然少顿挫沉郁,又无自己在诗内,所以不及杜公。先君云:七律中以文言叙俗情入妙者,刘宾客也。次则义山。义山资之以藻饰。(《昭昧詹言》)

刘梦得诗稍近径露,大抵骨胜于白,而韵逊于柳。要其名隽独

得之句,柳亦不能掩也。(《艺概》)

中唐七律,梦得可继随州。后人与乐天并称,因刘、白有唱和集耳,神彩骨干,恶可同日语?(《唐诗五七言近体五七言绝句选评》)

昔人论刘梦得为豪放,其体为东坡七律所自出,固不得而轻议之也。(《桐城吴先生评点唐诗鼓吹》)

唐人擅长七律者,老杜外,……中唐作者,刘梦得、刘文房皆巨擘。(《诗法萃编》)

七律当以工部为宗,附以刘梦得、李义山两家。(《老生常谈》)

梦得歌行,咏古皆爽脆,饶别致。五律极精深,惟五古多涩雅处。(《东目馆诗见》)

梦得主怨刺,故胜《主客图》列之"瑰奇美丽",尚未觉其典则高而滋味厚也。谓乐府小章优于大篇,山谷实具只眼。(同上)

五言体杂不一。有如"深春风日净"、"昔听东武吟"等篇,宛转徘徊,取涂乐府;"秋江早望"、"谪居悼往",则结体元晖。若"水禽残月",模休文之韵思;"楚望苍然",结韩卿之茂体。馀或放于言理,失于音调,未求刻意,累在才多也。《女几》作楚挽之哀词,《泰娘》谱新声之凄奏,七言此其选矣。《聚蚊》、《百舌》,托意深微,亦得乐府遗意。律体独多,莹瑕间采。(《三唐诗品》)

其诗极似王维,清新流丽,格调自高。长篇间入魏晋,元和诗人自当首屈一指。韩、刘、元、白虽属异曲,未见同工也。(《诗学渊源》)

团扇歌

团扇复团扇,奉君清暑殿。
秋风入庭树,从此不相见。

上有乘鸾女，苍苍虫网遍。

明年入怀袖，别是机中练。

【汇评】

《唐诗镜》：意迫。

《唐诗归》：钟云：末语又作一想，更自难堪。

《载酒园诗话又编》：五古自是刘诗胜场，然其可喜处，多在新声变调，尖警不含蓄者。《团扇歌》曰："明年入怀袖，别是机中练。"不惟竿头进步，正自酸感动人。

插田歌并引

连州城下，俯接村墟。偶登郡楼，适有所感。遂书其事为俚歌，以俟采诗者。

冈头花草齐，燕子东西飞。

田塍望如线，白水光参差。

农妇白纻裙，农父绿蓑衣。

齐唱郢中歌，嘤伫如竹枝。

但闻怨响音，不辨俚语词。

时时一大笑，此必相嘲嗤。

水平苗漠漠，烟火生墟落。

黄犬往复还，赤鸡鸣且啄。

路旁谁家郎，乌帽衫袖长。

自言上计吏，年幼离帝乡。

田夫语计吏，君家侬定谙。

一来长安道，眼大不相参。

计吏笑致辞，长安真大处。

省门高轲峨，侬入无度数。

昨来补卫士，唯用筒竹布。

君看二三年，我作官人去。

【汇评】

《唐诗归》：钟云：夸得俚，俚得妙（"长安"句下）。　　谭云：极直，极象（末六句下）。　　钟云：风土诗必身至其地，始知其妙，然使未至者读之，茫然不晓何语，亦是口头笔下不能运用之过。

《唐风定》：音节已入变风。　　讽刺澹然，可谓怨而不怒（"昨夜"四句下）。

《载酒园诗话又编》：《插田歌》叙田夫、计吏问答，……匪徒言动如生，言外感伤时事，使千载后人犹为之欲哭欲泣。

《唐诗别裁》：前状插田唱歌，如闻其声；后状计吏问答，如绘其形。

《石园诗话》：梦得《插田歌》云："水平苗漠漠，烟火生墟落。黄犬往复还，赤鸡鸣且啄。"四句有画意。

《王闿运手批唐诗选》：诗不对题（起四句下）。

华山歌

洪炉作高山，元气鼓其橐。

俄然神功就，峻拔在寥廓。

灵迹露指爪，杀气见棱角。

凡木不敢生，神仙聿来托。

天资帝王宅，以我为关钥。

能令下国人，一见换神骨。

高山固无限，如此方为岳。

丈夫无特达，虽贵犹碌碌。

《唐诗选脉会通评林》：周珽曰：灵心奥语，是壶中天地，芥中须弥，笼中人物。煞句为用世身分力量人下针。

《唐诗归》：钟云：大山水，景事气象俱少不得。然专写景事则纤，专写气象亦泛，须胸中笔下别有所领。

《放胆诗》：如此大山，他人百韵写不尽，只十六句包举之。字字据人上流，而颢气宏词，馀勇可贾，因知诗家争先着法。

《柳亭诗话》：骨力傲岸，撑拄全篇（"灵迹"四句下）。

捣衣曲

爽砧应秋律，繁杵含凄风。
一一远相续，家家音不同。
户庭凝露清，伴侣明月中。
长裾委襞积，轻珮垂璁珑。
汗馀衫更馥，钿移鬓半空。
报寒惊边雁，促思闻候虫。
天狼正芒角，虎落定相攻。
盈篚寄何处，征人如转蓬。

【汇评】

《升庵诗话》：大历以后，五言古诗可选者，惟（李）端此篇（按指《古别离》）与刘禹锡《捣衣曲》、陆龟蒙"茱萸匣中镜"、温飞卿"悠悠复悠悠"四首耳。

畲田行

何处好畲田，团团缦山腹。

钻龟得雨卦，上山烧卧木。

惊麏走且顾，群雉声呷喔。

红焰远成霞，轻煤飞入郭。

风引上高岑，猎猎度青林。

青林望靡靡，赤光低复起。

照潭出老蛟，爆竹惊山鬼。

夜色不见山，孤明星汉间。

如星复如月，俱逐晓风灭。

本从敲石光，遂至烘天热。

下种暖灰中，乘阳拆牙蘖。

苍苍一雨后，茗颖如云发。

巴人拱手吟，耕耨不关心。

由来得地势，径寸有馀金。

【汇评】

《苕溪诗话》：刘禹锡谪连州，作《畬田行》云："何处好畬田，团团缦山腹"、"下种暖灰中，乘阳拆芽蘖。"又作《竹枝词》云："银钏金钗来负水，长刀短笠去烧畬。"尝观辰沅亦然。瘠土之民，宜倍其劳，而耕反卤莽也。

贾客词 并引

五方之贾，以财相雄，而盐贾尤炽。或曰，贾雄则农伤。予感之，作是词。

贾客无定游，所游唯利并。

眩俗杂良苦，乘时取重轻。

心计析秋毫，摇钩侔悬衡。

锥刀既无弃，转化日已盈。

邀福祷波神,施财游化城。

妻约雕金钏,女垂贯珠缨。

高赀比封君,奇货通侔卿。

趋时鸷鸟思,藏锢盘龙形。

大艑浮通川,高楼次旗亭。

行止皆有乐,关梁自无征。

农夫何为者,辛苦事寒耕。

昏镜词并引

镜之工列十镜于贾垆,发奁而视,其一皎如,其九雾如。或曰:"良苦之不侔甚矣。"工解颐谢曰:"非不能尽良也。盖贾之意,唯售是念。今夫来市者,必历鉴周睐,求与己宜。彼皎者不能隐芒杪之瑕,非美容不合是用,什一其数也。"余感之,作《昏镜词》。

昏镜非美金,漠然丧其晶。

陋容多自欺,谓若他镜明。

瑕疵既不见,妍态随意生。

一日四五照,自言美倾城。

饰带以纹绣,装匣以琼瑛。

秦宫岂不重,非适乃为轻。

客有为余话登天坛遇雨之状因以赋之

清晨登天坛,半路逢阴晦。

疾行穿雨过,却立视云背。

白日照其上,风雷走于内。

浤漾雪海翻,槎牙玉山碎。

蛟龙露鬐鬣，神鬼含变态。

万状互生灭，百音以繁会。

俯观群动静，始觉天宇大。

山顶自晶明，人间已滂霈。

豁然重昏敛，焕若春冰溃。

反照入松门，瀑流飞缟带。

遥光泛物色，馀韵吟天籁。

洞府撞仙钟，村墟起夕霭。

却见山下侣，已如迷世代。

问我何处来，我来云雨外。

【汇评】

《唐诗镜》：写出真际处最佳。"疾行"数语，殊自奇快，结语稳足。

《唐诗归》：钟云：视听高寂（"百音"句下）。　　钟云："上"字、"内"字、"外"字，皆以极确字面形出极幻之境，作记妙手（"我来"句下）。　　钟云：山水诗，语有极壮幻惊人，而不免为后人开一蹊径者，如"日月照其上，风雷走于内"等语是也。意以为不如"百音以繁会"、"遥光泛物色"，虽无声迹可寻，而实境所触，偶然得之，移动不去，久而更新耳。

《唐诗快》：一路极力铺叙，总赶到末二句紧紧收锁，正如风樯阵马，截然而止，此岂寻常笔力！

《载酒园诗话又编》：状天坛遇雨曰："疾行穿雨过，却立视云背。"《罗浮寺》曰："夜宿最高峰，瞻望浩无邻。海黑天宇旷，星辰来逼人。"景奇语奇，登山时却实有此事。

《岘傭说诗》：刘梦得《天坛遇雨作》，变化奇幻，已开东坡之先声。

《王闿运手批唐诗选》：山上看山下雨，常景也。作诗便觉灵奇（首句下）。

月夜忆乐天兼寄微之

今宵帝城月，一望雪相似。
遥想洛阳城，清光正如此。
知君当此夕，亦望镜湖水。
展转相忆心，月明千万里。

【汇评】

《网师园唐诗笺》：一片神行。

桃源行

渔舟何招招，浮在武陵水。
拖纶掷饵信流去，误入桃源行数里。
清源寻尽花绵绵，踏花觅径至洞前。
洞门苍黑烟雾生，暗行数步逢虚明。
俗人毛骨惊仙子，争来致词何至此？
须臾皆破冰雪颜，笑言委曲问人间。
因嗟隐身来种玉，不知人世如风烛。
筵羞石髓劝客餐，灯爇松脂留客宿。
鸡声犬声遥相闻，晓色葱笼开五云。
渔人振衣起出户，满庭无路花纷纷。
翻然恐失乡县处，一息不肯桃源住。
桃花满溪水似镜，尘心如垢洗不去。
仙家一出寻无踪，至今流水山重重。

【汇评】

《庚溪诗话》：武陵桃源，秦人避世于此，至东晋始闻于人间。

陶渊明作记，且为之诗，详矣。其后，作者相继，如王摩诘、韩退之、刘禹锡、本朝王介甫，皆有歌诗，争出新意，各相雄长。

《剑溪说诗》：《桃源行》四篇，摩诘为合作，昌黎、半山大费气力，梦得亦澄汰未精。

《石洲诗话》：古今咏桃源事者，至右丞而造极，固不必言矣。然此题咏者，唐宋诸贤略有不同，右丞及韩文公、刘宾客之作，则直谓成仙；而苏文忠之论，则以为是其子孙，非即避秦之人至晋尚在也。此说似近理。盖唐人之诗，但取兴象超妙，至后人及益研核情事耳。　　刘宾客之作，虽自有寄托，然逊诸公诗多矣。郭茂倩并取入《乐府》，似未当。

九华山歌 并引

九华山在池州清阳县西南，九峰竞秀，神采奇异。昔予仰太华，以为此外无奇；爱女几荆山，以为此外无秀。及今年见九华，始悼前言之容易也。惜其地偏且远，不为世所称，故歌以大之。

奇峰一见惊魂魄，意想洪垆始开辟。

疑是九龙天矫欲攀天，忽逢霹雳一声化为石。

不然何至今，悠悠亿万年，

气势不死如腾亿。

云含幽兮月添冷，月凝晖兮江漾影。

结根不得要路津，迥秀长在无人境。

轩皇封禅登云亭，大禹会计临东溟。

乘楼不来广乐绝，独与猿鸟愁青荧。

君不见敬亭之山黄索漠，兀如断岸无棱角。

宣城谢守一首诗，遂使声名齐五岳。

九华山，九华山，

自是造化一尤物，焉能籍甚乎人间。

【汇评】

《入蜀记》：过阳山矶，始见九华山。九华本名九子，李太白为易名。太白与刘梦得皆有诗，而刘至以为可兼太华、女几之奇秀。……大抵此山之奇，在修纤耳，然无含蓄敦大气象，与庐阜、天台异矣。

《放胆诗》：与《华山歌》各极其妙。

《唐诗快》：此山自太白改"九子"为"九华"，更加梦得一诗，至今薄海内外，无不知有九华矣。然蚩蚩之群，岂知山之奇秀哉？此造化尤物，故当为造化闷之耳。

泰娘歌 并引

泰娘本韦尚书家主讴者。初，尚书为吴郡，得之。命乐工诲之琵琶，使之歌且舞。无几何，尽得其术。居一二岁，携之以归京师。京师多新声善工，于是又捐去故技，以新声度曲；而泰娘名字，往往见称于贵游之间。元和初，尚书薨于东京，泰娘出居民间。久之，为蕲州刺史张愻所得。其后愻坐事，谪居武陵郡。愻卒，泰娘无所归，地荒且远，无有能知其容与艺者。故日抱乐器而哭，其音焦杀以悲。客闻之，为歌其事以续于乐府云。

　　泰娘家本阊门西，门前绿水环金堤。
　　有时妆成好天气，走上皋桥折花戏。
　　风流太守韦尚书，路旁忽见停隼旟。
　　斗量明珠鸟传意，绀幰迎入专城居。
　　长鬟如云衣似雾，锦茵罗荐承轻步。
　　舞学惊鸿水榭春，歌传上客兰堂暮。
　　从郎西入帝城中，贵游簪组香帘栊。

低鬟缓视抱明月，纤指破拨生胡风。
繁华一旦有消歇，题剑无光履声绝。
洛阳旧宅生草莱，杜陵萧萧松柏哀。
妆奁虫网厚如茧，博山炉侧倾寒灰。
蕲州刺史张公子，白马新到铜驼里。
自言买笑掷黄金，月堕云中从此始。
安知鹏鸟座隅飞，寂寞旅魂招不归。
秦嘉镜有前时结，韩寿香销故箧衣。
山城少人江水碧，断雁哀猿风雨夕。
朱弦已绝为知音，云鬟未秋私自惜。
举目风烟非旧时，梦寻归路多参差。
如何将此千行泪，更洒湘江斑竹枝。

【汇评】

《载酒园诗话又编》：梦得最长于刻划，如《泰娘歌》"朱弦已绝为知音，云鬟未秋私自惜"，则如见狭邪人矜能炫色，摇摇靡泊之怀。

白鹭儿

白鹭儿，最高格。
毛衣新成雪不敌，众禽喧呼独凝寂。
孤眠芊芊草，久立潺潺石。
前山正无云，飞去入遥碧。

武昌老人说笛歌

武昌老人七十馀，手把庚令相问书。

自言少小学吹笛，早事曹王曾赏激。

往年镇戍到蕲州，楚山萧萧笛竹秋。

当时买材恣搜索，典却身上乌貂裘。

古苔苍苍封老节，石上孤生饱风雪。

商声五音随指发，水中龙应行云绝。

曾将黄鹤楼上吹，一声占尽秋江月。

如今老去语尤迟，音韵高低耳不知。

气力已微心尚在，时时一曲梦中吹。

【汇评】

《艇斋诗话》：唐人乐府，惟张籍、王建古质，刘梦得《武昌老人说笛歌》宛转有思致。

《竹庄诗话》：《漫斋语录》云：刘禹锡长于歌行并绝句，如《武昌老人说笛歌》，山谷云："使宋玉、马融复生，亦当许之。" 又：《诗史》云：昔苏子美言："乐天《琵琶行》中云'夜深忽梦少年事，觉来粉泪湿阑干'，此联有佳句。"余谓梦得《武昌老人说笛歌》云"如今老去语犹迟，音韵高低耳不知。气力已无声上在，时时一曲梦中吹"，不减乐天。

《载酒园诗话又编》：禹锡七言古大致多可观，其《武昌老人说笛歌》，娓娓不休，极肖过时人追忆盛年，不禁技痒之态。至曰"气力已微心尚在，时时一曲梦中吹"，不意笔舌之妙，一至于此。

聚蚊谣

沉沉夏夜兰堂开，飞蚊伺暗声如雷。

嘈然欻起初骇听，殷殷若自南山来。

喧腾鼓舞喜昏黑，昧者不分听者惑。

露花滴沥月上天，利觜迎人著不得。

我躯七尺尔如芒，我孤尔众能我伤。

天生有时不可遏，为尔设幄潜匡床。

清商一来秋日晓，羞尔微形饲丹鸟。

【汇评】

《苕溪诗话》：退之《咏蚊蝇》云："凉风九月到，扫不见踪迹。"梦得《聚蚊》云："清商一来秋日晓，差尔微形饲丹鸟。"……小人稔恶，岂漏恢网，但可侥幸目前耳。《左氏》曰："天之假助不善，非右之也，将厚其恶而降之罚也。"其是之谓乎？

百舌吟

晓星寥落春云低，初闻百舌间关啼。

花枝满空迷处所，摇动繁英坠红雨。

笙簧百啭音韵多，黄鹂吞声燕无语。

东方朝日迟迟升，迎风弄景如自矜。

数声不尽又飞去，何许相逢绿杨路。

绵蛮宛转似娱人，一心百舌何纷纷。

酡颜侠少停歌听，坠珥妖姬和睡闻。

可怜光景何时尽，谁能低回避鹰隼。

廷尉张罗自不关，潘郎挟弹无情损。

天生羽族尔何微，舌端万变乘春晖。

南方朱鸟一朝见，索漠无言蒿下飞。

【汇评】

《优古堂诗话》：李长吉有"桃花乱落如红雨"之句，以此名也。予观刘禹锡诗云："花枝满空迷处所，摇落繁英坠红雨。"刘、李同出一时，决非相为剽窃。

秋萤引

汉陵秦苑遥苍苍，陈根腐叶秋萤光。

夜空寥寂金气净，千门九陌飞悠扬。

纷纶晖映互明灭，金炉星喷镫花发。

露华洗濯清风吹，低昂不定招摇垂。

高丽罘罳照蛛网，斜历璇题舞罗幌。

曝衣楼上拂香裙，承露台前转仙掌。

槐市诸生夜读书，北窗分明辨鲁鱼。

行子东山起征思，中郎骑省悲秋气。

铜雀人归自入帘，长门帐开来照泪。

谁言向晦常自明，儿童走步娇女争。

天生有光非自炫，远近低昂暗中见。

撮蚊妖鸟亦夜飞，翅如车轮人不见。

【汇评】

《升庵诗话》：唐刘禹锡《秋萤引》云："汉陵秦苑遥苍苍，陈根腐叶秋萤光。……撮蚊妖鸟亦夜飞，翅如车轮人不见。"宋张文潜《熠熠行》云："碧梧含风夏夜清，林塘五月初飞萤。……荒榛芜草无人迹，只有秋来熠熠飞。"刘禹锡、张文潜二集今不传，余家有之，兼爱二诗之工，故录于此。

《唐诗选脉会通评林》：周珽曰：说得秋萤大有身分，其光明所烛，无所不到，无人不见，微物且然；况盛德之士，宁晦不自炫，竟沉于泯灭哉！末二句，见得恶劣小人虽大其声势，终不若君子形着明动，有自然之辉也。通篇渊浑高穆。

《问花楼诗话》：梦得诗如《踏丝瀑》、《秋萤引》、《生公讲堂》、乐府绝句《杜司空席上》诸作，宛有六朝风致。

平蔡州三首

其一

蔡州城中众心死,妖星夜落照壕水。

汉家飞将下天来,马箠一挥门洞开。

贼徒崩腾望旗拜,有若群蛰惊春雷。

狂童面缚登槛车,太白天矫垂捷书。

相公从容来镇抚,常侍郊迎负文弩。

四人归业闾里间,小儿跳浪健儿舞。

【汇评】

《唐诗观澜集》:"汉家飞将下天来,马箠一挥门洞开。贼徒崩腾望旗拜,有若群蛰惊春雷。"云垂海立,笔势峥嵘。

《网师园唐诗笺》:突兀,亦似从天外飞来(首四句下)。

《石洲诗话》:"汉家飞将下天来,马箠一挥门洞开",亦确是李愬夜半入蔡真情事。下转入"从容镇抚",归到"相公",正复得体。

其二

汝南晨鸡喔喔鸣,城头鼓角音和平。

路旁老人忆旧事,相与感激皆涕零。

老人收泣前致辞,官军入城人不知。

忽惊元和十二载,重见天宝承平时。

【汇评】

《唐诗纪事》:梦得曰:柳八驳韩十八《平淮西碑》云:"'左餐右粥',何如我《平淮西雅》云'仰父俯子'?韩碑兼有帽子,使我为之,便说用兵伐叛矣。"韩《碑》柳《雅》,余为诗云:"城中晨鸡喔喔鸣,城中鼓角声和平。"美愬之入蔡城也,须臾之间,贼无觉者。又落句云："始于元和十二载，四海重见升平时。"以见平淮之年云。

《苕溪渔隐丛话》：《隐居诗话》云：人岂不自知邪？及自爱其文章，乃更大谬，何也？刘禹锡诗固有好处，及自称《平淮西》诗云"城中喔喔晨鸡鸣，城头鼓角声和平"为尽李愬之美，又云"始知元和十四载，四海重见升平年"为尽宪宗之美。吾不知此两联为何等语也。

《载酒园诗话》：前二句言兵不血刃、凶渠就缚之易，未见蔡人庆幸之意。虽高文典册不及柳州二《雅》，径净流动则过之，梦得自负亦不谬。《隐居诗话》乃云："起结两联，不知为何说。"何异盲者照镜耶？

《唐诗别裁》：《纪事》语不足凭，究之柳雅刘诗，远逊韩碑，李义山诗可取而证也。

《石洲诗话》：刘宾客自称其《平蔡州》诗"城中晨鸡喔喔鸣，城头鼓角声和平"云云，意欲驾于韩《碑》、柳《雅》。此诗诚集中高作也。首句"城中"一作"汝南"，古《鸡鸣歌》云："东方欲明星烂烂，汝南晨鸡登坛唤。"蔡州，即汝南地。但曰"晨鸡"，自是用乐府语。而"城中"、"城头"，两两唱起，不但于官军入城事醒切，抑且深合乐府神理，似不必明出"汝南"，而后觉其用事也。末句"忽惊元和十二载"，更妙。此以《竹枝》歌谣之调，而造老杜诗史之地位，正与"大历三年调玉烛"二句近似。此由神到，不可强也。

《网师园唐诗笺》：倒从乱平后说入，章法句法，无不警拔（"汝南晨鸡"二句下）。

其三

九衢车马浑浑流，使臣来献淮西囚。
四夷闻风失匕箸，天子受贺登高楼。
妖童擢发不足数，血污城西一杯土。

南峰无火楚泽间，夜行不锁穆陵关。

策勋礼毕天下泰，猛士按剑看恒山。

【汇评】

《唐诗别裁》：时唯常山不庭（末句下）。

《石洲诗话》：叙淮西诗，当以此诗（按指《平蔡州》三首）为第一。

八月十五日夜桃源玩月

尘中见月心亦闲，况是清秋仙府间。

凝光悠悠寒露坠，此时立在最高山。

碧虚无云风不起，山上长松山下水。

群动倏然一顾中，天高地平千万里。

少君引我升玉坛，礼空遥请真仙官。

云軿欲下星斗动，天乐一声肌骨寒。

金霞昕昕渐东上，轮敧影促犹频望。

绝景良时难再并，他年此日应惆怅。

【汇评】

《网师园唐诗笺》：一片空明之境（"碧虚无云"四句下）。

采菱行 并引

武陵俗嗜芰菱。岁秋矣，有女郎盛游于马湖，薄言采之，归以御客。古有采菱曲，罕传其词，故赋之以俟采诗者。

白马湖平秋日光，紫菱如锦彩鸳翔。

荡舟游女满中央，采菱不顾马上郎。

争多逐胜纷相向，时转兰桡破轻浪。

长鬟弱袂动参差，钗影钏文浮荡漾。

笑语哇咬顾晚晖，蓼花缘岸扣舷归。

归来共到市桥步，野蔓系船萍满衣。

家家竹楼临广陌，下有连樯多估客。

携觞荐芰夜经过，醉踏大堤相应歌。

屈平祠下沅江水，月照寒波白烟起。

一曲南音此地闻，长安北望三千里。

蜀先主庙

天地英雄气，千秋尚凛然。

势分三足鼎，业复五铢钱。

得相能开国，生儿不象贤。

凄凉蜀故妓，来舞魏宫前。

【汇评】

《后村诗话》：刘梦得五言如《蜀先主庙》云："天地英雄气，千秋尚凛然……"（七言如）《哭吕温公》云："遗草一函归太史，旅坟三尺近要离。"《金陵怀古》云："山围故国周遭在，潮打空城寂寞回。"皆雄浑老苍，沈着痛快，小家数不能及也。

《瀛奎律髓》：梦得此诗用"三足鼎"、"五铢钱"，可谓精当，然末句非事实也。蜀固亡矣，魏亦岂为存哉？

《初白庵诗评》：中两联字字确切，惜结句不称。

《唐诗快》：五字有千钧之力（首句下）。　　先主有知，亦当泪下（末句下）。

《瀛奎律髓汇评》：纪昀：句句精拔。　　起二句确是先主庙，妙似不用事者。后四句沉着之至，不病其直。　　许印芳：凡祠庙坟墓等题，总宜从人着笔，不可引纠缠祠墓。盖祠墓是公共之物,略用关合足矣。人是本题正位,宜用重笔发挥,乃合体裁。如此诗全说先主,于"庙"字无一语道及,而起结皆扣住"庙"字。起语是从庙貌看出,结语则以魏宫对照蜀庙也。

《石园诗话》:《先主庙》云:"得相能开国,生儿不象贤。"论断简切。

《历代诗评注读本》:前写先主英雄,何等气概!后及后主昏阍,致堕先业,而蜀妓之舞,正其明证,足为后主之殷鉴。

观八阵图

轩皇传上略,蜀相运神机。
水落龙蛇出,沙平鹅鹳飞。
波涛无动势,鳞介避馀威。
会有知兵者,临流指是非。

【汇评】

《唐语林》:王武子曾在夔州之西市,俯临江岸沙石,下看诸葛亮八阵图,箕张翼舒,鹅形鹤势,聚石分布宛然尚存。峡水大时,三蜀雪消之际,濒涝混漾,大树十围,枯槎百丈,破礌巨石,随波塞川而下,水与岸齐,雷奔山裂,聚石为堆者断可知也。及乎水已平,万物皆失故态,惟阵图小石之堆,标聚行列依然。如是者垂六七百年间,淘洒推激,迨今不动。刘禹锡曰:是诸葛公诚明一心,为先主效死;况此法出《六韬》,是太公上智之才所构,自有此法,惟孔明行之。所以神明保持,一定而不可改也。

金陵怀古

潮满冶城渚,日斜征虏亭。

蔡洲新草绿，幕府旧烟青。

兴废由人事，山川空地形。

后庭花一曲，幽怨不堪听。

【汇评】

《瀛奎律髓》：每读刘宾客诗，似乎百十选一以传诸世者，言言精确。前四句用四地名，而以"潮"、"日"、"草"、"烟"附之。第五句乃一篇之断案也，然后应之曰"山川空地形"，而末句乃寓悲怆，其妙如此。

《瀛奎律髓汇评》：冯舒："新草"、"旧烟"，只四字逼出"怀古"。五、六斤两，起结俱"金陵"。　　丝缕俨然，却自无缝。　　冯班：起句千钧。　　何义门：此等诗何必老杜？才识俱空千古。"潮落"、"日斜"、"烟青"、"草绿"，画出"废"字。落日即陈亡，具五国之意。第五起后二句，第六收前四句，变化不测。　　前四句借地形点化人事。　　纪昀：叠用四地名，妙在安于前四句，如四峰相直矗，特有奇气。若安于中二联，即重复碍格。　　五、六筋节，施于金陵尤宜，是龙盘虎踞，帝王之都。末《后庭》一曲，乃推江南亡国之由，申明五、六。虚谷以为但寓悲怆，未尽其意。　　起四句似乎平对，实则以三句"新草"，剔出四句"旧烟"，即从四句转出下半首。运法最密，毫无起承转合之痕。　　许印芳：此评甚精，深得古人笔法之妙。如此解乃知三、四"新"、"旧"二字是眼目。　　又按六句用龙虎天堑故事，而用其意，不用其词。此亦暗用法。……此句不但缴足第五句，而且收拾前四句。若无收拾，便是无法，可谓精密之至。

秋日送客至潜水驿

候吏立沙际，田家连竹溪。

枫林社日鼓，茅屋午时鸡。

鹊噪晚禾地，蝶飞秋草畦。

驿楼宫树近，疲马再三嘶。

【汇评】

《苕溪渔隐丛话》：《雪浪斋日记》云：荆公喜唐人"枫林社日鼓，茅屋午时鸡。"书于刘楚公第。或以为此即储光羲诗。苕溪渔隐曰：此一联乃梦得《秋日送客至潜水驿》诗，非储光羲也。

《艇斋诗话》：刘梦得"神林社日鼓，茅屋午时鸡"，温庭筠"鸡声茅店月，人迹板桥霜"，皆佳句；然不若韦苏州"绿阴生昼静，孤花表春余"。

《瀛奎律髓》：三、四天下诵之。

《唐诗选脉会通评林》：周弼（列）为四实体。　　何新之（列）为典实体。刘昭禹曰："枫林社日鼓"不若"茅屋午时鸡"，以此知其全宝未易多得。　　陆时雍曰：意气逼窄，是中唐的派。

《瀛奎律髓汇评》：纪昀："草"似不得云"畦"。或曰："畦留夷与揭车。"虽皆草类，然诗不得如此牵引。

陕州河亭陪韦五大夫雪后眺望因以留别与韦有布衣之旧一别二纪经迁贬而归

雪霁太阳津，城池表里春。

河流添马颊，原色动龙鳞。

万里独归客，一杯逢故人。

登高向西望，关路正飞尘。

【汇评】

《碛砂唐诗》：敏曰：思归之念，百折千萦；故人偶聚，谈心握手，此际襟期，千万笔写之不出。此篇三联以十字合写。不过加

"万里"、"一杯"四字,使读之者怆然,情在此,所谓手笔独高处,况起句浑雄,次句浩大,二联景色恰接表里,在春来又复旷远,而后衬出十字,愈觉凄恻。结句又极含蓄不尽。如此诗者,非唐人特绝乎?

晚泊牛渚

芦苇晚风起,秋江鳞甲生。
残霞忽变色,游雁有馀声。
戍鼓音响绝,渔家灯火明。
无人能咏史,独自月中行。

【汇评】

《入蜀记》:采石一名牛渚,与和州对岸,江面比瓜洲为狭,故隋韩擒虎平陈及本朝曹彬下南唐,皆自此渡。然微风辄浪作,不可行。刘宾客云:"芦苇晚风起,秋江鳞甲生。"王文公云:"一风微吹万舟阻",皆谓此矶也。

《瀛奎律髓》:意尽晚景,尾句用袁宏咏史事,尤切于牛渚也。按杨诚斋"晚景"一联亦曰:"暮天无定色,过雁有归声。"

《瀛奎律髓汇评》:何义门:落句正自叹所处不如谢尚耳,又恰收足"晚"字。纪昀:三、四写晚景有神。 结处同一用事,而不及太白"余亦能高咏,斯人不可闻"句之玲珑生动矣。

鹤叹二首并引(其一)

友人白乐天,去年罢吴郡,挈双鹤雏以归。余相遇于杨子津,阅玩终日。翔舞调态,一符相书,信华亭之尤物也。今年春,乐天为秘书监,不以鹤随,置之洛阳第。一旦,予入门,问讯其家人,鹤轩然来睨，如记相识，徘徊俯仰，似含情顾慕慺膺而不能言者。因作《鹤叹》以赠乐天。

> 寂寞一双鹤，主人在西京。
> 故巢吴苑树，深院洛阳城。
> 徐引竹间步，远含云外情。
> 谁怜好风月，邻舍夜吹笙。

【汇评】

《庚溪诗话》：众禽中，唯鹤标致高逸，……后之人形于赋咏者不少，而规规然只及羽毛飞鸣之间。如《咏鹤》云："低头乍恐丹砂落，晒翅常疑白雪销。"此白乐天诗。"丹顶西施颊，霜毛四皓须"，此杜牧之诗。此皆格卑无远韵也。至于鲍明远《鹤赋》云："钟浮旷之藻思，抱清回之明心"，杜子美云："老鹤万里心"，李太白《画鹤赞》云："长唳风宵，寂立霜晓"，刘禹锡云："徐引竹间步，远含云外情"，此乃奇语也。

《围炉诗话》：刘禹锡《咏鹤》云："徐引竹间步，远含云外情。"脱尽粘滞。

《唐诗矩》：第二句预先安下"主人在西京"五字，于本题是撇开一笔，于本意正是主客双提，两两相对。以后语语叹鹤，便语语是赠乐天，深得反客为主之妙。　结处若徒言本宅寂寞，意便浅率。此却反说邻舍吹笙，便含意外之意，味外之味；借彼形此之法，其妙如此。

赠乐天

> 一别旧游尽，相逢俱涕零。
> 在人虽晚达，于树似冬青。
> 痛饮连宵醉，狂吟满坐听。

终期抛印绶，共占少微星。

【汇评】

《后村诗话》：梦得历德、顺、宪、穆、敬、文、武七朝，其诗尤多感慨，惟"在人虽晚达，于树比冬青"之句差闲婉。《答乐天》云："莫道桑榆晚，馀霞尚满天。"亦足见其精华老而不竭。

《归田诗话》：（禹锡）暮年与裴、白优游绿野堂，有"在人称晚达，于树比冬青"之句。又云："莫道桑榆晚，为霞尚满天。"其英迈之气老而不衰如此。

秋中暑退赠乐天

暑服宜秋著，清琴入夜弹。
人情皆向菊，风意欲摧兰。
岁稔贫心泰，天凉病体安。
相逢取次第，却甚少年欢。

【汇评】

《瀛奎律髓》：三、四已佳，五、六十分佳绝。

《瀛奎律髓汇评》：冯舒：即如此四句，尚不分景与情也。查慎行：三、四新颖可喜。　　纪昀：究是三、四比兴深微，五、六直，宋人习语耳，虚谷誉所可及也。

《网师园唐诗笺》：精警蕴藉，慰励交深（"人情"二句下）。

罢郡姑苏北归渡扬子津 （其一）

几岁悲南国，今朝赋北征。
归心渡江勇，病体得秋轻。
海阔石门小，城高粉堞明。

金山旧游寺，过岸听钟声。

【汇评】

《瀛奎律髓》：梦得于此诗句句佳，三、四尤紧。

《瀛奎律髓汇评》：查慎行：次联着力在句末两字。　　纪昀：结句在有情无情之间，极有分寸。

奉送浙西李仆射相公赴镇

原注：奉送至临泉驿，书札见征拙诗，时在汝州。

建节东行是旧游，欢声喜气满吴州。
郡人重得黄丞相，童子争迎郭细侯。
诏下初辞温室树，梦中先到景阳楼。
自怜不识平津阁，遥望旌旗汝水头。

【汇评】

《唐七律隽》：陈鹤崖云：工整流丽，当与王、岑争坐，不可以时代论。历下论诗，最爱李东川，于此等诗曾未齿及，止以时代取人也。

《山满楼笺注唐诗》："丞相"、"细侯"，借用而巧合，自是对偶中活法。

汉寿城春望

汉寿城边野草春，荒祠古墓对荆榛。
田中牧竖烧刍狗，陌上行人看石麟。
华表半空经霹雳，碑文才见满埃尘。
不知何日东瀛变，此地还成要路津。

【汇评】

《唐诗鼓吹笺注》：只"野草春"三字，已具无限苍凉，无限感慨。

《唐诗鼓吹评注》：此言汉寿城边春惟野草，荒柯古墓与荆榛相向，而国破家亡，霸图消灭，登城春望，惟见牧竖烧刍狗，行人看石麟耳。至于墓无全柱，碑无完文，满目苍凉，至于斯极。欲成要路，其或待东海扬尘之日乎！

《贯华堂选批唐才子诗》：此春望诗，最奇。夫春望，以望春物，而此一望，纯是祠墓。然则本非春望，而又必题春望者，先生用意只为欲写首句之"野草春"三字。野草亦只是次句之荆榛，然今日则无奈其独占一春也（首四句下）。　　五、六，不知者或谓此岂非中填四句诗，殊不知三、四是写人情，不以此祠此墓为意，此却是写为祠为墓既已甚久，以起下"何日再变"，文势乃极不同也（末四句下）。

《唐体馀编》：不是感叹荒原，实是唤醒要路，正笔反写，其意甚深。

《唐诗成法》：结句亦是去国之恨，寄托言外。今日为迁客所历，安知他日不为要津乎，幻想最妙，然亦是无可奈何语。

《瀛奎律髓汇评》：陆贻典：三、四二句冷极。　　何义门：当长安得路之人，看花开宴之候，而迁客所居，一望惟野草连天，荒祠古墓，则其地之恶遇之穷何如哉？观"春望"二字，作者之旨趣自见。　　句句是"望"。　　后四句皆以自比，时方连贬荆州司马故也。　　末句收汉寿城。　　纪昀：结便近李山甫一派。

荆门道怀古

南国山川旧帝畿，宋台梁馆尚依稀。
马嘶古道行人歇，麦秀空城野雉飞。
风吹落叶填宫井，火入荒陵化宝衣。
徒使词臣庾开府，咸阳终日苦思归。

《唐诗鼓吹笺注》：只"尚依稀"三字,已写尽吊古伤今之感。

《唐风定》：高淡凄清,又复柔婉。

《贯华堂选批唐才子诗》：上解写依稀,是行人意欲还认。此解写实无依稀,少得认也。言睹此苍苍,徒有首丘在念,其馀一切雄心奢望,遂已不觉并尽也。

《唐体馀编》：与上篇俱不入论断,而徘徊瞻眺,感慨在於言外,得风人之微旨。

《唐诗成法》：得第三句,全首灵动。

《瀛奎律髓汇评》：冯舒：自然幻秀。 何义门：三、四流水对,五、六参差对,未尝犯四平头及板板四实句也。 纪昀：五、六新警,结不入套。

松滋渡望峡中

渡头轻雨洒寒梅,云际溶溶雪水来。
梦渚草长迷楚望,夷陵土黑有秦灰。
巴人泪应猿声落,蜀客船从鸟道回。
十二碧峰何处所,永安宫外是荒台。

【汇评】

《云溪友议》：中山刘公曰,顷在夔州,少逢宾客,纵有停舟相访,不可久留,而独吟曰："巴人泪逐猿声落,蜀客舟从鸟道来。"

《批点唐音》：此篇尚存中唐气调。

《批点唐诗正声》：韵格落盛唐诸公后,而所得亦自深浑。

《诗源辩体》：七言律如"南荆西蜀"、"南宫幸袭"、"渡头轻雨"三篇,声气有类盛唐。

《唐诗解》：此眺望而怀古也。言细雨沾梅,冰雪初解,山峡之波从天而下,于是瞻楚望。

《唐诗鼓吹注解》:"十二碧峰"不知何在?但是"永安宫外"一荒台而已。盖亦远望而深致其感古伤今之意欤?

《东岩草堂评订唐诗鼓吹》:朱东岩曰:题是"望峡中",只写"望"字意。轻雨洒梅,必是交春时候;雪消水来,必是腊尽春初时候。唐人写景,各有分寸,不轻下笔可知。……三、四皆望中可见之景,有无限感触意。五、六皆望中可想之事,有无限低徊意,"碧峰"、"永安"一结最为尽致,欲写无"碧峰",偏写有"荒台",令人悠然神远矣。

《唐诗评选》:自然感慨,尽从景得,斯为景藏情。

《唐诗贯珠》:通篇典丽工切,洵是名家之作。

《唐七律选》:寄慨廓然。

《唐诗绎》:八句劈头将"渡头"二字引起,一句一意,自近而远,俱为写望峡之景,而不见堆垛之迹,有大气包举之也。俯仰古今声情悲壮,固是雄杰之作。

《唐三体诗评》:触目崄艰,并不得如襄王、宋玉之遇,是其托寄所在也。

《古唐诗合解》:前解写松滋渡望,后解写望峡中,通篇不离"望"字。

《唐诗成法》:一、二松滋渡,又点时。中四望峡中景物。"秦灰",借《史记》白起烧夷陵,实暗用劫灭事,言沧桑多变也。七、八既见神女荒唐,又吊先主之遗踪,遥应"秦灰"句也。

《唐诗别裁》:望峡中(首联下)。　　　　正写望峡,警拔("巴人泪应"句下)。

《瀛奎律髓汇评》:冯舒:秀便工致。　　何义门:量移夔州诗,妙在浑然不露。后四句言触目崄艰,求若宋玉之遇襄王,亦不可再,所谓一生不得文章力耳。　　纪昀:中唐本色,惟结二句不免窠臼。　　　无名氏：刘中山律诗虽不及柳州之镵刻，然自有华气。

《昭昧詹言》起句松滋渡。以下七句，皆峡中景，有"望"字意。一直说去，大气直喷。

《桐城先生评点唐诗鼓吹》：求古人遇主之遗迹，而不可得也。

始闻秋风

昔看黄菊与君别，今听玄蝉我却回。
五夜飕飗枕前觉，一年颜状镜中来。
马思边草拳毛动，雕眄青云睡眼开。
天地肃清堪四望，为君扶病上高台。

【汇评】

《瀛奎律髓》：痛快。

《唐诗贯珠》：三、四佳。"胡马依北风"，夏热多病，故毛拳。初读"睡眼"，似乎与雕不切，然凡笼鹰过夏，金眸困顿，下此二字，实为体物。结有慨时之意。

《唐体馀编》："拳"切马毛，"睡"切鹰眼，又与秋风关照，此炼字之妙也（"马思边草"联下）。

《唐诗别裁》："君"定未知所谓。下半首英气勃发，少陵操管，不过如是。

《瀛奎律髓汇评》：何义门：后四句衰气一振，"扶病"二字又照应不漏。　　　纪昀：题下当有脱字，当云始闻秋风寄某人。

《网师园唐诗笺》：梦得诗警丽句。如咏《始闻秋风》云："马思边草拳毛动，雕眄青云睡眼开。"句警。

《唐诗三百首续选》：寓悼望于秋风，英气勃发，笔力雄健。

哭吕衡州时予方谪居

一夜霜风凋玉芝，苍生望绝士林悲。

空怀济世安人略，不见男婚女嫁时。

遗草一函归太史，旅坟三尺近要离。

朔方徙岁行当满，欲为君刊第二碑。

【汇评】

《后村诗话》："遗草一函归太史，孤坟三尺近要离。"……雄浑老苍，沉着痛快，小家数不能及也。

《唐诗鼓吹注解》：此言温之死，士民皆悲，盖惜其有济世安民之才，早卒而不见男婚女嫁也。

《东岩草堂评订唐诗鼓吹》：读先生此诗，不独为衡州而哭，实为天下而哭，不可泛作哭友诗观也。

《唐诗贯珠》：通首精湛，气魄堂皇，句句相称，洵是名家之作，亦诗之正派也。妙在从比体虚起，下用实接。

《载酒园诗话》："遗草一函归太史，孤坟三尺近要离。"若必拘拘切合，则要离冢在吴，《旧唐书》称温自衡州还，郁郁不得志而没。秦、吴相去千里，不亦太失事实乎？然总以形容旅榇菁葬之悲，所谓镜花水月，不必果有其事。

《唐诗成法》：上半首骨肉停匀，而有筋干；下半全用典以相喻，虽实乃虚，所以妙。

《唐诗别裁》：先有岘山堕泪碑（末句下）。

《五七言今体诗钞》：梦得此时在贬谪，故以伯喈在朔方自比。伯喈有为人作二碑三碑者，故拟北还，虽吕已有碑，犹欲为更撰也。

《唐诗析类集训》：首韵叙起吕，率以次句立案。……末韵并以己方谪居意结而哭之，义尽矣。

《昭昧詹言》：起突写其卒，中有哭意。五、六略转笔换气。

阳山庙观赛神

汉家都尉旧征蛮，血食如今配此山。
曲盖幽深苍桧下，洞箫愁绝翠屏间。
荆巫脉脉传神语，野老娑娑起醉颜。
日落风生庙门外，几人连蹋竹歌还。

【汇评】

《瀛奎律髓》：予尝游此庙，在今常德府北三十里，似不当祭之
人，马伏波为其所倾者。

《瀛奎律髓汇评》：冯舒：妙在写出淫祠。　　冯班：此淫祠，
下句殊斟酌，不见痕迹。次联是梁松庙。　　何义门：松尚主，故
曰"都尉"。

西塞山怀古

王濬楼船下益州，金陵王气黯然收。
千寻铁锁沉江底，一片降幡出石头。
人世几回伤往事，山形依旧枕江流。
今逢四海为家日，故垒萧萧芦荻秋。

【汇评】

《鉴诫录》：长庆中，元微之、刘梦得、韦楚客同会白乐天之居，
论南朝兴废之事。乐天曰："古者言之不足，故嗟叹之；嗟叹之不
足，则咏歌之。今群公毕集，不可徒然，请各赋《金陵怀古》一篇，韵
则任意择用。"时梦得方在郎署，元公已在翰林。刘骋其俊才，略无
逊让，满斟一巨杯，请为首唱。饮讫，不劳思忖，一笔而成。白公览

诗曰："四人探骊，吾子先获其珠，所馀鳞甲，何用？"三公于是罢唱。但取刘诗吟味竟日，沉醉而散。

《批点唐音》：结欠开阔。

《唐诗镜》：三、四似少琢炼。五、六凭吊，正是中唐语格。

《唐诗选脉会通评林》：周弼列为四实体。 徐用吾曰：顾华玉谓其结欠开阔，缘兴浅词竭耳。 周珽曰：吊古之什，有异气，能自为局。与《荆门道》一篇运掉俱佳，但略加深厚，便觉味长耳。

《唐诗鼓吹评注》：此专言吴主孙皓之事也。首言王濬下益州伐吴，建业王气渺然不见，尔时铁锁既沉，降旗继出。自晋至六朝，隋唐人物变迁，多悲往事，惟此山形象依旧枕于寒江之流。今则四海为家，旧时军垒无所复用，惟见芦荻萧萧耳。然则兴亡得丧，故今亦复何常哉！

《东岩草堂评订唐诗鼓吹》：此真唐人怀古之绝唱也。前四句先写西塞山古四字，后四句单写一怀字。

《唐诗鼓吹笺注》：劈将王濬下益州起，加"楼船"二字，何等雄壮！随手接云："金陵王气黯然收"，下一"收"字，何等惨淡！……看他前四句单写吴主孙皓，五忽转云"人世几回伤往事"，直将六朝人物变迁、世代废兴俱收在七字中。六又接云："山形依旧枕寒流"，何等高雅，何等自然！末将无数衰飒字样写当今四海为家，于极感慨中却极壮丽，何等气度，何等结构！此真唐人怀古之绝唱也。

《贯华堂选批唐才子诗》：只加"楼船"二字，便觉声势之甚（首句下）。 看他如此转笔，於律诗中真为象王回身，非驴所拟，而又随手插得"几回"二字（"人世几回"联下）。

《唐诗贯珠》：全首流利气胜，一、二苍秀，下字有描写得势之神。

《初白庵诗评》：专举吴亡一事，而南渡、五代以第五句含蓄之。见解既高，格局亦开展动宕。

《唐诗成法》：题甚大，前四句止就一事言，五以"几回"二字包括六代，繁简得宜，此法甚妙。七开八合。　　前半是古，后半是怀。五简练，七、八奇横，元、白之所以束手者在此。全首俱好，五尤出色，记事人止赏三、四，未为知音。

《唐诗别裁》：起手如黄鹄高举，见天地方员（首句下）。流走，见地利不足恃（"千寻铁锁"二句下）。　　别广三分割据（"从今四海"句下）。

《诗学纂闻》：假使感古者取三国、六代事，衍为七律，便使一句一事，包举无遗，岂成体制？梦得之专咏晋事也，尊题也。下接云："人世几回伤往事"，若有上下千年，纵横万里在其笔底者。山形枕水之情景，不涉其境，不悉其妙。至于芦荻萧萧，履清时而依故垒，含蕴正靡穷矣。所谓"骊珠"之得，或在于斯者欤？

《一瓢诗话》：似议非议，有论无论，笔着纸上，神来天际，气魄法律，无不精到，洵是此老一生杰作，自然压倒元、白。

《兰丛诗话》：宜田云："依旧"二字有高峰堕石之捷速。七句落到怀古，"今逢"二字有居安思危之遥深。八句"芦荻"是即时景，仍用"故垒"，终不脱题。此抟结一片之法也。至于前半一气呵成，具有山川形势，制胜谋略，因前验后，兴废皆然，下只以"几回"二字轻轻兜满，何其神妙！

《纫斋诗谈》："今逢四海为家日，故垒萧萧芦荻秋。"太平既久，向之霸业雄心消磨已净。此方是怀古胜场。七律如此作自好，且看他不费气力处。

《唐诗笺注》：诗极雄深宕往，所以为金陵怀古之冠。

《网师园唐诗笺》：何等起势！通体亦复神完气足。

《随园诗话》：只咏王濬楼船一事，而后四句，全是空描。

《唐律偶评》：诗律精密如此，更无属对之迹。……前半隐括史事，千里形势在目，健笔雄才，诚难匹敌。

《瀛奎律髓汇评》：何义门：气势笔力匹敌《黄鹤楼》诗，千载绝作也。　　纪昀：第五句七字括过六朝，是为简练。第六句一笔折到西塞山，是为圆熟。　　许印芳：当时名流推服此诗，必有高不可及处，自来无人亲切指点。所传"探骊获珠"一语，但指平吴一事耳。得沈（德潜）、纪（昀）二评，始尽发之。

《唐诗笺要》：此诗梦得略无造意，引满而成。乐天所谓得颔下一颗是也，凡不经意而自工者，才得压倒一切。

《七言律诗钞》：若"王濬楼船"一篇，当时诸公推为绝唱，平心而论，亦即中唐时之《秋兴》、《古迹》、《黄鹤楼》矣。

《小清华园诗谈》：读前半篇暨义山"敌国军营"二句，令人凛然知忧来之无方，祸至之无日，而思患预防之心，不可不日加惕也。吁，至矣！

《昭昧詹言》：此诗昔人皆入选，然按以杜公《咏怀古迹》，则此诗无甚奇警胜妙。大约梦得才人，一直说去，不见艰难吃力，是其胜于诸家处，然少顿挫沉郁，又无自己在诗内，所以不及杜公。愚以为此无可学处，不及乐天有面目格调，犹足为后人取法也。

《求志居唐诗选》：此诗压倒元、白久矣。然第五句词意空竭，不能振荡，终伤才弱也。

《岘傭说诗》："王濬楼船"四语，虽少陵动笔，不过如是，宿香山之缩手。五、六"人世几回"二句，平弱不称，收亦无完固之力，此所以或晚唐也。

《诗境浅说》：此诗乍观之，前半首不过言平吴事，后半首不过抚今追昔之意，诗诚佳矣，何以元、白高才，皆敛手回席？梦得必有过人之处。……余谓刘诗与崔颢《黄鹤楼》诗，异曲同工。崔诗从黄鹤仙人着想，前四句皆言仙人乘鹤事，一气贯注；刘诗从西塞山铁锁横江着想，前四句皆言王濬平吴事，亦一气贯注。非但切定本题，且七律能四句专咏一事，而劲气直达者，在盛唐时，沈佺期《龙池篇》、李太白《鹦鹉篇》外,罕有能手。梦得独能方美前贤,故乐天有骊珠之叹也。

春日书怀寄东洛白二十二杨八二庶子

曾向空门学坐禅,如今万事尽忘筌。
眼前名利同春梦,醉里风情敌少年。
野草芳菲红锦地,游丝撩乱碧罗天。
心知洛下闲才子,不作诗魔即酒颠。

【汇评】

《升庵诗话》:元和以后,诗人之全集可观者数家,当以刘禹锡为第一。其诗入选及人所脍炙,不下百首矣。其未经选,全篇如《桑丝瀑》,……七言如"中国书流让皇象,北朝文士重徐陵",又"桂岭雨馀多鹤迹,茗园晴望似龙鳞",又"连樯估客吹羌笛,荡桨巴童歌《竹枝》",又"眼前名利同春梦,醉里风情敌少年",又"野草芳菲红锦地,游丝撩乱碧罗天",……宛有六朝风致,尤可喜也。

酬乐天扬州初逢席上见赠

巴山楚水凄凉地,二十三年弃置身。
怀旧空吟闻笛赋,到乡翻似烂柯人。
沉舟侧畔千帆过,病树前头万木春。
今日听君歌一曲,暂凭杯酒长精神。

【汇评】

《刘白唱和集解》:"沉舟侧畔千帆过,病树前头万木春"之句之类,真谓神妙,在在处处,应当有灵物护之。

《临汉隐居诗话》:"沉舟侧畔千帆过,病树前头万木春",此皆常语也。禹锡自有可称之句甚多，顾不能知之耳。

《艺苑卮言》："沉舟侧畔千帆过，病树前头万木春"，以为有神助，此不过学究之小有致者。

《唐诗谈丛》：不胜官途迟速荣悴之感。

《唐诗贯珠》：此是从蜀赴扬州之作。

《唐诗绎》："沉舟"二句，用对托之笔，倍难为情。"今日"二字，方转到"初逢"正位，结出"酬"字意。

《谈龙录》：诗人贵知学，尤贵知道。东坡论少陵诗外尚有事在，是也。刘宾客云："沉舟侧畔千帆过，病树前头万木春。"有道之言也。

《唐诗别裁》："沉舟"二语，见人事不齐，造化亦无如之何！悟得此旨，终身无不平之心矣。

《梦晓楼随笔》：乐天论诗多不可解，如梦得"雪里高山头白早，海中仙果子生迟"、"沉舟侧畔千帆过，病树前头万木春"等句，最为下劣，而乐天乃极赏叹，以为此等语"在处处当有神物护持"，谬矣。

《北江诗话》：刘禹锡"怀旧空吟闻笛赋，到乡翻似烂柯人"，白居易"曾犯龙鳞容不死，欲骑鹤背觅长生"，开后人多少法门。即以七律论，究当以此种为法。

《诗境浅说》：梦得此诗，虽秋士多悲，而悟彻菀枯。能知此旨，终身无不平之鸣矣。

题于家公主旧宅

树绕荒台叶满池，箫声一绝草虫悲。
邻家犹学宫人髻，园客争偷御果枝。
马埒蓬蒿藏狡兔，凤楼烟雨啸愁鸱。
何郎独在无恩泽，不似当初傅粉时。

《贯华堂选批唐才子诗》：前解悼公主，后解悲驸马。　看他从"叶满池"上，追说"仙台"，从"草虫悲"上，追说"箫声"，便自使人怅然心悲，并不更用多写荒凉败落也。三、四尤为最工，若不写得如此，便是平等人家，断钗零钿，不复成公主悼亡诗也（首四句下）。　"蓬蒿狡兔"，"烟雨愁鸥"，此即"无恩泽"之三字也。七句"独"字"在"字，不许草草连续。盖"在"而"独"固是悲公主，乃"独"而"在"却是悲驸马。人只知"独"字之甚悲，即岂知"在"字之犹悲耶。设使驸马早知如此，固真不如先一旦试黄泉，借蝼蚁以陪公主于地下之为得算也（末四句下）。

《唐诗评选》：点染工刻，初唐人不为此，乃为亦未必工。

郡内书情献裴侍中留守

功成频献乞身章，摆落襄阳镇洛阳。
万乘旌旗分一半，八方风雨会中央。
兵符今奉黄公略，书殿曾随翠凤翔。
心寄华亭一双鹤，日陪高步绕池塘。

【汇评】

《石林诗话》：七言难于气象雄浑，句中有力，而纡徐不失意外之意。自老杜"锦江春色来天地，玉垒浮云变古今"与"五更鼓角声悲壮，三峡星河影动摇"等句之后，常恨无复继者。韩退之笔力最为杰出，然每苦意与语俱尽。《和裴晋公破蔡州回》诗，所谓"将军旧压三司贵，相国新兼五等崇"，非不壮也，然意亦尽于此矣。不若刘禹锡《贺晋公留守东都》云："天子旌旗分一半，八方风雨会中州。"语远而体大也。

《载酒园诗话又编》：《郡内书情献裴侍中留守》，其警句云：

"万乘旌旗分一半，八方风雨会中央。"不徒对仗整齐，气象雄丽，且雒邑为天下之中，度以上相居守，字字关合，殆无虚设。顾有以"旌旗"对"风雨"不工为言者，岂非小儿强作解人乎？

和仆射牛相公春日闲坐见怀

官曹崇重难频入，第宅清闲且独行。
阶蚁相逢如偶语，园蜂速去恐违程。
人于红药惟看色，莺到垂杨不惜声，
东洛池台怨抛掷。移文非久会应成。

【汇评】

《瀛奎律髓》："阶蚁"、"园蜂"一联，似已有"江西体"。"莺到垂杨不惜声"，绝唱也。

《唐诗评选》：梦得深于影刺，此亦谤史也。"莺到垂杨不惜声"，情语无双。

《初白庵诗评》：陆放翁七律全学刘宾客，细味乃得之。

《瀛奎律髓汇评》：何义门：只写春日景物，略于首尾致意，深妙。第五言中书崇重，眷恋居多。第六则攀附者众，不能不为之纡意。我为牛公计，惟有趋驾东洛而已。　　纪昀：三、四究非佳语，不得以新取之。六句自好，五句凑泊不称。结二句笨。

再授连州至衡阳酬柳柳州赠别

去国十年同赴召，渡湘千里又分岐。
重临事异黄丞相，三黜名惭柳士师。
归目并随回雁尽，愁肠正遇断猿时。
桂江东过连山下，相望长吟有所思。

《瀛奎律髓》：柳士师事甚切。

《唐诗评选》：字皆如濯，句皆如拔，何必出沈、宋下？"长吟有所思"五字一气。"有所思"，乐府篇名，言相望而吟此曲也，于此可得七言命句之法。

《贯华堂选批唐才子诗》：永贞元年，刘禹锡、柳宗元等八人以附王叔文，皆贬。至元和十年，例召至京师，又皆出为刺史，此诗乃二公至衡阳，水陆分路，因而有赠有酬也。一解四句，凡写四事：一写十年重贬，是伤仕宦颠踬；二写千里又分，是悲知己隔绝；三写坐事重大，未如颍川小过；四写不曾自失，无异柳下不浼。最为曲折详至也（首四句下）。　　五、六为衡阳写景，此是二人分路处。七为桂江写景，此是二人相望处也（末四句下）。

《唐诗贯珠》：一、二对起，上下有情。三、四典赡工切。五、六沉着，名家不同。

《唐诗别裁》：再授（"重临事异"句下）。　　至衡阳而北望也（"归目并随"句下）。

《瀛奎律髓汇评》：纪昀：此酬柳子厚诗，笔笔老健而深警，更胜子厚原唱。七句绾合得有情。

自江陵沿流道中

三千三百西江水，自古如今要路津。
月夜歌谣有渔父，风天气色属商人。
沙村好处多逢寺，山叶红时觉胜春。
行到南朝征战地，古来名将尽为神。

【汇评】

《瀛奎律髓汇评》：陆贻典：五、六对法变换。　　查慎行："气色"两字下得壮健。　　　何义门：笔力千钧。"三千三百"破尽"沿流"。中四句皆"沿流"也。景物虽佳，何如立功、立事？落句所以慨然于庙食者。　　　纪昀：入手陡健。三、四言闲适自如则有渔父，迅利来往则有商人，言外寓不闲居又不得志之感。结慨儒冠流落，即飞卿"欲将书剑学从军"、昭谏"拟脱儒冠从校尉"之意，而托之古迹，其词较为蕴藉。　　　许印芳：此评亦妙，全从言外悟出，与他人就诗论诗、死于句下者迥然不同。如此解说，乃知三、四句及七、八句皆是藏过自己一面，从对面着笔也。

视刀环歌

常恨言语浅，不如人意深。

今朝两相视，脉脉万重心。

【汇评】

《唐诗归》：钟云：诗作如是语，即妙在题又是"视刀环"，所以诗益觉深至。

《唐诗归折衷》：唐云：有心者固难测。　　　吴敬夫云：须看题是视刀环。

《唐诗摘钞》：此咏其事（按指汉使招李陵），必有为而作。

《唐诗别裁》：着意"视"字。

《唐诗笺注》："不如人意深"，谓两心相照，两意相期，疑有变更，故曰"今朝两相视，脉脉万重心"，盖因其不还也。

《唐贤小三昧集》：言不得归也，措词妙绝。

淮阴行五首并引（选三首）

古有《长干行》，言三江之事悉矣。余尝阻风淮阴，作《淮阴行》,以裨乐府。

其一

簇簇淮阴市,竹楼缘岸上。

好日起樯竿,乌飞惊五两。

其二

今日转船头,金乌指西北。

烟波与春草,千里同一色。

【汇评】

《升庵诗话》:《乌夜啼》:"芳草二三月,草与水同色。攀条摘香花,言是欢气息。"唐刘禹锡诗:"烟波与春草,千里同一色。"温飞卿诗:"蛮水扬光色如草。"杨孟载诗:"春草春江相妒绿。"

《唐人万首绝句选评》:绿波千里,去路方长,春浪悠悠,正堪送棹。词丽情深,乐府妙作。

其五

隔浦望行船,头昂尾幢幢。

无奈晚来时,清淮春浪软。

【汇评】

《诗境浅说续编》:首二句言郎船已过别浦,但远见船之首尾低昂,可见其临波凝望之久。后二句言问其时则挑菜良辰,览其景则清波春软,芳时惜别,尤情所难堪。宜黄山谷谓"《淮阴行》情调殊丽"也。

【总评】

《山谷题跋》:《淮阴行》情调殊丽,语气尤稳切。白乐天、元微之为之,皆不入律也。

《唐诗归》：钟云：极似六朝清商曲，的是音响质直。

秋风引

何处秋风至，萧萧送雁群。
朝来入庭树，孤客最先闻。

【汇评】

《增定评注唐诗正声》：李云：不曰"不堪闻"，而曰"最先闻"，语意最深。

《唐诗选脉会通评林》：徐克曰：人情之真，非老于世故者不能道此。

《删订唐诗解》：唐汝询曰：秋风起而雁南矣，孤客之心未摇落而先秋，所以闻之最早。　　吴昌祺曰：用意最妙。

《唐诗笺注》：谁不闻而曰"最先闻"，孤客触绪惊心，形容尽矣。若说"不堪闻"，便浅。

《诗法易简录》：咏秋风必有闻此秋风者，妙在"最先"二字为"孤客"写神，无限情怀，溢于言表。

《唐诗笺要》：梦得《鄂渚留别》末云："欲问江深浅，应如远别情。"情思不剧，与此诗皆陶冶乐府而得。

《唐诗选胜直解》：风无形，随四时之气而生，曰何处惊之也。秋风秋雁并在一时，若风送之者然，况万物经秋，皆将黄落逐臣孤客，无难为情，曰"入庭树"，曰"最先闻"，惊心更早，宋玉悲秋，略与仿佛。

《诗境浅说续编》：四序迭更，一岁之常例，惟乍逢秋至，其容则天高日晶，其气则山川寂寥。别有一种感人意味，况天涯孤客，入耳先惊，能无惆怅？苏颋之《汾上惊秋》，韦应物之《淮南闻雁》，皆同此感也。

经檀道济故垒

万里长城坏，荒营野草秋。

秣陵多士女，犹唱白符鸠。

【汇评】

《韵语阳秋》：宋彭城王义康忌檀道济之功，会文帝疾动，乃矫诏送廷尉诛之。故时人歌云："可怜《白浮鸠》，枉杀檀江州。"当时人痛之盖如此。奈何王纲下移，主威莫立，泊魏军至瓜步，帝方登石头以思之，又何补哉！刘梦得尝过其墓而悲之曰："万里长城坏，……"盖伤痛之深，虽历三百年而犹不泯也。

《唐诗选脉会通评林》：周珽曰：伤痛之深，历三百年而犹不泯，道济虽死犹生矣。

《精选评注五朝诗学津梁》：首句切道济，次句切故垒，后二句"白符鸠"言唱白符鸠之诗也。

《唐人绝句精华》：此诗末句即用当时人歌，但当时何以用白凫鸠，其义难明。高步瀛《唐宋诗举要》注引《晋书·乐志》《拂舞》歌诗五篇，一曰《白鸠篇》，二曰《济济篇》，谓"时人歌道济，取喻白符鸠，盖隐寓'济'字欤"。按《拂舞》歌诗《济济》与《白鸠》为不同之诗篇，时人歌用《白符鸠》，非用《济济》，何云隐寓道济之名。此歌之意实指义康，岂以孙皓之虐比义康邪？禹锡诗用当时人歌，亦言秣陵士女至今不忘道济有功而被义康枉杀也。

别苏州二首（其二）

流水阊门外，秋风吹柳条。

从来送客处，今日自魂销。

《唐人万首绝句选评》：与严维《送人往金华》诗同一机局，而此更情胜。

罢和州游建康

秋水清无力，寒山暮多思。
官闲不计程，偏上南朝寺。

《唐人万首绝句选评》：言外见仕路迤遭意，语语有味。

《诗境浅说续编》：首句"无力"二字，状秋水殊精。

魏宫词二首（其一）

日夜长秋帘外报，望陵歌舞在明朝。
添炉欲爇熏衣麝，忆得分时不忍烧。

《唐诗归》：钟云：稍为铜雀事觅一好收场。

《唐诗镜》：中、晚绝句多以意胜。刘禹锡长于寄怨，七言绝最其所优，可分昌龄半席。

《唐诗归折衷》：唐云：嘲笑铜台多矣，此作翻案却厚。

竹枝词二首（其一）

杨柳青青江水平，闻郎江上唱歌声。
东边日出西边雨，道是无晴却有晴。

【汇评】

《苕溪渔隐丛话》：《竹枝歌》云："杨柳青青江水平，闻郎江上唱歌声。东边日出西边雨，道是无情也有情。"予尝舟行苕溪，夜闻舟人唱吴歌，歌中有此后两句，馀皆杂以俚语。岂非梦得之歌，自巴渝流传至此乎？

《四溟诗话》：李义山"江上晴云杂雨云"，不如刘梦得"东边日出西边雨，道是无情还有情"。　又：刘禹锡曰："东边日出西边雨，道是无情还有情。"措词流丽，酷似六朝。

《唐诗选脉会通评林》：陆时雍曰：《子夜》遗情。　　周珽曰：起兴于杨柳、江水，而借景于东日、西雨，隐然见唱歌、闻歌无非情之所流注也。

《唐风定》：六朝《读曲歌》体，如此方妙。"长恨人心不如水"，浅而俚矣。

《唐诗摘钞》：此以"晴"字双关"情"字，其源出于《子夜》、《读曲》。

《唐诗笺注》："道是无晴却有晴"，与"只应同楚水，长短入淮流"，同一敏妙。

《读雪山房唐诗序例》：诗中谐隐始于古《槁砧》诗，唐贤间师此意。刘禹锡"东边日出西边雨，道是无晴却有晴"，温飞卿"玲珑骰子安红豆，入骨相思知不知"，古趣盎然，勿病其俚与纤也。

《唐贤小三昧集》：双关语妙绝千古，宋元人作者极多似此，元音杳不可得。

《诗境浅说》：此首起二句，则以风韵摇曳见长。后二句言东西晴雨不同，以"晴"字借作"情"字，无情而有情，言郎踏歌之情费人猜想。双关巧语，妙手偶得之。

堤上行三首（选二首）

其一

酒旗相望大堤头，堤下连樯堤上楼。

日暮行人争渡急，桨声幽轧满中流。

【汇评】

《批点唐诗正声》：或问盛唐与中唐气象何以别？曰：孟浩然曰"山寺鸣钟昼已昏，渔梁渡头争渡喧"，刘禹锡曰"日暮行人争渡急"，如此看便异。

《诗境浅说续编》：《堤上行》与《踏歌词》音节相似，但《踏歌》每言情思，此则写其景耳。首二句言酒楼临水，帆影排樯，写堤上所见。后二句言薄晚渡头之景。孟浩然《鹿门》诗以"渡头争渡喧"五字状之，此则衍为绝句，赋其景并状其声，较"野渡无人舟自横"句，喧寂迥殊矣。

其二

江南江北望烟波，入夜行人相应歌。

桃叶传情竹枝怨，水流无限月明多。

【汇评】

《唐诗选脉会通评林》：周敬曰：苏子由晚年多令人学刘禹锡诗，以为用意深远，有曲折处。余读其绝句，如"桃叶传情"二语，何等婉转含蓄。　　陆时雍曰：末句剩一"多"字。　　周珽曰：第三句根次句"相应歌"来，末句应首句，亦承第三句说。

《唐人万首绝句选评》：景象深，意致远，婉转流丽，真名作也。落句情语，尤堪叫绝。

《葚原诗说》：刘禹锡"江南江北望烟波，入夜行人相应歌。桃叶传情竹枝怨,水流无限月明多",一呼四应,二呼三应,此错应法。

踏歌词四首（选二首）

其一

春江月出大堤平,堤上女郎连袂行。

唱尽新词欢不见,红霞映树鹧鸪鸣。

【汇评】

《唐诗品汇》:谢叠山云:"女郎连袂,色必有可观,声必有可听。唱尽新词,而欢爱之情不见,但见红霞映树,闻鹧鸪之声,其思想当何如也?"按古乐府《常林欢》解题云:江南人谓情人为"欢",故荆州有长林县,盖乐工误以"长"为"常"。谢说为欢爱之情,非也。

《唐诗镜》:语带风骚。

《唐诗选脉会通评林》:杨慎曰:《竹枝》遗旨,未必佳妙。

唐汝询曰:此景是其难为情处。　　　陆时雍曰:语带风骚。

《删订唐诗解》:唐汝询曰:新词歌竟,而不见情人,徒见红霞而闻鹧鸪,其怅望何如?

《唐人万首绝句选评》:惘然自失,悠然不尽。

其二

桃蹊柳陌好经过,灯下妆成月下歌。

为是襄王故宫地,至今犹自细腰多。

【汇评】

《诗境浅说续编》:踏歌词,每多美人香草之思。此二词(按指前首与本诗)之前半首,皆音节谐婉,雅宜雏鬟三五,联臂而歌也。……次首后二句谓楚峡云娇,为襄王之旧地,束素纤腰,迁延顾步,犹如往日宫妆,乃言女郎之身态。二诗为踏歌者写其情状也。

秋词二首（其一）

自古逢秋悲寂寥,我言秋日胜春朝。

晴空一鹤排云上,便引诗情到碧霄。

竹枝词九首并引（选五首）

四方之歌,异音而同乐。岁正月,余来建平,里中儿联歌《竹枝》,吹短笛击鼓以赴节,歌者扬袂睢舞,以曲多为贤。聆其音,中黄钟之羽,卒章激讦如吴声,虽伧佇不可分,而含思宛转,有《淇澳》之艳音。昔屈原居沅、湘间,其民迎神,词多鄙陋,乃为作《九歌》。到于今,荆楚歌舞之。故余亦作《竹枝词》九篇,俾善歌者飏之,附于末。后之聆巴歈,知变风之自焉。

其一

白帝城头春草生,白盐山下蜀江清。

南人上来歌一曲,北人莫上动乡情。

【汇评】

《唐诗笺要》：按此词起于《巴渝》,唐人所作皆言蜀中风景,后人效此体于他地为之,非古矣。

《诗境浅说续编》：此蜀江《竹枝词》也。首二句言夔门之景,以叠字格写之,两用"白"字,以生韵趣,犹"白狼山下白三郎",亦两用"白"字,诗中偶有此格。后二句言南人过此,近乡而喜；北人溯峡而上,则乡关愈远,乡思愈深矣。

其二

山桃红花满上头，蜀江春水拍山流。

花红易衰似郎意，水流无限似侬愁。

【汇评】

《诗境浅说续编》：前二句言仰望则红满山桃，俯视则绿浮江水，亦言夔峡之景。第三句承首句山花而言，郎情如花发旋凋，更无馀恋。第四句承次句蜀江而言，妾意如水流不断，独转回肠。隔句作对偶相承，别成一格，《诗经》比而兼兴之体也。

其六

城西门前滟滪堆，年年波浪不能摧。

懊恼人心不如石，少时东去复西来。

【汇评】

《诗境浅说续编》：首句言滟滪堆所在之地。次句言数十丈之奇石，屹立江心，千百年急浪排推，凝然不动。后二句以石喻人心，从《诗经》"我心匪石"脱化，言人心难测，东西无定，远不如石之坚贞。慨世情之雨云翻覆，不仅如第二首之叹郎情易衰也。

其七

瞿塘嘈嘈十二滩，人言道路古来难。

长恨人心不如水，等闲平地起波澜。

【汇评】

《诗境浅说续编》：首言十二滩道路艰难，以质朴之笔写之，合《竹枝》格调。第四首（按指"城西门前滟滪堆"）以石喻人心，此首以水喻人心。后二句言瞿唐以险恶著称，因水为万山所束，巨石所阻，激而为不平之鸣，一入平原，江流漫缓矣。若人心则平地可起波澜，其险恶殆过于瞿唐千尺滩也。

其九

山上层层桃李花，云间烟火是人家。

银钏金钗来负水，长刀短笠去烧畲。

【汇评】

《山谷题跋》：刘梦得《竹枝》九章，词意高妙，元和间诚可独步。道风俗而不俚，追古昔而不愧，比之子美《夔州歌》，所谓同工异曲也。昔东坡闻余咏第一篇，叹曰："此奔轶绝尘，不可追也。" 又：刘梦得《竹枝》九篇，盖诗人中工道人意中事者也。使白居易、张籍为之，未必能也。

《碧鸡漫志》：唐时古意亦未全丧，《竹枝》、《浪淘沙》、《抛球乐》、《杨柳枝》，乃诗中绝句，而定为歌曲。

《闻见后录》：夔州营妓为喻迪孺扣铜盘，歌刘尚书《竹枝词》九解，尚有当时含思宛转之艳，他妓者皆不能也。

《韵语阳秋》：刘梦得《竹枝》九篇，其一云："白帝城头春草生，白盐山下蜀江清。"其一云："瞿塘嘈嘈十二滩，此中道路古来难。"其一云："城西门前滟滪堆，年年波浪不曾摧。"又言昭君坊、瀼西春之类，皆夔州事。乃梦得为夔州刺史时所作。而史称梦得为武陵司马，作《竹枝词》，误矣。

《唐诗镜》：竹枝词俚而雅。

《唐诗绝句类选》：竹枝绝唱，后人苦力不逮。

《唐诗摘钞》：诸诗生成《竹枝》声口，与绝句不同，即其调以想其声，真足动心悦耳。

《诗辩坻》：诗有近俚，不必其词之闾巷也。刘梦得《竹枝》，所写皆儿女子口中语，然颇有雅味。

《唐人万首绝句选评》：《竹枝词》本始自刘郎，因巴渝之旧调而易以新词，自成绝调。然其乐府诸作，篇篇皆佳。

杨柳枝词九首（选五首）

其一

塞北梅花羌笛吹，淮南桂树小山词。

请君莫奏前朝曲，听唱新翻《杨柳枝》。

【汇评】

《碧鸡漫志》：《鉴戒录》云："《柳枝歌》，亡隋之曲也。"……予考乐天晚年，与刘梦得唱和此曲词，白云："古歌旧曲君休听，听取新翻《杨柳枝》。"……刘梦得亦云："请君莫奏前朝曲，听唱新翻《杨柳枝》。"盖后来始变新声，而所谓乐天《杨柳枝》者，称其别创词也。

其四

金谷园中莺乱飞，铜驼陌上好风吹。

城中桃李须臾尽，争似垂杨无限时。

【汇评】

《对床夜语》：白乐天《杨柳枝》云："陶令门前四五树，亚夫营里百千条。何似东都正二月，黄金枝映洛阳桥。"刘禹锡云："金谷园中莺乱啼，铜驼陌上好风吹。城东桃李须臾尽，争似垂杨无限时。"……（禹锡及张祜）诗皆仿白，独薛能一首变为凄楚耳。

其五

花萼楼前初种时，美人楼上斗腰肢。

如今抛掷长街里，露叶如啼欲向谁。

【汇评】

《注解选唐诗》：谢枋得曰：此首意谓人不能特立，随时趋势，以求富贵者，与花萼楼前杨柳何异？……宫人歌舞楼上者，观杨柳之轻盈袅娜，自恨腰肢之不如，欲与杨柳斗此娇媚之态，犹人之逢时遇主，大蒙宠幸也。……犹人之忤时失势，摈弃寂寞也。……犹小人失势，不责己而怨人，虽泣血涟如，亦无益也。

《唐人万首绝句选评》：先荣后悴，即柳以见意。

《唐诗选脉会通评林》：陆时雍曰：自怨语，正是尤人无限。　　胡次焱曰：此乃梦得自道也：其与议禁中，所言必从，此"花蕚楼前初种时"也；降武元衡，罢窦群，斥韩皋，此"美人楼上斗腰肢"也；贬连州刺史，斥朗州司马，易柳州，徙夔州，此"如今抛掷长街里"也；《问大钧赋》、《谪九年赋》，叙张九龄事，为《子刘子传》，此"露叶如啼欲恨谁"也。末句乃不敢怨人之词，"欲恨谁"者，即《易》所谓"自我致寇，又谁咎也"，其悔心之萌乎？

其六

炀帝行宫汴水滨，数枝杨柳不胜春。
晚来风起花如雪，飞入宫墙不见人。

【汇评】

《注解选唐诗》：炀帝荒淫不君，国亡身丧，行宫外残柳数株，枝条柔弱，如不胜春风之摇荡，柳花如雪飞宫墙，似若羞见时人者。隋之臣子仕唐，曾不曰国亡主灭分任其咎，扬扬然无羞恶心，观杨花亦可愧矣。

《唐诗绝句类选》：徐子扩曰：只是形容荒凉之态。谢谓羞不见人，非也。李君虞《隋宫燕》诗"几度飞来不见人"，亦此意。
桂天祥曰：绝处味好。

《唐诗选脉会通评林》：蒋一葵曰：吊亡隋者，多不出此意。如此落句，更出人意表。　　陆时雍曰：忽入雅调。　　胡次焱曰：谢叠翁注：炀帝荒淫，国亡身殒，隋之君子仕唐，曾不分任其咎，扬扬然无羞恶之心，观柳花亦可以愧矣。谓柳花如雪，飞入宫墙，如羞见时人者,此扶植世教,足以立顽廉贪;但"不见人"三字,恐只是《易》所谓"窥其户,阒其无人"之意。

《唐诗摘钞》:"不胜春"三字正为"残柳"写照,若作"杨柳"则三字落空矣。只"不见人"三字,写尽故宫黍离之悲,何用多言。

《唐诗别裁》:似胜李君虞《汴河曲》(末二句下)。

《网师园唐诗笺》:韵远情深。

《唐诗笺要》:"不见人"是荒凉之象,宋儒谓改作"羞见人"更佳,其说非是。

《精选评注五朝诗学津梁》:写杨花写到花到地,方色空空,唤醒迷夫不少。

《历代诗评注读本》:隋炀植柳汴堤,谓之柳塘,故梦得有此作。末句谓宫墙尚在,宫中无人,即柳花飞入,谁人见来?不胜兴废之感。

《诗境浅说续编》:此隋宫怀古之作,咏残柳以写亡国之悲,情韵双美,寄慨苍凉,与《石头城》怀古诗皆推绝唱,宜白乐天称为"诗豪"也。李益《隋宫燕》、《汴河曲》,与梦得用意同,而用笔逊之。

其八

城外春风吹酒旗,行人挥袂日西时。
长安陌上无穷树,唯有垂杨管别离。

【汇评】

《注解选唐诗》:谢枋得云:人之饯别,非驿亭则酒肆,多种杨柳,古人或折柳以赠,或攀柳而悲。长安陌上树木尽多,管别离者惟有垂杨耳。意谓王公将相位尊权重,其栽培桃李必多;或辞官,或失势,一旦去国,其门下士终始不相背负者甚少也。

《唐诗快》:想垂杨亦不胜攀折,正见苦无替代耳。

《唐诗笺要》:"管"字下得妙,视前首"见"字用意更胜。

《唐人万首绝句选评》：说得如此有情，真含无限悲苦。

【总评】

《山谷题跋》：刘宾客《柳枝词》，虽乏曹、刘、陆机、左思之豪壮，自为齐梁乐府之将帅也。

《唐人绝句精华》：《杨柳枝词》盖即古《横吹曲》之《折杨柳》。其词托意杨柳以写离情，或感叹盛衰。今录禹锡两首，前者（按指"花萼楼前初种时"）以柳比人，后者（按指"城外东风吹酒旗"）即写离别，不可但作单纯咏物诗看。

浪淘沙九首（选四首）

其二

洛水桥边春日斜，碧流清浅见琼砂。

无端陌上狂风急，惊起鸳鸯出浪花。

其四

鹦鹉洲头浪飐沙，青楼春望日将斜。

衔泥燕子争归舍，独自狂夫不忆家。

【汇评】

《唐诗选脉会通评林》：杨慎列为妙品。　　敖英曰：梦得《浪淘沙》数首，独此佳。　李梦阳曰：人情只在口头。　　陆时雍曰：物情人思，佳境自然。　　唐汝询曰：只"忘我实多"意。薛维翰《怨歌》末句，禹锡改"要"为"独"，欠圆活矣。然以第三句较之，终是薛作浅露。

《删订唐诗解》：唐汝询曰：妇人临水望夫，而以浪之淘沙起兴；言日斜而不至，则不如飞燕之有情也。

其六

日照澄洲江雾开，淘金女伴满江隈。

美人首饰侯王印，尽是沙中浪底来。

【汇评】

《唐诗直解》：触景含情，幽恨难写，人情只在口头。

《唐人绝句精华》：《浪淘沙词》，始于白居易、刘禹锡，大抵描写风沙推移，以见人世变迁无定，或则托意男女恩怨之词。禹锡此首乃言淘沙拣金之劳，而"美人"、"侯王"或未知也。

其八

莫道谗言如浪深，莫言迁客似沙沉。

千淘万漉虽辛苦，吹尽狂沙始到金。

元和十一年自朗州召至京戏赠看花诸君子

紫陌红尘拂面来，无人不道看花回。

玄都观里桃千树，尽是刘郎去后栽。

【汇评】

《本事诗》：刘尚书自屯田员外左迁朗州司马，凡十年始征还。方春，作《赠看花诸君子》诗曰："紫陌红尘拂面来，……尽是刘郎去后栽。"其诗一出，传于都下。有素嫉其名者，白于执政，又诬其有怨愤。他日见时宰，与坐，慰问甚厚。既辞，即曰："近者新诗，未免为累，奈何？"不数日，出为连州刺史。

《唐诗选脉会通评林》：敖英曰：风刺时事，全用比体。 唐汝询曰：首句便见气焰。次见附势者众。三以桃喻新贵。末太露，安免再谪？

《唐诗评注读本》：此诗借种桃花以讽朝政。栽桃花者道士，栽新贵者执政也。自刘郎去后，而新贵满朝，语涉讥刺，执政者见而恶之，因出为连州刺史。

再游玄都观 并引

余贞元二十一年为屯田员外郎时，此观未有花。是岁出牧连州，寻贬朗州司马。居十年，召至京师，人人皆言有道士手植仙桃，满观如红霞，遂有前篇以志一时之事。旋又出牧，今十有四年，复为主客郎中，重游玄都观，荡然无复一树，唯兔葵燕麦动摇于春风耳。因再题二十八字，以俟后游。时大和二年三月。

百亩庭中半是苔，桃花净尽菜花开。

种桃道士归何处，前度刘郎今又来。

【汇评】

《四溟诗话》：夫平仄以成句，抑扬以合调。扬多抑少，则调匀；抑多扬少，则调促。……刘禹锡《再过玄都观》诗："种桃道士归何处？前度刘郎今又来。"上句四去声相接，扬之又扬，歌则太硬；下句平稳。此一绝二十六字皆扬，惟"百亩"二字是抑。又观《竹枝词》所序，以知音自负，何独忽于此邪？

《唐诗绝句类选》：风刺时事全用此体。

《唐诗选脉会通评林》：唐汝询曰：文宗之朝，互为朋党，一相去位，朝士尽易，正犹道士去而桃不复存。是以执政者复恶其轻薄。

《古唐诗合解》：诗至中唐，渐失风人温厚之旨。

《历代诗评注读本》：前因看花诗，连遭贬黜，今得重来，而新进者随旧日之执政以俱去矣，因复借此以讽之。

《唐人绝句精华》：按禹锡因王叔文事被贬朗州，十年之后，朝中另换一番人物，故有"尽是刘郎去后栽"之句，以见朝政翻覆无常,语含讥讽,是以又为权贵所不喜,再贬播州,易连州,徙夔州,十四年始入为主客郎中,又因再游诗为"权近闻者,益薄其行",遂被分司东都闲散之地。考此两诗所关,前后二十馀年,禹锡虽被贬斥而终不屈服,其蔑视权贵而轻禄位如此。白居易序其诗,以"诗豪"称之,谓"其锋森然,少敢当者"。语虽论诗,实人格之品题也。

望夫石

终日望夫夫不归,化为孤石苦相思。
望来已是几千载,只似当时初望时。

【汇评】

《后村诗话》:望夫石在处有之。古今诗人,共用一律,惟刘梦得云:"望来已是几千岁,只似当年初望时。"语虽拙而意工。

《四溟诗话》:《鹤林玉露》曰:"诗惟拙句最难。至于拙,则浑然天成,工巧不足言矣。"若子美"雷声忽送千峰雨,花气浑如百和香"之类,语平意奇,何以言拙?刘禹锡《望夫石》诗:"望来已是几千载,只是当年初望时。"陈后山谓"辞拙意工",是也。

《唐诗真趣编》:一味简淡,十分精到,化工之笔。   刘仲肩曰:写出至诚。

听旧宫中乐人穆氏唱歌

曾随织女渡天河,记得云间第一歌。
休唱贞元供奉曲,当时朝士已无多。

【汇评】

《注解选唐诗》:不言"无",而言"无多",此诗人巧处。

《笺注唐贤绝句三体诗法》:织女渡河止于一夕,永贞改元曾未经年，借穆氏以比立朝不久也。　　感慨入骨。

《唐诗品汇》：谢云：前两句言宫中之乐如在九霄，后两句谓贞元诸贤立朝尚多君子，今日与贞元不侔矣。闻贞元之乐曲，思贞元之多士，宁无伤今怀古之情乎？《诗》云："云谁之思，西方美人。"此诗人之遗意也。

《批点唐诗正声》：《穆氏》、《何戡》，二诗同体，然其隐痛极是婉曲。

《唐诗绝句类选》：《与歌者》诗并此诗，俱善于言情。

《唐诗选脉会通评林》：周弼（列）为虚接体。　　何仲德（列）为熔意体。吴山民曰："已无多"三字，跟"休唱"字来，有无穷之思。

《网师园唐诗笺》：怀古深情，令读者得之言外。

《精选评注五朝诗学津梁》：兴亡衰盛之感，言之伤心。

《诗境浅说续编》：诗以织女喻妃嫔，以云间喻宫禁。白头宫女如穆氏者，曾供奉掖庭，岁月不居，朝士贞元，已稀如星凤，解听《清平》旧调者能有几人？梦得闻歌诗凡三首，赠嘉荣与何戡，皆专赠歌者，此则兼有典型之感。

金陵五题并序（选三首）

余少为江南客，而未游秣陵，尝有遗恨。后为历阳守，跂而望之。适有客以金陵五题相示，逌尔生思，欻然有得。他日友人白乐天掉头苦吟，叹赏良久，且曰：《石头》诗云"潮打空城寂寞回"，吾知后之诗人，不复措辞矣。馀四咏虽不及此，亦不孤乐天之言耳。

石头城

山围故国周遭在，潮打空城寂寞回。
淮水东边旧时月，夜深还过女墙来。

【汇评】

《吴船录》：金陵山本止三面，至此（按指伏龟楼）则形势回互，江南诸山与淮水团栾应接，无复空阙。唐人诗所谓"山围故国周遭在"者，惟此处所见为然。

《唐诗品汇》：谢云：山无异东晋之山，潮无异东晋之潮，月无异东晋之月也。求东晋之宗庙、宫室、英雄豪杰，俱不可见矣。意在言外，寄有于无。

《震泽长语》："潮打空城寂寞回"，不言兴亡，而兴亡之感溢于言外，得风人之旨。

《唐诗选脉会通评林》：何仲德（列）为清新体。　郭濬曰：只赋景，自难为怀。

《增订唐诗摘钞》：寓炎凉之情在景中。

《唐诗别裁》：只写山水明月，而六代繁华，俱归乌有，令人于言外思之。

《而庵说唐诗》：此亦是梦得寓意。梦得虽召回，但在朝之士皆新进，与梦得定不想莫逆，而梦得又牢骚不平，于诗中往往露出，不免伤时，风人之旨失矣。

《唐诗笺注》："山围"二句，真白描高手。"淮水"二句，亦太白《苏台览古》意。

《网师园唐诗笺》：盛唐遗响。

《诗法易简录》：六朝建都之地，山水依然，惟有旧时之月，还来相照而已，伤前朝所以垂后鉴也。

《唐诗近体》：只写山水明月，而六代繁华俱归乌有，今人于言外思之。乐天谓后之诗人不复措词。

《唐贤小三昧集》：凄绝。兴亡百感集于毫端，乃有此种佳制。

《唐绝诗钞注略》：《诗铎》：三、四语转而意不转，只愈添一倍寂寞景象，笔妙绝伦。

《历代诗发》：憔悴婉笃，令人心折，白乐天谓"潮打空城"一语，后之诗人不复措词矣，诚哉是言！

《诗境浅说续编》：石头城前枕大江，后倚钟岭，前二句"潮打"、"山围"，确定为石城之地，兼怀古之思，非特用对句起，笔势浑厚也。后二句谓六代繁华，灰飞烟灭，惟淮水畔无情明月，夜深冉冉西行，过女墙而下，清辉依旧，而人事全非。

《唐人绝句精华》：但写今昔之山水明月，而人情兴衰之感即寓其中。

乌衣巷

朱雀桥边野草花，乌衣巷口夕阳斜。
旧时王谢堂前燕，飞入寻常百姓家。

【汇评】

《注解选唐诗》：王、谢之第宅今皆变为寻常百姓之室庐矣，乃云"旧时王谢堂前燕，飞入寻常百姓家"，此风人遗韵。两诗（按指《石头城》）皆用"旧时"二字，绝妙。

《归田诗话》：予为童子时，……又在荐桥旧居，春日新燕飞绕檐间，先姑诵刘梦得"旧时王谢堂前燕，飞入寻常百姓家"之句。至今每见红叶与飞燕，辄思之。不但二诗写景咏物之妙，亦先入之言为主也。

《批点唐诗正声》：有感慨，有风刺，味之自当泪下。

《唐诗解》：不言王、谢堂为百姓家，而借言于燕，正诗人托兴玄妙处。

《唐诗选脉会通评林》：何仲德（列）为警策体。　　周敬曰：缘物寓意，吊古高手。　　顾璘曰：有感慨。　　唐汝询曰：笔意自是高华。　　周明杰曰：后二句，诗人托兴玄妙处。

《唐诗摘钞》：本意只言王侯第宅变为百姓人家耳，如此措词遣调,方可言诗,方是唐人之诗。

《增订唐诗摘钞》:野草夕阳,满目皆非旧时之胜,堂前则百姓家矣,而燕飞犹是也。借燕为言,妙甚。

《唐诗别裁》:言王、谢家成民居耳,用笔巧妙,此唐人三昧也。

《历代诗话考索》:刘禹锡诗曰:"旧时王谢堂前燕,飞入寻常百姓家。"妙处全在"旧"字及"寻常"字。

《网师园唐诗笺》:意在言外。

《岘傭说诗》:若作燕子他去便呆。盖燕子仍入此堂,王、谢零落,已化作寻常百姓矣。如此则感慨无穷,用笔极曲。

《历代诗评注读本》:王、谢既衰,则旧时燕子,亦无所栖托,故飞入百姓家。只"旧时"、"寻常"四字,便有无限今昔之感。

《精选评注五朝诗学津梁》:今日之燕即昔日之燕,何以不属王、谢之堂而入民家?感伤之意,自在言外。

《历代诗发》:总见世异时殊,人更物换,而造语妙。

《诗境浅说续编》:朱雀桥、乌衣巷皆当日画舸雕鞍、花月沉酣之地,桑海几经,剩有野草闲花,与夕阳相妩媚耳。茅檐白屋中,春来燕子,依旧营巢,怜此红襟俊羽,即昔时王、谢堂前杏梁栖宿者,对语呢喃,当亦有华屋山丘之感矣。此作托思苍凉,与《石头城》诗皆脍炙词坛。

《唐人绝句精华》:三、四两句诗意甚明,盖从燕子身上表现今昔之不同。而《岘傭说诗》乃谓"若作燕子他去便呆,盖燕子仍入此堂,王谢零落,已化为寻常百姓。如此则感慨无穷,用笔极曲。"其说真曲,诗人不如此也。说诗者每曲解诗人之意,举此一例,以概其余。

台　城

台城六代竞豪华,结绮临春事最奢。

万户千门成野草，只缘一曲后庭花。

【汇评】

《才调集》：陈亡，则江南王气尽矣。首句自六代说起，不止伤陈叔宝也。六朝尽于陈亡，末句可叹可恨。

《唐人绝句精华》：按禹锡《金陵五题》，此所录三首，皆有惩前毖后之意。诗人见盛衰无常，而当其盛时，恣情逸乐之帝王及豪门贵族，曾不知警戒，大可悯伤，故借往事再三唱叹，冀今人知所畏惮而稍加敛抑也。否则古人兴废成败与诗人何关，而往复低回如此。

与歌者何戡

二十馀年别帝京，重闻天乐不胜情。
旧人唯有何戡在，更与殷勤唱渭城。

【汇评】

《注解选唐诗》："不胜情"三字有味，旧人唯有何戡在，见得旧时公卿大夫与己为仇者，今无一存，惟歌妓何戡尚在。

《归田诗话》：（刘禹锡）晚始得还，同辈零落殆尽。有诗云："昔年意气压群英，几度朝回一字行。二十年来零落尽，两人相遇洛阳城。"又云："休唱贞元供奉曲，当时朝士已无多。"又云："旧人惟有何戡在，更与殷勤唱渭城。"盖自德宗后，历顺、宪、穆、敬、文、武、宣、凡八朝。

《唐诗绝句类选》：蒋仲舒曰：苦于言情。

《唐诗选脉会通评林》：郭濬曰：《穆氏》、《何戡》二诗同法，追想间极是婉转。　　陆时雍曰：深衷痛语。　　胡次焱云：前二句，颇有恋君之意。因"唱渭城"句推之，乃知幸怨家仇人之无存也。旧人惟有何戡，更与唱曲，欣幸快意之词，与"前度刘郎今又来"同意。

《唐诗别裁》：王维《渭城》诗，唐人以为送别之曲。梦得重来京师，旧人惟一乐工，为唱《渭城》送别，何以为情也？

《唐诗笺注》：念旧人而止存何戡，乃更与殷勤歌唱，缭绕"不胜情"三字，倍多婉曲。"渭城朝雨"，别离之曲，又与上"别帝京"相映。

《诗法易简录》：无一旧人能唱旧曲，情固可伤，犹若可以忘情；惟尚有旧人能唱旧曲，则感触更何以堪！

《历代诗发》：抚今思昔，可泣可歌。

《唐人万首绝句选评》：前二首（按指《与歌者米嘉荣》、《听旧宫中乐人穆氏唱歌》）题外转意，此首兜裹得好，叙而不议，神味觉更悠然。深情高调，三首未易区分高下也。

《诗境浅说续编》：诗谓觚棱前梦，悠悠二十馀年，家令重来，春婆梦醒，重闻天乐，不禁泪湿青衫。后二句谓甫惘惘之相看，又匆匆之录别，同调无多，为唱一曲《渭城》，殷勤致意，耆旧凋零，因何郎而重有感矣。

《唐人绝句精华》：此三诗皆听歌有感之作。米嘉荣乃长庆间歌人，及今已老，故感其不为新进少年所重，而以"好染髭须"戏之。穆氏乃宫中歌者，故有"织女"、"天河"、"云间第一歌"等语，而感于贞元朝士无多，以见朝政反覆，与《再游玄都观》诗同意。何戡则二十年前旧人之仅存者，亦以感时世沧桑也。禹锡诗多感慨，亦由其身世多故使然也。

伤愚溪三首并引（选一首）

故人柳子厚之谪永州，得胜地，结茅树蔬，为沼沚，为台榭，目曰愚溪。柳子没三年，有僧游零陵，告余曰，愚溪无复囊时矣。一闻僧言，悲不能自胜，遂以所闻为七言以寄恨。

其一

溪水悠悠春自来，草堂无主燕飞回，

隔帘惟见中庭草，一树山榴依旧开。

【汇评】

《载酒园诗话》：大抵宋人评刘诗多可笑者。如《伤愚溪》诗："溪水悠悠春自来，……"摹写荒凉之慨，真觉言与泪俱。《诗眼》乃讥其"于子厚了无益，殆《折杨》、《黄华》之雄，易售于流俗。"此诗自因僧言零陵来，言愚溪无曩时之观，而述所闻以寄恨耳。非颂非诔，非志非状，将必欲盛扬子厚之美而后为有益乎？

和乐天春词

新妆面面下朱楼，深锁春光一院愁。

行到中庭数花朵，蜻蜓飞上玉搔头。

【汇评】

《唐人万首绝句选评》：末句无谓自妙，细味之，乃摹其凝立如痴光景耳。

《诗境浅说续编》：此春怨词也，乃仅曰"春词"，故但写春庭闲事，而怨在其中。第二句言一院春愁，即其本意。

和令狐相公别牡丹

平章宅里一栏花，临到开时不在家。

莫道两京非远别，春明门外即天涯。

【汇评】

《注解选唐诗》：此言人臣不可恃圣眷。朝承恩，暮岭海，一去君侧，宠辱转移，特顷刻间耳。　"春明门外即天涯"一句绝妙。

《唐诗绝句类选》：落句遂为千古孤臣去国故实，此即《管子》所谓"君门远于万重"。

《唐诗选脉会通评林》：周敬曰：平调中转觉警策，含意深远。作诗信不必以险仄为工。

《唐诗别裁》：吴梅村《拙政园山茶歌》，胎源于此。

《唐诗笺注》：此种诗可称大雅。

《网师园唐诗笺》："别"字写得紧。

《唐贤小三昧集》：宾客绝句，风调绵丽，与李尚书的是对手，白太傅远不逮也。

《唐人万首绝句选评》：从无意味处说出情味，又绝不从题外起意，此等诗真不厌百回读也。

望洞庭

湖光秋月两相和，潭面无风镜未磨。

遥望洞庭山水翠，白银盘里一青螺。

【汇评】

《鉴诚录》：刘禹锡尚书有《望洞庭》之句，雍使君陶有《咏君山》之诗，其如作者之才，往往暗合。刘《望洞庭》诗曰："湖光秋月两相和，潭面无风镜未磨。遥望洞庭山水翠，白银盘里一青螺。"雍《咏君山》诗曰："烟波不动影沉沉，碧色全无翠色深。疑是水仙梳洗处，一螺青黛镜中心。"

《韵语阳秋》：诗家有换骨法，谓用古人意而点化之，使加工也。……刘禹锡云："遥望洞庭湖水面，白银盘里一青螺。"山谷点化之，则云："可惜不当湖水面，银山堆里看青山。"

《四溟诗话》：意巧则浅，若刘禹锡"遥望洞庭湖水面，白银盘里一青螺"是也。

杨柳枝

春江一曲柳千条，二十年前旧板桥。

曾与美人桥上别，恨无消息到今朝。

【汇评】

《升庵诗话》：《丽情集》载湖州妓周德华者，刘采春女也，唱刘禹锡《柳枝词》云："春江一曲柳千条，二十年前旧板桥。曾与美人桥上别，恨无消息到今朝。"此诗甚佳，而刘集不载；然此诗隐括白香山古诗为一绝，而其妙如此。

《唐诗快》："未免有情，谁能遣此"，八字便是此诗定评。

张仲素

张仲素(？—819)，字绘之，河间(今河北献县)人。贞元十四年(798)登进士第。为徐州张悟幕从事。贞元末，入为司勋员外郎。元和七年，以屯田员外为吏部考判官，迁礼部郎中。十一年充翰林学士，累迁司封郎中、知制诰，中书舍人，卒。仲素工乐府，元和中与令狐楚、王涯同在朝，诗歌唱和，编为《三舍人集》，今存，又有《词圃》十卷、《赋枢》三卷，均佚。《全唐诗》存诗一卷。

【汇评】

(仲素)善诗，多警句。尤精乐府，往往和叶宫商，古人有未能虑及者。(《唐才子传》)

江宁之后，张仲素得其遗响，《秋闺》、《塞下》诸曲俱工。(《诗薮》)

令狐楚与王涯、张仲素同时为中书省舍人，其诗长于绝句，号"三舍人诗"，同为一集。(《升庵诗话》)

春闺思

袅袅城边柳，青青陌上桑。

提笼忘采叶，昨夜梦渔阳。

【汇评】

《唐诗分类绳尺》：真情实意，词语悲婉。

《唐诗解》：见柳而感别；因桑而怀人，宜其不能采也。此从《卷耳》翻出。

《唐风定》：顾云：是乐府"铺麋"意。

《删订唐诗解》：吴昌祺曰：下联脱化固妙，而起以"柳"兴"桑"，又从《伐木》章来。

《唐诗笺注》："袅袅"句是宾，"陌上桑"是主，然"边城柳"亦是伤别之景，相引入妙。

《诗法易简录》：前二句皆说眼前景物，而末句忽掉转说到昨夜之梦，便令当日无限深情，不着一字而已跃跃言下。笔法之妙，最耐寻味。

《唐诗笺要》：画出形神失据，行经绝无佻巧之气，唐音所以足贵。

《精选评注五朝诗学津梁》：起对偶，"柳"与"桑"切春也。后二句但写"思"字。

《诗境浅说续编》：五言绝句中忆远之诗，此作最为入神。从《诗经》"采采卷耳，不盈倾筐。嗟我怀人，置彼周行"点化而来，遂成妙语，令人揽揢不尽。

塞下曲五首（选二首）

其一

三戍渔阳再渡辽，骍弓在臂剑横腰。
匈奴似若知名姓，休傍阴山更射雕。

【汇评】

《唐诗直解》：与后曲俱见自负，作武士题，当如此雄壮。若欠激卓，便非名笔矣。学者宜玩此二曲。

《唐诗选脉会通评林》：何景明曰：意气雄壮。　　周明铺曰：写得豪。　　陆时雍曰：语气饱决，足驾盛唐。　　周珽曰：后二句示威揖敌，语自负不浅。唐仲言谓：深得武人口气。

《唐风定》：气韵忽超。

《删订唐诗解》：吴昌祺曰："似"字有不敢前进之意。

《唐诗笺要》：气韵特豪。

其三

朔雪飘飘开雁门，平沙历乱卷蓬根。

功名耻计擒生数，直斩楼兰报国恩。

【汇评】

《批点唐诗正声》：豪侠军中，烈士未得志，若狄青辈每是如此。

《唐诗直解》：豪气逼人。

《唐诗选脉会通评林》：唐汝询曰：此言士志不小，与子美"擒贼须擒王"意同。　　周珽曰：仲素《塞下》诸篇，俱激烈忠勇，如"苏武曾将汉节归"、"直斩楼兰报国恩"，何等胆识！

《删订唐诗解》：吴昌祺曰：《品汇》不录。然此诗意虽太尽，而气自健。

《读雪山房唐诗序例》：张仲素《塞下曲》、《秋闺》诸曲，升王江宁之堂。

《唐人万首绝句选评》：绘之《塞下曲》，气格风力，雅与题称，中唐高调也。

秋思二首

其一

碧窗斜日蔼深晖，愁听寒螀泪湿衣。

梦里分明见关塞，不知何路向金微。

【汇评】

《升庵诗话》：即《卷耳》诗后章之意也。

《唐诗广选》：胡元瑞曰：此诗与下首结语，皆去龙标不远。

《唐诗笺注》：言有梦尚不得到，用意更深一层。

《网师园唐诗笺》：翻用"梦中不识路"句，愈形金微之远（末二句下）。

《唐诗笺要》：晚唐绝句，愈工愈浅近，此诗独空濬有远神。

其二

秋天一夜静无云，断续鸿声到晓闻。

欲寄征衣问消息，居延城外又移军。

【汇评】

《删订唐诗解》：唐汝询曰：秋色感人而音息终不能达者，以屯戍之无定也。

《唐诗笺注》：戍无定所，消息难凭，感北雁之南征，悲寒衣之莫寄，秋天夜永，闺思情长。有风人之旨，亦太白、少伯之遗。

《唐诗笺要》：盛唐风骨。"桐庐人不见，今得广州书"，异曲同情。委曲苦衷，读之如见王少伯，后惟绘之得其遗响。

《养一斋诗话》：诗有一字诀，曰厚。偶咏唐人"梦里分明向关塞，不知何路向金微"、"欲寄征鸿问消息，居延城外又移军"，便觉深曲有味。今人只说到梦见关塞，托征鸿问消息便了，所以为公共之言,而寡薄不成文也。

【总评】

《诗薮》:张仲素《秋闺思》"梦里分明见关塞,不知何路向金微"、"欲寄征衣问消息,居延城外又移军",皆去龙标不甚远。

《唐诗直解》:道破深意,温柔敦厚,不怨不怒,深得风人之体。

《唐诗选脉会通评林》:敖英曰:王少伯《闺怨》、张潮《江南行》、王驾《古意》、张仲素《秋闺思》,皆温柔敦厚,不怨不怒,深得风人之体。

《唐风定》:晚唐绝句愈工愈浅。近此独空,淡有远神。

《唐人万首绝句选评》:二诗缱绻有情,含思婉至。

《诗境浅说续编》:二诗咏秋闺忆远,皆以曲折之笔写之。第一首静夜怀人,形诸梦寐,常语也。诗乃言关塞历历,已见梦中,追欲身赴郎边,出门茫茫,何处是金微之路,则入梦徒然耳。第二首言欲寄相思。但凭尺素,亦常语也。诗乃言秋夜闻雁声,感雁足寄书之事,方欲裁笺,而消息传来,本住居延,又移军他去,寄书不达,情益难堪矣。唐人集中多咏征夫思妇,宋以后颇稀,殆意境为前人说尽也。

《唐人绝句精华》:两诗首二句皆写秋,三四句皆写闺情。

汉苑行二首（其一）

回雁高飞太液池,新花低发上林枝。
年光到处皆堪赏,春色人间总不知。

【汇评】

《唐诗直解》:尖切题情。

《唐诗训解》:先二句已尽春景,后一句收之最完密。

《唐诗选脉会通评林》:李梦阳曰:高格出以快语。　　徐中行曰:驱车走马之奇。　　周珽曰:当是总美当年苑中之盛,不无感讽深意。

崔 护

崔护，生卒年不详，字殷功，博陵（今河北定县）人。贞元十二年
(796)登进士第。大和三年，由京兆尹出为岭南节度使。封武城县
子。《全唐诗》存诗六首。

题都城南庄

去年今日此门中，人面桃花相映红。
人面不知何处在，桃花依旧笑春风。

【汇评】

《本事诗》：博陵崔护，姿质甚美而孤洁寡合，举进士不第。清
明日，独游都城南，得居人庄，一亩之宫而花木丛萃，寂若无人。叩
门久之，有女子自门隙窥之，问曰："谁耶？"以姓字对，曰："寻春独
行，酒渴求饮。"女入，以杯水至，开门设床命坐，独倚小桃柯伫立，
而意属殊厚，妖姿媚态，绰有馀妍。崔以言挑之，不对，目注者久
之。崔辞去，送至门，如不胜情而入，崔亦睇盼而归，嗣后绝不复
至。及来岁清明日，忽思之，情不可抑，径往寻之，门墙如故，而已

扃锁之。因题诗于左扉曰："去年今日此门中，人面桃花相映红。人面只今何处去，桃花依旧笑春风。"后数日，偶至都城南，复往寻之，闻其中有哭声，扣门问之，有老父出曰："君非崔护邪？"曰："是也。"又哭曰："君杀吾女。"护惊起，莫知所答。老父曰："吾女笄年知书，未适人。自去年以来，常恍惚若有所失。比日与之出，及归，见左扉有字，读之，入门而病，遂绝食数日而死。……得非君杀之耶？"又特大哭，崔亦感恸，请入哭之。尚俨然在而床。崔举其首，枕其股，哭而祝曰："某在斯，某在斯。"须臾开目，半日复活矣。父大喜，遂以女归之。

《梦溪笔谈》：诗人以诗主人物，故虽小诗，莫不挺踔极工而后已。所谓"旬锻月炼"者，信非虚言。小说崔护《题城南》诗，其始曰："去年今日此门中，人面桃花相映红。人面不知何处去，桃花依旧笑春风。"后以其意未全，语未工，改第三句曰"人面只今何处在。"至今所传此两本，惟《本事诗》作"只今何处在"。唐人工诗，大率多如此。虽有两"今"字，不恤也，取语意为主耳。后人以其有两"今"字，只多行前篇。

《围炉诗话》：唐人作诗，意细法密，如崔护"人面不知何处去"，后改为"人面只今何处在"，以有"今"字，则前后交付明白，重字不惜也。

李　翱

李翱(772—841)，字习之，陇西成纪(今甘肃秦安)人，一说赵郡(今河北赵县)人。贞元十四年(798)登进士第，授校书郎。贞元、元和中，累佐滑州李元素、岭南杨於陵、浙东李逊幕。元和十四年入为国子博士，迁考功员外郎，并兼史职。出为朗州刺史，迁舒州刺史。长庆三年，入为礼部郎中，又出为庐州刺史。大和元年，召为谏议大夫，迁中书舍人。又出为郑、桂、潭等州刺史，山南东道节度使。卒，谥文。翱为韩愈弟子，其文论和创作对推动古文运动起了积极作用。有《李翱集》十卷。今有《李文公集》十八卷行世。《全唐诗》存诗七首。

【汇评】

人之材力，信自有限，李翱、皇甫湜皆韩退之高弟，而二人独不传其诗，不应散亡无一篇存者，计是非其所长，故不多作耳。退之集中有《题湜公安园池诗后》云："《尔雅》注虫鱼，定非磊落人。"又有"用将济诸人，舍得业孔颜"。意若讥其徒为无益，而劝之使不作者。翱见于远游联句，惟"前之讵灼灼，此去信悠悠"。一出之后，遂不复见，亦可知矣。然二人以非所工而不作，愈于不能而强为

之,亦可谓善用其短矣。(《石林诗话》)

湜与李翱皆从公学文,翱得公之正,湜得公之奇。(《归田诗话》)

赠药山高僧惟俨二首（其一）

练得身形似鹤形,千株松下两函经。
我来问道无馀说,云在青霄水在瓶。

【汇评】

《景德传灯录》:朗州刺史李翱问(惟俨)师玄化,屡请不起,乃躬入山谒之。……(李翱)问曰:"如何是道?"师以手指上下,曰:"会么?"翱曰:"不会。"师曰:"云在天,水在瓶。"翱乃欣惬,作礼。而述一偈曰:"练得身形似鹤形……云在青天水在瓶。"

《韵语阳秋》:世传翱有《县君好砖渠》一诗,并《传灯录》载《答药山》一偈。

《吴礼部诗话》:佛家记李习之问道药山惟俨禅师,作谒曰:"炼得身形似鹤形,千株松下两函经。我来问道无馀语,云在青天水在瓶。"按习之文集有《去佛斋文》,卫道之意,不畔韩公。

《养一斋诗话》:唐李文公翱,人亦谓其能文不能诗。其全集诗止七首,无一上乘语。惟《赠药师僧》云:"我来问道无馀说,云在青霄水在瓶",稍有清脱之气。

皇甫湜

皇甫湜(约776—约830),字持正,睦州新安(今浙江建德西)人。早年曾寓居扬州。屡举进士不第。元和元年(806)登进士第,授陆浑尉。三年,诏举贤良,湜与牛僧孺、李宗闵等对策,言词激切,极诋时政,考官杨於陵等升为上策,触怒权幸,考策官及宰相均贬官,湜亦谪,居吉州庐陵。宝历中为李逢吉襄阳从事。府罢归洛,后屡官侍御、工部郎中。大和中,分司东都,与白居易交游。卒,白以诗哭之。湜工古文,与李翱同为韩愈弟子。有《皇甫湜集》三卷,已佚。宋人辑有《皇甫持正集》六卷行世。《全唐诗》存诗三首。

【汇评】

皇甫祠部文集外所作,亦为遒逸,非无意于深密,盖或未遑耳。(司空图《题柳柳州集后序》)

湜不善诗,退之和《公安》、《陆浑》二篇,可以想见其怪奇。退之诗曰:"皇甫作诗止睡昏,辞夸出真遂上焚。要余和赠怪又烦,虽欲悔舌不可扪。"言其语怪而好讥骂也。(《唐诗纪事》)

题浯溪石

次山有文章,可惋只在碎。

然长于指叙,约洁有馀态。

心语适相应,出句多分外。

于诸作者间,拔戟成一队。

中行虽富剧,粹美若可盖。

子昂感遇佳,未若君雅裁。

退之全而神,上与千载对。

李杜才海翻,高下非可概。

文与一气间,为物莫与大。

先王路不荒,岂不仰吾辈。

石屏立衙衙,溪口扬素濑。

我思何人知,徒倚如有待。

【汇评】

《临汉隐居诗话》:皇甫湜《题浯溪颂》云:"次山有文章,可惋只在碎。"亦善评文者。

《容斋随笔》:皇甫湜、李翱虽为韩门弟子,而皆不能诗。浯溪石间有湜一诗,为元结而作。……味此诗乃论唐人文章耳。风格殊无可采也。

《二老堂诗话》:余尝得湜永州祁阳《元次山唐亭诗碑》,题云"侍御史内供奉皇甫湜"。后见洪迈《容斋随笔》,亦载此诗,谓"风格无可采",非也。

《老生常谈》:皇甫持正《题浯溪石》云:"次山有文章,可惋只在碎。……于诸作者间,拔戟成一队。"意所欲言,笔即随之,清白如话家常,从陶公入,不从陶出也。余中年极喜此种。

皇甫松

皇甫松，生卒年不详，一作皇甫嵩，字子奇，自号檀栾子。睦州新安（今浙江建德西）人。皇甫湜之子。举进士不第，终身布衣。松工诗词，《花间集》录其词十二首，近人辑有《檀栾子词》一卷。有《醉乡日月》三卷，今但存辑本。《全唐诗》存诗十三首。

【汇评】

广大教化主。白居易。……及门十人：费冠卿、皇甫松、殷尧藩、施肩吾、周光范、祝天膺、徐凝、朱可名、陈标、童翰卿。（《诗人主客图》）

古松感兴

皇天后土力，使我向此生。
贵贱不我均，若为天地情。
我家世道德，旨意匡文明。
家集四百卷，独立天地经。
寄言青松姿，岂羡朱槿荣。

昭昭大化光，共此遗芳馨。

【汇评】

《唐诗归》：钟云：入得深，来得厚（首二句下）。　　谭云：极朴，极厚，亦极高，似子昂《感遇》，妙诗。　　钟云：古人作诗文，于时地最近，口耳最熟者，必极力出脱一番。如晚唐定离却中唐，等而上之，莫不皆然，非独气数，亦是习尚使然。然其所必欲离者，声调、情事耳。已至初、盛人一片真气，全力尽而有馀，久而更新者，皆不暇深求，而一切欲离之，以自为高。所以离而下，便为晚唐。亦有离而上者，为初、盛、为汉魏，皆不可知。盖淳厚之脉，不尽绝于天地之间，无一切趋下之理，观此等诗知之。

采莲子二首

其一

菡萏香连十顷陂，小姑贪戏采莲迟。

晚来弄水船头湿，更脱红裙裹鸭儿。

【汇评】

《汤显祖评〈花间集〉》：人情中语，体贴工致，不减觌面见之。

《唐诗选脉会通评林》：钟惺曰：写出憨情，便奇。

《栩庄漫记》："更脱红裙裹鸭儿"，写女儿憨态可掬。

其二

船动湖光滟滟秋，贪看年少信船流。

无端隔水抛莲子，遥被人知半日羞。

【汇评】

《餐樱庑词话》：写出闺娃稚憨情态，匪夷所思，是何妙笔乃尔！

《唐五代两宋词简析》：此二首写采莲女子之生活片段，非常生动，有非画笔所能描绘者。盖唐时礼教不如宋以后之严，妇女尚较自由活泼也。

浪淘沙二首

其一

滩头细草接疏林，浪恶罾船半欲沉。

宿鹭眠州非旧浦，去年沙嘴是江心。

【汇评】

《汤显祖评〈花间集〉》：桑田沧海，一语破尽，红颜变为白发，美少年化为鸡皮老翁，感慨系之。

《唐诗笺注》：不庄不俗，别有风情。

《古今词统》：徐士俊云：蓬莱水浅，东海扬尘，岂是诞语。

其二

蛮歌豆蔻北人愁，松雨蒲风野艇秋。

浪起鸼鹕眠不得，寒沙细细入江流。

【汇评】

《唐诗笺注》：风雨扁舟，浪惊沙鸟，煞是有情，景色亦妙。

《唐人万首绝句选评》：作此题者应推此首为第一绝唱，只写本意，情味无穷。

《别调集》：唐人《浪淘沙》本是可歌绝句，措语亦紧切。调名自后主"帘外雨潺潺"二阕后，竞相沿袭，古调不复弹矣。

《栩庄漫记》：玉茗翁谓前词有沧桑之感，余谓此首亦有受谗畏讥之意，寄托遥深，庶几风人之旨。

吕　温

吕温(772—811)，字和叔，一字化光，河中（今山西永济）人。吕渭之子。初从陆贽治《春秋》，从梁肃学文章。贞元十四年(798)登进士第。翌年登博学宏辞科，授集贤校书，擢左拾遗。二十年，为吐蕃吊祭副使，转侍御史。使还，历户部、司封员外郎，迁刑部郎中，知杂事。三年，坐诬宰相李吉甫，贬均州刺史，再贬道州。五年，改衡州。所在均有治绩。卒。温工诗文，与元稹、刘禹锡、柳宗元、李景俭友善。有《吕温集》十卷，今存。《全唐诗》编诗二卷。

【汇评】

温天才俊拔，文采赡逸，为时流柳宗元、刘禹锡所称。（《旧唐书》本传）

温从梁肃为文章，规摹左氏，藻赡精富，流辈推尚。（《郡斋读书志》）

刘沧、吕温，亦胜诸人。（《沧浪诗话》）

衡州早擅宏词，富于摛藻，《由鹿》诸赋命意修远，虽拘于时制，稍落近语，要亦升堂之客也。五言律亦多倚拔，惜其内有乏思，外有遗象，不能自振其馀波耳。（《唐诗品》）

望思台作

浸润成宫蛊,苍黄弄父兵。
人情疑始变,天性感还生。
宇县犹能洽,闺门讵不平。
空令千载后,凄怆望思名。

【汇评】

《载酒园诗话又编》:温诗不及刘、柳,气亦劲重苍厚。其《望思台》曰:"浸润成宫蛊,苍黄弄父兵。人情疑始变,天性感还生。"二语可谓格言。　　黄白山评:二语极善道武帝父子间意,即使乃公自己动笔,不过如此。

孟冬蒲津关河亭作

息驾非穷途,未济岂迷津。
独立大河上,北风来吹人。
雪霜自兹始,草木当更新。
严冬不肃杀,何以见阳春?

【汇评】

《唐诗归》:钟云:三字警甚,感甚("雪霜"句下)。

《载酒园诗话又编》:温《孟冬蒲津关河亭作》有句云:"雪霜自兹始,草木当更新。严冬不肃杀,何以见阳春?"语自佳,然敢作敢为,勃勃喜事之态,亦见言下。

巩路感怀

马嘶白日暮,剑鸣秋气来。

我心浩无际，河上空徘徊。

【汇评】

《唐诗训解》：意在言外。

《唐诗选脉会通评林》：唐汝询曰：上二语峻。　　蒋一葵曰：下联意在言外。周珽曰：秋暮凄惨，所以心无寄泊，途穷之感，不胜其极矣。情景俱是实境。

刘郎浦口号

吴蜀成婚此水浔，明珠步障幄黄金。
谁将一女轻天下，欲换刘郎鼎峙心。

【汇评】

《精选评注五朝诗学津梁》：此即刘备与孙夫人成亲处也，诗能强合史意，运用成典，绝佳。

《诗境浅说续编》：诗言吴、蜀连姻，穷极奢丽，帷障之美，金珠交错，殆欲以声色荡其心，孰知英雄事业，决不以一女而舍其远略。……后人（按指王士禛）吊孙夫人云："魂归若过刘郎浦，还记明珠步障无？"即用此诗也。

自江华之衡阳途中作

孤棹迟迟怅有违，沿湘数日逗晴晖。
人生随分为忧喜，回雁峰南是北归。

道州春游欧阳家林亭

道州城北欧阳家，去郭一里占烟霞。

主人虽朴甚有思，解留满地红桃花。

桃花成泥不须扫，明朝更访桃源老。

政成兴足告即归，门前便是家山道。

【汇评】

《唐诗归》：钟云：又"朴"又"有思"，安得此妙主人？莫将"朴"字看得容易（"主人虽朴"句下）。　　钟云：人知其趣，不知其老。

道州秋夜南楼即事

谁怜独坐愁，日暮此南楼。

云去舜祠闭，月明满水流。

猿声何处晓，枫叶满山秋。

不分匣中镜，少年更白头。

【汇评】

《唐诗矩》：尾联见意格。　　只说此夜坐愁，无人见怜，语尚不悲。觉一"更"字，便见终日是独坐，终日在愁境，更无一人见怜，此楼此夜此景能不倍加伤感。才在少年，作此寂寂，安得不为头白？然人自白头于境，何与翻似归咎于境，此诗家痴语。此为加一倍用笔法也。

《历代诗发》：结句静极、冷极，寥落更无有相似者。

贞元十四年旱甚见权门移芍药花

绿原青垅渐成尘，汲井开园日日新。

四月带花移芍药，不知忧国是何人。

【汇评】

《唐诗快》：此权门必相府也。何以知之？曰芍药为花相，故相君以同类而亟亟移之。然花相以花为身，权相当以花为面矣。

《唐人绝句精华》：此诗亦写农民与权贵遇旱之心情不同，末句直是谴责之词。按唐制每年二月一日，以农务方兴，令百寮具则天大圣皇后所删定《兆人本业记》进呈。吕温有《代文武百寮进农书表》，有曰："经始岁功，导扬生德。征有司之旧典，奉先后之遗文。深居穆清，亲览奥妙。匪崇朝而尽更田亩，不出户而遍洽人情。见捽草抔土之艰，知寒耕热耘之苦。宸心感念，宸亩昭苏。一叹而时雨先飞，三复而春雷自起。"观此文知古之贤者无不重视农民之辛勤，所以告戒深宫之帝王，当知稼穑之艰难，因此事乃国政之本也。今天下大旱，绿原青陇皆将成焦土，农民之忧勤可知，而权门则日日汲水开园，移种芍药，以为娱赏之用，宜诗人严谴之也。

孟 郊

孟郊(751—814),字东野,湖州武康(今浙江德清)人。早年屡举进士不第,曾客游河南、邠宁等地。贞元十四年(798),登进士第。寄寓汴州。十六年,授溧阳尉。因终日吟诗,多废吏事,令白府,以假尉代之,分其半俸,竟辞官归。元和元年,河南尹郑余庆辟为水陆转运从事,试协律郎。九年,余庆出镇兴元,奏为参谋,试大理评事,行次阌乡,暴疾卒。友人张籍等私谥为贞曜先生。郊一生刻意为诗,长于五古、乐府。与韩愈、张籍、李翱、卢仝等友善,名重于时。北宋宋敏求编有《孟东野集》十卷行世。《全唐诗》编诗十卷。

【汇评】

孟郊东野,始以其诗鸣,其高出魏晋,不懈而及于古,其他浸淫乎汉氏矣。(韩愈《送孟东野序》)

韩文公与孟东野友善,韩文公至高,孟长于五言,时号"孟诗韩笔"。(《因话录》)

清奇僻古主:孟郊。(《诗人主客图》)

孟郊……工古风,诗名播天下,与李观、韩退之为友。(《唐摭言》)

郊为诗有理致，最为愈所称，然思苦奇涩。(《新唐书》本传)

孟东野诗，李习之所称"食荠肠亦苦，强歌声不欢。出门如有碍，谁谓天地宽"，可谓知音。今世传郊集五卷，诗百篇。又有集号《咸池》者，仅三百篇，其间语句尤多寒涩，疑向五卷是名士所删取者。东野与退之联句诗，宏壮博辩，若不出一手。王深父云："退之容有润色也。"(《中山诗话》)

李希声语余曰：孟郊诗正如晁错为人，不为不佳，所伤者峻直耳。(《王直方诗话》)

孟郊诗蹇涩穷僻，琢削不假，真苦吟而成。观其句法，格力可见矣。(《临汉隐居诗话》)

徐师川问山谷云："人言退之、东野联句，大胜东野平日所作，恐是退之有所润色。"山谷云："退之安能润色东野？若东野润色退之，即有此理也。"(《童蒙诗训》)

孟郊诗最淡且古，坡谓"有如食彭越，竟日嚼空螯"。退之论数子，乃以张籍学古淡，东野为天葩吐奇芬，岂勉所长而讳所短，抑亦东野古淡自足，不待学耶？(《碧溪诗话》)

东坡《祭柳子玉》文："郊寒岛瘦，元轻白俗。"此语具眼。(《彦周诗话》)

退之于籍、湜辈，皆儿子畜之，独于东野极口推重，虽退之谦抑，亦不徒然。世以配贾岛而鄙其寒苦，盖未之察也。郊之诗，寒苦则信矣，然其格致高古，词意精确，其才亦岂可易得！(《岁寒堂诗话》)

李翱荐郊于张建封云："兹有平昌孟郊，贞士也。伏闻执事旧知之。郊为五言诗，自前汉李都尉、苏属国，及建安诸子，南朝二谢，郊能兼其体而有之。"李观荐郊于梁肃补阙书曰："郊之五言诗，其有高处，在古无上；其有平处，下顾两谢。"韩愈送郊诗曰："作诗三百首，窅默《咸池》音。"彼二子皆知言也，岂欺天下之人哉！(《唐

诗纪事》）

孟东野如埋泉断剑，卧壑寒松。（《臞翁诗评》）

孟郊之诗刻苦，读之使人不欢。（《沧浪诗话·诗评》）

孟郊之诗，憔悴枯槁，其气局促不伸，退之许之如此，何邪？诗
道本正大，孟效自为之限阻耳。（同上）

孟生纯是苦语，略无一点温厚之意，安得不穷？此退之所以欲
和其声欤！（《后村诗话》）

孟诗亦有平淡闲雅者，但不多耳。（同上）

朱文公云：孟郊吃饱了饭，思量到人不到处。（《诗林广记》）

郊寒白俗，诗人类鄙薄之，然郑厚评诗，荆公、苏、黄辈曾不比
数，而云乐天如柳阴春莺，东野如草根秋虫，皆造化中一妙，何哉？
哀乐之真，发乎情性，此诗之正理也。（《潏南诗话》）

孟郊语好创造，然多生强，不成章趣。人谓郊寒岛瘦，余谓郊
拙岛苦。（《唐诗镜》）

钟云：东野诗有孤峰峻壑之气，其云郊寒者，高则寒，深则寒
也。忽作贫寒一例看。　　谭云：诗家变化，自盛唐诸家而妙已
极，后来人又欲别寻出路，自不能无东野、长吉一派。（《唐诗归》）

东野苦心，其诗枯瘠。（《唐诗类苑序》）

韩公甚重郊诗，评者亦尽以为韩不及郊。独苏长公有诗论郊
云："未足当韩豪。"后元遗山诗亦云："东野悲鸣死不休，高天厚地
一诗囚。江山万古潮阳笔，合卧元龙百尺楼。"详二公之指，盖亦论
其大局欤！不可不知。（《唐音癸签》）

东野五言古，不事敷叙而兼用兴比，故觉委婉有致，然皆刻苦
琢削，以意见为诗，故快心露骨而多奇巧耳，此所以为变也。（《诗
源辩体》）

东野诗诸体仅十之一，五言古居十之九，故知其专工在此，然
其用力处皆可寻摘，大要如连环贯珠，此其所长耳。（同上）

古人自许不谬。东野诗云:"诗骨耸东野,诗涛涌退之。"以涛归韩,以骨自许,不谬。但退之非不足于骨,而东野实不足于涛。如东野《峡哀》十首,语亦奇险,然无退之之才,故终不足于涛。(同上)

吴敬夫云:中唐诸君子各有矫时易俗之志,因其质之所近,而以一体自见焉。   东野之气悲,气悲则非激越吞吐之间,不足以展其概,故于五古为最近也。(《唐诗归折衷》)

孟东野诗,亦从《风》、《骚》中出,特意象孤峻,元气不无斫削耳。以郊、岛并称,铢两未敌也。元遗山云:"东野穷愁死不休,高天厚地一诗囚。江山万古潮阳笔,合在元龙百尺楼。"扬韩抑孟,毋乃太过?(《说诗晬语》)

东坡目为"郊寒岛瘦",岛瘦固然,郊之寒过求高深,邻于刻削,其实从真性情流出,未可与岛并论也。(《唐诗别裁》)

孟郊诗笔力高古,从古歌谣、汉乐府中来,而苦涩其性也,胜元、白在此,不及韦、柳亦在此。(《剑溪说诗》)

郊诗类幽愤之词,读之令人气塞。(同上)

郊诗托兴深微,而结体古奥,唐人自韩愈以下,莫不推之。(《四库全书总目》)

(孟郊)刻意苦吟,字字沉着。苦语是东野所长。(《瀛奎律髓汇评》)

谏果虽苦,味美于回。孟东野诗则苦涩而无回味,正是不鸣其善鸣者。不知韩何以独称之?且至谓"横空盘硬语,妥贴力排奡",亦太不相类,此真不可解也。苏诗云:"那能将两耳,听此寒虫号",乃定评不可易。(《石洲诗话》)

孟东野蜇吻涩齿,然自是盘餐中所不可少。(《读雪山房唐诗序例》)

孟东野诗,篇篇皆似古乐府,不仅《游子吟》、《送韩愈从军》诸

首已也。即如"良人昨日去，明月又不圆"，魏晋后即无此等言语。（《北江诗话》）

姜坞先生曰：笔瘦多奇，然自是小。如《谷梁》，孟郊诗是也，大家不然。（《昭昧詹言》）

孟东野出于鲍明远，以《园中秋散》等篇观之可见。但东野思深而才小，篇幅枯隘，气促节短，苦多而甘少耳。（同上）

每读东野诗，至"南山塞天地，日月石上生。山中人自正，路险心亦平"。"短松鹤不巢，高石云始栖。君今潇湘去，意与云鹤齐"。"江与湖相通，二水洗高空。定知一日帆，使得千里风"。"天台山最高，动躡赤城霞。何以静双目？扫山除妄花。灵境物皆直，万松无一斜"诸句，顿觉心境空阔，万缘退听，岂可以寒俭目之！……其《送别崔寅亮》云："天地唯一气，用之自偏颇，忧人成苦吟，达士为高歌"，词意圆到，岂专于愁苦者哉！（《养一斋诗话》）

昌黎、东野两家诗，虽雄富清苦不同，而同一好难争险。惟中有质实深固者存，故较李长吉为老成家数。（《艺概·诗概》）

孟东野诗好处，黄山谷得之，无一软熟句；梅圣俞得之，无一热俗句。（同上）

东野用思艰涩，同于昌谷，时有嘲讽；然千篇一格，近于隘者，固非大家。（《湘绮楼论唐诗》）

孟东野奇杰之笔万不及韩，而坚瘦特甚。譬之偪阳之城，小而愈固，不易攻破也。东坡比之"空螯"，遗山呼为"诗囚"，毋乃太过！（《岘傭说诗》）

孟郊、贾岛并称，谓之"郊寒岛瘦"。然贾万不及孟，孟坚贾脆，孟深贾浅故也。（同上）

东野五言能兼汉魏六朝体，真苦吟而成，其剚目钺心，致退之叹为咸池音者，须于句法、骨力求之，不然退之拔鲸牙乎，何取乎憔悴枯槁？（《东目馆诗见》）

许彦周曰：东野可爱不可学，亦非仅言其凄戾。余谓高妙简古，直是难学，惟遗物而立于独者近之。（同上）

东野清峭、意新、音脆、最不凡，亦少疲苶语。乌得以"寒"概之，殆以退之雄崛相形耳。（同上）

阆仙、东野并擅天才，东野才力尤大，同时惟昌黎伯与相敌，观集中联句诗可见，两人生李、杜之后，避千门万户之广衢，走羊肠鸟道之仄径，志在独开生面，遂成僻涩一体。而东野古诗神旺兴来，天骨开张之作，不特追逐李、杜，抑且希风汉京。（《诗法萃编》）

（孟郊）与韩退之、李长吉同源，而镂容露骨，故与阆仙有寒瘦之讥，而语重意伻，固可针砭浮靡。七言苍劲，有明远之风。（《三唐诗品》）

孟东野诗源出谢家集中，如《献襄阳于大夫》及《汝州陆中丞席喜张从事至》、《游枋口柳溪》诸作，时见康乐家数，特其句法出之镌刻耳。洪北江评东野诗，以为篇篇似古乐府，非确论也。（《瓶粟斋诗话》）

列女操

梧桐相待老，鸳鸯会双死。
贞女贵殉夫，舍生亦如此。
波澜誓不起，妾心井中水。

【汇评】

《唐诗归》：钟云：语无委曲，直以确为妙。乐府亦有确而妙者，不当在委曲也，顾情致何如耳？委是"庶人不乐宋王"之类是也。

《唐诗别裁》：写下贞心，下语崭绝。

灞上轻薄行

长安无缓步，况值天景暮。
相逢灞浐间，亲戚不相顾。
自叹方拙身，忽随轻薄伦。
常恐失所避，化为车辙尘。
此中生白发，疾走亦未歇。

【汇评】

《彦周诗话》：孟东野诗苦思深远，可爱不可学。仆尤嗜爱者，"长安无缓步"一诗。

《唐诗归》：钟云：狠语，唤醒忙人。

《汇编唐诗十集》：唐云：语太促，促则伤气，孟诗大都如此。

长安羁旅行

十日一理发，每梳飞旅尘。
三旬九过饮，每食唯旧贫。
万物皆及时，独余不觉春。
失名谁肯访，得意争相亲。
直木有恬翼，静流无躁鳞。
始知喧竞场，莫处君子身。
野策藤竹轻，山蔬薇蕨新。
潜歌归去来，事外风景真。

【汇评】

《对床夜语》：东野诗云："静木有恬翼，潜波无躁鳞。乃知喧竞场，莫处君子身。"盖谓君子之立身，不容不择其所。

《唐诗别裁》："直木"一联，传出君子之品。

《历代诗发》：字不轻下。

长安道

胡风激秦树，贱子风中泣。
家家朱门开，得见不可入。
长安十二衢，投树鸟亦急。
高阁何人家，笙簧正喧吸。

【汇评】

《对床夜语》：气促而词苦，亦可怜也。

《唐诗归》：钟云：悲在"开"字（"家家"句下）。　　二诗（此首
与《长安羁旅行》)皆以极真，未免伤于露。

送远吟

河水昏复晨，河边相送频。
离杯有泪饮，别柳无枝春。
一笑忽然敛，万愁俄已新。
东波与西日，不惜远行人。

【汇评】

《瀛奎律髓》：东野不作近体诗，昌黎谓"高处古无上"是矣。
此近乎律。"离杯有泪饮"，犹老杜"泪逐劝杯落"，而深切过之矣。

《唐诗选脉会通评林》：别酒却和泪饮，折柳似无剩春，如此刻
骨语，从来未有人道。逝波、落日本无惜，"不惜"二字亦远。起结
照应有致。

《瀛奎律髓汇评》：冯舒：真高奇。　　冯班：余每怪退之于

郊奖饰过实,至曰"高处古无上"。今郊集俱在,试读而求之,其在"古无上"者几耶?右作固可观,然郊之诗尽于此矣,不能变也。余生平不喜读。　　查慎行:"有"字弱,"逐"字、"落"字精神。纪昀:刻意苦吟,字字沉着。苦语是东野所长。正是拗律,非近也。

古薄命妾

不惜不指弦,为君千万弹。
常恐新声至,坐使故声残。
弃置今日悲,即是昨日欢。
将新变故易,持故为新难。
青山有蘼芜,泪叶长不干。
空令后代人,采撷幽思攒。

【汇评】

《唐诗品汇》:刘云:其声如乐府为近,此复以苦语胜。

《唐风定》:闺思离怨,唐名家多极其致,一以蕴藉涵蓄为上乘。至东野而发泄吐露,不尽不止,亦复异曲同工,足征其身分之高也。

《寒瘦集》:凄清幽怨,令人恻然。

杂 怨（选二首）

其一

忆人莫至悲,至悲空自衰。
寄人莫剪衣,剪衣未必归。
朝为双蒂花,莫为四散飞。

花落还绕树，游子不顾期。

其二

天桃花清晨，游女红粉新。

天桃花薄暮，游女红粉故。

树有百年花，人无一定颜。

花送人老尽，人悲花自闲。

【汇评】

《唐诗归》：钟云：又以浅为妙。

《唐诗选脉会通评林》：周敬曰：此诗不求深而笔气奥，谁谓其促！

《唐诗归折衷》：唐云：浅而淡。

归信吟

泪墨洒为书，将寄万里亲。

书去魂亦去，兀然空一身。

【汇评】

《增定评注唐诗正声》："亦"字深（"书去"句下）。　　唐云：峭而古。

《唐诗选脉会通评林》：吴山民曰：意深在"亦"字。　　周珽曰：泪墨，犹言和泪以为书也。至魂与所寄书同去，忆归之心悲且切矣。落句更极无聊。

游子吟

原注：迎母漂上作。

慈母手中线，游子身上衣。

临行密密缝，意恐迟迟归。

谁言寸草心，报得三春晖。

【汇评】

《唐诗品汇》：刘云：全是托兴，终之悠然。不言之感，复非睨
睆寒泉之比。千古之下，犹不忘淡，诗之尤不朽者。

《唐诗归》：钟云：仁孝之言，自然风雅。

《唐诗选脉会通评林》：周敬曰：亲在远游者难读。　　顾璘
曰：所谓雅音，此等是也。

《唐风怀》：南邨曰：二语婉至多风，使人子读之，爱慕油然自
生，觉"昊天罔极"尚属理语（末二句下）。

《唐风定》：仁孝蔼蔼，万古如新。

《载酒园诗话又编》：贞元、元和间，诗道始杂，类各立门户。
孟东野为最高深，如"慈母手中线，……"真是《六经》鼓吹，当与退
之《拘幽操》同为全唐第一。

《寒瘦集》：此诗从苦吟中得来，故辞不烦而意尽，务外者观
之，翻似不经意。

《柳亭诗话》：孟东野"慈母手中线"一首，言有尽而意无穷，足
与李公垂"锄禾日当午"并传。

《唐诗别裁》：即"欲报之德，昊天罔极"意，与昌黎之"臣罪当
诛，天王圣明"同有千古。

苦寒吟

天寒色青苍，北风叫枯桑。

厚冰无裂文，短日有冷光。

敲石不得火，壮阴夺正阳。

苦调竟何言，冻吟成此章。

《藏海诗话》：孟郊诗云："天色寒青苍，朔风吼枯桑。厚冰无断文，短日有冷光。"此语古而老。

怨 诗

试妾与君泪，两处滴池水。

看取芙蓉花，今年为谁死。

【汇评】

《批点唐诗正声》：意奇精烈，直欲与熊渠射伏虎。

《增定评注唐诗正声》：妙在不露。

《唐诗选脉会通评林》：周敬曰：妙在不露。　　吴山民曰：花死由泪浅深，下一"试"便有分别。

《删订唐诗解》：吴昌祺曰：二语怨极。言我有情，君无情，花但为我死也。

《唐诗笺注》：不知其如何落想，得此四句，前无可装头，后不得添足，而怨恨之情已极。此天地间奇文至文。

《唐人绝句精华》：此诗设想甚奇，池中有泪，花亦为之死。怨深如此，真可以泣鬼神矣。

结 爱

心心复心心，结爱务在深。

一度欲离别，千回结衣襟。

结妾独守志，结君早归意。

如知结衣裳，不如结心肠。

坐结行亦结，结尽百年月。

《唐风怀》：南邨曰：十句凡九个"结"字，要看他下得浅深参错处。

出门行（其二）

海风萧萧天雨霜，穷愁独坐夜何长。

驱车旧忆太行险，始知游子悲故乡。

美人相思隔天阙，长望云端不可越。

手持琅玕欲有赠，爱而不见心断绝。

南山峨峨白石烂，碧海之波浩漫漫。

参辰出没不相待，我欲横天无羽翰。

《唐诗选脉会通评林》：周珽曰：此亦悲世道艰险，所遇数奇，抱奇莫可见酬也。神骨坚凝，韵想玄蔚，谁谓东野之寒。

《唐风定》：平夷清旷，欹崎之意在其中，高于长吉远矣。

塘下行

塘边日欲斜，年少早还家。

徒将白羽扇，调妾木兰花。

不是城头树，那栖来去鸦。

《唐风定》：介介耿直，乃似六朝儿女声口。

《载酒园诗话》：贾（岛）虽工为咏物之言，仅律诗有佳句，《风》《骚》乐府之体，实未之备。如（孟郊）《列女操》："波澜誓不起，妾心井中水。"《薄命妾》："青山有蘼芜，泪叶长不干。"《塘下行》："徒将白羽扇，调妾木兰花。不是城头树，那栖来去鸦？"……情深致婉，妙有讽谕。

临池曲

池中春蒲叶如带，紫菱成角莲子大。

罗裙蝉鬓倚迎风，双双伯劳飞向东。

【汇评】

《唐风定》：风趣嫣然，与古诗、五言绝如出二手。

《唐诗选脉会通评林》：周珽曰：风裁秀朗，末句有情思。

车遥遥

路喜到江尽，江上又通舟。

舟车两无阻，何处不得游。

丈夫四方志，女子安可留。

郎自别日言，无令生远愁。

旅雁忽叫月，断猿寒啼秋。

此夕梦君梦，君在百城楼。

寄泪无因波，寄恨无因辀。

愿为驭者手，与郎回马头。

【汇评】

《寒瘦集》："旅雁"二句，承上转下。一结无中生有，包括一篇。逐段细读，乃知其妙。

征妇怨 (其一)

良人昨日去，明月又不圆。

别时各有泪,零落青楼前。

君泪濡罗巾,妾泪满路尘。

罗巾长在手,今得随妾身。

路尘如得风,得上君车轮。

【汇评】

《唐诗归》:钟云:古极,做上一层。　　谭云:无聊之想(末二句下)。

《唐诗选脉会通评林》:周珽曰:以两人别泪生情,不胜悲惨。　　唐仲言曰:罗巾路尘,便有轻重;随身上轮,便见亲疏。词极简古,信超晚唐。

《寒瘦集》:从一"各"字生出后半首,而后半首句句照映"各"字,可谓心细如发者也。

古　意

河边织女星,河畔牵牛郎。

未得渡清浅,相对遥相望。

【汇评】

《艇斋诗话》:孟郊、张籍,一等诗也。唐人诗有古乐府气象者,惟此二人。但张籍诗简古易读,孟郊诗精深难窥耳。孟郊如《游子吟》、《列女操》、《薄命妾》、《古意》等篇,精确宛转,人不可及也。

古别离

欲别牵郎衣,郎今到何处。

不恨归来迟,莫向临邛去。

【汇评】

《唐诗广选》：蒋仲舒曰：宁独思巧，直是片言有余。

《唐诗选脉会通评林》：钟惺曰：痴甚，却可怜。　　周启琦曰：独忌"临邛"，苦思只眼。

《寒瘦集》：最妙处是意在言外。

《唐诗摘钞》：唐时蜀中为繁华佳丽之地，故云云。与朱庆馀《送陈标》作同意，但彼语婉，是绝句体，此语直，是乐府体也。

《删订唐诗解》：吴昌祺曰："牵衣"正为末句。薛道衡诗："不畏将军成久别，只恐封侯心更移。"孟诗亦然。

《载酒园诗话》：朱庆馀"满酌劝僮仆，好随郎马蹄。春风慎行李，莫上白铜鞮。"钟曰："此诗笃情重义，远胜'欲别牵郎衣'一首者，以'满酌劝僮仆'五字意头不同故也。"余意孟诗亦自佳。孟题曰《古别离》，乃是拟作；此题曰《送陈标》，乃是自写胸怀。孟诗乃伉俪之言，故语中半含娇妒；此诗乃友朋之语，故言外寓有箴规。同床各梦，不足相形。

《而庵说唐诗》：此诗绝不说别后之苦，亦不说别前之难，却撇开"别"字寻一闲话来扯淡。而情事宛然，真乐府手也。　　"不恨归来迟"，"不恨"者，非不恨也，此是当面强词，不好嘱其速归，而恨之深却在言外。

《唐诗笺要》：第四句故为拙朴，而猜疑叮嘱，令人不忍牴牾，真乃妙于立言。

《唐贤小三昧集》：婉而挚。

《读雪山房唐诗序例》：孟郊之《古别离》，即其古诗。

《诗境浅说续编》：女子善怀，当良人远役，不在归计之稽迟，而在同心之固结。……含情无际，皆在牵衣数语中也。

婵娟篇

花婵娟，泛春泉。竹婵娟，笼晓烟。

妓婵娟，不长妍。月婵娟，真可怜。

夜半姮娥朝太一，人间本自无灵匹。

汉宫承宠不多时，飞燕婕妤相妒嫉。

【汇评】

《观林诗话》：孟郊集有《四婵娟篇》，谓花、竹、人、月也。误见顾况集。

《升庵诗话》：孟东野诗："花婵娟，泛春泉。竹婵娟，笼晓烟。雪婵娟，不长妍。月婵娟，真可怜。"其辞风华秀艳，有古乐府之意。"雪婵娟"，今本或作"妓婵娟"，非也。余尝令绘工绘此为"四时婵娟图"，以花当春，以竹当夏，以月当秋，以雪当冬也。

《载酒园诗话又编》：《婵娟篇》人多称之，然始……以四物并称，下曰："夜半姮娥朝太乙，人间本自无灵匹。汉宫承宠不多时，飞燕婕妤相妒嫉。"似三语皆是兴意，独归重于月，而原本羿妻窃药之故，伸明上云"可怜"之意，然正是东野寄托之辞。

望远曲

朝朝候归信，日日登高台。

行人未去植庭梅。

别来三见庭花开，庭花开尽复几时。

春光骀荡阻佳期，愁来望远烟尘隔。

空怜绿鬓风吹白，何当归见远行客。

《唐风采》：震青曰：渺渺愁予，悠然含情不尽。　　清溪曰：情思绵渺，俱从此出（首二句下）。

《唐诗笺要》：但见庭树花三放，不待登高望远，已觉凄然触目。

织妇辞

夫是田中郎，妾是田中女。

当年嫁得君，为君秉机杼。

筋力日已疲，不息窗下机。

如何织纨素，自著蓝缕衣。

官家榜村路，更索栽桑树。

古怨别

飒飒秋风生，愁人怨离别。

含情两相向，欲语气先咽。

心曲千万端，悲来却难说。

别后唯所思，天涯共明月。

【汇评】

《唐贤小三昧集》：极得古意。

《精选评注五朝诗学津梁》：结处聚精含神，从真性情流出，东坡谓"郊寒岛瘦"，非确评也。

望夫石

望夫石，夫不来兮江水碧。

行人悠悠朝与暮,千年万年色如故。

怨　别

一别一回老,志士白发早。

在富易为容,居贫难自好。

沉忧损性灵,服药亦枯槁。

秋风游子衣,落日行远道。

君问去何之,贱身难自保。

【汇评】

《唐诗品汇》:刘云:便极顿挫,殆不可复得(首二句下)。
刘云:亦通透有味("在富"二句下)。　　刘云:古意沉着,甚有馀意。

《历代诗发》:起句孤洁。

《石园诗话》:严沧浪谓"孟效诗刻苦,读之令人不欢"。今观其《怨别》云:"一别一回老,志士白发早。在富易为客,居贫难自好。"《病客吟》云:"主人夜呻吟,皆入妻子心。远客昼呻吟,徒为虫鸟音。妻子手中病,愁思不复深。僮仆手中病,忧危独难任。"……诗虽刻苦,而性情敦厚。

独　愁

前日远别离,昨日生白发。

欲知万里情,晓卧半床月。

常恐百虫鸣,使我芳草歇。

【汇评】

《唐诗归》:钟云:有"昨日"二字,便觉"生白发"为创出之想

（"昨日"句下）。　　钟云："芳草"之上着一"我"字，无理而有至情（末句下）。　　钟云：苦调自深厚中出，去风雅不远。　　六句诗，当看其圆捷处。

《寒瘦集》：雅正冲淡。

长安早春

旭日朱楼光，东风不惊尘。
公子醉未起，美人争探春。
探春不为桑，探春不为麦。
日日出西园，只望花柳色。
乃知田家春，不入五侯宅。

【汇评】

《寒瘦集》：五、六言不为桑麦，是一篇之关键，且伏与下二句"花柳"对击之端。结处一笔，收拾前面许多，真出神入化之文也。

闻　砧

杜鹃声不哀，断猿啼不切。
月下谁家砧，一声肠一绝。
杵声不为客，客闻发自白。
杵声不为衣，欲令游子归。

【汇评】

《唐诗归》：钟云：妙在五字（"杵声"句下）。

《唐诗别裁》：竟是古乐府。

《唐诗笺要》："杜鹃"、"啼猿"，用进一步意逼题，倍加惊策。结语明畅中仍有馀味。

《精选评注五朝诗学津梁》：竟是古乐府切韵，一起与"直木有恬翼，静流无躁鳞"同一古奥。

《历代诗评注读本》：假天籁为宫商，寄至味于平淡，此于庆元所谓近古乐府也。

游　子

萱草生堂阶，游子行天涯。

慈亲倚堂门，不见萱草花。

【汇评】

《寒瘦集》：他人以千万言不能道者，先生以二十字出之，而中间段落，次第回环，照映之法莫不备，结处更饶含蓄。韩昌黎所谓高出魏晋者，其在于斯乎？通篇但言慈亲思子，不言游子跋涉之艰，纯是偏锋取胜。

自　叹

愁与发相形，一愁白数茎。

有发能几多，禁愁日日生。

古若不置兵，天下无战争。

古若不置名，道路无敧倾。

太行耸巍峨，是天产不平。

黄河奔浊浪，是天生不清。

四蹄日日多，双轮日日成。

二物不在天，安能免营营。

【汇评】

《唐诗归》：钟云："置名"二字妙（"古若"句下）。

《汇编唐诗十集》：唐云：取譬反复摹写，愁根殆尽。

《唐诗选脉会通评林》：周敬曰：一篇子书想头，发论奇幻。

周珽曰：渊浑深穆，直探龙颔，不教罔象摸索，故言言火珠，非有老庄神识说不出。　　周启琦曰：能以心智为玄，故宝光以遐瞩者。

《寒瘦集》：奇警跌荡处如连珠贯玉，磊磊落落，豪气横出。结语大见神韵。

病客吟

> 主人夜呻吟，皆入妻子心。
> 客子昼呻吟，徒为虫鸟音。
> 妻子手中病，愁思不复深。
> 僮仆手中病，忧危独难任。
> 丈夫久漂泊，神气自然沉。
> 况于滞疾中，何人免嘘噏。
> 大海亦有涯，高山亦有岑。
> 沉忧独无极，尘泪互盈襟。

【汇评】

《唐诗归》：谭云：三字可怜（"徒为"句下）。　　钟云：苦情悲响，不尽不止。

《寒瘦集》：一起四句，妙处在看去最奇最险，却是寻常境界，后幅沉忧郁结之气，宛然如见。

伤　春

> 两河春草海水清，十年征战城郭腥。

乱兵杀儿将女去，二月三月花冥冥。

千里无人旋风起，莺啼燕语荒城里。

春色不拣墓傍株，红颜皓色逐春去。

春去春来那得知，今人看花古人墓，

令人惆怅山头路。

【汇评】

《寒瘦集》：乱后逢春，故语多悲壮。后段有唐初风味。

寒地百姓吟

原注：为郑相，其年居河南，畿内百姓大蒙矜恤。

无火炙地眠，半夜皆立号。

冷箭何处来，棘针风骚劳。

霜吹破四壁，苦痛不可逃。

高堂搥钟饮，到晓闻烹炮。

寒者愿为蛾，烧死彼华膏。

华膏隔仙罗，虚绕千万遭。

到头落地死，踏地为游遨。

游遨者是谁，君子为郁陶。

秋夕贫居述怀

卧冷无远梦，听秋酸别情。

高枝低枝风，千叶万叶声。

浅井不供饮，瘦田长废耕。

今交非古交，贫语闻皆轻。

【汇评】

《唐诗品汇》：刘云：创体（"高枝"一联下）。　　又云：说尽（末二句下）。

《寒瘦集》：因卧冷而无寐，因无寐而听秋，因听秋而伤别，节节相生，不出"秋夕"二字，此等诗句法最妙。三、四补秋夕之景，有流水行云之致。五、六言贫居。结语但言无可告者，而自己述怀之意在其中矣。与题毫无渗漏。

再下第

一夕九起嗟，梦短不到家。

两度长安陌，空将泪见花。

【汇评】

《韵语阳秋》：孟郊《落第》诗："弃置复弃置，情如刀刃伤。"《再下第》诗曰："一夕九起嗟，梦短不到家。"《下第东南行》曰："江蓠伴我泣，海月投人惊。"愁有余矣。

《寒瘦集》：意景宛然。

长安旅情

尽说青云路，有足皆可至。

我马亦四蹄，出门似无地。

玉京十二楼，峨峨倚青翠。

下有千朱门，何门荐孤士。

【汇评】

《后村诗话》：退之以师道自任，自李翱、张籍、皇甫湜辈皆名之，惟推伏孟郊，待以畏友。世谓谬敬，非也。其《自叹》曰："愁与发相形，一愁白几茎。……"《长安旅情》云："尽说青云路，有足皆可至。……"当举世竞趋浮艳之时，虽豪杰不能自拔；孟生独为一种苦淡不经人道之语，固退之所深喜，何谬敬之有！

登科后

昔日龌龊不足夸，今朝放荡思无涯。

春风得意马蹄疾，一日看尽长安花。

【汇评】

《碧溪诗话》：乐天及第后，归觐留别同年云："擢第未为贵，拜亲方始荣。"此毛义得檄而喜之意也。论者以"春风得意马蹄疾"决非孟郊语，其气格亦不类。而白公亦有"得意减别恨，半酣轻远程。翩翩马蹄疾，春日归乡情"。此又不可晓也。

《韵语阳秋》：（孟郊）至登科后诗，则云："昔日龌龊不足夸，……一日看尽长安花。"议者以此诗验郊非远器。余谓郊偶不遂志，至于屡泣，非能委顺者。年五十始得一第，而放荡天涯，哦诗夸咏，非能自持者，其不至远大，宜哉。

《归田诗话》：东野诗如"食荠肠亦苦，强歌声无欢。出门即有碍，谁谓天地宽？"……气象如此，宜其一生踽踽也。惟《登第》云："春风得意马蹄疾，一日看尽长安花。"颇放绳墨。然长安花，一日岂能看尽？此亦谶其不至远大之兆。

《唐诗镜》：末二句似古诗语，不类绝句常调。

秋 怀（选四首）

其一

孤骨夜难卧，吟虫相唧唧。

老泣无涕洟，秋露为滴沥。

去壮暂如翦，来衰纷似织。

触绪无新心，丛悲有馀忆。

讵忍逐南帆，江山践往昔。

【汇评】

《养一斋诗话》：（孟郊）惟《秋怀》诸作，如"老泣无涕洟，秋露为滴沥"、"秋深月清苦，虫老声粗疏"，真有寒意，然不可以概全集也。其《送别崔寅亮》云："天地惟一气，用之自偏颇。忧人成苦吟，达士为高歌。"词意圆到，岂专于愁苦者哉！

其二

秋月颜色冰，老客志气单。

冷露滴梦破，峭风梳骨寒。

席上印病文，肠中转愁盘。

疑怀无所凭，虚听多无端。

梧桐枯峥嵘，声响如哀弹。

其四

秋至老更贫，破屋无门扉。

一片月落床，四壁风入衣。

疏梦不复远，弱心良易归。

商葩将去绿，缭绕争馀辉。

野步踏事少，病谋向物违。

幽幽草根虫，生意与我微。

【汇评】

《唐诗品汇》：刘云：精语（"疏梦"句下）。

《唐诗归》：钟云：深远欲去（末句下）。

《唐风定》：十字岂意想刻画可到！真孟诗在此等处，毋徒钦其刻苦也。（末二句下）。

其五

竹风相戛语，幽闺暗中闻。

鬼神满衰听，恍惚难自分。

商叶堕干雨，秋衣卧单云。

病骨可刮物，酸呻亦成文。

瘦攒如此枯，壮落随西曛。

袅袅一线命，徒言系细缊。

【汇评】

《兰丛诗话》：孟效集截然两格：未第以前，单抽一丝，袅绕成章，《太玄经》所谓"红蚕缘于枯桑，其茧不黄"，是其评品。及第后，变而入于昌黎一派，乃妙。且有昌黎所不及，比两人《秋怀》可知也。东坡全目之为苦虫风味，诚苦矣，得毋有橄榄回味耶？余少不知，老乃咀嚼之。昔闻竹垞先生称其略去皮毛，孤清骨立。余漫戏云："宋人说部有妓瘦而不堪，人谓之'风流骸骨'，孟诗是也。"今愧悔之。

游终南山

南山塞天地，日月石上生。

高峰夜留景，深谷昼未明。

山中人自正，路险心亦平。

长风驱松柏，声拂万壑清。

到此悔读书，朝朝近浮名。

《唐诗品汇》：刘云：未知其下云何？即此，其出有不容至（首句下）。　　刘云：警异（末句下）。

《升庵诗话》：谢灵运诗："晓闻夕飙急，晚见朝日暾。"此语殊有变互。凡风起必以夕，此云"晓闻夕飙"，即杜子美"乔木易高风"也"晚见朝日"，倒景反照也。孟郊诗："南山塞天地，日月石上生。高峰夕驻景，深谷夜先明。"皆自谢诗翻出。

《唐诗归》：钟云：凿空奇语，却不入魔（首二句下）。　　无端兴想，却自真（"到此"句下）。

《唐诗选脉会通评林》：唐汝询曰：奇语横出。结有玄想。　　周珽曰："山中人自正，路险心亦平。"语极神峻，岂稿衷沥血耶。　　陈继儒曰：异想奇调，对之光华被体。

《唐风定》："山中人自正"，作平语观，则佳，诧以为奇，则反失之。盖东野精神所不在也。

《唐诗别裁》：盘空出险语。　　《出峡》诗有"上天下天水，出地入地舟"句，同一奇险。

游终南龙池寺

飞鸟不到处，僧房终南巅。

龙在水长碧，雨开山更鲜。

步出白日上，坐依清溪边。

地寒松桂短，石险道路偏。

晚磬送归客，数声落遥天。

【汇评】

《唐风定》：孟诗以精苦为奇，不知病亦在此，政如此种淡雅为难。

石　淙 （其六）

百尺明镜流，千曲寒星飞。

为君洗故物，有色如新衣。

不饮泥土污，但饮雪霜饥。

石棱玉纤纤，草色琼霏霏。

谷砠有馀力，溪春亦多机。

从来一智萌，能使众利归。

因之山水中，喧然论是非。

【汇评】

《唐诗归》：钟云：学道之言（"谷砠"二句下）。　　谭云：感深（末句下）。

济源寒食 （选二首）

其三

一日踏春一百回，朝朝没脚走芳埃。

饥童饿马扫花喂，向晚饮溪三两杯。

其六

枋口花间掔手归，嵩阳为我留红晖。

可怜踯躅千万尺，柱地柱天疑欲飞。

【汇评】

《续唐三体诗》：遁叟曰：以时事入诗，自杜少陵始；以名场事入诗，自孟东野始。

洛桥晚望

天津桥下冰初结,洛阳陌上人行绝。

榆柳萧疏楼阁闲,月明直见嵩山雪。

【汇评】

《寒瘦集》:静境佳思,得晚望之神。

《养一斋诗话》:予论唐诗,小与人异。东野《独愁》诗云:"前日远别离,……使我芳草歇。"《洛桥晚望》云:"天津桥下冰初结,……"笔力高简至此,同时除退之之奥,子厚之谈,文昌之雅,可与匹者谁乎?而人犹以退之倾倒不置为疑。

蓝溪元居士草堂

市井不容义,义归山谷中。

夫君宅松桂,招我栖蒙笼。

人朴情虑肃,境闲视听空。

清溪宛转水,修竹徘徊风。

木倦采樵子,士劳稼穑翁。

读书业虽异,敦本志亦同。

蓝岸青漠漠,蓝峰碧崇崇。

日昏各命酒,寒蛩鸣蕙丛。

【汇评】

《唐诗归》:谭云:子书至语("人朴"句下)。

《唐诗归折衷》:唐云:起有深意,中极精炼,结更萧散。但有其古,不见其寒。

京山行

众虻聚病马，流血不得行。
后路起夜色，前山闻虎声。
此时游子心，百尺风中旌。

过分水岭

山壮马力短，马行石齿中。
十步九举辔，回环失西东。
溪水变为雨，悬崖阴濛濛。
客衣飘飘秋，葛花零落风。
白日舍我没，征途忽然穷。

【汇评】

《唐风定》："东坡与西日，不惜远行人。"又衍出二语，而更自然（"白日"二句下）。

赠别崔纯亮

食荠肠亦苦，强歌声无欢。
出门即有碍，谁谓天地宽。
有碍非遐方，长安大道傍。
小人智虑险，平地生太行。
镜破不改光，兰死不改香。
始知君子心，交久道益彰。
君心与我怀，离别俱回遑。

譬如浸蘗泉，流苦巳日长。

忍泣目易衰，忍忧形易伤。

项籍岂不壮，贾生岂不良。

当其失意时，涕泗各沾裳。

古人劝加餐，此餐难自强。

一饭九祝噎，一嗟十断肠。

况是儿女怨，怨气凌彼苍。

彼苍若有知，白日下清霜。

今朝始惊叹，碧落空茫茫。

【汇评】

《中山诗话》：孟东野诗，李习之所称"食荠肠亦苦，强歌声不欢。出门如有碍，谁谓天地宽"，可谓知音。

《优古堂诗话》：孟东野"出门即有碍，谁谓天地宽"，吴处厚以渠器量褊窄，言乃尔。予以东野取法杜子美"每愁悔吝生，如觉天地窄"之句。

《寒瘦集》：前幅绝妙"行路难"，至"镜破"、"兰死"二句轻轻转下，又用"始知"二字生出后幅，文情可爱。

赠主人

斗水泻大海，不如泻枯池。

分明贤达交，岂在豪华儿。

海有不足流，豪有不足资。

枯鳞易为水，贫士易为施。

幸睹君子席，会将幽贱期。

侧闻清风议，饫如黄金卮。

此道与日月，同光无尽时。

《寒瘦集》：妙处是双起单收，不使强宾压主。

《石园诗话》：东野之"谁言寸草心，报得三春晖"、"士有百役身，官无一姓宅"、"从来一智萌，能使众利归"、"枯鳞易为水，贫士易为施"，皆集中名言。

赠郑夫子鲂

天地入胸臆，吁嗟生风雷。
文章得其微，物象由我裁。
宋玉逞大句，李白飞狂才。
苟非圣贤心，孰与造化该。
勉矣郑夫子，骊珠今始胎。

《载酒园诗话》：《赠郑鲂》："天地入胸臆，吁差生风雷。……"《自述》则有"此外有馀暇，锄荒出幽兰。"此公胸中眼底，大是不可方物，乌得举其饥寒失声之语而訾之？

《养一斋诗话》：郊、岛并称，岛非郊匹。人谓"寒瘦"，郊并不"寒"也。如"天地入胸臆，吁嗟生风雷。文章得其微，物象由我裁"，论诗至此，胚胎造化矣，寒乎哉？东坡云："要当斗僧清，未足当韩豪。"不足令东野心服。　遗山云："东野穷愁死不休，高天厚地一诗囚。"抑又甚矣。

大隐坊（选二首）

章仇将军良弃功守贫

饮君江海心，讵能辨浅深。

把君山岳德，谁能齐嵚岑。

东海精为月，西岳气凝金。

进则万景昼，退同群物阴。

我欲荐此言，天门峻沉沉。

风飙亦感激，为我飔飀吟。

【汇评】

《唐诗归》：钟云：不读此等语，不知古人作奇诗力重处（起四句下）。

《唐诗选脉会通评林》：周敬曰：似赞似颂，似文似铭，语语生色。　　周珽曰：有江海、山岳之心德，自然进退不忞阴阳之数。能弃功守贫，固见章仇将军有合于道，亦由天门深远，荐者无由也。即天，能不为吁嘘乎？

《唐诗归折衷》：吴逸一曰：古若彝鼎，奥若湫谷，"郊寒"之评，似别有指。

赵记室俶在职无事

卑静身后老，高动物先摧。

方圆水任器，刚劲木成灰。

大道母群物，达人腹众才。

时吟尧舜篇，心向无为开。

彼隐山万曲，我隐酒一杯。

公庭何所有，日日清风来。

【汇评】

《唐诗归》：钟云：一部《老子》（首句下）。　　钟云：胸中有大原委，自然旷达得来。　　谭云：学道经世之言。

《汇编唐诗十集》：唐云：起得远，叙得适，结得闲旷，为吏隐者传神。

《唐诗选脉会通评林》：周珽曰：情丰骨秀，意味渊厚，谁谓"郊寒"？　又精心玄质，可与《五千言》颉颃。

《唐诗别裁》：似子书中名语（"大道"二句下）。

《网师园唐诗笺》：造意造句（"大道"二句下）。

怀南岳隐士（其二）

千峰映碧湘，真叟此中藏。
饭不煮石吃，眉应似发长。
枫柽搘酒瓮，鹤虱落琴床。
强效忘机者，斯人尚未忘。

答韩愈李观别因献张徐州

富别愁在颜，贫别愁销骨。
懒磨旧铜镜，畏见新白发。
古树春无花，子规啼有血。
离弦不堪听，一听四五绝。
世途非一险，俗虑有千结。
有客步大方，驱车独迷辙。
故人韩与李，逸翰双皎洁。
哀我摧折归，赠词纵横设。
徐方国东枢，元戎天下杰。
祢生投刺游，王粲吟诗谒。
高情无遗照，朗抱开晓月。
有土不埋冤，有仇皆为雪。

愿为直草木，永向君地列。

愿为古琴瑟，永向君听发。

欲识丈夫心，曾将孤剑说。

【汇评】

《唐贤清雅集》：峭起，即接用比兴，古致错落。历历碌碌，格似汉人，峭刻则东野本色。转接具大神力，世人竞言"郊寒岛瘦"，真小儿语。　　劲健无前。

送从弟郢东归

尔去东南夜，我无西北梦。

谁言贫别易，贫别愁更重。

晓色夺明月，征人逐群动。

秋风楚涛高，旅榜将谁共。

【汇评】

《寒瘦集》：起得超忽，五、六古秀。

送豆卢策归别墅

短松鹤不巢，高石云不栖。

君今潇湘去，意与云鹤齐。

力买奇险地，手开清浅溪。

身披薜荔衣，山陟莓苔梯。

一卷冰雪文，避俗常自携。

【汇评】

《唐诗快》：有冰雪文，不可无冰雪诗，此一首可敌一卷。

《南堂辍锻录》：孟东野集不必读，不可不看。如《列女操》、

《塘下行》、《去妇词》、《赠文应道月》、《赠郑鲂》、《送豆卢策归别墅》、《游子吟》、《送韩愈从军》诸篇,运思刻,取径窄,用笔别,修词洁,不一到眼,何由知诗中有如此境界耶?

《养一斋诗话》:香山诗"数峰太白雪,一卷渊明诗",东野诗"一卷冰雪文,避俗常自携",常以此等句在心头转运,落笔当有异人处。

送萧炼师入四明山

闲于独鹤心,大于高松年。
迥出万物表,高栖四明巅。
千寻直裂峰,百尺倒泻泉。
绛雪为我饭,白云为我田。
静言不语俗,灵踪时步天。

【汇评】

《唐诗快》:如入林屋岫嵝,所见皆非凡境。

《唐诗别裁》:工于发端,与前一首(按指《送豆卢策归别墅》)同。

《网师园唐诗笺》:发端耸峭(首二句下)。

送柳淳

青山临黄河,下有长安道。
世上名利人,相逢不知老。

送淡公（选三首）

其三

铜斗饮江酒,手拍铜斗歌。

倷是拍浪儿，饮则拜浪婆。

脚踏小船头，独速舞短蓑。

笑伊渔阳操，空恃文章多。

闲倚青竹竿，白日奈我何。

【汇评】

《唐诗归》：钟云：俚调奇响，题是《送淡公》，尤奇。

《汇编唐诗十集》：吴逸一云：以放浪之语，发介特之操，似谣而俚，趣不可言。后二章亦佳。

其四

短蓑不怕雨，白鹭相争飞。

短楫画菰蒲，斗作豪横归。

笑伊水健儿，浪战求光辉。

不知竹枝弓，射鸭无是非。

【汇评】

《唐风定》：三笑各极情致，不烦苦语更妙。

其五

射鸭复射鸭，鸭惊菰蒲头。

鸳鸯亦零落，彩色难相求。

倷是清浪儿，每踏清浪游。

笑伊乡贡郎，踏土称风流。

如何忰角翁，至死不裹头。

【汇评】

《唐风定》：风谣讽刺，高古绝伦。

与韩愈李翱张籍话别

朱弦奏离别，华灯少光辉。

物色岂有异，人心顾将违。

客程殊未已，岁华忽然微。

秋桐故叶下，寒露新雁飞。

远游起重恨，送人念先归。

夜集类饥鸟，晨光失相依。

马迹绕川水，雁书还闺闱。

常恐亲朋阻，独行知虑非。

【汇评】

《唐诗品汇》：刘云：亦不料下句如此（"物色"句下）。

《批点唐音》：此篇高深雅淡，岂中唐所及？末句恐离索不能进德，而虑非耳。

《唐风定》：东野诗，高处只有雄言；低处方堕刻苦。今人不知雅淡，故表出之，以为独得汉魏之遗也。哀伤如是已足，若"至亲惟有诗"、"抱心死有归"，非不奇悲，涉于俚矣。

蜘蛛讽

万类皆有性，各各禀天和。

蚕身与汝身，汝身何太讹。

蚕身不为己，汝身不为佗。

蚕丝为衣裳，汝丝为网罗。

济物几无功，害物日已多。

百虫虽切恨，其将奈尔何。

《寒瘦集》：一起阔大。中间比论皆精。"济物"一句虽讽蜘蛛，却暗暗收拾蚕。结处终归蜘蛛，不失作诗之本。

烛　蛾

灯前双舞蛾，厌生何太切。

想尔飞来心，恶明不恶灭。

天若百尺高，应去掩明月。

【汇评】

《寒瘦集》："厌"字奇甚。后段虚景从一"想"字中生出，乃是极奇极幻之笔。

答友人赠炭

青山白屋有仁人，赠炭价重双乌银。

驱却坐上千重寒，烧出炉中一片春。

吹霞弄日光不定，暖得曲身成直身。

【汇评】

《六一诗话》：孟郊、贾岛皆以诗穷至死，而平生尤自喜为穷苦之句。孟有《移居》诗云："借车载家具，家具少于车。"乃是都无一物耳。又《谢人惠炭》云："暖得曲身成直身。"人谓非其身备尝之不能道此句也。

《寒瘦集》：小题大作，亏他写得出。

借　车

借车载家具，家具少于车。

借者莫弹指,贫穷何足嗟。

百年徒役走,万事尽随花。

【汇评】

《韵语阳秋》:若孟郊"借车载家具,家具少于车",陶潜"敝襟不掩时,藜羹常乏斟",杜甫"天吴与紫凤,颠倒在短褐",皆巧于说贫者也。

吊国殇

徒言人最灵,白骨乱纵横。

如何当春死,不及群草生。

尧舜宰乾坤,器农不器兵。

秦汉盗山岳,铸杀不铸耕。

天地莫生金,生金人竞争。

李少府厅吊李元宾遗字

原注:元宾题少府厅云:"宿从叔宅有感。"有其义而无其辞。

零落三四字,忽成千万年。

那知冥寞客,不有补亡篇。

斜月吊空壁,旅人难独眠。

一生能几时,百虑来相煎。

戚戚故交泪,幽幽长夜泉。

已矣难重言,一言一潸然。

悼幼子

一闭黄蒿门,不闻白日事。

生气散成风，枯骸化为地。

负我十年恩，欠尔千行泪。

洒之北原上，不待秋风至。

【汇评】

《寒瘦集》：三、四辞奇意正，故佳。五、六从俗谚中略证古意，亦不失为妙语。足见诗人横写竖写，无所不可。

峡 哀（选二首）

其三

三峡一线天，三峡万绳泉。

上仄碎日月，下掔狂潴涟。

破魂一两点，凝幽数百年。

峡晖不停午，峡险多饥涎。

树根锁枯棺，孤骨枭枭悬。

树枝哭霜栖，哀韵杳杳鲜。

逐客零落肠，到此汤火煎。

性命如纺绩，道路随索缘。

莫泪吊波灵，波灵将闪然。

其七

峡棱刳日月，日月多摧辉。

物皆斜仄生，鸟亦斜仄飞。

潜石齿相锁，沉魂招莫归。

恍惚清泉甲，斑斓碧石衣。

饿咽潺湲号，涎似泓浤肥。

峡青不可游，腥草生微微。

《唐风定》：十首中镵思怪语，变换百出，细观亦多习气。理浅辞深，反易索然。此首淡得到家。

杏　殇 并序（其一）

杏殇，花乳也，霜剪而落。因悲昔婴，故作是诗。

　　冻手莫弄珠，弄珠珠易飞。

　　惊霜莫剪春，剪春无光辉。

　　零落小花乳，斓斑昔婴衣。

　　拾之不盈把，日暮空悲归。

吊卢殷（其四）

　　登封草木深，登封道路微。

　　日月不与光，莓苔空生衣。

　　可怜无子翁，蚍蜉缘病肌。

　　孛卧岁时长，涟涟但幽噫。

　　幽噫虎豹闻，此外相访稀。

　　至亲唯有诗，抱心死有归。

　　河南韩先生，后君作因依。

　　磨一片嵌岩，书千古光辉。

【汇评】

《唐诗快》："磨一片"，句法奇古之极。

张　籍

张籍（约766—830），字文昌，和州乌江（今安徽和县乌江镇）人，一说吴郡（今江苏苏州）人。贞元十五年（799）登进士第。元和初，调补太常寺太祝。十一年转国子助教。十五年迁秘书省秘书郎，经韩愈推荐，授国子博士。长庆二年，除水部员外郎。宝历末为主客郎中。大和二年，迁国子司业。卒。世称"张水部"或"张司业"。籍工诗，尤长乐府古风，甚为时辈所重，与王建齐名，称"张王乐府"。当时诗人，如元稹、白居易、刘禹锡、姚合、贾岛等均有往还唱和，与韩愈、孟郊交谊尤笃。后进诗人朱庆馀、项斯等，亦得其推挽。有《张籍诗集》七卷。今有《张司业集》八卷行世。《全唐诗》编诗五卷。

【汇评】

公为古风最善，自李杜之后，风雅道丧，继其美者，唯公一人。故白太傅读公集曰："张公何为者？业文三十春。尤工乐府词，举代少其伦。"又姚秘监尝赠公诗云："妙绝江南曲，凄凉怨女诗。古风无手敌，新语是人知。"其为文人推服也如此。元和中，公及元丞相、白乐天、孟东野歌词，天下宗匠，谓之"元和体"。又长于今体律诗。贞元已前，作者间出，大抵互相祖尚，拘于常态，迨公一变，而

章句之妙，冠于流品矣。（张洎《张司业诗集序》）

吴中张水部为律格诗，尤工于匠物，字清意远，不涉旧体，天下莫能窥其奥。唯朱庆馀一人亲授其旨。沿流而下，则有任藩、陈标、章孝标、倪胜、司空图等，咸及门焉。（张洎《项斯诗集序》）

（籍）性诡激，能为古体诗，有警策之句传于时。（《旧唐书·张籍传》）

籍为诗长于乐府，多警句。（《新唐书·张籍传》）

张司业诗与元、白一律，专以道得人心中事为工，但白才多而意切，张思远而语精，元体轻而词躁尔。籍律诗虽有味而少文，远不逮李义山、刘梦得、杜牧之，然籍之乐府，诸人未必能也。（《岁寒堂诗话》）

唐人作乐府者甚多，当以张文昌为第一。（《竹坡诗话》）

张籍如优工行乡饮，醻献秩如，时有诙气。（《臞翁诗评》）

张籍则平易优游，足有雅思，而气骨差弱。（《能改斋漫录》引刘次庄《乐府尘土黄词序》）

公于乐府古风，与王司马自成机轴，绝世独立。自李、杜之后，风雅道丧，至元和中，暨元、白歌诗，为海内宗匠，谓之"元和体"，病格稍振，无愧洪河砥柱也。（《唐才子传》）

建乐府固仿文昌，然文昌姿态横生，化俗为雅，建则从俗而已。（《吴礼部诗话》引时天彝《唐百家诗选评》）

大历以还，古声愈下，独张籍、王建二家，体制相似，稍复古意。或旧曲新声，或新题古义，词旨通畅，悲欢穷泰，慨然有古歌谣之遗风，皆名为乐府。虽未必尽被于弦歌，是亦诗人引古以讽之义欤？抑亦唐世流风之变而得其正也欤！（《唐诗品汇·七言古诗叙目》）

水部长于乐府古辞，能以冷语发其含意，一唱三叹，使人不忍释手。张舍人序其能继李、杜之美，予谓李、杜浑雄过之，而水部凄惋最胜，虽多出瘦语，而俊拔独擅，贞元以后，一人而已。……其近

律专事平净,固亦乐天之流也。(《唐诗品》)

张公用意殊胜于王,为有含藏耳。(《批点唐音》)

文昌知厌晚唐,每每解脱。(同上)

张籍、王建音节颇同,然皆为佳词,但专务巧思而意兴不足,晚唐之风于此开矣。(《批点唐诗正声》)

钟云:张文昌妙情秀质,而别有温夷之气,思绪清密,读之无深苦之迹,在中唐最为蕴籍。　　谭云:司业诗,少陵所谓"冰雪净聪明"足以当之。(《唐诗归》)

张籍祖国风,宗汉乐府,思难辞易。王建似张籍,古少今多。(《唐音癸签》引陈绎曾语)

文章穷于用古,矫而用俗,如《史》、《汉》后六朝史之人方言俗语是也。籍、建诗之用俗亦然。王荆公题籍集云:"看是寻常最奇崛,成如容易却艰辛。"凡俗言俗事人诗,较用古更难。知两家诗体,大费铸合在。(《唐音癸签》)

周秉伦云:文昌七律刻意雅驯,赋景抒情觉多。(《唐诗选脉会通评林》)

张籍五言古极少,王建五言古声调反纯,然不成语者多;乐府七言,二公又是一家。王元美云:"乐府之所贵者,事与情而已。张籍善言情,王建善征事,而境皆不佳。"冯元成谓:"较李、杜歌行,判若河汉。"是也。愚按:二公乐府,意多恳切,语多痛快,正元和体也。然析而论之,张语造古淡,较王稍为婉曲,王则语语痛快矣。且王诗多,而人录者少,故知其去张实远也。其仄韵亦多上、去二声杂用。(《诗源辩体》)

大历而后,五七言律体制、声调多相类;元和间,贾岛、张籍、王建始变常调。张、王五言清新峭拔。较贾小异,在唐体亦为小偏。张如"椰叶瘴云湿,桂丛蛮鸟声"、"夜鹿伴茅屋,秋猿守栗林"、"渡口过新雨,夜来生白蘋"、"竹深村路暗,月出钓船稀"、"月明见潮上，江静觉鸥飞"、"夜静江水白，路回山月斜"、"乘舟向山寺，着屐到渔家"、"新露湿茅屋，暗泉冲竹篱"，王如"瘴烟沙上起，阴火雨中生"、"水国山魈引，蛮乡洞主留"、"石冷啼猿影，松昏戏鹿尘"、"闭门留野鹿，分食养山鸡"、"雨水洗荒竹，溪沙填废渠"、"野桑穿井长，荒竹过墙生"等句，皆清新峭拔，另外一种，五代诸公乃多出此矣。（同上）

钝吟云：水部五言多名句。张君破题极用意，不似他人直下。（《才调集补注》）

文昌乐府与仲初齐名，然王促薄而调急，张风流而情永，张为胜矣。（《诗辩坻》）

吴敬夫云：文昌乐府，伯仲仲初，而弥加蕴藉，诸体亦淡雅宜人。王元美谓张籍善言情，王建善征事，而境皆不佳。"殷勤为看初着时，征夫身上宜不宜"、"梨园子弟偷曲谱，头白人间教歌舞"，情、事与境皆佳矣。（《唐诗归折衷》）

七言古须具轰雷掣电之才，排山倒海之气，乃克为之。张司业籍以乐府、古风合为一体，深秀古质，独成一家，自是中唐七言古别调，但可惜边幅稍狭耳。（《诗筏》）

高棅《品汇》设立名目，取舍不能尽当。唯七言古以张、王并列，极为有识。文昌善为哀婉之音，有娇弦玉指之致。仲初妙于不于含蓄，亦自有晓钟残角之思。（《载酒园诗话又编》）

白香山、张司业名言妙句，侧见横出，浅淡精洁之至。（《古欢堂杂著》）

张文昌、王仲初乐府，专以口齿利便胜人，雅非贵品。（《说诗晬语》）

文昌长于新乐府，虽古意渐失，而婉丽可诵。五古亦不入卑靡。（《唐诗别裁》）

张、王乐府，有新声而少古意，王渔洋所谓"不曾辛苦学妃豨"

也。然心思之巧，辞句之隽，最易启人聪颖，高青丘每肖之，存之以备一格。（同上）

乐府古词，陈陈相因，易于取厌。张文昌、王仲初创为新制，文今意古，言浅讽深，颇合《三百篇》兴、观、群、怨之旨。（《读雪山房唐诗序例》）

水部五言，体清韵远，意古神闲，与乐府词相为表里，得风骚之遗。当时以律格标异，信非偶然。得其传者，朱庆馀而外，又有项斯、司空图、任翻、陈标、章孝标、滕倪诸贤。……兹得奉水部为"清真雅正主"，而以诸贤附焉。（《重订中晚唐诗主客图》）

李石洞曰：余读贞元以后近体诗，称量其体格，得两派焉，一派张水部，天然明丽，不事雕镂而气味近道，学之可以除躁妄矫饰。一派贾长江，力求险奥，不吝心思而气骨凌霄，学之可以屏浮靡，却凡俗。（《射鹰楼诗话》）

刘攽《诗话》云："张文昌乐府清丽深婉，五言律诗亦平淡可爱，七言律诗则质多文少。"然文昌五言不乏清丽深婉之句，如"长因送人处，忆得别家时"、"家贫无易事，身病是闲时"、"眼昏书字大，耳重语声高"、"山情因月甚，诗语入秋高"、"尚俭经营少，居闲意思长"，不独平淡可爱也。《寄和刘使君》云："晓来江气连城白，雨后山光满郭青"，及《赠贾岛》之"篱落荒凉僮仆饥"，则又文质兼备矣。（《石园诗话》）

魏泰谓"张籍、白居易乐府，述情叙怨，委曲周详，言尽意尽，更无馀味"。嘻！何其大而无当也。文昌乐府，古质深挚，其才下于李、杜一等，此外更无人到。（《养一斋诗话》）

文昌"药看辰日合，茶到卯时煎。草长晴来地，虫飞晚后天"，绝似乐天。大抵中唐人气味往往相近。然乐天胜微之，文昌胜仲初，名虽相埒，又当细求其分别与优劣处，乃非无星秤耳。（同上）

其出与王仲初同源，当时并称张、王乐府。夫其发音苍远，质

胜于王，而转变生姿，自复同澜逊势。（《三唐诗品》）

时虽谓其长于乐府，今读其诗，殊伤于直率，寡风人之旨，调既生涩，语多强致，以言乐府，去题远矣。（《诗学渊源》）

征妇怨

九月匈奴杀边将，汉军全没辽水上。

万里无人收白骨，家家城下招魂葬。

妇人依倚子与夫，同居贫贱心亦舒。

夫死战场子在腹，妾身虽存如昼烛。

【汇评】

《唐诗选脉会通评林》：杨慎曰：依倚子、夫，得怨之正。吴山民曰："夫死战场子在腹"，苦中苦语。　　　陆时雍曰："招魂葬"，语佳。　　　周启琦曰：末二语悲甚。　　　周珽曰："全没"、"魂葬"，可怜！觅封战死，何如贫贱同居？故烛以照夜，昼无用之；妇人无倚，"昼烛"何异？声声怨恨，字字凄惨。

《唐风定》：顾云：王、张乐府，体发人情，极于纤细，无不至到，后人不及正在此，不及前人亦在此。

《唐诗别裁》：李华《吊古战场文》，篇中可云缩本。

《唐诗笺要》：说征妇者甚多，惨淡经营，定推文昌此首第一。

《唐贤小三昧集》：张、王乐府并称，文昌情味较足，以运思清而措辞俊也。

白纻歌

皎皎白纻白且鲜，将作春衣称少年。

裁缝长短不能定，自持刀尺向姑前。

复恐兰膏污纤指，常遣旁人收堕珥。

衣裳著时寒食下，还把玉鞭鞭白马。

【汇评】

《唐诗归》：钟云：此语略带艳情（"常遣旁人"句下）。　　钟云：情深而至。

《唐风定》：婉细妍秀，微有右丞风韵。

《载酒园诗话》：谢惠连《捣衣》曰："腰带准畴昔，不知今是非。"至张籍《白纻歌》则曰："裁缝长短不能定，自持刀尺向姑前。"……虽语益加妍，意实原本于谢，正子瞻所云"鹿入公庖，馔之百方，究其所以美处，总无加于煮食时"也。然庖馔变换得宜，实亦可口。

《方南堂先生辍锻录》：唐人最善于脱胎，变化无迹，读者惟觉其妙，莫测其源。如谢惠连《捣衣》云："腰带准畴昔，不知今是非。"张文昌《白纻词》则云："裁缝长短不能定，自持刀尺向姑前。"

野老歌

老农家贫在山住，耕种山田三四亩。

苗疏税多不得食，输入官仓化为土。

岁暮锄犁傍空室，呼儿登山收橡实。

西江贾客珠百斛，船中养犬长食肉。

【汇评】

《木天禁语》：乐府篇法，张籍为第一，王建近体次之；长吉虚妄，不必效；岑参有气，惜语硬，又次之。张、王最古。……要诀在于反本题结，如《山农词》，结却用"西江贾客珠百斛，船中养犬多食肉"是也。

《唐诗归》：钟云：语有经国隐忧（"西江贾客"二句下）。

《唐诗选脉会通评林》：周珽曰：诗以清远为佳，不以苦刻为贵,固矣。然情到真处,事到实处,音不得不哀,调不得不苦者。说者谓文昌、仲初乐府,瘖哑逼侧,每到悲惋,一如儿啼女哭,所为真际虽多,雅道尽丧,不知彼心口手眼各自有精灵不容磨灭光景。如病其欠厚,非善读二家者也。《诗镜》云:"七古欲语语生情,自张、王始为此体,盛唐人只写得大意",得矣。　　唐汝询曰:文昌乐府,就事直赋,意尽而止,绝不于题外立论。如《野老》之哀农,《别离》之感戍,《泗水》之趋利,《樵客》之崇实,《雀飞》之避祸,《乌栖》之微讽,《短歌》之忧生,各有一段微旨可想,语不奥古,实是汉魏乐府正裔。

寄衣曲

织素缝衣独苦辛,远因回使寄征人。
官家亦自寄衣去,贵从妾手着君身。
高堂姑老无侍子,不得自到边城里。
殷勤为看初著时,征夫身上宜不宜?

【汇评】

《唐诗镜》:高风雅韵。

《唐诗归》:谭云:情想在此三字("殷勤为看"句下)。　　谭云:深曲之想,说来全不费力("征夫身上"句下)。　　钟云:至情重义,无此不成乐府。

《唐诗选脉会通评林》:刘辰翁曰:其思曲而曲。　　周敬曰:深婉,结极细腻。　　顾璘曰:酸苦殷勤,理极情极。　　周珽曰:从忧苦中酿出一段悲怨之语,真所谓笔下全是血,纸上全是魂也。

《唐风定》:意婉辞雅,似非仲初所及。

送远曲

戏马台南山簇簇，山边饮酒歌别曲。
行人醉后起登车，席上回尊劝僮仆。
青天漫漫覆长路，远游无家安得住。
愿君到处自题名，他日知君从此去。

【汇评】

《唐诗品汇》：刘云：能几许得恁沉着婉转数语矣。

《批选唐诗》：情在辞外，恻然动人。

《唐诗镜》："席上回尊劝僮仆"，此语绝得景趣。

《唐诗归》：钟云：奇语真景（"青天漫漫"句下）。

《唐诗解》：司业乐府皆泛然之辞，惟此疑本实事，不然天下皆可别，何独戏马台南耶？

《唐诗选脉会通评林》：王世贞曰：一结深稳。　　周珽曰：首举所别之地以纪事。远游举目无亲，所籍惟有僮仆，所以回尊相劝也。路长，居无定所，欲寄莫知踪迹，所以到处题名也。括尽送远情境。

《唐诗快》：送远行者多矣，此独劝僮仆，劝题名；虽是无聊之思，岂非深情古道？

《删订唐诗解》：吴昌祺曰：有馀味，亦即从古诗脱出。　　劝僮仆，亦是深于惜别之意。

《而庵说唐诗》：此题是乐府，文昌赋此诗，或当时曾于此送别，故即以此入诗。

《唐诗别裁》：从前送远诗，此意未曾写到（末二句下）。

《唐诗笺要》：结语开后人传奇多少关目。

《网师园唐诗笺》：妙语深情，得未曾有（末二句下）。

《历代诗发》：深情古道，说得偏觉沉着。

筑城词

筑城处，千人万人齐把杵。

重重土坚试行锥，军吏执鞭催作迟。

来时一年深碛里，尽著短衣渴无水。

力尽不得抛杵声，杵声未尽人皆死。

家家养男当门户，今日作君城下土。

【汇评】

《诗源辩体》：张、王乐府七言，张如"青天漫漫覆长路，远游无家安得住？愿君到处自题名，他日知君从此去"、"浮云上天雨随地，暂时会合终离异。我今与子非一身，安得死生不相弃"、"力尽不得抛杵声，杵声未尽人皆死。家家养男当门户，今日作君城下土"……等句，皆恳切痛快者也，宋、元、国初多习为之，盖以其短篇，语意紧密，中才者易于收拾耳。

猛虎行

南山北山树冥冥，猛虎白日绕林行。

向晚一身当道食，山中麋鹿尽无声。

年年养子在空谷，雌雄上山不相逐。

谷中近窟有山村，长向村家取黄犊。

五陵年少不敢射，空来林下看行迹。

【汇评】

《唐诗选脉会通评林》：顾璘曰：起语好，有讽。　　周珽曰：国有大害，凭威猛以肆毒，而畏缩养奸者徒徇名位，罔所剪除，读经岂不赧然？

《唐风定》：比仲初作，微婉胜之。

《载酒园诗话又编》：张咏猛虎，故摹写怯弱以见负嵎之威。王咏《射虎》，故曲尽狡狯之态，用意不同，俱为酷肖。　　黄白山评：张诗亦似为权门势要倾害朝士之喻，非徒咏猛虎而已。

牧童词

> 远牧牛，绕村四面禾黍稠。
> 陂中饥乌啄牛背，令我不得戏垅头。
> 入陂草多牛散行，白犊时向芦中鸣。
> 隔堤吹叶应同伴，还鼓长鞭三四声。
> 牛牛食草莫相触，官家截尔头上角。

【汇评】

《唐风定》：一味深婉，风气迥超。

《唐诗评选》：正章翻似带出，前八句坚忍之力，如谢傅赌墅时。

《唐诗笺要》：与李涉《牧童词》参看，一豪甚，一懦甚，会心不远。

古钗叹

> 古钗堕井无颜色，百尺泥中今复得。
> 凤凰宛转有古仪，欲为首饰不称时。
> 女伴传看不知主，罗袖拂拭生光辉。
> 兰膏已尽股半折，雕文刻样无年月。
> 虽离井底入匣中，不用还与坠时同。

《唐诗品汇》：刘云：好。

《唐诗归》：钟云：达甚（末句下）。

《唐诗选脉会通评林》：顾璘曰：古道难用，可哀。 周珽曰：惟仪不称时，故不为人所用；不用则匣中与在井底何异？故士贵得时以行其志；否则岩穴而贬黜，胡鸿钜之足负也！

《唐风定》：与仲初《秋千》结语同一法。

《载酒园诗话又编》：王诗（按指《开池得古钗》）作惊喜之意，亦佳。尤妙在暗想堕地时啼，思路周折。至学梳古髻，尤肖娇憨之态。然意尽于得钗。张（按指本诗）所寄托便在弦指之外，令人想见淮阴典连敖，凤雏治耒阳时也。

各东西

游人别，一东复一西。

出门相背两不返，惟信车轮与马啼。

道路悠悠不知处，山高海阔谁辛苦。

远游不定难寄书，日日空寻别时语。

浮云上天雨堕地，暂时会合终离异。

我今与子非一身，安得死生不相弃。

【汇评】

《唐诗品汇》：刘云：其不及王建者，材不尽也。然各自得体。

《四溟诗话》：秦嘉妻徐淑曰："身非形影，何得动而辄俱；体非比目，何得同而不离？"阳方曰："惟愿长无别，合形作一身。"骆宾王曰："与君相向转相亲，与君双栖共一身。"张籍曰："我今与子非一身，安得死生不相弃？"何仲默曰："与君非一身，安得不离别？"数语同出一律，仲默尤为简妙。

《唐诗选脉会通评林》：周敬曰：张公七言古好作近人语，亦善作痛人语。　　杨慎曰："我今与子非一身"，直而愤。何仲默"与君非一身，安得不离别"，本此。　　吴山民曰：写情真切，但在乐府中欠厚。　　陆时雍曰：老气。"日日"句，语最工。　　唐汝询曰："日日空寻"句，想头好。"浮云上天"四语，宽譬语，极狎昵，恐非别友之作，其《蔓草》之遗风欤？　　周珽曰：此（按指《车遥遥》）与《各东西》篇，思可镂尘，锋能截玉，本情切理，踌躇满志，不复知奏刀之为难。

节妇吟寄东平李司空师道

君知妾有夫，赠妾双明珠。

感君缠绵意，系在红罗襦。

妾家高楼连苑起，良人执戟明光里。

知君用心如日月，事夫誓拟同生死。

还君明珠双泪垂，何不相逢未嫁时。

【汇评】

《容斋三笔》：张籍在他镇幕府，郓帅李师古又以书币辟之，籍却而不纳，而作《节妇吟》一章寄之。……陈无己为颍州教授，东坡领郡，而陈赋《薄命妾》篇，言为曾南丰作，其首章云："主家十二楼，一身当三千。古来妾薄命，事主不尽年。起舞为主寿，相送南阳阡。忍着主衣裳，为人作春妍。有声当彻天，有泪当彻泉。死者恐无知，妾身长自怜。"全用籍意。

《唐诗品汇》：刘云：好自好，但亦不宜"系"。

《四友斋丛说》：张籍长于乐府；如《节妇吟》等篇，真擅场之作。

《增定评注唐诗正声》：前四句似乐府，结句情深，却非盛唐口吻。

《唐诗归》：钟云：节义肝肠，以情款语出之。妙！妙！

《唐诗解》：系珠于襦，心许之矣，以良人贵显而不可皆是以却之。然还珠之际，涕泣流连，悔恨无及，彼妇之节不几岌岌乎？夫女以珠诱而动心，士以币征而折节，司业之识浅矣哉！

《唐诗选脉会通评林》：周珽曰：平衷婉辞，既坚己操，复不激人之怒，即云长事刘，有死不变，犹志在报效曹公之意。

《唐诗快》：双珠系而复还，不难于系，而难于还。系者知己之感，还者从一之义也。此诗为文昌却聘之作，乃假托节妇言之。徒令千载之下，增才人无限悲感。

《诗辩坻》：张籍《节妇吟》，亦浅亦隽。

《诗筏》：此诗情词婉恋，可泣可歌。然既垂泪以还珠矣，而又恨不相逢于未嫁之时，柔情相牵，展转不绝，节妇之节危矣哉！文昌此诗，从《陌上桑》来，"恨不相逢未嫁时"，即《陌上桑》"使君自有妇，罗敷自有夫"意。"自有"二语甚斩绝，非既有夫而又恨不嫁此夫也。"良人执戟明光里"，既《陌上桑》"东方千馀骑，夫婿居上头"意。然《陌上桑》妙在既拒使君之后，忽插此段，一连十六句，絮絮聒聒，不过盛夸夫婿以深绝使君，非既有"良人执戟明光里"，而又感他人"用心如日月"也。忠臣节妇，铁石心肠，用许多折转不得，吾恐诗与题不称也。或曰文昌在他镇幕府，郓帅李师古又以重币辟之，不敢峻拒，故作此诗以谢。然文昌之婉恋，良有以也。

《载酒园诗话》：此诗一句一转，语巽而峻，深得《行露》"白茅"之意。刘须溪曰："好自好，但亦不宜'系'。"余谓此说不惟苛细，兼亦不谙事宜。此乃寄东平李司空作也。籍已在他镇幕府，郓帅又以书币聘之，故寄此诗。通体俱是比体，系以明国士之感，辞以表从一之志，两无所负。

《围炉诗话》：张籍辞李师道辟命诗，若无"感君缠绵意，系在红罗襦"二语，即径直无情。朱子讥之，是讲道理，非说诗也。

《而庵说唐诗》：《陌上桑》妙在直，此诗妙在婉，文昌真乐府老手。

《古唐诗合解》：此篇五七言后，以两句结，却有馀韵，妙在言外。

《唐贤小三昧集》：婉而直，得风人写托之旨。

吴宫怨

吴宫四面秋江水，江清露白芙蓉死。
吴王醉后欲更衣，座上美人娇不起。
宫中千门复万户，君恩反覆谁能数。
君心与妾既不同，徒向君前作歌舞。
茱萸满宫红实垂，秋风袅袅生繁枝。
姑苏台上夕燕罢，佗人侍寝还独归。
白日在天光在地，君今那得长相弃。

【汇评】

《唐诗品汇》：刘云：哀怨意引（首二句下）。　　刘云：稍有古意（末句下）。

《唐诗镜》："江清露白芙蓉死"，中晚俊句。

《唐诗选脉会通评林》：周珽曰：《吴宫怨》一首，寓言谗人恃宠，正士怀忧，意亦沉着。

《唐风定》：雅声噌吰，绝非细响，中晚之间，洵可特立。

《诗辩坻》：《吴宫怨》无中生有，得青莲之遗。馀作亦有工妙。大抵于结处正意悉出，虑人不知，露出卑手。

《唐诗笺要》：咨嗟曲巴，往复无端，较王屋山人而过之，而浑雅之致不逮，此盛、中所以异也。

白鼍鸣

天欲雨，有东风，南溪白鼍鸣窟中。

六月人家井无水，夜间鼍声人尽起。

【汇评】

《升庵诗话》：张文昌《白鼍行》有汉魏歌谣之风。

白头吟

请君膝上琴，弹我白头吟。

忆昔君前娇笑语，两情宛转如萦素。

宫中为我起高楼，更开花池种芳树。

春天百草秋始衰，弃我不待白头时。

罗襦玉珥色未暗，今朝已道不相宜。

扬州青铜作明镜，暗中持照不见影。

人心回互自无穷，眼前好恶那能定。

君恩已去若再返，菖蒲花开月长满。

【汇评】

《韵语阳秋》：《西京杂记》载司马相如将聘茂陵人女为妾，卓文君作《白头吟》者，疾人以新间旧，不能至白首，故以为名。余观张籍《白头吟》云："春天百草秋始衰，弃我不待白头时。罗襦玉珥色未暗，今朝已道不相宜。"李白《白头吟》云："妾有秦楼镜，照心胜照井。愿持照新人，双对可怜影。"其语感人深矣。

《四溟诗话》：太白曰："苍梧山崩湘水竭。"张籍曰："菖蒲花开月长满。"李贺曰："七月贯断嫦娥死。"此同一机轴，贺句更奇。

《唐风定》：此篇直露，却绝透快。

《说诗晬语》：乐府宁朴毋巧，宁疏毋炼。张籍《短歌行》"菖蒲花开月长满"，伤于巧也。

贾客乐

金陵向西贾客多，船中生长乐风波。
欲发移船近江口，船头祭神各浇酒。
停杯共说远行期，入蜀经蛮谁别离？
金多众中为上客，夜夜算缗眠独迟。
秋江初月猩猩语，孤帆夜发潇湘渚。
水工持楫防暗滩，直过山边及前侣。
年年逐利西复东，姓名不在县籍中。
农夫税多长辛苦，弃业长为贩宝翁。

羁旅行

远客出门行路难，停车敛策在门端。
荒城无人霜满路，野火烧桥不得度。
寒虫入窟鸟归巢，僮仆问我谁家去？
行寻田头暝未息，双毂长辕碍荆棘。
缘冈入涧投田家，主人春米为夜食。
晨鸡喔喔茅屋傍，行人起扫车上霜。
旧山已别行已远，身计未成难复返。
长安陌上相识稀，遥望天山白日晚。
谁能听我辛苦行，为向君前歌一声。

【汇评】

《唐诗品汇》：刘云：猝猝形容到此（"僮仆问我"句下）。　　刘云：须着如此结，愈缓愈不可听，他人不能道耳（末句下）。

《唐诗选脉会通评林》：顾璘曰：旅穷至极。末段善说题意。　　周珽曰：沉思远韵，赋比曲至。旅人号咷，字字可怜。

《唐风定》：情景荒凉如画。

《载酒园诗话又编》：数语深肖旅途之景。

短歌行

青天荡荡高且虚，上有白日无根株。
流光暂出还入地，使我年少不须臾。
与君相逢勿寂寞，衰老不复如今乐。
玉卮盛酒置君前，再拜愿君千万年。

【汇评】

《唐诗归》：钟云：浅朴可咏。

《唐诗评选》：真短歌行。

《唐诗快》：伉爽磊落，如听唱苏学士"大江东去"。

《唐诗别裁》：祝辞正是可伤之处（末二句下）。

山头鹿

山头鹿，角芰芰，尾促促。
贫儿多租输不足，夫死未葬儿在狱。
早日熬熬蒸野冈，禾黍不收无狱粮。
县家唯忧少军食，谁能令尔无死伤。

楚妃怨

梧桐叶下黄金井，横架辘轳牵素绠。

美人初起天未明，手拂银瓶秋水冷。

【汇评】

《诗辩坻》：籍、建并称，然建远不如籍。籍《楚妃》、《离宫》有盛唐之调，俱得乐府遗风。建《宫词》直落晚叶，去孟蜀花蕊夫人一间耳。

泗水行

泗水流急石纂纂，鲤鱼上下红尾短。

春冰销散日华满，行舟往来浮桥断。

城边鱼市人早行，水烟漠漠多棹声。

【汇评】

《唐诗归》：钟云：静而澹。　　谭云：此首较他作调最古。

《唐诗评选》：文昌乐府亦托胎歌谣，特以温茂自见，故贤于退之、东野以迫露苍巉削剥诗理。

《唐诗归折衷》：吴敬夫云：人知写出晓色，此并及晓声矣。

废宅行

胡马崩腾满阡陌，都人避乱唯空宅。

宅边青桑垂宛宛，野蚕食叶还成茧。

黄雀衔草入燕窠，喷喷啾啾白日晚。

去时禾黍埋地中，饥兵掘土翻重重。

鸱枭养子庭树上，曲墙空屋多旋风。

乱定几人还本土？唯有官家重作主。

【汇评】

《载酒园诗话又编》：张《将军行》叙战胜后曰："扰扰惟有牛羊

声。"《关山月》曰:"军中探骑暮出城,伏兵暗处低旌戟。"《永嘉行》曰:"紫陌旌旛暗相触,家家鸡犬飞上屋。"《废宅行》曰:"宅边青桑垂宛宛,野蚕食叶还成茧。……鸱枭养子庭树上,曲墙空屋多旋风。"……张之传写入微,王(建)亦透快而妙。

野　居

贫贱易为适,荒郊亦安居。

端坐无馀思,弥乐古人书。

秋田多良苗,野水多游鱼。

我无耒与网,安得充廪厨。

寒天白日短,檐下暖我躯。

四肢暂宽柔,中肠郁不舒。

多病减志气,为客足忧虞。

况复苦时节,览景独踟蹰。

【汇评】

　　《唐诗镜》:语近真际。

　　《唐诗归》:钟云:法紧气宽,古诗至此,不得以中唐限之矣。　　谭云:有道气。　　快乐未已,忽入此语,感深意远("中肠"句下)。

　　《汇编唐诗十集》:唐云:清浅中有浑厚气,信超。

杂　怨

切切重切切,秋风桂枝折。

人当少年嫁,我当少年别。

念君非征行,年年长远途。

妾身甘独殁，高堂有舅姑。

山川岂遥远，行人自不返。

【汇评】

《唐诗归》：谭云：浅而苦（"人当"二句下）。

《唐诗别裁》：责以高堂有老姑，怨之正也，与泛作闺房之言有别（"妾身"四句下）。

《龙性堂诗话初集》：古人送别，苦语不一，而意实相师。……犹有伤心者，陇西"长当从此别，且复立斯须"，属国"生当复来归，死当长相思"，延之"生为久别离，没为长不归"，子美"孰知是死别，且复哀其寒"，张籍"人当少年嫁，我当少年别"，亦一意也。

惜　花

蒙蒙庭树花，坠地无颜色。

日暮东风起，飘扬玉阶侧。

残蕊在犹稀，青条耸复直。

为君结芳实，令君勿叹息。

【汇评】

《唐诗别裁》：翻出一意，浅人不能道。

离　妇

十载来夫家，闺门无瑕疵。

薄命不生子，古制有分离。

托身言同穴，今日事乖违。

念君终弃捐，谁能强在兹？

堂上谢姑嫜，长跪请离辞。

姑嫜见我往，将决复沉疑。
与我古时钏，留我嫁时衣。
高堂掷我身，哭我于路陲。
昔日初为妇，当君贫贱时。
昼夜常纺织，不得事蛾眉。
辛勤积黄金，济君寒与饥。
洛阳买大宅，邯郸买侍儿。
夫婿乘龙马，出入有光仪。
将为富家妇，永为子孙资。
谁谓出君门，一身上车归。
有子未必荣，无子坐生悲。
为人莫作女，作女实难为。

祭退之

呜呼吏部公，其道诚巍昂。
生为大贤姿，无使光我唐。
德义动鬼神，鉴用不可详。
独得雄直气，发为古文章。
学无不该贯，吏治得其方。
三次论诤退，其志亦刚强。
再使平山东，不言所谋臧。
荐待皆寒羸，但取其才良。
亲朋有孤稚，婚姻有办营。
如彼天有斗，人可为信常。
如彼岁有春，物宜得华昌。
哀哉未申施，中年遽殂丧。

朝野良共哀，刿于知旧肠。
籍在江湖间，独以道自将。
学诗为众体，久乃溢箧囊。
略无相知人，黯如雾中行。
北游偶逢公，盛语相称明。
名因天下闻，传者入歌声。
公领试士司，首荐到上京。
一来遂登科，不见苦贡场。
观我性朴直，乃言及平生。
由兹类朋党，骨肉无以当。
坐令其子拜，常呼幼时名。
追招不隔日，继践公之堂。
出则连辔驰，寝则对榻床。
搜穷古今书，事事相酌量。
有花必同寻，有月必同望。
为文先见草，酿熟偕共觞。
新果及异鲑，无不相待尝。
到今三十年，曾不少异更。
公文为时师，我亦有微声。
而后之学者，或号为韩张。
我官麟台中，公为大司成。
念此委末秩，不能力自扬。
特状为博士，始获升朝行。
未几享其资，遂忝南宫郎。
是事赖拯扶，如屋有栋梁。
去夏公请告，养疾城南庄。
籍时官休罢，两月同游翔。

黄子陂岸曲，地旷气色清。
新池四平涨，中有蒲荇香。
北台临稻畤，茂柳多阴凉。
板亭坐垂钓，烦苦稍已平。
共爱池上佳，联句舒遐情。
偶有贾秀才，来兹亦同并。
移船入南溪，东西纵篙撑。
划波激船舷，前后飞鸥鸽。
回入潭濑下，网截鲤与鲂。
踏沙掇水蔬，树下烝新秔。
日来相与嬉，不知暑日长。
柴翁携童儿，聚观于岸傍。
月中登高滩，星汉交垂芒。
钓车掷长线，有获齐欢惊。
夜阑乘马归，衣上草露光。
公为游溪诗，唱咏多慨慷。
自期此可老，结社于其乡。
籍受新官诏，拜恩当入城。
公因同归还，居处隔一坊。
中秋十六夜，魄圆天差晴。
公既相邀留，坐语于阶楹。
乃出二侍女，合弹琵琶筝。
临风听繁丝，忽遽闻再更。
顾我数来过，是夜凉难忘。
公疾浸日加，孺人视药汤。
来候不得宿，出门每回遑。
自是将重危，车马候纵横。

门仆皆逆遣，独我到寝房。

公有旷达识，生死为一纲。

及当临终晨，意色亦不荒。

赠我珍重言，傲然委衾裳。

公比欲为书，遗约有修章。

令我署其末，以为后事程。

家人号于前，其书不果成。

子符奉其言，甚于亲使令。

鲁论未讫注，手迹今微茫。

新亭成未登，闭在庄西厢。

书札与诗文，重叠我笥盈。

顷息万事尽，肠情多摧伤。

旧茔盟津北，野窆动鼓钲。

柳车一出门，终天无回箱。

籍贫无赠赍，曷用申哀诚？

衣器陈下帐，醪饵莫堂皇。

明灵庶鉴知。仿佛斯来飨。

【汇评】

《临汉隐居诗话》："偶有贾秀才，来兹亦同并。"秀才，谓贾岛也。岛有《携文谒张籍韩愈》诗曰："袖有新成诗，欲见张韩老"也。

《唐诗归》：钟云：深（"再使"二句下）。　　钟云：自处甚高，正是说韩公知人择交处（"籍在"二句下）。　　钟云：可见古人师友相知，不专在文章（"观我"二句下）。　　谭云：难在此句（"到今"二句下）。　　钟云：何等名根（"而后"二句下）。　　谭云：插得妙（"偶有"句下）。　　钟云：佳景、佳句凑手（"夜阑"二句下）。　　钟云：深情细心之言（"顾我"二句下）。　　钟云：此语最可伤（"新亭"句下）。　　钟云：志状诔传，借一诗吐之。人品交情,无复有馀。予尝走笔作谭太公祭文,而一志文累年不成;文之行止,视乎情耳。

《石园诗话》:张文昌《祭退之》诗,情稍逊于辞。愚但爱其"独得雄直气,发为古文章","荐待皆寒羸,但取其才良"、"公有旷达识,生死为一纲。及当临终晨,意色为不荒"数语,能描写文公。

蓟北旅思

日日望乡国,空歌白苎词。
长因送人处,忆得别家时。
失意还独语,多愁只自知。
客亭门外柳,折尽向南枝。

【汇评】

《唐摭言》:元和中,长安有沙门善病人文章,尤能捉语意相合处。张水部颇恚之,冥搜越切,因得句曰:"长因送人处,忆得别家时。"经往夸扬,乃曰:"此应不合前辈意也!"僧微笑曰:"此有人道了也。"籍曰:"向有何人?"僧乃吟曰:"见他桃李树,思忆后因春。"籍因抚掌大笑。

《对床夜语》:杨衡诗云:"正是忆山时,复送归山客。"张籍云:"长因送人处,忆得别家时。"……语益换而益佳,善脱胎者宜参之。

《瀛奎律髓》:三、四真佳句。此张司业集中第一首诗。

《唐诗品汇》:刘云:晚唐更千首,不及两语,无紧无要,自是沉着("长因"二句下)。

《唐诗归》:钟云:其实深。以其流,便不觉("长因"二句下)。 谭云:"尽"字苦("折尽"句下)。

《唐诗解》:若失意多愁,则无亲知可语者,故但折柳自适,久而南枝几尽,非南向之情深乎?此皆描写客中之无聊,令读者宛然在目。

《唐诗选脉会通评林》：何新之(列)为轻快体。　　唐汝询曰：五、六曲尽孤客情态。　　周珽曰：文昌，吴人。《白纻词》，吴曲，望乡而咏之，所以想象故园光景。然欲归不得，所谓空歌也。后皆描写客中无聊，令读者宛然在目。　　此诗妙于用虚，生情生力，语极幽细含蓄，不落浅调。

《唐风定》：文昌清癯骨立，元气尽削，过人在旷然尘外，绝去凡尘。

《唐诗快》：实情实景，说出便无限悲凉("长因"二句下)。

《唐诗摘钞》：全篇直叙。　　张吴人，《白纻》吴歌，故次句云云。临别之时，家人必牵衣执手，属令早归，今非意留滞，所以三、四云云。七、八再足三句意，五、六笔意已枯，亏一结写景，含不尽之意。　　有时独语都不自知，极尽失意人潦顿之状。

《初白庵诗评》：本领具足方能作澹语，文昌擅长处在此。以下四章(按指《夜到渔家》、《宿临江驿》等)蹊径仿佛。

《唐诗成法》：此即张曲江《通化门送客》意，三、四插一句作转折，亦有笔力。五、六写蓟北景便深，又写情遂浅薄矣。当与曲江作参看。

《唐诗别裁》：五、六平平，中晚通病。

《网师园唐诗笺》：人人意中语，自合传诵("长因"二句下)。

《瀛奎律髓汇评》：纪昀：诗自好，未必遽为第一。　　冯舒：如此出"北"字(按指末句)。　　冯班：落句一点蓟北。

江南春

江南杨柳春，日暖地无尘。
渡口过新雨，夜来生白蘋。

晴沙鸣乳燕,芳树醉游人。

向晚青山下,谁家祭水神?

【汇评】

《瀛奎律髓》:思新,不拘对偶,可喜!

《瀛奎律髓汇评》:冯班:结得远。　　纪昀:三、四自然,其妙在"红入"、"青归"之上,而虚谷不知。结句偏枯而单弱,冯云"结得远",非也。　　何义门:此是楚辞中所谓"江南",故有落句。

《重订中晚唐诗主客图》:问:此景到处有之,何必是江南?曰:只如此便写得江南春出。此可为知者道。读三谢诗,当明此例,以下皆可类推矣。　　与韦苏州"微雨夜来过,不知春草生"同妙("渡口"二句下)。

山中古祠

春草空祠墓,荒林唯鸟飞。

记年碑石在,经乱祭人稀。

野鼠缘朱帐,阴尘盖画衣。

近门潭水黑,时见宿龙归。

【汇评】

《瀛奎律髓》:平易而新美。

《瀛奎律髓汇评》:纪昀:本无意味,亦太肤廓,天下废祠皆可移用。

《重订中晚唐诗主客图》:写出阴森。

听夜泉

细泉深处落,夜久渐闻声。

独起出门听，欲寻当涧行。

还疑隔林远，复畏有风生。

月下长来此，无人亦到明。

【汇评】

《唐诗归》：钟云：三字便是夜泉（首句下）。　　谭云：静思（"还疑"二句下）。

《唐诗快》：只如一段高兴，后人万万不能企及。其妙可与贾长江《玩月》古诗同看。

望行人

秋风窗下起，旅雁向南飞。

日日出门望，家家行客归。

无因见边使，空待寄寒衣。

独倚青楼暮，烟深鸟雀稀。

【汇评】

《唐诗笺要》：水部律格，工于匠物，字清意远，不涉旧迹，自足成一家矣。然其音韵过拗过裂，有碍制体。

夜到渔家

渔家在江口，潮水入柴扉。

行客欲投宿，主人犹未归。

竹深村路远，月出钓船稀。

遥见寻沙岸，春风动草衣。

【汇评】

《唐诗品汇》：刘云：难得语意自在如此。（"行客"二句下）。

《唐诗选脉会通评林》：唐汝询云：意幽语圆，叙事有次。次句"入"字便细。徐中行曰：文昌本色，只是枯淡，五、六率真。

《唐诗快》：格法妙。

《唐律消夏录》：结句是渔人归来，却不说出，甚觉闲远。

《初白庵诗评》：真景即是好诗（"行客"二句下）。

《唐诗成法》：客到渔家，不写人到，而言"水入柴扉"，则人到可知。投宿出"夜"字。四用一折。五、六写景起下。七、八写渔家归，却不说出。

《唐诗别裁》：三、四直白语，以自然得之。

《唐诗笺注》：柴扉江口，知是渔家，将欲投宿，又无主人。"竹深"一联，正是傍徨莫必之景。乃寻沙之岸，草衣风动，遥见人归，岂不欣起。写得意致飘萧，悠然韵远。

《瀛奎律髓汇评》：查慎行：三、四真景，即是好诗。　　纪昀：此亦名篇。余终病其一结无力，使通篇俱薄弱。

《唐贤小三昧集》：文昌五言多以淡胜。

《重订中晚唐诗主客图》：格法妙。　　此诗一气读下，看其叙布之妙，摹绘之工。

《养一斋诗话》：《岁寒堂诗话》论张文昌律诗不如刘梦得、杜牧之、李义山。文昌七律或嫌平易，五律清妙处不亚王、孟，乃愧梦得、义山哉！其《夜到渔家》、《宿临江驿》二律，与刘文房《余干旅客》一作，用韵同，风韵亦同，皆绝唱也。

《诗境浅说》：寻常语脱口而出，句法生峭。与僧皎然"移家虽带郭"诗，同一寻人不遇，一则通首不作对语，此则括以十字，各具标格。此等句，宋人恒有之，如山肴野菽，淡而有味。学之者须笔有清劲气，非仅白描也。

宿临江驿

楚驿南渡口，夜深来客稀。

月明见潮上，江静觉鸥飞。

旅宿今已远，此行殊未归。

离家久无信，又听捣寒衣。

【汇评】

《瀛奎律髓》：此二首（按指本诗与《夜到渔家》）规格相似。刘长卿有一首亦然。

《唐诗品汇》：刘云：五字寂寥（"江静"句下）。

《四溟诗话》：晚唐人多用虚字，若司空曙"以我独沉久，愧君相见频"，戴叔伦"此别又万里，少年能几时"，张籍"旅泊今已远，此行殊未归"，马戴"此境可长往，浮生自不能"，此皆一句一意，虽瘦而健，虽粗而雅。

《唐风定》：与文房《余干》同韵，俱为妙唱。

《初白庵诗评》：以生得新，却不费力。

《瀛奎律髓汇评》：纪昀：此较深稳，然亦是习径。

《重订中晚唐诗主客图》："见"字匠出"潮"，而妙尤在"明"字（"月明"句下）。　　"觉"字匠出"鸥"，而妙尤在"静"字（"江静"句下）。　　梅都官所谓留不尽之意，尤当向水部领取（末二句下）。

宿江店

野店临西浦，门前有橘花。

停灯待贾客，卖酒与渔家。

夜静江水白，路回山月斜。

闲寻泊船处，潮落见平沙。

【汇评】

《艇斋诗话》：荆公绝句云："有似钱塘江上见，晚潮初落见平沙。"两句皆有来历。……张籍诗云："闲寻泊船处，潮落见平沙。"此下句来历也。

《唐诗品汇》：刘云：自然好（"夜静"二句下）。

《唐诗选脉会通评林》：周珽曰：起联，记江店之居处；次联，即店主之事；三联，咏店夜之景；结联，写宿店之情兴。与《夜宿黑灶溪》篇意调幽绝，较《夜到渔家》更觉闲心静境。

《唐风定》：妙境渐从刻画而出，与浪仙相似。

《唐诗笺注》：清绝之境，一片空明。

闲　居

东城南陌尘，紫憾与朱轮。
尽说无多事，能闲有几人？
唯教推甲子，不信守庚申。
谁见衡门里，终朝自在贫。

【汇评】

《重订中晚唐诗主客图》：偶取支干字对，正见闲处，亦天然恰好。若专借此见长，则纤而陋矣（"唯教"二句下）。　　真得自然之妙（"谁见"二句下）。三字（按指"自在贫"）奇创得妙（末句下）。　　古诗人全须此付胸襟。

晚秋闲居

独坐高秋晚，萧条足远思。

家贫常畏客，身老转怜儿。

万种尽闲事，一生能几时？

从来疏懒性，应只有僧知。

【汇评】

《瀛奎律髓》：三、四似缠于家累，然佳句也。五、六遂破前说而自开解焉，亦佳句也。

《唐诗快》：此等与王仲初一体，确非白香山，须辨（"家贫"二句下）。

《初白庵诗评》：苦语真挚（"家贫"二句下）。

《瀛奎律髓汇评》：纪昀：五、六浅俗。

《重订中晚唐诗主客图》：放此二句尤妙（"万种"二句下）。

没蕃故人

前年伐月支，城上没全师。

蕃汉断消息，死生长别离。

无人收废帐，归马识残旗。

欲祭疑君在，天涯哭此时。

【汇评】

《载酒园诗话又编》：《忆陷蕃故人》"无人收废帐，归马识残旗。欲祭疑君在，天涯哭此时"，诚堪呜咽。

《初白庵诗评》：结意深惨。

《瀛奎律髓汇评》：纪昀：第四句即出句之意，未免敷衍。

《重订中晚唐诗主客图》：只就丧师事一气叙下，至哭故人处但用尾末一点，无限悲怆。　　水部极沉着，诗便不让少陵。

《养一斋诗话》：张文昌《没蕃故人》诗云："欲祭疑君在，天涯哭此时。"语平淡而意沉痛，可与李华"其存其没"数语并驾。陈陶

"无定河边"二语,紧于李、张,而味似少减。此等难于言说,悟者自悟。

《诗境浅说》:诗为吊绝塞英灵而作。苍凉沉痛。一篇哀诔文也。前四句言城下防胡。故人战殁,虽确耗无闻,而传言已覆全师,恐成长别。五、六言列沙场之废帐,寂无行人,恋落日之残旗,但馀归马,写出次句覆军惨状。末句言欲招楚醑之魂,而未见崤函之骨,犹存九死一生之想,迨终成绝望。莽莽天涯,但有一恸,此诗可谓一死一生,乃是交情也。

谢裴司空寄马

骐耳新驹骏得名,司空远自寄书生。
乍离华厩移蹄涩,初到贫家举眼惊。
每被闲人来借问,多寻古寺独骑行。
长思岁旦沙堤上,得从鸣珂傍火城。

【汇评】

《中山诗话》:张籍乐府词清丽深婉,五言律诗亦平淡可爱。至七言诗,则质多文少。材各有宜,不可强饰。文昌有《谢裴司空马》诗曰:"乍离华厩移蹄涩,初到贫家举眼惊。"此马却是一迟钝多惊者,诗词微而显,亦少其比。

《一瓢诗话》:裴司空以眼错弩马赠张水部,水部以诗谢之,有"乍离华厩移蹄涩,初到贫家举眼惊",措辞微婉,旨趣良深。

赠王秘书

早在山东声价远,曾将顺策佐嫖姚。
赋来诗句无闲语,老去官班未在朝。

身屈只闻词客说，家贫多见野僧招。

独从书阁归时晚，春水渠边看柳条。

【汇评】

《问花楼诗话》：唐人佳作林立，选家以爱憎为去取，遂失庐山真面。先广文尝云：文昌拟乐府绰有妙绪。五言近体如《听泉》、《夜到渔家》、《山中赠日南僧》、《酬韩庶子》，七言如《赠王秘书》、《谢裴司空寄马》、《赠茅山杨判官》、《哭丘长史》诸作，东野所谓"一卷冰雪文，避俗常自携"者也。

寄和州刘使君

别离已久犹为郡，闲向春风倒酒瓶。

送客特过沙口堰，看花多上水心亭。

晓来江气连城白，雨后山光满郭青。

到此诗情应更远，醉中高咏有谁听？

【汇评】

《批点唐音》：说景甚活。

《唐诗选脉会通评林》：周秉伦曰：文昌七律，词意雅驯，赋景抒情觉多自在，如《寄刘使君》、《赵明府》、《白二十二》诸作，俱堪心赏。又《寒食内宴》一诗，典刑尚存，宁独乐府称绝唱也！

《贯华堂选批唐才子诗》："别离已久"，无限眼泪。下二、三、四句，便含泪直写"犹为郡"人一肚皮牢愁也。言每日只是倒酒瓶也，送客也，看花也，沙口堰也，水心亭也，总以一言蔽之曰："闲向春风"也。"闲"字中，有"犹为郡"意；"春风"字中，有"别离已久"意。此等诗，俱是唐人细意新裁，最要多吟（首四句下）。　"远"字妙，"更"字又妙，言不但远而且更远，此不关彼中人不能听，本意亦被不与彼中人听也。写尽"犹为郡"人满肚牢愁（"到此诗情"句下）。

《唐诗摘钞》：刘作郡当是劣转，故起语颇似讶其蹭蹬。赋诗饮酒，送客看花，皆极写使君之闲。夫使君作郡，不宜闲者也，不宜闲而闲，则作郡非其所乐，意在言外矣。以"闲"字见一篇之意，与陆龟蒙"王谢遗踪"篇同法。　　结句言外以知己自许，"醉中"字应二句。

《载酒园诗话又编》：司业律诗以浅淡而妙，然实鸿鹄之腹毳也。余唯喜其《寄刘和州》"晓来江气连城白，雨后山光满廓青"，光景可思。

《山满楼笺注唐诗》：先生和州人，故中四句写和州风景历历在目。然倒酒也，送客也，看花也，自是使君所有事，而江气连城，山光满郭，又别自抽笔写和州，有此妙境。用"到此"二字总承，作一气注下，不许平看。"应更远"三字中含有平日诗情固已远矣一层意思。见此一使君，并非俗吏之所可得而方驾也。末句一宕，抑何薄待故乡乃尔？

《唐诗笺注》：此言为郡风流，并得善地，看花送客，酒兴诗情，自多佳趣，因别离而结想，聊寄远以言情。诗境清绝。

寄苏州白二十二使君

三朝出入紫微臣，头白金章未在身。
登第早年同座主，题诗今日是州人。
阊门柳色烟中远，茂苑莺声雨后新。
此处吟诗向山寺，知君忘却曲江春。

【汇评】

《唐诗选脉会通评林》：唐汝询曰：三、四浅而宜。五、六摹写苏景亦不恶。周珽曰：起言使君厄于仕爵。次言己与同进，不同所居。后四句即两地景物，反致相忆之莫忘也。

《唐风采》：南邨：设色空艳，鲜翠如滴（"阊门柳色"二句下）。

《贯华堂选批唐才子诗》：一、二本专叹白，却因三、四"同座主"、"异州人"语，夹入自己，于是言外便有两头白、两未金章人，此又自别样手法。　　　　五、六写苏州景物，即七之"此处"二字。言白久滞彼中，应已忘我，"曲江春"之为言占籍至今亦复头白矣。

《删订唐诗解》：吴昌祺曰：前言"同座主"，后言"忘却曲江春"，殆有不满耶？

《唐诗别裁》：有不满意（末句下）。

泾州塞

行到泾州塞，唯闻羌戍鼙。
道边古双堠，犹记向安西。

【汇评】

《批点唐诗正声》：送别即称《阳关》，其断肠处未必如此诗益。

《增定评注唐诗正声》：唐云：此为征吐蕃兴慨，时盖不复通安西矣。

野　田

漠漠野田草，草中牛羊道。
古墓无子孙，白杨不得老。

【汇评】

《唐诗品汇》：刘须溪云：顿挫。

《唐诗选脉会通评林》：周敬曰：可怜，实是惨人。　　　李贽曰：有子孙的却如何？

《唐风定》：苦语，亦奇语。　　比"松柏未生处"二语尤妙（末句下）。

送蜀客

蜀客南行祭碧鸡，木棉花发锦江西。

山桥日晚行人少，时见猩猩树上啼。

【汇评】

《唐诗选脉会通评林》：徐用吾曰：粗中清细，反是老成。周珽曰：前二句纪南行所历多景物，见风土之殊候；后二句想南行所见惟异类，见跋涉之孤寂。惜别系怀之情，言外可思。

蛮　州

瘴水蛮中入洞流，人家多住竹棚头。

一山海上无城郭，唯见松牌记象州。

【汇评】

《唐人万首绝句选评》：三作（按指本诗与《送蜀客》、《蛮中》）说出南方风土，使人如履其地。就事直书，布置得法，自有情景，真高手也。凡登临风土之作，当如此写得明净。

《诗境浅说续编》：诗言蛮州所见，山民则多居竹屋，疆里则惟恃松牌，纪南荒之俗也。象州在万山中，唐代疆以戎索，虽岩邑而夐无城郭，但记松牌，瘴乡深阻，不过羁縻之州耳。

《唐人绝句精华》：此二诗（按指本诗与《蛮中》）所指之蛮，虽不知其何种，但观其曰："铜柱南边"，曰"象州"，则应是今两广土著民族。诗纪其民俗土风，则亦《竹枝词》类也。

与贾岛闲游

水北原南草色新,雪消风暖不生尘。

城中车马应无数,能解闲行有几人?

【汇评】

《唐诗选脉会通评林》:谢枋得曰:城中车马,皆争名竞利之徒,其心无闲时,岂复知闲行之乐。 胡次焱曰:水北原南,闲行之地。雪消风暖,闲行之天也。争利于市,争名于朝,城中车马虽行也,而非闲行也,只以辜负地胜,虚掷天时耳!此张籍自负之时。予谓闲行得趣,当分二概:有真能薄官爵,遗势利,超然物外,以闲行为乐;亦有不得志于时,偃蹇流落,闲行以舒其湮郁者。若籍、岛辈,其不得志于时者欤?

《唐诗笺注》:少陵诗云:"心迹喜双清。"盖不难在迹,难在心耳。鹿鹿者不足惜,即忙里偷闲,岂能领得真趣?然则能解者其真有几人耶?

《历代诗发》:蜗角蝇头,唐丧岁月,读此为之扼腕。

《唐人绝句精华》:王安石题籍诗集诗有"看似寻常最奇崛,成如容易却艰辛"之句,虽非指其绝句,而如此诗即寓奇崛于寻常之中者,不可不知。

哭孟寂

曲江院里题名处,十九人中最少年。

今日春光君不见,杏花零落寺门前。

【汇评】

《批点唐诗正声》:意惨句哀痛。

《唐诗选脉会通评林》：周弼为"实接体"。　　周珽曰：记其荣华，伤其凋瘁，不禁泪堕。　　吴山民曰：是哭同年人语。

《唐诗快》：亦不得不哭（末二句下）。

《唐人万首绝句选评》：此真似白傅，直中有含思。

法雄寺东楼

汾阳旧宅今为寺，犹有当时歌舞楼。

四十年来车马绝，古槐深巷暮蝉愁。

【汇评】

《唐诗快》：歌舞改为寺楼，犹是此宅之幸。

《诗境浅说续编》：汾阳以一代元勋，乃四十年中，荣戟高门，盛衰何速！赵嘏《经汾阳故宅》有"古槐疏冷夕阳多"句，与此诗词意相似，但张诗明言其改为法雄寺。以带砺铭功之地，为香灯禅诵之场，有唐君相，不知追念荩臣，保其世业；剩有词客重过，对槐阴而咏叹耳。

《唐人绝句精华》：郭子仪封汾阳郡王，当时权势烜赫，车马盈门，与今日"深巷暮蝉"一相比较，自生富贵不长保之感；但此意用唱叹之笔出之，便觉深远。

秋　思

洛阳城里见秋风，欲作归书意万重。

复恐匆匆说不尽，行人临发又开封。

【汇评】

《唐诗镜》：张籍绝句别自为调，不数故常。

《唐诗解》：文昌叙情最切，此诗堪与"马上相逢"颉颃。

《唐诗选脉会通评林》：周弼为"虚接体"。　　周珽曰：缄封有限，客恨无穷。"见"字、"欲"字、"恐"字与"复"字、"临"字、"又"字相应发，便觉情真语恳，心口辄造精微之城。　　敖子发曰：此诗浅浅语，提笔便难。

《唐诗快》：家常情事，写出便成好诗。

《碛砂唐诗》：谦曰：古人一倍笔墨便写出十倍精采，只此结句类是也。如《晋史》传殷浩竟达空函，令人发笑；读此结句，令人可泣（末句下）。

《诗辩坻》：文昌："洛阳城里见秋风"一首，命意政近填词，读者赏俊，勿遽宽科。

《唐诗别裁》：亦复人人胸臆语，与"马上相逢无纸笔"一首同妙。

《唐诗笺注》：首句羁人摇落之意已概见，正家书中所说不尽者；"行人临发又开封"，妙更形容得出。试思如此下半首如何领起，便知首句之难落笔矣。

《网师园唐诗笺》：至情真情。

《诗法易简录》：眼前情事，说来在人人意中，如"马上相逢无纸笔，凭君传语报平安"、"儿童相见不相识，笑问客从何处来"，皆是此一种笔墨。

《养一斋诗话》：文昌"洛阳城里见秋风"一首，七绝之绝境，盛唐诸巨手到此者亦罕，不独乐府古澹，足与盛唐争衡也。王新城、沈长洲数唐人七绝擅长者各四章，独遗此作。沈于郑谷之"扬子江头"亦盛称之，而不及此，此犹以声调论诗也。

《诗境浅说续编》：诗言已作家书，而长言不尽，临发重开，极言其怀乡之切。作书者殷勤如是，宜得书者抵万金矣。凡咏寄书者，多本于性情，唐人诗，如"马上相逢无纸笔，凭君传语报平安"，仅传口语，亦慰情胜无也；"陇山鹦鹉能言语，为报家人数寄书"，盼书之切,托诸幻想也。明人诗,"万里山河经百战,十年重到故人书",乱后得书,悲喜交集也。近人诗,"药债未完官税逼,封题空自报平安",得家书而只益乡愁也;"忽漫一笺临眼底,丙寅三月十三封",检遗札而追念故交也;"闻得乡音惊坐起,渔灯分火写平安",远客孤舟,喜寄书得便也。诗本性情,此类之诗,皆至情语也。

凉州词三首（选二首）

其一

边城暮雨雁飞低,芦笋初生渐欲齐。

无数铃声遥过碛,应驮白练到安西。

【汇评】

《唐诗选脉会通评林》:周珽曰:唐人乐府词,文昌可称独步。绝句中如《成都曲》、《春别曲》、《寒塘曲》、《凉州辞》、《吴楚歌》、《楚妃怨》、《秋思》等篇,俱跌荡风逸,逼真齐梁乐府,中透彻之禅,非有相皈依之可到。

《唐诗笺要》:寓怆愤纳款意。

其三

凤林关里水东流,白草黄榆六十秋。

边将皆承主恩泽,无人解道取凉州。

【汇评】

《增订评注唐诗正声》:周云:刺体,直中有婉。

《唐诗绝句类选》:唐人咏边塞率道戍役愁苦,不则代边帅自负,独此诗有讽刺,有关系。

《唐诗训解》:将不效力,不嫌直致。

《唐诗选脉会通评林》:杨慎列为能品。　宗臣曰:圆转玲珑。　　吴山民曰：后二语说得丑杀人。　　　何景明曰：用意深备，使当时将帅闻之，必有赧色。

《全唐风雅》：黄云：讥刺时事而意不浅露，可以风矣。

《删订唐诗解》：唐汝询曰：凉州本明皇所开，而陷于吐蕃六十年，故咎诸将之不能守。　　吴昌祺曰：尽脱笛、笳等意，亦一快也。

《唐诗别裁》：高常侍亦云："岂无安边书，诸将已承恩。"高说得愤，此说得婉。

《唐诗笺注》：此篇言边将安坐居奇，不以立功报主为念，自开元中，王君㚟等先后突吐蕃取凉州，后复陷吐蕃，经今已六十年，边将空邀主恩，无人出力。言之深切著明。

《唐诗笺要》：比前首更唾骂痛快。　　　王翰、王之涣二作感喟出以悠扬，是浑然元气。此则全以激昂之意发之，读之毛发为竖，令人自服。

《诗境浅说续编》：诗言凉州失陷已六十年矣，而诸将坐拥高牙，都忘敌忾。少陵诗"独使至尊忧社稷，诸君何以答升平"，与文昌有同慨也。

宫　词（其二）

黄金捍拨紫檀槽，弦索初张调更高。
尽理昨来新上曲，内官帘外送樱桃。

【汇评】

《诗境浅说续编》：此诗前二句所言，与王建诗之"红蛮杆拨贴胸前"及"侧商调里唱伊州"皆咏一事。后二句言：新曲教成即受樱桃之赏。唐代尝新之例，先荐寝园，后颁臣下；王维诗"芙蓉阙下会千官"，可知典制殊崇。此因习曲而恩及歌者，见宠赐之滥加也。

寄李渤

五度溪头踯躅红，嵩阳寺里讲时钟。
春山处处行应好，一月看花到几峰？

【汇评】

《唐诗选脉会通评林》：顾璘曰：语意清婉。　唐汝询曰：渤之兴趣可想。周珽曰：时良地胜，山居逸士，徜徉行赏，诚用之不穷，取之不禁者。末句正想慕其恣情不倦处。盖渤隐嵩山少室，元和以左拾遗召，不至；后河南尹使吏持诏促，不赴。其高节为时所称，故文昌以此诗寄之。

《唐诗摘钞》：三言"应行处处春山好"，倒转，句法始健。一、二实说，三、四虚说；一、二零星说，三、四囫囵说：皆从古文得来法。

逢贾岛

僧房逢着款冬花，出寺行吟日已斜。
十二街中春雪遍，马蹄今去入谁家？

【汇评】

《唐诗选脉会通评林》：周敬曰：此篇意不欲贾岛之出山也。含蓄深婉，有楚狂歌凤过孔之风。　杨慎曰："僧房逢着款冬花"，正"十二街头春雪"时：诗人之兴于时物如此。　敖英曰：后二句托喻末路艰虞，知己难遇。　唐陈彝曰：四语皆比，深想自然得之。

《删订唐诗解》：吴昌祺曰：诗意当是讽岛之游朱门，不如"款冬"之守岁寒也。

《古唐诗合解》：以款冬花比岛之能耐岁寒也（首句下）。

马蹄虽去，今无爱此款冬花者，而又将谁入乎？所以深磋贾岛之不合时也（末句下）。

秋　山

秋山无云复无风，溪头看月出深松。

草堂不闭石床静，叶间坠露声重重。

【汇评】

《唐人绝句精华》：二十八字皆景语，而幽静之趣即在其中。

酬朱庆馀

越女新妆出镜心，自知明艳更沉吟。

齐纨未是人间贵，一曲菱歌敌万金。

【汇评】

《云溪友议》：朱庆馀校书既遇水部郎中张籍知音，逼索庆馀新制篇什数通，吟改后，只留二十六章，置于怀抱而推赞欤。……朱君尚为谦退，作《闺意》一篇以献张公。公明其进退，寻亦和焉。诗曰："洞房昨夜停红烛，待晓堂前拜舅姑。妆罢低声问夫婿，画眉深浅入时无？"张籍郎中酬曰："越女新妆出镜心，……"朱公才学，因张公一诗，名流于海内矣。

卢 仝

卢仝（约771—？），自号玉川子，河南济源（今属河南）人，郡望范阳（今河北涿县）。贞元间，寓居扬州。元和五年，卜居洛阳，时韩愈为河南令，曾有诗赠。仝家贫，自扬徙洛，唯书一船而已。后客常州，与刺史孟简及慧山寺僧若冰交游。返洛，欲归隐济源，不果，卒。年四十馀。世传其死于甘露之变，或以为其说不可信。仝与马异交厚，二人诗均尚怪，自成一家。有《玉川子诗》一卷。《全唐诗》编诗三卷。

【汇评】

广大教化主：白居易……升堂三人：卢仝、顾况、沈亚之。（《诗人主客图》）

歌诗百篇，镂板已行于世。其为体峭挺严放，脱略拘维，特立群品之外，要夫指事措意于救物之为忠愤切深者矣。（韩盈《玉川子诗外集序》）

玉川子诗，读者易鲜，识者当自知之。《萧才子宅问答》诗如庄子寓言，高僧对禅机。惟《有所思》一篇，语似不类，疑他人所作，然飘逸可喜。（《苕溪渔隐丛话》引《雪浪斋日记》）

诗须是平易不费力，句法浑成，如唐人玉川子辈，句语险怪，意

思亦自有混成气象。(《朱子全书·论诗》)

其诗古怪,而《女儿集》、《小妇吟》、《有所思》诸篇,辄妩媚艳冶。(《直斋书录解题》)

玉川之怪,长吉之瑰诡,天地间自欠此体不得。(《沧浪诗话》)

万古文章有坦途,纵横谁似玉川卢。真书不入今人眼,儿辈从教鬼画符。(《论诗绝句》三十首)

仝性高古介僻,所见不凡近。唐诗体无遗,而仝之所作特异,自成一家,语尚奇谲,读者难解,识者易知。后来仿效比拟,遂为一格宗师。(《唐才子传》)

卢仝奇怪,贾岛寒涩,自成一家。(《吴礼部诗话》)

仝山林怪士,诞放不经,意纡词曲,盘薄难解。此可备一家,要非宗匠也。夫钟鼎之器,登于太上,要之目可别识,不至骇心。至于蛟螭罔象,出没寄诡,其取疑招谴,情理亦定。仝之垂老,一宿权家,遽沾甘露之祸,岂其气候足以自致耶?(《唐诗品》)

诗家评卢仝诗,造语险怪百出,几不可解。余尝读其《示男抱孙诗》,中有常语如:"任汝恼弟妹,任汝恼姨舅,姨舅非吾亲,弟妹多老丑。"殊类古乐府语。至如《直钩吟》云:"文王已没不复生,直钩之道何时行。"亦自平直,殊不为怪。如《喜逢郑三》云:"他日期君何处好,寒流石上一株松。"亦自恬淡,殊不为险。(《存馀堂诗话》)

李长吉诗有奇句,卢仝诗有怪句,好处自别。(《麓堂诗话》)

卢仝、刘叉杂言,极其变怪,虽仿于任华,而意多归于正。刘较卢才实不及,故佳处亦少。(《诗源辩体》)

卢仝:外险怪内主理。(《骚坛秘语》)

卢仝自号"僻王",与马异为友,诗尚险怪,尝作《结交行》曰:"同不同,异不异,是谓大同而小异。同自同,异自异,是谓同不往兮异不至。"刘彦和《序志》曰:"有同乎旧谈者,非雷同也;势自不可异也;有异乎前论者,非句异也,理自不可同也。"同异之间,应如此解。昌黎云:"往来弄笔嘲同异,怪辞惊众谤不已。"玉川子外,异诗俱无可采。(《柳亭诗话》)

至于卢仝、马异、李贺之流,说者谓其"穿天心,出月胁",吾直以为牛鬼蛇神耳。其病于雅道诚甚矣,何惊人之与有?(《师友诗传录》述王士禛语)

玉川子诗诚诞,然《有所思》、《楼上女儿曲》,音韵飘洒,已近似谪仙。读《寄谢孟谏议》诗,尚想见此老襟抱,乃甘露祸起,以事外儒生,仓卒遇害,君子伤之。(《剑溪说诗》)

玉川好僻,或拗或率,并有致。(《东目馆诗见》)

(仝)诗尚奇僻,古诗尤怪,唯乐府略似李益,近体间参硬语,与孟郊大致相同。(《诗学渊源》)

月蚀诗

新天子即位五年,岁次庚寅,
斗柄插子,律调黄钟。
森森万木夜僵立,寒气晶赑顽无风。
烂银盘从海底出,出来照我草屋东。
天色绀滑凝不流,冰光交贯寒曈昽。
初疑白莲花,浮出龙王宫。
八月十五夜,比并不可双。
此时怪事发,有物吞食来。
轮如壮士斧斫坏,桂似雪山风拉摧。
百炼镜,照见胆,平地埋寒灰。
火龙珠,飞出脑,却入蚌蛤胎。
摧环破璧眼看尽,当天一搭如煤焱。

磨踪灭迹须臾间，便似万古不可开。

不料至神物，有此大狼狈。

星如撒沙出，争头事光大。

奴婢炷暗灯，掩茭如玳瑁。

今夜吐焰长如虹，孔陈千道射户外。

玉川子，涕泗下，中庭独自行。

念此日月者，太阴太阳精。

皇天要识物，日月乃化生。

走天汲汲劳四体，与天作眼行光明。

此眼不自保，天公行道何由行？

吾见阴阳家有说，望日蚀月月光灭，
朔月掩日日光缺。

两眼不相攻，此说吾不容。

又孔子师老子云，五色令人目盲。

吾恐天似人，好色即丧明。

辛且非春时，万物不娇荣。

青山破瓦色，绿水冰峥嵘。

花枯无女艳，鸟死沉歌声。

顽冬何所好？偏使一目盲。

传闻古老说，蚀月蛤蟆精。

径圆千里入汝腹，汝此痴骸阿谁生？

可从海窟来，便解缘青冥。

恐是眶睫间，掩塞所化成。

黄帝有二目，帝舜重瞳明。

二帝悬四目，四海生光辉。

吾不遇二帝，溷漭不可知。

何故瞳子上，坐受虫豸欺。

长嗟白兔捣灵药,恰似有意防奸非。
药成满臼不中度,委任白兔夫何为?
忆昔尧为天,十日烧九州,
金烁水银流。
玉炒丹砂焦,六合烘为窑,
尧心增百忧。
帝见尧心忧,勃然发怒决洪流。
立拟沃杀九日妖,天高日走沃不及,
但见万国赤子鱲鱲生鱼头。
此时九御导九日,争持节幡麾幢旒,
驾车六九五十四头蛟螭虬,掣电九火辀。
汝若蚀开觑蝸轮,御辔执索相爬钩,
推荡轰訇入汝喉。
红鳞焰鸟烧口快,翎翮倒侧声酕邹,
撑肠挂肚礧傀如山丘,自可饱死更不偷。
不独填饥坑,亦解尧心忧。
恨汝时当食,藏头揿脑不肯食;
不当食,张唇哆觜食不休。
食天之眼养逆命,安得上帝请汝刘。
呜呼!人养虎,被虎啮;
天媚蟆,被蟆瞎。
乃知恩非类,一一自作孽。
吾见患眼人,必索良工诀。
想天不异人,爱眼固应一。
安得常娥氏,来习扁鹊术。
手操春喉戈,去此瞖上物。
其初犹朦胧,既久如抹漆。

但恐功业成，便此不吐出。

玉川子又涕泗下，心祷再拜额榻砂土中。

地上蚍蜉臣仝告诉帝天皇，臣心有铁一寸，
可割妖蟆痴肠。

上天不为臣立梯磴，臣血肉身，
无由飞上天，扬天光。

封词付与小心风，飚排阊阖入紫宫。

密迩玉几前擘坼，奏上臣仝顽愚胸。

敢死横干天，代天谋其长。

东方苍龙角，插戟尾捭风。

当心开明堂，统领三百六十鳞虫，
坐理东方宫。

月蚀不救援，安用东方龙！

南方火鸟赤泼血，项长尾短飞跋躠，
头戴井冠高逵枿。

月蚀乌宫十三度，乌为居停主人不觉察。

贪向何人家，行赤口毒舌？

毒虫头上吃却月。

不啄杀，虚眨鬼眼明突窗。

乌罪不可雪！

西方攫虎立踦踦，斧为牙，凿为齿，
偷牺牲，食封豕。

大蟆一脔，固当软美。

见似不见，是何道理？

爪牙根天不念天，天若准拟错准拟。

北方寒龟被蛇缚，藏头入壳如入狱，
蛇筋束紧束破壳。

寒龟夏鳖一种味，且当以其肉充膛。

死壳没信处，唯堪支床脚，

不堪钻灼与天卜。

岁星主福德，官爵奉董秦；

忍使黔娄生，覆尸无衣巾。

天失眼不吊，岁星胡其仁？

荧惑矍铄翁，执法大不中。

月明无罪过，不纠蚀月虫。

年年十月朝太微，支卢谪罚何灾凶？

土星与土性相背，反养福德生祸害。

到人头上死破败，今夜月蚀安可会！

太白真将军，怒激锋铓生。

恒州阵斩郦定进，项骨脆甚春蔓菁。

天唯两眼失一眼，将军何处行天兵？

辰星任廷尉，天律自主持。

人命在盆底，固应乐见天盲时。

天若不肯信，试唤皋陶鬼一问。

一如今日，三台文昌宫，

作上天纪纲。

环天二十八宿，磊磊尚书郎。

整顿排班行，剑握他人将。

一四太阳侧，一四天市傍。

操斧代大匠，两手不怕伤。

弧矢引满反射人，天狼呀啄明煌煌。

痴牛与骏女，不肯勤农桑。

徒劳含淫思，旦夕遥相望。

蚩尤篡旗弄旬朔，始挝天鼓鸣珰琅。

枉矢能蛇行,眊目森森张。
天狗下舐地,血流何滂滂。
谲险万万党,架构何可当。
眯目衅成就,害我光明王。
请留北斗一星相北极,指麾万国悬中央。
此外尽扫除,堆积如山冈,
赎我父母光。
当时常星没,殒雨如迸浆。
似天会事发,叱喝诛奸强。
何故中道废,自遗今日殃。
善善又恶恶,郭公所以亡。
愿天神圣心,无信他人忠。
玉川子词讫,风色紧格格。
近月黑暗边,有似动剑戟。
须臾痴蟆精,两吻自决坼。
初露半个璧,渐吐满轮魄。
众星尽原赦,一蟆独诛磔。
腹肚忽脱落,依旧挂穹碧。
光彩未苏来,惨澹一片白。
奈何万里光,受此吞吐厄。
再得见天眼,感荷天地力。
或问玉川子,孔子修春秋。
二百四十年,月蚀尽不收。
今子呶呶词,颇合孔意不?
玉川子笑答,或请听逗留。
孔子父母鲁,讳鲁不讳周;
书外书大恶,故月蚀不见收。

予命唐天，口食唐土；

唐礼过三，唐乐过五。

小犹不说，大不可数。

灾沴无有小大愈，安得引衰周，

研核其可否。

日分昼，月分夜，辨寒暑；

一主刑，二主德，政乃举。

孰为人面上，一目偏可去？

愿天完两目，照下万方土。

万古更不蹉，万万古，更不蹉，

照万古。

【汇评】

《新唐书·卢仝传》：仝自号玉川子，尝为《月蚀诗》，以讥切元和逆党，（韩）愈称其工。

《苕溪渔隐丛话》：《学林新编》云：韩退之《月食诗》，大半用玉川子句，或者谓玉川子《月食诗》豪怪奇挺，退之深所叹伏，故所作尽摘玉川子佳句而补成之。某切以为不然。……玉川子诗虽豪放，然太险怪，而不循诗家法度，退之乃摘其句而约之以礼。

《庚溪诗话》：蔡天启尝从王介甫游，一日，语及卢仝《月蚀诗》辞语奇险。介甫曰：“人少有诵得者。”天启立诵之，不遗一字。

《艺苑卮言》：玉川《月蚀》是病热人呓语，前则任华，后者卢仝、马异，皆乞儿唱长短急口歌博酒食者。

《诗薮》：唐人歌行烜赫者，郭元振《宝剑篇》、宋之问《龙门行》、《明河篇》、李峤《汾阴行》、元稹《连昌辞》、白居易《长恨歌》、《琵琶行》、卢仝《月蚀》、李贺《高轩》，并惊绝一时。

《野鸿诗的》：玉川好怪，作《月蚀诗》以吓鸢雏，宁不虑苍鹰见之而一击乎？

《龙性堂诗话续集》：玉川子为退之所重，《月蚀诗》亦是忠爱热血，诡托而出，盖《离骚》之变体也。元美讥其为病狂人呓语，恐元美犹是梦耳。

《石洲诗话》：韩公效玉川《月蚀》之作，删之也。对读之，最见古人心手相调之理。然玉川原作雄快，不可逾矣。　　玉川《月蚀诗》点逗恒州事，则亦赋而比也。

《石园诗话》：玉川子《月蚀》诗，凡一千六百七十七字，艰涩险怪，读之不易。韩文公仿其诗，凡五百七十八字，前后简净，但结处不如玉川子有馀味。

《养一斋诗话》：王子衡云："《风》、《骚》包韫本体，标显色相。若子美《北征》之篇，昌黎《南山》之作，玉川《月蚀》之词，微之《阳城》之什，漫敷繁叙，填事委实，言多趁帖，情出附辏。"呜呼！何其诞也？《北征》一篇，原本忠爱，发以史笔，根蒂槃深，关系宏远，乃杜集之巨制，与《风》、《雅》相出入者；比以昌黎《南山》诗，已觉不伦，况侪诸卢仝、元稹辈哉？彼盖只知意在词表为《三百》，为《离骚》，而不知《风》、《骚》之畅叙己怀，铺陈乱始，直诋匪人者，固指不胜屈也。大抵诗知赋而不知比兴，则切直而乏味；知比兴而不知赋，则婉曲而无骨，三纬所以不可缺一。子衡崇比兴而废赋，直知一而不知二矣。

《王闿运手批唐诗选》：《月食诗》横恣出奇，不可有二之作。笔势才情，俱能驱驾。非退之所可拟也；只是笔有馀妍，乃能及此。　　借此点正意，讥口宦官（"又孔子师"四句下）。

示添丁

春风苦不仁，呼逐马蹄行人家。
惭愧瘴气却怜我，入我憔悴骨中为生涯。

数日不食强强行，何忍索我抱看满树花。

不知四体正困惫，泥人啼哭声呀呀。

忽来案上翻墨汁，涂抹诗书如老鸦。

父怜母惜捆不得，却生痴笑令人嗟。

宿春连晓不成米，日高始进一碗茶。

气力龙钟头欲白，凭仗添丁莫恼爷。

【汇评】

《艇斋诗话》：山谷《嘲小德》诗云："书窗行暮鸦"，盖用卢仝《添丁》诗："忽来案上翻墨汁，涂抹书窗如老鸦。"

寄男抱孙

别来三得书，书道违离久。

书处甚粗杀，且喜见汝手。

殷十七又报，汝文颇新有。

别来才经年，囊盎未合斗。

当是汝母贤，日夕加训诱。

《尚书》当毕功，《礼记》速须剖。

喽啰儿读书，何异摧枯朽。

寻义低作声，便可养年寿。

莫学村学生，粗气强叫吼。

下学偷功夫，新宅锄藜莠。

乘凉劝奴婢，园里撺葱韭。

远篱编榆棘，近眼栽桃柳。

引水灌竹中，蒲池种莲藕。

捞漉蛙蟆脚，莫遣生科斗。

竹林吾最惜，新笋好看守。

万辇苞龙儿，攒迸溢林薮。

吾眼恨不见，心肠痛如挡。

宅钱都未还，债利日日厚。

辇龙正称冤，莫杀入汝口。

丁宁嘱托汝，汝活辇龙不？

殷十七老儒，是汝父师友。

传读有疑误，辄告咨问取。

两手莫破拳，一吻莫饮酒。

莫学捕鸠鸽，莫学打鸡狗。

小时无大伤，习性防已后。

顽发苦恼人，汝母必不受。

任汝恼弟妹，任汝恼姨舅。

姨舅非吾亲，弟妹多老丑。

莫恼添丁郎，泪子作面垢。

莫引添丁郎，赫赤日里走。

添丁郎小小，别吾来久久。

脯脯不得吃，兄兄莫撚搜。

他日吾归来，家人若弹纠，

一百放一下，打汝九十九。

【汇评】

《后村诗话》：此篇用尽俗字，而不害其为奇崛，何尝似近世诗人学练字哉！

《存馀堂诗话》：余尝读其《示男抱孙》诗，中有常语，如："任汝恼弟妹，任汝恼姨舅。姨舅非吾亲，弟妹多老丑。"殊类古乐府语。

《载酒园诗话》：古有以平而传者，如"睫在眼前人不见"之类是也；以俚而传者，如"一百饶一下，打汝九十九"之类是也。

《石园诗话》：宋韩盈序玉川子卢全诗曰："其为体峭拔严放，

脱略拘维,特立群品之外。"其说诚然。《寄男抱孙》云:"寻义低作声,便可养年寿。莫学村学生,粗气强叫吼。"又云:"小时无大伤,习性防已后。顽发苦恼人,汝母必不受。"峭拔可喜。末云:"他日吾归来,家人若弹纠,一百放一下,打汝九十九。"其脱略读之令人失笑。

自咏三首 （其三）

物外无知己,人间一癖王。

生涯身是梦,耽乐酒为乡。

日月粘髭须,云山锁肺肠。

愚公只公是,不用谩惊张。

喜逢郑三游山

相逢之处花茸茸,石壁攒峰千万重。

他日期君何处好,寒流石上一株松。

【汇评】

　　《唐诗绝句类选》:此诗因感时而作,前二句比富贵履危机,末二句喻恬退以肆志。

　　《唐诗选脉会通评林》:周敬曰:世谓卢诗造理命意,险怪百出,几不能解。如此诗亦自恬淡,何有险怪!　　唐孟庄曰:起古。　　敖英曰:落句是画意。　　周珽曰:此诗玩两"处"字,总就今日相逢之景地,以订后日同心之归宿。　　唐仲言谓:花虽繁而易尽,山虽深而易迷,所可恃以相期者,独泉石之孤松耳,谓其岁寒挺秀也。

　　《删定唐诗解》:吴昌祺曰:亦情文相生矣。

白鹭鸶

刻成片玉白鹭鸶,欲捉纤鳞心自急。

翘足沙头不得时,傍人不知谓闲立。

【汇评】

《唐诗归》:钟云:笑尽名利热中人。

《唐人绝句精华》:七绝多用平韵,其用仄韵者音节近古,选家每入古诗。

村　醉

昨夜村饮归,连倒三四五。

摩挲青莓苔,莫嗔惊着汝。

【汇评】

《后村诗话》:《村醉》云:"村醉黄昏归,连倒三四五。……"《井请客》云:"我愿拔黄泉,轻举随君去。"……玉川诗有古朴而奇怪者,有质俚而高深者,有僻涩而条畅者。元和、大历间诗人多出韩门,韩于诸人多称其名,惟玉川常加"先生"二字。退之强项,非苟下人者。今人但诵其《月蚀》及《茶》诗,而他作往往容易看了。此公虽与世殊嗜好,然以诗求之,于养生概有所闻,其序闺情酒兴,缠绵悲壮,唐以来诗客酒徒不能道也。

有所思

当时我醉美人家,美人颜色娇如花。

今日美人弃我去,青楼珠箔天之涯。

天涯娟娟姮娥月，三五二八盈又缺。

翠眉蝉鬓生别离，一望不见心断绝。

心断绝，几千里，梦中醉卧巫山云。

觉来泪滴湘江水，湘江两岸花木深。

美人不见愁人心，含愁更奏绿绮琴，

调高弦绝无知音。

美人兮美人，不知为暮雨兮为朝云。

相思一夜梅花发，忽到窗前疑是君。

【汇评】

《容斋续笔》：韩退之《寄卢仝》诗云："玉川先生洛城里，破屋数间而已矣。一奴长须不裹头，一婢赤脚老无齿。……"予读韩诗至此，不觉失笑。全集中《有所思》一篇，其略云："当时我醉美人家，美人颜色娇如花。……"则其风致殊不浅，韩诗当不含讥讽乎？

《对床夜语》：《有所思》，古乐府云："有所思，思昔人，曾闵二子善养亲。和颜色，奉晨昏，至诚烝烝通神明。"传者一失于正，遂致庾肩吾有"拂匣看离扇，开箱见别衣"。吴筠有"春风惊我心，秋露伤君发。"至卢仝则云："当时我醉美人家，美人颜色娇如花。今日美人弃我去，青楼朱箔天之涯。"岂亦传习之误耶？或谓仝此诗自有所寓云。

《唐诗品汇》：刘云：奇怪浓丽而不妖，是之谓畅。

《四溟诗话》：卢仝曰："相思一夜梅花发，忽到窗前疑是君。"孙太初曰："夜来梦到西湖路，白石滩头鹤是君。"此从玉川变化，亦有风致。

《唐诗选脉会通评林》：周珽曰：此托言以喻己之所思莫致也。意谓遇合无常，盈虚有数，故士为知己者用。既为所弃隔，虽怀才欲奏，亦徒劳梦想矣。与《楼上女儿曲》、《思君吟》皆思君致身不遇之词也。

《唐贤小三昧集》：烟波万叠。

《王闿运手批唐诗选》：灵气往来（末二句下）。

楼上女儿曲

谁家女儿楼上头，指挥婢子挂帘钩。

林花撩乱心之愁，卷却罗袖弹箜篌。

箜篌历乱五六弦，罗袖掩面啼向天。

相思弦断情不断，落花纷纷心欲穿。

心欲穿，凭栏干，相忆柳条绿，相思锦帐寒。

直缘感君恩爱一回顾，使我双泪长珊珊。

我有娇靥待君笑，我有娇蛾待君扫。

莺花烂漫君不来，及至君来花已老。

心肠寸断谁得知，玉阶幂历生青草。

【汇评】

《唐诗品汇》：刘云：野情闺思，旷似谪仙，欲二首如此不可得。　　滔滔然如弦语，怨彻不复自惜（"直缘感君"二句下）。

《诗源辩体》：犹近于正。

《诗辩坻》：玉川《楼上女儿曲》，通体妍俊，中"直缘"二句殊赘，或"锦帐"下径接"我有娇靥"，风格差得上。

《剑溪说诗》：玉川子诗诚诞，然《有所思》、《楼上女儿曲》音韵飘洒，已近似谪仙。

《网师园唐诗笺》："及至君来花已老"，伤心语。

走笔谢孟谏议寄新茶

日高丈五睡正浓，军将打门惊周公。

口云谏议送书信，白绢斜封三道印。

开缄宛见谏议面，手阅月团三百片。

闻道新年入山里，蛰虫惊动春风起。

天子须尝阳羡茶，百草不敢先开花。

仁风暗结珠琲瓃，先春抽出黄金芽。

摘鲜焙芳旋封裹，至精至好且不奢。

至尊之馀合王公，何事便到山人家。

柴门反关无俗客，纱帽笼头自煎吃。

碧云引风吹不断，白花浮光凝碗面。

一碗喉吻润，两碗破孤闷。

三碗搜枯肠，唯有文字五千卷。

四碗发轻汗，平生不平事，

尽向毛孔散。

五碗肌骨清，六碗通仙灵。

七碗吃不得也，唯觉两腋习习清风生。

蓬莱山，在何处？

玉川子，乘此清风欲归去。

山上群仙司下土，地位清高隔风雨。

安得知百万亿苍生命，堕在巅崖受辛苦！

便为谏议问苍生，到头还得苏息否？

【汇评】

《诚斋诗话》：东坡《煎茶》诗云："枯肠未易禁三碗，卧听山城长短更。"又翻却卢仝公案。仝吃到七碗，坡不禁三碗。

《韵语阳秋》：茶山居湖、常二州之间，修贡则两守相会山椒，有境会亭，基尚存。卢仝《谢孟谏议茶诗》："天子须尝阳羡茶，百草不敢先开花"，是已。

《苕溪渔隐丛话》：《艺苑雌黄》云："玉川子有《谢孟谏议惠茶

歌》,范希文亦有《斗茶歌》,此二篇皆佳作也,殆未可以优劣论。然玉川歌云:'至尊之馀合王公,何事便到山人家。'而希文云:'北苑将期献天子,林下雄豪先斗美。'若论先后之序,则玉川之言差胜。" 苕溪渔隐曰:《艺苑》以卢、范二篇茶歌皆佳作,未可优劣论。……余谓玉川之诗,优于希文之歌,玉川自出胸臆,造语稳贴,得诗人句法;希文排比故实,巧欲形容,宛成有韵之文,是果无优劣邪?

《唐诗选脉会通评林》:周珽曰:说得送茶、饮茶、谢茶,宛转透彻,气之一往,如三峡水倒流,九疑云百变,此最诗人快境。末段慧想尤爽,握管如椽,横睨千古。 周启琦曰:诗话云:诗人有诗才,亦有诗胆。胆有大有小,每于诗中见之,刘禹锡题九日诗,欲用"糕"字,乃谓六经无糕字,遂不敢用。后人作诗嘲之,盖以其诗胆小也。六经原无"碗"字,而玉川子《茶歌》连甩七个碗字,遂为名言,是其诗胆大也。

《诗辩坻》:陈后主《独酌谣》。时陆瑜、沈炯俱作之,词颇入俚,便是玉川《饮茶》所祖。

《野鸿诗的》:至"七碗吃不得也"句,又令人流汗发呕。

忆金鹅山沈山人二首（其二）

君爱炼药药欲成,我爱炼骨骨已清。
试自比较得仙者,也应合得天上行。
天门九重高崔嵬,清空凿出黄金堆。
夜叉守门昼不启,夜半醮祭夜半开。
夜叉喜欢动关锁。锁声撼地生风雷。
地上禽兽重血食,性命血化飞黄埃。
太上道君莲花台,九门隔阔安在哉?
呜呼沈君大药成,兼须巧会鬼物情,

无求长生丧厥生。

【汇评】

《艇斋诗话》：玉川子诗云："太上道君莲花台"、"夜半醮祭夜半开"。盖讥当时宫禁贿赂盛行，有赂则非时亦可通也。

直钩吟

初岁学钓鱼，自谓鱼易得。

三十持钓竿，一鱼钓不得。

人钩曲，我钩直，哀哉我钩又无食。

文王已没不复生，直钩之道何时行！

【汇评】

《存馀堂诗话》：《直钩吟》云："文王已没不复生，直钩之道何时行！"亦自平直，殊不为怪。

《唐风怀》：南邨：直钩遂自奇绝，数语感叹，无限波澜。

山　中

饥拾松花渴饮泉，偶从山后到山前。

阳坡软草厚如织，困与鹿麛相伴眠。

【汇评】

《载酒园诗话又编》：真善写隐沦之趣也。

李 贺

李贺(790—816),字长吉,陇西成纪(今甘肃秦安)人,居于福昌(今河南宜阳)昌谷。唐宗室郑王裔孙。少有诗名。元和初,游江南。后至东都,以诗谒韩愈,大得赏誉。五年,举河南府乡贡进士,然以父讳晋肃,不得应进士举。为奉礼郎,郁郁不得志,以病辞归。往潞州访张彻,返昌谷,卒。贺长于乐府,想象丰富奇特,色彩瑰丽,句锻字炼,惨淡经营,后人目为"长吉体"。又多写神仙鬼魅题材,好用"死"、"老"、"冷"等字面,人谓"鬼才"。曾自编歌诗为四卷。今有《昌谷集》四卷、《外集》一卷(或名《李贺歌诗编》)行世。《全唐诗》编诗五卷。

【汇评】

贺、唐皇诸孙,字长吉。元和中,韩吏部亦颇道其歌诗。云烟绵联,不足为其态也;水之迢迢,不足为其情也;春之盎盎,不足为其和也;秋之明洁,不足为其格也;风樯阵马,不足为其勇也;瓦棺篆鼎,不足为其古也;时花美女,不足为其色也;荒国陊殿,梗莽邱垄,不足为其怨恨悲愁也;鲸吸鳌掷,牛鬼蛇神,不足为其虚荒诞幻也。盖《骚》之苗裔,理虽不及,辞或过之。……世皆曰:使贺且未死,少加以理,奴仆命《骚》可也。(杜牧《李贺集序》)

进士李为作《泪赋》，及轻、薄、暗、小四赋。李贺作乐府，多属意花草蜂蝶之间，二子竟不远大。文字之作，可以定相命之优劣矣。(《因话录》)

(贺)手笔敏捷，尤长于歌篇，其文思体势，如崇岩峭壁，万仞崛起，当时文士从而效之，无能仿佛者。其乐府词数十篇，至于云韶乐工，无不讽诵。(《旧唐书·李贺传》)

庆历间，宋景文诸公在馆尝评唐人之诗云："太白仙才，长吉鬼才。"其馀不尽记也。(《麈史》)

贺诗乃李白乐府中出，瑰奇诡怪则似之，秀逸天拔则不及也。贺有太白之语，而无太白之韵。元、白、张籍以意为主，而失于少文；贺以词为主，而失于少理。各得其一偏。(《岁寒堂诗话》)

篇章以平夷恬淡为上，怪险蹶趋为下。如李长吉锦囊句，非不奇也，而牛鬼蛇神太甚，所谓施诸廊庙则骇矣。(《珊瑚钩诗话》)

贺词尚奇诡，为诗未始先立题，所得皆惊迈，远去笔墨畦径，当时无能效者。(《郡斋读书志》)

李贺则摘裂险绝，务为难及，曾无一点尘婴之。(《能改斋漫录》引刘次庄语)

李贺诗怪些子，不如太白自在。又曰：贺诗巧。(《朱子全书·论诗》)

李长吉如武帝食露盘，无补多欲。(《臞翁诗评》)

或问放翁曰："李贺乐府极今古之工，巨眼或未许之，何也？"翁云："贺词如百家锦衲，五色炫耀，光夺眼目，使人不敢熟视，求其补于用，无有也。杜牧之谓'稍加以理，奴仆命《骚》可也'，岂亦惜其词胜！若《金铜仙人辞汉》一歌，亦杰作也。然以贺视温庭筠辈，则不侔矣。"(《对床夜语》)

长吉歌行，新意险语，自有苍生以来所无。(《后村诗话》)

人言"太白仙才，长吉鬼才"，不然。太白天仙之词，长吉鬼仙

之词耳。(《沧浪诗话》)

旧看长吉诗，固喜其才，亦厌其涩。落笔细读，方知作者用心，料他人观不到此也，是千年长吉犹无知己也。以杜牧之郑重，为叙直取二三歌诗，将无道长吉者矣。谓其理不及《骚》，未也，亦未必知《骚》也；《骚》之荒忽则过之矣，更欲仆《骚》，亦非也。千年长吉，余甫知之耳！诗之难读如此，而作者尝呕心，何也？　樊川反复称道，形容非不极至，独惜理不及《骚》，不知贺所长正在理外。如惠施"坚白"，特以不近人情，而听者惑焉，是为辩。若眼前语、众人意，则不待长吉能之。此长吉所以自成一家欤！(刘辰翁《评李长吉诗》)

或问陆放翁曰："李贺乐府极古今之工，具眼或未许之，何也？"放翁曰："贺词如百家锦衲，五色眩曜，光夺眼目，使人不敢熟视。求其补于用，无有也。"予谓贺诗妙在兴，其次在韵逸。若但举其五色眩曜，是以儿童才藻目之，岂直无补已乎？(赵宧光《弹雅》)

李长吉诗，字字句句欲传世，顾过于刿钺，无天真自然之趣。通篇读之，有山节藻棁而无梁栋，知其非大道也。(《麓堂诗话》)

长吉陈诗藻缛，根本六代而流调宛转，盖出于古乐府，亦中唐之变声也。盖其天才奇旷，不受束缚，驰思高玄，莫可驾御，故往往超出畦径，不能俯仰上下。然以中声求之，则其浮薄太清之气，扬而过高；附离骚、雅之波，潜而近幻；虽协云韶之管；而非感格之音，亦可知矣。向使幽兰未萎，竟其大业，自铲靡芜，归于大雅，则其高虚之气，沉以平夷，畅朗之才，济以流美，虽太白之天藻，亦何擅其芳誉哉！(《唐诗品》)

长吉诗虽有刻怪之状，然用意苦思，非开狂诞之比。家数虽少，自成一家言。晚唐惟此一体耳。然后人不可学，恐未得其工致，先有其怪诞。若学力有馀，已备诸体，时而出之可也。(《批点唐音》)

李长吉师心，故尔作怪，亦有出人意表者，然奇过则凡，老过则稚。此君所谓不可无一，不可有二。(《艺苑卮言》)

长吉耽奇，其诗谲宕。(屠隆《唐诗类苑序》)

世传李贺为诗中之鬼，非也。鬼之能诗文者亦多矣，其言清而哀。贺乃魔耳，魔能眯闷迷人。贺诗之可喜者，峭刻独出。(《唐诗镜》)

钟云：长吉奇人不必言，有一种刻削处，元气至此，不复可言矣。亦自是不寿不贵之相，宁不留元气，宁不贵不寿，而必不肯同人，不肯不传者，此其最苦心处也。　　谭云：长吉诗在唐为新声，实有从魏以上来者，人但以为长吉派耳。(《唐诗归》)

长吉名由韩昌黎起。司空表圣评昌黎诗："驱驾气势，若掀雷挟电，撑决天地之垠。"而长吉务去陈言，颇似之，譬之草木臭味也。由其极思苦吟，别无他嗜，阿婆所谓"呕心乃已"！是以只字片语，必新必奇，若古人所未经道，而实皆有据案，有原委，古意郁浮其间。其材蓄富，其裁鉴当，其结撰密，其锻炼工，其丰神超，其骨力健，典实不浮，整蔚有序。虽诘屈幽奥，意绪可寻，要以自成长吉一家言而已。(李维桢《昌谷诗解序》)

长吉险怪，虽儿语自得，然太自亦滥觞一二。(《诗薮》)

贺诗祖《骚》宗谢，反万物而覆取之。(《唐音癸签》引《吟谱》)

贺以哀激之思，作晦僻之调，喜用鬼字、泣字、死字、血字。幽冷谿刻，法当得夭。(同上引王思壬语)

李贺乐府五、七言，调婉而词艳，然诡幻多昧于理。其造语用字，不必来历，故可以意测而未可以言解，所谓理不必天地有而语不必千古道者。然析而论之，五言稍易，七言尤难。(《诗源辩体》)

大历以后，解乐府遗法者，唯李贺一人。设色秾妙，而词旨多寓篇外，刻于撰语，浑于用意。中唐乐府，人称张、王，视此当有郎奴之隔耳。(《诗辩坻》)

长吉诗原本《风》、《骚》,留心汉、魏,其视唐人诸调,几欲夷然不屑,使天副之年,进求章法,将与明远、玄晖争席矣。余录其佳者……初无鬼气,何逊古人?……善乎须溪之言曰:"落笔细读,方知作者用心。杜牧直取二三歌诗而止,未知长吉者也。谓其理不及《骚》,非也,亦未必知《骚》也。更欲仆《骚》,亦非也。"须溪真知长吉哉!《骚》亦安可得仆耶?至谓其自成一家,则谬矣。长吉乃未成家者也,非自成家者也。(《春酒堂诗话》)

　　唐人作唐人诗序,亦多夸词,不尽与作者痛痒相中。惟杜牧之作李长吉序,可以无愧,然亦有足商者。……余每讶序"春和"、"秋洁"二语,不类长吉,似序储、王、韦、柳五言古诗;而"云烟绵联"、"水之迢迢",又似为微之《连昌宫词》、香山《长恨歌》诸篇作赞;若"时花美女",则《帝京篇》、《公子行》也。此外数段,皆为长吉传神,无复可议矣。其谓长吉诗为"《骚》之苗裔"一语,甚当。盖长吉诗多从《风》、《雅》及《楚辞》中来,但入诗歌中,遂成创体耳。又谓"理虽不及,辞或过之,使加以理,奴仆命《骚》可也"数语,吾有疑焉。夫唐诗所以复绝千古者,以其绝不言理耳。宋之程、朱及故明陈白沙诸公,惟其谈理,是以无诗。彼《六经》皆明理之书,独《毛诗三百篇》不言理,惟其不言理,所以无非理也。……《楚骚》虽忠爱恻怛,然其妙在荒唐无理,而长吉诗歌所以得为《骚》苗裔者,政当于无理中求之,奈何反欲加以理耶?理袭辞鄙,而理亦付之陈言矣,岂复有长吉诗歌?又岂复有《骚》哉?(《诗筏》)

　　李贺骨劲而神秀,在中唐最高浑有气格,奇不入诞,丽不入纤。虽与温、李并称西昆,两家纤丽,其长自在近体,七言古勉强效之,全窃形似,此真"理不足"者。严沧浪至以"玉川之怪,长吉之瑰诡"共言,此犹以苏兰、蜣转并器,且置蜣转于苏兰之上,其为识者不平,岂徒哙等为伍而已!贺赠朔客曰:"俊健如生猱,肯拾蓬中萤。"《赠陈商》曰:"太华五千仞,拔地抽森秀。"此即可以评贺诗。(《载樊川序长吉诗,谓是《骚》之苗裔。生长吉后者,唐人即多效之。元季杨维桢之徒,群以摹仿长吉为能事,一时相习如狂,世固有"文妖"之目。　　统论唐人诗,除李、杜大家空所依傍,二公之后,如昌黎之奇辟崛强,东野之寒峭险劲,微之之轻婉曲折,乐天之坦易明白,长吉之诡异浓丽,皆前古未有也。自兹以降,作者必有所师承,然后成家,不能另辟蹊径矣。愚尝谓:开创千古不经见之面目者,至长吉而止。(《唐音审体》)

唐才人皆诗,而白与贺独《骚》。白近乎《骚》者也;贺则幽深诡谲,较《骚》为尤甚。……且元和之朝,外则藩镇悖逆,戎寇交讧;内则八关十六子之徒,肆志流毒,为祸不测。上则有英武之君,而又惑于神仙。有志之士,即身膺朱紫,亦且郁郁忧愤,矧乎怀才兀处者乎?贺不敢言,又不能无言。于是寓今托古,比物征事,无一不为世道人心虑。其孤忠沉郁之志,又恨不伸纸疾书,缅缅数万言,如翻江倒海,一一指陈于万乘之侧而不止者,无如其势有所不能也。故贺之为诗,其命辞、命意、命题,皆深刺当世之弊,切中当世之隐。倘不深自弢晦,则必至焚身。斯愈推愈远,愈入愈曲,愈微愈减,藏哀愤孤激之思于片章短什。(姚文燮《昌谷集注序》)

昌谷之诗,唐无此诗,而前乎唐与后乎唐亦无此诗。惟诸体皆备之少陵,间有类乎昌谷之诗,而亦十不得二三焉。……大约人之作诗,必先有作诗之题,题定而后用意,意足而后成诗。义山称昌谷与诸公游,未尝得题为诗,遇有所得,辄投之破锦囊中。及归,研墨叠纸足成之。天下抑有无题之诗也?要以语于贺,则又未始无当。贺之为诗,无有不题定而觅意,却又意定而觅题。多是题所应讳,则借他题以晦之。(陈式《重刻昌谷集注序》)

李长吉才人也,其诗诣当与扬子云之文诣同。所命止一绪,而百灵奔赴,直欲穷人以所不能言,并欲穷人以所不能解。当时呕出心肝，已令同俦辟易。乃不知己者，动斥之以鬼，长吉掉头不受也。长吉诗总成其为才人耳！倘得永年而老其才，以畅其识与学之所极，当必有大过人者，不仅仅以才人终矣。（方拱乾《昌谷集注序》）

李贺鬼才，其造语入险，正如苍颉造字，可使鬼夜哭。王世贞曰："长吉师心，故尔作怪，有出人意表，然奇过则凡，老过则稚，所谓不可无一，不可有二。"余尝谓世贞评诗，有极切当者，非同时诸家可比。"奇过则凡"一语，尤为学李贺者下一痛砭也。（《原诗》）

昌谷之笔，有若鬼斧，然仅能凿幽而不能抉明，其不永年宜矣。呕心之句，亦亘古仅见。（《野鸿诗的》）

李长吉诗，每近《天问》、《招魂》，《楚骚》之苗裔也；特语语求工，而波澜堂庑又窄，所以有山节藻棁之诮。（《说诗晬语》）

长吉诗依约《楚骚》，而意取幽奥，辞取瑰奇，往往先成得意句，投锦囊中，然后足成之，所以每难疏解。母氏谓儿当呕心者，此也。使天假以年，必更进大方。然天地间不可无此种文笔，有乐天之易，自应有长吉之难。（《唐诗别裁》）

李贺集固是教外别传，即其集而观之，却体体皆佳。第四卷多误收。大抵学长吉而不得其幽深孤秀者，所为遂堕恶道。义山多学之，亦皆恶；宋元学者，又无不恶。长吉之才，佶然以生，瞿然以清，谓之为鬼不必辞，袭之以人却不得，直是造物异撰。（《兰丛诗话》）

通集自以七言歌词为最，尽人之所知也，五律五排五绝亦复妙绝。……学其长句者，义山死，飞卿浮，宋、元入俗。工力之深如义山，学杜五排，学韩七古，学小杜五古，学刘中山七律，皆得其妙，独学贺不近，贺亦诗杰矣哉！　　李贺音节如北调曲子，拗峭中别具婉媚。（方世举《李长吉诗集批注序》）

昌谷歌行，不必可解，而幽新奇涩，妙处难言，殆如春闺之怨女，悲秋之志士与？（《剑溪说诗》）

长吉下笔，务为劲拔，不屑作经人道过语，然其源实出自《楚骚》，步趋于汉魏古乐府。朱子论诗，谓"长吉较怪得些子，不如太白自在"。夫太白之诗，世以为飘逸；长吉之诗，世以为奇险。是以宋人有仙才、鬼才之目。而朱子顾谓其与太白相去不过些子间，盖会意于比兴风雅之微，而不赏其雕章刻句之迹，所谓得其精而遗其粗者耶！人能体朱子之说，以探求长吉诗中之微意，而以解《楚辞》、汉魏古乐府之解以解之，其于六义之旨庶几有合。所谓"鲸吸鳌掷，牛鬼蛇神"者，又何足以骇夫观听哉！（王琦《李长吉歌诗汇解序》）

李长吉惊才绝艳，镂宫戛羽，下视东野，真乃蚯蚓窍中苍蝇鸣耳。虽太露肉，然却直接骚赋。更不知其逸诗复当何如？此真天地奇彩，未易一泄者也。（《石洲诗话》）

长吉七古，不可以理求，不可以气求。譬之山妖木怪，怨月啼花，天壤间直有此事耳。（《岘佣说诗》）

句不可字字求奇，调不可节节求高。纤徐为妍，卓荦为杰，非纤徐无以见卓荦之妙。抑扬迭奏，奇正相生，作诗之妙在是。长吉惟犯此病，故坠入鬼窟。（《竹林答问》）

其源出于汉乐府歌谣，而拮藻于江淹、庾信。琢虚成隽，研质为华，骨重神寒，不徒诡丽，正如孤鹤唳烟，潜蛟戏海，气息幽沉，而音铿高亮。昔人讥其缀句成编，非知言也。（《三唐诗品》）

贺诗凿险锤深，务极研练，使事造语，每不经人道。光怪陆离，莫可逼视。虽左思之娇娆，齐梁之秾丽，未能过也。而复撷《离骚》之华，极《招魂》之变，于李白、李益诸人之外，独树一帜，号为"鬼才"，信非过誉。然绮织既艰，时露斧凿，刻意求工，转寡高致。音韵贵逸，或流而忘返；声调贵响，或亢而转窒。考以归宫之说，贺乐府诸作殊未能一一协律，当时云韶诸工欲合之管弦，不可知矣。（《诗学渊源》）

李凭箜篌引

吴丝蜀桐张高秋,空山凝云颓不流。

江娥啼竹素女愁,李凭中国弹箜篌。

昆山玉碎凤凰叫,芙蓉泣露香兰笑。

十二门前融冷光,二十三丝动紫皇。

女娲炼石补天处,石破天惊逗秋雨。

梦入神山教神妪,老鱼跳波瘦蛟舞。

吴质不眠倚桂树,露脚斜飞湿寒兔。

【汇评】

《诚斋诗话》：诗有惊人句。杜《山水障》："堂上不合生枫树,怪底江山起烟雾。"……李贺云："女娲炼石补天处,石破天惊逗秋雨。"

《唐诗品汇》：刘云：其形容偏得于此,而于箜篌为近（"老鱼跳波"句下）。刘云：状景如画,自其所长。箜篌声碎有之,"昆山玉"颇无谓。下七字妙语,非玉箫不足以当,"石破天惊"过于绕梁遏云之上。至"教神妪"忽入鬼语。吴质懒态,月露无情。

《增定评注唐诗正声》：幽玄神怪,至此而极,妙在写出声音情态。

《唐诗快》：本咏箜篌耳,忽然说到女娲、神妪,惊天入月,变眩百怪,不可方物,真是鬼神于文。

《龙性堂诗话初集》：长吉耽奇凿空,真有"石破天惊"之妙,阿母所谓是儿不呕出心不已也。然其极作意费解处,人不能学,亦不必学。义山古体时效此调,却不能工,要非其至也。

《李长吉诗集批注》：白香山"江上琵琶",韩退之《颖师琴》,李长吉《李凭箜篌》,皆摹写声音至文。韩足以惊天,李足以泣鬼,白足以移人。

《唐贤小三昧集》：七字可作昌谷诗评（"石破天惊"句下）。

《王闿运手批唐诗选》：接突兀（"昆山玉碎"二句下）。

《唐宋诗举要》：吴云：通体皆从神理中曲曲摹绘，出神入幽，无一字落恒人蹊径。

残丝曲

垂杨叶老莺哺儿，残丝欲断黄蜂归。

绿鬓年少金钗客，缥粉壶中沉琥珀。

花台欲暮春辞去，落花起作回风舞。

榆荚相催不知数，沈郎青钱夹城路。

【汇评】

《优古堂诗话》：前辈称宋莒公赋《落花》诗，其警句有"汉皋珮冷临江失，金谷楼危到地香"之句。……其弟景文公同赋云："将飞更作回风舞，已落犹成半面妆"，亦本于李贺《残丝曲》云："落花起作回风舞，榆荚相催不知数。"

《诗源辩体》：李贺乐府七言，声调婉媚，亦诗余之渐。如"啼蛄吊月钩阑下"、"天河落处长洲路"、"鸦啼金井下疏桐"、"落花起作回风舞"、"露脚斜飞湿寒兔"、"兰脸别春啼脉脉"、"况是青春日将暮，桃花乱落如红雨"……等句，皆诗馀之渐也。

《昌谷集注》：叶老莺雏，丝残蜂伴，言春光倏迈也。绿衣翠袖，玉罍醪，虽不必效丽娟之舞，而庭树几翻落矣。城隅榆荚，如沈充小钱之多。曾沉缅酣宴之人，亦知好景之易逝否？

还自会稽歌 并序

庾肩吾于梁时，尝作宫体谣引，以应和皇子。及国势沦败，肩吾先潜难会稽，后始还家。仆意其必有遗文，今无得焉。故作《还自会稽歌》,以补其悲。

> 野粉椒壁黄,湿萤满梁殿。
>
> 台城应教人,秋衾梦铜辇。
>
> 吴霜点归鬓,身与塘蒲晚。
>
> 脉脉辞金鱼,羁臣守迍贱。

【汇评】

杜牧《李贺集序》:贺能探寻前事,所以深叹恨古今未尝经道者,如《金铜仙人辞汉歌》、《补梁庾肩吾宫体谣》,求取情状,离绝远去笔墨畦径之间,亦殊不能知之。

《唐诗品汇》:刘云:此拟肩吾之作,安得不述梁亡之悲!其沉着憔悴,在于自言"秋衾铜辇"之梦,而庾自见,殆赋外赋也。"塘蒲"之叹,融入秋晚,结语却如此,极是也。

《唐风定》:集中五言较胜歌行,而深晦太过,廷礼所取数首一一高卓,可为具眼。

《唐诗选脉会通评林》:徐渭曰:雕率相半。　　周珽曰:潜自会稽,宁能忘念梁德?及还家容骨衰悴,以此日困守迍贱,回首昔时佩服荣宠;一代文人至此,良可悲也。

《李长吉集》:黎简:贺真有心读书人,惜矣。

《唐诗笺要》:萧梁时事可见,而庾亦和盘托出。"身与塘蒲晚",言不酸而闻者意苦。

《龙性堂诗话续集》:李长吉最心醉新野父子,观其《补庾肩吾还会稽歌》,则其流连仰止可知矣。

《王闿运手批唐诗选》:颇有鬼气(首四句下)。

示　弟

别弟三年后,还家一日馀。

醽醁今夕酒,缃帙去时书。

病骨犹能在,人间底事无?

何须问牛马,抛掷任枭卢。

【汇评】

《李长吉集》:黄淳耀:率。平易似不出贺手。　　　冲淡拙率尤贺之佳佳处。　　黎简:拙率为佳佳处恐未然。

《昌谷集注》:此应举失意归日也。鹿鹿三年,未尝欢饮。今夕兄弟之乐,当何如之? 挟策无成,空囊返里,犹是出门时篇帙。病骨幸存,骨肉欢聚,而生计复尔茫然。功名成败,颠倒英雄,主司去取,一任其意,又何异于抛掷枭卢耶?

《李长吉诗集批注》:"何须问牛马? 抛掷任枭卢。"朴诗浓结。

始为奉礼忆昌谷山居

扫断马蹄痕,衙回自闭门。

长枪江米熟,小树枣花春。

向壁悬如意,当帘阅角巾。

犬书曾去洛,鹤病悔游秦。

土甑封茶叶,山杯锁竹根。

不知船上月,谁棹满溪云。

【汇评】

《李长吉集》:黎简:老成风度。贺五言长律结局少此酣畅。

《昌谷集注》:太常散职,官居陆沉,门可罗雀,杳无车马,复少胥役,故云自闭门也。汉上呼米为"长腰枪",江米乃江南所贡玉粒。仅邀上方薄禄,以糊其口。衙舍荒芜,别无花卉,唯一枣树尚小,亦堪寓目。如意悬之于壁,无复佳绪指挥。当帘闲玩,每动羊祜角巾归里之思。曾作家书付黄耳,以病追悔此游之汗漫。土甑望家中封茶以寄，盖因病断酒，惟思茗碗，故云"山杯锁竹根"矣。湖光晚楫，其乐万倍。心焉溯之，奈何奈何！

《龙性堂诗话续集》：长吉眼空千古，不唾拾前人片字，独用（庾）子山"山杯捧竹根"全句，云"土甑封茶叶，山杯锁竹根"，又可知矣。

《李长吉诗集批注》：律诗之通用韵者，唐李贺、元萨都剌。

《李长吉歌诗汇解》：上句见谷食之外，无别味可餐，下句见枣树之外，无花木可玩（"长枪"一联下）。　　二句皆写羁旅无聊之况（"向壁"一联下）。　　上四联皆言奉礼官舍景况，此二联乃忆昌谷山居也。"封"字、"锁"字，见主人不在之意（末四句下）。

七　夕

别浦今朝暗，罗帷午夜愁。
鹊辞穿线月，花入曝衣楼。
天上分金镜，人间望玉钩。
钱塘苏小小，更值一年秋。

【汇评】

《唐诗镜》：三、四新琢，"花入曝衣楼"，此际无花，故为此语。

《李长吉集》：黄淳耀：末二句忽说至此，信手拈来。率。

黎简：结自妙，随手拈来似无谓而好者，情到故也。

《昌谷集注》：上六句说淑景芳辰，离情别绪。末二句不胜悲凉。彼美当秋，心惊迟暮，佳人不偶，恐老冉冉将至矣。贺盖借"苏"以自慨也。

《李长吉诗集批注》：此句还渡河正位；以下做"七夕"人情。飞卿"微云未接过来迟"之语，似从此起得之，而此起更无迹可求（首句下）。　　此二语独不可学，学则"七子"派；作者却好（"天上"二句下）。　　"钱塘苏小小，又值一年秋"，仙笔也。一年一会者尚可感，终身飘零者奈何？只开手还过七夕本事，以下全写闺情，立格亦高。义山"金风玉露"之七律，真是笨伯。　徐文长评末二句：忽说至此，信手拈来。　末二句乃千思万想而得者，何谓"信手拈得"？一篇之妙，全在此结。然以为"信手拈得"亦道得出天机之妙。

送沈亚之歌 并序

　　文人沈亚之，元和七年，以书不中第，返归于吴江。吾悲其行，无钱酒以劳，又感沈之勤请，乃歌一解以劳之。
　　　　吴兴才人怨春风，桃花满陌千里红。
　　　　紫丝竹断骢马小，家住钱塘东复东。
　　　　白藤交穿织书笈，短策齐裁如梵夹。
　　　　雄光宝矿献春卿，烟底蓦波乘一叶。
　　　　春卿拾材白日下，掷置黄金解龙马。
　　　　携笈归江重入门，劳劳谁是怜君者。
　　　　吾闻壮夫重心骨，古人三走无摧捽。
　　　　请君待旦事长鞭，他日还辕及秋律。

【汇评】

　　《昌谷集注》：才人先意之日，正凡夫得意时也。骅骝紫陌，珠勒金鞭，以失意人当之，自顾愈伤脱落。"我马瘏矣"，东归道远。"白藤"二句，贺叹沈，即自叹，与"缃帙去时书"同一情景。……"白日下"，写得痛快。"重入门"三字，写得悲凉。

　　《历代诗发》：送行极平常题，必有此等呕心之作。

　　《李长吉诗集批注》：此三字（按指"怨春风"）生出郑谷"泪滴东风避杏花"好句（首句下）。　　前写出都，下乃追写初装（"家住钱塘"句下）。　　不古（"短策齐裁"句下）。

咏怀二首（其一）

长卿怀茂陵，绿草垂石井。
弹琴看文君，春风吹鬓影。
梁王与武帝，弃之如断梗。
惟留一简书，金泥泰山顶。

【汇评】

《李长吉集》：黎简：此长吉以长卿自况。"草垂石井"寂寞矣。三句于寂寞中写出长卿极得意处，真千古佳话也。"春风鬓影"在远山芙蓉外，看出无形佳丽，细静至此，非我长吉先生，谁能道得？

《历代诗发》："弹琴"二语，下笔如淯弱风疏。

《唐贤小三昧集》：风流绝世（"弹琴"二句下）。

《李长吉诗集批注》：写相如无聊本事，却暗用信陵晚节饮酒近妇人神理。（"弹琴"二句下）。　此句才说相如身后。后四语感慨生不逢时，惟有死待求书而已（末句下）。

《石园诗话》：杜牧序李贺诗云："鲸呿鳌掷，牛鬼蛇神，不足为其虚荒诞幻也。盖《骚》之苗裔，理虽不及，辞或过之。"……然长吉之"弹琴看文君，春风吹鬓影"，"买丝绣作平原君，有酒唯浇赵州土"，"衰兰送客咸阳道，天若有情天亦老"，"二十八宿罗心胸，元精耿耿贯当中。殿前作赋声摩空，笔补造化天无功"，辞之所至，理亦赴之，但不能篇篇理到耳。

春坊正字剑子歌

先辈匣中三尺水，曾入吴潭斩龙子。
隙月斜明刮露寒，练带平铺吹不起。

《李长吉集》：黎简："声满天地"似昌黎"天狗堕地"之作篇中活句,贺其不愧作者。"霜重"句即李陵"兵气不扬"意。　　　写败军如见（"半卷红旗"二句下）。　　　以死作结势,结得决绝险劲（末二句下）。

《中晚唐诗叩弹集》：杜诏：此诗言城危势亟,擐甲不休,至于哀角横秋,夕阳塞紫,满目悲凉,犹卷斾前征,有进无退。虽士气已竭,鼓声不扬,而一剑尚存,死不负国。皆极写忠诚慷慨。

《一瓢诗话》：李奉礼"黑云压城城欲摧,甲光向日金鳞开",是阵前实事,千古妙语。王荆公訾之,岂疑其黑云、甲光不相属耶？儒者不知兵,乃一大患。

《唐诗别裁》：阴云蔽天,忽露赤日,实有此景（"黑云压城"二句下）。字字锤炼而成,昌谷集中定推老成之作。

《网师园唐诗笺》：沉雄乃尔（"黑云压城"二句下）。　　　警绝（"霜重鼓寒"三句下）。

《唐贤小三昧集》：闪烁纸上（"黑云压城"句下）。　　　结更陡健。

《王闿运手批唐诗选》：长吉诗皆仅成章（"半卷红旗"二句下）。

大堤曲

妾家住横塘,红纱满桂香。
青云教绾头上髻,明月与作耳边珰。
莲风起,江畔春。大堤上,留北人。
郎食鲤鱼尾,妾食猩猩唇。
莫指襄阳道,绿浦归帆少。
今日菖蒲花,明朝枫树老。

《李长吉集》：黎简：新颖可爱（"青云教绾"二句下）。　真乐府音节。媚之也（"郎食"二句下）。　劝之也（"莫指"二句下）。　警之也（"今日"二句下）。　"鲤鱼"之下只是留之之意，故种之、媚之、劝之、警之。结二句言景物之速，当及时行乐，故曰警之。

《昌谷集注》：此怀楚游之友，而寄此以讽之也。楚姬妖丽，其居与饰俱极华美。菡萏风薰，倍加留恋。鲤尾猩唇，极味之珍美也。……故北人南游，每多流连忘返，不觉春秋云迈，日夕暗移。菖蒲生于百草之先，忽忽枫寒叶落，即谓佳人难觏，亦知芳色易凋耶！

《李长吉歌诗汇解》：莫指襄阳道，而兴远去之思。盖一去不能即来，不见绿浦之中，归帆之少可验耶？况日月如驰，盛年难驻，朝暮之间，而红颜已更矣。深宫当及时行乐之意。菖蒲花不易开，开则人以为祥，故《乌夜啼》古曲云："菖蒲花，可怜闻名不曾识"是也。枫树之老者，礴砢多节，以喻老丑之状（末四句下）。

苏小小墓

幽兰露，如啼眼。

无物结同心，烟花不堪剪。

草如茵，松如盖。

风为裳，水为珮。

油壁车，夕相待。

冷翠烛，劳光彩。

西陵下，风吹雨。

《李长吉集》：黎简：通首幽奇光怪，只纳入结句三字，冷极鬼极。诗到此境，亦奇极无奇者矣。

《昌谷集注》：兰露啼痕，心伤不偶。风尘牢落，堪此折磨。迄今芳草青松，春风锦水，不足仿佛嫒妍。若当日空悬宝车，烧残翠烛，而良会维艰，则西陵之冷雨凄风，不犹是洒迟暮之泪耶？贺盖慷慨系之矣。

《秋窗随笔》：长吉诗"幽兰露，如啼眼"，子瞻诗"山下碧桃清似眼"，各有妙处。

《唐贤小三昧集》：古音古节。

梦　天

老兔寒蟾泣天色，云楼半开璧斜白。

玉轮轧露湿团光，鸾珮相逢桂香陌。

黄尘清水三山下，更变千年如走马。

遥望齐州九点烟，一泓海水杯中泻。

【汇评】

《唐诗品汇》：意近语超，其为仙人语亦不甚费力。使尽如起语，当自笑耳。

《李长吉集》：黎简：论长吉每道是鬼才，而其为仙语，乃李白所不及。九州二句妙有千古。

《唐诗快》：命题奇创。诗中句句是天，亦句句是梦，正不知梦在天中耶？天在梦中耶？是何等胸襟眼界，有如此手笔。《白玉楼记》不得不借重矣。

《昌谷集注》：淄渑既尽，太虚可游，故托梦以诡世也。蓬莱仙境，尚忧陵陆；何况尘土，不沧桑乎？末二句分明说置身霄汉，俯视天下皆小。宜其目空一世耳！

《李长吉诗集批注》：此变郭景纯《游仙》之格，并变其题；其为游仙则同。

《历代诗发》：分明一幅游月宫图，持赠张丽华，桂宫应称艳绘。

唐儿歌

头玉硗硗眉刷翠，杜郎生得真男子。
骨重神寒天庙器，一双瞳人剪秋水。
竹马梢梢摇绿尾，银鸾睒光踏半臂。
东家娇娘求对值，浓笑画空作唐字。
眼大心雄知所以，莫忘作歌人姓李。

【汇评】

《娱书堂诗话》：山谷自黔中还荆南，见一女子奇美，因赋《水仙花》以寓意。山谷下世，女子贫不能给，其夫鬻于田氏。一日，召高子勉饮，妾出侑觞。子勉请以诗中"国香"字名之，因作长篇纪其事。有云："却把水仙花说似，猛省西家黄学士。乃能知妾妾当时，悔不书空作黄字。"每诵此句，未达其旨；因阅李贺《唐儿歌》，而有"东家娇娘求对值，浓笑书空作唐字"之句。

《唐诗归》：钟云："骨重神寒"四字，长吉自评其人其诗。

又云：幽情幽语（"东家娇娘"二句下）。

《汇编唐诗十集》：桑间之音，真纤真媚，描写唐、杜深情，千秋如见。

《昌谷集注》："浓笑"句，状唐儿对东家娘含情不语，有许多自负神情，故知其"眼大心雄"也。

《历代诗发》：状邻女相怜之，甚奇，艳绝矣。

河南府试十二月乐词（选六首）

正 月

上楼迎春新春归，暗黄著柳宫漏迟。

薄薄淡霭弄野姿，寒绿幽风生短丝。

锦床晓卧玉肌冷，露脸未开对朝暝。

官街柳带不堪折，早晚菖蒲胜绾结。

【汇评】

《李长吉集》：黎简：一诗之中三句说柳，首曰"暗黄"，次曰"短丝"，末曰"柳带"，具见细心。

《昌谷集注》：楼上春归，柳丝未发，暗黄正含芽也。《开元遗事》云："宫漏有六更，君王得晏起"，故云迟也。阳晖渐暖，甲坼将舒。寒绿短丝，细草初苗。绣幔春寒，朦胧方觉。芳辰宜加珍惜，未可轻言离别。柔条难折，淑景易驰。但看菖蒲此日虽微，早晚即胜绾结矣。

《赵秋谷所传声调谱》：六字皆平（首句下）。　　"黄"字平，"漏"字仄（"暗黄著柳"句下）。　　六字皆仄，第七字用平，下句可律（"薄薄淡霭"句下）。　　"生"字平。律句，第五字用平，少拗以叶之（"寒绿幽风"句下）。　　"玉"，拗字（"锦床晓卧"句下）。

"开"字平，"朝"字平（"露脸未开"句下）。　　"不"，拗字（"官街柳带"句下）。

《李长吉诗集批注》：诗亦深思，但非试帖所宜。有唐人试帖行世，可鉴也。

三 月

东方风来满眼春，花城柳暗愁杀人。

复宫深殿竹风起,新翠舞衿净如水。

光风转蕙百馀里,暖雾驱云扑天地。

军装宫妓扫蛾浅,摇摇锦旗夹城暖。

曲水漂香去不归,梨花落尽成秋苑。

【汇评】

《李长吉集》:黎简:一结令人凄绝。

《昌谷集注》:贞元末,好游畋。此诗言花城柳暗,人各怨别;不知春宫之怨,较春闺更甚耳!复宫竹色如沐,舞衣初试,互照鲜妍。銮舆一出,香薰百里。而深宫少女,未得与游幸之乐。流水落花,心伤春去;闲庭萧寂,情景如秋。

《赵秋谷所传声调谱》:"百"字拗("光风转蕙"句下)。"扫"字拗("军妆宫妓"句下)。　此二句亦宜少拗乃健。谓二句俱律也(末二句下)。方纲按:此末二句自应谐和,方可收束。秋谷乃载此诗而议其不健,何也?尝见渔洋手评杜诗《醉时歌》末句"生前相遇且衔杯",云结似律甚不健。此盖先生一时未定之说,而秋谷所专服膺者尔。

四 月

晓凉暮凉树如盖,千山浓绿生云外。

依微香雨青氛氲,腻叶蟠花照曲门。

金塘闲水摇碧漪,老景沉重无惊飞。

堕红残萼暗参差。

【汇评】

《升庵诗话》:雨未尝有香也,而李贺诗"衣微香雨青氛氲",元微之诗"雨香云淡觉微和"。

《昌谷集注》:浓阴朱实,无复娇妍。春去不归,芳姿难再。末句"老"字、"堕"字、"残"、"暗"等字,不尽愁怨。

《李长吉诗集批注》：《律历志》精语。元和人造语，如孟郊、卢仝，往往有不出书卷而实得书卷者，昌黎且未有此（"老景沉重"句下）。　　单一句（末句下）。

七　月

星依云渚冷，露滴盘中圆。

好花生木末，衰蕙愁空园。

夜天如玉砌，池叶极青钱。

仅厌舞衫薄，稍知花簟寒。

晓风何拂拂，北斗光阑干。

【汇评】

《李长吉集》：黄淳耀："极"字无人能下。言荷叶初小，至七月则小到极矣。黎简：云渚、银湾、银浦，皆说河汉耳。字特新艳。

《昌谷集注》：天高气清，白云如玉。池叶初似青钱，至此已极。凉飔初发，渐觉衣单簟冷。是月也，日月会于鹑尾，而斗建申矣。

《赵秋谷所传声调谱》：律句（首句下）。　　三平（"露滴"句下）。　　律句（"好花"句下）。　　三平。第三字不平，亦律句矣（"衰蕙"句下）。　　二句律（"夜天"二句下）。　　"舞"字仄。　　"花"字平。二句拗律（"仅厌"二句下）。　　律（"晓风"句下）。

《李长吉诗集批注》：竹垞翁尝八分大书此诗于巨幅，余得之于京师，不知偶然书耶，抑深赏之耶？此在昌谷，未为绝诣，然而安雅老成，亦可取。

《养一斋诗话》：李贺"衰蕙愁空园"句，赵氏注曰："第三字不平，则律句矣。"盖李贺此诗参用齐梁，不尽合调，惟此句得法，故赵氏特注此句以明之，亦无可疑者也。

九 月

离宫散萤天似水，竹黄池冷芙蓉死。

月缀金铺光脉脉，凉苑虚庭空澹白。

露花飞飞风草草，翠锦斓斑满层道。

鸡人罢唱晓珑璁，鸦啼金井下疏桐。

【汇评】

《昌谷集注》：隋炀帝于景华宫求萤火数斛，夜游出放，光满岩谷。天清竹落，水冷蓉涧，情致不胜萧寂。月皎庭空，露寒风瑟，木叶丹黄，盈盈官路。更残柝罢，梧落鸦啼。盖彻夜不寐矣。

《赵秋谷所传声调谱》："宫"字平，"萤"字平（首句下）。　律句（"竹黄池冷"句下）。　二句亦律（"月缀金铺"二句下）。拗律（"露华飞飞"二句下）。　二句亦律（末二句下）。

十二月

日脚淡光红洒洒，薄霜不销桂枝下。

依稀和气排冬严，已就长日辞长夜。

【汇评】

《李长吉集》：黎简：情理俱深。一语胜人千百，非苦吟何能臻此（末句下）。

《昌谷集注》：乌足光微，故薄霜之在树叶者亦不销也。玉历将回，冱寒渐解。黄赤进退，日道南来。故昼刻增而夜刻减矣。

《李长吉诗集批注》：刻划冬至以后之阳气，意是而词气不工（"依稀和气"句下）。

【总评】

《龙性堂诗话初集》：元人孟昉读长吉《十二月词》，檃括其语，为《天净沙调》十三章，音节和谐，甚见巧思。引云："凡文章之有韵者，皆可歌也。第时有升降，言有雅俗，调有古今，声有清浊，原其所自，无非发人心之和，非六德之外，别有一律吕也。使今之曲歌于古，犹古之曲；古之词歌于今，犹今之词也。其所和人心者，奚今古之异哉？"

《赵秋谷所传声调谱》：方纲按：李长吉河南府试《十二月乐词》，在长吉集中之一体，元自谐合《云》《韶》。顾欲举古今七言诗式，甫载东坡二篇，而遽及于此。姑勿论杜、韩诸大家正声正格皆未之及，即以张、王、元、白旁及诸作者，音节之繁不一，岂能遍悉举隅，而仅载长吉之乐词，是恶足以程式后学乎？

《李长吉诗集批注》：皆言宫中，犹古《房中乐》。

《李长吉歌诗汇解》：元人孟昉曰：读李长吉《十二月乐词》，其意新而不蹈袭，句丽而不惱淫，长短不一，音节亦异。　　朱卓月曰：诸诗大半闺情多于宫景。妇人静贞，钟情最深。《三百篇》夏日冬夜，有不自妇人口中出者乎？以此阅诗，可以怨矣！　　余光曰：二月送别，不言折柳，八月不赋明月，九月不咏登高，皆避俗法。

天上谣

天河夜转漂回星，银浦流云学水声。
玉宫桂树花未落，仙妾采香垂珮缨。
秦妃卷帘北窗晓，窗前植桐青凤小。
王子吹笙鹅管长，呼龙耕烟种瑶草。
粉霞红绶藕丝裙，青洲步拾兰苕春。
东指羲和能走马，海尘新生石山下。

【汇评】

《唐诗品汇》：刘云：浑浑语奇。　　刘云："天河"、"银浦"似重复，长吉此类亦多。要为疏隽，不问此耳。《选》诗中多有此例

（"天河夜转"二句下）。

《唐诗镜》："银浦"句缥缈得趣。

《李长吉集》：黎简：言天河无水，以云为水，故云作水声也。似此不经之谈，偏是妙绝千古。　　通首皆仙语，太白放纵，转逊此遒险。

《昌谷集注》：元和朝，上慕神仙，命方士四出采药，冀得一遇仙侣。贺作此讽之。

浩　歌

南风吹山作平地，帝遣天吴移海水。
王母桃花千遍红，彭祖巫咸几回死？
青毛骢马参差钱，娇春杨柳含细烟。
筝人劝我金屈卮，神血未凝身问谁？
不须浪饮丁都护，世上英雄本无主。
买丝绣作平原君，有酒惟浇赵州土。
漏催水咽玉蟾蜍，卫娘发薄不胜梳。
看见秋眉换新绿，二十男儿那刺促！

【汇评】

《吴礼部诗话》：毛泽民诗："不须买丝绣平原，不用黄金铸子期。"本李贺、贯休诗话。

《唐诗品汇》：刘云：跌荡愁人，杰特名言（"世上英雄"句下）。　　刘云：亦不知何从至此（"卫娘发薄"句下）。　　刘云：从"南风"起一句，便不可及。跌荡宛转，沉着痛快，豪侠少年之度，忽顾美人，情境俱至，妙处不必可解。

《夷白斋诗话》：李贺诗："买丝绣作平原君，有酒惟浇赵州土。"得非黄金铸范蠡之意邪？

《唐诗选脉会通评林》：徐渭曰：此篇雕率相半。　　周珽曰：一粒慧珠，参破琉璃法界。真腹有笋、腕有鬼、舌有兵，乃有此诗。　　陆时雍曰："买丝"二语，苦而脱。

《唐诗快》：诗意只在"世上英雄"、"二十男儿"两句耳。前后无非沧桑、驹隙之感。此之谓"浩歌"。

《放胆诗》：读《昌谷集》，去其苦涩怪诞，割锦斗草之句，自有长吉真面目。如此数章（按指《浩歌》、《高轩过》、《苦昼短》、《将进酒》），可以撷其菁华、佩其膏馥矣。

《唐贤小三昧集》：变徵之声，读罢辄欲起舞。

《龙性堂诗话初集》：长吉"买丝绣作平原君，有酒唯浇赵州土"，语极爽快。然不及高达夫"只今肝胆向谁是，令人却忆平原君"之澹永不尽。

《一瓢诗话》："买丝绣作平原君，有酒唯浇赵州土"，读之令人下泪；但李王孙何致作此语？金雷瑄送李汾诗云："明日春风一杯酒，与君同酹信陵坟。"虽共此机轴，亦自可悲。

《李长吉诗集批注》：此篇又与《天上谣》不同。彼谓人事无常，不如遗世求仙；此则言仙亦无存，又不如及时行乐。但得一人知己，死复何恨？时不可待，人不相逢，亦姑且自遣耳。

秋　来

桐风惊心壮士苦，衰灯络纬啼寒素。
谁看青简一编书，不遣花虫粉空蠹？
思牵今夜肠应直，雨冷香魂吊书客。
秋坟鬼唱鲍家诗，恨血千年土中碧。

【汇评】

《唐诗品汇》：刘云：非长吉自挽耶（末二句下）？

《李长吉集》：黎简：言谁能守此残编，如防蠹然。愤词也（"谁看青简"二句下）。　　恐老死似此也，至此诗佳亦何济耶（末二句下）？

《唐诗快》：唱诗之鬼，岂即客之魂耶？"鲍家诗"何其听之历历不爽（末句下）！

《昌谷集注》：衰梧飒飒，促织鸣空。壮士感时，能无激烈！乃世之浮华干禄者滥致青紫。即缃帙满架，仅能饱蠹。安知苦吟之士，文思精细，肠为之直？凄风苦雨，感吊悲歌。因思古来才人怀才不遇，抱恨泉壤，土中碧血，千载难消，此悲秋所由来也！

《龙性堂诗话续集》：（贺诗）至七言则夭拔超忽，以不作意为奇而奇者为最上。如《高轩过》之"二十八宿罗心胸"、"笔补造化天无功"，《昆仑使者》之"金盘玉露自淋漓，元气茫茫收不得"，《官街鼓》之"磓碎千年日长白，孝武秦皇听不得"、"几回天上葬神仙，漏声相将无断绝"，……《梦天》之"遥望齐州九点烟，一泓海水杯中泻"，《秋来》之"不遣花虫粉空蠹"、"雨冷香魂吊书客"，诸如此类，真所谓"咳唾落九天，随风生珠玉"者耶！

《四库全书总目》：（贺）所用典故，率多点化其意，藻饰其文，宛转关生，不名一格。如"羲和敲日玻璃声"句，因羲和驭日而生"敲日"，因"敲日"而生"玻璃声"，非真有"敲日"事也。又如"秋坟鬼唱鲍家诗"，因鲍照有《蒿里行》而生"鬼唱"，因"鬼唱"而生"秋坟"，非真有"唱诗"事也。循文衍义，讵得其真！

帝子歌

洞庭明月一千里，凉风雁啼天在水。
九节菖蒲石上死，湘神弹琴迎帝子。
山头老桂吹古香，雌龙怨吟寒水光。

沙浦走鱼白石郎,闲取真珠掷龙堂。

【汇评】

《李长吉歌诗汇解》:"一千里",言其所治之地甚广。"凉风雁啼",深秋之候。"天在水",天光下映水中,风平浪静,佳景可想(首二句下)。　"湘神弹琴",即《楚辞》使湘灵鼓瑟之意。盖帝子贵神也,下人不敢渎请,转祈湘神弹琴以迎,以冀望其神之来格("湘神弹琴"句下)。　以下言帝子不肯来格。桂老,故其香称为"古香"。帝子为女神,故龙言"雌龙"。二句写帝子不来、景象寂寥之意("山头老桂"一联下)。　"白石郎"亦水神也。尊贵之神不来,纷纷奔走者,唯小水之神而已。"闲取真珠掷龙堂",犹《楚辞》"捐余玦兮江中,遗余佩兮澧浦"之意,明己之珍宝不敢爱惜,以求神之昭鉴,庶几其陟降于庭也。……此篇旨趣全仿《楚辞·九歌》,会其意者,绝无怪处可觅(末二句下)。

秦王饮酒

秦王骑虎游八极,剑光照空天自碧。
羲和敲日玻璃声,劫灰飞尽古今平。
龙头泻酒邀酒星,金槽琵琶夜枨枨。
洞庭雨脚来吹笙,酒酣喝月使倒行。
银云栉栉瑶殿明,宫门掌事报一更。
花楼玉凤声娇狞,海绡红文香浅清,
黄鹅跌舞千年觥。
仙人烛树蜡烟轻,清琴醉眼泪泓泓。

【汇评】

《唐音癸签》:籍、建、长吉之不能追李、杜,固也。但在少陵后仍咏见事讽刺,则诗为谤讪时政之具矣。此白氏讽谏,愈多愈不足珍也。所以张文昌只得就世俗俚浅事做题目,不敢及其他。仲初亦然。至长吉又总不及时事,仍咏古题,稍易本题字就新。如《长歌行》改为《浩歌》,《公无渡河》改为《公无出门》之类。及将古人事创为新题,便觉焕然有异,如《秦王饮酒》、《金铜仙人辞汉歌》之类。递相救不得不然,英雄各自有见也。

《李长吉集》:黎简:想到日之声如玻璃,亦地老天荒,无人有此奇想。

《唐诗快》:日可敲乎?敲可有声乎("羲和敲日"句下)?雨脚能吹笙乎("洞庭雨脚"句下)?　　月可喝使倒行乎("酒酣喝月"句下)?　　(徐)文长云:言天将明而报一更以劝酒也,最奇("宫门掌事"句下)。　　一篇中日月云雨,供其颠倒,驱遣簸弄,直是无可奈何。

《李长吉诗集批注》:饮酒。饮非独酌,细密("龙头泻酒"句下)。　　醉后声笑体态,五句尽之(末五句下)。　　"黄鹅",喻酒也;合下"觥"字为义,即杜诗"鹅儿黄似酒,酒色似鹅黄"也。

《历代诗发》:醉极而泪,乐极生悲,两意俱妙。

《秋窗随笔》:《秦王饮酒》诗:"羲和敲日玻璃声。"不知有出不?抑自铸伟辞?

湘　妃

筠竹千年老不死,长伴秦娥盖湘水。
蛮娘吟弄满寒空,九山静绿泪花红。
离鸾别凤烟梧中,巫云蜀雨遥相通。
幽愁秋气上青枫,凉夜波间吟古龙。

【汇评】

《老生常谈》:《湘妃》云:"蛮娘吟弄满寒空,九山静绿泪花红。"《浩歌》云："青毛骢马参差钱，娇香杨柳含细烟。"真如出太白手。若只学其"提携玉龙为君死"、"筼竹千年老不死"、"元气茫茫收不得"、"练带平铺吹不起"等句，则永堕习气矣。

《唐诗品汇》：刘云：拈出自别（"九山静绿"句下）。

《李长吉集》：黄淳耀：题是"湘妃"而诗止言湘竹、九山。五句言吟弄之苦，而湘妃之哀怨不必言矣。

《李长吉歌诗汇解》：妃思舜而不得常见，故当秋气至而草木变衰，凉夜永而蛟龙吟啸，所见所闻，皆足以增隐忧而动深思。此诗措辞用意，咸本《楚骚》（末二句下）。

南园十三首（选三首）

其五

男儿何不带吴钩，收取关山五十州？
请君暂上凌烟阁，若个书生万户侯？

【汇评】

《李长吉集》：黎简：欲弃毛锥，亦自愤也。

《昌谷集注》：裴度伐吴元济，蔡、郓、淮西数十州至是尽归朝廷。贺盖美诸将之功，而复羡其荣宠，故不觉壮志勃生。

《李长吉歌诗汇解》：观凌烟阁上之像，未有以书生而封侯者，不得不弃笔墨而带吴钩矣。

其六

寻章摘句老雕虫，晓月当帘挂玉弓。
不见年年辽海上，文章何处哭秋风？

【汇评】

《唐诗快》：尝见长吉所评《楚辞》云：时居南国，读《天问》数过，忽得"文章何处哭秋风"之句，则此一句中，有全卷《天问》在。

《昌谷集注》：章句误人，倏忽衰暮。仰视天头牙月，动我挽强之思矣。丈夫当立勋紫塞，何用悲秋摇落耶？

《李长吉歌诗汇解》：夫书生之辈，寻章摘句，无间朝暮。当晓月入帘之候，犹用力不歇，可谓勤矣。无奈边场之上，不尚文词，即有才如宋玉，能赋悲秋，亦何处用之？念及此，能无动投笔之思，而驰逐于鞍马之间耶？

其七

长卿牢落悲空舍，曼倩恢谐取自容。
见买若耶溪水剑，明朝归去事猿公。

【汇评】

《昌谷集注》：宵小盈朝，正人敛迹。文园难免穷愁，东方且忧忌讳。冠裳倒置，笔墨无功，唯有学剑术以自匿矣。

《诗境浅说续编》：此长吉自伤身世也。首二句言汉时才俊如相如者，尚以"牢落"兴嗟；如曼倩者，姑以"诙谐"自隐。文章既不为世用，不若归买若耶宝剑，求猿公击刺之术，把臂荆高，一吐其抑塞之气。诗因愤世而作，故前首有"文章何处哭秋风"句，乃其本怀也。

《唐人绝句精华》：此两首（按指"寻章摘句老雕虫"及本篇）皆借古人以抒写文人不为时重之情。前首言学虽勤而不能效用于边疆。后首言才如相如而空有四壁，辩如方朔而只以自容，何如去而学剑？

【总评】

《李长吉集》：黎简：十二首绝句，皆长吉停整之作，七绝之正格也。但末章五律似未老成。

《李长吉诗集批注》：七绝最易柔美之格调，此人亦复挺拔。

虽不如开元之深婉,亦不落元和之疲苶。学杜实发,却用风标。

金铜仙人辞汉歌 并序

　　魏明帝青龙元年八月,诏宫官牵车西取汉孝武捧露盘仙人,欲立置前殿。宫官既拆盘,仙人临载,乃潸然泪下。唐诸王孙李长吉,遂作《金铜仙人辞汉歌》。

　　　　茂陵刘郎秋风客,夜闻马嘶晓无迹。
　　　　画栏桂树悬秋香,三十六宫土花碧。
　　　　魏官牵车指千里,东关酸风射眸子。
　　　　空将汉月出宫门,忆君清泪如铅水。
　　　　衰兰送客咸阳道,天若有情天亦老。
　　　　携盘独出月荒凉,渭城已远波声小。

【汇评】

　　《竹庄诗话》:《梁魏录》云:李贺歌造语奇特,首云"茂陵刘郎秋风客",指汉武帝言也。又云"魏官牵车指千里",此言魏明遣人迁金铜仙人于邺也。又云"空将汉月出宫门,忆君清泪如铅水",此语尤警拔,非拨去笔墨畦径,安能及此!

　　《唐诗品汇》:杜牧之云:此篇求取情状,绝去笔墨畦径。刘云:此意思非长吉不能赋,古今无此神妙。　　神凝意黯,不觉铜仙能言。　　奇事奇语不在言。读至"三十六宫土花碧",铜人堕泪已信。末后三句可为断肠,后来作者无此沉着,亦不忍极言其妙。

　　《增定评注唐诗正声》:深刻奇幻,可泣鬼神,后人效之,自伤雅耳。

　　《唐诗归》:钟云:词家妙语("天若有情"句下)。

　　《唐诗选脉会通评林》:董懋策曰:古今奇语。

《唐诗评选》：寄意好，不无稚子气，而神骏已千里矣。

《唐诗快》：徽号甚妙，使汉武闻之，亦当哑然失笑（首句下）。 老天有情，亦当潸然泪下。何但仙人（"天若有情"句下）。

《唐诗归折衷》：唐云：创意极奥，摛词却质，乃长吉真妙处。今人拟其艳冶，反入魔境，殊不知此君呕心处，正不在此。 敬夫云：缀事属言，多求其称，似此幽奇事，有长吉以绘之，仙人可以拭泪矣。

《李长吉诗集批注》：仙笔（末句下）。

《李长吉歌诗汇解》：本是铜人离却汉宫花木而去，却以衰兰送客为词，盖反言之。又铜人本无知觉，因迁徙而潸然泪下，是无情者变为有情，况本有情者乎？长吉以"天若有情天亦老"反衬出之，则有情之物见铜仙下泪，其情更何如耶？至于既出宫门，所携而俱往者，唯盘而已；所随行而见者，唯月而已。因情绪之荒凉，而月色亦觉为之荒凉。及乎离渭城渐远，则渭水波声亦渐不闻。一路情景，更不堪言矣（末四句下）！ 司马温公《诗话》："李长吉歌'天若有情天亦老'，奇绝无对，石曼卿对'月如无恨月常圆'，人以为勍敌。"琦细玩二语，终有自然、勉强之别，未可同例而称矣。

《唐贤清雅集》：泪如铅水，切铜人精妙。 大放厥词，忽然收住，馀音袅袅尚飘空。

《唐贤小三昧集》：此首章法正显，结得渺然无际，令人神会于笔墨之外。

《唐宋诗举要》：悲凉深婉。

古悠悠行

白景归西山，碧华上迢迢。

今古何处尽？千岁随风飘。

海沙变成石，鱼沫吹秦桥。

空光远流浪，铜柱从年消。

【汇评】

《昌谷集注》：《易》曰：原始反终。故知死生之说。又曰：通乎昼夜之道而知。则宪宗之妄求长生，由不明始终昼夜之理也。日月递更，流风不异，古今岂有尽期耶？陵谷之变，是即消长之常。莫高如秦桥，而鱼沫可吹；莫坚如铜柱，而流浪可消。足知世间未有久而不化之事。谁谓长生真可致乎？

《李长吉歌诗汇解》：昼夜循环，无有穷尽。以千岁之久，而达人观之，一如风飘之疾速。海沙之细，经历多年长大成石；秦王造桥之处，又见群鱼吹沫其间。桑田沧海，洵有之矣。汉武所立铜柱，原以为长生之计。今年远代更，铜柱亦销灭不存。夫以武帝之雄才大略，欲求长生于世间尚不可得，况他人乎？此诗盖以讽也。

马诗二十三首（选八首）

其一

龙脊贴连钱，银蹄白踏烟。

无人织锦韂，谁为铸金鞭？

【汇评】

《昌谷集注》：贵质奇才，未荣朱绂，与骏马之不逢时，同一概矣。故虽龙脊银蹄，而织锦韂无人，铸金鞭无人，与凡马何异！

《李长吉诗集批注》：先言好马须好饰，犹杜诗"骢马新衬蹄，银鞍被来好"，以喻有才须称。此二十三首这开章引子也。以下便如《庄子》重言、寓言、卮言，曲尽其义。

《李长吉歌诗汇解》：此首言良马而未为人所识者也。

其四

此马非凡马，房星本是星。

向前敲瘦骨，犹自带铜声。

【汇评】

《昌谷集注》：上应天驷，则骨气自尔不凡。瘦骨寒峭，敲之犹带铜声。总以自形其刚坚耳。

《李长吉诗集批注》：自喻王孙本天潢也。下二句言《相马经》但言隅目高匡等相，犹是皮毛。支遁之畜马，以为爱其神骏，亦属外观。毕竟当得其内美，骨作铜声，即"牝马之贞"之理（首句下）。

其五

大漠沙如雪，燕山月似钩。

何当金络脑，快走踏清秋。

【汇评】

《昌谷集注》：边氛未靖，奇才未伸。壮士于此，不禁雄心跃跃。

《李长吉诗集批注》：此言苟能世用，致远不难。

其九

飂叔去匆匆，如今不蓁龙。

夜来霜压栈，骏骨折西风。

【汇评】

《昌谷集注》：元和间，策试贤良方正，直言敢谏。举人牛僧孺、皇甫湜、李德裕皆指陈无忌。考官杨于陵、韦贯之署为上第。李吉甫恶之，泣诉于上。上遂罢于陵、贯之等，僧孺辈俱不调。飂叔，指杨、韦诸君也，此时皆蒙贬去，不复选骏。牛、李、皇甫诸人俱遭沮排。严霜折骏，大可悲已！

《李长吉诗集批注》：此亦自喻龙种憔悴。

《李长吉歌诗汇解》：古者四灵以为畜，故龙亦可豢养。今既无其人，豢龙之术，久已失传；乃养马之法，亦废而不讲，徒使骏逸之才受风霜之困于槽枥之间，斯马也何不幸而遇斯时也！

其十

催榜渡乌江，神骓泣向风。
君王今解剑，何处逐英雄？

【汇评】

《昌谷集注》：此即《垓下歌》意"时不利兮"之句，千古英雄闻之泪落。骓之得遇项羽，可谓伸于知己矣。乃羽以伯业不终，致骓又为知己者死，逢时之难如是乎！

《李长吉诗集批注》：此亦居今思古。

《唐诗别裁》：项羽虽以马赠亭长，然羽既刎死，神骓必不受人骑也。二十馀首中，此首写得神骏。

《李长吉歌诗汇解》：下二句代马作悲酸之语，无限深情。

其十五

不从桓公猎，何能伏虎威。
一朝沟陇出，看取拂云飞。

【汇评】

《昌谷集注》：马岂真能伏虎耶？因明主驱策，故威望倍重。如宪宗时刘辟反，诏高崇文讨之，诸将皆不服。后上专委以事权，卒平祸乱，震慑东川。是知马必由桓公以显名，崇文必由宪宗以著绩，故能一朝奋兴，勋成盖世，总在主上有以用之也。

《李长吉诗集批注》：用管子告桓公驳马事，以尽马之才。虎且可伏，安往而不可逞哉！

《李长吉歌诗汇解》：诗意谓豪杰之士，伏处草野，不得君上之委任，虽智勇绝人，雄略盖世，人孰能知？一旦出畎亩之中，得尺寸之柄，树功立业，自致于青云之上，然后为人所仰瞻耳！

其十八

伯乐向前看，旋毛在腹间。
只今掊白草，何日蓦青山？

【汇评】

《李长吉诗集批注》：相马者有人，市骏者无主。有知己而无感恩，终若不遇。

《李长吉歌诗汇解》：马之旋毛生于腹间，人未之见，以常马视之；伯乐视之，乃知其为千里马，然刍秣不足，则马之筋力亦不充。今乃克减其草料，每食不饱，得知何日养成气力，可以驱骋山冈，而展其骥足乎？后二句当作伯乐口中叹息之语方得。

其二十三

武帝爱神仙，烧金得紫烟。
厩中皆肉马，不解上青天。

【汇评】

《李长吉诗集批注》：此言有才不遇，国士之不幸；不得真才，亦国之不幸也。方云：言烧金已得紫烟，近可仙矣。其如肉马不解上天何？

《李长吉歌诗汇解》：汉武帝好神仙之事，使方士炼丹砂为黄金，不就。又好西域汗血马，使贰师将军伐大宛，取其善马数十匹，中马以下牝牡三千余匹。长吉谓其烧炼则黄金化为紫烟，终不成就；所获之马又皆凡马，不可乘之以上青天，所求皆是无益之事。此首似为宪宗好神仙、信方士之说而作。

【总评】

《李长吉集》：黎简：马诗二十三首各有寓意，随在读者会心，毋庸强解。唯章法似无伦次，然长吉于此不甚理会。

《昌谷集注》：《马诗》二十三首，首首寓意，然未始不是一气盘旋，分合观之，无往不可。

《批注李长吉诗集》：此二十三首，乃聚精会神，伐毛洗髓而出之，造意撰辞，犹有老杜诸作之未至者。率处皆是炼处，有一字手滑耶？五绝一体，实做尤难。四唐唯一老杜，此亦摭实似之；而沉着中飘萧，亦似之。

《李长吉歌诗汇解》：《马诗》二十三首，俱是借题抒意，或美或讥、或悲或惜，大抵于所闻见之中各有所比，言马也而意初不在马矣。又每首之中皆有不经人道语。人皆以贺诗为怪，独朱子以贺诗为巧。读此数章，知朱子论诗真有卓见。

《唐人绝句精华》：李贺此二十三首皆借马以抒感……可为咏物诗之规范，所谓"不即不离"，"不粘不脱"，于此诸诗见之矣。

申胡子觱篥歌并序

申胡子，朔客之苍头也。朔客李氏，本亦世家子，得祀江夏王庙。当年践履失序，遂奉官北郡。自称学长调短调，久未知名。今年四月，吾与对舍于长安崇义里，遂将衣质酒，命予合饮。气热杯阑，因谓吾曰：李长吉，尔徒能长调，不能作五字歌诗，直强回笔端，与陶、谢诗势相远几里！吾对后请撰《申胡子觱篥歌》，以五字断句。歌成，左右人合噪相唱；朔客大喜，擎觞起立，命花娘出幕，裴回拜客。吾问所宜，称善平弄。于是以弊词配声，以予为寿。

颜热感君酒，含嚼芦中声。

花娘簪绥妥,休睡芙蓉屏。

谁截太平管,列点排空星。

直贯开花风,天上驱云行。

今夕岁华落,令人惜平生。

心事如波涛,中坐时时惊。

朔客骑白马,剑弢悬兰缨。

俊健如生猱,肯拾蓬中萤?

【汇评】

《唐诗归折衷》：敬夫云：序亦豪举。　　唐云：东野奥于词,
意实明朗；长吉词意俱奥,似不可晓,实无深思。　　敬夫云：言
朔客之豪,不以声色,为意正与鬐簟凄壮遥相激射。

《李长吉诗集批注》：方云：《序》亦胜人。

老夫采玉歌

采玉采玉须水碧,琢作步摇徒好色。

老夫饥寒龙为愁,蓝溪水气无清白。

夜雨冈头食蓁子,杜鹃口血老夫泪。

蓝溪之水厌生人,身死千年恨溪水。

斜山柏风雨如啸,泉脚挂绳青袅袅。

村寒白屋念娇婴,古台石磴悬肠草。

【汇评】

《载酒园诗话又编》：此诗极言采玉之苦,以绳悬身下溪而采,
人多溺而不起,至水亦厌之。采时又饥寒无食,惟摘蓁子为粮。及
得玉,仅供步摇之用,充玩好而已。伤心惨目之悲,及劳民以求无
用之意,隐隐形于言外。此真乐天所云"下以泄导人情,上可以补
察时政"者,而曰贺诗全无理,岂其然!

《李长吉诗集批注》：方云：按韦左司有《采玉行》云："官府征白丁，言采蓝田玉。绝岭夜无家，深榛雨中宿。"其言与长吉此篇仿佛，则"蓁"当为"榛"字之讹（首句下）。　　"肠"字下得奇稳（末句下）。

伤心行

咽咽学楚吟，病骨伤幽素。
秋姿白发生，木叶啼风雨。
灯青兰膏歇，落照飞蛾舞。
古壁生凝尘，羁魂梦中语。

【汇评】

《昌谷集注》：高才不偶，羁绁京华。吞声拟《骚》，茕茕在疚。时凋鬓改，闻落叶亦成啼声。灯青膏歇，檠灭将及也。落照蛾飞，光辉难再也。嘘拂无人，则微尘陈结，欲诉何由？梦中独语，心之云伤，良已极矣！

《唐诗笺要》：长吉于骚，理不及而词过之，前人以为定评。　　严沧浪云：天地间自无此一体不得。

《历代诗发》：结句心魂颠倒，凄其欲绝。

《唐贤小三昧集》：昌谷诗读者当以意会，不可细着诠解，一明诗味灭矣。

《王闿运手批唐诗选》：李自命苦吟，五言诗殊未见才思。

黄家洞

雀步蹙沙声促促，四尺角弓青石镞。
黑幡三点铜鼓鸣，高作猿啼摇箭箙。

彩巾缠蹳幅半斜，溪头篌队映葛花。

山潭晚雾吟白鼍，竹蛇飞蠹射金沙。

闲驱竹马缓归家，官军自杀容州槎。

【汇评】

《昌谷集注》：安南黄洞蛮黄少卿作乱。元和十一年，容管以兵却之。……乃将士畏险莫上，致杀良报功，容州槎且不免。贺故为谲告黄洞蛮之语曰：尔试闲驱竹马缓缓归家，官军之来自为杀容州槎，而不为尔也。情词特妙。

《载酒诗话又编》：此篇前五句写蛮人悍勇之状，雀步蹙沙，状其行也；角弓石镞，黑幡铜鼓，言其孤矢及军中号令；猿啼状其声；蹳胫骨斜缠彩巾，言其服饰。葛花当是野葛，《博物志》称"曹瞒习啖野葛"，即此葛，非消酒之葛花也。葛，毒草；白鼍、竹蛇，皆毒物：总言蛮地风物之恶，官军不能深入久屯。末言军中杀戮无罪以冒功。读一过，万里之外，如在目前。（黄白山评："徐文长云：'雀步'句状箭镞坠沙之声。"）谁谓不能感发人意乎？

南山田中行

秋野明，秋风白。塘水潵潵虫喷喷。

云根苔藓山上石，冷红泣露娇啼色。

荒畦九月稻叉牙，蛰萤低飞陇径斜。

石脉水流泉滴沙，鬼灯如漆点松花。

【汇评】

《诗源辩体》：贺乐府七言，如"茂陵刘郎秋风客，夜闻马嘶晓无迹"、"大江翻澜神曳烟，楚魂寻梦风飔然"、"秋坟鬼唱鲍家诗，恨血千年土中碧"、"西山日没东山昏，旋风吹马马踏云"、"百年老鸮成木魅，啸声碧火巢中起"、"石脉水流泉滴沙，鬼灯如漆照松花"、

"呼星召鬼歆杯盘,山魅食时人森寒"、"虫栖雁病芦笋红,回风送客吹阴火"等句,皆鬼仙之词也。

《李长吉集》:黎简:此长吉平正之作。

《昌谷集注》:此秋田月夜时也。桂魄皎然,野风爽朗,水静蛩吟,苔深花湿,芳蕙低垂,流萤历乱,石泉声细,磷火光微。陇上行吟,情思清绝。

《李长吉诗集批注》:东坡有语:岁云暮矣,灯火青荧,时于此间,得少佳趣。刘贡父戏之,以为夜行失路,误入田螺精家。此诗亦似陆机入王弼墓,然而妙。

罗浮山人与葛篇

依依宜织江雨空,雨中六月兰台风。
博罗老仙时出洞,千岁石床啼鬼工。
蛇毒浓凝洞堂湿,江鱼不食衔沙立。
欲剪湘中一尺天,吴娥莫道吴刀涩。

【汇评】

《李长吉诗集批注》:起二句先言越葛之妙。"江雨空"言细状,下句言葛凉。"江雨空"谓葛工之细,如素洁方空之类,疏爽来风也。下文所以云"鬼工"(首二句下)。　此二句言葛之难得,申上出洞之致("蛇毒浓凝"二句下)。　结二句乃受之将付缝人也。"一尺天"犹然"江雨空"义,但前为织作语,此为材料语("欲剪湘中"句下)。　言易剪裁,以尽(葛)之轻妙。　方云:刘缓敬《和湘东王杂咏》有云:"箱中剪刀冷",长吉盖用其语(末句下)。

《李长吉歌诗汇解》:二句略言时景,织状密雨空濛之意(首二句下)。　此言葛者乃鬼工所为,今山人持之出洞,鬼工知其将以与人,故惜而啼也("博罗老仙"二句下)。　蛇因湿闷薰蒸而毒气不散,江鱼因水热沸郁而静伏不食。极言暑溽之象。以起下文命人剪葛制衣之意("蛇毒浓凝"二句下)。

宫娃歌

蜡光高悬照纱空,花房夜捣红守宫。
象口吹香毹毹暖,七星挂城闻漏板。
寒入罘罳殿影昏,彩鸾帘额著霜痕。
啼蛄吊月钩栏下,屈膝铜铺锁阿甄。
梦入家门上沙渚,天河落处长洲路。
愿君光明如太阳,放妾骑鱼撇波去。

【汇评】

《唐诗品汇》:此篇述宫女怨旷欲去之意。　　刘云:两语极是憔悴("啼蛄吊月"二句下)。　　刘云:意到语尽,无复馀怨。丽语犹可及,深情难自道(末二句下)。

《昌谷诗注》:元和八年夏,大水,上以为阴盈之象,出后宫人三百车。此托有未出之宫人,当秋夜思遣之意。幽闭寂寞,未得临幸,犹如甄氏之失宠也。

勉爱行二首送小季之庐山 (其二)

别柳当马头,官槐如兔目。
欲将千里别,持此易斗粟。
南云北云空脉断,灵台经络悬春线。
青轩树转月满床,下国饥儿梦中见。
维尔之昆二十馀,年来持镜颇有须。
辞家三载今如此,索米王门一事无。

荒沟古水光如刀,庭南拱柳生蛴螬。

江干幼客真可念,郊原晚吹悲号号。

【汇评】

《唐诗品汇》:刘云:非深爱不能道此兄弟情("欲将"二句下)。　　刘云:苦哉("下国饥儿"句下)!　　刘云:语自不同,读亦心呕。

《昌谷集注》:折柳相送,槐叶尚小。千里饥驱,仅藉我而易薄糈,致令兄弟睽隔。目断心牵,孤轩月夜,魂梦相怜。愧我为兄,年已及壮,不惟不能为弟谋,方自羁愁穷困。沟水月明,柔枝虫蚀。言念小季,临风依依。

致酒行

零落栖迟一杯酒,主人奉觞客长寿。

主父西游困不归,家人折断门前柳。

吾闻马周昔作新丰客,天荒地老无人识。

空将笺上两行书,直犯龙颜请恩泽。

我有迷魂招不得,雄鸡一声天下白。

少年心事当挐云,谁念幽寒坐呜呃!

【汇评】

《唐诗品汇》:刘云:又入梦境("我有迷魂"句下)。　　刘云:起得浩荡感激,言外不可知,真不得不迁之酒者。末转慷慨,令人起舞。

《李长吉集》:黄淳耀:绝无雕刻,真率之至者也。贺之不可及乃在此等。　　黎简:长吉少有此沉顿之作。

《诗辩坻》:《致酒行》,主父,宾主作两层叙,本俱引证,更作宾主详略,谁谓长吉不深于长篇之法耶?

《历代诗法》：在此公集中，是平易近人之作。

《唐贤小三昧集》：淋漓落墨，不作浓艳语尤妙。此亦长爪生别调诗。　　感遇合也，结得显甚。

《李长吉诗集批注》："少年心事当拏云"，俗吻冗长切去结，佳；再读又歇不住。

长歌续短歌

> 长歌破衣襟，短歌断白发。
> 秦王不可见，旦夕成内热。
> 渴饮壶中酒，饥拔陇头粟。
> 凄凄四月阑，千里一时绿。
> 夜峰何离离，明月落石底。
> 裴回沿石寻，照出高峰外。
> 不得与之游，歌成鬓先改。

【汇评】

《昌谷集注》：紫绶未邀，玄丝将变。秦王指宪宗，言骋雄武，好神仙，大致相类也。观光无从，忧心如沸；饥渴莫慰，荣茂惊心。仰看夜峰，明月自低渐高，遏迕照临，犹之明王当宁，乃遇合维艰，故不禁浩歌白首耳。

《李长吉诗集批注》：方云："明明如月，何时可掇？"此魏武歌行也。此诗亦仿其意（"夜峰"四句下）。　　"与之游"，言与月也，犹太白"举杯邀月"之流，承上文"夜峰"、"明月"四句耳。若谓人，则须题有"寄某人"等字（末二句下）。

《李长吉歌诗汇解》：上已言"秦王不可见"，此复借明月而喻言之。"落石底"，谓其光明未尝不照临下土，及俯仰求索其光，忽又在高峰之外。月为山峰所隔，则不得常近其光；君为左右所蔽，则不得亲沐其泽。引喻微婉，深得《楚骚》遗意(末六句下)。

公莫舞歌并序

《公莫舞歌》者，咏项伯翼蔽刘沛公也。会中壮士，灼灼于人，故无复书，且南北乐府，率有歌引。贺陋诸家，今重作《公莫舞歌》云。

> 方花古础排九楹，刺豹淋血盛银罂。
> 华筵鼓吹无桐竹，长刀直立割鸣筝。
> 横楣粗锦生红纬，日炙锦嫣王未醉。
> 腰下三看宝玦光，项庄掉箭栏前起。
> 材官小臣公莫舞，座上真人赤龙子。
> 芒砀云瑞抱天回，咸阳王气清如水。
> 铁枢铁楗重束关，大旗五丈撞双镮。
> 汉王今日颁秦印，绝膑刳肠臣不论。

【汇评】

《唐诗品汇》：刘云：从容模仿，有情最妙("方花古础"六句下)。　刘云：不必其有，事幽与鬼谋，才子赋古，但如目前。至"三看宝玦"，始喻本末，自不待言。"抱天"语奇俊，俯仰甚称事情。复作项伯口语，尤壮。

《升庵诗话》：谢皋羽《晞发集》诗皆精致奇峭，有唐人风，未可例于宋视之也。予尤爱其《鸿门宴》一篇："天云属地汗流宇，杯影龙蛇分汉楚。……君看楚舞如楚何，楚舞未终闻楚歌。"此诗虽使李贺复生，亦当心服。李贺集中亦有《鸿门宴》(指即《公莫舞歌》)一篇，不及此远甚，可谓青出于蓝矣。元杨廉夫乐府力追李贺，亦有此篇，愈不及皋羽矣。

《李长吉诗集批注》：小叙见古人得太史姑不具论，论其轶事之妙。　　方云：形容鸿门之宴，奇壮。　　起四语狰狞高会如见，是从《史记》"与之一生彘肩"一语着想得来。以下平平。

昌谷北园新笋四首（其二）

斫取青光写楚辞，腻香春粉黑离离。
无情有恨何人见？露压烟啼千万枝。

【汇评】

《升庵诗话》：陆鲁望《白莲诗》："素花多蒙别艳欺，此花端合在瑶池。无情有恨何人见？月晓风清欲堕时。"观东坡与子帖，则此诗之妙可见。然陆此诗祖李长吉。长吉咏《竹》诗云："斫取青光写楚辞，腻香春粉黑离离。无情有恨何人见？露压烟笼千万枝。"或疑"无情有恨"不可咏竹，非也。竹亦自妩媚。孟东野诗云："竹娟娟，笼晓烟。"左太冲《吴都赋》咏竹云："婵娟檀栾，玉润碧鲜。"合而观之，始知长吉之诗之工也。　　杜子美《竹》诗："雨洗娟娟净，风吹细细香。"李长吉《新笋》诗："斫取青光写楚词，腻香春粉黑离离。"又昌谷诗："竹香满凄寂，粉节涂生翠。"竹亦有香，细嗅之乃知。

《汇编唐诗十集》：唐云：通篇化用泣竹事，却不说出。

《唐诗选脉会通评林》：杨慎列为妙品。　　周珽曰：乃知"露压烟啼"，为斫写楚辞，则恨从情生。谁谓竹终物也，花草竹木，终无情物也？但不比有情者，能使人可得见耳。此咏物入化境者。"黑离离"含斑意，盖竹亦自妩媚；"情"、"恨"之语，善于描景。焦弱侯曰：汗青写楚辞，既是奇事；"腻香春粉"，形容竹光尤妙。

《载酒园诗话》：杨慎曰：结句以情恨咏竹，似是不类。然观孟郊诗"竹娟娟，笼晓烟"，竹可言"娟娟"，情恨亦可言矣。然终不若咏白莲之妙。李长吉在前，陆鲁望诗句非相蹈袭，盖着题不得避耳。胜棋所用，败棋之着也，良庖所宰，俗庖之刀也，而工拙则相远矣。　　愚意"无情有恨"，正就"露压烟啼"处见。盖因竹枝欹邪厌浥于烟露中，有似于啼，故曰"无情有恨"，此可以形象会，不当以义理求者也。悬想此竹必非琅玕巨干，或是弱茎纤柯，不胜风露者。长吉立言自妙，不得便谓之拙。　　黄白山评：咏竹而言啼，正用湘妃染泪之事，而隐约见之。不写他书，而写《楚辞》，其意益显。用修所评，黄公所释，皆似隔壁话也。

《唐人绝句精华》：亦文人不得志于时之作也。……诗多抑塞之词，愤慨之语与讥世疾俗之言，而情辞尤极其瑰诡，诗家竟至以鬼才目之，或且诋为险怪，为牛鬼蛇神，亦诗人中最不幸者矣。

感讽五首（选三首）

其一

合浦无明珠，龙洲无木奴。
足知造化力，不给使君须。
越妇未织作，吴蚕始蠕蠕。
县官骑马来，狞色虬紫须。
怀中一方板，板上数行书。
不因使君怒，焉得诣尔庐？
越妇拜县官，桑牙今尚小。
会待春日晏，丝车方掷掉。
越妇通言语，小姑具黄粱。
县官踏餐去，簿吏复登堂。

【汇评】

《增定评注唐诗正声》：前辈谓长吉诗失之险怪，如此篇朴雅婉至，已有逼真汉魏。

《唐风定》：此题五首，后三首习气，未佳；此二作（按指本诗及"星尽四方高"）入神境。乃伯谦遗其二，廷礼复遗其一，岂犹蔽于眉睫乎？竟陵刻意中、晚，于长吉五古，殊不谬然。

《历代诗发》：此亦非经人道语。

《李长吉歌诗汇解》：此章讽催科之不时也。蚕事方起，而县官已亲自催租，何其火迫乃尔！狞色虬须，画出武健之状，彼却又能推卸以为使君符牒致然，似乎不得已而来者。果尔，言语既毕，即当策马而去，乃必饱飨，不顾两妇子之拮据，为民父母者固如是乎？县官方去，簿吏又复登堂。民力几何，能叠供此辈之口腹耶？夫于女丁犹不恤乃尔，男丁在家者，其诛求又可想矣。

其三

南山何其悲，鬼雨洒空草。

长安夜半秋，风前几人老？

低迷黄昏径，袅袅青栎道。

月午树无影，一山唯白晓。

漆炬迎新人，幽圹萤扰扰。

【汇评】

《唐贤小三昧集》：鬼境鬼语（"月午"句下）。

《李长吉诗集批注》：此乃本色。

其四

星尽四方高，万物知天曙。

己生须己养，荷担出门去。

君平久不反，康伯循国路。

晓思何说说，阛阓千人语。

《唐诗归》：钟云：空回奇语，似非长吉本色，然无此又不能为长吉（首句下）。

《唐风定》：此作之妙，在第三、四句。景（竟）陵极赞首句，买椟而还珠矣。

《李长吉集》：刘须溪云：托之君平、康伯而举世可见，安能免此？其妙在言外。

《李长吉歌诗汇解》：诗意贫人以治生为务，不能不荷担入市。乃古之贤而隐于市者，若严君平、韩伯休，今既不可复作，阛阓之中，喧嚣杂沓，殊难复问。甚言市井浊气之不可耐也。

《李长吉集》：黎简：此五首何减拾遗、曲江诸公。

赠陈商

长安有男儿，二十心已朽。

楞伽堆案前，楚辞系肘后。

人生有穷拙，日暮聊饮酒。

只今道已塞，何必须白首。

凄凄陈述圣，披褐锄豆。

学为尧舜文，时人责衰偶。

柴门车辙冻，日下榆影瘦。

黄昏访我来，苦节青阳皱。

太华五千仞，劈地抽森秀。

旁古无寸寻，一上戛牛斗。

公卿纵不怜，宁能锁吾口。

李生师太华，大坐看白昼。

逢霜作朴樕，得气为春柳。

礼节乃相去，憔悴如刍狗。

风雪直斋坛，墨组贯铜绶。

臣妾气态间，唯欲承箕帚。

天眼何时开，古剑庸一吼。

【汇评】

《载酒园诗话又编》：贺赠朔客曰："俊健如生猱，肯拾蓬生萤。"《赠陈商》曰："太华五千仞，拔地抽森秀。"此即可以评贺诗。

《李长吉诗集批注》：集中最平易调达者，然犹是昌黎之平易调达。　　起段八句，自谓也。

胡蝶舞

杨花扑帐春云热，龟甲屏风醉眼缬。

东家胡蝶西家飞，白骑少年今日归。

【汇评】

《彦周诗话》：李长吉诗云："杨花扑帐春云热"，才力绝人远甚。如"柳塘春水漫，花坞夕阳迟"，虽为欧阳文忠所称，然不迨长吉之语。

《唐诗选脉会通评林》：刘辰翁曰：质而不俚，丽而不浮。似词体，似合曲，不厌其碎。

《昌谷集注》：春闺丽饰，以待良人。乃走马狭邪，如蝴蝶翩翩无定。今忽游罢归来，喜可知已。

后园凿井歌

井上辘轳床上转，水声繁，弦声浅。

情若何？荷奉倩。

城头日，长向城头住。

一日作千年，不须流下去。

【汇评】

《李长吉集》：黎简：汲井以起兴，情如缏与水耳。

《唐诗评选》：悼亡诗，托词不觉。乃于意隐者，于言必显，如此方不入魔。悲腕能下石人之泪，但一情径去，无待记忆商量，斯以非俗眼之滂沱。

《昌谷集注》：陈二如曰：题为《后园凿井》，而诗则代恨于井之多此一凿，为闺阁言之也。

开愁歌

秋风吹地百草干，华容碧影生晚寒。
我当二十不得意，一心愁谢如枯兰。
衣如飞鹑马如狗，临歧击剑生铜吼。
旗亭下马解秋衣，请贳宜阳一壶酒。
壶中唤天云不开，白昼万里闲凄迷。
主人劝我养心骨，莫受俗物相填豗。

【汇评】

《昌谷集注》：当秋凋折，芳色易摧。年少羁迟，不禁慷慨悲壮。究竟天高难问，唯逆旅主人来相慰勉耳。

秦宫诗并序

汉人秦宫，将军梁冀之嬖奴也。秦宫得宠内舍，故以骄名大噪于人。予抚旧而作长辞，以冯子都之事相为对望，又云昔有之诗。

越罗衫袂迎春风，玉刻麒麟腰带红。

楼头曲宴仙人语，帐底吹笙香雾浓。

人间酒暖春茫茫，花枝入帘白日长。

飞窗复道传筹饮，十夜铜盘腻烛黄。

秃衿小袖调鹦鹉，紫绣麻韈踏哮虎。

斫桂烧金待晓筵，白鹿青苏夜半煮。

桐英永巷骑新马，内屋深屏生色画。

开门烂用水衡钱，卷起黄河向身泻。

皇天厄运犹曾裂，秦宫一生花底活。

鸾篦夺得不还人，醉睡氍毹满堂月。

【汇评】

《唐诗品汇》：刘云：亦是妙思（"鸾篦夺得"句下）。　　刘云：钩深索隐，如梦如画。　　又云：极言梁氏连夜盛燕，而秦宫得志可见。至"调鹦鹉"、"夜半煮"无不可道，故知作者妙于形容，未更奴态，人所不能尽喻。赋秦宫似秦宫，何多才也！

《诗薮》：长吉《浩歌》、《秦宫》，仿太白而过于深。

《唐诗评选》：亦刺当时无事。如少陵《丽人行》，主名必立。　　"开门烂用"四句，只自夹带出，末又以二艳细语结，如此生者乃可与微言。"铜盘腻烛黄"写烛泪好，惜其"卜夜"二字用《左传》，稚。

《李长吉诗集批注》：此诗人推绝构，非也。长吉高处，往往有得之于天而非人事之所有者。佛家所谓教外别传，又所谓别峰相见者也。虽不及李、杜大宗，而大宗亦或不得而及之，此天也。……此诗虽工，却皆言人事之所可揣；语虽工，弗善也。若只以善写人事为工，则杜公《丽人行》尚矣，此工不及。

古邺城童子谣效王粲刺曹操

邺城中，暮尘起。

将黑丸，斫文吏。

棘为鞭，虎为马。

团团走，邺城下。

切玉剑，射日弓。

献何人？奉相公。

扶毂来，关右儿。

香扫涂，相公归。

【汇评】

《唐诗选脉会通评林》：徐谓曰：古淡。　　唐汝询曰：王粲《从军》等作，谄媚丑极。此特借其口以骂操耳，实无讥刺念头。

又曰：用此恶少为羽翼，其窥觎可想。"扶毂来"二句，轻忽语；末二句势便辉赫。

《唐诗评选》：亦刺当时，体神自远。

杨生青花紫石砚歌

端州石工巧如神，踏天磨刀割紫云。

佣刓抱水含满唇，暗洒苌弘冷血痕。

纱帷昼暖墨花春，轻沤漂沫松麝薰。

干腻薄重立脚匀，数寸光秋无日昏。

圆毫促点声静新：孔砚宽顽何足云。

【汇评】

《午风堂丛谈》：柳公权论砚云：端溪石为砚至妙，益墨，青紫色者可直千金。水中石其色青,山半石紫,山顶石尤润如猪肝色者佳,贮水处有赤白黄点,世谓"鸲鹆眼",脉理黄者谓之金钱。相砚之法始此。宋人论端砚三坑石虽详,不若柳说之简确也。刘禹锡有《谢唐秀才端州紫石砚》诗,李贺有《青花紫石砚歌》,李咸用有《端溪砚》诗,端石之重,唐时已然矣。

《李长吉诗集批注》:前四句曲尽石之开坑,中四句曲尽石之发墨,后二句又曲尽其不退笔,砚品至矣。端石之青花,唐时已重之,较老杜《平侍御石砚》诗,此中曲细为杜所不屑,亦杜所不能。李长吉之长,真能状难写之景如在目前。

苦昼短

飞光,飞光,劝尔一杯酒。

吾不识青天高,黄地厚。

唯见月寒日暖,来煎人寿。

食熊则肥,食蛙则瘦。

神君何在?太一安有?

天东有若木,下置衔烛龙。

吾将斩龙足,嚼龙肉。

使之朝不得回,夜不得伏。

自然老者不死,少者不哭。

何为服黄金,吞白玉?

谁似任公子,云中骑白驴?

刘彻茂陵多滞骨,嬴政梓棺费鲍鱼。

【汇评】

《四溟诗话》:陈琳曰:"骋哉日月远,年命将西倾。"陆机曰:"容华夙夜零,沐泽坐自捐。兹物苟难停,吾寿吾得延。"谢灵运曰:

"夕虑晓月流,朝忌曛日驰。"李长吉曰:"天东有若木,下置衔烛龙。……自然老者不死,少者不哭。"此皆气短。无名氏曰:"人生不满百,常怀千岁忧。昼短苦夜长,何不秉烛游。"此作感慨而气悠长也。

《唐诗归》:钟云:"自然"二字谑的妙甚("自然老者"二句下)! 钟云:放言无理,胸中却有故。

《唐诗选脉会通评林》:徐渭曰:字字奇。 董懋策曰:字字老。熊、蛙喻人富贵贫贱。 周珽曰:错综变化,想奇笔奇,无一字不可夺鬼工。诗意总言光阴易过,人寿难延,世无回天之能,即学仙事属虚无,秦汉之君可征也,人何徒忧生之足云耶!

《唐诗快》:同一昼也,有神君太一之昼,有刘彻、嬴政之昼,有长吉之昼,其苦乐不同,故其长短亦不同,然昔之长吉苦而短,今之长吉乐而长矣。飞光何尝负此一杯耶?

春归昌谷

束发方读书,谋身苦不早。
终军未乘传,颜子鬓先老。
天网信崇大,矫士常懂懂。
逸目骈甘华,羁心如荼蓼。
旱云二三月,岑岫相颠倒。
谁揭赪玉盘,东方发红照。
春热张鹤盖,兔目官槐小。
思焦面如病,尝胆肠似绞。
京国心烂漫,夜梦归家少。
发轫东门外,天地皆浩浩。
青树骊山头,花风满秦道。

宫台光错落，装尽偏峰峤。

细绿及团红，当路杂啼笑。

香风下高广，鞍马正华耀。

独乘鸡栖车，自觉少风调。

心曲语形影，只身焉足乐。

岂能脱负担，刻鹤曾无兆。

幽幽太华侧，老柏如建纛。

龙皮相排戛，翠羽更荡掉。

驱趋委憔悴，眺览强容貌。

花蔓阒行辀，縠烟暝深徼。

少健无所就，入门愧家老。

听讲依大树，观书临曲沼。

知非出柙虎，甘作藏雾豹。

韩鸟处矰缴，湘儵在笼罩。

狭行无廓落，壮士徒轻趠。

【汇评】

《苕溪渔隐丛话》：《雪浪斋日记》云：《春归昌谷》云："早云二三月，岑岫相颠倒。谁揭赪玉盘，东方发红照。春热张鹤盖，兔目官槐小。"甚奇丽。如少陵未必喜，而昌黎必嗜之也。

《李长吉集》：黎简：此篇章法甚老。六句重结句。旱云作奇峰也。"尝胆"重八句。旱景着"浩浩"二字怕人。"宫台"六句罔肯念乱之意，词特深婉。　　忽插入太华一段，于老柏更描写六句，与上"宫台"六句喧寂相对，以况己之无聊。重"老"字韵。

《李长吉诗集批注》：此篇章法，似窃法于杜之《北征》大端。望华清宫一段作波（"青树"二句下）。　　又望华山柏树一段作波（"幽幽"二句下）。

艾如张

锦襜褕，绣裆襦。强饮啄，哺尔雏。

陇东卧穟满风雨，莫逐笼媒陇西去。

齐人织网如素空，张在野田平碧中。

网丝漠漠无形影，误尔触之伤首红。

艾叶绿花谁剪刻？中藏祸机不可测。

【汇评】

《唐诗品汇》：刘云：似古诗，乃不觉其垂花插鬓者。

《唐音审体》：此诗直曰"艾叶绿花"，失古题本意，陈苏子卿已然。

《李长吉诗集批注》：一味本意，无足动人。后半语亦太浅。

《王闿运手批唐诗选》：深款移人。

猛虎行

长戈莫春，长弩莫抨。

乳孙哺子，教得生狞。

举头为城，掉尾为旌。

东海黄公，愁见夜行。

道逢驺虞，牛哀不平。

何用尺刀，壁上雷鸣。

泰山之下，妇人哭声。

官家有程，吏不敢听。

【汇评】

《昌谷集注》：于頔、李吉甫劝上峻刑。后頔留长安不得志，使子敏赂梁正言求出镇,不遂。敏诱其奴支解之。时又中使暴横,皆以锻炼为雄。此权德舆所以引秦政之惨刻为谏也。贺睹时事,故拟此以为讽耳。

《李长吉歌诗汇解》:《论衡》:"鲧为诸侯,欲得三公,而尧不听。怒甚,猛兽以为乱。比兽之角可以为城,举尾以为旌。"长吉此等句法,世所诧为"牛鬼蛇神,鲸呿鳌掷"者也,而不知其盖有所本,非出于杜撰("举头"二句下)。

夜坐吟

踏踏马蹄谁见过,眼看北斗直天河。
西风罗幕生翠波,铅华笑妾卷青娥。
为君起唱长相思,帘外严霜皆倒飞。
明星烂烂东方陉,红霞梢出东南涯,
陆郎去矣乘班骓。

【汇评】

《诗源辩体》:(贺)五言如"蕃甲锁蛇鳞,马嘶青冢白"、"胡角引北风,蓟门白于水。天含青海道,城头月千里",七言如"帘外严霜皆倒飞"、"酒酣喝月使倒行"、"天河夜转漂回星,银浦流云学水声"、"梁王台沼空中立,天河之水夜飞入"、"黑云压城城欲摧,甲光向日金鳞开"等句,益又奇矣。后人学贺者但能得其诡幻,于佳句十不得一,奇句百不得一也。

《昌谷集注》:知己俱遭放斥,同心寂寥,故无见访之人,遂托思妇以怀彼美也。天河历历,风激空帏,粉黛慵施,谁知侬怨?起舞霜飞,终宵待旦,犹忆陆郎初去,所乘乃斑骓。及今踏踏马蹄,孰知陆郎之我顾也?

《李长吉歌诗汇解》:风吹罗帐闪闪而动,有若水波之状,见空中寂静之意（"西风罗幕"句下）。　　　严霜倒飞，见歌声之妙（"帘外严霜"句下）。　　　此句是回念前此去时之况，因其不来而追思之，遂有无限深情。"夜坐"者，夜坐而俟其来也。"为君起唱长相思"，君者，即指其人。通篇总是思而不见之意。徐文长以来迟去早为解，反觉末句无甚隽永（末句下）。

巫山高

碧丛丛，高插天，大江翻澜神曳烟。

楚魂寻梦风飔然，晓风飞雨生苔钱。

瑶姬一去一千年，丁香筇竹啼老猿。

古祠近月蟾桂寒，椒花坠红湿云间。

【汇评】

《诗源辩体》：李贺乐府五、七言虽多诡幻，而中有佳句。五言如"雾下旗濛濛"、"木叶啼风雨"、"蜂语绕妆镜"、"灯青兰膏歇，落照飞蛾舞"、"野粉椒壁黄，湿萤满梁殿"、"新桂如蛾眉，秋风吹小绿"，七言如"咸阳王气清如水"……"凉风雁啼天在水"、"椒花坠红湿云间"、"汉城黄柳映新帘"、"隙月斜明刮露寒，练带平铺吹不起"等句，皆佳句也。

《李长吉集》：黎简：发脉《九歌》。《巫山高》作者当以此为第一。

《李长吉歌诗汇解》："近月蟾桂寒"，言其高峻。"椒花坠红"，即无人花自落之意（末二句下）。

平城下

饥寒平城下，夜夜守明月。

别剑无玉花,海风断鬓发。

塞长连白空,遥见汉旗红。

青帐吹短笛,烟雾湿昼龙。

日晚在城上,依稀望城下。

风吹枯蓬起,城中嘶瘦马。

借问筑城吏,去关几千里?

惟愁裹尸归,不惜倒戈死。

【汇评】

《李长吉集》:黎简:沉痛(末二句下)。

《李长吉歌诗汇解》:此章以守边之将,不恤其士卒之饥寒,其下苦之,代作此辞以刺。然通首竟不作一怨尤之语,洵为高妙。旧注以"平城"及"汉旗红"之语,作汉高祖被困平城之解者,非是。

江南弄

江中绿雾起凉波,天上叠巘红嵯峨。

水风浦云生老竹,渚暝蒲帆如一幅。

鲈鱼千头酒百斛,酒中倒卧南山绿。

吴歈越吟未终曲,江上团团帖寒玉。

【汇评】

《唐诗镜》:末句朦胧晚沉。

《唐风定》:长吉歌行艳称古今,大抵皆魔语耳。顾华玉诋其怪诞,是具眼人。随声赏爱之流,皆入其云雾耳。独予违众黜之,存此一首,以观其概。

《李长吉集》:极雕而佳。 状月是昌谷独造(末句下)。

《昌谷集注》:此羡江南之景物艳冶也,绿雾在水,红霞映天;翠篆阴凝,江船晚泛;鲈鱼美酒,山影垂尊;洗耳清音,月浮水面。

自足令人神往矣。

《载酒园诗话又编》：世皆称长吉为鬼仙之才，语殊不谬。然其集中，亦自有清新俊逸者。如《崇义里滞雨》曰："忧眠枕剑匣，客帐梦封侯。"《伤心行》曰："灯青兰膏歇，落照飞蛾舞。古壁生凝尘，羁魂梦中语。"《始为奉礼忆昌谷山居》曰："不知船上月，谁棹满溪云？"《秋凉寄兄》曰："梦中相聚笑，觉见半床月。"《江南弄》曰："江中绿雾起凉波，天上叠巘红嵯峨。……"写景真是如画，何尝鬼语，亦何尝不佳？按"团团贴寒玉"，注以为荷，余意或是言月，观上文"渚暝"可见，且与"吴歈越吟未终曲"句相应尤急。

《历代诗发》：此诗思致敏妙，无一毫怪诞处。

《李长吉诗集批注》：语稚，不得以《左传》"如布帛之有幅"为解（"渚暝蒲帆"句下）。

北中寒

> 一方黑照三方紫，黄河冰合鱼龙死。
> 三尺木皮断文理，百石强车上河水。
> 霜花草上大如钱，挥刀不入迷漾天。
> 争瀯海水飞凌喧，山瀑无声玉虹悬。

【汇评】

《唐音癸签》：李长吉咏寒："百石强车上河水。"换"冰"字作"水"，寒意自跃。此用字之最有意者。

《李长吉歌诗汇解》：因冻，故木皮虽厚，亦至拆裂。河冰坚甚，虽以百石重车行其上，亦不碎陷（"三尺木皮"二句下）。　　霜凝草上，有似花葩。挥刀不入，亦言其沍寒凝结之甚（"霜花草上"二句下）。　　北海近岸浅狭之处，至十月即冻，而天色喧和，暂或解散，其碎冰为波涛所拥触，作声甚喧。山中瀑水激流而下，如挂匹练,遇寒而冻,寂然无声,似白虹悬于涧中(末二句下)。

神弦别曲

巫山小女隔云别,春风松花山上发。

绿盖独穿香径归,白马花竿前孑孑。

蜀江风澹水如罗,堕兰谁泛相经过。

南山桂树为君死,云衫浅污红脂花。

【汇评】

《载酒园诗话又编》:《神弦曲》、《神弦别曲》二诗真有《湘君》、《山鬼》之遗。但中篇(按指《神弦》)语太浅直,如"呼星召鬼歆杯盘,山魅食时人森寒",形容殊劣。二诗已不能尽奇;《骚》岂易及?况"奴仆"耶!

《昌谷集注》:巫以为神临去而作此以别也。巫山神女由山中来,亦自山中去。春风松花,绿盖白马,遵此长逝。来时怒涛惊拥,去则风浪恬然,水纹如縠。"南山"二句,言桂宁为君死,而使绿叶贞干之不凋;花宁为君容,而如云袖红脂之长艳也。神既受享而归,自当降祥默祐。总以形容巫之荒诞,而崇之者愚昧,深信以望福之自来,大可笑也。

《李长吉诗集批注》:此专言送神也。无一奇语,自见虚无。   结之"君",谓女巫也。桂之死,因女巫也。草木何知?亦为情死,则女巫之妖妄惑人可知矣。末言其衫透肌肤,汗污浅浅,尤冶(末二句下)。

《李长吉歌诗汇解》:姚仙期曰:"秦俗鄙俚,其阴阳神鬼之间,不能无亵慢荒淫之杂。长吉更定其辞,以巫不可信,故言多讽刺云。"琦谓不然。长吉诗脉本自《楚骚》,以《楚骚》之解解三诗,求所谓讽刺之言,竟安有哉!

《王闿运手批唐诗选》：如见山鬼。

高轩过

华裾织翠青如葱，金环压辔摇玲珑。
马蹄隐耳声隆隆，入门下马气如虹。
云是东京才子，文章巨公。
二十八宿罗心胸，元精耿耿贯当中。
殿前作赋声摩空，笔补造化天无功。
庞眉书客感秋蓬，谁知死草生华风？
我今垂翅附冥鸿，他日不羞蛇作龙。

【汇评】

《唐摭言》：贺年七岁，以长短之制，名动京师。时韩文公与皇甫湜览贺所业，奇之，而未知其人。因相谓曰："若是古人，吾曹不知者；若是今人，岂有不知之理！"会有以瑨肃行止言者，二公因连骑造门，请见其子。既而总角而出，二公不之信，贺就试一篇，承命欣然，操觚染翰，旁若无人。仍目曰《高轩过》，曰："华裾织翠青如葱，金环压辔摇冬珑。……我今垂翅负冥鸿，他日不羞蛇作龙。"二公大惊，以所乘马命连镳而还所居，亲为束发。

《王直方诗话》：李贺《高轩过》中有"笔补造化天无功"之句，余每击节。此诗人之所以多穷也。

《诗薮》：唐人歌行烜赫者：郭元振《宝剑篇》，宋之问《龙门行》、《明河篇》，李峤《汾阴行》，……李贺《高轩》，并惊绝一时。

《唐诗别裁》：精光煜爚，四语韩公足以当之（"二十八宿"四句下）。　　言己欲附二公后（末二句下）。

《唐贤清雅集》：凿空奇语，惟韩公当得起。后昌黎（按当为杜牧）亦云：长吉不死，奴仆命《骚》可也。亦惟长吉当得起。两贤皆非谬誉,若作诗动辄献谀,尚成诗耶?

《唐宋诗举要》:为父执赋,自宜严括,故此篇不似他诗之险奥,而词义精湛,有挥斥八极之观。

洛阳城外别皇甫湜

洛阳吹别风,龙门起断烟。

冬树束生涩,晚紫凝华天。

单身野霜上,疲马飞蓬间。

凭轩一双泪,奉坠绿衣前。

【汇评】

《李长吉歌诗汇解》:以人之离别,而风亦为"别风",以交际断隔,而烟亦为"断烟"。黯然神伤,不觉景因情异矣(首二句下)。

冬树枯落,枝干森森如束,风绕其间,另作生涩之态。此句承上"别风"而言。晚烟凝映,远天另作紫色,王子安所谓"烟光凝而暮山紫"也。此句承上"断烟"而言("冬树"二句下)。　　豫言别后途中苦况,以起下文泪堕之意。小传言长吉独骑往还京、洛,读"单身"、"疲马"之句,宛然如见("单身"二句下)。

溪晚凉

白狐向月号山风,秋寒扫云留碧空。

玉烟青湿白如幢,银湾晓转流天东。

溪汀眠鹭梦征鸿,轻涟不语细游溶。

层岫回岑复叠龙,苦篁对客吟歌筒。

【汇评】

《李长吉集》:黄淳耀:玉烟、银湾并杜撰,却自是好("玉烟青湿"二句下）。　　无情有情（"溪汀眠鹭"二句下）。

《昌谷集注》：秋夜静爽，溪流悄寂，上映银汉，光明如晓，而流向天东也。鹭眠正熟，听雁声嘹呖，恍如梦中。流泉净细，远山层叠，翠竹临风，如与诗客相唱和耳。

《李长吉歌诗汇编》："扫云留碧空"，谓浮云敛尽，天质独露。　　鹭眠鸿梦，见水中群鸟皆已安息，故波水轻涟，静而安流。

长平箭头歌

漆灰骨末丹水沙，凄凄古血生铜花。
白翎金竿雨中尽，直馀三脊残狼牙。
我寻平原乘两马，驿东石田蒿坞下。
风长日短星萧萧，黑旗云湿悬空夜。
左魂右魄啼肌瘦，酪瓶倒尽将羊炙。
虫栖雁病芦笋红，回风送客吹阴火。
访古汍澜收断镞，折锋赤璺曾刲肉。
南陌东城马上儿，劝我将金换簝竹。

【汇评】

《昌谷集注》：唐室自开元以后，寇盗藩镇叛乱杀伐，迄无宁日；天下户口四分减二，死亡略尽。贺过长平，得古箭头而作此歌，吊国殇也。首句见当日作矢之妙，历久而漆灰等物犹然未泯。太公《六韬》曰：赤茎以铜为首。血痕久溅铜上，致斑斓如花。年代累变，竿尽镞存。我来长平之原，于荒芜之地，傍睨景物，倍尽阴惨。白骨遍野，鬼尚凭依悲号，苦无所归。当年家乡远隔，此日岁月久淹，谁为奠以酪浆而荐以羊炙耶？虫雁啼秋，风生燐起，我方洒泪，收此断镞。锋头虽折，而腐肉犹封，对此能不为之寒心？乃马上健儿毫无狐兔之悲，反劝我买竹为竿。总之，天运人心，一归好杀,良可浩叹也!

《李长吉诗集批注》:结末二语,非欲从其劝,乃正笑其劝也。长平,坑降卒地,偶得箭头,心情惟吊古耳。

江楼曲

> 楼前流水江陵道,鲤鱼风起芙蓉老。
> 晓钗催鬓语南风,抽帆归来一日功。
> 鼍吟浦口飞梅雨,竿头酒旗换青苎。
> 萧骚浪白云差池,黄粉油衫寄郎主。
> 新槽酒声苦无力,南湖一顷菱花白。
> 眼前便有千里愁,小玉开屏见山色。

【汇评】

《李长吉集》:黎简:第三句言于晓起催妆时,即祝语南风,愿其荡子早归来也。"晓"字与下句"一日"二字相叫,总言欲其于晓妆时即抽帆而归,归可一日而至也。 媚绝,所谓时花美女不足为其色(末句下)。

《昌谷集注》:楼前流水,道通江陵。一水盈盈,本无多路。时当深秋,北风飒飒,芳姿就萎。郎居上游,归帆但得南风,一日便可抵舍。故清晨登楼,占候风信。匆匆理妆,如受晓钗之催。口中殷殷,惟向南风致祝也。然前此梅雨不歇,酒旗频换,下对萧骚之浪,上对参差之云,又尝以黄粉油衫寄上郎主,愁雨愁风,固思归必至之情乎!是以新槽待郎之同饮,湖菱待郎之同采,眼前即是千里,亦无如凭栏眺望,只见山色不见郎耳!

《载酒园诗话又编》:长吉艳诗,尤情深语秀。如《江楼曲》曰:"晓钗催鬓语南风,抽帆归来一日功。"《有所思》曰:"白日萧条梦不成,桥人更问仙人卜。"《铜雀妓》曰:"石马卧新烟,忧来何所拟?长裙压高台,泪眼看花机。"《江潭苑》曰:"十骑簇芙蓉,宫衣小队伍。练香薰宋鹊,寻箭踏卢龙。旗湿金铃重,霜干玉镫空。今朝画眉早,不待景阳钟。"虽崔汴州曷能过乎?

《李长吉诗集批注》:徐注"忆夫",是也。以为"当垆妇"则非;殊不顾结尾"小玉开屏"之景,此岂当垆家所有耶?其误在"酒旗换苎"一语,而不知其为旁景。　　篇中点景是"鲤鱼风","南风"、"梅雨"等言时久矣("鲤鱼风起"句下)。

塞下曲

胡角引北风,蓟门白于水。
天含青海道,城头月千里。
露下旗濛濛,寒金鸣夜刻。
蕃甲锁蛇鳞,马嘶青冢白。
秋静见旄头,沙远席羁愁。
帐北天应尽,河声出塞流。

【汇评】

《唐诗品汇》:刘云:悲壮卓绝("胡角"二句下)。

《李长吉集》:黎简:昌谷善用"千里"字,然至双字辄不佳,如"遥遥空"、"碎碎堕"等字皆太作意。

《昌谷集注》:此为塞下征人作也。风寒月皎,露静星明。当此刁斗精严,传筹不息。亦正惟蕃甲蛇鳞,马嘶青冢,时时窥伺上国尔。故秋静见旄头之星,即不得不坐卧羁愁之席。因念帐北之天,合有尽时;顾乃河流绕塞,邈无涯际。千古此外患内忧,积成征人怨恨,谓之何哉!

《秋窗随笔》:长吉善用"白"字,如"雄鸡一声天下白"、"吟诗一夜东方白"、"蓟门白于水"、"一夜绿房迎白晓"、"一山唯白晓",

皆奇句。

五粒小松歌 并序

前谢秀才杜云卿，命予作《五粒小松歌》。予以选书多事，不治曲辞，经十日，聊道八句，以当命意。

蛇子蛇孙鳞蜿蜿，新香几粒洪厓饭。
绿波浸叶满浓光，细束龙髯铰刀剪。
主人壁上铺州图，主人堂前多俗儒。
月明白露秋泪滴，石笋溪云肯寄书。

【汇评】

《昌谷集注》："鳞蜿蜿"，状松干也。"洪厓饭"，喻松子也。"满浓光"，色之深也。"束龙髯"，叶之齐也。主人壁上所铺之州图，即豫州华山也。五粒松产华山，此当赞图画之松耳。贺言此山旧多仙隐，如汉卫叔卿、张公超、五代郑遨辈群修道于此。乃今堂前则皆世俗之儒，谁能有续仙侣者乎？月夜露重，石罅如泪，石笋溪云，惟寄书以招隐耳。

《李长吉诗集批注》："细束龙髯铰刀剪"，咏松止此。以下不复照应，亦一格。

吕将军歌

吕将军，骑赤兔，
独携大胆出秦门，金粟堆边哭陵树。
北方逆气污青天，剑龙夜叫将军闲。
将军振袖挥剑锷，玉阙朱城有门阁。
榱榱银龟摇白马，傅粉女郎火旗下。

恒山铁骑请金枪，遥闻箙中花箭香。

西郊寒蓬叶如剌，皇天新栽养神骥。

厩中高桁排寒蹄，饱食青刍饮白水。

圆苍低迷盖张地，九州人事皆如此。

赤山秀铤御时英，绿眼将军会天意。

【汇评】

《昌谷集注》：吴元济叛，据淮西，恒镇节度使王承宗、郓镇节度使李师道皆与元济互相犄角。而魏博节度使田弘正独遣其子布将兵助讨淮西，以功授御史。贺盖以布名与吕同，故借"吕将军"以咏之也。

《李长吉诗集批注》：此时人也，非咏吕布，不可以起句误之。　"傅粉女郎大旗下"，女郎，指孱将；用古吕姥、萧娘之戏语。

《李长吉歌诗汇编》：笑其时所用将帅，腰佩银印，身骑白马，非不形似，而孱怯无能，乃一傅粉女子在旗纛之下，何足以威服敌人？是以恒山铁骑，请与比较金枪，藏匿不出，但遥闻其箙中花箭香而已，盖传言其善射也。曰花，曰香，亦从"傅粉女郎"出生，言其不见可畏之意。又曰"遥闻"，则又不曾亲试之行阵可知（"榼榼银龟"四句下）。

神弦曲

西山日没东山昏，旋风吹马马踏云。

画弦素管声浅繁，花裙綷縩步秋尘。

桂叶刷风桂坠子，青狸哭血寒狐死。

古壁彩虬金帖尾，雨工骑入秋潭水。

百年老鸮成木魅，笑声碧火巢中起。

【汇评】

《昌谷集注》：唐俗尚巫。肃宗朝王玙以祷祠见宠，帝用其言，遣女巫乘传,分祷天下名山大川。巫皆美容盛饰,所至横恣赂遗,妄言祸福,海内崇之,而秦风尤甚。贺作三首以嘲之。此言巫迎神时,薄暮阴翳,隐隐有神乘马而至。丝竹轻飏,女巫罢步,桂树阴浓,风生哀响。"古壁"乃巫所悬图画,奇神异鬼,光怪惊人。阴气昏凝,鸱鹑燐见,而女巫以为神至之候也。

《李长吉诗集批注》:《神弦》三首,皆学《九歌·山鬼》,而微伤于佻;然较之元明,又老成持重矣。 凡《神弦》诗皆讥淫祀,篇篇皆佳。 以上四语写巫之降神(首四句下)。 此二语写巫之罔人能降害("桂叶刷风"二句下)。 以上四语,写神祇恍忽难知。而妖妄又作矣("古壁彩虹"句下)。

野　歌

鸦翎羽箭山桑弓,仰天射落衔芦鸿。
麻衣黑肥冲北风,带酒日晚歌田中。
男儿屈穷心不穷,枯荣不等嗔天公。
寒风又变为春柳,条条看即烟濛濛。

【汇评】

《昌谷集注》:男儿操强弓疾矢,能射雁饮羽,故雁南来正遇其醉歌田中。乃有此伎俩,宜策名当世,然犹日暮尚困陇亩,能令其心皆穷耶?枯荣不等,天公固可嗔矣。但律转阳回,春柳枝枝皆茂,亦何时之不能待耶? 董云:麻衣不应属雁,当是人葛衣冲风,引犬战胜而肥。以冲风故黑,赤兔太凿。

神　弦

女巫浇酒云满空,玉炉炭火香冬冬。

海神山鬼来座中,纸钱窸窣鸣旋风。

相思木帖金舞鸾,攒蛾一啑重一弹。

呼星召鬼歆杯盘,山魅食时人森寒。

终南日色低平湾,神兮长在有无间。

神嗔神喜师更颜,送神万骑还青山。

【汇评】

《李长吉集》:黄淳耀:杂之楚辞,何以辨非屈宋?

《昌谷集注》:巫言神既临而缯之也。洒酒焚香,众灵毕集。楮钱风飒,神鬼凭依。巫乃手持画板,舞奏哀丝,眉目向空,大招冥漠。受飨日暮,视听勿遗。人视师颜忻愠,谓神之嗔喜于是见焉。万骑奔驰,惝乎去已。

《李长吉诗集批注》:大概与前首(按指《神弦曲》)义同,而未及前之结写妖妄复作等语。然此所言巫之罔人与人之为巫所罔者加甚。

《李长吉歌诗汇解》:刘须溪曰:读此章使人神意森索,如在古祠幽黯之中,亲睹巫觋赛神之状。

将进酒

琉璃锺,琥珀浓,小槽酒滴真珠红。

烹龙炮凤玉脂泣,罗屏绣幕围香风。

吹龙笛,击鼍鼓;皓齿歌,细腰舞。

况是青春日将暮,桃花乱落如红雨。

劝君终日酩酊醉,酒不到刘伶坟上土!

【汇评】

《苕溪渔隐丛话后集》:《复斋漫录》云:长吉有"桃花乱落如红雨"之句,以此名世。余观刘禹锡云:"花枝满空迷处所,摇动繁英坠红雨。"刘、李出于一时，决非相剽窃也。

《升庵诗话》：东坡诗"山中故人应有招我归来篇"，十一言也。"我不敢效我支自逸"，亦可作两句；若长吉"酒不到刘伶坟上土"八言，一句浑全。

《唐诗选脉会通评林》：周珽曰：余谓"花落如雨"奇，"乱如红雨"更奇，词意虽同，而简练李觉胜焉。至"酒不到刘伶坟上土"；见人世时物易于衰谢；有生得乐且乐，无徒博身后孤寂地下也。
周敬曰：语藻见达人生究竟，意实司悲。

《李长吉集》：黎简：奇话（末句下）。

《唐诗别裁》：佳句，不须雕刻（"桃花乱落"句下）。　　达人之言（末二句下）。

《李长吉诗集批注》：太似鲍照，无可取。结，差可人意。

《网师园唐诗笺》：悲咽，令人肠断（末二句下）。

《唐贤小三昧集》：此长吉诗之最近人、最可法者。风调从太白来。

《养一斋诗话》："微雨从东来，好风与之俱"，古诗也，上也。"珠帘暮卷西山雨"，律之古也，次也。"桃花乱落如红雨"、"梨花一枝春带雨"，词之诗也，下也。

美人梳头歌

西施晓梦绡帐寒，香鬟堕髻半沉檀。
辘轳咿哑转鸣玉，惊起芙蓉睡新足。
双鸾开镜秋水光，解鬟临境立象床。
一编香丝云撒地，玉钗落处无声腻。
纤手却盘老鸦色，翠滑宝钗簪不得。
春风烂漫恼娇慵，十八鬟多无气力。

妆成鬟鬓敧不斜,云裾数步踏雁沙。

背人不语向何处?下阶自折樱桃花。

【汇评】

《苕溪渔隐丛话后集》:《美人梳头歌》云:"西施晓梦绡帐寒,……"余尝以此歌填入《水龙吟》。

《唐诗品汇》:刘云:如书如画,有情无语,更自可怜。

《唐诗归》:钟云:嫩静而摇曳,美人妙手。

《李长吉集》:黎简:蕴藉(末二句下)。

《昌谷集注》:状美人之晓妆也。奇藻蒨艳,极尽情形。顾盼芳姿,仿佛可见。

《唐诗别裁》:发长也("解鬟临境"句下)。　　梳头以后之神(末二句下)。

《梅磵诗话》:李长吉集中有《染丝上春机》、《美人梳头歌》,婉丽精切,自成一家机轴。

《李长吉诗集批注》:写幽闺春怨也。结尾"樱桃花"三字才点睛。花至樱桃,好春已尽矣;深闺寂寂,亦复何聊!　　不着一字,尽得风流。使温、李为之,秾艳应十倍加。然为人羡,不能使人思,不如此画无尽意也。从来艳体,亦当以此居第一流。

《唐贤小三昧集》:形容处极生艳之致,此种乃杨铁崖极力模仿者,然不逮远矣。

官街鼓

晓声隆隆催转日,暮声隆隆呼月出。

汉城黄柳映新帘,柏陵飞燕埋香骨。

磓碎千年日长白,孝武秦王听不得。

从君翠发芦花色,独共南山守中国。

几回天上葬神仙，漏声相将无断绝。

【汇评】

《唐诗品汇》：刘云：神奇至于仙，极矣；独屡言仙死。不怪之怪，乃大怪也。

《昌谷集注》：此讥求仙之非也。日月循环，鼓声相续，故长安犹是。汉城黄柳，新帘飞燕，已成黄土。使如秦皇、孝武在时，遽言碎千年白日，势必使翠发变为芦花之白，犹与共南山之寿以守此中国也。其实秦皇死，孝武复死，漏声相续之下，亦不知断送多少万乘之君矣。

《唐宋诗举要》：黄云：神仙可死，而漏声不绝，极意形容（末二句下）。　　吴云：此首最警悍。

昆仑使者

昆仑使者无消息，茂陵烟树生愁色。
金盘玉露自淋漓，元气茫茫收不得。
麒麟背上石文裂，虬龙鳞下红枝折。
何处偏伤万国心？中天夜久高明月。

【汇评】

《唐诗品汇》：刘云：甚有风刺（"金盘玉露"二句下）。　　刘云：古也好，此其深悲茂陵者。

《唐诗评选》：此以刺唐诸帝饵丹暴亡者。今且千年，人犹不解，况当时习读闻传之主人。长吉于讽刺，直以声情动今古，真与供奉为敌，杜陵非其匹也。　　"元气茫茫收不得"，说出天人之际无干涉处，分明透视，笑尽仙佛家代石人搔背痒一段愚妄。韩退之诸君终年大声疾呼，何曾道得此一句在？故知人不可以无才。

《李长吉诗集批注》：为好仙也。　　此乃真本，看他何等卓立！

刘　叉

刘叉，生卒年里贯均未详。自称彭城（今江苏徐州）人。家贫，好任侠，因杀人亡命，遇赦乃出。元和中客洛阳，结识孟郊。九年左右入京，识韩愈、姚合。十四年，韩愈贬潮州刺史，叉有诗寄之。后莫知所终。叉旷放不羁，诗亦如之。有《刘叉诗》二卷，已佚。《全唐诗》存诗一卷。

【汇评】

（叉）能为歌诗……闻（韩）愈接天下士，步归之。作《冰柱》、《雪车》二诗，出卢仝、孟郊右。樊宗师见，为独拜。（《新唐书·刘叉传》）

刘叉诗酷似玉川子，而传于世者二十七篇而已。《冰柱》、《雪车》二诗，虽作语奇怪，然议论亦皆出于正也。（《韵语阳秋》）

卢仝、刘叉，以怪名家。（《后村诗话续集》）

工为歌诗，酷好卢仝、孟郊之体，造语幽蹇，议论多出于正。《冰柱》、《雪车》二篇，含蓄风刺，出二公之右矣。（《唐才子传》）

刘叉朔气纵横，侠心不死。观其凌驾退之，亦一奇士。《冰柱》、《雪车》似卢仝诗，其馀似孟东野，气类相从，皆狂狷之流也。

卢仝、刘叉杂言极其变怪，虽仿于任华，而意多归于正。刘较卢才实不及，故佳处亦少。（《诗源辩体》）

卢仝、刘叉，教外别传。（《一瓢诗话》）

刘叉《冰柱》、《雪车》诗，人谓出卢、孟右，才气甚健。然径行直遂，毫无含蓄，非温柔敦厚之旨，少讽喻比兴之情。其《自问》诗云："酒肠宽似海，诗胆大如天。"信乎，诗胆之大也！（《石园诗话》）

卢仝《月蚀》、刘叉《冰柱》，皆滥觞乐府，运以时事，自成格调，参衡李、杜，俯视韩、张矣。（《湘绮楼论唐诗》）

冰　柱

师干久不息，农为兵分民重嗟。

骚然县宇，土崩水溃，

畹中无熟谷，陇上无桑麻。

王春判序，百卉茁甲含葩。

有客避兵奔游僻。跋履险厄至三巴。

貂裘蒙茸已敝缕，鬖发蓬舥。

雀惊鼠伏，宁遑安处？

独卧旅舍无好梦，更堪走风沙！

天人一夜剪瑛琭，诘旦都成六出花，

南亩未盈尺，纤片乱舞空纷挐。

旋落旋逐朝暾化，檐间冰柱若削出交加。

或低或昂，大小莹洁，随势无等差。

始疑玉龙下界来人世，齐向茅檐布爪牙。

又疑汉高帝，西方未斩蛇。

人不识，谁为当风杖莫邪？

铿锵冰有韵，的晔玉无瑕。

不为四时雨，徒于道路成泥粗；

不为九江浪，徒为汨没天之涯；

不为双井水，满瓯泛泛烹春茶；

不为中山浆，清新馥鼻盈百车；

不为池与沼，养鱼种芰成奎奎；

不为醴泉与甘露，使名异瑞世俗夸。

特禀朝激气，洁然自许靡间其迹遐。

森然气结一千里，滴沥声沉十万家。

明也虽小，暗之大不可遮。

勿被曲瓦，直下不能抑群邪。

奈何时逼，不得时在我目中，

倏然漂去无馀些。

自是成毁任天理，天于此物岂宜有忒赊。

反令井蛙壁虫变容易，背人缩首竞呀呀。

我愿天子回造化，藏之韫椟玩之生光华。

【汇评】

李商隐《齐鲁二生》：（刘叉）能为歌诗。然恃其故时所为，辄不能俯仰贵人，穿屦破衣，从寻常人乞丐酒食为活。闻韩愈善接天下士，步行归之。既至，赋《冰柱》、《雪车》二诗，一旦居卢仝、孟郊之上。樊宗师以文自任，见叉拜之。

《韵语阳秋》：《冰柱》、《雪车》二诗，虽作语奇怪，然议论亦皆出于正也。《冰柱》诗云："不为四时雨，徒于道路成泥阻。不为九江浪，徒能汨没天之涯。"《雪车》诗谓"官家不知民馁寒，尽驱牛车盈道载屑玉。载载欲何之？秘藏深宫，以御炎酷"，如此等句，亦有补于时，与玉川《月蚀》诗稍相类。

《石洲诗话》：刘叉《冰柱》、《雪车》二诗，尤为粗直伧俚。

《王闿运手批唐诗选》：亦欲生新（"王春判序"四句下）。

雪 车

腊令凝缔三十日，缤纷密雪一复一。

埶云润泽在枯荄，阛阓饿民冻欲死，

死中犹被豺狼食。

官军初还城垒未完备，人家千里无烟火。

鸡犬何太怨，天不恤吾氓。

如何连夜瑶花乱，皎洁既同君子节，

沾濡多著小人面。

寒锁侯门见客稀，色迷塞路行商断。

小小细细如尘间，轻轻缓缓成朴簌。

官家不知民馁寒，尽驱牛车盈道载屑玉。

载载欲何之？秘藏深宫以御炎酷。

徒能自卫九重间，岂信车辙血，

点点尽是农夫哭。

刀兵残丧后，满眼谁为载白骨？

远戍久乏粮，太仓谁为运红粟？

戎夫尚逆命，扁箱鹿角谁为敌？

士夫困征讨，买花载酒谁为适？

天子端然少旁求，股肱耳目皆奸慝。

依违用事佞上方，犹驱饿民运造化防暑阨。

吾闻躬耕南亩舜之圣，为民吞蝗唐之德。

未闻攄辜苦苍生，相群相党上下为蟊贼。

庙堂食禄不自惭，我为斯民叹息还叹息。

《唐诗快》：传称叉步归韩愈，作《冰柱》、《雪车》二诗，出卢仝、孟郊右，樊宗师见之为拜，则宗师即叉之知音矣。然《冰柱》、《雪车》二诗实未尽叉之所长，樊君之拜亦殊难得。

《王闿运手批唐诗选》：语太直质，故托之俳谐（"吾闻躬耕"二句下）。

答孟东野

酸寒孟夫子，苦爱老叉诗。

生涩有百篇，谓是琼瑶辞。

百篇非所长，忧来豁穷悲。

唯有刚肠铁，百炼不柔亏。

退之何可骂，东野何可欺。

文王已云没，谁顾好爵縻？

生死守一丘，宁计饱与饥。

万事付杯酒，从人笑狂痴。

【汇评】

《石园诗话》：刘叉客韩退之门下，不能下宾客，因持金数斤去，曰："此谀墓中人得耳，不若与刘君为寿！"世多以攫金事短之。……及《答孟东野》云："唯有刚肠铁，百炼不柔亏。"其见地又甚高也。

作　诗

作诗无知音，作不如不作。

未逢赓载人，此道终寂寞。

有虞今已殁，来者谁为托？

朗咏豁心胸，笔与泪俱落。

【汇评】

《唐诗快》：此"赓载人"千古难逢，不如寻采山、饮河之士，相与作箕山之歌。

自 问

自问彭城子，何人授汝颠？

酒肠宽似海，诗胆大于天。

断剑徒劳匣，枯琴无复弦。

相逢不多合，赖是向林泉。

【汇评】

《存馀堂诗话》：吴人黄省曾氏刻刘叉诗，其跋语云："假太原少傅秘阁本校正一十二字，始得就梓。"其用心亦勤矣。余家旧藏本古律类分三卷，有《自问》一首，……今黄本所遗。

《唐诗快》：此乃天授，非人力也（"自问"二句下）。　　从来云"色胆大于天"。诗乃与色共胆乎（"酒肠"二句下）？

塞上逢卢仝

直到桑干北，逢君夜不眠。

上楼腰脚健，怀土眼睛穿。

斗柄寒垂地，河流冻彻天。

羁魂泣相向，何事有诗篇？

偶 书

日出扶桑一丈高，人间万事细如毛。

野夫怒见不平处，磨损胸中万古刀。

【汇评】

《唐诗快》：张承吉云："百年已死断肠刀。"彼断肠之百年，何如磨胸之万古！则此胸中之刀，必非空磨者矣。

姚秀才爱予小剑因赠

一条古时水，向我手心流。

临行解赠君，勿报细碎仇。

【汇评】

《唐诗快》：此手心一条水，即所云"胸中万古刀"也，未知此秀才能用否？

元　稹

元稹(779—831)，字微之，河南(今河南洛阳)人。贞元九年(793)，以明经登第，十八年，举书判拔萃科，授秘书省校书郎。元和元年，复登制举甲科，授左拾遗，贬河南尉。四年，拜监察御史，奉使东川，又分司东台，以执法不回触怒权贵，贬江陵士曹参军。九年，移唐邓从事，历通州司马、虢州长史。十四年，征为膳部员外郎，累迁祠部郎中知制诰、翰林学士、中书舍人。长庆二年二月，拜相，六月，出为同州刺史。次年，授浙东观察使。大和三年，入为尚书左丞，寻出为武昌节度使，卒于镇。稹与白居易为至交，同倡新乐府，唱和极多，世称"元白"，诗称"元白体"。有《元氏长庆集》一百卷，又《小集》十卷，均佚。宋人辑有《元氏长庆集》六十卷行世。《全唐诗》编诗二十八卷。

【汇评】

(稹)尤工诗，在翰林时，穆宗前后索诗数百篇，命左右讽咏，宫中呼为"元才子"。自六宫两都八方至南蛮东夷国，皆写传之。每一章一句出，无胫而走，疾于珠玉。(白居易《河南元公墓志铭》)

若元相国稹、白尚书居易，擅名一时，天下称为"元白"，学者翕

然,号"元和诗"。(顾陶《唐诗类选后序》)

自元和已来,有元、白诗者,纤艳不逞,非庄士雅人,多为其所破坏。流于民间,疏于屏壁,子父女母,交口教授,淫言媟语,冬寒夏热,入人肌骨,不可除去。吾无位,不得用法以治之。(杜牧《唐故平卢军节度巡官陇西李府君墓志铭》述李戡语)

广大教化主:白居易。……入室三人:张祜、羊士谔、元稹。(《诗人主客图》)

大唐前有李、杜,后有元、白,信若沧溟无际,华岳干天。(黄滔《答陈磻隐论诗书》)

暇日因阅李、杜集,元、白诗,其间天海混茫,风流挺特。(韦縠《才调集序》)

稹聪警绝人,年少有才名,与太原白居易友善。工为诗,善状咏风态物色,当时言诗者称"元白"焉。自衣冠士子,至闾阎下俚,悉传讽之,号为"元和体"。(《旧唐书·元稹传》)

元轻白俗。(苏轼《祭柳子玉文》)

稹与白居易同时,俱以诗名天下,然多纤艳无实之语,其不足论明矣。(谢迈《书元稹遗事》)

元、白、张籍诗,皆自陶、阮中出,专以道得人心中事为工,本不应格卑。但其词伤于太烦,其意伤于太尽,遂成冗长卑陋尔。比之吴融、韩偓俳优之词,号为格卑,则有间矣。若收敛其词,而少加含蓄,其意味复可及也!(《岁寒堂诗话》)

元微之如李龟年说天宝遗事,貌悴而神不伤。(《瞿翁诗评》)

高秀实云:元微之诗,艳丽而有骨。(《诗林广记》)

元、白皆唐大诗人。余观古作者必以艰深文浅近,必以尖新革尘腐,二公独不然。(《后村诗话》)

排比铺张特一途,藩篱如此亦区区。少陵自有连城璧,争奈微之识碔砆。(元好问《论诗三十首》)

積诗变体，往往宫中东色皆诵之，呼为才子。然缀属虽广，乐府专其警策也。（《唐才子传》）

白诗祖乐府，务欲为风俗之用。元与白同志。白意古词俗，元词古意俗。（《诗谱》）

元、白潦倒成家，意必尽言，言必尽兴，然其力足以达之。微之多深着色，乐天多浅着趣；趣近自然，而色亦非貌取也。总皆降格为。凡意欲其近，体欲其轻，色欲其妍，声欲其脆；此数者，格之所由降也。元、白偷快意，则纵肆为之矣。（《诗镜总论》）

钟云：元、白浅俚处，皆不足为病，正恶其太直耳。诗贵言其所欲言，非直之谓也；直则不必为诗矣。又二人酬唱，似惟恐一语或异，是其大病。所谓同调，亦不在语语同也。（《唐诗归》）

唐七言歌行……太白、少陵，化而大矣，能事毕矣。降而钱、刘，神情未远，气骨顿衰。元相、白傅，起而振之，敷演有馀，步骤不足。（《唐音癸签》）

元微之以杜之铺陈终始，排比故实，大或千言，小犹数百，为非李所及。白乐天亦云：杜诗贯穿古今，觑缕格律，尽善尽美，过于李。二公盖专以排律及五言大篇定李、杜优劣，不知杜句律之高，自在才具兼该，笔力变化，亦不专在排比铺陈，贯穿觑缕也。深于杜者，要自得之。（同上）

元微之少年与白乐天角靡骋博，故称"元白"，然元实不如白。白五言古入录者，虽长篇而体自匀称，意自联络；元体多冗漫，意多散缓，而语更轻率，可采者不能十一。……故知微之本非乐天俦耳。（《诗源辩体》）

东坡言"元轻白俗"，昔人谓为定论。尝读微之《连昌宫词》及七言律一二入选者，声气似胜，乌得为轻？既而读其集，惟五言排律长篇及窄韵者稍工，馀不免太轻率耳。（同上）

元不如白，乃是功有疏密，非才有大小也，观张文潜论乐天，及

微之《酬乐天诗序》，便可知矣。（同上）

诗至元白，实又一大变。两人虽并称，亦各有不同。选语之工，白不如元；波澜之阔，元不如白。白苍莽中间存古调，元精工处亦杂新声。既由风气转移，亦自材质有限。（《载酒园诗话又编》）

元、白号称大家，皆以长篇擅胜，其于七言八句，竟似无意求工。（《唐音审体》）

元相用笔专以段落曲折见奇，亦前古所未有。其大篇多冗长，《才调集》所载多靡艳。（同上）

元相诗以风致宕逸自喜，世因有“元轻”之目。……元白绝唱，乐府歌行第一，长韵律诗次之，七言四韵又其次也。（同上）

李长吉诗云：“骨重神寒天庙器。”“骨重神寒”四字，可喻诗品。……元、白正坐少此四字，故其品不贵。（《香祖笔记》）

元稹作意胜于白，不及白春容暇豫。白俚俗处而雅亦在其中，终非庸近可拟。二人同时得盛名，必有其实，俱未可轻议也。（《原诗》）

白乐天同对策，同倡和，诗称“元白体”，其实远不逮白。白修直中皆雅音，元意拙语纤，又流于涩。东坡品为“元轻白俗”，非定论也。（《唐诗别裁》）

元、白诗，言浅而思深，意微而词显，风人之能事也。至于属对精警，使事严切，章法变化，条理井然，其俚俗处，而雅亦在其中，杜浣花之后不可多得者也。盖因元和、长庆间，与开元、天宝时，诗之运会，又当一变，故知之者少。而其即用现前俚语，如“矮张”、“短李”之类，断不可学。（《一瓢诗话》）

元、白在唐朝所以能独竖一帜者，正为其不袭盛唐窠臼也。（《随园诗话》）

张、王已不规规于格律声音之似古矣，至元、白乃又伸缩抽换，至于不可思议，一层之外，又有一层，古人必无依样临摹以为近者

也。(《石洲诗话》)

诗至元、白,针线钩贯,无乎不到。所以不及前人者,太露太尽耳。(同上)

元微之太近甜俗,一篇而外,不可强登也。(《读雪山房唐诗钞·七律凡例》)

其源与香山同出一科,而气格就衰,神情又减。《遣兴》诸章,倩然苕秀,知非刻意之作;惟其瘳然天籁,乃偶得之。《江陵三梦》,则潘岳悼亡,江淹清减,情至文生,古今一致,《曲江》百韵,与乐天讽喻同规。《连昌》一篇,足媲华清《长恨》。(《三唐诗品》)

微之自编诗集,以悼亡诗与艳情分归两类。……微之以绝代之才华,抒写男女生死离别悲欢之情感,其哀艳缠绵,不仅在唐人诗中不可多见,而影响于后来之文学者尤巨。(《元白诗笺证稿》)

读微之古题乐府,殊觉其旨趣丰富,文采艳发,似胜于其新题乐府。(同上)

雉 媒

双雉在野时,可怜同嗜欲。
毛衣前后成,一种文章足。
一雉独先飞,冲开芳草绿。
网罗幽草中,暗被潜羁束。
剪刀摧六翮,丝线缝双目。
啖养能几时? 依然已驯熟。
都无旧性灵,返与他心腹。
置在芳草中,翻令诱同族。
前时相失者,思君意弥笃。
朝朝旧处飞,往往巢边哭。

今朝树上啼，哀音断还续。
远见尔文章，知君草中伏。
和鸣忽相召，鼓翅遥相瞩。
畏我未肯来，又啄翳前粟。
敛翮远投君，飞驰势奔蹙。
罥挂在君前，向君声促促。
信君决无疑，不道君相覆。
自恨飞太高，疏罗偶然触。
看看架上鹰，拟食无罪肉。
君意定何如？依旧雕笼宿。

【汇评】

《中晚唐诗叩弹集》：诏按：《白帖》：媒者，少养雉子至长，狎人，能招野雉，因名曰："媒翳"。

大觜乌

阳乌有二类，觜白者名慈。
求食哺慈母，因以此名之。
饮啄颇廉俭，音响亦柔雌。
百巢同一树，栖宿不复疑。
得食先反哺，一身常苦羸。
缘知五常性，翻被众禽欺。
其一觜大者，攫搏性贪痴。
有力强如鹘，有爪利如锥。
音声甚呋嗗，潜通妖怪词。
受日馀光庇，终天无死期。
翱翔富人屋，栖息屋前枝。

巫言此乌至，财产日丰宜。
主人一心惑，诱引不知疲。
转见乌来集，自言家转孳。
白鹤门外养，花鹰架上维。
专听乌喜怒，信受若神龟。
举家同此意，弹射不复施。
往往清池侧，却令鸂鶒随。
群乌饱粱肉，毛羽色泽滋。
远近恣所往，贪残无不为。
巢禽攫雏卵，厩马啄疮痍。
渗沥脂膏尽，凤凰那得知！
主人一朝病，争向屋檐窥。
呦鶹呼群鹏，翩翩集怪鸱。
主人偏养者，啸聚最奔驰。
夜半仍惊噪，鸺鶹逐老狸。
主人病心怯，灯火夜深移。
左右虽无语，奄然皆泪垂。
平明天出日，阴魅走参差。
乌来屋檐上，又惑主人儿。
儿即富家业，玩好方爱奇。
占募能言乌，置者许高赀。
陇树巢鹦鹉，言语好光仪。
美人倾心献，雕笼身自持。
求者临轩坐，置在白玉墀。
先问乌中苦，便言乌若斯。
众乌齐搏铄，翠羽几离披。
远掷千馀里，美人情亦衰。

举家惩此患,事乌逾昔时。

向言池上鸳,啄肉寝其皮。

夜漏天终晓,阴云风定吹。

况尔乌何者,数极不知危。

会结弥天网,尽取一无遗。

常令阿阁上,宛宛宿长离。

【汇评】

《放胆诗》:微之此诗盖指王伓、王叔文、仇士良、李逢吉辈也。微之以宪臣贬江陵参军,李绛、崔群、白居易皆论其枉,故香山和此诗尤为激直云。

遣兴十首（选二首）

其三

孤竹迸荒园,误与蓬麻列。

久拥萧萧风,空长高高节。

严霜荡群秽,蓬断麻亦折。

独立转亭亭,心期凤凰别。

其六

买马买锯牙,买犊买破车。

养禽当养鹘,种树先种花。

人生负俊健,天意与光华。

莫学蚯蚓辈,食泥近土涯。

分流水

古时愁别泪,滴作分流水。

日夜东西流，分流几千里。

通塞两不见，波澜各自起。

与君相背飞，去去心如此。

【汇评】

《中晚唐诗叩弹集》：庭珠按：元集《分水岭》诗："上有分流水，东西随势倾。"

《网师园唐诗笺》：奇僻（首二句下）。

遣病十首 (其九)

秋依静处多，况乃凌晨趣。

深竹蝉昼风，翠茸衫晓露。

庭莎病看长，林果闲知数。

何以强健时，公门日劳骛。

【汇评】

《唐诗归》：钟云：看古人轻快诗，当另察其精神静深处。如微之"秋依静处多"，乐天"清泠由木性，恬淡随人心"、"曲罢秋夜深"等句，元、白本色几无寻处矣。然此乃元、白诗所由出，与其所以可传之本也。

哭吕衡州六首 (其二)

望有经纶钓，虔收宰相刀。

江文驾风远，云貌接天高。

国待球琳器，家藏虎豹韬。

尽将千载宝，埋入五原蒿。

《唐诗快》：读此二语，安得不哭（末二句下）。

夜 闲

感极都无梦，魂销转易惊。

风帘半钩落，秋月满床明。

怅望临阶坐，沉吟绕树行。

孤琴在幽匣，时迸断弦声。

【汇评】

元稹《叙诗寄乐天书》：不幸少有伉俪之悲，抚存感往，成数十诗，取潘子悼亡为题。

《元白诗笺证稿》：今存元氏《长庆集》为不完残本。其第九卷中《夜闲》至《梦成之》等诗，皆为悼亡诗。……第一首《夜闲》云："秋月满床明。"第二首《感小株夜合》云："不分秋同尽，深嗟小便衰。伤心落残叶，犹识合昏期。"……第四首《追昔游》云："再来门馆唯相吊，风落秋池红叶多。"皆秋季景物也。《昌黎集》二四《监察御史元君妻京兆韦氏夫人墓志铭》云："（夫人）以元和四年七月九日卒。"知此数诗，皆韦氏新逝后，即元和四年秋季所作也。

空屋题

原注：十月十四日夜。

朝从空屋里，骑马入空台。

尽日推闲事，还归空屋来。

月明穿暗隙，灯烬落残灰。

更想咸阳道，魂车昨夜回。

【汇评】

白居易《感元九悼亡诗因为代答》：君入空台去，朝往暮还来。我入泉台去，泉门无复开。鳏夫仍系职，稚女未胜哀。寂寞咸阳道，家人覆墓回。

《元白诗笺证稿》：昌黎《韦氏墓志》云："其年（元和四年）十月十三日葬咸阳，从先舅姑兆。"故微之于元和四年十月十四日夜赋诗云"更想咸阳道，魂车昨夜回"也。白乐天代答诗云："鳏夫仍系职。"又云："家人覆墓回。"微之《琵琶歌》云："去年御史留东台，公私蹙促颜不开。"可知韦氏之葬于咸阳，微之尚在洛阳，为职务羁绊，未能躬往，仅遣家人营葬也。

遣悲怀三首

其一

谢公最小偏怜女，嫁与黔娄百事乖。
顾我无衣搜荩箧，泥他沽酒拔金钗。
野蔬充膳甘长藿，落叶添薪仰古槐。
今日俸钱过十万，与君营奠复营斋。

【汇评】

《升庵诗话》：俗谓柔言索物曰泥，乃计切，谚所谓"软缠"也。杜子美诗"忽忽穷愁泥杀人"，元微之《忆内》诗"顾我无衣搜荩箧，泥他沽酒拔金钗"。

《唐体馀编》：四句极写"百事乖"（首四句下）。　　　以反映收，语意沉痛（末二句下）。

《唐诗笺注》：此微之悼亡韦氏诗。通首说得哀惨，所谓贫贱夫妻也。"顾我"一联，言其妇德，"野蔬"一联，言其安贫。俸钱十万，仅为营奠营斋，真可哭杀。

《精选评注五朝诗学津梁》：此诗前六句形容甘受贫苦，第七句极写贵显，斋奠二句万种伤心，酒句亦亦，慨鸡豚养志，不逮生存。每读欧九"祭而丰"两句，不觉歔欷也。

《小清华园诗谈》：于夫妇则当如苏子卿之《别妻》，顾彦先之《赠妇》，潘安仁之《悼亡》，暨张正言之"南园春色正相宜，大妇同行小妇随。……"元微之之"谢公最小偏怜女，嫁与黔娄百事乖。……"

其二

昔日戏言身后意，今朝皆到眼前来。
衣裳已施行看尽，针线犹存未忍开。
尚想旧情怜婢仆，也曾因梦送钱财。
诚知此恨人人有，贫贱夫妻百事哀。

其三

闲坐悲君亦自悲，百年都是几多时！
邓攸无子寻知命，潘岳悼亡犹费词。
同穴窅冥何所望，他生缘会更难期。
唯将终夜长开眼，报答平生未展眉。

【汇评】

《唐体馀编》：真镂肝擢肾之语（末二句下）。　　第一首生时，第二首亡后，第三首自悲，层次即章法。末篇末句"未展眉"即回绕首篇之"百事乖"，天然关锁。

《养一斋诗话》：微之诗云："潘岳悼亡犹费词"，安仁《悼亡》诗诚不高洁，然未至如微之之陋也。"自嫁黔娄百事乖"，元九岂黔娄哉！"也曾因梦送钱财"，直可配村笛山歌耳。

【总评】

《唐贤小三昧续集》：字字真挚，声与泪俱。骑省悼亡之后，仅见此制。

《求志居唐诗选》：悼亡之作，此为绝唱。元、白并称，其实元去白甚远，唯言情诸篇传诵至今，如脱于口耳。

《唐诗三百首》：古今悼亡诗充栋，终无能出此三首范围者，勿以浅近忽之。

《元白诗笺证稿》：夫微之悼亡诗中其最为世所传诵者，莫若《三遣悲怀》之七律三首。……悼亡诸诗，所以特为佳作者，直以韦氏之不好虚荣，微之之尚未富贵。贫贱夫妻，关系纯洁，因能措意遣词，悉为真实之故。夫唯真实，遂造诣独绝欤？

除　夜

忆昔岁除夜，见君花独前。
今宵祝文上，重叠叙新年。
闲处低声哭，空堂背月眠。
伤心小儿女，撩乱火堆边。

江陵三梦（选二首）

其一

平生每相梦，不省两相知。
况乃幽明隔，梦魂徒尔为。
情知梦无益，非梦见何期？
今夕亦何夕，梦君相见时。
依稀旧妆服，晻淡昔容仪。
不道间生死，但言将别离。
分张碎针线，襵叠故幰帏。

抚稚再三嘱，泪珠千万垂。
嘱云唯此女，自叹终无儿。
尚念娇且騃，未禁寒与饥。
君复不憙事，奉身犹脱遗。
况有官缚束，安能长顾私。
他人生间别，婢仆多谩欺。
君在或有托，出门当付谁？
言罢泣幽噎，我亦涕淋漓。
惊悲忽然寤，坐卧若狂痴。
月影半床黑，虫声幽草移。
心魂生次第，觉梦久自疑。
寂默深想像，泪下如流澌。
百年永已诀，一梦何太悲。
悲君所娇女，弃置不我随。
长安远于日，山川云间之。
纵我生羽翼，网罗生繁维。
今宵泪零落，半为生别滋。
感君下泉魄，动我临川思。
一水不可越，黄泉况无涯。
此怀何由极，此梦何由追。
坐见天欲曙，江风吟树枝。

其三

君骨久为土，我心长似灰。
百年何处尽？三夜梦中来。
逝水良已矣，行云安在哉？
坐看朝日出，众鸟双裴回。

《元白诗笺证稿》：取微之悼亡诗中所写之成之，与其艳体诗中所写之双文相比较，则知成之为治家之贤妇，而双文乃绝艺之才女。……唯其如是，凡微之关于韦氏悼亡之诗，皆只述其安贫治家之事，而不旁涉其他。专较贫贱夫妻实写，而无溢美之词，所以情文并佳，遂成千古之名著。非微之之天才卓越，善于属文，断难臻此也。

哭子十首（其五）

节量梨栗愁生疾，教示诗书望早成。
鞭扑校多怜校少，又缘遗恨哭三声。

【汇评】

《唐诗快》：悔恨沉痛，写出愈觉难堪。

夏阳亭临望寄河阳侍御尧

望远音书绝，临川意绪长。
殷勤眼前水，千里到河阳。

行　宫

寥落古行宫，宫花寂寞红。
白头宫女在，闲坐说玄宗。

【汇评】

《容斋随笔》：白乐天《长恨歌》、《上阳宫人歌》，元微之《连昌宫词》，道开元宫禁事最为深切矣。然微之有《行宫》一绝，……语少意足，有无穷之味。

《归田诗话》：《长恨歌》一百二十句，读者不厌其长，微之《行宫》词才四句，读者不觉其短，文章之妙也。

《唐诗正声》：吴逸一评：冷语有令人惕然深省处，"说"字得书法。

《诗薮》：王建（按：此系元稹之误）"寥落古行宫……"语意妙绝，合建七言《宫词》百首，不易此二十字也。

《而庵说唐诗》：玄宗旧事出于白发宫人之口，白发宫人又坐宫花乱红之中，行宫真不堪回首矣。

《唐诗别裁》：说玄宗，不说玄宗长短，佳绝。

《唐诗笺注》：父老说开元、天宝事，听者藉藉，况白头宫女亲见亲闻。故宫寥落之悲，黯然动人。

《网师园唐诗笺》：妙能不尽（末二句下）。

《诗法易简录》：明皇已往，遗宫寥落，却借白头宫女写出无限感慨。凡盛时既过，当时之人无一存者，其感人犹浅；当时之人尚有存者，则感人更深。白头宫女闲说玄宗，不必写出如何感伤，而哀情弥至。

《养一斋诗话》："寥落古行宫"二十字，足赅《连昌宫词》六百馀字，尤为妙境。

《唐人绝句精华》：首句宫之寥落，次句花之寂寞，已将白头宫女之所在环境景象之可伤描绘出来，则末句所说之事，虽未明说，亦必为可伤之事。二十字中，于开元、天宝间由盛而衰之经过，悉包含在内矣。此诗可谓《连昌宫词》之缩写。白头宫女与《连昌宫词》之老人何异！

菊　花

秋丛绕舍似陶家，遍绕篱边日渐斜。

不是花中偏爱菊，此花开尽更无花。

《能改斋漫录》：李和文公作《咏菊望汉月》词，一时称美。云："黄菊一丛临砌，颗颗露珠妆缀。独教冷落向秋天，恨东君不曾留意。雕栏新雨霁，绿藓上乱铺金蕊。此花开后更无花，愿爱惜莫同桃李。"时，公镇澶渊。寄刘子仪书云："澶渊营妓，有一二擅喉啭之技者，唯以'此花开后更无花'为酒乡之资耳。""不是花中唯爱菊，此花开后更无花"，乃元微之诗，和文述之尔。

智度师二首（其一）

四十年前马上飞，功名藏尽拥禅衣。

石榴园下擒生处，独自闲行独自归。

【汇评】

《唐诗快》：此本微之诗也。何后人相传为黄巢题桥之作。然因诗而想其人，当亦非善菩萨也。

梁州梦

梦君同绕曲江头，也向慈恩院院游。

亭吏呼人排去马，忽惊身在古梁州。

【汇评】

白行简《三梦记》：元和四年，河南元微之为监察御史，奉使剑外。去逾旬，予与仲兄乐天、陇西李杓直同游曲江。诣慈恩佛舍，遍历僧院，淹留移时。……命酒对酬，甚欢畅。兄停杯久之，曰："微之当达梁矣。"命题一篇于屋壁。其词曰："春来无计破春愁，醉折花枝作酒筹。忽忆故人天际去，计程今日到梁州。"实二十一日也。十许日，会梁州使适至，获微之书一函，后寄《纪梦诗》一篇，其词曰："梦君兄弟曲江头，……"日月与游寺题诗日月率同。盖所谓此有所为而彼梦之者矣。

《唐人万首绝句选评》：布置得法，情味调度，胜白寄作。

望驿台

可怜三月三旬足，怅望江边望驿台。

料得孟光今日语，不曾春尽不归来。

【汇评】

《唐诗快》：分明说"从来春尽不必归"耳，却反言之，愈觉句法之妖冶。

放言五首（选二首）

其一

近来逢酒便高歌，醉舞诗狂渐欲魔。

五斗解醒犹恨少，十分飞盏未嫌多。

眼前仇敌都休问，身外功名一任他。

死是等闲生也得，拟将何事奈吾何？

其四

安得心源处处安，何劳终日望林峦。

玉英惟向火中冷，莲叶元来水上干。

宁戚饭牛图底事？陆通歌凤也无端。

孙登不语启期乐，各自当情各自欢。

【总评】

白居易《放言五首序》：元九在江陵时，有《放言》长句诗五首，韵高而体律,意古而词新。予每咏之,甚觉有味,虽前辈深于诗者,未有此作。唯李顾有云:"济水自清河自浊,周公大圣接舆狂。"斯句近之矣。

酬李甫见赠十首(其二)

杜甫天材颇绝伦,每寻诗卷似情亲。

怜渠直道当时语,不著心源傍古人。

【汇评】

《钝吟杂录》:杜陵云:"读书破万卷,下笔如有神。"近日钟(惺)、谭(元春)之药石也。元微之云:"怜渠直道当时语,不着心源傍古人。"王(世贞)、李(攀龙)之药石也。

《唐人绝句精华》:此与李甫论诗也。元稹对杜甫诗极其倾仰,此诗三四两句颇能道出杜甫于诗有创新之功,但杜之创新实从继承古人而变化之者,观甫《戏为六绝句》可知。元所谓"不着心源傍古人",言其不一味依傍古人也,非轻视古人,仍与杜甫"不薄今人爱古人"之旨无妨也。

早春寻李校书

款款春风澹澹云,柳枝低作翠栊裙。

梅含鸡舌兼红气,江弄琼花散绿纹。

带雾山莺啼尚小,穿沙芦笋叶才分。

今朝何事偏相觅?撩乱芳情最是君。

【汇评】

《唐诗评选》:必欲抹此以轻艳,则《三百篇》之可删者多矣。但不犯梁家宫体,愿皋比先生勿易由言也。

《贯华堂选批唐才子诗》：前解写早春。此解虽写早春，然只起句是清朝晏起，已下二、三、四句，一路推窗看柳。巡檐嗅梅，出门观江，便是渐渐行出高斋，闲闲漫寻江岸，一头虽是赏心寓目，一头已是随步访人也。逐句细玩之（首四句下）！　　后解写寻李校书。五、六非又写早春，正是独取"尚小"、"才分"字，言一时春物，绝无足以撩乱我心者，然则今日之寻，乃是得以为君，而君不可不知也（末四句下）。

鄂州寓馆严涧宅

原注：时涧不在。

凤有高梧鹤有松，偶来江外寄行踪。
花枝满院空啼鸟，尘榻无人忆卧龙。
心想夜闲唯足梦，眼看春尽不相逢。
何时最是思君处，月入斜窗晓寺钟。

【汇评】

《贯华堂选批唐才子诗》：此"偶来江外寄行踪"，非云偶来寄行踪，乃云虽偶来江外，而必于君乎寄行踪也。盖凤必有梧，鹤必有松，观远人必以其所为主。若使我来江外，而不于君寄寓，且当于谁寄寓？故虽满院啼鸟，空榻无人，君自不在，我自竟住，言更无处又他去也（首四句下）。　　前解寓严宅，后解想严人也，易解（末四句下）。

西归绝句十二首（选二首）

其一

双堠频频减去程，渐知身得近京城。

春来爱有归乡梦，一半犹疑梦里行。

其二

五年江上损容颜，今日春风到武关。

两纸京书临水读，小桃花树满商山①。

【原注】

　　① 得复言、乐天书。

【汇评】

　　《唐贤小三昧集》：深情人乃能作此语。

　　《诗境浅说》：微之五年远役，归至武关，得书而喜，临水开缄细读。前三句事已说尽。四句乃接写武关所见，晴翠商山，依然到眼，小桃红放，如含笑迎人，入归人之目，倍觉有情，非泛写客途风景也。

闻乐天授江州司马

残灯无焰影幢幢，此夕闻君谪九江。

垂死病中惊坐起，暗风吹雨入寒窗。

【汇评】

　　《容斋随笔》：嬉笑之怒，甚于裂眦；长歌之哀，过于恸哭，此语诚然。元微之在江陵，病中闻乐天左降江州，作绝句云："残灯无焰影幢幢……"乐天以为此句他人尚不可闻，况仆心哉！微之集作"垂死病中仍怅望"，此三字既不佳，又不题为"病中作"，失其意矣。

　　《唐诗训解》：悲惋特甚。

　　《唐诗解》：至情所激，……非元、白心知，不能作此。

　　《而庵说唐诗》：此诗重"此夕"二字。　　　大凡诗中用字，最不可杂乱，此诗若"残"字，若"无焰"字，若"谪"字，若"垂死"字，若

"惊"字,若"暗"字,若"寒"字,如明珠一串,粒粒相似,用字之妙,无逾于此。

《删订唐诗解》:吴昌祺曰:衬第三句,而末复以景终之,真有无穷之恨。

《说诗晬语》:(诗)又有过作苦语而失者,元稹之"垂死病中惊坐起,暗风吹雨入船窗",情非不挚,成蹙蹴声矣。李白"杨花落尽子规啼",正不须如此说。

《唐诗笺注》:残灯病卧,风雨凄其,俱是愁境,却分两层写。当此残灯影暗,忽惊良友之迁谪,兼感自己之多病,此时此际,殊难为情。末句另将风雨作结,读之味逾深。

《石园诗话》:香山谓:"予与微之前后寄和诗数百篇,近代无如此多有也"。愚谓白之于元也,"所合在方寸,心源无异端"两语,已曲尽其情矣。元之于白也,《闻授江州司马》及《得乐天书》两绝句,亦曲尽其情。

《诗式》:点题在二句。首句先云"残灯无焰影幢幢",谓残灯则无光焰,而其影幢幢不明,凡夜境、病境、愁境俱已写出。二句"此夕",即此残灯之夕再作一读,下五字点乐天之左降,乃逾吃紧。三句转到微之之凄切,写得十分透足。四句写足一种愁惨之境,但觉暗风吹雨从窗而入,无非助人凄凉耳。……读此可见古人友谊之厚焉。　　[品]凄切。

酬乐天得微之诗知通州事因成四首(选二首)

其一

茅檐屋舍竹篱州,虎怕偏蹄蛇两头①。

暗蛊有时迷酒影,浮尘向日似波流。

沙含水弩多伤骨,田仰畲刀少用牛。

知得共君相见否？近来魂梦转悠悠。

【原注】

① 通州元和二年，偏蹄虎害人，比之白额；两头蛇处处皆有之也。

【汇评】

《瀛奎律髓汇评》：查慎行："浮尘"，细虫名，微之别有诗。

纪昀：与香山诗工拙相敌。

其二

平地才应一顷馀，阁栏大都似巢居①。

入衙官吏声疑鸟，下峡舟船腹似鱼。

市井无钱论尺丈，田畴付火罢耘锄。

此中愁杀须甘分，惟惜平生旧著书②。

【原注】

① 巴人多在山坡架木为居，自号"阁栏头"也。　② 本句（按指白居易原诗）云："努力安心过三考，已曾愁杀李尚书。"又予病甚，将平生所为文自题云"异日送白二十二郎也"。

【汇评】

《瀛奎律髓汇评》：纪昀：六句复前首六句意。虽各言一事，然同是田事也。

【总评】

《瀛奎律髓》：微之为御史，以弹劾严砺分司东都，又劾宰相亲故，贬江陵士曹，移通州司马，未为大戚。乐天以朋友之义伤之则可，微之答和乃全述通州衰恶，若不能一朝居者，词虽善而意已陋。异日由宦官进得相位，仅三月，贻终古羞，盖其本心志在富贵故也。四诗往往酸苦太楚，选附白诗以识其非。

重赠乐天

休遣玲珑唱我诗，我诗多是别君词。

明朝又向江头别，月落潮平是去时。

【汇评】

《唐语林》：白居易长庆二年以中书舍人为杭州刺史，……时吴兴守钱徽、吴郡守李穰，皆文学士，悉生平旧友，日以诗酒寄兴。官妓高玲珑、谢好好巧于应对，善歌舞。后元稹镇会稽，参其酬唱，每以筒竹盛诗来往。

《碛砂唐诗》：闻家书有三折笔法，意在笔先，笔留馀意，故用力直透纸背。今读此篇首句，非意在笔先乎？意在笔先则此七字并未着墨也。次句似与上下不相蒙，实是轻轻一点墨矣。独至第三句正当用力取势，兔起鹘落之时，而偏用缩笔，只换"月落潮平是去时"结，非笔留意者乎？若拙手则必出锋一写，了无馀味，故知此道亦有三折法也。

《唐三体诗评》：寄君诗则无非离别之辞，起下二句轻巧无痕。不忍更听，便藏得千重别恨。末句只从将别作结，自有黯然之味，正用覆装以留不尽。

《诗法易简录》：一气清空如话。

《诗境浅说》：首二句非但见交谊之厚，酬唱之多，兼有会少离多之意。故第三句以"又"字表明之，言明日潮平月落，又与君分手江头。灞岸攀条，阳关拆笛，人所难堪，况交如元、白乎？题曰"重赠乐天"，见临别言之不尽也。

《诗式》：说相别之难，托于诗词人。首句从唱者兜起，不特起势远而寄意亦愈切，言莫教人唱我之诗，以我诗不堪入听也。二句言我之诗多是别诗。首句、二句只自冒起，为三句先垫一层。三句言相别又在明朝，"又"字为眼，亦为主。四句从别后着笔，言月落潮平，正是去之之时，题后涵咏，含情不尽，与李白《送孟浩然之广陵》结句云"惟见长江天际流"同一用意。此首与《赠乐天》一首合读。　　〔品〕凄切。

以州宅夸于乐天

州城迥绕拂云堆，镜水稽山满眼来。
四面常时对屏障，一家终日在楼台。
星河似向檐前落，鼓角惊从地底回。
我是玉皇香案吏，谪居犹得住蓬莱。

【汇评】

《唐诗快》：岂非仙吏乎？抑何修而得此？

《唐律偶评》：以故相为观察使，故云"降居"。

《唐诗贯珠》：通首光彩流利。

《唐诗绎》：其写"夸"字，俱以诙谐之笔出之，须知句句自夸，实句句自嘲也。却妙在含蓄不露。

《唐诗成法》：稍觉高亮。

《唐诗别裁》：州宅即越王台，在卧龙山上，人民城郭皆在其下。

《唐诗笺注》：星河在檐，鼓角在地，俱言其高。结语虽系夸，亦风流极矣。

《瀛奎律髓汇评》：冯班：以结句至今有蓬莱驿。　　陆贻典：微之比乐天较能修饰，然本质近，又不如也。　　无名氏（甲）：与左司"身多疾病"二句并看，便见身分。

《唐宋诗举要》：吴云：一洗哀怨，变为平易和乐，此元、白所开。

重夸州宅旦暮景色兼酬前篇末句

仙都难画亦难书,暂合登临不合居。
绕郭烟岚新雨后,满山楼阁上灯初。
人声晓动千门辟,湖色宵涵万象虚。
为问西州罗刹岸,涛头冲突近何如?

【汇评】

《瀛奎律髓》:长庆中,乐天知杭州,微之知越州,以简寄诗自此始。微之《夸州宅》,蓬莱阁所以名亦自此始。二公前贬九江、忠州、江陵、通州,往来诗不胜其酸楚,至此乃不胜其夸耀,亦一时风俗之弊,只知作诗,不知其有失也。

《唐诗别裁》:浙江亦名"罗刹江"。末二语嘲乐天也。乐天有《解嘲》诗。

《瀛奎律髓汇评》:查慎行:"千门"无乃太夸! 纪昀:(方回)此论甚确,大抵元、白为人皆浅,小小悲喜必见于诗。全集皆然,不但此也。

《石园诗话》:元微之通州诗云:"暗蛊有时迷酒影,浮尘向日似波流。""入衙官吏声疑鸟,下峡舟船腹似鱼。"他日以州宅夸于香山云:"四面常时对屏障,一家终日在楼台","绕郭烟岚新雨后,满山楼阁上灯初。"念前此之苦境,万般君莫问;抚后此之仙都,难画亦难书。作者固情随事迁,读者不能不为之动色也。

《小清华园诗谈》:唐人佳句,有可以照耀古今者,如……元微之之"绕廓烟岚新雨后,满山楼阁上灯初",……此等句当与日星河岳同垂不朽。

《诗境浅说》:上句谓山当雨后,则湿云半收,苍翠欲滴,胜于晴霁时之山容显露,所谓"雨后山光满郭青"也。下句谓群山入夜,则楼台隐入微茫,迨灯火齐张,在林霭中见明星点点。乐天诗云:"楼阁参差倚夕阳",乃言向晚之景;此言夜景,各极其妙。凡远观灯火,最得幽静之致。"两三星火是瓜州"与此诗之"满山灯火",虽多少不同,皆绝妙夜景,为画境所不到。此二句之写景,胜于前诗《夸州宅》之"四面常时对屏障,一家终日在楼台"句也("绕郭烟岚"二句下)。

戏赠乐天复言

乐事难逢岁易徂,白头光景莫令孤。
弄涛船更曾观否? 望市楼还有会无?
眼力少将寻案牍,心情且强掷枭卢。
孙园虎寺随宜看,不必遥遥羡镜湖。

【汇评】

《小清华园诗谈》:于友朋则当如苏、李之赠答,陶靖节之《停云》,杜少陵之《梦李白》,韩昌黎之"我愿身为云,东野化为龙。四方上下逐东野,虽有离别无由逢"。近体当如刘慎虚之《寄江韬求孟六遗文》,……元微之之"乐事难逢岁易徂……不必遥遥羡镜湖"。与《送崔侍御之岭南二十韵》,皆恳切周详,无微不至,尤见交情之笃云。

和乐天早春见寄

雨香云澹觉微和,谁送春声入棹歌。
萱近北堂穿土早,柳偏东面受风多。
湖添水色消残雪,江送潮头涌漫波。
同受新年不同赏,无由缩地欲如何?

【汇评】

《逸老堂诗话》：老杜《竹》诗："雨洗娟娟净，风吹细细香。"太白《雪》诗云："瑶台雪花数千点，片片吹落春风香。"李贺《四月词》云："依微香雨青氛氲。"元微之诗云："雨香云淡觉微和。"以世眼论之，则曰：竹、雪、雨何尝有香也？

《贯华堂选批唐才子诗》：一，从雨云写一"觉"字，言体中已有早春消息。二，从棹歌写一"谁"字，言耳畔又有早春消息。三、四，从萱柳写一"穿"字、"受"字，言眼前果已尽是早春消息也。看他写早春，渐渐由微而著，真笔墨与元化为徒也。前解写早春，此解写乐天见寄，而欲缩地同赏也。五，言雪消水添，本可放船直下也。六，言潮涌波漫，于是欲泛还止也。七、八易解。

《唐三体诗评》：涵见寄，蕴藉（"谁送春声"句下）。

《网师园唐诗笺》：新辟（"柳偏东面"句下）。

《山满楼笺注唐诗七言律》：上半写早春，一是天气，二是人事，三是物情，不但有次序，风流可爱真不减灵和柳色也。下半写和乐天，湖添水色，似可放棹相寻，江送潮头，又难一苇飞渡。离群索居之叹，其谁能已耶？

乐府古诗十九首并序（选九首）

《乐府古题序》：自《风》、《雅》至于乐流，莫非讽兴当时之事，以贻后代之人。沿袭古题，唱和重复，于文或有短长，于义咸为赘剩。尚不如寓言古题，刺美见事，犹有诗人引古以讽之义焉。曹、刘、沈、鲍之徒时得如此，亦复稀少，近代唯诗人杜甫《悲陈陶》、《哀江头》、《兵车》、《丽人》等，凡所歌行，率皆即事名篇，无复倚傍。余少时与友人乐天、李公垂辈，谓是为当，遂不复拟赋古题。昨梁州见进士刘猛、李馀，各赋古乐府诗数十首，其中一二十章，咸有新意。余因选而和之，其有虽用古题，全无古义者。若《出门行》不言离别，《将进酒》特书列女之类是也。其或颇同古义，全创新词者，则《田家》止述军输，《捉捕》词先蝼蚁之类是也。刘、李二子方将极意于斯文，因为粗明古今歌诗同异之音焉。

梦上天

梦上高高天，高高苍苍高不极。

下视五岳块累累，仰天依旧苍苍色。

蹑云笮身身更上，攀天上天攀未得。

西瞻若水兔轮低，东望蟠桃海波黑。

日月之光不到此，非暗非明烟塞塞。

天悠地远身跨风，下无阶梯上无力。

来时畏有他人上，截断龙胡斩鹏翼。

茫茫漫漫方自悲，哭向青云椎素臆。

哭声厌咽旁人恶，唤起惊悲泪飘露。

千惭万谢唤厌人，向使无君终不寤。

【汇评】

《元白诗笺证稿》：凡古题乐府十九首，自《梦上天》至《估客乐》，无一首不只述一意，与乐天新乐府五十首相同，而与微之旧作新题乐府一题具数意者大不相似。此则微之受乐天之影响，而改进其作品无疑也。……如《梦上天》云："来时畏他人上，截断龙胡斩鹏翼。……千惭万谢唤厌人，向使无君终不寤。"微之于仕宦之途，感慨深矣。

冬白纻

吴宫夜长宫漏款，帘幕四垂灯焰暖。

西施自舞王自管，雪纻翻翻鹤翎散，
促节牵繁舞腰懒。
舞腰懒，王罢饮，盖覆西施凤花锦。
身作匡床臂为枕，朝珮枞玉王晏寝。
寝醒阍报门无事，子胥死后言为讳。
近王之臣谕王意，共笑越王穷惴惴，
夜夜抱冰寒不睡。

【汇评】

《唐诗归》：钟云：此一语写君臣骄谄入微（"近王之臣"向下）。

《汇编唐诗十集》：摹情极核，是韩非子有韵文。

《唐诗快》：此岂草草横陈者（"身作匡床"句下）。　　越王卧薪尝胆，此更添出"抱冰"；非真抱冰也，直是无西施臂为枕耳。

《载酒园诗话又编》：未读微之《冬白纻》，觉王建首篇亦佳："天河漫漫北斗灿，宫中乌啼知夜半。……月明灯光两相照，后庭歌声更窈窕。"摹写骄淫，疑为穷尽。至元诗曰："吴宫夜长宫漏款，帘幕四垂灯焰暖。……"不徒叙述骄奢纵恣，其写王狎昵处，真有樊通德所云："淫于色，非慧男子不至。"慧则通，通则流，流而不得其防，意殆非经为荡子者不知。至写群臣谐媚，俨然江、孔口角，觉王诗伦父矣。

忆远曲

忆远曲，郎身不远郎心远。
沙随郎饭俱在匙，郎意看沙那比饭。
水中书字无字痕，君心暗画谁会君？
况妾事姑姑进止，身去门前同万里。
一家尽是郎腹心，妾似生来无两耳。
妾身何足言，听妾私劝君。

君今夜夜醉何处？姑来伴妾自闭门。

嫁夫恨不早，养儿将备老。

妾自嫁郎身骨立，老姑为郎求娶妾。

妾不忍见姑郎忍见，为郎忍耐看姑面。

【汇评】

《优古堂诗话》：元微之《忆远曲》云："水中书字无字痕"，白乐天《新昌新居》云"浮荣水画字"，意又相类。

《载酒园诗话又编》：微之自是一种轻艳之才，所作排律动数十韵，正是夸多斗靡。虽有秀句，补缀牵凑者亦多，宜为大雅所薄。集中惟乐府诗多佳，如《忆远曲》："水中书字无字痕，君心暗画谁会君？"《小胡笳引》曰："流宫变徵渐幽咽，别鹤欲飞弦欲绝。秋霜满树叶辞风，寒雏坠地乌啼血。"皆工于刻画也。

田家词

牛吒吒，田确确，旱块敲牛蹄趵趵，

种得官仓珠颗谷。

六十年来兵蔌蔌，月月食粮车辘辘。

一日官军收海服，驱牛驾车食牛肉。

归来收得牛两角，重铸锄犁作斤劚。

姑舂妇担去输官，输官不足归卖屋。

愿官早胜仇早复，农死有儿牛有犊，

誓不遣官军粮不足。

【汇评】

《唐诗镜》：语色雅称。

《唐风定》：骨力莽苍，白集无此一篇。

《唐诗别裁》：音节入古。

《元白诗笺证稿》：读微之古题乐府，殊觉其旨趣丰富，文采艳发，似胜于其新题乐府。……如《夫远征》云"远征不必戍长城，出门便不知死生"，及《田家词》云"愿官早胜仇早复，农死有儿牛有犊，誓不遣官军粮不足"诸句，皆依旧题而发新意。词极精妙，而意至沉痛。取较乐天新乐府之明白晓畅者，别具蕴蓄之趣。盖词句简练，思致微婉，此为元、白诗中所不多见者也。

田野狐兔行

种豆耘锄，种禾沟圳。

禾苗豆甲，狐榾兔剪。

割鹄喂鹰，烹麟啖犬。

鹰怕兔毫，犬被狐引。

狐兔相须，鹰犬相尽。

日暗天寒，禾稀豆损。

鹰犬就烹，狐兔俱哂。

【汇评】

《载酒园诗话又编》：稹又有《野田狐兔行》，寄托妙甚，古今从无选者。……从来姑息骄将，黜戮直臣，遂致寇盗蔓延，败亡由之，诵此殊为惕然。

《元白诗笺证稿》：（古题乐府）十九首中虽有全系五言或七言者，但其中颇多三言五言七言相间杂而成，且有以十字为句者，如《人道短》之"莽卓恭显皆数十年富贵"，及十一字为句者，如《董逃行》之"尔独不忆年年取我身上膏"之类，长短参差，颇极变错之致。复若《君莫非》及《田野狐兔行》，则又仿古，通篇全用四言矣。

人道短

古道天道长人道短，我道天道短人道长。

天道昼夜回转不曾住,春秋冬夏忙,

颠风暴雨电雷狂。

晴被阴暗,月夺日光。

往往星宿,日亦堂堂。

天既职性命,道德人自强。

尧舜有圣德,天不能遣,

寿命永昌。

泥金刻玉,与秦始皇。

周公傅说,何不长宰相?

老聃仲尼,何事栖遑?

莽卓恭显,皆数十年富贵。

梁冀夫妇,车马煌煌。

若此颠倒事,岂非天道短?

岂非人道长?

尧舜留得神圣事,百代天子有典章。

仲尼留得孝顺语,千年万岁父子不敢相灭亡。

殁后千馀载,唐家天子封作文宣王。

老君留得五千字,子孙万万称圣唐。

谥作玄元帝,魂魄坐天堂。

周公周礼二十卷,有能行者知纪纲。

傅说说命三四纸,有能师者称祖宗。

天能天人命,人使道无穷。

若此神圣事,谁道人道短?

岂非人道长?

天能种百草,莸得十年有气息,

蕣才一日芳。

人能拣得丁沉兰蕙,料理百和香。

天解养禽兽,喂虎豹豺狼。

人解和齑藁,充杼杞烝尝。

杜鹃无百作,天遣百鸟哺雏,

不遣哺凤皇。

巨蟒寿千岁,天遣食牛吞象充腹肠。

蛟螭与变化,鬼怪与隐藏,

蚊蚋与利嘴,枳棘与锋铓。

赖得人道有拣别,信任天道真茫茫。

若此撩乱事,岂非天道短,

赖得人道长。

【汇评】

《元白诗笺证稿》:此十九首(按指《古题乐府》)中最可注意者,莫如《人道短》一篇。通篇皆以议论行之,词意皆极奇诡,颇疑此篇与微之并世文雄如韩退之、柳子厚、刘梦得诸公之论有所关涉。盖天人长短之说,固为元和时文士中一重要公案也。……(刘《天论》)为唐人说理之第一等文字也。至韩、柳之说,则文人感慨愤激之言也。微之《人道短》一篇,畅论天道似长而实短,人道似短而实长。其诗中"天既职性命,道德人自强"之句,则与梦得"天之道在生植,人之道在法制,其用在是非"。似有所合;但细绎"赖得人道有拣别,信任天道真茫茫。若此撩乱事,岂非天道短,赖得人道长"之结论,则微之自有创见,貌似梦得为说理之词,意同韩、柳抒愤激之旨,此恐非偶然所致,疑微之于作此诗前得见柳、刘之文,与其作《连昌宫词》之前亦得见乐天《新丰折臂翁》、昌黎《和李正封过连昌宫》七绝受其暗示者相似。

苦乐相倚曲

古来苦乐之相倚,近于掌上之十指。

君心半夜猜恨生，荆棘满怀天未明。

汉成眼瞥飞燕时，可怜班女恩已衰。

未有因由相决绝，犹得半年伴暖热。

转将深意喻旁人，缉缀瑕疵遣潜说。

一朝诏下辞金屋，班姬自痛何仓卒。

呼天抚地将自明，不悟寻时暗销骨。

白首宫人前再拜，愿将日月相辉解。

苦乐相寻昼夜间，灯光那有天明在！

主今被夺心应苦，妾夺深恩初为主。

欲知妾意恨主时，主今为妾思量取。

班姬收泪抱妾身，我曾排摈无限人。

【汇评】

《唐诗归》：谭云：深于涉世，乃能写得如此刻骨，君臣朋友之间诵此惕然。钟云：世路平陂，人情倚尤，天道报应，借题发意。

《唐诗选脉会通评林》：唐汝询曰：人情之险，写得透彻，但不当以班姬作话柄。此姬谦退，决不排摈人者，泉下有知，必然抚心。

《唐诗快》：可谓能近取譬（"近于掌上"句下）。　　可怜（"犹得半年"句下）。　　枉自劳心（"转将深意"句下）。　　分明仇人相见矣（"白首宫人"句下）。　　可谓顶门一针（"欲知妾意"句下）。　　岂非天道好还乎？可畏，可畏！

《载酒园诗话又编》：《苦乐相倚曲》尤妙，如"君心半夜猜恨生……缉缀瑕疵遣潜说"，将闺房衽席之间，说得一团机械。凛凛可畏。然正是唐玄宗、汉武帝一辈，若陈叔宝之"此处不留人"，卫庄公之"莫往莫来"，正不须此。然陷阱愈深，冤酷愈烈矣。

捉捕歌

捉捕复捉捕，莫捉狐与兔。

狐兔藏窟穴，豺狼妨道路。
道路非不妨，最忧蝼蚁聚。
豺狼不陷阱，蝼蚁潜幽蠹。
切切主人窗，主人轻细故。
延缘蚀榱栌，渐入栋梁柱。
梁栋尽空虚，攻穿痕不露。
主人坦然意，昼夜安寝寤。
网罗布参差，鹰犬走回互。
尽力穷窟穴，无心自还顾。
客来歌捉捕，歌竟泪如雨。
岂是惜狐兔？畏君先后误。
愿君扫梁栋，莫遣蝼蚁附。
次及清道涂，尽灭豺狼步。
主人堂上坐，行客门前度。
然后巡野田，遍张畋猎具。
外无臬猿援，内有熊罴驱。
狡兔掘荒榛，妖狐熏古墓。
用力不足多，得禽自无数。
畏君听未详，听客有明喻。
虮虱谁不轻？鲸鲵谁不恶？
在海尚幽遐，在怀交秽污。
歌此劝主人，主人那不悟。
不悟还更歌，谁能恐违忤？

估客乐

估客无住著，有利身则行。
出门求火伴，入户辞父兄。

父兄相教示，求利莫求名。
求名有所避，求利无不营。
火伴相勒缚，卖假莫卖诚。
交关但交假，本生得失轻。
自兹相将去，誓死意不更。
亦解市头语，便无邻里情。
鍮石打臂钏，糯米吹项璎。
归来村中卖，敲作金石声。
村中田舍娘，贵贱不敢争。
所费百钱本，已得十倍赢。
颜色转光净，饮食亦甘馨。
子本频蕃息，货贩日兼并。
求珠驾沧海，采玉上荆衡。
北买党项马，西擒吐蕃鹦。
炎洲布火浣，蜀地锦织成。
越婢脂肉滑，奚僮眉眼明。
通算衣食费，不计远近程。
经游天下遍，却到长安城。
城中东西市，闻客次第迎。
迎客兼说客，多财为势倾。
客心本明黠，闻语心已惊。
先问十常侍，次求百公卿。
侯家与主第，点缀无不精。
归来始安坐，富与王者勍。
市卒酒肉臭，县胥家舍成。
岂唯绝言语，奔走极使令。
大儿贩材木，巧识梁栋形。

小儿贩盐卤，不入州县征。

一身偃市利，突若截海鲸。

钩距不敢下，下则牙齿横。

生为估客乐，判尔乐一生。

尔又生两子，钱刀何岁平？

【总评】

《元白诗笺证稿》：微之于新题乐府，既不能竞胜乐天，而藉和刘猛、李馀之乐府古题之机缘，以补救前此所作新题乐府之缺憾，即不改旧时之体裁，而别出新意新词，以蕲追及乐天而轶出之也。故其自序之语最要之主旨，则为"寓意古题，刺美见事"及"咸有新意"，与"虽用古题，全无古义"或"颇同古意，全创新词"等语。然则微之之新题乐府，题意虽新而词句或仍不免袭古。而古题乐府，或题古而词意俱新，或意新而题词俱古。其综错复杂，尤足以表现文心工巧之能事矣。故微之之拟古，实创新也。意实创新而形则袭古，以视新题乐府之形实俱为一致，体裁较为单简者，似更难作。岂微之特择此见其所长，而以持傲其诗敌欤？

连昌宫词

连昌宫中满宫竹，岁久无人森似束。

又有墙头千叶桃，风动落花红蔌蔌。

宫边老翁为余泣，小年进食曾因入。

上皇正在望仙楼，太真同凭阑干立。

楼上楼前尽珠翠，炫转荧煌照天地。

归来如梦复如痴，何暇备言宫里事。

初过寒食一百六，店舍无烟宫树绿。

夜半月高弦索鸣，贺老琵琶定场屋。

力士传呼觅念奴，念奴潜伴诸郎宿。
须臾觅得又连催，特敕街中许然烛。
春娇满眼睡红绡，掠削云鬟旋装束。
飞上九天歌一声，二十五郎吹管逐。
逡巡大遍凉州彻，色色龟兹轰录续。
李谟擪笛傍宫墙，偷得新翻数般曲。
平明大驾发行宫，万人歌舞途路中。
百官队仗避岐薛，杨氏诸姨车斗风。
明年十月东都破，御路犹存禄山过。
驱令供顿不敢藏，万姓无声泪潜堕。
两京定后六七年，却寻家舍行宫前。
庄园烧尽有枯井，行宫门闭树宛然。
尔后相传六皇帝，不到离宫门久闭。
往来年少说长安，玄武楼成花萼废。
去年敕使因斫竹，偶值门开暂相逐。
荆榛栉比塞池塘，狐兔骄痴缘树木。
舞榭欹倾基尚在，文窗窈窕纱犹绿。
尘埋粉壁旧花钿，乌啄风筝碎珠玉。
上皇偏爱临砌花，依然御榻临阶斜。
蛇出燕巢盘斗栱，菌生香案正当衙。
寝殿相连端正楼，太真梳洗楼上头。
晨光未出帘影动，至今反挂珊瑚钩。
指似旁人因恸哭，却出宫门泪相续。
自从此后还闭门，夜夜狐狸上门屋。
我闻此语心骨悲，太平谁致乱者谁？
翁言野父何分别，耳闻眼见为君说：
姚崇宋璟作相公，劝谏上皇言语切。

燮理阴阳禾黍丰，调和中外无兵戎。

长官清平太守好，拣选皆言由相公。

开元之末姚宋死，朝廷渐渐由妃子。

禄山宫里养作儿，虢国门前闹如市。

弄权宰相不记名，依稀忆得杨与李。

庙谟颠倒四海摇，五十年来作疮痏。

今皇神圣丞相明，诏书才下吴蜀平。

官军又取淮西贼，此贼亦除天下宁。

年年耕种宫前道，今年不遣子孙耕。

老翁此意深望幸，努力庙谟休用兵。

【汇评】

《旧唐书·元稹传》：长庆初，（崔）潭峻归朝，出稹《连昌宫词》等百馀篇奏御，穆宗大悦。

《潘子真诗话》：《津阳门诗》、《长恨歌》、《连昌宫词》俱载开元、天宝间事。微之之词不独富艳，至"长官清平太守好，拣选皆言由相公"，委任责成，治之所兴也。"禄山宫里养作儿，虢国门前闹如市"，险诐私谒，无所不至，安得不乱？稹之叙事，远过二子。

《岁寒堂诗话》：《长恨歌》在乐天诗中为最下，《连昌宫词》在元微之诗中乃最得意者，二诗工拙虽殊，皆不若子美（《哀江头》）诗微而婉也。

《容斋随笔》：元微之、白乐天，在唐元和、长庆间齐名，其赋咏天宝时事，《连昌宫词》、《长恨歌》皆脍炙人口，使读之者情性荡摇，如身生其时，亲见其事，殆未易以优劣论也。然《长恨歌》不过述明皇追怆贵妃始末，无他激扬，不若《连昌宫词》有监戒规讽之意。如云"姚崇宋璟作相公，……五十年来作疮痏"。其末章，及官军讨淮西"乞庙谟"、"休用兵"之语，盖元和十一二年间所作，殊得风人之旨，非《长恨》比云。

《批选唐诗》：长歌当泣，其斯之谓。

《四友斋丛说》：初唐人歌行，盖相沿梁陈之体，仿佛徐孝穆、江总持诸作，虽极其绮丽，然不过将浮艳之词模仿凑合耳。至如白太傅《长恨歌》、《琵琶行》、元相《连昌宫词》，皆是直陈时事，而铺写详密，宛如画出，使今世人读之，犹可想见当时之事，余以为当为古今长歌第一。

《艺苑卮言》：《连昌宫辞》似胜《长恨》，非谓议论也，《连昌》有风骨耳。

《唐诗选脉会通评林》：唐陈彝曰：何物老翁，酷善形容冷景！发端叙事，有点缀；"往来年少"二语，有关系，有感慨；"尘埋粉壁"二语，有前热闹，必有此冷落；"我闻此语"二句，着此启下致乱之由；"庙谟颠倒"二语，收煞得斩截。"不遣子孙耕"，望幸念头；"努力庙谟休用兵"，此语是大主意。　　唐孟庄曰：述得真，有照应。"东都破"四句，向日炫转荧煌者安在？"却寻家舍"句，"宫边"字有着落。前言太真同凭阑干，后将上皇、太真分说两段，是作文有生发处。答上"太平"问，历数致乱人，论开元治乱详矣。妙在不杂己意，俱是老人口中说出。

《诗辩坻》：《连昌宫词》虽中唐之调，然铺次亦见手笔。起数语自古法。"杨氏诸姨车斗风"，陡接"明年十月东都破"，数语过禄山，直截见才。俗手必将姚、宋、杨、李置此，迤逦叙出兴废，便自平直。"尔后相传六皇帝"一句，略而有力，先为结语一段伏脉。于此复出"端正楼"数语，掩映前文，笔墨飞动。后追叙诸相柄用，曲终雅奏，兼复溯洄有致，姚、宋详，杨、李略。通篇开阖有法，长庆长篇若此，固未易才。

《唐诗快》：通篇只起手四句与中间"我闻"二句、结语一句是自作，其馀皆借老人野父口中出之，而其中章法承转，无不妙绝，至于盛衰理乱之感，又不足言。　　一篇绝大文字，却如此起法，真奇

（首二句下）。　　接法奇（"宫边老翁"句下）。　　宛然如见（"上皇正在"二句下）。　　接法又奇（"初过寒食"句下）。　　忽接此语，大是扫兴。然有前半之燥脾，定有后半之扫兴。天下岂有燥脾到底者乎（"明年十月"句下）？　　此处才一应起句（"去年敕使"句下）。

《载酒园诗话又编》：《连昌宫辞》轻隽，《长恨歌》婉丽，《津阳门诗》丰赡，要当首白而尾郑。顾前人诸选，惟收元作者，以其含有讽谕耳。

《中晚唐诗叩弹集》：已上写天宝盛时及禄山乱后事。此下言致乱之由（"夜夜狐狸"句下）。　　此下言宪宗削平僭叛，有休兵息民之望（"今皇神圣"句下）。

《唐诗别裁》：秽琐（"念奴潜伴"句下）。　　尚在禁烟，故下云"特敕"（"须臾觅得"句下）。　　禄山之乱说得太轻（"御路犹存"）。　　此一段神来之笔（"荆榛栉比"四句下）。　　结似端重，然通篇无黩武意，句尚无根（末句下）。　　诗中既有指斥，似可不选。然微之超擢因中人崔潭峻进此诗，宫中呼为"元才子"亦因此诗。又诸家选本与《长恨歌》、《琵琶行》并存，所谓"元白体"也。故已置而仍存之。

《养一斋诗话》："力士传呼觅念奴，念奴潜伴诸郎宿"，"侍儿扶起娇无力，始是新承恩泽时"，此南北曲中猥亵语耳，词家不肯道此，而况诗哉！然元之诗品，又不逮白，而《连昌宫词》收场用意，实胜《长恨歌》。艳《长恨》而亚《连昌》，不知诗之体统者也。

《岘傭说诗》：元微之《连昌宫词》亦一时传颂，而失体尤甚。如"力士传呼觅念奴，念奴潜伴诸郎宿"，宫闱丑事，播之诗歌，可谓小人无忌惮矣。

《王闿运手批唐诗选》：写宫中无法禁，而沈德潜以为亵，何也（"念奴潜伴"句下）？

《元白诗笺证稿》：元微之《连昌宫词》实深受白乐天、陈鸿《长恨歌》及《传》之影响，合并融化唐代小说之史才、诗笔、议论为一体而成。其篇首一句及篇末结语二句，乃是开宗明义及综括全诗之议论，又与白香山《新乐府序》所谓"首句标其目，卒章显其志"者，有密切关系。乐天所谓"每被老元偷格律"，殆指此类欤？至于读此诗必与乐天《长恨歌》详悉比较，又不俟论也。总而言之，《连昌宫词》者，微之取乐天《长恨歌》之题材依香山《新乐府》之体制改进创造而成之新作品也。

望云骓马歌并序

德宗皇帝以八马幸蜀，七马道毙，唯望云骓来往不顿。贞元中，老死天厩。臣稹作歌以记之。

忆昔先皇幸蜀时，八马入谷七马疲。
肉绽筋挛四蹄脱，七马死尽无马骑。
天子蒙尘天雨泣，崄岩道路淋漓湿。
峥嵘白草眇难期，谙洞黄泉安可入？
朱泚围兵抽未尽，怀光寇骑追行及。
嫔娥相顾倚树啼，鹓鹭无声仰天立。
围入初进望云骓，彩色憔悴众马欺。
上前喷吼如有意，耳尖卓立节蹄奇。
君王试遣回胸臆，撮骨锯牙骈两肋。
蹄悬四踠脑颗方，胯弇三山尾株直。
围人畏诮仍相惑，此马无良空有力。
频频啮鞚辔难施，往往跳趚鞍不得。
色沮声悲仰天诉，天不遣言君未识。
亚身受取白玉羁，开口衔将紫金勒。
君王自此方敢骑，似遇良臣久凄恻。

龙腾鱼鳖啤然惊，骥颂驴骡少颜色。
七圣心迷运方厄，五丁力尽路犹窄。
橐它山上斧刃堆，望秦岭下锥头石。
五六百里真符县，八十四盘青山驿。
挈开流电有辉光，突过浮云无朕迹。
地平险尽施黄屋，九九属车十二纛。
齐映前导引驲头，严震迎号抱驲足。
路旁垂白天宝民，望驲礼拜见驲哭。
皆言玄宗当时无此马，不免骑骡来幸蜀。
雄雄猛将李令公，收城杀贼豺狼空。
天旋地转日再中，天子却坐明光宫。
朝廷无事忘征战，校猎朝回暮毬宴。
御马齐登拟用槽，君王自试宣徽殿。
圉人还进望云驲，性强步阔无方便。
分鬃摆杖头太高，擘肘回头项难转。
人人共恶难回跋，潜遣飞龙减刍秣。
银鞍绣鞯不复施，空尽天年御槽活。
当时邹谤已有言，莫倚功高浪开阔。
登山纵似望云驲，平地须饶红叱拨。
长安三月花垂草，果下翩翩紫骝好。
千官暖热李令闲，百马生狞望云老。
望云驲，尔之种类世世奇。
当时项王乘尔祖，分配英豪称霸主。
尔身今日逢圣人，从幸巴渝归入秦。
功成事遂身退天之道，何必随群逐队到死蹋红尘。
望云驲，用与不用各有时，
尔勿悲。

【汇评】

《石洲诗话》：元相《望云骓歌》，赋而比也。玉川《月蚀诗》点逗恒州事，则亦赋而比也，而元则更切本事矣。

《王闿运手批唐诗选》：此等发议论处，必须用典以为色泽，乃增气势（"朝廷无事"四句下）。　　神力拉入不自知，比杜子美硬用"三抬头"，有工拙、灵笨之异。此模仿"沛水自清"笔法（"长安三月"四句下）。

和李校书新题乐府十二首并序（选三首）

余友李公垂贶余乐府新题二十首，雅有所谓，不虚为文。余取其病时之尤急者，列而和之，盖十二而已。昔三代之盛也，士议而庶人谤。又曰：世理则词直，世忌则词隐。余遭理世而君盛圣，故直其词以示后，使夫后之人，谓今日为不忌之时焉。（按：十二首依次为：《上阳白发人》、《华原磬》、《五弦弹》、《西凉伎》、《法曲》、《驯犀》、《立部伎》、《骠国乐》、《胡旋女》、《蛮子朝》、《缚戎人》、《阴山道》。）

五弦弹

赵璧五弦弹徵调，徵声巉绝何清峭。
辞雄皓鹤警露啼，失子哀猿绕林啸。
风入春松正凌乱，莺含晓舌怜娇妙。
呜呜暗溜咽冰泉，杀杀霜刀涩寒鞘。
促节频催渐繁拨，珠幢斗绝金铃掉。
千敦鸣镝发胡弓，万片清球击虞庙。
众乐虽同第一部，德宗皇帝常偏召。
旬休节假暂归来，一声狂杀长安少。
主第侯家最难见，按歌按曲皆承诏。

水精帘外教贵嫔，玳瑁筵心伴中要。

臣有五贤非此弦，或在拘囚或屠钓。

一贤得进胜累百，两贤得进同周召。

三贤事汉灭暴强，四贤镇岳宁边徼。

五贤并用调五常，五常既叙三光耀。

赵璧五弦非此贤，九九何劳设庭燎。

【汇评】

《韵语阳秋》：《晋书·阮咸传》云：咸善琵琶。今有圆槽而十三弦者，世号"阮"，亦谓"阮咸"。……又有所谓"五弦"者，《唐书·乐志》云："如琵琶而小，北国所出。乐工裴神符初以手弹，太宗悦甚，后人习为搊琵琶。"则五弦之制，亦出于琵琶也。乐天有《五弦弹》诗云："赵璧知君入骨爱，五弦一一为君调。"又云："惟忧赵璧白发生，老死人间无此声。"想其搊弹之妙，冠古绝今，人未易企及也。……元稹云："促节频催渐繁拨，珠幢斗绝金铃掉。"亦可见五弦声韵、制作之仿佛矣。

《元白诗笺证稿》：此题公垂倡之，微之和之，乐天则《秦中吟》有《五弦》一篇，《新乐府》有《五弦弹》一篇……李公垂此题所咏今不可见，未知若何。元白二公则立意不同。微之此篇以求贤为说，乐天之作则以恶郑之夺雅与旨，此其大较也。微之持义固正，但稍嫌迂远。乐天就音乐而论音乐，极为切题。故鄙见以为白氏之作，较之元氏此篇，更为优胜也。　　又元白二公此题诸篇之词句，并可与其后来所作之《琵琶歌》、《琵琶引》参证。如微之诗中"风入春松正凌乱，莺含晓舌怜娇妙。呜呜暗溜咽冰泉，杀杀霜刀涩寒鞘"……等句是也。

西凉伎

吾闻昔日西凉州，人烟扑地桑柘稠。

蒲萄酒熟恣行乐，红艳青旗朱粉楼。

楼下当垆称卓女，楼头伴客名莫愁。

乡人不识离别苦，更卒多为沉滞游。

哥舒开府设高宴，八珍九酝当前头。

前头百戏竞撩乱，丸剑跳踯霜雪浮。

狮子摇光毛彩竖，胡腾醉舞筋骨柔。

大宛来献赤汗马，赞普亦奉翠茸裘。

一朝燕贼乱中国，河湟没尽空遗丘。

开远门前万里堠，今来蹙到行原州。

去京五百而近何其逼，天子县内半没为荒陬，

西凉之道尔阻修。

连城边将但高会，每听此曲能不羞！

【汇评】

《元白诗笺证稿》：自安史乱后，吐蕃盗据河湟以来，迄于宪宗元和之世，长安君臣虽有收复失地之计画，而边镇将领终无经略旧疆之志意。此诗人之所以同深愤慨，而元白二公此篇所共具之历史背景也。　微之少居西北边镇之凤翔，殆亲见或闻知边将之宴乐嬉游，而坐视河湟之长期沦没。故追忆感慨，赋成此篇。颇疑其诗中所咏，乃为刘昌辈而发。既系确有所指，而非泛泛之言，此所以特为沉痛也。

胡旋女

天宝欲末胡欲乱，胡人献女能胡旋。

旋得明王不觉迷，妖胡奄到长生殿。

胡旋之义世莫知，胡旋之容我能传。

蓬断霜根羊角疾，竿戴朱盘火轮炫。

骊珠迸珥逐飞星，虹晕轻巾掣流电。

潜鲸暗噬箚波海,回风乱舞当空霰。

万过其谁辨终始? 四座安能分背面?

才人观者相为言,承奉君恩在圆变。

是非好恶随君口,南北东西逐君眄。

柔软依身著佩带,裴回绕指同环钏。

佞臣闻此心计回,荧惑君心君眼眩。

君言似曲屈为钩,君言好直舒为箭。

巧随清影触处行,妙学春莺百般啭。

倾天侧地用君力,抑塞周遮恐君见。

翠华南幸万里桥,玄宗始悟坤维转①。

寄言旋目与旋心,有国有家当共谴。

【原注】

① 纬书曰:僧一行尝奏明皇曰:"陛下行幸万里,圣祚无疆。"故天宝中,岁幸洛阳,冀充盈数。及上幸蜀,至万里桥,乃叹谓左右曰:"一行之奏其是乎?"

【总评】

《诗薮》:元和中,李绅作《新乐府》二十章,元稹取其尤切者十五章和之。如《华原磬》、《西凉伎》之类,皆风刺时事,盖仿杜陵为之者,今并载郭氏《乐府》。语句亦多仿工部,如《阴山道》、《缚戎人》等,音节时有逼近。

《元白诗笺证稿》:李公垂作新题乐府,微之择和之,乐天复扩充之为五十首,遂成有唐一代诗歌之名著。……微之赋新题乐府,其不及乐天之处有二:一,为一题涵括数意,则不独词义复杂,不甚清切,而且数意并存,往往使读者不能知其专主之旨,注意遂难于集中。故读毕后影响不深,感人之力较一意为一题,如乐天之所作者,殊相悬远也。二,为造句遣词,颇嫌晦涩,不似乐天作品词句简单流畅,几如自然之散文,却仍极富诗歌之美。且乐天造句多以三七言

参差相间杂,微仿古乐府,而行文自由无拘牵滞碍之苦。微之所赋,
则尚守七言古体诗之形式,故亦不如乐天所作之潇洒自然多矣。

琵琶歌

原注:寄管儿,兼诲铁山。

琵琶宫调八十一,旋宫三调弹不出。
玄宗偏许贺怀智,段师此艺还相匹。
自后流传指拨衰,昆仑善才徒尔为。
颂声少得似雷吼,缠弦不敢弹羊皮。
人间奇事会相续,但有卞和无有玉。
段师弟子数十人,李家管儿称上足。
管儿不作供奉儿,抛在东都双鬓丝。
逢人便请送杯盏,著尽功夫人不知。
李家兄弟皆爱酒,我是酒徒为密友。
著作曾邀连夜宿,中碾春溪华新绿。
平明船载管儿行,尽日听弹无限曲。
曲名"无限"知者鲜,霓裳羽衣偏宛转。
凉州大遍最豪嘈,六幺散序多笼撚。
我闻此曲深赏奇,赏著奇处惊管儿。
管儿为我双泪垂,自弹此曲长自悲。
泪垂捍拨朱弦湿,冰泉呜咽流莺涩。
因兹弹作雨霖铃,风雨萧条鬼神泣。
一弹既罢又一弹,珠幢夜静风珊珊。
低回慢弄关山思,坐对燕然秋月寒。
月寒一声深殿磬,骤弹曲破音繁并。
百万金铃旋玉盘,醉客满船皆暂醒。

自兹听后六七年，管儿在洛我朝天。
游想慈恩杏园里，梦寐仁风花树前。
去年御史留东台，公私蹙促颜不开。
今春制狱正撩乱，昼夜推囚心似灰。
暂辍归时寻著作，著作南园花坼萼。
胭脂耀眼桃正红，雪片满溪梅已落。
是夕青春值三五，花枝向月云含吐。
著作施樽命管儿，管儿久别今方睹。
管儿还为弹六幺，六幺依旧声迢迢。
猿鸣雪岫来三峡，鹤唳晴空闻九霄。
逡巡弹得六幺彻，霜刀破竹无残节。
幽关鸦轧胡雁悲，断弦砉騞层冰裂。
我为含凄叹奇绝，许作长歌始终说。
艺奇思寡尘事多，许来寒暑又经过。
如今左降在闲处，始为管儿歌此歌。
歌此歌，寄管儿，管儿管儿忧尔衰。
尔衰之后继者谁？继之无乃在铁山，
铁山已近曹穆间。
性灵甚好功犹浅，急处未得臻幽闲。
努力铁山勤学取，莫遣后来无所祖。

【汇评】

《韵语阳秋》：自周陈以上，雅郑殽杂而无别。隋文帝始分雅俗，工部雅乐八十四调，而俗乐止于二十八。琵琶非古雅乐也，而元微之诗乃云"琵琶宫调八十一，旋宫三调弹不出"，何邪？按贺怀智《琵琶谱》云："琵琶有八十四调，内黄钟、太蔟、林钟宫声弹不出。"则微之之言信矣。

《存馀堂诗话》：苕溪渔隐评昔贤听琴、阮、琵琶、筝诸诗，大率一律，初无的句，互可移用。余谓不然……听琵琶，如白乐天云："大弦嘈嘈如急雨，小弦切切如私语。嘈嘈切切错杂弹，大珠小珠落玉盘。间关莺语花底滑，幽咽流泉冰下滩。"元微之云："月寒一声深殿磬，聚弹曲破音繁并。"……自是听琵琶诗，如曰听琴，吾不信也。

梦游春七十韵

昔岁梦游春，梦游何所遇？
梦入深洞中，果遂平生趣。
清泠浅漫流，画舫兰篙渡。
过尽万株桃，盘旋竹林路。
长廊抱小楼，门牖相回互。
楼下杂花丛，丛边绕鸳鹭。
池光漾霞影，晓日初明煦。
未敢上阶行，频移曲池步。
乌龙不作声，碧玉曾相慕。
渐到帘幕间，裴回意犹惧。
闲窥东西阁，奇玩参差布。
隔子碧油糊，驼钩紫金镀。
逡巡日渐高，影响人将寤。
鹦鹉饥乱鸣，娇娃睡犹怒。
帘开侍儿起，见我遥相谕。
铺设绣红茵，施张钿妆具。
潜褰翡翠帷，瞥见珊瑚树。
不辨花貌人，空惊香若雾。
身回夜合偏，态敛晨霞聚。

睡脸桃破风，汗妆莲委露。

丛梳百叶髻，金蹙重台屦。

纰软钿头裙，玲珑合欢袴。

鲜妍脂粉薄，暗澹衣裳故。

最似红牡丹，雨来春欲暮。

梦魂良易惊，灵境难久寓。

夜夜望天河，无由重沿溯。

结念心所期，返如禅顿悟。

觉来八九年，不向花回顾。

杂合两京春，喧阗众禽护。

我到看花时，但作怀仙句。

浮生转经历，道性尤坚固。

近作梦仙诗，亦知劳肺腑。

一梦何足云，良时事婚娶。

当年二纪初，嘉节三星度。

朝骠玉佩迎，高松女萝附。

韦门正全盛，出入多欢裕。

甲第涨清池，鸣驺引朱辂。

广榭舞蓁蓁，长筵宾杂厝。

青春讵几日？华实潜幽蠹。

秋月照潘郎，空山怀谢傅。

红楼嗟坏壁，金谷迷荒戍。

石压破阑干，门摧旧梐枑。

虽云觉梦殊，同是终难驻。

惊绪竟何如？焚丝不成絇。

卓女白头吟，阿娇金屋赋。

重璧盛姬台，青冢明妃墓。

尽委穷尘骨，皆随流波注。

幸有古如今，何劳缣比素。

况余当盛时，早岁谐如务。

诏册冠贤良，谏垣陈好恶。

三十再登朝，一登还一仆。

宠荣非不早，迁回亦云屡。

直气在膏肓，氛氲日沉痼。

不言意不快，快意言多忤。

忤诚人所贼，性亦天之付。

乍可沉为香，不能浮作瓠。

诚为坚所守，未为明所措。

事事身已经，营营计何误。

美玉琢文珪，良金填武库。

徒谓自坚贞，安知受砻铸。

长丝羁野马，密网罗阴兔。

物外各逍遥，谁能远相锢。

时来既若飞，祸速当如骛。

曩意自未精，此行何所诉？

努力去江陵，笑言谁与晤？

江花纵可怜，奈非心所慕。

石竹逞奸黠，蔓青夸亩数。

一种薄地生，浅深何足妒。

荷叶水上生，团团水中住。

泻水置叶中，君看不相污。

【汇评】

白居易《和梦游春诗一百韵序》：微之既到江陵，又以《梦游春诗》
七十韵寄予，且题其序曰："斯言也，不可使不知吾者知，知吾者亦不可使不知。乐天知吾也,吾不敢不使吾子知。"予辱斯言,三复其旨,大抵悔既往而悟将来也。……夫感不甚则悔不熟,感不至则悔不深。故广足下七十韵为一百韵,重为足下陈梦游之中所以甚感者,叙婚仕之际所以至感者,欲使曲尽其妄,周知其非,然后返乎真,归乎实。

《元白诗笺证稿》:微之自编诗集,以悼亡诗与艳诗分归两类。其悼亡诗既为元配韦丛而作。其艳诗则多为其少日之情人所谓崔莺莺者而作。……至《梦游春》一诗,乃兼涉双文、成之者……实非寻常游戏之偶作,乃心仪浣花草堂之巨制,而为元和体之上乘,且可视作此类诗最佳之代表者也。……吾国文学,自来以礼法顾忌之故,不敢多言男女间关系,而于正式男女关系如夫妇者,尤少涉及。盖闺房燕昵之情意,家庭米盐之琐屑,大抵不列载于篇章,唯以笼统之词,概括言之而已。此后来沈三白《浮生六记》之闺房记乐,所以为例外创作,然其时代已距今较近矣。微之天才也。文笔极详繁切至之能事。既能于非正式男女间关系如与莺莺之因缘,详尽言之于《会真诗传》,则亦可推之于正式男女间关系如韦氏者,抒其情,写其事,缠绵哀感,遂成古今悼亡诗一体之绝唱。实由其特具写小说之繁详天才所致,殊非偶然也。

古决绝词(其一)

乍可为天上牵牛织女星,不愿为庭前红槿枝。
七月七日一相见,相见故心终不移。
那能朝开暮飞去,一任东西南北吹。
分不两相守,恨不两相思。
对面且如此,背面当可知。
春风撩乱伯劳语,况是此时抛去时。
握手苦相问,竟不言后期。

君情既决绝，妾意已参差。

借如死生别，安得长苦悲。

【汇评】

《元白诗笺证稿》：《古决绝词》其一云："春风撩乱百劳语，况是此时抛去时。握手苦相问，竟不言后期。……"据此，双文非负微之，微之实先负之，而微之之所以敢言之无忌惮者，当时社会不以弃绝此类妇人如双文者为非，所谓"一梦何足云"者也。……呜呼！微之之薄情多疑，无待论矣。然读者于此诗，可以决定莺莺在当日社会上之地位，微之之所以敢始乱而终弃之者，可以了然矣。

樱桃花

樱桃花，一枝两枝千万朵。

花砖曾立摘花人，窣破罗裙红似火。

鱼中素

重叠鱼中素，幽缄手自开。

斜红馀泪迹，知著脸边来。

刘阮妻二首（其二）

芙蓉脂肉绿云鬟，罨画楼台青黛山。

千树桃花万年药，不知何事忆人间？

【汇评】

《南濠诗话》：元微之《题刘阮山》诗云："芙蓉脂肉绿云鬟……"后元遗山云："死恨天台老刘阮，人间何恋却归来？"正祖此意。

《唐诗选脉会通评林》：周启琦曰：抑扬开阖，全在尾句。周珽曰：首言女色美艳，次言舍宇山境奇丽，三言花木灵药可以长生。人多慕此洞天，恨不获一遇，既遇而辄起归念，不知尘世更有何难忘情事也。　　　徐子扩曰：极美如此，犹忆人间，是可见仙境之非也。

《王闿运手批唐诗选》：三句堆砌，又是一格。

舞　腰

裙裾旋旋手迢迢，不趁音声自趁娇。
未必诸郎知曲误，一时偷眼为回腰。

【汇评】

《围炉诗话》：唐人诗意不必在题中。……（王维）《西施篇》之"贱日岂殊众，贵来方悟稀。邀人傅香粉，不自着罗衣。君宠益娇态，君怜无是非"，当是为李林甫、杨国忠、韦坚、王铁辈而作。元微之"未必诸郎知曲误，一时偷眼为回腰"，亦是胸中有所不快，适于舞者发之也。

春　晓

半欲天明半未明，醉闻花气睡闻莺。
狂儿撼起钟声动，二十年前晓寺情。

离思五首（选二首）

其二

山泉散漫绕阶流，万树桃花映小楼。

闲读道书慵未起，水晶帘下看梳头。

【汇评】

《养一斋诗话》：《莺莺》、《离思》、《白衣裳》诸作，后生习之，败行丧身。诗将为人之仇，率天下之人而祸诗者，微之此类诗是也。

其四

曾经沧海难为水，除却巫山不是云。

取次花丛懒回顾，半缘修道半缘君。

【汇评】

《云溪友议》：元稹初娶京兆韦氏，字蕙丛，官未达而苦贫……韦蕙丛逝，不胜其悲，为诗悼之曰："谢家最小偏怜女，……"又云："曾经沧海难为水，除却巫山不是云。"

《唐贤小三昧集》：个中人语。

《王闿运手批唐诗选》：所谓盗亦有道（末句下）。

会真诗三十韵

微月透帘栊，萤光度碧空。

遥天初缥缈，低树渐葱茏。

龙吹过庭竹，鸾歌拂井桐。

罗绡垂薄雾，环佩响轻风。

绛节随金母，云心捧玉童。

更深人悄悄，晨会雨濛濛。

珠莹光文履，花明隐绣栊。

宝钗行彩凤，罗帔掩丹虹。

言自瑶华浦，将朝碧帝宫。

因游洛城北，偶向宋家东。

戏调初微拒，柔情已暗通。

低鬟蝉影动，回步玉尘蒙。

转面流花雪，登床抱绮丛。

鸳鸯交颈舞，翡翠合欢笼。

眉黛羞频聚，朱唇暖更融。

气清兰蕊馥，肤润玉肌丰。

无力慵移腕，多娇爱敛躬。

汗光珠点点，发乱绿松松。

方喜千年会，俄闻五夜穷。

留连时有限，缱绻意难终。

慢脸含愁态，芳词誓素衷。

赠环明运合，留结表心同。

啼粉流清镜，残灯绕暗虫。

华光犹冉冉，旭日渐曈曈。

乘骛还归洛，吹箫亦上嵩。

衣香犹染麝，枕腻尚残红。

幂幂临塘草，飘飘思渚蓬。

素琴鸣怨鹤，清汉望归鸿。

海阔诚难度，天高不易冲。

行云无处所，萧史在楼中。

【汇评】

元稹《莺莺传》：张生发其书（按指莺莺所写之情书）于所知，由是时人多闻之。所善杨巨源好属词，因为赋《崔娘诗》一绝云："清润潘郎玉不如，中庭蕙草雪销初，风流才子多春思，肠断萧娘一纸书。"河南元稹亦续生《会真诗》三十韵，诗曰："微月透帘栊，……"

《归田诗话》：（元稹）作《莺莺传》，盖托名张生。复制《会真诗》

三十韵,微露其意,而世不悟,乃谓诚有是人者,殆痴人前说梦也。

《说诗晬语》:韦縠《才调集》选,固多明丽之篇,然如《会真诗》及"隔墙花影动"等作,亦采入太白、摩诘之后,未免雅郑同奏矣。奈何阐扬其体,以教当世耶?

赠柔之

穷冬到乡国,正岁别京华。
自恨风尘眼,常看远地花。
碧幢还照曜,红粉莫咨嗟。
嫁得浮云婿,相随即是家。

【汇评】

《云溪友议》:(元稹)续室河东裴氏,字柔之。二夫人(按指原配韦氏及继室)俱有才思,时彦以为嘉偶。……(稹)复自会稽拜尚书右丞。到京未逾月,出镇武昌。是时,中门外拘缇幕,候天使送节次。忽闻宅内恸哭,侍者曰:"夫人也。"乃传问:"旌钺将至,何长恸焉?"裴氏曰:"岁杪到家乡,先春又赴任,亲情半未相见,所以如此。"立赠柔之诗曰:"穷冬到乡国,正岁别京华……"裴柔之答曰:"侯门初拥节,御苑柳丝新。不是悲殊命,唯愁别是亲。黄莺迁古木,珠履徙清尘。想到千山外,沧江正暮春。"元公与柔之琴瑟相和,亦房帏之美也。

寄赠薛涛

原注:稹闻西蜀薛涛有辞辩。及为监察使蜀,以御史推鞫,难得见焉。严司空潜知其意,每遣薛往。洎登翰林,以诗寄之。

锦江滑腻蛾眉秀,幻出文君与薛涛。

言语巧偷鹦鹉舌，文章分得凤凰毛。

纷纷辞客多停笔，个个公卿欲梦刀。

别后相思隔烟水，菖蒲花发五云高。

【汇评】

《云溪友议》：安人元相国，应制科之选，历天禄畿尉，则闻西蜀乐籍有薛涛者，能篇咏，饶词辩，常悄悒于怀抱也。及为监察，求使剑门，以御史推鞫，难得见焉。及就除拾遗，府公严司空绶，知微之之欲，每遣薛氏往焉。临途诀别，不敢挈行。泊登翰林，以诗寄曰："锦江滑腻蛾眉秀，……"